HARRY SIDEBOTTOM

Krieger Roms – König der Könige

Weitere Titel des Autors:

Jagd durch Rom – XXIV
Hinter feindlichen Linien

Aus der »Krieger Roms«-Reihe:
Krieger Roms – Feuer im Osten

Über den Autor:

Harry Sidebottom wuchs in den Rennställen von Newmarket auf, wo sein Vater als Trainer arbeitete. Dennoch entschied er sich für eine Laufbahn als Historiker – er promovierte in Alter Geschichte in Oxford und lehrte an verschiedenen Universitäten, unter anderem in Oxford. Nach einem gefeierten Sachbuch über antike Kriegsführung und zahlreichen Fachartikeln veröffentlichte er diverse Abenteuerromane aus dem antiken Rom.

HARRY SIDEBOTTOM

KRIEGER ROMS

KÖNIG DER KÖNIGE

Historischer Roman

Aus dem Englischen von
Rainer Schumacher

lübbe

Dieser Titel ist auch als E-Book erschienen.

MIX
Papier aus verantwortungsvollen Quellen
FSC® C014496

Vollständige Taschenbuchausgabe

Deutsche Erstausgabe

Titel der englischen Originalausgabe: »Warrior of Rome: King of Kings«
Originalverlag: Penguin Books Ltd., London.

Textredaktion: Rainer Delfs, Scheeßel
Titelillustrationen: © elegeyda/shutterstock | © Collaboration JS/Arcangel
Umschlaggestaltung: Massimo Peter-Bille
Satz: hanseatensatz-bremen, Bremen
Gesetzt aus der Adobe Caslon Pro
Druck und Verarbeitung: GGP Media GmbH, Pößneck
Printed in Germany
ISBN 978-3-404-18457-6

2 4 5 3 1

Sie finden uns im Internet unter luebbe.de
Bitte beachten Sie auch: lesejury.de

In Liebe für meine Mutter, Frances,
und in Erinnerung an meinen Vater, Hugh Sidebottom

Inhalt

Doch weit niedriger ist der andere Felsen, Odysseus,
Und dem ersten so nahe, dass ihn dein Bogen erreichte.
Dort ist ein Feigenbaum mit großen laubigen Ästen,
Drunter lauert Charybdis, die wasserstrudelnde Göttin.

Homer, Odyssee

PROLOG

Die Syrische Wüste zwischen dem Euphrat und der Stadt Palmyra
Herbst 256 n. Chr.

Sie ritten um ihr Leben. Am ersten Tag in der Wüste waren sie so schnell geritten, wie sie konnten, doch ohne die Pferde zu quälen. Völlig allein hatten sie keine Spur von Verfolgern gesehen. An diesem Abend, im Lager, hatte man bei den gedämpften, müden Gesprächen sogar einen Hauch von Optimismus heraushören können, doch damit war es am Morgen wieder vorbei.

Als sie auf einen kleinen Hügelkamm ritten, lenkte Marcus Clodius Ballista, der Dux Ripae, sein Pferd neben den Pfad und ließ die anderen dreizehn Reiter sowie das Packpferd vorbei. Dann schaute er in die Richtung zurück, aus der sie gekommen waren. Die Sonne war noch nicht aufgegangen, doch die ersten Strahlen vertrieben bereits die Nacht. Und dort, im Zentrum des immer größer werdenden Halbkreises aus gelbem Licht, genau dort, wo in wenigen Augenblicken die Sonne über den Horizont steigen würde, da war eine Staubwolke zu sehen.

Ballista beobachtete sie eingehend. Es war eine einzelne dichte Staubwolke. Sie stieg schnurgerade in die Höhe, bis eine Brise sie erfasste und nach Süden trieb, wo sie sich schließlich auflöste. In der ebenen, konturlosen Wüste konnte man Distanzen nur schwer abschätzen. Vermutlich war die Staubwolke vier, fünf Meilen entfernt, in jedem Fall zu weit, als dass man hätte erkennen können, was sie verursachte. Doch Ballista wusste es auch so. Das war ein Trupp Männer. Hier draußen in der Wüste mussten sie außerdem beritten sein, egal ob mit Pferden, Kamelen oder beidem. Auch war die Entfernung zu groß, um die Zahl der Reiter einzuschätzen, doch der Größe der Staubwolke nach zu urteilen, waren es vier- bis fünfmal so viel wie die Männer, die Ballista begleiteten. Dass die Staubwolke nicht nach links oder rechts wanderte, sondern gerade nach oben zu steigen schien, deutete zudem darauf hin, dass die Reiter ihnen folgten. Mit einem schlechten Gefühl im Bauch akzeptierte Ballista das als das, was es war: Der Feind jagte sie. Ein großer Trupp sassanidischer Reiterei war ihnen dicht auf den Fersen.

Ballista schaute sich um und sah, dass seine Begleiter angehalten hatten. Ihre Aufmerksamkeit wanderte zwischen ihm und der Staubwolke hin und her. Ballista verdrängte sie aus seinen Gedanken. Die offene Wüste, welliges Land. Sand mit einer dicken Schicht aus kleinen, scharfkantigen Felsbrocken. Genug, um Myriaden von Schlangen und Skorpionen zu verbergen, doch keinen Mann, ganz zu schweigen von vierzehn Reitern und fünfzehn Pferden.

Ballista drehte sich um und ritt im Schritt zu den beiden Arabern inmitten seiner Männer.

»Wenn wir die Pferde so hart wie möglich antreiben – wie lange brauchen wir dann bis zu den Bergen?«

»Zwei Tage«, erwiderte das Mädchen ohne Zögern. Bathshiba war die Tochter eines Karawanenbeschützers. Mit ihrem verstorbenen Vater war sie schon auf dieser Strecke gereist. Ballista vertraute ihrem Urteil. Trotzdem schaute er auch noch zu dem anderen Araber.

»Heute und morgen«, bestätigte Haddudad, der Söldner.

Mit klirrendem Halfter zügelte Turpio sein Pferd neben ihnen, der einzige römische Offizier unter Ballistas Kommando, der aus dem ursprünglichen Trupp überlebt hatte.

»Zwei Tage bis zu den Bergen«, verkündete Ballista.

Turpio zuckte vielsagend mit den Schultern. »Sofern die Pferde wollen – und der Feind und die Götter …«

Ballista nickte. Er richtete sich im Sattel auf und ließ seinen Blick über die Reiter schweifen. Er hatte ihre ungeteilte Aufmerksamkeit.

»Die Echsen sind hinter uns her, und es sind viele. Aber es gibt keinen Grund anzunehmen, dass sie uns auch schnappen werden. Sie sind mindestens fünf Meilen hinter uns, und in zwei Tagen sind wir in der Bergen und damit in Sicherheit.« Ballista fühlte förmlich Turpios unausgesprochenen Widerspruch und den der beiden Araber. Warnend funkelte er sie an. »Zwei Tage, und wir sind in Sicherheit«, wiederholte er noch einmal und ließ erneut den Blick über die Reiter schweifen. Niemand sagte ein Wort.

Mit einstudierter Ruhe ritt Ballista im Schritt an die Spitze des Trupps. Dann hob er die Hand zum Zeichen, weiterzureiten, und kurz darauf gingen sie wieder in den leichten Galopp über.

Hinter ihnen stieg die Sonne über den Horizont. Jede noch so kleine Anhöhe in der Wüste schimmerte golden, und jede noch so kleine Mulde war ein schwarzes Loch. Die Schatten der Reiter flackerten vor ihnen, als wollten sie fliehen.

Die kleine Kolonne war noch nicht weit gekommen, als es zur Katastrophe kam. Jemand schrie, verstummte aber sofort wieder. Dann folgte ein Knall.

Ballista drehte sich im Sattel um. Ein Soldat und sein Pferd waren zu Boden gegangen. Mensch und Tier hatten sich in Zaumzeug und Gepäck verfangen, und das Pferd schlegelte mit den Beinen. Der Mann rollte sich zur Seite weg. Das Pferd hörte auf zu schlegeln. Der Soldat richtete sich auf und hielt sich den Kopf, während das Tier aufzustehen versuchte. Mit einem fast schon menschlichen Schrei fiel es jedoch wieder zurück. Eines seiner Vorderbeine war gebrochen.

Ballista zwang sich, nicht zur Staubwolke ihrer Verfolger zurückzublicken, und bellte eine Reihe von Befehlen. Er sprang vom Pferd. Da das Durchhaltevermögen des Tiers von außerordentlicher Bedeutung war, musste er dessen Rücken entlasten, wann immer es ging. Maximus, der Sklave aus Hibernia, der Ballista seit nunmehr fünfzehn Jahren als Leibwächter diente, half dem gestürzten Pferd geradezu zärtlich, wieder auf die Beine zu kommen. Sanft redete er in seiner Muttersprache auf es ein, sattelte es ab und führte es vom

Pfad herunter. Vertrauensvoll humpelte das Tier ihm auf seinen drei gesunden Beinen hinterher.

Ballista wandte sich ab und schaute zu seinem Leibsklaven Calgacus, der gerade das Packpferd ablud. Der alte Kaledonier war schon von Ballistas Vater versklavt worden. Seit Ballistas Kindheit in den Wäldern des Nordens war Calgacus an seiner Seite. Jetzt erschien ein mürrischer Ausdruck auf dem hässlichen Gesicht des Kaledoniers, während er so viel Proviant wie möglich unter den Reitern verteilte. Er murmelte vor sich hin und legte das, was er nicht mehr verteilen konnte, auf einen ordentlichen Haufen neben den Weg. Kurz betrachtete er den Haufen, dann hob er die Tunika, zog die Hose runter und pisste ausgiebig auf den Proviant, den sie zurücklassen mussten.

»Ich hoffe, die sassanidischen Wichser haben Spaß daran«, verkündete er. Obwohl sie völlig erschöpft und voller Angst waren – oder vielleicht gerade deshalb –, lachten die Männer.

Maximus ging zurück. Er sah sauber und gefasst aus. Er schnappte sich den Militärsattel, warf ihn dem Packpferd auf den Rücken und zog sorgfältig die Riemen fest.

Ballista ging zu dem gestürzten Reiter. Der Mann hatte sich inzwischen aufgesetzt, und Demetrius, der junge Sklave, tupfte ihm die Platzwunde auf der Stirn ab. Ballista fragte sich, ob sein junger, griechischer Sekretär wohl auch so sorgsam gewesen wäre, wenn der Soldat nicht so gut ausgesehen hätte, doch er schob den Gedanken rasch wieder beiseite. Gemeinsam zogen Ballista und Demetrius den Soldaten wieder hoch, dann halfen sie ihm auf das ehemalige Packpferd, nachdem er gesagt hatte, dass es ihm wieder gut ginge.

Ballista und die anderen saßen ebenfalls auf. Diesmal konnte Ballista der Versuchung nicht widerstehen und blickte zu der Staubwolke zurück. Sie war deutlich näher gekommen. Ballista gab das Zeichen, und sie setzten ihren Weg fort, vorbei an dem am Boden liegenden Pferd. Auf der immer größer werdenden dunkelroten Pfütze aus Blut war ein hellrosa Schaum zu sehen, verursacht von den verzweifelten Versuchen des Tieres, durch die durchtrennte Luftröhre zu atmen.

Größtenteils galoppierten sie verhältnismäßig schnell, doch wann immer die Pferde ausgepumpt waren, rief Ballista einen Befehl, und sie saßen ab und gaben ihren Tieren etwas zu saufen, aber nicht zu viel. Anschließend fütterten sie die Pferde mit einer Handvoll in Wein aufgeweichtem Brot. Dann gingen sie ein Stück zu Fuß und führten die Pferde, bis sich die Tiere weit genug erholt hatten, und schließlich schwangen die Männer sich erneut in die Sättel. So ging das den ganzen Tag. Dabei schwebten sie ständig in der Gefahr, dass es aufgrund von Müdigkeit zu einem weiteren Unfall kam. Doch trotz all ihrer Mühen war die Staubwolke jedes Mal ein Stück näher gekommen, wann immer sie zurückschauten.

Bei einem der Streckenabschnitte zu Fuß führte Bathshiba ihr Pferd neben Ballista. Als dann auch noch Haddudad auf der anderen Seite erschien, überraschte ihn das nicht. Der Gesichtsausdruck des arabischen Söldners war zwar nicht zu deuten, doch Ballista dachte: *Eifersüchtiger Bastard.*

Schweigend ritten sie eine Zeit lang nebeneinanderher. Ballista schaute zu Bathshiba. Sie hatte Staub auf ihren hohen Wangen und in ihren langen schwarzen Haaren. Aus den Augenwinkeln beobachtete Ballista ihre Bewegungen, sah, wie sich ihre Brüste bewegten. Offensichtlich wurden sie unter der Männertunika, die sie trug, von nichts gehalten. Ballista dachte an das eine Mal zurück, da er sie gesehen hatte. Er dachte an ihre Rundungen, die olivfarbene Haut und die dunklen Brustwarzen. *Allvater, langsam drehe ich wirklich durch*, dachte Ballista. *Wir reiten in dieser dämonischen Wüste um unser Leben, und ich denke nur an die Titten dieses Weibs. Aber das sind ja auch geile Titten.*

»Entschuldigung, was?« Ballista bemerkte plötzlich, dass jemand etwas zu ihm gesagt hatte.

»Ich habe gefragt: Warum hast du deine Männer angelogen?« Bathshiba sprach leise. Über das Klirren des Geschirrs, die schweren Schritte und das ebenso schwere Atmen von Mensch und Tier hinweg konnten nur sie drei sie hören. »Du bist doch schon durch dieses Land gereist. Du weißt, dass wir auch in den Bergen nicht sicher sein werden. Es gibt nur einen Weg durchs Hochland. Man könnte uns nicht leichter folgen, wenn wir einen Faden hinter uns abspulen würden.«

»Manchmal bedingt eine Lüge die Wahrheit erst.« Ballista grinste. Ihm war seltsam schwindlig. »Ariadne hat Theseus das Fadenknäuel gegeben, als er in das Labyrinth gegangen ist, um den Minotaurus zu erschlagen. Mithilfe des Fadens sollte er wieder herausfinden. Und er hat ihr versprochen, sie zu heiraten, doch dann hat er sie auf der Insel Naxos zurückgelassen. Hätte er sie nicht angelogen, dann hätte Ariadne später nicht Dionysos geheiratet, Theseus hätte keinen Sohn mit Namen Hippolytos gehabt und Euripides hätte keine Tragödie dieses Namens schreiben können.«

Weder Bathshiba noch Haddudad erwiderten etwas darauf. Beide schauten sie Ballista nur verwirrt an. Ballista seufzte und erklärte: »Hätte ich den Männern die Wahrheit gesagt – nämlich, dass die Perser uns vermutlich noch vor den Bergen einholen und töten werden, und dass sich auch nichts daran ändern wird, wenn wir wirklich die Berge erreichen –, dann hätten sie wahrscheinlich aufgegeben, und alles wäre vorbei gewesen. Ich habe ihnen Hoffnung gegeben, damit sie weitermachen. Und wer weiß – vielleicht haben wir doch noch eine Chance, wenn wir erst einmal in den Bergen sind.«

Ballista musterte Haddudad aufmerksam. »Wenn ich mich recht entsinne, führt die Straße durch mehrere Schluchten hindurch.« Der Söldner nickte nur. »Eignet sich eine davon für einen Hinterhalt?«

Haddudad ließ sich mit der Antwort Zeit. Ballista und Bathshiba schwiegen. Der arabische Söldner hatte Bathshibas Vater lange Zeit gedient. Ballista und Bathshiba wussten, dass sie sich auf Haddudads Urteil verlassen konnten.

»Die Hörner von Ammon, nicht weit in den Bergen – das ist ein guter Platz für einen Hinterhalt.«

Ballista winkte den Männern, wieder aufzusitzen. Nachdem er selbst seinen müden Leib in den Sattel gewuchtet hatte, beugte er sich nach vorn und sagte leise zu Haddudad: »Sag mir Bescheid, wenn die Hörner des Ammon nicht mehr weit weg sind – falls wir überhaupt so weit kommen.«

Nacht senkte sich über die Wüste. In einem Moment stand die Sonne noch hoch am Himmel, und im nächsten verschwand sie außer Sicht. Plötzlich waren Ballistas Gefährten nur noch schwarze Schatten, und die Dunkelheit breitete sich rasch aus. Der Mond war noch nicht aufgegangen, und obwohl die Pferde noch nicht gänzlich erschöpft waren, war es viel zu gefährlich, im Sternenlicht weiterzureiten.

Direkt neben dem Pfad schlugen die Flüchtlinge ihr Lager in nahezu vollkommener Dunkelheit auf. Auf Ballistas Befehl brannten nur drei Abblendlaternen. Sie waren nach Westen ausgerichtet, weg von den Verfolgern, und sobald die Pferde versorgt waren, würden sie gelöscht werden.

Ballista rieb sein Tier ab und flüsterte dem grauen Wallach sinnlose Zärtlichkeiten ins Ohr. Ein Jahr zuvor hatte er das Pferd in Antiochia gekauft. Der Wallach hatte Ballista gut gedient, und er mochte das Tier mit dem großen Herzen. Der Geruch des verschwitzten Pferdes war für Ballista genauso gut wie der von Gras kurz nach dem Regen, und das Gefühl der kraftvollen Muskeln unter dem glatten Fell beruhigte ihn.

»Dominus.« Die Stimme eines Soldaten, der mit seinem Pferd zu ihm trat, riss Ballista aus seinen Gedanken. Mehr sagte der Soldat jedoch nicht. Das war auch nicht nötig. Das Pferd des Mannes lahmte. Wie schon so oft traten Maximus und Calgacus aus der Dunkelheit. Wortlos nahm der Kaledonier Ballistas Wallach, und der Leibwächter schaute sich zusammen mit Ballista das andere Pferd an. Sie führten es herum, ließen es traben und untersuchten die Hufe. Es war hoffnungslos. Das Tier konnte nicht mehr weiter. Mit einem knappen Nicken befahl Ballista Maximus, es wegzuführen.

Der Soldat rührte sich nicht. Er wartete. Nur seine Augen verrieten seine Furcht.

»Wir werden dem Brauch der Wüste folgen.« Als Reaktion auf Ballistas Worte atmete der Mann tief aus. »Sag allen, sie sollen sich versammeln.«

Ballista holte seinen Helm und einen tönernen Weinkrug und legte beides auf den Boden neben eine der Laternen, die er anschließend vollständig öffnete. Der kleine Trupp bildete einen Kreis und hockte sich in den Staub. Die Laterne warf ein hartes Licht auf die angespannten Gesichter und betonte jede noch so kleine Falte. Irgendwo bellte ein Wüstenfuchs. Dann kehrte wieder Stille ein.

Ballista nahm den Weinkrug, zog den Stopfen heraus und trank einen kräftigen Schluck. Der Wein war rau in seiner Kehle. Dann reichte er den Krug an den Mann neben sich weiter, der ebenfalls trank, bevor er ihn weitergab.

Maximus kehrte zurück und hockte sich zu den anderen.

»Das Mädchen macht nicht mit.« Ballistas Stimme klang selbst für ihn laut.

»Warum nicht?«

Ballista schaute zu dem Soldaten, der gefragt hatte.

»Ich habe hier das Sagen. Ich bin derjenige mit Imperium.«

»Wir werden tun, was uns befohlen wird, wir sind bereit, jede Anweisung auszuführen.« Der Soldat senkte den Blick, als er die rituellen Worte emotionslos intonierte.

Bathshiba stand auf und ging.

Als der leere Krug wieder an Ballista zurückgegeben wurde, ließ er ihn vor sich auf den Boden fallen. Dann hob er den rechten Stiefel und trat zu. Der Krug zersplitterte mit lautem Krachen. Ballista schaute sich an, was er getan hatte, dann trat er noch drei-, viermal zu, bis nur noch winzige Splitter von dem Krug übrig waren. Schließlich hockte er sich hin und suchte dreizehn ungefähr gleich große Stücke heraus, die er in einer Reihe auslegte. Er nahm sich zwei von ihnen. Mit dem einen kratzte er einen griechischen Buchstaben auf den anderen: *Theta*. Zu guter Letzt hob er die dreizehn Splitter wieder auf und ließ sie in seinen Helm fallen, die zwölf leeren und den einen markierten. Schließlich schüttelte er sie durch.

Mit dem Helm in der Hand stand Ballista wieder auf. Alle starrten den Helm an, als hause eine tödliche Natter in ihm, und in gewissem Sinne stimmte das auch. Ballistas Herz schlug ihm bis zum Hals. Seine Hände schwitzten, als er sich umdrehte und den Helm dem Mann zu seiner Linken anbot.

Es war der Schreiber aus Nordafrika, der, den sie Hannibal nannten. Er zögerte nicht. Er schaute Ballista fest in die Augen und steckte die Hand in den Helm. Seine Finger schlossen sich. Er zog seine Faust wieder heraus, drehte sie und öffnete die Hand. Auf der Handfläche lag ein Splitter – unmarkiert. Emotionslos ließ Hannibal ihn auf den Boden fallen.

Nun war Demetrius an der Reihe. Der griechische Jüngling zitterte. Die Verzweiflung war ihm deutlich anzusehen. Ballista wollte ihn trösten, doch er wusste, dass er das nicht konnte. Demetrius schaute in den Himmel hinauf. Seine Lippen bewegten sich zu einem stummen Gebet. Dann steckte auch er die Hand in den Helm, unbeholfen, und fast schlug er ihn Ballista aus der Hand. Die zwölf Splitter klapperten, während der Junge mit den Fingern darin herumrührte und seine Wahl traf. Mit einem Ruck riss Demetrius die Hand zurück. Er hielt einen Splitter ohne Markierung in den Fingern. Demetrius schnappte nach Luft. Fast hörte es sich wie ein Schluchzen an, und Tränen traten ihm in die Augen.

Der Soldat links von Demetrius hieß Titus mit Namen. Fast ein Jahr lang hatte er unter Ballista bei der Reitergarde gedient, den Equites Singulares. Ballista kannte ihn als ruhigen, fähigen Mann. Ohne zu zögern, zog Titus eine Scherbe aus dem Helm. Er öffnete die Faust. *Theta.* Titus schloss die Augen. Dann schluckte er, öffnete die Augen wieder und riss sich zusammen.

Ein Seufzen ging durch den Kreis wie ein Windhauch durch ein Weizenfeld. Bemüht, sich ihre Erleichterung nicht anmerken zu lassen, verschmolzen die anderen mit der Nacht. Nur Titus blieb bei Ballista, Maximus und Calgacus.

Titus lächelte schwach. »Damit ist meine Arbeit wohl getan. Ich kann genauso gut die Waffen ablegen.« Er zog seinen Helm aus und ließ ihn auf den Boden fallen. Dann zog er sich das Wehrgehänge über den Kopf, löste den Schwertgürtel und warf auch das beiseite.

Schließlich fummelte er an den Riemen seines Kettenhemdes herum. Wortlos gingen Maximus und Calgacus ihm zur Hand.

Unbewaffnet und ohne Rüstung stand Titus einen Moment lang einfach nur da. Dann beugte er sich vor, hob sein Schwert wieder auf und prüfte Schneide und Spitze mit dem Daumen.

»Das muss nicht sein«, sagte Ballista.

Titus lachte verbittert. »Es ist ja nicht so, als hätte ich eine Wahl. Wenn ich weglaufe, werde ich verdursten. Wenn ich mich verstecke, werden die Echsen mich finden, und ich habe gesehen, was sie mit Gefangenen machen. Wenn ich schon sterben muss, dann wenigstens mit intaktem Arsch. Die römische Art ist immer noch die beste.«

Ballista nickte.

»Hilfst du mir?«

Ballista nickte erneut. »Hier?«

Titus schüttelte den Kopf. »Können wir ein Stück gehen?«

Die beiden Männer verließen den Lichtkreis. Kurz darauf blieb Titus stehen. Er nahm den Weinschlauch, den Ballista ihm anbot, und setzte sich. Dann trank er einen kräftigen Schluck und gab den Schlauch Ballista zurück, der sich neben ihn gehockt hatte. Im Lager erloschen die Laternen, eine nach der anderen.

»Tyche, das Glück ist eine Hure«, seufzte Titus, nahm Ballista den Schlauch wieder ab und trank noch einen Schluck. »Als die Stadt gefallen ist, habe ich gedacht, ich würde sterben. Dann habe ich gedacht, ich könnte fliehen. Verdammte Hure.«

Ballista schwieg.

»In der Stadt hatte ich eine Frau. Sie ist inzwischen sicher tot oder versklavt.« Titus löste die Börse vom Gürtel und reichte sie Ballista. »Das Übliche – teile es unter den Männern auf.«

Schweigend saßen sie beisammen und tranken, bis der Schlauch leer war. Titus schaute zu den Sternen hinauf. »Scheiße – bringen wir es hinter uns.«

Titus stand auf und reichte Ballista sein Schwert. Dann zog er die Tunika hoch und entblößte Bauch und Brust. Ballista stellte sich dicht vor ihn. Titus packte Ballista an den Schultern. Das Heft des Schwertes in der rechten Hand, legte Ballista die Klinge auf die linke Hand. Sanft führte er die Klinge bis auf die Haut knapp unter Titus' Brustkorb und legte die linke Hand auf den Rücken des Soldaten.

Ballista schaute Titus weiter in die Augen. Schweißgeruch brannte in seiner Nase, und beide atmeten sie rasselnd im Takt.

Titus' Finger gruben sich in Ballistas Schultern. Ballista nickte kaum merklich, und Titus versuchte, einen Schritt nach vorne zu machen. Ballista half ihm mit der linken Hand und legte all seine Kraft in den Stoß mit der rechten. Kurz, ganz kurz, war ein Widerstand zu spüren, dann drang das Schwert mit Übelkeit erregender Leichtigkeit in Titus' Bauch. Titus schnappte qualvoll nach Luft und griff instinktiv nach der Klinge. Ballista spürte das Blut im selben Augenblick auf seiner Hand, als der metallische Geruch in seine Nase drang. Eine Sekunde später kam der Gestank von Pisse und Scheiße hinzu, als Titus Darm und Blase leerte.

»Euge – gut gemacht«, stöhnte Titus auf Griechisch. »Bring – bring es zu Ende.«

Ballista drehte die Klinge, zog sie raus und stieß wieder zu. Titus' Kopf flog nach hinten, als Krämpfe seinen Körper schüttelten. Seine Augen trübten sich, seine Beine gaben nach, und er sackte weg. Ballista ließ das Schwert los, um Titus mit beiden Händen auf den Boden zu helfen.

Kniend zog Ballista das Schwert aus der Leiche. Eingeweide glitten an der Klinge hinab. Glänzend und ekelhaft weiß stanken sie wie rohes Gekröse. Ballista ließ die Waffe fallen und schloss dem Toten mit der blutigen Hand die Augen.

»Möge die Erde leicht auf dir liegen.«

Ballista stand auf. Seine Kleidung und Haut waren voller Blut des Mannes, den er getötet hatte.

Maximus führte mehrere andere aus der Dunkelheit. Sie hatten Hacken und Schaufeln dabei und machten sich sofort daran, ein Grab zu schaufeln. Calgacus legte den Arm um Ballista und führte ihn weg. Leise tröstete er ihn wie ein Kind.

Vier Stunden später war der Mond aufgegangen, und der Trupp war wieder auf dem Weg. Ballista war überrascht, dass er tief und fest geschlafen hatte, nachdem Calgacus ihn ausgezogen und gewaschen hatte. Jetzt trug er neue Kleider, seine Rüstung war poliert, und er saß wieder auf seinem Pferd und führte die Flüchtlinge nach Westen.

Einer nach dem anderen erloschen die Sterne, und als die Sonne wieder aufging, lagen die Berge noch immer in weiter Ferne. Und hinter den Flüchtlingen war die Staubwolke ihrer Verfolger zu sehen. Sie waren deutlich näher gekommen, vielleicht noch zwei Meilen entfernt.

»Ein letzter Ritt.« Im selben Augenblick, da Ballista diese Worte sprach, erkannte er, wie zweischneidig sie waren. Rasch sprach er in Gedanken ein Gebet an Wodan, den höchsten Gott seiner Heimat. *Allvater, Schimmelreiter, lass meine achtlosen Worte nicht auf mich zurückfallen, und lass die Pferde wieder zu Atem kommen.* Und laut rief er noch einmal: »Ein letzter Ritt!«

Da er an der Spitze der Kolonne ritt, gab Ballista auch das Tempo vor, einen gleichmäßigen Galopp. Im Gegensatz zum vorherigen Tag hatten sie nun keine Zeit mehr, abzusitzen, damit die Pferde sich erholen konnten. Während die Sonne immer höher in den Himmel stieg, ritten sie gnadenlos nach Westen.

Es dauerte nicht lange, da zeigten die Pferde erste Anzeichen von Erschöpfung. Sie blähten die Nüstern, ihre Mäuler standen offen, und Speichel flog den Reitern in die Gesichter. Sie ritten den ganzen Morgen durch, und die Berge kamen Stück für Stück näher. Irgendein Gott musste seine schützende Hand über sie halten. Der Pfad war rau, voller Löcher und steinig, doch wie durch ein Wunder passierte nichts. Weder lahmte plötzlich ein Tier noch stürzte es in den Staub. Und dann, beinahe unbemerkt, waren sie da. Der Pfad führte einen Hang hinauf, und die Steine rechts und links wurden immer größer, bis sie schließlich zu Felsen geworden waren. Sie waren im Vorgebirge.

Bevor der Pfad den Hang hinauf abbog und bevor ihnen die Sicht versperrt wurde, zügelte Ballista sein Pferd und schaute zurück. Da waren die Sassaniden, eine schwarze Linie ungefähr eine Meile hinter ihnen. Dann und wann funkelte das Sonnenlicht auf den Helmen und Rüstungen. Ballista sah, dass es sich ausschließlich um Reiter handelte, keine Fußtruppen. Aber das hatte er bereits gewusst. Er schätzte, dass es mindestens fünfzig waren. Irgendetwas war jedoch seltsam an ihnen, aber Ballista hatte keine Zeit, sie eingehender zu beobachten. Er trieb sein Pferd wieder an.

Je höher sie kamen, desto langsamer ging es voran. Die Pferde hatten schwer zu kämpfen, doch sie waren noch nicht lange im Hochland, als Haddudad verkündete: »Die Hörner von Ammon!«

Sie bogen nach links in einen Hohlweg ab. Der Pfad war schmal, an keiner Stelle breiter als zwanzig Schritte. Gut zweihundert Schritte weit führte er zwischen den Felsvorsprüngen hindurch, die dem Ort seinen Namen gaben. Die Hänge waren steil, doch der rechts nicht ganz so sehr. Vermutlich konnte man dort hochklettern, auch mit einem Pferd, und sogar wieder hinunterreiten.

»Am anderen Ende, dort, wo der Weg nach rechts abbiegt, führt der Pfad hinter den Hügel und damit außer Sicht«, sagte Haddudad. »Bring rechts Bogenschützen in Stellung, um das Ende des Hohlwegs zu halten. Das ist ideal für einen Hinterhalt – zumindest, wenn wir nicht allzu sehr in der Unterzahl sind.«

Während sie den Hohlweg hinaufritten, versank Ballista immer mehr in Gedanken, plante und traf Entscheidungen. Als sie noch gut fünfzig Schritte vom Ende des Hohlwegs entfernt waren, hielt er an und gab Befehle. »Ich werde mit Maximus, Calgacus und dem Mädchen den Hügel hinaufreiten. Mit dem Bogen ist sie genauso gut wie ein Mann. Der Griechenjunge kommt auch mit. Er kann sich um die Pferde kümmern. Und du …«, er deutete auf einen der beiden letzten verbliebenen Zivilisten, allerdings nicht auf den afrikanischen Schreiber, »… du wirst meine Befehle weiterleiten.« Er hielt kurz inne und schaute zu Haddudad und Turpio. »Damit bleibt ihr zwei mit fünf Männern unten auf dem Pfad. Wartet hinter der Ecke, außer Sicht, bis ihr meinen Befehl bekommt. Dann stürmt mitten zwischen die Echsen. Wir werden uns von oben auf sie stürzen, um ihnen in die Flanke zu fallen.«

Haddudad nickte, und Turpio grinste spöttisch. Die anderen starrten Ballista nur erschöpft und mit leeren Augen an.

Ballista löste den schwarzen Mantel, den er zum Schutz vor der Sonne über der Rüstung getragen hatte, und ließ ihn fallen. Er landete in einer Staubwolke mitten auf dem Pfad. Dann nahm er die Börse des armen Titus vom Gürtel und öffnete sie. Da waren jede Menge Münzen drin. Die Ersparnisse eines ganzen Soldatenlebens. Ballista verstreute sie hinter dem Mantel. Schließlich nahm er auch noch seinen Helm mit dem charakteristischen Federbusch ab und warf ihn ebenfalls in den Staub.

Haddudad grinste. »Gerissen wie eine Schlange«, bemerkte er.

»Bei deinem Volk gilt das vermutlich als Kompliment«, erwiderte Ballista.

»Nicht immer«, sagte der Araber.

Ballista hob die Stimme, sodass alle ihn hören konnten. »Seid ihr zum Kampf bereit?«

»Allzeit!«

Dreimal rief Ballista, und dreimal erhielt er eine Antwort, doch den Männern war ihre Erschöpfung deutlich anzuhören, und die Rufe verhallten in den Hügeln.

Turpio lenkte sein Pferd neben Ballista. Leise rezitierte er ein griechisches Gedicht.

Weine nicht
Um die glücklichen Toten.
Weine um jene,
die den Tod fürchten.

Ballista lächelte und winkte den Männern, auf Position zu gehen.

»Wir werden tun, was uns befohlen wird, wir sind bereit, jede Anweisung auszuführen.«

Ballista lag auf dem Hügelkamm, auf den Schultern eine alte graubraune Decke. Er hatte sich ein paar Handvoll Sand in Haar und Gesicht geschmiert. Zwanzig Pfeile steckten neben seinem

Kopf im Boden. Sie sahen aus wie ein Büschel Wüstengras. Seine Begleiter ruhten sich hinter dem Hügel noch ein wenig aus.

Lange Zeit in strahlendem Sonnenschein auf etwas zu starren hatte etwas Narkotisierendes an sich. Land und Luft waberten, verschoben sich. Leblose Objekte begannen sich zu bewegen. Zweimal hatte Ballista schon geglaubt, der Moment sei gekommen, doch dann hatte er erkannt, dass seine Augen einer Täuschung erlegen waren. Es war nicht weit nach Mittag. Sie hatten sich einen guten Vorsprung herausgearbeitet. Die Sassaniden mussten am Fuß der Hügel gerastet haben, was aus ihrer Sicht kein Problem darstellte, denn sie waren sicher davon überzeugt, ihre Beute bald einzuholen.

Ballista blinzelte den Schweiß aus den Augen und verlagerte leicht sein Gewicht in dem flachen Loch, das er in den steinigen Untergrund gegraben hatte. Er bezweifelte stark, dass das helfen würde. Zehn Kämpfer und das Mädchen gegen mindestens fünfzig. Seltsamerweise hatte er jedoch nicht wirklich Angst. Er dachte an seine Frau und seinen Sohn, und er empfand eine überwältigende Traurigkeit, weil er sie vermutlich nie wiedersehen würde. Er stellte sich vor, wie sie sich fragten, was wohl mit ihm geschehen war. Sie würden auf ewig mit dem Schmerz leben müssen, es nie zu erfahren.

Endlich sah er eine Bewegung. Die sassanidischen Reiter galoppierten in den Hohlweg, und Ballistas Herz setzte einen Schlag lang aus. Dann sah er auch den Grund dafür, warum ihm die Kolonne schon aus der Ferne so seltsam vorgekommen war: Jeder Sassanide führte zwei Ersatzpferde mit sich. Deshalb hatten sie die Distanz zu ihrer Beute auch so rasch verringern können. Es waren sechzig Pferde, aber nur zwanzig Reiter. Also waren sie den Römern in Wahrheit nur zwei zu eins überlegen, und so der Allvater wollte, könnte Ballista das rasch zu ihren Gunsten ändern.

Der Sassanide an der Spitze der Kolonne deutete nach vorn, rief etwas über die Schulter und trottete voraus. Kurz darauf erreichte er die Sachen, die auf dem Pfad lagen, und stieg ab. Es bereitete dem Mann sichtlich Mühe, die Zügel von gleich drei Pferden zu halten, während er sich bückte, um die Sachen aufzuheben.

Ballista grinste. Die anderen Reiter hatten nicht angehalten. Stattdessen trotteten sie weiter und blieben erst direkt hinter dem Mann zu Fuß stehen. *Ihr Narren*, dachte Ballista, *wer so dämlich ist, der hat den Tod verdient*.

Ballista schüttelte die Decke ab, packte seinen Bogen und stand auf. Als er einen Pfeil auflegte, hörte er, wie seine Gefährten sich ebenfalls erhoben. Ballista spannte den Bogen, spürte, wie die Sehne in seine Finger schnitt und sich die Spannung im Horn, Holz und in seinem Bauch langsam erhöhte. Die Sassaniden wiederum konzentrierten sich nach wie vor auf ihren Fund und hatten ihn noch nicht bemerkt.

Ballista wählte den Mann, der der Anführer der Reiter zu sein schien. Er zielte über die rote Hose und unter den gelben Hut, genau auf die schwarz-gelbe Tunika. Er schoss.

Sekunden später fiel der Mann von seinem Pferd. Ballista hörte erschrockene und ängstliche Rufe, und er hörte, wie auch seine Gefährten schossen. Er legte einen weiteren Pfeil ein und schoss mitten zwischen die Reiter. Er zielte tief, denn er hoffte, wenn er die Reiter verfehlte, dann würde er zumindest ein Pferd treffen. Ballista schoss noch fünfmal, ohne darauf zu achten, wo seine Pfeile einschlugen.

In dem Hohlweg herrschte das reinste Chaos. Männer und Tiere sprangen wild herum. Einzelne Pferde hatten sich losgerissen und krachten gegen jene, die die Reiter noch immer unter Kontrolle hatten. Ballista zielte auf den hinteren Teil der feindlichen Kolonne. Sein erster Schuss verfehlte das Ziel, doch sein zweiter traf ein Pferd in die Flanke. Das Tier stieg und warf den Reiter nach hinten ab. Die anderen beiden Pferde, die der Mann geführt hatte, gingen durch und galoppierten davon.

»Haddudad! Turpio! Jetzt! Demetrius! Die Pferde!«, brüllte Ballista über die Schulter hinweg. Er schoss noch ein paar Pfeile ab, während er hinter sich schnelle Schritte auf dem lockeren Gestein hörte.

Als der Griechenjunge mit Ballistas Pferd erschien, ließ Ballista den Bogen fallen und schwang sich in den Sattel. Mit seinen Schenkeln lenkte er das Tier zum Abhang herum. Von oben wirkte der Hang weit steiler als von unten, übersät mit ockerfarbenen, grauen und braunen Brocken und durchsetzt mit tückischem Gestrüpp.

Ballista lehnte sich in den Sattelrücken, lockerte die Zügel und überließ es dem Pferd, einen sicheren Weg hinab zu finden. Er hörte, wie die anderen ihm folgten. Weiter unten sah er, wie die sieben römischen Reiter mit Haddudad und Turpio an der Spitze bereits in den Hohlweg stürmten.

Als Ballista das Schwert zog, stolperte sein Tier. Fast wäre ihm das Spatha, das Langschwert der römischen Reiterei, aus der Hand gefallen. Ballista fluchte, hielt die Waffe im letzten Moment fest und zog die Schlaufe am Heft über sein Handgelenk. Haddudads Reiter hatten bereits eine Lücke in die Sassanidenkolonne gerissen. Tatsächlich hatten sie schon drei, vier Perser niedergestreckt, doch die Enge des Hohlwegs und die schiere Übermacht des Feindes hatten sie zum Stehen gebracht. Überall liefen herrenlose, persische Pferde umher. Staubwolken quollen den gegenüberliegenden Hang hinauf.

Obwohl sie überrascht und nun führerlos waren, waren die Sassaniden doch auch mutige Krieger. Sie waren noch nicht zur Flucht bereit. Ein Römer aus Haddudads Trupp fiel aus dem Sattel. Ein Pfeil zischte an Ballista vorbei, und ein weiterer prallte genau vor ihm von einem Stein ab. Es war noch nichts entschieden.

Als Ballista sich dem Grund des Hohlwegs näherte, steckten die beiden Sassaniden, die ihm am nächsten waren, ihre Bögen wieder weg und rissen die Schwerter heraus. Der Kampf stand auf Messers Schneide. Ballista bewegte sich schnell, und diesen Vorteil wollte er nutzen. Im letzten Augenblick riss er sein Pferd zu dem Krieger zu seiner Rechten herum. Der tapfere kleine Wallach krachte Schulter an Schulter in das Pferd des Persers. Die Wucht des Aufpralls warf Ballista im Sattel nach vorn. Doch das feindliche Pferd wurde auf die Hinterbeine zurückgeworfen, sodass sich der Reiter an der Mähne festhalten musste, um nicht herunterzufallen. Ballista hingegen fand sein Gleichgewicht nahezu sofort wieder und schlug über den Hals seines Tieres hinweg zu.

Bei den Sassaniden, mit denen sie es zu tun hatten, handelte es sich um leichte Reiterei. Nur wenige von ihnen trugen Rüstungen, und so drang die Klinge dem Mann tief in die Schulter.

Ballista riss sein Schwert wieder heraus und zog an den Zügeln, um sein Pferd hinten um das des Gegners herum und auf den nächsten Feind zu lenken. Bevor ihm das jedoch gelingen konnte, stürmte ein dritter Sassanide von rechts auf ihn zu. Ballista fing den Hieb mit seinem Schwert ab und stieß nach dem Gesicht des Mannes. Doch der Sassanide wich dem Angriff aus, und Ballista spürte einen stechenden Schmerz in seinem linken Bizeps, als seine Klinge harmlos durch die Luft schnitt.

Jetzt war er zwischen zwei Sassaniden gefangen. Ohne Schild oder auch nur einen Mantel, um seine linke Seite zu schützen, musste Ballista versuchen, beide Angriffe zugleich mit seinem Schwert zu parieren. Er drehte und wand sich wie ein von Hunden in die Enge getriebener Bär. Stahl prallte auf Stahl, und die Funken flogen. Ein mächtiger Schlag von rechts traf Ballista am Brustkorb. Mit seinem Angriff hatte der Perser ein, zwei Kettenringe bei Ballista zerbrochen, und die Klinge war bis in Ballistas Fleisch vorgedrungen, allerdings nicht sehr tief.

Trotz der Schmerzen zwang Ballista sich, aufrecht im Sattel zu bleiben, und er schwang sein Schwert, doch nicht nach dem Mann, sondern nach dem Kopf des Pferdes. Zwar verfehlte er sein Ziel, aber das Tier trippelte erschrocken zur Seite. Ballistas Brust schmerzte bei jedem Atemzug. Er parierte einen Hieb von links, trat zu und traf das Pferd des Persers in den Bauch. Auch dieses Tier wich zurück. Ballista hatte sich ein paar Sekunden Zeit verschafft.

Ballista hob den Blick. Er konnte nirgends hin. Vor ihm liefen vier, fünf Pferde herum und versperrten ihm den Weg. Wieder kamen die dunklen, wilden Gesichter näher, und erneut wand sich Ballista im Sattel wie ein Tier. Doch er wurde immer langsamer. Sein linker Arm pochte, und seine Rippen schmerzten immer mehr.

Genau in dem Augenblick, da es so aussah, als könne das nur auf eine Art enden, erschien Maximus. Einem geschickten, blitzschnellen Hieb folgte eine Blutfontäne, und der Krieger zu Ballistas Linker fiel aus dem Sattel. Maximus ritt sofort weiter, und Ballista richtete all seine Aufmerksamkeit auf den verbliebenen Gegner.

Nach einer Weile wichen Ballista und sein Feind je ein, zwei Schritte zurück, als hätten sie stillschweigend eine Vereinbarung getroffen. Beide atmeten schwer und warteten darauf, was der Gegner als Nächstes tun würde. Der Kampflärm hallte von den Felswänden wider, und Staub stieg vom Boden empor. Um Ballista und seinen Gegner tobte eine wilde Schlacht, doch ihre Welt beschränkte sich auf die Reichweite ihrer Schwerter. Ballistas linker Arm war steif, fast nutzlos. Das Atmen schmerzte ihn immer mehr. Dann bemerkte Ballista einen weiteren Reiter hinter seinem Gegner, und er erkannte ihn.

»Anamu!«

Ballista hatte ihn erst vor wenigen Tagen zum letzten Mal gesehen, als der Karawanenbeschützer Anamu bei der Verteidigung seiner Heimatstadt Arete vorübergehend als römischer Offizier gedient hatte.

»Anamu, du Verräter!«

Der Mann aus Arete wandte sein langes, schmales Gesicht Ballista zu. In den weit auseinanderliegenden Augen war keine Überraschung zu sehen. »Es ist nicht meine Schuld!«, rief der Mann auf Griechisch. »Sie haben meine Familie. Ich musste sie hinter dir her führen.«

Als er sah, dass Ballista abgelenkt war, stürmte der Sassanide vor, doch instinktiv schlug Ballista die persische Klinge beiseite.

Anamu warf den Kopf zurück und brüllte auf Persisch: »Jeder für sich allein! Flieht! Rettet euch!« Er trat seinem Pferd die Fersen in die Flanken, und das Tier sprang sofort los. Über die Schulter hinweg rief Anamu Ballista wieder auf Griechisch zu: »Es ist nicht meine Schuld!«

Der Sassanide, der Ballista gegenüberstand, wich erneut zurück, diesmal vier, fünf Schritte. Dann riss er an den Zügeln, wendete sein Pferd und folgte Anamu.

Plötzlich war die Luft von persischen Rufen erfüllt. Hufgetrappel hallte von Ammons Hörnern wider. Wie ein Mann versuchten die Perser, sich aus dem Kampf zu lösen und zu fliehen. Der Kampf war vorbei.

Ballista beobachtete, wie die sassanidischen Reiter im Hohlweg verschwanden. Seine eigenen Männer waren bereits aus den Sätteln gesprungen, um den verletzten Feinden die Kehlen durchzuschneiden und sie nach den Reichtümern zu durchsuchen, von denen es hieß, die Perser trügen sie stets bei sich.

»Lasst einen leben!«, rief Ballista. Doch es war zu spät.

Haddudad und Turpio ritten zu ihm und verkündeten ihm das blutige Ergebnis. Zwei ihrer Männer waren tot und zwei weitere verwundet, Turpio eingeschlossen, der eine böse Wunde am linken Oberschenkel erlitten hatte. Ballista dankte ihnen, und alle drei ließen sie sich steif aus den Sätteln gleiten.

Ballista untersuchte sein Pferd. Es hatte einen Kratzer an der linken Schulter und eine kleine Wunde an der rechten Flanke, doch ansonsten schien der Wallach keinen Schaden davongetragen zu haben. Calgacus kam mit Wasser und einem sauberen Tuch. Er begann, Ballista den Arm zu verbinden. Dabei fluchte er wortreich, während sein Patient sein Pferd streichelte.

Schließlich trabte Bathshiba heran. Ballista hatte das Mädchen ganz vergessen. Sie sprang aus dem Sattel, rannte zu Haddudad und schlang die Arme um seinen Hals. Ballista wandte sich ab.

Etwas funkelte auf dem Boden, und das erregte seine Aufmerksamkeit. Es war der Helm, den er zu Beginn des Kampfes weggeworfen hatte. Ballista ging zu ihm und hob ihn auf. Er war verbeult. Ein Pferd war darauf getreten. Der Federbusch war außer Form, doch das konnte man reparieren.

DUX RIPAE

Herbst 256 n. Chr.
bis Frühling 257 n. Chr.

Sehet, die Erde wird das dunkle Blut vieler Männer trinken.
Denn dies wird die Zeit sein, da die Lebenden die Toten gesegnet nennen.
Sie werden sagen, es sei gut zu sterben.
Doch der Tod wird vor ihnen fliehen.
Und was dich betrifft, verdammtes Syrien, so weine ich um dich.

Die Sibyllinischen Bücher XIII, 115–119

I

Ballista wollte ein guter Römer sein. Allvater Wodan wusste das. Aber es war schwer, und in Zeiten wie diesen war es sogar nahezu unmöglich. Wie konnten die Römer nur diese dummen Regeln und lächerlichen Rituale ertragen, die alles erstickenden Hemmnisse der Zivilisation? Wenn ein Verwundeter nach neunzehn Tagen nahezu ununterbrochener Reise von Kopf bis Fuß verstaubt zum kaiserlichen Palast in Antiochia ritt, leicht wankte, nachdem er abgestiegen war, und wenn er Neuigkeiten über den furchtbaren persischen Feind brachte, dann hätte man doch annehmen sollen, dass die Höflinge ihn augenblicklich zum Augustus bringen würden.

»Es tut mir wirklich außerordentlich leid, Dominus, aber ich darf nur jene hereinlassen, die ausdrücklich zum heiligen Consilium des Kaisers Valerian Augustus geladen sind.« Der fette Eunuch blieb knallhart.

»Ich bin Marcus Clodius Ballista, Dux Ripae, Oberbefehlshaber der Flussufer, Vir Egregius und römischer Ritter. Ich bin ohne Rast vom Euphrat hierher geritten, und ich bringe Neuigkeiten über die feindlichen Sassaniden – Neuigkeiten, die der Kaiser hören muss!« Ballistas Stimme hatte etwas Drohendes an sich.

»Ich kann gar nicht genug betonen, wie leid es mir tut, edler Dux, aber das ist unmöglich.« Der Eunuch schwitzte stark, aber er hatte Eier – bildlich gesprochen natürlich – und blieb standhaft.

Ballista spürte den Zorn in sich aufkeimen. Er atmete tief durch. »Dann melde dem Kaiser, dass ich draußen bin und mit ihm und seinen Beratern sprechen muss. Dringend!«

Der Eunuch breitete verzweifelt die Hände aus. »Ich fürchte, das liegt nicht in meiner Macht. Nur der Ab Admissionibus kann so etwas veranlassen.« Prächtige Ringe funkelten an den fetten Fingern des Mannes – Gold, Amethyst und Granat.

»Dann sag dem Ab Admissionibus, er soll Valerian eine Botschaft übermitteln.«

Ein ehrlich schockierter Ausdruck erschien auf dem rundlichen Gesicht. Bei Hofe wagte es niemand, auch nur davon zu träumen, den Kaiser bei nur einem seiner Namen zu nennen. »O nein – der Ab Admissionibus ist nicht hier.«

Ballista schaute sich auf dem Hof um. Dichter Ziegelstaub hing in der Luft. Irgendwo hämmerte jemand. Am Fuß der Treppe standen vier Silentarii, deren Titel perfekt zu ihrer Aufgabe passte. Niemand sollte die heilige Ruhe der kaiserlichen Gedankengänge stören. Ein Dutzend Prätorianer oben an der großen Tür deckten den Silentarii den Rücken. All das machte es Ballista unmöglich, sich den Weg zum Kaiser zu erzwingen. Er lauschte auf das Hämmern. Auch wenn es fast auf den Tag genau ein Jahr her war, dass Ballista zum ersten Mal im neuen Kaiserpalast in Antiochia gewesen war, war er noch immer nicht fertig. Trotzdem hatte sich viel verändert. So war es eher unwahrscheinlich, dass Ballista einen unbewachten Weg hinein finden würde. Dazu kam, dass die Müdigkeit allmählich an Ballistas Geduld nagte. Als er sich wieder zu dem Diener umdrehte, der ihm den Weg versperrte, sagte der Eunuch:

»Es sind noch nicht alle Mitglieder des Consiliums hier. Der Ab Admissionibus wird jeden Moment erwartet, Dominus. Vielleicht kannst du ja mit ihm reden.« Der Eunuch lächelte beschwichtigend. Sein Gesicht glich dem eines Hundes, der Schläge fürchtet und deshalb die Zähne fletscht.

Auf Ballistas Nicken hin drehte sich der Eunuch rasch um und watschelte davon.

Ballista schaute in den Himmel hinauf und schloss die Augen, als sich ihm vor lauter Müdigkeit der Magen umdrehte. »Verdammte Scheiße«, knurrte er in seiner germanischen Muttersprache.

Ballista öffnete die Augen wieder und schaute sich abermals im Hof um. Der große, staubige Platz war voller Menschen aus allen

Ecken des römischen Imperiums. Da waren Männer in römischen Togen, Griechen in Tuniken und Mänteln und Gallier und Keltiberer in Hosen. Andere Gruppen wiederum kamen offenbar von außerhalb der römischen Grenzen. Ballista sah Inder mit Turbanen, Skythen mit hohen, spitzen Hüten und Afrikaner in bunten Gewändern. Wo auch immer der Kaiser hinging, das Imperium folgte ihm in Form von unzähligen Gesandten. Gesandte von Gemeinschaften innerhalb des Imperiums warteten darauf, ihm ihre Bitten vorzutragen, seien es Steuererleichterungen, die Stationierung von Truppen oder auch symbolische Gesten wie das Verteilen von Ehrentiteln an verschiedene Mitglieder der örtlichen Führungsschicht. Dazu kamen Gesandtschaften von weiter weg, von sogenannten »befreundeten Königen«, die entweder auf Hilfe gegen ihre Nachbarn oder finanzielle Unterstützung hofften. Vor allem Letzteres wollten sie eigentlich immer: Geld. Doch jetzt wankte das Imperium. Es wurde an allen Grenzen angegriffen, und in einer Provinz nach der anderen brachen Aufstände aus.

»Bitte entschuldige.« Ballista war erschöpft. Er hatte gar nicht bemerkt, wie der Mann näher gekommen war.

»Ich habe dich in unserer Sprache sprechen hören.« Der Mann lächelte wie jemand, der sich freute, einen Landsmann weit weg von der Heimat zu finden. Sein Akzent deutete auf südgermanische Stämme hin, auf irgendein Volk an der Donau oder dem Schwarzen Meer. Ballistas Misstrauen war geweckt.

»Ich bin Widerich, Sohn von Fritigern, dem König der Boraner. Ich bin als Gesandter meines Vaters hier.«

Schweigen folgte diesen Worten. Ballista richtete sich zu seiner ganzen beeindruckenden Größe auf.

»Ich bin Dernhelm, Sohn von Isangrim, dem Kriegsherrn der Angeln. Die Römer kennen mich als Marcus Clodius Ballista.«

Widerichs Gesichtsausdruck veränderte sich dramatisch. Instinktiv wanderte seine Hand zur Hüfte, wo für gewöhnlich sein Schwert hing. Doch genau wie Ballista hatten die Prätorianer auch ihm die Waffen am Tor abgenommen.

Zwei weitere Boraner erschienen rechts und links neben Widerich. Die drei Krieger funkelten Ballista an. Sie sahen sich sehr ähnlich. Alle drei waren große, kräftige Männer mit schulterlangen, blonden Haaren und Goldringen an den Armen.

»Du Bastard!«, spie Widerich. Ballista zeigte keine Regung. »Du verdammter Bastard!«

Ballista schaute die drei wütenden Männer an. Seine eigenen Männer, Maximus und die anderen, hatte er in die Kaserne geschickt. Er war allein. Doch eine unmittelbare Gefahr drohte ihm nicht. Die Prätorianer neigten nicht gerade dazu, Kämpfe unter jenen zu dulden, die in der Hoffnung gekommen waren, den Kaiser zu sehen.

»Letztes Jahr in der Ägäis – zwei Langschiffe voller Krieger der Boraner –, und du hast nur gut ein Dutzend verschont, um sie als Sklaven zu verkaufen.« Alle Farbe wich Widerich aus dem Gesicht.

»Im Krieg sterben Männer. So ist das nun mal«, erklärte Ballista in ruhigem Ton.

»Du hast sie einfach abschießen lassen, als sie sich nicht haben wehren können.«

»Sie wollten sich nicht ergeben.«

Widerich trat vor. Einer der anderen Boraner legte ihm die Hand auf den Arm, um ihn zurückzuhalten. Widerich funkelte Ballista verächtlich an. »Und deshalb sind wir Boraner jetzt hier, um unseren Tribut von den Römern einzusammeln, während du …«, ihm fielen nicht gleich die rechten Worte ein. Dann lachte er und schnaubte spöttisch: »… während du hier wie ein Sklave auf deine Befehle wartest. Vielleicht wird dein römischer Herr dich ja empfangen, nachdem er uns sein Gold gegeben hat.«

»Hoffnung ist mein Leben«, erwiderte Ballista.

»Eines Tages werden wir uns wiedersehen, und dann werden keine Römer da sein, um dich zu beschützen. Zwischen uns herrscht Blutfehde.«

»Wie ich gesagt habe – Hoffnung ist mein Leben.« Ballista kehrte den Boranern den Rücken zu und ging in die Mitte des großen Hofs. *Wo auch immer du hingehst*, sinnierte er, *alte Feinde finden dich.*

Ein tiefes, metallisches Geräusch ertönte am inneren Tor. Ballista drehte sich wieder um. Überall um ihn herum verstummten die Gespräche, als alle es ihm gleichtaten und zum Tor starrten. Hoch oben im zweiten Stock stand die vergoldete Statue eines nackten Mannes. In der rechten Hand hielt die Statue einen langen Stab. Neun große, goldene Sphären hingen an der Spitze des Stabs, und drei weitere waren am Fuß befestigt. Trotz seiner Müdigkeit erregte die Wasseruhr Ballistas Aufmerksamkeit. Offensichtlich glitt jeweils eine der Sphären alle zwölf Stunden nach unten. Jetzt hatte sie die dritte Stunde des Tages geschlagen. Traditionell endete um diese Zeit die Salutatio, die Zeit, um Besucher zu empfangen, und der Hof setzte sich zusammen. Doch die absolute Macht der Kaiser hatte solche Traditionen schon vor langer Zeit verwässert.

Während der Ton verhallte, nahmen die Wartenden ihre Gespräche wieder auf. Die Wasseruhr war neu. Vor einem Jahr war sie zumindest noch nicht da gewesen. Der Ingenieur in Ballista nahm sich vor herauszufinden, wie sie funktionierte. Schließlich wandte er sich wieder von ihr ab und ließ seinen Blick abermals über den Hof schweifen. Vor den hohen, festungsähnlichen Mauern mit den eingebauten korinthischen Säulen sahen die Menschen geradezu winzig aus. Die Boraner standen nahe dem inneren Tor und starrten noch immer offenen Mundes zur Uhr hinauf. Ballista ging langsam in Richtung Außentor.

Eine kleine Gruppe von Bauern, hagere Männer in geflickten Hemden, traten zur Seite, als Ballista sich auf den Boden setzte. Der große Mann aus dem Norden richtete sich aufs Warten ein. Die Ellbogen auf den Knien und den Kopf in den Händen schloss er die Augen. Die Sonne schien warm auf seinen Rücken. Die Bauern begannen, leise miteinander zu sprechen. Ballista kannte ihre Sprache nicht. Er vermutete allerdings, dass es sich um Syrisch handelte.

Ballistas Gedanken gingen auf Wanderschaft. Erneut sah er vor seinem geistigen Auge, wie das Feuer die Stadt verschlang und die Flammen im starken Südwind gen Himmel schossen, während die

Dächer im Funkensturm zusammenbrachen. Arete war tot. Die Stadt, die zu verteidigen seine Aufgabe gewesen war.

Dann wandte sich Ballista in Gedanken unweigerlich wieder der albtraumhaften Flucht aus der brennenden Stadt zu, der höllischen, gnadenlosen Jagd durch die Wüste. Zum wiederholten Mal sah er, wie sein Schwert Titus den Bauch aufschlitzte. Er sah, wie der Soldat seinen letzten Atemzug aushauchte, und den blutigen Kampf an den Hörnern des Ammon. Dann waren sie zwei Tage lang durch die Berge geritten. Erschöpft hatten sie in den Sätteln gehangen, und der Hunger hatte an ihnen genagt, bis sie an nichts anderes mehr hatten denken können. Quälend langsam hatten sie sich von einem brackigen Wasserloch zum nächsten vorgekämpft.

Ballistas Gedanken wanderten weiter. Endlich war es wieder von den Bergen hinab gegangen. Das erste von den Römern gehaltene Dorf. Sauberes Wasser, Essen, ein Bad und die Neuigkeit, dass Kaiser Valerian mit seinem Hof nach Antiochia gekommen war. Dann waren sie über eine breite römische Straße in die Karawanenstadt Palmyra geritten. Dort hatte Ballista Bathshiba und Haddudad zurückgelassen. Es war ein kurzer, schneller Abschied. Vieles war unausgesprochen geblieben. Sie hatten keine Zeit gehabt, und Ballista hatten auch die Worte gefehlt. Er hatte nicht gewusst, was er hätte sagen sollen.

Der Rest der Reise war körperlich eher einfach gewesen. Die ganze Strecke waren sie über gute römische Straßen geritten. Von Palmyra aus war es dann nach Westen zur nächsten großen Karawanenstadt, Emesa, gegangen. Der weitere Weg hatte nach Norden geführt, das üppige Tal des Orontes hinauf.

Jetzt, im Hof des Kaiserpalastes, fühlte Ballista noch einmal die Bewegungen des Pferdes unter ihm, als er über die saftig-grünen Wiesen in Richtung Antiochia getrottet war, um heute den Bericht zu erstatten, den er erstatten musste. *Die Stadt ist gefallen. Die Sassaniden haben sie erobert. Ich habe versagt.*

Klack, ein Schlurfen und ein Schritt. *Klack*, ein Schlurfen und ein Schritt …

Die Geräusche weckten Ballista auf. Macrianus humpelte unter dem hohen Bogen des Außentors hindurch. Das Klacken rührte von seinem Gehstock, das Schlurfen von seinem lahmen und der Schritt von seinem gesunden Fuß. *Klack*, ein Schlurfen und ein Schritt.

Die Menge teilte sich, als Macrianus den Hof betrat. Ein paar Schritte hinter ihm folgten zwei Männer in Togen. In jeder Hinsicht außer einer waren sie Macrianus' jüngeres Ebenbild. Sie hatten die gleiche lange, gerade Nase, das gleiche flache Kinn und die gleichen Tränensäcke. Doch im Gegensatz zu ihrem Vater hatten Macrianus' Söhne keine Probleme beim Gehen. Tatsächlich hatte ihr Gang etwas Leichtes, Selbstbewusstes an sich. Ballista hatte die Söhne noch nie zuvor gesehen, doch Macrianus hatte er schon ein-, zweimal getroffen.

Marcus Fulvius Macrianus mochte alt und lahm sein, und seine niedere Geburt war weithin bekannt, doch man durfte ihn nicht unterschätzen. Als Comes Sacrarum Largitionum, als Verwalter der Heiligen Großzügigkeit, war er für die Bekleidung bei Hofe, in der Armee und im Beamtenapparat zuständig. Ihm unterstanden die kaiserlichen Färbereien. Außerdem kontrollierte er Abgaben im Reich, die Gold- und Silberminen, die Münze, und am wichtigsten von allem: Er zahlte den Sold der Soldaten und die Gehälter der Beamten aus sowie nicht selten auch weitere Zuwendungen, besonders an die Armee. Als Praefectus Annonae, der für die Getreideversorgung zuständig war, ernährte er überdies die Stadt Rom und den kaiserlichen Hof. Er hatte Vertreter und Depots in allen Provinzen des Imperiums. Oder mit anderen Worten: Er war des Kaisers Augen und Ohren.

Macrianus war hoch aufgestiegen. Jetzt glitzerte er förmlich im Sonnenlicht. Seine Toga glänzte weiß, und der goldene Kopf Alexanders des Großen auf seinem Gehstock funkelte. *Klack*, ein Schlurfen und ein Schritt. Weder Macrianus noch seine Söhne schauten nach rechts oder links, während sie zum inneren Tor und dem kaiserlichen Consilium gingen.

Ballista rappelte sich steif auf.

»Ave, Comes. Ave, Marcus Fluvius Macrianus.«

Klack, ein Schlurfen und ein Schritt. Der lahme Mann schenkte ihm keine Aufmerksamkeit.

»Macrianus.« Ballista trat vor.

»Aus dem Weg, du dreckiger Barbar. Wie kannst du es wagen, den Comes Sacrarum Largitionum und Praefectus Annonae anzusprechen?« Die Verachtung in der Stimme des Sohnes war nicht gespielt.

Ballista ignorierte ihn. »Macrianus, ich muss mit dir sprechen.«

»Sprich nur, wenn du dazu aufgefordert wirst, du barbarisches Stück Scheiße.« Der Jüngling trat auf Ballista zu.

»Macrianus, ich bin's.«

Der lahme Mann setzte seinen langsamen Weg fort, aber er schaute auch zu dem langhaarigen, verdreckten Barbaren, der ihn da angesprochen hatte. Zuerst schien er Ballista nicht zu erkennen.

»Macrianus, ich bin's, Ballista, der Dux Ripae. Ich bringe Neuigkeiten von den Sassaniden. Sie …« Ein Schlag gegen seine linke Schläfe unterbrach Ballista mitten im Satz. Er taumelte ein paar Schritte nach rechts.

»Das soll dir eine Lektion sein.« Der Jüngling stapfte weiter nach vorn, bereit, noch einmal zuzuschlagen. Ballista duckte sich und hielt die Hand vor die Schläfe. Langsam drehte er sich zu dem Angreifer um, als wäre er benommen.

Als der Jüngling dann nah genug gekommen war, schlug Ballista hart und schnell mit der Rechten zu, genau in die Eier. Der Jüngling klappte zusammen und hielt sich den Sack mit beiden Händen. Schmerzerfüllt taumelte er drei Schritte zurück. Die Toga war ein zeremonielles Kostüm, ihre Unbrauchbarkeit ihr Sinn. Die Römer trugen sie an besonderen, formellen Tagen, wenn sie weder körperlich arbeiten noch kämpfen mussten. Jetzt hing die Toga des Jünglings auf seinen Beinen. Er sackte auf den Hintern.

Ballista richtete sich wieder auf und drehte sich zu Macrianus um.

»Macrianus, ich bin es, Marcus Clodius Ballista, der Dux Ripae. Du musst mich mit ins Consilium nehmen.«

Macrianus war stehen geblieben. Er starrte Ballista an. Nicht nur Erkennen zeigte sich in seinen Augen, sondern auch Berechnung, als habe er nicht erwartet, Ballista wiederzusehen.

»Es ist von außerordentlicher Bedeutung, dass ich mit dem Kaiser spreche.« Ballista hörte Männer rennen. Mit Nägeln beschlagene Stiefel hallten durch den Hof. Andere sprangen aus dem Weg. Ballista hielt den Blick jedoch weiter auf Macrianus gerichtet. Ein schwaches Lächeln erschien auf dem Gesicht des Comes Sacrarum Largitionum.

Ein Prätorianer warf sich mit voller Wucht gegen Ballista. Ballista stürzte und riss den Prätorianer mit sich zu Boden. Sofort rollte sich der Gardist wieder von Ballista herunter und sprang auf. Ein weiterer Prätorianer erschien und rammte Ballista die stumpfe Seite des Speers in den Rücken. Trotz des Übelkeit erregenden Schmerzes versuchte der Germane, sich wieder aufzurappeln.

»Gut so! Schlagt das Barbarenschwein zusammen! Er hat den Comes Sacrarum Largitionum bedroht und Quietus angegriffen, meinen Bruder. Schlagt ihn grün und blau, und werft den Hund dann auf die Straße!«, kreischte der andere Jüngling.

Ballista hatte sich zusammengerollt und drückte sein Gesicht auf die Pflastersteine, während er versuchte, sich vor den Schlägen zu schützen. Doch schon nach kurzer Zeit hörten die Schläge auf, und Ballista hörte Macrianus' Stimme.

»Mein Sohn, Macrianus der Jüngere, hat recht. Jetzt werft ihn auf die Straße.«

Kräftige Hände packten Ballista und zerrten ihn in Richtung Tor. Ballista drehte den Kopf, doch das brachte ihm nur einen Schlag hinter die Ohren ein. Aber er sah, wie Macrianus und seine beiden Söhne ihren so grob unterbrochenen Weg zum kaiserlichen Consilium fortsetzten.

»Macrianus, du Bastard, du weißt, dass ich der Dux Ripae bin!« Obwohl er das gehört haben musste, wurde Macrianus noch nicht mal langsamer. *Klack*, ein Schlurfen und ein Schritt. Er verschwand die Stufen hinauf und im inneren Tor.

Fast sanft versetzte einer der Prätorianer Ballista einen Schlag gegen den Kopf.

»Pass auf, was du sagst, wenn du mit Edelleuten sprichst, Barbarenarsch.«

Ballista hörte auf, sich zu wehren, und ließ den Kopf hängen. Die Stiefel wurden über den Boden geschleift. *Das sind teure Stiefel*, dachte er sinnlos. *Das wird ihnen nicht guttun.*

»Halt!« Die Stimme war Gehorsam gewöhnt. Die Prätorianer blieben stehen. »Lasst mich ihn sehen.«

Die Prätorianer ließen Ballista los, der daraufhin auf dem Pflaster zusammenbrach.

»Helft ihm hoch. So kann ich nichts erkennen.«

Beinahe vorsichtig packten ihn die groben Hände und zogen ihn in die Höhe. Als sie sahen, wie der Germane wankte, stützten die Prätorianer ihn.

Verschwommen erschien ein langes, schmales Gesicht vor Ballistas Augen. Es kam ihm sehr nahe, und die großen Augen blinzelten. Vor allem eines kam Ballista reichlich seltsam vor: Er war so benommen vor Müdigkeit, dass er nicht wirklich Schmerz empfand. Blut lief über seine Stirn aus einer Wunde am Haaransatz. Er versuchte, es mit der linken Hand wegzuwischen, doch stattdessen verschmierte er es nur.

»Bei den Göttern der Unterwelt, bist du das wirklich unter all dem Dreck? Ballista?«

Ballista starrte den Mann an. Das lange, schmale Gesicht war irgendwie asymmetrisch, aber auch vertraut.

»Cledonius – lange her …« Ballista lächelte, und auch das tat ihm kaum weh. Obwohl Cledonius kein enger Freund war, so war er, der Ab Admissionibus, doch so etwas wie Ballistas Verbündeter am Kaiserhof.

»Was in Hades' Namen ist denn mit dir passiert?« Cledonius klang ehrlich besorgt.

»Du meinst, bevor die Prätorianer mich zusammengeschlagen haben?«

Cledonius wirbelte zu den Prätorianern herum. »Wer hat euch das befohlen?«

Die Prätorianer nahmen Haltung an. »Der Befehl kam vom Verwalter der heiligen Großzügigkeit, Dominus.«

Cledonius' Gesichtsausdruck verriet nichts. Im Palast war es nicht gerade förderlich, das Herz auf der Zunge zu tragen. Cledonius drehte sich wieder zu Ballista um.

»Als ich das letzte Mal von dir gehört habe, warst du der Dux Ripae.« Cledonius öffnete den Mund, als wolle er noch mehr sagen, doch er hielt inne. Ballista sah förmlich, wie es im Kopf des Mannes arbeitete. *Du bist zum Dux Ripae ernannt worden. Du hattest den Befehl, Arete gegen die Sassaniden zu verteidigen. Und jetzt bist du hier, Hunderte von Meilen entfernt in Antiochia, verletzt und verdreckt. Die Stadt ist gefallen. Du hast versagt.*

»Wir sollten dich wohl erst einmal waschen. Dann kannst du dem Kaiser berichten, was passiert ist.« Jetzt war Cledonius' Gesichtsausdruck nicht viel anders als der von Macrianus vorhin: berechnend. Am Hof eines Autokraten konnte Vorwissen leicht in einen Vorteil verwandelt werden, doch bisweilen war es auch gefährlich, allzu eng mit dem Überbringer einer Nachricht verbandelt zu sein.

Cledonius machte eine knappe Geste mit dem Arm. Die beiden Prätorianer ließen Ballista los, und gemeinsam machten er und Cledonius sich auf den Weg über den Hof. Die Menge teilte sich. Obwohl sein Kopf schmerzte und Schultern und Rücken steif waren, stellte Ballista fest, dass er ganz normal gehen konnte. Als sie sich dem inneren Tor näherten, sah er, wie die drei boranischen Krieger ihn anfunkelten. Auf den Stufen traten die Silentarii beiseite. Die Prätorianer salutierten und öffneten die großen Doppelflügel.

Cledonius und Ballista gingen über einen weiteren Hof. Dieser war lang und schmal, verglichen mit dem anderen. Eine Kolonnade aus frei stehenden korinthischen Säulen verband Bögen auf beiden Seiten. Das Tor schloss sich hinter ihnen.

In diesem Hof herrschte Stille. Er war fast menschenleer. Die Schritte der beiden Männer hallten von den Mauern wider. Statuen vergöttlichter Kaiser schauten auf sie hinab. Am gegenüberliegenden Ende befand sich das dritte Tor, ein recht bescheidenes Ding, drei-, viermal so hoch wie ein Mann und eingerahmt von vier weiteren korinthischen Säulen.

Ein Trupp Prätorianer salutierte und öffnete das Tor. Cledonius und Ballista ließen die Sonne hinter sich und gingen durch die fast vollkommene Dunkelheit des kaiserlichen Vestibüls. Sie blieben stehen und warteten, bis sich ihre Augen an das Licht gewöhnt hatten. Dunkle, prachtvolle Wandteppiche schienen das wenige Licht förmlich zu verschlucken, das von zwei Reihen goldener Lampen stammte. Die Luft war erfüllt von Weihrauch.

Ein fetter Eunuch näherte sich den beiden Männern, die Hände hinter dem Gewand verborgen. Ballista war nicht sicher, ob das derselbe war, den er schon bei seiner Ankunft gesehen hatte. Cledonius sprach leise mit dem Sklaven, und der Eunuch watschelte davon.

»Warte hier«, sagte Cledonius. »Der Eunuch wird dir Wasser und Handtücher bringen. Wasch dir das Blut aus dem Gesicht. Ich komme dann zurück, um dich zu holen.« Ohne ein weiteres Wort ging der Ab Admissionibus durch den Vorhang am anderen Ende des Raums und ließ Ballista allein.

Der Eunuch kehrte zurück, und Ballista wusch sich das Gesicht. Mit nassen Händen strich er sich das lange blonde Haar zurück. Glatt fiel es ihm bis auf die Schultern. Dann klopfte Ballista sich den Staub von den Kleidern. Er hatte Schmerzen am ganzen Leib. Er musste schlafen. Im Vestibül war es vollkommen still. Vier Prätorianer hielten Wache. Nur dann und wann durchquerte stumm ein Hofbeamter den Raum.

Ballista glaubte, ein schwaches Hämmern in der Ferne zu hören. Aber wie auch immer – nach einem schier endlosen Ritt war er endlich hier. Jetzt galt es, Bericht zu erstatten. *Die Stadt ist gefallen. Die Sassaniden haben sie erobert. Ich habe versagt.* Dann nagten wieder die Zweifel an ihm. *Ja, ich habe versagt – und dass das so kommen würde, das hast du die ganze Zeit über gewusst.* Männer, die man auf Selbstmordmissionen schickt, durften bei ihrer Rückkehr nicht erwarten, als Helden empfangen zu werden.

Ballista wusste, dass er getan hatte, weshalb man ihn nach Arete geschickt hatte. Das Imperium wurde von allen Seiten angegriffen. Seine Streitkräfte waren vollkommen überlastet. Nordafrika brannte von einem Ende zum anderen. Angeführt von einem charismatischen Krieger mit Namen Faraxen war dort eine Rebellion der Einheimischen ausgebrochen. Im Westen hatte sich Valerians Sohn und Mitkaiser Gallienus in Viminacium niedergelassen, in dem verzweifelten Versuch, die Barbarenhorden aus dem Norden davon abzuhalten, Rhein und Donau zu überqueren – die Franken, Alemannen, Karpen, Juthungen, Donaugoten und viele andere Völker. Valerian selbst wiederum war nach Antiochia gekommen, um die Barbaren vom Schwarzen Meer zurückzuschlagen – die Heruler, Boraner, die Schwarzmeergoten und die für viele größte Bedrohung überhaupt: die Sassaniden von jenseits des Euphrats. Ja, Ballista hatte getan, was man ihm aufgetragen hatte. Er hatte Shapur aufgehalten, den persischen König der Könige, und das fast ein Jahr lang. Den ganzen Frühling und Sommer hindurch und weit in den Herbst hinein hatte das große Sassanidenheer Arete belagert. Sie hatten geschwitzt, geschuftet und waren zu Tausenden gestorben. Jeder Angriff war in einem Blutbad zurückgeschlagen worden. Ballista hatte den Römern ein ganzes Jahr erkauft.

Doch es wäre weit weniger peinlich für das Imperium gewesen, hätte Ballista sich in den Ruinen von Arete in sein Schwert gestürzt. Tot hätte er ein Held sein können. Lebendig war er nur der lebende Beweis für die Falschheit des Imperiums, eine ständige Erinnerung daran, dass der Kaiser zynisch zwei Einheiten von römischen Soldaten sowie eine ganze Stadt geopfert hatte. *Ihr Bastarde, ihr habt mich angelogen. Es gab nie ein Entsatzheer. Ihr habt mich zum Sterben dorthin geschickt.*

Die Vorhänge teilten sich, und Cledonius kehrte zurück. Er winkte Ballista, ihm zu folgen. Das asymmetrische Gesicht war wie eine Maske, völlig emotionslos. Ballista musste unwillkürlich lächeln, als ihm der Gegensatz zwischen dem kurzen, ordentlich gestutzten Bart und dem sorgfältig nach vorn gekämmten Haar des Ab Admissionibus und seinen eigenen langen, verdreckten Locken und den Stoppeln im Gesicht bewusst wurde.

Die Vorhänge fielen hinter ihnen zurück, und sie fanden sich in nahezu völliger Dunkelheit wieder. Sie blieben stehen und lauschten ihrem eigenen Atem.

Ohne Vorwarnung wurde der innere Vorhang aufgerissen, und Ballista wurde kurz von Licht geblendet. Blinzelnd spähte er in den Audienzsaal des Kaisers Caesar Publius Licinius Valerianus Augustus, Pontifex Maximus, Pater Patriae, Germanicus Maximus, Invictus, Restitutor Orbis.

Wie es seiner Rolle als Mediator zwischen Menschen und Göttern entsprach, schien Kaiser Valerian mitten in der Luft zu schweben. Er war in gleißendes Sonnenlicht getaucht, das durch die Fenster der großen Apsis fiel, in der er saß. Seine Toga strahlte schmerzhaft weiß, und Sonnenstrahlen tanzten auf dem goldenen Lorbeerkranz. Das Gesicht des Kaisers war regungslos. Sein Blick war in die Ferne gerichtet, über die Köpfe der Sterblichen hinweg und weit über die Mauern seines Palastes hinaus. Wie es die Römer als Recht erachteten, sah der Kaiser genauso entrückt aus wie eine Statue.

Als sich Ballistas Augen an das Licht gewöhnt hatten, sah er auch den niedrigen Altar, auf dem das Heilige Feuer am Fuß der Stufen zum Thron brannte. Er erkannte den Präfekten der Prätorianer Successianus, der zur Rechten des Kaisers stand. Links wiederum hatte sich eine Reihe von Sekretären versammelt.

Cledonius berührte Ballistas Ellbogen, und gemeinsam schritten sie langsam durch den Audienzsaal. Vor den Säulen zu beiden Seiten des langen Saals saßen die Mitglieder des Consiliums, insgesamt gut ein Dutzend der Großen des Reiches, und alle waren sie so still wie eingeschüchterte Schuljungen. Aus den Augenwinkeln sah Ballista, wie die Söhne von Macrianus ihn anfunkelten. Das Gesicht ihres

Vaters war hingegen emotionslos, allerdings war dieser am Hof auch schon erfahrener. Nicht weit von ihnen entfernt sah Ballista einen weiteren Mann, den er zu kennen glaubte. Das kunstvoll gelockte Haar, der Bart, der hochmütige Gesichtsausdruck – all das erinnerte Ballista an jemanden. Dank seiner Müdigkeit wollte es ihm jedoch nicht einfallen.

Kurz vor dem Heiligen Feuer blieben sie stehen.

»Marcus Clodius Ballista, Dux Ripae, Befehlshaber der Flussufer, Vir Egregius, Ritter von Rom.« Der Tonfall des Ab Admissionibus war ehrfürchtig, die Stimme trug aber weit.

Valerian rührte sich nicht. Sein Blick war noch immer in die Ferne gerichtet.

Auf ein Zeichen von Cledonius hin trat Ballista bis zur ersten Stufe vor und führte die Proskynese aus, die Geste der Anbetung, Ehrerbietung und Unterwerfung. In der Hoffnung, dass sein Widerwille ihm nicht anzusehen war, ließ sich der Germane auf die Knie nieder und warf sich dann in voller Länge zu Boden.

Valerian schaute ihn noch immer nicht an, doch nach einer Weile streckte der Kaiser die Hand aus. Ballista erhob sich, verneigte sich und küsste den großen, mit einem Adler verzierten Edelstein auf dem schweren goldenen Ring.

Jetzt schaute der Kaiser auch endlich den Mann vor sich an. Die feinen, dünnen Blätter des goldenen Lorbeerkranzes raschelten.

»*Ave*, Marcus Clodius Ballista, carissime Dux Ripae, mein lieber Befehlshaber der Flussufer.«

Ballista blickte zum Kaiser auf. Da waren das weit vorspringende Kinn, die fleischigen Wangen und der dicke Nacken. Ein inzwischen lichter, aber sorgfältig gestutzter Schnauzbart umrahmte einen schmalen, entschlossenen Mund, und in den Augen lag nicht der Hauch von Wärme. Das Wort carissime war nur eine Formalität.

Der Kaiser schaute Ballista an, und der Mann aus dem Norden erwiderte den Blick des Imperators. Ein Römer hätte sich abgewandt und respektvoll die Augen gesenkt, doch Ballista würde nichts dergleichen tun. Staubpartikel trieben träge durchs Sonnenlicht.

Schließlich nickte der alte Kaiser bedächtig, als wolle er sich selbst etwas bestätigen, und sprach: »Marcus Clodius Ballista, berichte dem heiligen Consilium, welche Dinge dir widerfahren sind und was du getan hast. Sprich.«

Ballista trat langsam ein paar Schritte zurück bis unmittelbar hinter den niedrigen Altar, auf dem das Heilige Feuer brannte. Cledonius war mit dem Hintergrund verschmolzen. Ballista stand mutterseelenallein in der Mitte des Saals. Er war sich der Gegenwart der Ratsmitglieder mehr als bewusst, doch geflissentlich hielt er den Blick auf den alten Mann auf dem erhöhten Thron gerichtet.

Was mir widerfahren ist? Niemand weiß besser als du, was mir widerfahren ist. Du und dein Sohn, ihr habt mich verraten. Ihr habt mir falsche Versprechungen gemacht und mich in den Tod geschickt. Du Bastard!

Ballista wankte leicht. In seinem Kopf drehte sich alles. Er wusste, dass er sich beherrschen musste. Er begann zu reden.

»Letzten Herbst bin ich getreu dem Mandat, das mir die Kaiser Valerian und Gallienus gegeben haben, in die Stadt Arete am Euphrat gereist. Dreißig Tage vor den Kalenden des Dezembers bin ich dort angekommen. Am nächsten Tag begann der Winterregen. Den Winter hindurch habe ich die Verteidigung der Stadt ausgebaut. Im April, als sie genügend Gras für ihre Pferde hatten und der Regen nicht mehr ihre Bögen unnütz machte, kamen die Sassaniden. Sie wurden von Shapur persönlich angeführt, dem König der Könige.«

Ein Raunen ging durch das Consilium, als Ballista Roms großen Feind erwähnte, den Barbar aus dem Osten, der es wagte, sich mit Rom auf eine Stufe zu stellen, der Herrin der Welt.

»Zuerst haben die Sassaniden die Mauern mit Belagerungstürmen angegriffen, dann mit einer riesigen Ramme. Beide Male haben wir sie zurückgeschlagen. Viele von Shapurs Männern sind gefallen. Die Ebene vor der Stadt war ein Leichenhaus.«

Ballista hielt kurz inne und kämpfte gegen seine innere Müdigkeit an, um seine Erinnerungen zu ordnen.

»Dann bauten die Sassaniden eine Rampe, um unsere Mauern zu

überwinden. Wir haben sie zum Einsturz gebracht. Daraufhin haben sie einen Teil der Stadtmauer unterminiert, doch dank unserer Erdwälle haben wir die Verteidigung aufrechterhalten.«

Ballista atmete tief durch.

»Schließlich befahl Shapur einen letzten Angriff, aber auch der ist gescheitert. Dann – dann, in dieser Nacht, ist die Stadt verraten worden.«

Die Ratsmitglieder schnappten hörbar nach Luft. Selbst der Kaiser beugte sich unwillkürlich vor. Ballista wartete nicht auf die unvermeidliche Frage.

»Die Christen. Die Christen haben uns verraten.«

Wieder ging ein Raunen durch die Zuhörer. Valerian warf einem seiner Ratgeber einen bedeutungsvollen Blick zu – aber wem? Macrianus? Dann nickte er, als fühle er sich bestätigt.

Das lauter werdende Raunen verstummte sofort, als ein Silentarius vortrat.

Der Kaiser lehnte sich wieder auf seinem Thron zurück und fiel in seine würdevolle Starre zurück. Es dauerte einige Zeit, bis er erneut das Wort ergriff.

»Die Stadt ist gefallen, und du bist hier.« Die Stimme des Kaisers war emotionslos.

Ballista fühlte, wie die Wut in ihm aufstieg. »Mit ein paar Gefährten habe ich mir einen Weg aus der Stadt erkämpft. Mein Auftrag war nicht, dort zu sterben.«

Valerian zeigte keinerlei Reaktion darauf, doch die Mitglieder des Consiliums schienen unwillkürlich die Luft anzuhalten. Ballista war müde, doch er wusste, dass er sehr, sehr vorsichtig sein musste, damit seine Worte ihn nicht vor den Henker brachten. Alle warteten auf die nächsten Worte des Kaisers, denn des Kaisers Wille war Gesetz. Sein Urteil konnte man nicht anfechten. Als römischer Bürger hatte Ballista wenigstens das Recht, geköpft und nicht gekreuzigt zu werden.

»Wir sind von Natur aus gnädig. Nachsicht liegt uns im Blut. Niemand soll denken, dass wir einem unserer Untertanen befehlen würden, in den Tod zu gehen. Wir sind kein orientalischer Despot wie Shapur der Perser, der die ganze Welt versklaven will, sondern die Verkörperung der Freiheit.« Ein zustimmendes Raunen ging durch den Saal. »Wer hat eine Frage an den Dux Ripae?« Beinahe sofort meldete sich jemand, und Valerian hob die Hand, um ihm das Wort zu erteilen.

Ballista drehte sich halb um. Der Mann, der sich erhoben hatte, war der, der Ballista so bekannt vorgekommen war, als er den Saal betreten hatte. Dieses lange, kunstvoll gelockte Haar, der kurze, sorgfältig gestutzte Bart – *Allvater, wenn ich nicht so müde wäre, dann wüsste ich, wer du bist.*

»Was ist mit meinem Bruder geschehen?«

Ballista starrte den Mann dümmlich an. Sein Kopf war leer.

»Mein Bruder, der Befehlshaber der in Arete stationierten Legionäre, Marcus Acilius Glabrio.«

Eine Flut von Erinnerungen brach über Ballista herein. Er überlegte, wie er das formulieren sollte.

»Mein Bruder!« Die Stimme des Mannes klang angespannt und ungeduldig.

»Dein Bruder – dein Bruder ist den Heldentod gestorben. Die Perser drohten, uns einzuholen. Gemeinsam mit noch einem anderen hat dein Bruder erklärt, er würde sie aufhalten. Er hat gesagt, genau wie Horatius Cocles würde er die Brücke halten. Ohne sein Opfer wäre keiner von uns entkommen. Sein Tod war einer römischen Patrizierfamilie würdig, den Acilii Glabriones. Er war ein Held.«

Es folgte ein kurzes Schweigen.

»Du hast ihn zum Sterben zurückgelassen.« Blanke Wut lag in den Worten des Patriziers. »Ein barbarischer Emporkömmling wie du hat einen römischen Patrizier zum Sterben zurückgelassen. Du – du hast ihn den Schwertern der Perser überantwortet, während du selbst feige davongelaufen bist.« Vor lauter Zorn konnte der junge Edelmann kaum noch sprechen.

»Es war seine Entscheidung. Er hat sich freiwillig gemeldet. Ich habe ihm das nicht befohlen.« Ballista würde sich von so einem verwöhnten Balg nicht beleidigen lassen.

»Du barbarischer Bastard! Du wirst für den Tod meines Bruders zahlen! Das schwöre ich, Gaius Acilius Glabrio, bei den Göttern der Unterwelt.«

Der junge Patrizier hätte noch weitergesprochen, er bewegte sich sogar auf Ballista zu, doch zwei Silentarii tauchten auf und drängten ihn wortlos auf seinen Platz zurück.

»Wenn es keine weiteren Fragen gibt …« Die Worte des Kaisers machten den Gedanken seiner Ratgeber ein Ende. »Arete ist gefallen. Der Weg in den Norden Mesopotamiens steht den Persern offen, nach Kappadokien. Die Zeit der Sorgen ist zurückgekehrt. Genau wie vor drei Jahren ist der Weg für Shapur frei – nach Syrien, hierher nach Antiochia und mitten ins Herz unseres Reiches. Krieg droht am Horizont. Jeder von uns kann sich selbst denken, was die Neuigkeiten des Dux Ripae bedeuten. In vier Tagen werden wir uns wieder treffen, zur zehnten Abendstunde nach dem Zirkus. Das Consilium ist beendet.«

Der Kaiser stand auf, und alle warfen sich zu Boden, während er den Saal verließ.

Krieg droht am Horizont, sinnierte Ballista. Sollte er Shapur noch einmal gegenüberstehen, würde er nicht versagen. Noch einmal würde er sich nicht verraten lassen.

Als sie wieder aufstanden, packte Cledonius Ballista rasch am Arm und führte ihn aus dem Audienzsaal.

Draußen, im Sonnenschein, eilte der Ab Admissionibus weiter in Richtung Haupttor.

»Das war beeindruckend, Ballista, wirklich sehr beeindruckend – selbst für dich. Du bist noch nicht einmal ein paar Stunden wieder am kaiserlichen Hof, und schon hast du dir zwei extrem gefährliche neue Feinde gemacht.«

Cledonius veränderte seinen Griff um den Arm des Germanen.

»Zuerst hast du dir Macrianus zum Feind gemacht, den Comes Largitionum, einen der reichsten und mächtigsten Männer im ganzen Reich. Aber damit warst du ja noch nicht zufrieden, o nein – dir ist es tatsächlich gelungen, auch noch Gaius Acilius Glabrio dazu zu bringen, dir Rache zu schwören, ein starrköpfiges Mitglied einer der edelsten Familien des Imperiums. Wahrlich, sehr beeindruckend.«

Ballista zuckte mit den Schultern. Er beschloss, Cledonius erst einmal nichts von Widerich und den Boranern zu erzählen. Allerdings waren das auch nicht wirklich *neue* Feinde …

»Zu deinem Glück«, fuhr Cledonius fort, während er Ballista über den Hof führte, »zu deinem großen Glück warten vor dem Tor ein paar meiner Diener mit gesattelten Pferden.«

»Was?« Überrascht blieb Ballista stehen. »Willst du damit etwa sagen, ich soll aus der Stadt reiten? Was soll ich dann tun? Über die Grenze fliehen?«

Ein breites Grinsen erschien auf Cledonius' schmalem Gesicht. »Nein. Ich habe mir nur gedacht, in deinem Zustand würden die Pferde es dir erleichtern, durch die Stadt und zu deiner Frau zu kommen. Du weißt doch, dass sie hier in Antiochia ist, oder?«

II

»Und das ist des Esels Tod.« Ballista nahm Cledonius' Worte nur am Rande wahr. Tatsächlich war nichts wirklich zu ihm durchgedrungen, seit der Ab Admissionibus erwähnt hatte, dass Ballistas Frau in der Stadt war.

»In der Regenzeit sind Überschwemmungen ein großes Problem in Antiochia. Von November bis März – in manchen Jahren sogar bis April – gehen mächtige Schauer über dem Mons Silpius nieder, und das Wasser ergießt sich in die Stadt. Durch jeden noch so kleinen Graben schießt eine Sturzflut. Der Schlimmste ist dabei der Parmenios. Deshalb nennen die Bewohner ihn auch des Esels Tod.«

Warum erzählt er mir das alles?, fragte sich Ballista. Er hatte bereits im letzten Jahr eine Woche in Antiochia verbracht. *Julia ist hier, und auch Isangrim, mein wunderbarer Sohn.* Beinahe sofort wurde Ballista erschrocken bewusst, dass er einfach davon ausgegangen war, dass Isangrim Julia begleitet hatte. Tatsächlich hatte er nicht danach gefragt. *Allvater, Langbart, Erfüller aller Wünsche, lass meinen Sohn hier sein.*

»Früher, zur Zeit des Tiberius, hatten sie hier einen Zauberer mit Namen Ablakkon, der einen Talisman gegen die Fluten gebaut hat. Darauf waren die Leute hier sehr stolz – auch wenn ihnen das nicht viel genützt hat.«

Natürlich gab es keinen Grund, warum Cledonius hätte wissen sollen, dass Ballista schon eine Woche in Antiochia verbracht hatte. *Wie sieht Isangrim wohl aus? Wie groß ist er geworden?* Es war nun dreizehn Monate und zweiundzwanzig Tage her, seit Ballista ihn zum letzten Mal gesehen hatte. Inzwischen war der Junge viereinhalb Jahre alt. *Allvater, Einäugiger, Schrecklicher, lass meinen Jungen mich erkennen.*

Cledonius redete noch immer. »Da oben siehst du …«

Und Julia – wie sah sie wohl aus? Ballista stellte sich ihre schwarzen – ihre *sehr* schwarzen – Augen vor, die olivfarbene Haut und das schwarze Haar, das ihr bis über die Schultern fiel. Julia, die Tochter einer langen Reihe von römischen Senatoren, hatte eine barbarische Geisel geheiratet, die römischer Offizier geworden war. Wie würde sie ihn nun wohl willkommen heißen? Ballista dachte an ihren großen, aber kurvigen Leib, an die festen Brüste und an ihre ausladenden Hüften. Ballista war nun seit einem Jahr ohne Frau. Allvater, er wollte sie.

»... das Eiserne Tor, ein kompliziertes Schleusensystem.« Cledonius war inzwischen aufgefallen, dass Ballista in Gedanken nicht bei der Sache war, und das ärgerte ihn ein wenig. »Ich dachte, das würde dich als Militäringenieur interessieren.«

»Nein – äh – tut mir leid – es ist sehr interessant.« *Das kann ich zusammen mit der Wasseruhr im Palast auf meine Studienliste schreiben, während ich darauf warte, dass der Kaiser über mein Schicksal entscheidet*, dachte Ballista säuerlich.

Sie lenkten ihre Pferde am Tempel des Jupiter vorbei, weg vom Omphalos, dem »Nabel« der Stadt, und auf die Hauptstraße. Die große, von Kolonnaden gesäumte Straße, die sowohl dem Tiberius als auch dem Herodes gewidmet war, führte ungefähr zwei Meilen weit mitten durch die Stadt. Wenig überraschend war sie in einer Stadt mit einer Viertelmillion Einwohner hoffnungslos überfüllt. Zahllose kleine Marktstände drängten sich unter den Kolonnaden. Sie beherbergten eine verwirrende Vielfalt von Händlern: Gemüsehändler, Goldschmiede, Steinmetze, Barbiere, Weber, Parfümeure, Händler für Käse, Essig, Feigen und Holz. Ballista betrachtete die Stände mit ihren Reisigdächern. Eine Ordnung sah er nicht. Respektablere Händler und Handwerker wie Silberschmiede und Bäcker drängten sich an Schuster und Tavernenwirte.

Cledonius drehte sich zu Ballista um. Ein Lächeln lag auf seinem langen, schiefen Gesicht. »Es heißt, sie würden sich an ihre Standorte klammern, wie Odysseus sich in der Höhle der Charybdis an den Feigenbaum geklammert hat.«

Ballista dachte darüber nach. Homers Poesie war in den Eliten des Imperiums allgemein bekannt, sie zu zitieren, im ganzen Reich ein Statusmerkmal. »Heißt das, dass die Stände viel zu profitabel sind, als dass man sich ihren Verlust leisten könnte, und dass man, falls doch, in Armut fällt?«

Cledonius' Gesichtsausdruck änderte sich nicht. Er lächelte weiter offen und arglos, doch er schaute Ballista scharf an. Es war nur allzu leicht, diesen Barbaren zu unterschätzen. Vor allem jetzt, da er so verdreckt und blutverkrustet war, sah er wie der typische dumme Riese aus dem Norden aus. Man konnte leicht vergessen, dass er schon als Jüngling ins Reich gebracht und am kaiserlichen Hof erzogen worden war. Nur ein Narr würde sich diesen Mann leichtfertig zum Feind machen, sinnierte Cledonius.

»Links von uns liegt das Große Theater. Dort steht eine wunderbare Statue der Kalliope als Tyche, der Glücksgöttin von Antiochia.« Und schon fuhr der Ab Admissionibus mit seinem einschläfernden Geplapper fort. »Ein paar der unwissenderen Einheimischen glauben …«

Nach einiger Zeit bogen sie links in eine Nebenstraße ein, die die Ausläufer des Mons Silpius hinaufführte. Kurz darauf waren sie schon tief im Wohnviertel von Epiphania. Zu beiden Seiten standen Häuser aus Kalkstein und Basalt. Die Pferde reckten die Hälse und trotteten immer vorsichtiger, je steiler die Straße wurde. Und über allem ragte der Berg auf wie eine Wand.

Die beiden Männer ritten am Tempel des Dionysos vorbei, und Cledonius zügelte sein Pferd vor einem großen Stadthaus. Die lange, kahle Wand wurde nur von einem Tor mit zwei Säulen aus importiertem Marmor unterbrochen. Ein Pförtner trat heraus.

»Melde der Domina Julia die Rückkehr ihres Gatten«, befahl Cledonius.

Einen Augenblick lang wirkte der Pförtner verwirrt und starrte die beiden Reiter an. Cledonius deutete auf Ballista. Sofort sprang der Pförtner herbei und hielt Ballistas Zügel, während der sich aus dem Sattel schwang.

»Willkommen daheim, Dominus.« Der Pförtner verneigte sich. Vermutlich war er ein einheimischer Diener oder ein gerade erst gekaufter Sklave. Während Ballista sich bei Cledonius bedankte und sich von ihm verabschiedete, befahl der Pförtner einem Jungen, die Domina sofort über die glückliche Heimkehr des Dominus in Kenntnis zu setzen.

»Wenn du mir bitte folgen würdest, Dominus.«

Ballista schaute Cledonius und seinen Dienern hinterher, bis sie außer Sicht waren, dann drehte er sich um und folgte dem Pförtner.

Als sie das Haus betraten, schritten sie über ein Mosaik, das einen nackten Buckligen mit einer gewaltigen Erektion zeigte. Offensichtlich war der Besitzer des gemieteten Hauses ein abergläubischer Mann, der den Neid seiner Mitmenschen fürchtete. Ballista lächelte. Es gab viele weit groteskere Kreaturen, um den Bösen Blick abzuwenden, doch diese hier spiegelte ziemlich genau wider, was Ballista im Sinn hatte.

Am Ende eines langen, dunklen Gangs befand sich ein offener Hof. Als er ins Sonnenlicht hinaustrat, blieb Ballista stehen. Da war ein Badeteich in der Mitte, dessen Oberfläche das Licht auf die Säulen spiegelte. Ballista schaute ins Wasser. Am Grund befand sich ein weiteres Mosaik. Dieses hier zeigte eine unschuldige Unterwasserszene: Fische, ein Delfin, ein Oktopus.

Ballista zögerte. Er lehnte sich an eine der Säulen und schloss die Augen. Sonnenflecken tanzten auf seinen geschlossenen Augenlidern. Er war seltsam nervös und verunsichert. Wie würde Julia ihn empfangen? Es war so langer her. Wollte sie ihn überhaupt noch? Mit einem Übelkeit erregenden Gefühl im Bauch stellte sich Ballista einer Angst, die er sich nur selten eingestand. Hatte sie einen Liebhaber? Die Moral der Metropolis, ganz zu schweigen von der des kaiserlichen Hofs, entsprach nicht gerade der Erziehung, die er im Norden genossen hatte. Aber es war sinnlos, hier herumzuhängen. *Hör auf nachzudenken. Taten statt Worte*, ermahnte sich Ballista. Mit diesem Mantra hatte er sich schon zu vielem gezwungen, auch wenn es ihm hier irgendwie unpassend erschien.

Ballista öffnete die Augen wieder und nickte dem Pförtner zu, der ihn durch den Hof und tiefer ins Haus hineinführte.

Sie durchquerten das Speisezimmer, wo weitere Mosaike den Boden und Gemälde die Wände zierten. Schließlich blieb der Pförtner stehen und öffnete die Doppeltür zu den Privatgemächern.

»Domina, dein Mann Marcus Clodius Ballista.« Der Portier trat einen Schritt zurück, und Ballista betrat den Raum. Hinter ihm schloss sich die Tür wieder.

Julia stand still am anderen Ende des Raums. Zwei Dienerinnen rahmten sie ein, jede einen Schritt hinter ihr. Wie es sich gehörte, trat sie vor.

»Dominus.« Ihre Stimme verriet keine Emotion. Züchtig hielt sie den Blick gesenkt. Julia war jeder Zoll die römische Matrone aus alter Zeit, die ihren Gatten nach dem Krieg empfängt.

»Domina.« Ballista beugte sich vor, und Julia hob den Kopf. Ihre Blicke trafen sich. Ihrer verriet nichts. Ballista küsste sie zärtlich auf die Lippen. Erneut schaute Julia nach unten.

»Willst du dich setzen?« Sie deutete auf eine Liege, und Ballista setzte sich. »Möchtest du etwas zu trinken?«

Ballista nickte. Julia befahl einer ihrer Dienerinnen, Wein und Wasser zu bringen, und der anderen, sie solle eine Schüssel warmes Wasser und ein Handtuch holen.

Die Dienerinnen verließen den Raum, und das Schweigen zog sich in die Länge. Julia hielt weiter den Blick gesenkt. Ballista rührte sich nicht. Nur mit Mühe unterdrückte er ein Gähnen.

Die Dienerinnen kehrten zurück. Julia erklärte ihnen, ab jetzt würde sie sich selbst um das Wohlergehen des Dominus kümmern. Sie sollten gehen und dafür sorgen, dass das Bad heiß war. Erneut gingen die beiden Frauen hinaus.

Julia mischte ein Glas Wein und Wasser und gab es Ballista. Dann holte sie die Schüssel zu ihm und kniete sich neben ihn. Ballista trank einen Schluck. Mit festem Griff zog Julia ihm die Stiefel aus und begann, ihm die Füße zu waschen. Wasser spritzte auf seine Hose.

»Du solltest sie ausziehen, sonst wird sie nass«, sagte Julia. War da der Hauch eines Lächelns, bevor sie den Kopf wieder senkte und ihr Gesicht unter dem schwarzen Haar verschwand?

Ballista stand auf und zog die Hose aus. Dann setzte er sich wieder. Erneut machte Julia sich daran, ihm die Füße zu waschen. Die Spannung wurde langsam unerträglich. Ballista zog es die Brust zusammen, und seine Hände waren schweißnass.

Julia hob den Kopf und schaute ihm ins Gesicht. Sie lächelte.

Ballista sprang auf, schob die Hände unter ihre Arme und zog sie mit sich in die Höhe. Er küsste sie. Julias Zunge tanzte in seinem Mund.

Nach ein paar Augenblicken löste sie sich leicht von ihm. »Meine Familie hat mich gewarnt, als sie mich an einen Barbaren verheiratet hat. Alle haben sie gesagt, dass Barbaren Sklaven ihrer Lüste sind.«

Ballista grinste. »Paulla …« Das war der Name, den ihre Familie für sie benutzte. »Meine Kleine.« Und dann fügte er noch seine eigene, liebevolle Verniedlichung hinzu: »Paullula.«

Julia trat einen Schritt zurück, öffnete ihr Gewand und ließ es zu Boden fallen. Sie trug nichts darunter, und ihr Körper sah atemberaubend aus. Ballista beugte sich vor und küsste ihre Brüste, leckte sie, und die Brustwarzen verhärteten sich unter seiner Zunge.

Ballista richtete sich wieder auf und schaute seiner Frau in die Augen. »Es ist schon sehr, sehr lange her.«

Julia erwiderte nichts darauf, sondern nahm ihn bei der Hand, drehte sich um und führte ihn zu einer Liege.

»Ja, sehr, sehr lange«, sagte sie und zog ihm die Tunika über den Kopf.

Nur ein paar Reisende waren auf der Straße nach Daphne, und nach dem überfüllten Antiochia war das eine Erleichterung.

Auf nach Daphne. Das kam Maximus, dem Leibwächter, irgendwie seltsam vor. Tatsächlich war ihm das schon letztes Jahr aufgefallen. Egal, in welchen Vorort die Einheimischen auch wollten, sie sagten immer *Auf nach Daphne.* Aber egal – in jedem Fall war es eine angenehme Reise. Kaum hatten sie das Südtor der Stadt hinter sich gelassen, war da der Fluss, der große Orontes, und zu ihrer Linken waren die ersten Gärten, Brunnen, Häuser und Schreine in den Hainen zu sehen. Je weiter die Straße vom Fluss wegführte, desto mehr Wein- und Rosengärten säumten den Weg. Und den ganzen Weg lang sah man genau die Art von Dingen, die einem Mann wie Maximus Freude bereiteten: Bäder, Tavernen und all die lebhaft aussehenden Frauen.

Zuerst waren sie dicht beisammen geritten, die drei Erwachsenen auf Pferden und der Junge auf einem Pony. Ballista hatte versucht, mit seinem Sohn zu sprechen, doch Isangrim hatte ihm nicht geantwortet. Der Junge wirkte in sich gekehrt, ja sogar mürrisch. Aber man konnte wohl auch nicht erwarten, dass ein Kind seinen Vater nach einem Jahr Abwesenheit mit offenen Armen empfing. Trotzdem war das peinlich. Maximus und Demetrius, der griechische Sekretär, ließen sich ein wenig zurückfallen und schauten sich in der Herbstsonne um.

Gegen Mittag kam von Südwesten eine sanfte Brise auf, aus dem Tal des Orontes. Die Ärmel der Reiter flatterten im Wind, und schließlich begann der Junge doch noch zu sprechen. Dann wollte er auch mit auf dem Pferd seines Vaters reiten. Alles war wieder gut. Isangrim stieg auf das Pferd seines Vaters um. Ballista warf Maximus die Zügel des Ponys zu, und der Junge klammerte sich lachend an den Rücken seines Vaters.

Das Pony war ein übles, hinterhältiges Vieh. Als sie die Zügel wechselten, versuchte es doch tatsächlich, Maximus' Pferd zu beißen. Der Hibernianer trat ihm gegen die Schulter. Kurz beäugte das Tier das Bein des Menschen und fletschte die gelben Zähne, doch dann besann es sich eines Besseren und entfernte sich ein Stück. Maximus beugte sich vor und kraulte seinem Pferd die Ohren.

»He, Graeculus, kleiner Grieche, komm da raus. Sie werden bald außer Sicht sein.« Maximus wusste, dass Demetrius wie alle Mitglieder seines Volkes es vorzog, Hellene und nicht Graecus genannt zu werden, von Graeculus ganz zu schweigen, doch Maximus hatte einfach Lust, den Jungen ein wenig zu necken.

»Ich sage dir, sie sind gleich weg.« In Wahrheit waren Ballista und sein Sohn nur ein paar Hundert Schritte vor ihnen.

Demetrius trat aus dem kleinen Wegschrein. Auf Maximus wirkte er geradezu absurd jung. Und der kleine Grieche sah glücklich aus. Das war gut. Er sah nur selten glücklich aus. Selbst mit einer Steighilfe hatte der Grieche Mühe, in den Sattel zu kommen. Er war kein Reiter.

»Die Leute von Antiochia müssen zu den gottesfürchtigsten der Welt gehören«, bemerkte Demetrius.

Maximus schaute ihn zweifelnd an. Tatsächlich genoss Antiochia nicht gerade den Ruf einer besonders frommen Stadt, und wenn er an die beiden Frauen vor der letzten Taverne zurückdachte, dann nahm er an, dass sie nicht aus religiösen Gründen auf die Knie zu gehen pflegten.

»Wo auch immer man hinschaut, finden sich Anrufungsstätten für die Götter.« Demetrius lächelte. »Erinnerst du dich noch daran, wie wir gestern durchs Beroea-Tor geritten sind? Da habe ich dich auf den Talisman hingewiesen, den der heilige Apollonius von Tyana vor langer Zeit zum Schutz gegen den Nordwind aufgestellt hat.«

Maximus grunzte bestätigend.

»Und dann, in der Nähe des Palasts, war da der Talisman, den der weise Debborius zum Schutz vor Erdbeben aufgestellt hat.«

»Du meinst die Statue von Poseidon, die vom Blitz getroffen worden ist?«

»Ja, genau die.« Der griechische Jüngling lächelte wieder. »Und dann ist da der im Omphalos, der von Ablakkon zum Schutz vor Flutwellen.«

»Hm«, sagte Maximus.

»Und jetzt gerade habe ich noch einen gefunden, der vom heiligen Apollonius stammt, diesmal zum Schutz vor Skorpionen.« Demetrius wirkte ausgesprochen zufrieden.

»Könnte das ein nicht ganz so frommer Geist nicht als furchtbaren Aberglauben betrachten?« Der Hibernianer hob fragend die Augenbrauen.

Der junge Grieche lachte. »Sicher. Aber man muss schon wahre Religion von Aberglauben unterscheiden.«

Ja, und das solltest du auch, Junge, dachte Maximus.

»Und in der Tat – genau wie der ungewaschene Pöbel andernorts neigt das gemeine Volk auch hier zum Aberglauben. Im Theater zum Beispiel, da gibt es eine wunderbare Statue der Muse Kalliope als Tyche von Antiochia. Du wirst nicht glauben, für was der Plebs die Statue hält ...«

Demetrius plapperte munter weiter, während sie versuchten, Ballista und seinen Sohn einzuholen. Maximus ließ seinen Gedanken freien Lauf. Es war gut, dass der Jüngling glücklich war. Auf ihrer Flucht nach dem Fall von Arete hatte er furchtbar gelitten: der Hunger, die Erschöpfung und vor allem die Angst. Der griechische Sekretär war nicht für das Abenteuerleben geschaffen. Tatsächlich schien er für kein Leben geschaffen zu sein außer dem eines Sklaven. Häufig wirkte er unglücklich, und das kam Maximus seltsam vor. Wenn man als Sklave geboren war – und Demetrius hatte gesagt, das sei bei ihm der Fall –, dann war man doch sicher daran gewöhnt und hatte ja auch keine Vergleichsmöglichkeit.

»Wie du also siehst, breitet sich selbst der simpelste Aberglaube unter dem Pöbel aus.« Demetrius war richtig in Fahrt. »Ich will dir noch ein Beispiel geben ...«

Um die Wahrheit zu sagen, wenn irgendjemand wusste, welche Qual das Sklavendasein wirklich war, dann Maximus. Er war bereits ein Krieger gewesen, als ein anderer Stamm ihn bei einem Überfall in seiner Heimat gefangen genommen hatte. Anschließend hatte man ihn nach Rom verkauft, um in der Arena zu kämpfen, zuerst als Faustkämpfer, dann als Gladiator. Das war keine gute Zeit gewesen. Doch dann hatte Ballista ihn als Leibwächter gekauft, und von da an war es besser gelaufen. Tatsächlich ging es ihm inzwischen sogar besser, als es ihm vermutlich ergangen wäre, hätte man ihn nicht versklavt. Aber wie auch immer – Maximus hätte so oder so kämpfen müssen, und das war gut. Kämpfen war nicht nur das, was er konnte, es bereitete ihm auch Vergnügen. Und hier im Imperium waren auch die Belohnungen besser. Hier gab es viel mehr verschiedene Arten von Alkohol und Frauen.

Als sie an einem Reisenden vorbeikamen, der gerade den Huf seines Esels untersuchte, schaute Maximus nach unten. Demetrius redete immer noch.

Aber wie auch immer, sinnierte Maximus, *da gibt es auch immer noch die Schuld.* Vor Jahren, in Afrika, hatte Ballista Maximus das Leben gerettet. Daraus folgerte, dass Maximus erst die Freiheit suchen würde, wenn diese Schuld beglichen war. Ballista hatte Maximus zwar schon öfter angeboten, ihn freizulassen, doch der Hibernianer hatte jedes Mal abgelehnt. Maximus wusste, dass er seine Schuld begleichen musste. Er musste Ballista ebenfalls das Leben retten, bevor er auch nur an Freiheit denken konnte.

Schließlich holten sie Ballista und Isangrim ein. Direkt vor ihnen lag eine grau-grüne Hügelkuppe. Oben angekommen, sahen sie zu ihrer Rechten ein bewaldetes Tal. Das schien ein gutes Jagdgebiet zu sein. Sie waren in Daphne.

Demetrius klatschte vergnügt in die Hände und verkündete, sie seien wahrlich gesegnet. Überall an der Straße gab es Tavernen und Marktstände, wo man hauptsächlich Speisen und Souvenirs verkaufte. Sie hatten noch nicht ganz Meridatio, die Zeit der Mittagsruhe. Trotz der Brise war es warm. Die Tische vor den Tavernen waren bis zum letzten Platz besetzt mit Männern, die gerade ihr Mittagessen beendeten oder miteinander würfelten.

Ballista und die anderen ritten an den öffentlichen Bädern und dem olympischen Stadion vorbei zu dem großen Zypressenhain, der das heilige Herz von Daphne darstellte. Dort stiegen sie ab und bezahlten ein paar Straßenkinder, damit sie sich um ihre Pferde kümmerten. Dann, für noch einmal deutlich mehr Münzen, heuerten sie einen einheimischen Führer an.

Der Mann führte sie die schattigen Wege hinunter. Die Luft war voller Vogelgezwitscher und dem Rauschen der Zypressen in der Brise. Es roch äußerst angenehm, süß und würzig.

Schließlich blieb der Führer vor einer besonders großen Zypresse stehen, die ein wenig abseits von den anderen stand. Dort erzählte er den Besuchern die Geschichte des zypriotischen Jünglings Kyparissos, der versehentlich seinen geliebten Hirsch erschossen hatte. Seine Trauer war so groß gewesen, dass die Götter schließlich Mitleid mit ihm gehabt und ihn in ebendiese Zypresse verwandelt hatten, vor der sie nun standen.

Selbst Demetrius schien das nicht zu beeindrucken. Der Führer bemerkte dann auch, dass seine Zuhörer nicht bei ihm waren, und so ging er rasch weiter.

Als Nächstes brachte der Mann sie zu einem knorrigen Lorbeerbaum. Die Lust des Apollon nach der Nymphe Daphne sei so groß gewesen, erzählte er, dass diese sich auf ihrer wilden Flucht vor dem liebestollen Gott schließlich an die Mutter Erde gewandt habe und auf wundersame Weise in diesen Lorbeerbaum verwandelt worden sei.

Obwohl diese Geschichte als weit besser betrachtet wurde – besonders Maximus fühlte sich von der Idee dieser lüsternen Jagd erregt –, schien auch sie die Zuhörer nicht wirklich zu packen. So ergänzte Demetrius im Flüsterton, aber laut genug, dass ihr Führer sie hören konnte, für gewöhnlich spiele diese Geschichte in Griechenland, entweder in Thessalien oder in Arkadien.

Zu guter Letzt führte der Mann sie zu den Quellen des Apollon. Deren Anblick rief schon eine weit positivere Reaktion hervor. Wasserfälle ergossen sich eine Felswand herab, und das rauschende Wasser wurde in halbkreisförmige Becken geleitet. Bäche flossen von dort rechts und links am Apollon-Tempel vorbei.

Mit Ausnahme von Maximus gingen die Besucher in den Tempel und bewunderten dort die große Statue des Gottes – Haar und Lorbeerkranz vergoldet, die Augen aus riesigen violetten Steinen. Drei Jahre zuvor, nachdem die Perser Antiochia geplündert und niedergebrannt hatten, hatte Shapur seine Fackel weggeworfen und Daphne unberührt gelassen.

Maximus wartete draußen. Der Hibernianer neigte manchmal dazu, über die Götter zu lästern, doch selbst er musste anerkennen, dass dieser Ort etwas Besonderes war. Vielleicht war der Schleier zwischen der Welt der Menschen und der des Übersinnlichen hier ja besonders dünn. Aber was auch immer es sein mochte, irgendetwas sorgte dafür, dass sich Maximus die Nackenhaare sträubten. Er schaute sich um. Es gab nichts zu sehen oder zu hören außer dem Wasser, den Bäumen und dem Gurren der Tauben, die hoch oben auf dem Tempel hockten.

Als Ballista alles gesehen hatte, was er sehen wollte, gab er den Priestern ein wenig Geld für ein Opfer und verließ den Hain. Die Straßenkinder, die sich um die Pferde gekümmert hatten, führten die Besucher zu einer Taverne. Dort würde man ihnen auch noch zu dieser späten Stunde ein gutes Essen servieren, behaupteten sie. Ballista hielt es jedoch für wahrscheinlicher, dass die Kinder Verwandte des Wirts waren oder dass er sie dafür bezahlte, ihm Gäste zu bringen. Wein wand sich um Rankgitter und erschuf so eine Art Freiluftspeisesaal, von wo aus man eine gute Aussicht über das Tal des Orontes hatte. Nachdem er sich mit den anderen besprochen hatte, bestellte Ballista die Mahlzeit: einen Salat aus Artischockenherzen, dazu Blutwurst, gefolgt von Spanferkel.

Ballista dachte bei sich, dass das Wiedersehen mit seinem Sohn so gut lief, wie er nur hatte hoffen können. Zuerst war Isangrim stumm und ablehnend gewesen. *Ich habe auf dich gewartet. Ich habe die ganze Zeit auf der Treppe gesessen. Ich habe nicht geglaubt, dass du wieder zurückkommen würdest.* Doch der Junge war von herzlicher Natur, und so hatte es nicht lange gedauert, bis es nichts mehr zu verzeihen gegeben hatte.

»Ich liebe Wurst, Papa.« Isangrim aß hungrig und mit beiden Händen. Keiner der Männer tadelte ihn dafür, dass er auch mit der linken Hand aß, obwohl das allgemein als unhöflich galt. Maximus fragte den Jungen, was er einmal werden wolle, wenn er groß war.

»Wenn ich groß bin, werde ich Forstmann.« Isangrim ließ seinen Blick über die berühmten Zypressen wandern. »Dann werde ich all die Bäume hier abholzen.« Er drehte sich zu seinem Vater um. »Morgen muss ich früh raus. Ich habe viel zu tun«, verkündete er in kindlichem Ernst. Die drei Erwachsenen lachten.

Das Lachen hallte über die ganze Terrasse bis in die Ecke, wo der Meuchelmörder saß und Kichererbsenbrühe schlürfte, das billigste Essen hier.

Der Meuchelmörder hatte sie schon den ganzen Tag über beobachtet. Der Auftraggeber hatte ihn bei Tagesanbruch zu einem Haus im Epiphania-Viertel geführt. Der Meuchelmörder hatte dem Auftraggeber einen ausgefransten, alten Mantel gegeben und einen zerrupften, breitkrempigen Reisehut. Er hatte dem Auftraggeber gesagt, er solle sich mit ihm unter die ausladenden Äste auf der anderen Seite der Straße setzen und sich wie ein Landstreicher an die Wand der Weinhandlung lehnen. Dort hatten sie dann gewartet. Gelegentlich hatte der Meuchelmörder die Narbe auf seiner rechten Hand gekratzt.

Das Warten hatte gedauert, und zwar lange genug, dass der Meuchelmörder eine starke Abneigung gegen seinen Auftraggeber hatte entwickeln können. Sie hatten zwar kein Wort miteinander gesprochen, doch das war auch nicht notwendig gewesen. Diese Art von aalglatten, reichen jungen Männern strahlte schlicht eine Selbstverliebtheit und Arroganz aus, die man auch mit den schmutzigsten Kleidern nicht verbergen konnte. Sie betrachteten das Leben mit einem Blick, den jeder Plebejer ihnen sofort aus dem Gesicht geprügelt hätte. Was wiederum den Mann betraf, den er töten sollte, so war der dem Meuchelmörder einfach nur egal. Wenn er ein schlechter Mann war, gut. Wenn nicht, wenn er ein guter Mann war, dann konnten die Götter der Unterwelt ihn ja ins Reich der Seligen schicken. Aber seinen Auftraggeber – *den* hätte der Meuchelmörder mit Freuden umgebracht, aber er musste ja seine Familie ernähren.

Schließlich waren sie rausgekommen, und der Auftraggeber hatte doch tatsächlich die Hand gehoben, um auf sie zu deuten. Sofort packte der Meuchelmörder das Handgelenk des jungen Mannes und zog es nach unten. Der Augenblick ging vorüber, doch keiner von beiden würde ihn vergessen.

Der Meuchelmörder hatte sie genau beobachtet. Es waren vier, von denen allerdings nur zwei von Bedeutung waren. Wie der Auftraggeber beschrieben hatte, war das Ziel ein großer blonder Barbar. Dann war da noch der Leibwächter, ein übel aussehender Schläger mit fehlender Nasenspitze. Die anderen beiden waren unwichtig: ein feingliedriger Jüngling und ein hübscher kleiner Junge.

»Soll ich auch den Sohn töten?«

Wieder funkelte Wut in den Augen des Edelmanns. »Für was hältst du mich? Für einen Barbaren wie den da?«

Der Meuchelmörder schwieg.

Als die Pferde hinausgeführt worden waren, waren der Barbar und seine Begleiter aufgesessen und nach Süden geritten. Kurz darauf waren auch der Meuchelmörder und sein Auftraggeber aufgebrochen. Hinter der Ecke hatte Geld den Besitzer gewechselt, dann hatten sich der Meuchelmörder und sein Auftraggeber getrennt.

Der Meuchelmörder war in die Gasse gegangen, wo er seinen Esel angebunden hatte. Er hatte die Verkleidungen zusammengerollt und am Sattel festgebunden. Dann hatte er sich an die Verfolgung gemacht. Da er die Stadt wie seine Satteltasche kannte, hatte er es nicht eilig gehabt. Er hatte schon viele Männer getötet. Er brauchte nur eine Gelegenheit – der Barbar musste abgelenkt sein, der Leibwächter ein Stück entfernt. Dann würde er zuschlagen. Auch wenn das vielleicht nicht mehr an diesem Tag passieren würde, die Gelegenheit würde kommen. Und dann würde er die zweite Hälfte seiner Bezahlung einsacken und einen guten Winter verbringen.

III

Die Spiele begannen. Es war der 25. Oktober, der vierte Tag, seit Ballista dem Consilium des Kaisers vom Schicksal der Stadt Arete berichtet hatte. Doch für die meisten Einwohner von Antiochia am Orontes waren die Städte des Euphrat weit entfernt, ihr Schicksal ohne Bedeutung. Es war zwar erst drei Jahre her, dass die Perser Antiochia geplündert hatten, doch für die einfachen Einwohner Antiochias lag das genauso weit zurück wie der Trojanische Krieg.

Und die Spiele begannen gut. Lange vor Sonnenaufgang schimmerte der Himmel bereits leuchtend blau, und es war nicht eine Wolke zu sehen. Selbst zu dieser Stunde drängten sich die Menschen schon auf den sechs Brücken, die zu der Insel im Orontes führten. Von allen Einwohnern des Imperiums nahm niemand sein Vergnügen so todernst wie die Bewohner von Antiochia. So liebten Tausende von ihnen das Theater und verfolgten voller Staunen jede noch so kleine Bewegung des Beins eines Pantomimentänzers. Dann waren da die Zehntausenden von Anhängern des Amphitheaters, die sich die Seele aus dem Leib schrien, wann immer die Gladiatoren aufeinanderprallten und Blut in den Sand spritzte. Und was die Wagenrennen betraf, so vermochten noch nicht einmal die Götter zu zählen, wie viele Einwohner von Antiochia am Orontes darüber den Kopf verloren.

Und das waren keine Wald-und-Wiesen-Rennen, die hier stattfanden, nicht die typischen griechischen Rennen, die mehr oder weniger freiwillig von Mitgliedern des Stadtrats finanziert wurden. Das hier waren große Rennen im römischen Stil. Es gab sogar die gleichen Fraktionen wie in der Ewigen Stadt: die Grünen, die Blauen, die Roten und die Weißen. Sie fuhren ihre Rennen im imperialen Stil unter der Schirmherrschaft des Kaisers, des allerfrommsten Augustus Valerian höchstpersönlich. Der alte Kaiser galt zwar als Geizkragen, aber das war offensichtlich falsch.

Der stets selbstbewusste Diocles fuhr für die Grünen. Er glaubte wirklich, dass er bei Weitem der Beste war. Die meisten hielten ihn jedoch schlicht für arrogant.

Calpurnianus ging für die Weißen ins Rennen – wenn es je einen Mann gegeben hatte, der in Form gewesen war, dann ihn.

Musclosus mit dem legendären iberischen Pferd Candidus, das so weiß war, wie sein Name es besagte, und den ehrenwerten mauretanischen Fahrer Scorpus hatte man aus dem Ruhestand geholt, um für die Blauen beziehungsweise die Roten zu fahren.

Im Zwielicht reichten die Menschenschlangen bis weit hinter das große, aus roten Ziegeln gebaute Hippodrom. Der Eintritt war frei, und niemand hegte auch nur den geringsten Zweifel daran, dass jeder der gut achtzigtausend Plätze in der Arena besetzt sein würde, vermutlich sogar mehr. Als schließlich der Sonnenwagen über dem Mons Silpius leuchtete, drehten sich fast alle Wartenden gen Osten und warfen sich mitten auf der Straße in Proskynese zu Boden. Nur wenige verzichteten darauf, aber auch sie verneigten sich und warfen einen Kuss zur Sonne. Auch wenn man die Bewohner von Antiochia nicht wirklich als gottesfürchtig bezeichnen konnte, so stand doch außer Frage, dass die Zuschauer eines Wagenrennens stark zum Aberglauben neigten.

Als die Sonne über dem Berg erschien, trat Maximus aus dem Haus in Epiphania. Auf der Straße gab es nur wenig zu sehen. Ein paar Männer trieben drei beladene Kamele vor sich her, ein anderer rückte Säcke auf seinem Esel zurecht, und auf der anderen Straßenseite saß ein Landstreicher unter den Ranken an der noch nicht geöffneten Weinhandlung, genau wie gestern. Die Sänfte, die Maximus bestellt hatte, verspätete sich. Er ging über die Straße. Der Bettler schlief. Maximus wollte dem Mann eine Handvoll kleiner Münzen hinwerfen, hielt sich dann aber zurück. Stattdessen hockte er sich hin und legte das Kupfer leise unter die Hand des Bettlers. Der Mann rührte sich nicht. Maximus fiel eine lange Narbe auf der rechten Hand des Mannes auf. Er stand auf, drehte dem Bettler den Rücken zu, schaute die Straße entlang und wartete.

Die Sänfte, ein stabiles Ding in Hellblau, bog um die Ecke. Maximus rief einem der Hausdiener zu, dem Dominus zu sagen, die Sänfte sei gekommen.

Als die Sänfte das Haus erreichte, kam Ballista heraus. Calgacus, sein Leibsklave, wuselte um ihn herum. Ballista trug eine strahlend weiße Toga mit dem schmalen Purpurband der Ritter. Der dazugehörige goldene Ring am Finger funkelte mit der goldenen Krone auf Ballistas Kopf um die Wette. Nur wenige Männer hatten das Recht, die gut drei Zoll hohe Krone in Form einer Mauer zu tragen, die Corona muralis, das Zeichen für jemanden, der als Erster eine feindliche Festung überwunden hatte. Nur wenige Männer überlebten so etwas, um anschließend geehrt zu werden. Als junger Mann in Nordafrika hatte Ballista förmlich danach gegiert, sich auszuzeichnen, und er hatte sehr, sehr viel Glück gehabt.

Dann kam Julia, würdevoll und sittsam und mit der Stola einer römischen Matrone. Sie hielt Isangrim an der Hand. Das lange Haar des Jungen war trotz seines entschlossenen Widerstands sorgfältig gebürstet, und jetzt glänzte es im Sonnenlicht. Isangrim beäugte die Sänfte und verkündete in feierlichem Ernst, sie sei blau, und das sei ein gutes Omen. Ballista, Calgacus und Maximus lächelten einander an. Sie waren zwar alle Anhänger der Weißen, doch sie wussten, dass Isangrim die Blauen bevorzugte. Und tatsächlich war es kein Zufall, dass ihre Sänfte eine blaue Farbe hatte.

Die Familie stieg ein, und acht Träger hoben die Sänfte auf ihre breiten Schultern. Maximus schickte zwei stämmige Diener mit langen Stöcken voraus, um ihnen den Weg zu bahnen. Dann rückte er sein Schwert an der linken und seinen Dolch an der rechten Hüfte zurecht. Schließlich nahm Maximus seinen Posten auf Ballistas Seite der Sänfte ein und Calgacus auf Julias. Der Leibwächter schaute sich noch einmal um, um sich zu vergewissern, dass alles in Ordnung war. Dann gab er das Zeichen zum Aufbruch.

Unter den Weinranken auf der anderen Straßenseite rührte

sich der Landstreicher. Er hob die Münzen auf und kratzte sich die Narbe an der rechten Hand, während er der Sänfte hinterherschaute. Kurz darauf stand er auf und folgte ihr.

Die Sänfte kam auf ihrem Weg vom Haus zum Hippodrom nur langsam voran. Der notorisch unabhängige Plebs von Antiochia hatte es nie eilig, Höherrangigen den gebührenden Respekt zu erweisen. Die Leute zeigten einen bemerkenswerten Widerwillen, beiseitezutreten, selbst wenn große, kräftige Männer ihnen mit den Stöcken drohten. Und wenn die Sänfte schließlich an ihnen vorbeikam, riefen sie ihr Spott hinterher, manchmal lustig und manchmal erfinderisch in seiner Obszönität. Die Familie, Calgacus und die Träger täuschten Taubheit vor. Maximus wiederum drehte immer wieder den Kopf und funkelte die Spötter böse an. Einmal lehnte sich Ballista hinaus und legte dem Hibernianer beruhigend die Hand auf den Arm, als er einem Plebejer drohte, er müsse den Preis für seine Frechheit bezahlen, gegen die Sänfte gestoßen zu sein. Der Pöbel von Antiochia war stets gewaltbereit. Es brauchte nicht viel, um eine Schlägerei oder gar einen Aufruhr auszulösen.

Schließlich wurde die Sänfte vor dem Südende des Hippodroms abgestellt, nahe dem Tor im großen Turm zur Linken. Maximus und Calgacus halfen der Familie heraus, dann zupfte und strich der Leibdiener die Falten der schweren, zeremoniellen Toga seines Herrn in Form. Die Sänftenträger sorgten dafür, dass die Familie bis zum Tor vom schlimmsten Gedränge verschont blieb. Nur Leute mit Eintrittskarten durften weiter als bis hierher. Die drei Familienmitglieder sowie Maximus und Calgacus gingen weiter. In dem hohen, gewölbten Gang unter der Westtribüne wurde das Gedränge sogar noch schlimmer. Überall stießen die Leute mit den Ellbogen um sich, und es war unmöglich, nicht hin und her geworfen zu werden. Maximus schnappte sich Isangrim und setzte ihn sich auf die Schultern, während Julia verhältnismäßig geschützt zwischen den drei Männern ging.

Schließlich erreichten sie die Treppen, die zu den Plätzen der Senatoren und Ritter hinaufführten. An der ersten gingen sie jedoch vorbei. Sie führte im Zickzack am hinteren Teil des Gebäudes hinauf zum oberen Teil der Tribüne. An der nächsten Treppe hielten sie dann an. Sie war breit und führte mitten ins Herz der Tribüne, zu den Plätzen, die für die gesellschaftliche Elite reserviert waren. Sanft setzte Maximus Isangrim wieder zwischen seinen Eltern ab. Erneut richtete Calgacus Ballistas Toga. Mit dem Daumen deutete Maximus auf den nächsten Bogen, den Eingang zu einem Gang, der zu den unteren Rängen führte, den Plätzen der Armen. Er und Calgacus würden nicht weit weg sein, sollten sie gebraucht werden.

Maximus blieb ein paar Augenblicke lang stehen. Calgacus wartete. Maximus schaute der Familie hinterher, wie sie die Treppe hinaufstieg. Der kleine Junge ging zwischen Vater und Mutter, die ihn an den Händen hielten. Maximus konnte einfach nicht verstehen, warum sein Freund dieser Frau so treu war. Er selbst hätte nie so ein häusliches Leben führen wollen, aber er würde eher sterben, als zuzulassen, dass einem der drei etwas geschah.

Der Meuchelmörder beobachtete, wie Maximus und Calgacus sich umdrehten und weggingen. Er gab ihnen lange genug Vorsprung, dann folgte er ihnen auf die Armenplätze.

Die weißen Togen auf den vollen Rängen der Senatoren und Ritter strahlten in der Morgensonne. Die Arena war zwar voll, aber nicht so dicht gedrängt wie draußen. Ballista fand ihre Plätze sofort. Als Träger der Corona muralis hatte man für ihn reserviert. Sie setzten sich in die drei Vertiefungen auf der Steinbank. Ballista rief nach einem Jungen, mietete drei Kissen und kaufte eine Rennkarte, ein paar Getränke sowie Süßigkeiten für Isangrim. Julia fischte einen Spielzeugstreitwagen aus ihrer Stola, den sie für Isangrim dort versteckt hatte, und natürlich trug der Wagen die Farben der Blauen.

Sie waren gerade noch rechtzeitig gekommen. Fanfaren hallten durch die Arena, und die Tore in dem riesigen Bogen am Nordende des Hippodroms öffneten sich. Wie immer führte eine Victoria die Prozession an. Mit weit gespreizten Flügeln schien sie förmlich über ihrem Streitwagen zu schweben. Breiter Jubel brandete zu ihrer Begrüßung auf. Die aus Elfenbein geschnitzten Götterbilder, die ihr folgten, wurden jedoch nur von den jeweiligen Anhängern bejubelt: Neptun von den Seeleuten, Mars von den Soldaten, Apollon und Artemis von den Wahrsagern und Jägern, Minerva von den Handwerkern und Bacchus und Ceres von den Trunkenbolden und dem Landvolk, das zu den Rennen in die Stadt gekommen war. Venus und Cupido wiederum wurden ebenfalls von allen beklatscht. Wer konnte auch so langweilig sein, dass ihn die Liebe nicht irgendwann in irgendeiner Form berührt hätte, egal ob körperlich oder geistig? Und als schließlich die Tyche-Fortuna von Antiochia auf einem vergoldeten Wagen hereingerollt wurde, schwoll der Applaus sogar noch an.

Langsam ebbte der Jubel dann wieder ab, als die Götterbilder über die Rennbahn zu den für sie vorgesehenen Plätzen in der Spina gebracht wurden, der zentralen Barriere. Das monumentale Tor war leer.

Dann ertönten abermals die Fanfaren, und Priester des Kaiserkults kamen heraus. Sie trugen einen kleinen Altar, auf dem das Heilige Feuer des Kaisers brannte. Die Menge erhob sich. Parfüm und Rosenblätter regneten von den Sonnensegeln herab, und der kaiserliche Streitwagen rollte würdevoll in den Circus.

Heil Caesar! Heil Imperator Publius Licinius Valerianus!

Der Streitwagen war aus Gold und mit Juwelen besetzt. Er wurde von vier schneeweißen Pferden gezogen, deren Geschirr purpurn und golden schimmerte.

Heil Valerian, Germanicus Maximus, Pater Patriae, Restitutor Orbis!

Der Kaiser stand reglos auf dem Wagen, auf dem Kopf einen Lorbeerkranz. Er schaute weder nach rechts noch nach links. Er wirkte genauso entrückt wie die Götter, die ihm vorausgezogen waren, doch auch präsent und mächtig.

Die Menge jubelte.

Heil dem Theos, dem göttlichen Valerian!

Ballista stand ebenfalls, und genau wie die anderen Soldaten und viele weitere salutierte er. Er schaute auf den einsamen Mann auf dem Prunkwagen. Der Kaiser trug rote Stiefel sowie die purpurne Toga eines Triumphators. Doch anders als bei einem Triumph stand hier kein Sklave hinter ihm, der ihm mahnend ins Ohr flüsterte: *Vergiss nicht, du bist auch nur ein Mensch.*

Ballistas Lippen formten den rhythmischen Willkommensgesang, doch in Gedanken war er woanders. Caligula, Nero, Domitian – Kein Wunder, dass so viele Kaiser von alldem korrumpiert worden waren. Commodus, Caracalla, Elagabal – die Liste war schier endlos. Bis jetzt hatte jedoch niemand den ältlichen Senator Valerian irgendwelcher großer Laster beschuldigt, seit er den Thron der Caesaren bestiegen hatte. Aber er hatte nicht die Wahrheit gesagt, als er Ballista nach Arete befohlen hatte. Dass es kein Entsatzheer gab und auch nicht geben würde, hatte er geflissentlich verschwiegen. Der alte Kaiser war ein gnadenloser Lügner, und was das Verhalten und Wesen seines Sohnes und Mitkaisers Gallienus betraf, so trafen immer mehr beunruhigende Gerüchte von Rhein und Donau ein. Ballista tat weiter so, als würde er eifrig singen. Wie hieß es doch so schön? *Bete für gute Kaiser, aber diene denen, die du bekommst.*

Der kaiserliche Streitwagen erreichte die Siegessäule und blieb stehen. Stallburschen eilten herbei, um die Pferde festzuhalten. Valerian stieg ab. Diener öffneten ein Tor in der Außenmauer der Rennbahn, und gemessenen Schrittes stieg der Kaiser die breite Treppe zum Pulvinar hinauf, der kaiserlichen Loge.

Das seltsame tiefe Raunen der Abertausenden von Zuschauern, die sich miteinander unterhielten, brandete wieder auf, kaum dass der Kaiser auf seinem Thron in der Loge saß. Ballista hatte die Rennkarte in seiner Hand fast vergessen und schaute nach links zu Valerian. Diener schüttelten Kissen auf, rückten Teppiche zurecht und reichten Speisen und Getränke. Mehrere Sekretäre waren bereits da und auch Successianus, der Präfekt der Prätorianer, sowie Cledonius, der Ab Admissionibus und Macrianus, der Comes Sacrarum Largitionum et Praefectus Annonae.

Ballista ließ seinen Blick über die kaiserliche Loge schweifen. Abgesehen von ein paar korinthischen Säulen war sie auf drei Seiten offen und vermittelte so den Eindruck, für jedermann zugänglich zu sein. Jeder der achtzigtausend Untertanen in der Arena konnte ihn sehen. Die Spiele – das Theater, das Amphitheater und vor allem der Circus, den die Griechen Hippodrom nannten – waren die einzige Gelegenheit, wo sich der Kaiser vor einer größeren Zahl seiner Untertanen zeigte. Allerdings erwartete man das auch vom Kaiser. Man erwartete von ihm, zuzuhören. Doch während Ballista das Pulvinar betrachtete, durch niedrige Wände von den anderen Tribünenplätzen getrennt und mit einer Reihe finster dreinblickender Prätorianer im hinteren Teil, dachte er bei sich, dass das nur wenig zählte. Ballista hatte sein halbes Leben im Imperium verbracht, und dabei hatte er gelernt, dass die wahre Macht in einer Autokratie in der körperlichen Nähe zum Autokraten lag. Sie lag dort im Pulvinar bei Beamten wie Successianus, Cledonius und dem lahmen Macrianus, ja sogar bei den Lakaien, die Fingerschalen herumreichten oder sich um den Nachttopf des Imperators kümmerten.

»Papa, Papa, das erste Rennen beginnt gleich, und ich weiß noch nicht einmal, wer fährt.« Isangrim zupfte an der Toga seines Vaters.

Der Junge hatte recht. Die Menge pfiff, und rechts, an der Loge des Rennleiters über den Startboxen am südlichen Ende des Hippodroms, wurden die Lose gezogen. Ein Raunen ging durch die Menge. Offenbar hatte der Rennstall eines beliebten Fahrers eine schlechte Box erhalten.

Ballista lächelte Julia an, öffnete die Rennkarte und schaute sie sich mit seinem Sohn an. Das erste Rennen war ein Mannschaftswettbewerb für Vierspänner. Zwei Teams der Blauen und zwei der Grünen würden gegeneinander fahren. Einer der beiden Wagenlenker der Grünen war dabei der berühmte Diocles. Für die Blauen hingegen war es nicht der Führungsfahrer, der die Aufmerksamkeit erregte, obwohl Musclosus durchaus fähig war, sondern das Führungspferd des ersten Gespanns. Dabei handelte es sich um niemand Geringeres als die große Legende des Circus Maximus, den Schimmel Candidus. Während Ordner sowohl zu Fuß als auch zu Pferd dafür sorgten, dass die Rennbahn frei war, wettete Ballista rasch auf die beiden Gespanne der Blauen. Nur das erste hatte zwar wirklich eine Chance, aber alles andere als ein Sieg der Blauen in diesem prestigeträchtigen ersten Rennen wäre eine große Enttäuschung für Isangrim gewesen.

Dem lauten Surren des Startmechanismus folgte im Bruchteil einer Sekunde später ein lauter Schlag, als die Tore der Boxen gegen die Steinsäulen schlugen, auf denen die Statuen von Männern mit sorgfältig ausgearbeiteten Genitalien in ungefähr der richtigen Höhe standen. Der Lärm jagte Ballista jedes Mal einen Schauder über den Rücken. Er erinnerte ihn an die Geräusche der Artillerie.

Fanfaren ertönten, und Abertausende von Stimmen schrien: »Es geht los!« Die Luft war voll von den Gerüchen des Rennens: Pferdeschweiß, dicht gedrängte Menschen und billiges Parfüm.

Wie Pfeile flogen die Gespanne aus ihren Startboxen. Die Felle der Pferde und die Seidenkleider der Wagenlenker funkelten im Sonnenlicht, und hinter ihnen wirbelte der Staub auf. Als sie die zentrale Barriere erreichten, stand das Rennen auf Messers Schneide. Gleich drei der vier Gespanne kämpften um den ersten Platz. Als sie aus der ersten Kurve kamen, schleifte Commius, der zweite Fahrer der Blauen, knapp an der Bande entlang. Diocles, der Held der Grünen, folgte ihm dichtauf, der zweite Fahrer der Grünen direkt dahinter. Musclosus mit dem prächtigen Candidus vor seinem Wagen hielt sich jedoch zurück.

»Candidus kommt gern von hinten.« Ballista lächelte Isangrim beruhigend an. »Musclosus ist ihn schon früher gefahren. Kein Grund zur Sorge. Es sind noch sieben Runden.« Was der Germane sagte, entsprach der Wahrheit, aber er verschwieg, dass Diocles und sein Gespann es ebenfalls liebten, an zweiter Stelle zu sein. So lief das Rennen vier Runden lang: Commius, der Tempomacher der Blauen, führte das Rennen an, und die anderen hielten ihre Positionen.

Auf der zweiten Geraden der fünften Runde forderte das Tempo von den Pferden des Commius seinen Tribut. Die Tiere wurden immer schwächer. Selbst von der Tribüne aus war zu erkennen, dass das zweite Gespann der Blauen zusammenzubrechen drohte. Ein Täuschungsmanöver von Diocles zog es von der Barriere weg, und die Pferde hatten nicht mehr genügend Kraft zurückzukommen, sodass der Held der Grünen nach innen ziehen konnte. In der nächsten Kurve fuhren sie dann nach außen, um die anderen vorbeizulassen.

Als es in die letzte Runde ging, sah es so aus, als könne nichts mehr den Sieg der Grünen verhindern. Diocles war mehrere Längen und damit klar in Front, und das zweite Gespann der Grünen blockierte Musclosus. Diocles winkte bereits dem Publikum.

Doch in der vorletzten Kurve, als das zweite Gespann der Grünen nach links abbog, machte Musclosus seinen Zug. Er lehnte sich nach rechts über die Deichsel, drosch mit der Peitsche auf den Widerrist seiner Pferde und trieb sie auf eine Kollision zu. In genau solchen Momenten bewies der mächtige Candidus seinen Mut und Wert. Er war das Beispiel, dem die Blauen folgten. Das zweite Gespann der Grünen verlor die Nerven. Die Pferde scheuten zurück und zogen den Wagen weit zu den Tribünen hinaus.

Diocles winkte noch immer der Menge zu und machte Tricks mit der Peitsche. Erst im letzten Moment sah er Candidus näher kommen. Als der blaue Wagen an ihm vorbeiraste, riss Diocles sein Gespann mit aller Kraft nach links. Die Zügel fest um die Hüfte geschlungen, warf er sich mit seinem gesamten Gewicht in das verzweifelte Manöver, um die Lücke wieder zu schließen. Das Manöver kam jedoch so unerwartet, dass es die Tiere verwirrte. Das Pferd ganz links geriet ins Stolpern. Im einen Moment galoppierten die vier Pferde noch in vollkommener Harmonie, und im nächsten gingen Mann und Wagen in einer Wolke aus zersplitterndem Holz und Knochen zu Boden. Die Trümmer wurden durch den Sand geschleift und hinterließen eine breite Blutspur.

Wundersamerweise rollte eine Gestalt in zerfetztem, staubigem Grün aus dem Chaos. Irgendetwas funkelte in ihrer Hand. Auch wenn ihn viele für einen arroganten Bastard hielten, Diocles hatte nicht über vierhundert Rennen gewonnen und unzählige Unfälle überlebt, wenn er nicht alle fünf Sinne beisammenhätte. Irgendwie war es ihm gelungen, inmitten des Trümmersturms sein Messer zu ziehen und die Zügel zu durchschneiden, die um seine Hüfte geschlungen waren. Kurz lag er regungslos da, dann richtete er sich auf den Ellbogen auf und winkte mit dem Messer, bevor er wieder zu Boden sackte. Die Menge grölte.

Mit einem Vorsprung von mindestens zehn Wagenlängen nahm Musclosus die letzte Kurve, und diesmal schleifte er nicht mit dem Rad an der Wendesäule vorbei. Am Kurvenausgang spornte er Candidus und die anderen Pferde noch ein letztes Mal an, und immer wieder blickte er über die Schulter zurück, um sicherzugehen, dass die Götter dem zweiten Gespann der Grünen nicht noch einmal Kraft verliehen hatten. Doch die Götter griffen nicht ein. Das blaue Gespann überquerte die Ziellinie, und erneut grölte das Volk.

Das war der Höhepunkt des Tages. Von da an ging es bergab.

Es war weithin bekannt, dass Valerian die Blauen unterstützte und Gallienus, sein Sohn, die Grünen. Letzteres entsprach durchaus der Wahrheit, doch Ersteres wurde allgemein als das erkannt, was es war: eine politische Aussage, der Versuch eines alten, recht abgehobenen Kaisers, als Mann des Volkes zu erscheinen. Schon beim zweiten Rennen konnte man sehen, wie Valerian Papierkram mit seinen Sekretären und Macrianus erledigte. Den Zuschauern gefiel das nicht. Es gefiel ihnen ganz und gar nicht. Sie verlangten, dass ihre Kaiser nicht nur bei solchen Spektakeln dabei waren, sie hatten sie auch zu genießen. Alles andere war ein Zeichen der Respektlosigkeit gegenüber dem Volk, und wer das Volk missachtete, der missachtete auch seine Libertas. Und die Plebejer waren sehr empfindlich, was ihre Libertas betraf, sinnierte Ballista. Aber aus was bestand diese Libertas? Es war die Freiheit, Dinge zu grölen wie *Senkt die Steuern! Billigeres Korn! Befreit die Gladiatoren! Mehr Spiele!* Für solche »Freiheit« hatte Ballista nur Verachtung übrig.

Nach vier Rennen, bei denen nicht einmal alle zwölf Startboxen genutzt wurden, machte sich eine hässliche Erkenntnis unter den Zuschauern breit. Die begrenzte Fahrerzahl im ersten Rennen war keine Feier zur Rückkehr des legendären Candidus gewesen, sondern ein Beweis für den Geiz des alten Kaisers. Erste Rufe und Gesänge ertönten, die von einem alten Geizkragen erzählten, der heruntergekommene Wagenlenker und Pferde mit einer Schüssel Brei aus dem Ruhestand holte.

Obwohl das sechste Rennen, das direkt vor dem Mittagessen stattfand, je drei Gespanne aus allen vier Fraktionen beinhaltete, brach sich genau da der Unmut bahn. Ein gutes Stück vor der Linie, ab der solche Dinge erlaubt waren, verließ Teres von den Weißen unverhohlen seine Bahn und kreuzte die des Favoriten, Scorpus von den Roten. Die Zuschauer sprangen wütend auf, wedelten mit ihren Togen und Mänteln und verlangten einen Neustart. Kaiser Valerian arbeitete jedoch weiter und ignorierte das Getöse. In der Folge wurde das Rennen zu einer Farce. Über die Hälfte der Gespanne bremste ab oder blieb sogar stehen, während eine Minderheit weiterfuhr. Dann, nach sieben Runden, überquerte Thallus, der andere Fahrer der Weißen, schließlich als Erster die Ziellinie unter dem verächtlichen Johlen der Zuschauer.

Valerian befahl einen Herold an die Brüstung der kaiserlichen Loge. Der Herold hob den Arm, und Schweigen senkte sich über die Menge. Laut verlas der Herold die Worte des Kaisers: »Das Rennen ist entschieden. Prandium. Zeit für das Mittagsmahl.«

Der Mob brüllte.

Die Pausenunterhaltung machte alles nur noch schlimmer. Ein paar Akrobaten errichteten zwei hohe Pfosten auf der mittleren Barriere. Dann wurde ein Seil zwischen den beiden Pfosten gespannt. Die Akrobaten balancierten über das Seil und posierten ein wenig. Die Menge grölte und schrie: »Gladiatoren! Wir wollen Gladiatoren! Blut im Sand!«

Erneut trat der Herold vor. Diesmal lauschten die Zuschauer den kaiserlichen Worten nicht stumm. Der Herold ließ sich jedoch nicht beirren: »Nächsten Sommer wird es Blut im Sand geben, und es wird persisches Blut sein! Euer Kaiser braucht alles Geld für den kommenden Krieg! Gladiatoren sind teuer!«

Die Botschaft hätte nicht schlechter sein können. Die Menge heulte, und aus Tausenden von Kehlen dröhnte: »Alles gibt's! Alles teuer! Billiges Korn! Jetzt!« Es entsprach in der Tat der Wahrheit, dass die Gegenwart des kaiserlichen Hofs und eines Feldheeres in Antiochia die Kornpreise in ungekannte Höhen getrieben hatte und damit natürlich auch für Brot. Immer mehr stimmten in das Geschrei mit ein.

Ballista überkam eine düstere Vorahnung. Das konnte ziemlich rasch ziemlich hässlich werden. Er schaute zur kaiserlichen Loge. Während der Kaiser weiterarbeitete, wirkten die Prätorianer hinter ihm zunehmend nervös. Sie packten ihre Schilde mit festem Griff und prüften ihre Waffen. Ballista sah sich um. Auch die Senatoren und Ritter wurden immer unruhiger. Die Treppen im oberen Teil der Tribüne waren weit weg. Die unten, über die Ballista und seine Familie gekommen waren, waren wesentlich näher. Die Menge wurde immer lauter.

Doch wieder trat der kaiserliche Herold vor und hob die Hand. Das Geschrei verstummte, und Schweigen senkte sich über die Menge. »Genau!«, sagte der Herold. »Richtig so! Der Kaiser will Ruhe!«

Kurz herrschte verwunderte Stille – dann brach ein furchtbarer Lärm aus. Die Menschen tobten vor Wut. Der erste Steinhagel flog in Richtung der kaiserlichen Loge. Die Menge hatte sich in einen wilden Mob verwandelt. Die Menschen wollten Blut sehen. Der Herold huschte davon, und die Prätorianer sprangen vor und bildeten mit ihren Schilden die Testudo, die Schildkröte, um den Kaiser zu schützen.

Ballista wusste, dass es nur noch schlimmer werden konnte. Er musste rasch handeln. Die ersten Steine flogen bereits auf die Sitze, die für die Elite reserviert waren, und die Köpfe des Mobs erschienen über der niedrigen Trennwand am unteren Teil der Tribüne. Der Plebs kletterte darüber, fest entschlossen zu prügeln, zu rauben und zu vergewaltigen. Senatoren, Ritter und ihre Familien rannten die Stufen hinauf, um die Treppe im oberen Teil der Tribüne zu erreichen. Ballista befahl Julia, das Kind dicht bei sich zu behalten, kämpfte sich aus der Toga, wickelte sie sich um den Arm, und schließlich nahm er die Corona muralis mit der linken Hand.

»Folge mir. Nimm Isangrim auf den Arm. Und bleib dicht bei mir.«

Julia wich zurück.

»Nein. Wir gehen runter.« Kurz erschienen Zweifel in Julias dunklen Augen, doch schließlich folgte sie ihrem Mann, als dieser die Sitzreihen hinuntersprang. Mit dem Jungen auf dem Arm konnte Julia jedoch nicht springen. Sie musste sich setzen, drehen, die Beine herüberziehen, wieder aufstehen, nach vorne gehen, und dann das Ganze noch mal von vorn.

Sie hatten gerade zehn Sitzreihen hinter sich gebracht, als sie gut zwanzig Schritte rechts von sich den Eingang sahen, durch den sie hereingekommen waren. Zwei Sitzreihen weiter holten sie zwei Plebejer ein. Beide hatten Messer. Der Erste stürzte sich auf Ballista, doch der fing dessen Stoß mit dem um den Arm gewickelten, dicken Stoff ab und verdrehte den Arm des Mannes nach außen. Mit der rechten Hand packte Ballista ihn am Hals, hob ihn hoch und warf ihn nach hinten. Der Mann rutschte auf der Kante ab und landete hart auf der Sitzreihe darunter. Er schrie, rollte weiter und fiel die steinerne Tribüne hinunter. Ballista wirbelte zu dem anderen Mann herum.

»Willst du auch mal?«

Beinahe höflich antwortete der Mann: »Nein.« Er machte einen großen Bogen um Ballista und seine Familie und suchte weiter oben nach leichteren Zielen.

Ballista, Julia und Isangrim kletterten zwei weitere Sitzreihen hinunter. Sie kamen nur quälend langsam voran. Rechts von ihnen drängte sich bereits der Mob auf der Tribüne, und von oben waren verwirrtes Brüllen und hohe Schreie zu hören.

»Folgt mir.« Ballista näherte sich bis auf wenige Schritte dem Mob. Dann blieb er stehen und wedelte mit der Corona muralis über dem Kopf. Der Mob hielt an.

»Das ist massives Gold! Das Lösegeld für einen König!«, rief er. »Na? Wer will das?«

Der Plebs starrte die Krone mit vor Gier offenen Mündern an.

Bevor sich jemand bewegen konnte, nahm Ballista den Arm zurück und warf die goldene Krone in hohem Bogen über die Köpfe der Menge hinweg. Binnen einer Sekunde war der Weg frei.

Ballista drehte sich um, schnappte sich seinen Sohn und rief Julia zu, ihm zu folgen.

Sie stürmten weiter hinunter, und kurz darauf waren sie auf dem Gang. Der Ausgang war nur noch wenige Schritte entfernt.

Ballista hielt unvermittelt an. Ein Mann mit einem Messer in der Hand versperrte ihm den Weg. Julia prallte gegen Ballistas Rücken. »Hinter uns«, keuchte sie. Ballista drehte sich um. Hinter ihnen näherte sich ein weiterer, mit einem Messer bewaffneter Mann. Sie saßen in der Falle.

Ballista gab Julia Isangrim wieder zurück und drückte sie beide auf den Sitz hinter sich. Dann wirbelte er herum und beobachtete beide Männer aus den Augenwinkeln. Er richtete die Toga an seinem Arm. Sein Geist war ruhig und kristallklar, doch seine Gedanken überschlugen sich, und er ging alle Möglichkeiten durch.

Eine Zeit lang waren alle wie erstarrt. Die beiden Messermänner starrten zu dem unbewaffneten Barbaren und seiner Frau und dem Kind, die hinter ihm kauerten.

»Wartet«, sagte Ballista laut und auf Griechisch. Schnell, aber ohne hektische Bewegungen, löste er die Börse von seinem Gürtel. Er warf sie hoch in die Luft und fing sie mit der Rechten wieder auf, sodass die Messermänner das Gewicht der Münzen hören konnten. Ballista wandte sich an den Mann zu seiner Rechten, der ihnen die Flucht versperrte. »Nimm das Geld, und lass uns durch.« Der Mann schaute zu dem anderen Messermann, der offenbar das Sagen hatte. Ballista drehte sich halb um.

»Oh, das werden wir, Kyrios, das werden wir.« Der Mann links von Ballista grinste. Seine Zähne waren schwarz und schief. »Lass einfach die Frau bei uns. Wir hatten schon lange keine Ritterhure mehr.«

Ballista warf die Börse mit aller Kraft. Der Messermann zuckte zurück, konnte dem Geschoss aber nicht ausweichen. Es traf ihn mitten im Gesicht. Zähne und Knochen brachen. Ballista wirbelte herum und stürzte sich auf den Mann zu seiner Rechten. Mit der Toga, die an seinem linken Arm hing, umschlang er die Waffe des Mannes, drückte das Messer zur Seite und rammte dem Mann mit voller Wucht die Faust ins Gesicht. Der Mann taumelte ein, zwei Schritte zurück, aber er ging nicht zu Boden. Dann riss er das Messer wieder hoch. Die Klinge funkelte in der Sonne, als der Mann zum Stoß ansetzte. Verzweifelt packte Ballista das Handgelenk des Mannes mit der linken Hand. Der Mann schlug mit links zu, doch Ballista parierte den Schlag mit dem rechten Unterarm, packte seinen Angreifer an der Kehle und drückte mit aller Kraft zu.

Ein Geräusch hinter ihm veranlasste Ballista dazu, über die Schulter zurückzuschauen. Der andere Messermann, das Gesicht voller Blut, rückte immer schneller vor, bis er schließlich rannte. Ballista wollte den Mann, den er an der Kehle gepackt hatte, niederschlagen, um sich der neuen Bedrohung zuzuwenden. Doch der Mann wehrte sich, und er war zu schwer. Ballista konnte ihn nicht schnell genug erledigen. Seine Seite und sein Rücken waren offen für einen Angriff.

Als der blutüberströmte Messermann an ihr vorbeistürmte, stellte Julia ihm ein Bein. Es war nur eine leichte Berührung, doch sie brachte den Mann aus dem Gleichgewicht. Er stolperte nach vorn, ruderte mit den Armen, lief noch ein paar Schritte und stürzte dann aufs Gesicht. Das Messer fiel ihm aus der Hand. Ballista ließ den anderen Mann los, der daraufhin zusammenbrach und sich die Kehle hielt. Ballista stürzte sich auf den Mann am Boden und landete mit den Knien im Rücken des Kerls.

Auf allen vieren kroch Ballista zum Messer. Das abgewetzte Lederheft fühlte sich warm an. Er stand auf. Der gestolperte Mann versuchte ebenfalls, wieder hochzukommen. Ballista trat ihm mit links auf die ausgestreckte Hand. Dann verlagerte er all sein Gewicht aufs linke Bein und wirbelte herum. Ein furchtbarer Schrei folgte dem lauten Brechen von Knochen.

Der halb erstickte Mann war wieder aufgestanden. Vorsichtig

trat er über den am Boden liegenden Angreifer hinweg, der sich nun zusammengerollt hatte und leise wimmerte. Ballista rückte vor und schwang das Messer von einer Seite zur anderen. Die Augen seines Gegners folgten der Klinge wie hypnotisiert. Langsam wich der Mann zurück, vorbei an Julia und Isangrim.

Als der Messermann den Fuß der Treppe erreichte, die Ballista und seine Familie heruntergekommen waren, kletterte ein Aufrührer über die niedrige Mauer, die die Tribüne der Elite vom Rest des Circus trennte. Erst zwei, dann drei weitere folgten ihm, und wie es typisch für einen Mob war, wurde rasch eine Horde daraus. Der Mann mit dem Messer war verschwunden, verschluckt vom Plebs.

Ballista warf das Messer weg, um sich seinen Sohn zu schnappen. Mit der einen Hand drückte er Isangrim an die Brust, und mit der anderen nahm er Julia und rannte zum Ausgang. Da war die Treppe. Hier und da brannten Lampen in kleinen Nischen. In seltsamem Kontrast zum Chaos der Tribüne war es hier menschenleer. Der Weg in die Sicherheit des Gangs unten war frei. Ballista spürte die blonden Locken seines Jungen auf der Schulter, und er machte sich so schnell es ging auf den Weg nach unten.

Sie waren schon ein gutes Stück weit gekommen, als eine Veränderung im Licht sie warnte, dass etwas nicht stimmte. Ballista hob den Blick. Dort, oben auf der Treppe, sah er einen Mann – oder zumindest die Silhouette von einem, der einen Kapuzenmantel trug. Eine Waffe funkelte in seiner rechten Hand, und das war kein Messer, mit dem man Äpfel schnitt, das war eine Kriegswaffe, ein altmodisches Kurzschwert, ein Gladius.

Ballista gab seinen Sohn an seine Frau weiter.

»Geh.«

»Ich kann nicht.«

»Der Junge …« Ballista winkte weiter die Stufen runter. »Geh! Jetzt!«

Julia wandte sich zum Gehen.

Vorsichtig und in geduckter Kampfhaltung, das Gewicht auf den Ballen, stieg der Mann die Stufen herab. Ballista verfluchte sich dafür, dass er das Messer weggeworfen hatte, und erneut wickelte er die Toga um den Arm. Langsam zog er sich weiter nach unten zurück.

Auf der Treppe war es still. Ballista hörte nur Julias rasch leiser werdende Schritte. Sie waren schwer vom Gewicht des Sohnes, den er nie wiedersehen würde. Der Mann kam rasch näher. Für jeden Schritt, den Ballista nach hinten machte, machte er zwei. Nicht mehr lange …

Ballista hörte das Öl in den Lampen zischen. *Typisch*, dachte er. *In meiner barbarischen Heimat würde das Licht von stabilen Fackeln kommen, nützlichen Waffen, um einen Gang in Brand zu stecken oder sie einem Mann ins Gesicht zu rammen. Und was gibt es hier? Ein paar kleine, zerbrechliche Tonlämpchen.* Aber das heiße Öl konnte ihm vielleicht auch etwas nutzen, wenn es ihm gelang, den Mann zu überraschen. Ballista blieb an einer der Nischen stehen, in denen die Lampen brannten.

Der Mann war schon sehr nahe. Trotz der Kapuze sah Ballista das Funkeln in seinen Augen. Ballista beobachtete die Klinge des Gladius. Der Mann bewegte sich wie ein geübter Kämpfer. Er hatte eine Narbe an der Hand, mit der er die Waffe hielt. Julias Schritte waren nur noch schwach zu hören, und das Zischen der Lampe wirkte unnatürlich laut. Ballista konnte seinen eigenen Atem hören, rau und angestrengt.

Der Mann war nur noch vier Stufen entfernt. *Behalte die Klinge im Auge, behalte die Klinge …*

Ein Geräusch riss Ballista aus seiner Konzentration: schnelle Schritte. Stiefel stapften hinter ihm die Treppe herauf. *Behalte die Klinge im Auge.* Ballista konnte sich nicht umdrehen. Sein Angreifer wagte einen Blick über Ballistas Schulter. Der Germane sah Erkennen in dem unscheinbaren Gesicht unter der Kapuze. Ohne zu zögern machte der Mann kehrt und lief weg. Nach nur wenigen Sekunden hatte er das Ende der Treppe erreicht, steckte das Schwert weg und war verschwunden.

Wenige Augenblicke später stand Maximus neben Ballista.

»Alles in Ordnung bei dir?«

»Ich habe mich nie besser gefühlt. Wie ein Sklave bei den Saturnalien.«

»Ja, klar – aber es ist schon etwas grausam, mich an meinen Sklavenstatus zu erinnern.« Maximus grinste. »Julia und der Junge sind in Sicherheit. Sie warten unten bei Calgacus. Soll ich mal hochgehen und nach dem Kerl suchen?«

»Nein. Der ist mit Sicherheit schon längst weg. Außerdem ist es gefährlich. Ich will nicht, dass du verletzt wirst. Lass uns von hier verschwinden.«

Maximus wandte sich zum Gehen, doch Ballista blieb stehen.

»Was ist?«

»Vermutlich nichts«, antwortete Ballista. »Es ist nur – die anderen wollten rauben und vergewaltigen, aber der hier – ich glaube, der war nur an meinem Tod interessiert.«

IV

Lichtstrahlen fielen durch die Fenster der hohen Apsis und spiegelten sich auf dem Boden des großen Audienzsaals. Ballista starrte sie an, wobei er sorgfältig darauf achtete, so nachdenklich und aufmerksam wie möglich dreinzublicken. Das Fensterglas verlieh dem Licht ein seltsames Aussehen, als wären sie unter Wasser. Tausende von Staubkörnern und gelegentlich ein vereinzeltes, öliges Weihrauchwölkchen bewegten sich darin. Ballista dachte an das Paradoxon des Heraklit: Man kann nicht zweimal in denselben Fluss steigen. Mit dem kaiserlichen Rat verhielt es sich genauso: Er veränderte sich ständig und war doch stets derselbe. Successianus, der Präfekt der Prätorianer, hatte den Mitgliedern des Consiliums gerade eine lange Geschichte erzählt, die sie zwar alle kannten, das Ende aber nicht.

Der Aufruhr von vor drei Tagen war auf die Insel im Orontes begrenzt worden. Kurz nachdem der schändliche Vorfall im Hippodrom begonnen hatte, hatten Truppen die fünf Brücken abgeriegelt, die in die Stadt zurückführten, sowie die eine, über die man in die Vorstädte gelangte. Tatsächlich hatte man die Unruhen sogar auf nur einen kleinen Teil der Insel beschränken können, denn wie immer beherbergte der kaiserliche Palast eine große Garnison, und batavische Hilfstruppen, unterstützt von dalmatischer Reiterei, hatten die Aufrührer rasch zerstreut. Nur ein Badehaus sowie vier Behausungen waren dabei den Flammen zum Opfer gefallen. Im Hippodrom selbst hatten die Prätorianer den Kaiser und sein Gefolge sofort in Sicherheit gebracht. Doch nachdem Seine Verängstigte Majestät verschwunden war, hatte es mehrere Szenen widerwärtiger Sittenlosigkeit gegeben. Vier Ritter waren getötet worden, mehrere hatte man zusammengeschlagen und ausgeraubt, und sechs Ehefrauen von Rittern waren vergewaltigt worden. Schlimmer war jedoch, dass man die hölzernen Ebenbilder der Kaiserfamilie gesteinigt hatte. Der Mob hatte vor Freude gegrölt, als sie zerborsten waren, und eine Bronzestatue des stets siegreichen Valerian war vom Sockel geholt, bespuckt und zerschlagen worden. Kinder hatten anschließend die Einzelteile durch den Dreck geschleift. Obwohl die Bürger von Antiochia für ihre Aufsässigkeit und ihren mangelnden Respekt Höhergestellten gegenüber berüchtigt waren, war klar, dass es sich bei dem Aufruhr um das Werk einer Handvoll Briganten handelte, größtenteils Fremde. Die Unannehmlichkeit hatte nur ein paar Stunden gedauert und war kurz nach Einbruch der Nacht zum Ende gekommen. Man schätzte, dass gut dreihundert Aufrührer getötet worden waren, und die überlebenden Rädelsführer befanden sich in Gewahrsam: fünfundvierzig Männer, sieben Frauen und vier Kinder. Jetzt erwarteten sie das stets gerechte Urteil des Kaisers.

Worte waren schlüpfrig, sinnierte Ballista, und das waren die Worte eines Wiesels. Niemand, der wirklich dabei gewesen war, wäre auch nur auf die Idee gekommen, dass der Aufruhr lediglich auf eine Handvoll ausländischer Unruhestifter zurückging. Und wie hatten die Truppen in all diesem Chaos die Rädelsführer überhaupt identifiziert? Und vor allem: Kinder als Rädelsführer? Wie sollte so etwas überhaupt möglich sein? Das waren die Worte eines Wiesels, die man im Consilium zu hören bekam. Freie Rede, ja die Freiheit selbst, die geliebte Libertas der Römer, die Eleutheria der griechischen Philosophen – so etwas sollte es in einem Reich geben, wo ein Einzelner allmächtig war? Wie konnte es so etwas geben, wenn ein einzelner Mann als Stellvertreter der Götter galt oder gar schon zu Lebzeiten als Gott?

In der Stille, die den Worten des Prätorianerpräfekten folgte, richteten sich alle Blicke auf den Kaiser. Publius Licinius Valerianus saß hoch über seinen Ratgebern und rührte sich nicht. Er starrte über ihre Köpfe hinweg in eine unbestimmte Ferne. Schließlich nickte er bedächtig, und der goldene Lorbeerkranz raschelte in der unnatürlichen Stille. Der Kaiser sprach.

»Wir sind für unsere Milde bekannt, aber man darf Clementia nicht mit Schwäche verwechseln. Milde ist eine strenge Tugend. Severitas ist ihr anderes Gesicht. Wir Römer haben unser Imperium nicht auf Schwäche gebaut. Wir haben unser Imperium seit mehr als tausend Jahren auch nicht mit Schwäche zusammengehalten. Schon ganz zu Anfang haben die Götter uns aufgetragen, die Gedemütigten zu verschonen, aber auch, die Stolzen zu zerschmettern.«

Der Kaiser hielt kurz inne, um seine Worte sacken zu lassen. Die Ratsmitglieder nickten zustimmend ob dieses Echos der *Aeneis*, des römischen Nationalepos.

»Die unerträgliche Superbia, die Arroganz von Shapur, dem Sassaniden, droht mit Krieg. Dies ist nicht die Zeit, um Schwäche zu zeigen. Auch wenn die Boshaftigkeit dieser Unruhestifter vielleicht nicht von Shapur persönlich inspiriert wurde, so wird sie ihm doch Freude bereiten und ihn in seiner Arroganz bestärken, wenn sie nicht bestraft wird. Wir müssen ein Exempel statuieren.«

Wieder legte Valerian eine kurze Pause ein, und erneut nickten die Ratgeber. Ein wenig verspätet schloss Ballista sich ihnen an.

»Wir Römer sind Wolfskinder. Wir sind eine harte Rasse. Wenn unsere Soldaten Feigheit zeigen, dann eliminieren wir sie. Einer von zehn wird von seinen Kameraden zu Tode geprügelt. Die Gerechtigkeit verlangt, dass wir unseren eigenen Männern gegenüber nicht härter sind als zu unseren Feinden. Die Gefangenen von hohem Status werden im Hippodrom enthauptet, dem Ort ihrer Verderbnis, und ihre Köpfe sollen am Fluss entlang in den Vorstädten zur Schau gestellt werden. Was den Rest betrifft, so sollen einige von ihnen vor den verschiedenen Toren der Stadt gekreuzigt werden, andere werden lebendig auf der Agora verbrannt, und wieder andere sollen den wilden Tieren in der Arena als Fraß dienen. Der Präfekt der Prätorianer wird sich darum kümmern. Das ist unser Urteil, gegen das es keine Berufung gibt.«

Bastard, dachte Ballista. *Du herzloser alter Bastard. Du willst den strengen, alten Römer spielen, den Mann, der nur dem Vorbild seiner Ahnen folgt, den mos maiorum, aber in mehr als tausend Jahren römischer*

Geschichte muss es doch ein Beispiel dafür geben, wenigstens die Frauen und Kinder zu verschonen.

Der Präfekt der Prätorianer stand auf, salutierte und intonierte die Standardantwort eines Soldaten: »Wir werden tun, was uns befohlen wird, wir sind bereit, jede Anweisung auszuführen.«

Successianus blieb stehen. Er hatte ein breites, plattes Gesicht – wie ein Spaten. Es war das Gesicht eines einfachen Bauern, der vor langer Zeit Soldat geworden war. Niemand im Consilium wäre auf die Idee gekommen, Successianus' Gesicht als Fenster zu seiner Seele zu bezeichnen. Der Präfekt der Prätorianer räusperte sich und sprach erneut.

»Es gibt da noch etwas, worüber wir reden müssen. Gestern ist ein Bote von Aelius Spartianus eingetroffen, dem Tribun, der die römischen Kräfte in Circesium befehligt. Am 10. Oktober, zehn Tage vor den Iden dieses Monats, ist sassanidische Reiterei vor der Stadt erschienen.«

Ballista hatte das Gefühl, als würde die Luft um ihn herum immer dicker und schwerer. Ob sie ihn nun direkt anschauten oder nicht, für jeden der fünfzehn Männer im kaiserlichen Rat stand er nun im Mittelpunkt der Aufmerksamkeit, und das schloss den Kaiser mit ein – sehr zu Ballistas Unbehagen.

Ballista schaute stur geradeaus. Der Verwalter der Heiligen Großzügigkeit, Macrianus, zeigte keinerlei Reaktion, doch auf den Gesichtern seiner Söhne, Macrianus des Jüngeren und Quietus, erschien ein schmales Lächeln, und Acilius Glabrio, dem jungen Patrizier, war seine Schadenfreude deutlich anzusehen. Ballista brauchte nicht viel Fantasie, um zu wissen, welche Gedanken sich hinter diesem Grinsen verbargen: *Circesium liegt drei Tagesmärsche flussaufwärts von Arete entfernt. Die Sassaniden stehen vor den Mauern von Circesium. Sie können ganz Mesopotamien in Brand stecken, und das nur, weil ein barbarischer Emporkömmling wie du nicht in der Lage war, eine so gut befestigte Stadt wie Arete zu verteidigen. Mit dieser Nachricht hat dein Glück ein Ende. Heute ist es mit der Gunst des Kaisers vorbei, die er dir bis jetzt unerklärlicherweise gewährt hat.*

Aber daran konnte man nun auch nichts mehr ändern. Ballista setzte sich aufrecht hin und blickte so reglos drein, wie es ging. Er fühlte eine leichte Bewegung zu seiner Linken. Eine Hand berührte seinen Arm. Der verwitterte, kurz geschorene Kopf des jungen, pannonischen Generals Aurelian bewegte sich nicht, aber Aurelian klopfte Ballista beruhigend auf den Arm. Ballista fühlte sich schon besser, nun, da er wusste, dass er nicht ohne Verbündete war. Und auf der anderen Seite des Raums – hatte Cledonius kurz gezwinkert?

»Spartianus schreibt in seinem Bericht, dass die Sassaniden nicht von Shapur persönlich angeführt werden, und sie scheinen auch keine Belagerungsmaschinen zu haben. Er glaubt, dass es sich nicht um das Hauptheer der Perser handelt. Trotzdem ist es eine gefährliche Streitmacht von ungefähr zehntausend Mann.«

Der Präfekt der Prätorianer holte kurz Luft und wählte seine nächsten Worte mit Bedacht. »Alle – äh – internen Berichte deuten darauf hin, dass Spartianus ein zuverlässiger Offizier ist. In diesem Fall wird seine Aussage zudem durch eine andere Information bestätigt. Wir haben Berichte, dass Shapur wieder nach Süden zieht, den Euphrat hinunter, um den Winter auf seinem eigenen Gebiet zu verbringen.«

Interne Berichte, dachte Ballista. Das war eine wahrlich feine Art, die Aktivitäten der Frumentarii zu umschreiben, der kaiserlichen Geheimpolizei, die jeden Amtsträger umschwärmte. Ein, zwei von ihnen waren vielleicht sogar gute Männer. Vielleicht waren sie auch nötig. Doch allgemein gesprochen waren die Frumentarii ein Werkzeug der Unterdrückung. Sie schürten nur Angst und Ärger. Im Gegensatz dazu schien der Spion in Shapurs Lager, der »andere« Informant, ein wahrer Held zu sein, auch wenn er ein bezahlter Verräter war.

»Die Frage, die sich uns stellt, ist einfach: Wie sollen wir mit dieser neuen Bedrohung umgehen? Der Kaiser wünscht, dass seine Amici, seine Freunde, ihm ihren Rat geben. Er befiehlt euch, offen zu sprechen.«

Kein ehrgeiziger Höfling konnte sich diese Gelegenheit entgehen lassen, einem kaiserlichen Befehl augenblicklich zu gehorchen. Mit einer eleganten Schnelligkeit, die nicht im Mindesten gehetzt wirkte, sprang Gaius Acilius Glabrio auf. Widerwillig bewunderte Ballista sowohl die schnelle Reaktion des jungen Patriziers als auch sein überlegenes Selbstvertrauen. Der Germane selbst dachte derweil noch immer über die Implikationen von Successianus' Worten nach, als Acilius Glabrio zu sprechen begann.

»Das ist unerhört! Das ist eine furchtbare Beleidigung wider die Majestät des römischen Volkes. Und die Situation könnte gefährlicher nicht sein. Niemand sollte sich da etwas vormachen. Wir wissen alle, wie die Barbaren sind.« Zum ersten Mal verließ Glabrios Blick den Kaiser, und er ließ ihn über das Consilium schweifen. Auf Ballista ruhte er ein wenig zu lang; dann wanderte er wieder zu Valerian zurück.

»*Superbia*, überhebliche Arroganz – das ist das Kennzeichen des Barbaren, egal ob er ein schlüpfriger, dekadenter Ostling oder ein großer, dummer Kerl aus dem Norden ist.« Wieder wanderte der Blick zu Ballista. »Wenn die Superbia eines Barbaren nicht zerschmettert wird, kaum dass sie ihr hässliches Haupt gezeigt hat, dann wird sie unkontrolliert wuchern. Bereits jetzt ist die Superbia des sassanidischen Herrschers nach seinem Triumph in Arete stark gewachsen. Wenn wir ihn noch einmal ungestraft davonkommen lassen, wird seine Superbia grenzenlos. Wird er sich mit Mesopotamien zufriedengeben? Mit Syrien? Ägypten? Asien? Vielleicht sogar Griechenland? Niemals! Im Wahn kennt sein Verlangen keine Grenzen mehr. Und wenn wir zulassen, dass Shapur das Imperium weiter verhöhnt, dann werden auch andere Barbaren glauben, sich das leisten zu können – all die wilden Völker an Rhein und Donau, jenseits des Schwarzen Meeres und im Atlasgebirge. Vor meinem geistigen Auge sehe ich bereits, wie die Wasser des Tibers rot vor Blut dahinfließen. Unser Heim, unsere Frauen, unsere Kinder, die Tempel der Götter unserer Vorfahren – all das steht auf dem Spiel. Wir müssen handeln. Jetzt! Und zwar entschlossen!«

Aufgestachelt von seiner eigenen Redekunst ließ der junge Edelmann seinen Blick wütend durch den Raum schweifen, mit jedem Zoll der sittenstrenge Patriot der alten Republik.

»Aber was kann diese Gefahr abwenden? Was dieses Reptil aus dem Osten töten? Nur altmodische, römische Virtus. Und wo finden wir solch alte Tugend? Hier! In eben diesem Raum. Nach unserem edlen Kaiser, wer könnte da mehr römische Tugend besitzen als …« Acilius Glabrio hielt kurz inne und verharrte regungslos. Dann drehte er sich um und stieß mit dem Arm in Richtung eines alten, reichlich fülligen Senators.

»… Marcus Pomponius Bassus. Ein Mann, dessen Vorfahre vor 769 Jahren bei der ersten Zusammenkunft des freien Senats dabei gewesen ist, am Tag nach der Vertreibung des Tarquinius Superbus, des letzten Königs von Rom. Ich sage, möge Pomponius Bassus an diesem Tag die Rüstung anlegen, sein Schwert nehmen und mit einem Heer gen Osten ziehen, das groß genug ist, um der persischen Plage ein für alle Mal den Garaus zu machen.«

Stille folgte Acilius Glabrios wohlformulierten Worten. Falls Pomponius Bassus von dieser plötzlichen Wendung überrascht sein sollte, so zeigte er es zumindest nicht. Er setzte einen edlen Gesichtsausdruck auf und verkündete in pflichtbewusstem Tonfall und voller Emotionen, die Aufgabe sei zwar schwer, doch sollte man ihn berufen, dann würde er sich nicht verweigern.

Der Gefahr aus dem Osten ein Ende bereiten – leckt mich doch, dachte Ballista. Seit mehr als drei Jahrhunderten hatten die Römer zuerst gegen die Parther und jetzt gegen die Sassaniden gekämpft, und ein Ende des Konflikts war noch immer genauso weit entfernt wie nach der ersten Begegnung, als der römische Triumvir Crassus in der katastrophalen Schlacht von Carrhae getötet worden war.

Die Stille zog sich in die Länge. Die Götter allein wussten, welch berechnende Gedanken durch die Köpfe der Ratsmitglieder gingen, um den Kampf um die Gunst des Kaisers für sich zu entscheiden. Ballista jedenfalls wusste, dass er das noch nicht einmal ansatzweise durchschaute.

Schließlich stand Macrianus langsam auf. Sein lahmes Bein behinderte ihn. In gemessenem Tonfall unterstützte er den Vorschlag, Pomponius Bassus das Kommando zu geben, und in der Folge überschlugen sich die anderen förmlich, dem ebenfalls zuzustimmen. Mit der Arroganz der Jugend und angesichts der Macht ihres Vaters stellten Macrianus der Jüngere und Quietus sicher, dass sie als Nächste gehört wurden. Nach ihnen kam ein Mann mit Namen Maeonius Astyanax, ein Senator mittleren Alters, der den Ruf genoss, dem Haus Macrianus sklavisch zu folgen. Dann sprach nachdenklich und mit der angeborenen Würde des alten, republikanischen Adels Senator Gaius Calpurnius Piso Frugi. Zu dem Zeitpunkt hatte Pomponius Bassus bereits den Ausdruck resignierten Pflichtbewusstseins abgelegt, und stattdessen strahlte er wieder seine typische Selbstzufriedenheit aus.

Ballista fühlte eine Bewegung neben sich. Aurelian erhob sich von seinem Sitz. *Nicht du auch noch*, seufzte Ballista innerlich. *Du kannst doch unmöglich der Meinung sein, dass der alte Narr der Aufgabe gewachsen ist.*

Ein paar Augenblicke lang stand Aurelian einfach nur da. Langsam drehte er seinen bärtigen Kopf mit dem kurz geschorenen Haar und ließ seinen harten Blick durch den Raum schweifen.

»Ich höre wohl, was Gaius Acilius Glabrio sagt, und ich hege den allergrößten Respekt für Pomponius Bassus. Aber er ist der falsche Mann.« Aurelian sprach leise und ruhig, mit dem typischen Akzent eines Mannes von der Donau und betont schlicht. Unwillkürlich beugten die anderen Ratsmitglieder sich vor. »Pomponius Bassus ist nicht mehr so jung, wie er einmal war. Es ist schon viele Jahre her, seit er zum letzten Mal ein Heer im Feld befehligt hat. Nein, für dieses Kommando braucht es einen Mann, der in der Blüte seines Lebens steht und aktuelle, militärische Erfolge vorweisen kann. Tacitus hier ist fünfundfünfzig und kommt direkt von der Donauarmee. *Er* sollte das Kommando übernehmen.«

Aurelians Direktheit überraschte alle. Als er sicher war, dass sein Kamerad von der Donau nichts mehr zu sagen hatte, erklärte Tacitus, sollte man es ihm befehlen, dann würde er dienen. Nur langsam erhielt er Unterstützung. Berufssoldaten aus dem Norden des Imperiums waren bei der Elite mit traditionellem Hintergrund alles andere als beliebt. Der erste Unterstützer war ein älteres Mitglied von großem, italischem Adel, ein Mann mit Namen Fabius Labeo. Dabei war ihm allerdings deutlich anzumerken, dass er Tacitus nur unterstützte, weil Acilius Glabrio Pomponius Bassus vorgeschlagen hatte und nicht er. Der Nächste war einer der jüngeren Senatoren, der auf den Namen Valens hörte. Ballista hatte keine Ahnung warum, aber Valens widersprach Macrianus ständig. Leise, fast entschuldigend, meldete sich auch der befehlshabende Offizier der kaiserlichen Reitergarde, der Equites Singulares Augusti, ein junger, italischer Tribun, der ebenfalls auf den Namen Aurelian hörte und gemeinhin »der andere Aurelian« genannt wurde. Als schließlich offensichtlich war, dass sonst niemand Tacitus unterstützen würde, verkündete auch Ballista kurz, dass er Tacitus für die bessere Wahl hielt.

Als er sich daraufhin wieder setzte, fiel Ballista auf, dass drei der wichtigsten Ratgeber noch nicht gesprochen hatten, weder Successianus, der Präfekt der Prätorianer, noch Cledonius, der Ab Admissionibus, oder Censorinus, der Princeps Peregrinorum. Als der Germane zu ihnen schaute, glaubte er, kurz zu sehen, wie Successianus Cledonius knapp zunickte. Dann erhob sich der Ab Admissionibus.

»Dominus, kaiserliche Amici, wir haben viele gute Ratschläge gehört, frei gegeben in der höchsten Tradition der *Res Publica*. Allerdings glaube ich, dass meine Vorredner nicht wirklich alle Aspekte dieses Falls in Betracht gezogen haben. Ich denke, es gibt da noch mehr, worüber wir diskutieren müssen.« Cledonius sprach mit volltönender Stimme und in freundlichem und vernünftigem Ton.

»Pomponius Bassus und Tacitus sind beides große Männer. Es wäre wahrlich unangemessen, einen von ihnen ohne ein Heer ins Feld zu schicken, das ihrer Dignitas würdig ist. Es deutet allerdings einiges darauf hin, dass das nicht gut wäre. Zunächst einmal haben wir es nur mit einer verhältnismäßig kleinen Abteilung des persischen Heeres zu tun, mit vielleicht zehntausend Mann, und sie wird nicht vom König der Sassaniden persönlich geführt. Zweitens, um ein Heer aufzustellen, das den beiden Vorschlägen würdig wäre, müssten wir die kaiserliche Armee hier in Antiochia schwächen. Und niemand würde auch nur ernsthaft in Betracht ziehen, dass die Dignitas eines Untertanen, egal wie groß er auch sein mag, die des Kaisers übertrifft.« Cledonius' Gesicht blieb ausdruckslos, während er seine Worte erst mal sacken ließ.

»Natürlich müssen wir uns um diese Eindringlinge kümmern«, fuhr er schließlich fort, »und zwar schnell und effektiv. Aber dafür brauchen wir eine kleinere Streitmacht, die von einem Jüngeren geführt wird. Und es gibt hier jemanden, der erst kürzlich Erfahrung im Kampf gegen den Feind aus dem Osten sammeln konnte. Einen Mann voller Rachedurst. Wir müssen eine kleine Streitmacht zum Euphrat schicken, und zwar unter der Führung von Marcus Clodius Ballista.«

Wie aufs Stichwort stimmten zuerst Successianus, dann Censorinus dem Vorschlag zu. Die beiden vorherigen Kandidaten, Pomponius Bassus und Tacitus, verschwendeten keine Zeit und versicherten dem Kaiser ihre Loyalität, indem sie jegliches Interesse an dem Kommando widerriefen und Ballista unterstützten. Tatsächlich, so erklärten sie nun, da Cledonius es ausgesprochen hatte, sei Ballista in der Tat die offensichtliche Wahl. Die verbliebenen Mitglieder des Consiliums schlossen sich dem an – manche mit sichtlichem Widerwillen.

Kaiser Valerian neigte den Kopf zur Seite. Seine Ratgeber hatten gut gesprochen. Marcus Clodius Ballista, der Dux Ripae, würde seinen Titel behalten und mit einer Streitmacht, deren Stärke später festgelegt werden sollte, zum Euphrat ziehen, um dort die Sassaniden zu bekämpfen.

Als er aufstand und das Kommando akzeptierte, erkannte Ballista, dass er trotz all der Jahre, die er nun schon im Imperium lebte, am kaiserlichen Hof bisweilen genauso verloren war wie ein Schiffbrüchiger auf See. Hoffentlich konnte Julia ihm erklären, welche politischen Ränkespielchen zu diesem Ausgang geführt hatten. In jedem Fall hatte er jetzt, was er wollte: Er hatte eine Armee und die

Gelegenheit, seinen Ruf wiederherzustellen. Und ja, er wollte auch Rache – Rache an den Sassaniden, die in Arete so viele gefoltert und getötet hatten, und eines Tages auch Rache an dem Mann, der das befohlen hatte: Shapur, der König der Könige.

Antiochia war eine große und verwirrende Stadt. Wenn man die Hauptstraße am Pantheon verließ und in die Straße ging, die als Kieferknochen bekannt war, die, wo man so viele Christen sehen konnte, und ihr zuerst zum Viertel der Töpfer und dann zu dem der Gerber folgte, erreichte man schließlich den Orontes. Wenn man dann nach links am Ufer entlangging, nach Süden durch die Straße der Seeleute, dann kam man nach gut einer Viertelstunde zu den öffentlichen Bädern, die nach einer Einheimischen mit Namen Livia benannt waren. Hinter den Bädern schließlich befand sich eine Taverne mit dem unwahrscheinlichen Namen »Kirkes Insel«.

Der Ruf der Taverne war nicht sonderlich gut, was Essen und Trinken betraf, doch die Mädchen waren hervorragend. Das war der Lieblingsort von Maximus. Am Abend des 1. Novembers, den Kalenden, saß er mit einem anderen Mann auf der wackligen Terrasse über dem Wasser. Der andere Mann war ein wenig älter und auffallend hässlich. Er hatte eine große Kuppel von Schädel, ein im Vergleich dazu viel zu kleines Kinn und dazwischen einen kleinen schiefen Mund. Die Schultern des Mannes zitterten, und er gab ein unangenehmes Knirschen von sich.

Calgacus, Ballistas Leibsklave, lachte und fragte: »Wirst du gerade beobachtet?«

Es folgte eine kurze Pause. Maximus hatte sichtlich Mühe, dem Drang zu widerstehen, sich die Handvoll anderer Gäste genauer anzuschauen. Stattdessen murmelte er: »Nein, vermutlich nicht.«

»Ich habe das auch früher schon bei Männern wie dir gesehen«, fuhr der alte Kaledonier gnadenlos fort. »Früher der Größte, der sich vor nichts und niemandem fürchtet. Dann, eines Tages, ist alles vorbei, und Leute wie du haben für den Rest ihres Lebens sogar Angst vor ihrem eigenen Schatten.«

»Ich wünschte, ich hätte das nie erwähnt«, sagte Maximus. »Nur die Götter wissen, warum Ballista sich all die Jahre mit einem mürrischen, alten kaledonischen Bastard wie dir abgegeben hat.«

»Ich habe ihm schon den Arsch abgewischt, als er so alt war wie sein Sohn jetzt. Ich habe die Mädchen seines Vaters bezahlt, die er in Germanien gefickt hat, und den kleinen Bastard angezogen und durchgefüttert, seit wir ins Imperium gekommen sind. Ich habe mich immer nützlich gemacht – im Gegensatz zu seinem Leibwächter, der ständig glaubt, er werde verfolgt. Bei Männern wie dir ist es immer das Gleiche: Zuerst denken sie nur manchmal daran, dann beherrscht es ihre Gedanken mehr und mehr, bis es schließlich gar nicht mehr aufhört und sie den Spaß am Leben verlieren. Es ist verdammt schwer, einen hochzubekommen, wenn man ständig glaubt, hinter einem schleiche sich gerade irgendwer mit einem Schwert an.« Calgacus gab wieder dieses ekelige Knirschen von sich, als er sich Wein eingoss.

»Ich hoffe nur, dass Demetrius nichts passiert. Du weißt ja, wie leicht er sich verirrt, und es ist schon spät«, sagte Maximus.

»Natürlich wird ihm nichts passieren. Das hier ist Antiochia, die Stadt, die niemals schläft. Die Straßen hier sind bei Nacht sicherer und heller erleuchtet als bei Tag. Es gibt hier eine Miliz, die mit verdammt großen Knüppeln durch die Gegend läuft, und die wichtigste Aufgabe der acht gewählten Beamten, diesen Epimeletai ton Phylon, den Vorstehern der Stämme, ist es, jeden Ladenbesitzer zu verprügeln, der es wagt, die Lampen vor seinem Laden verlöschen zu lassen.«

»Ich dachte, die Hauptaufgabe der Epimeletai sei die Untersuchung unerklärlicher Tode.«

»Na, ja – das auch. Aber wie ich gesagt habe, du bist zu einem elenden Leben verdammt. Nach einer gewissen Zeit lässt diese irrationale Angst dich einfach nicht mehr los. Eine heiße, kleine Fotze macht vor dir die Beine breit, und was tust du? Nichts. Dein Schwert schläft in deiner Hand. Ständig schaust du über die Schulter zurück.«

Demetrius' Ankunft ersparte Maximus, noch mehr davon zu hören. Auf dem Weg über die Terrasse rief der Sekretär einem Mädchen zu, sie solle ihnen mehr Wein bringen. Der griechische Jüngling wurde allmählich erwachsen, sinnierte Maximus. Vielleicht hatten die Leiden und die Angst während der Belagerung von Arete und die anschließende Flucht ja endlich einen Mann aus ihm gemacht.

Demetrius zog ein Kohlebecken näher an den Tisch heran. Ein kühler Wind kam auf und brachte den Geruch des ersten Winterregens.

»Ich habe gute und schlechte Neuigkeiten«, begann Demetrius und setzte sich. »Die gute zuerst: Wir haben morgen alle frei. Der Dominus geht mit Aurelian in den Bergen bei Daphne auf die Jagd, und er hat gesagt, würde er seinen Sekretär mitnehmen, dann sähe es so aus, als würde er die Einladung nicht genießen. Und würde er seinen Leibsklaven mitnehmen, dann hieße das, dass er dem Koch seines Gastgebers nicht vertraut, und ließe er sich gar von seinem Leibwächter begleiten, dann vermittele das, dass er seinem Gastgeber persönlich nicht über den Weg traute.«

»Und mit welchem Aurelian ist er losgezogen?«, krächzte Calgacus.

»Mit dem von der Donau«, antwortete Demetrius. »Mit dem Aurelian, dem just in dem Moment etwas Seltsames passiert ist, als alle den Palast verlassen haben. Vor lauter Eile hat er sich aufs falsche Pferd geschwungen, und zwar auf das des Kaisers. Natürlich ist er sofort heruntergesprungen, als man ihn darauf aufmerksam gemacht hat. Trotzdem ist es ein paar Leuten aufgefallen.«

»Über so etwas sollte man wohl lieber den Mantel des Schweigens breiten, vor allem öffentlich«, unterbrach Calgacus den jungen Griechen. »Und was sind die schlechten Neuigkeiten?«

»Aurelian ist zum Stellvertreter des Dux Ripae ernannt worden.«

»Das ist doch vollkommen in Ordnung«, erwiderte Maximus. »Sicher, unser junger *manu-ad-ferrum*, Hand-zu-Stahl, ist recht temperamentvoll, säuft gerne und dreht auch schon mal durch, wenn es um die Disziplin geht. Die Männer haben mehr Angst vor ihm, als dass sie ihn lieben, aber er ist ein guter Kämpfer. Es heißt, er habe an nur einem Tag achtundvierzig Sarmaten mit seiner eigenen Klinge erschlagen.« Maximus sang ein Marschlied:

Tausend, tausend, tausend haben wir geköpft.
Ein Mann, eintausend haben wir geköpft
Tausend Becher Wein, eintausend tot.
So viel Wein hat niemand wie das Blut, das er vergossen.

Maximus trank schon eine ganze Zeit lang, doch die Bedienungen und Gäste in Kirkes Insel waren übermütiges Verhalten gewöhnt.

Ein Boot tauchte aus der Dunkelheit auf und stieß gegen die klapperige Hütte nebenan. Scheinbar aus dem Nichts sprangen Dutzende Frauen und Kinder heraus und machten sich unter großem Geschrei daran, Fische aus dem Boot zu laden.

»Der Dux hat zwei Stellvertreter bekommen. Der andere ist die schlechte Neuigkeit.« Demetrius hielt kurz inne. »Gaius Acilius Glabrio.«

»Der Bruder dieses hochnäsigen Scheißers in Arete? Der, der öffentlich geschworen hat, sich für den Tod seines Bruders an Ballista zu rächen? Das ist doch verrückt. Was hat der Kaiser, dieser alte Narr, jetzt schon wieder vor?«

Calgacus bereitete Maximus' Redeschwall rasch ein Ende, indem er ihm die Hand auf den Arm legte.

»Es ist nicht an uns, die Wege unserer Herren zu hinterfragen«, erklärte der alte Kaledonier in belehrendem Ton. »So, Demetrius, wir haben gerade über Maximus' kleines Problem gesprochen. Offenbar bekommt er keinen mehr hoch.«

»Es reicht!« Maximus sprang auf. »Du! Hier rüber!« Er riss der Bedienung den Weinkrug aus der Hand und stellte ihn auf den Tisch. »Willst du mitkommen und zuschauen?«

»Nicht in diesem Leben«, erwiderte Calgacus. »Ich kann mir nichts Schlimmeres vorstellen, als deinen haarigen Arsch auf und ab hüpfen zu sehen.«

Der Meuchelmörder beobachtete, wie Maximus das Mädchen zur Treppe führte. Es war ein Schreck gewesen, als der Hibernianer erklärt hatte, er habe das Gefühl, verfolgt zu werden. Aber er war eben nur ein Barbar. Vorhin hatte er dem Meuchelmörder direkt ins Gesicht geschaut und nicht den Hauch von Erkennen gezeigt. Und jetzt wusste der Meuchelmörder ganz genau, wann der Leibwächter nicht bei seinem Ziel sein würde. Jetzt konnte er zuschlagen.

Der Meuchelmörder winkte einem der Mädchen, zahlte und überquerte die Terrasse, ein unauffälliger Mann, der niemandes Aufmerksamkeit erregte. An der Tür schaute er noch mal kurz zu den beiden zurück, die am Tisch geblieben waren. Der hässliche alte Mann und der hübsche Jüngling saßen in kameradschaftlichem Schweigen beieinander, und beide ahnten sie nicht das Geringste, während sie den schrillen Schreien der Frauen und Kinder lauschten, die das Boot entluden, und dem Klappern der Wassermühlen am anderen Ufer.

Als er hinaustrat, begann es zu regnen. Der Meuchelmörder zog seine Kapuze über und machte sich auf den Weg die Straße hinauf.

»Fantastisch.«

»Danke sehr«, sagte Ballista.

Julia lachte. »Eigentlich bezog sich das auf Cledonius' politisches Geschick.«

»Also, das trifft mich jetzt aber.«

Nackt stieg Ballista die Stufen ins Bad hinunter und setzte sich ins warme Wasser. Als das Wasser sich wieder beruhigt hatte, hörte Ballista den Sturm draußen. Regen prasselte aufs Dach, und irgendwo im Haus warf der Wind eine Tür oder einen Fensterladen zu.

»Ich dachte, du hättest Isangrim mit seiner Amme zu einem deiner unzähligen Vettern geschickt, und dass die restlichen Sklaven den Abend frei hätten. Ich dachte, wir wären allein, damit du dich ganz in Ruhe um die Bedürfnisse deines Ehemanns kümmern kannst.«

Julia war auf der anderen Seite des Raums, schenkte Getränke ein und verteilte Speisen auf die Teller. Sie lächelte Ballista über die Schulter hinweg an. »Später könnte ich mich sicherlich dazu durchringen, aber zuerst einmal möchte ich diesen seltenen Augenblick nutzen, um sicherzustellen, dass mein barbarischer Dominus die Intrigen versteht, die sein neues Kommando umgeben.« Sie drehte sich um. Essen und Trinken waren erst einmal vergessen.

»Als Ab Admissionibus darf Cledonius dem Kaiser nicht von der Seite weichen, und da er somit nicht selbst den Befehl am Euphrat übernehmen kann, wollte er sicherstellen, dass kein anderer führender Politiker diesen Platz einnimmt. Acilius Glabrios Kandidat, Pomponius Bassus, mag ja ein selbstgerechter Narr sein, aber er stammt auch aus altem Adel. Es lief nicht gut für Cledonius, als Macrianus sich für Bassus ausgesprochen hat, und natürlich haben all die Kreaturen des lahmen, alten Mannes sich dem sofort angeschlossen.«

Ballista schaute sie an, während sie kurz innehielt. Julia trug ein dünnes weißes Baumwollgewand, das von einer Schärpe zusammengehalten wurde. Das Licht der Lampen auf dem Tisch hinter ihr drang durch den Stoff, sodass Ballista den Umriss ihres Körpers deutlich erkennen konnte. Er bewunderte die Art, wie sich ihre Brüste bewegten, üppig und schwer, aber auch fest.

Vielleicht bin ich ja tatsächlich der einfältige Barbar aus dem Norden, für den mich so viele Römer halten, ein irrationaler Sklave meiner Lüste, sinnierte Ballista. Julia versuchte gerade, ihm etwas sehr Ernstes zu erklären, etwas, das über Erfolg und Misserfolg seiner Mission entscheiden konnte, vielleicht sogar über sein Leben, und er hatte nur ihren Körper im Kopf. Ballista lächelte. Nein, er mochte ja sein halbes Leben im Imperium verbracht haben, aber er war nicht ganz irrational. Er konnte sich auf zwei Dinge zugleich konzentrieren, und Julia sah wirklich gut aus.

»Dann hat dein Freund von der Donau Tacitus vorgeschlagen, doch in Cledonius' Augen war das nicht viel besser. Also begann er, darüber zu schwadronieren, dass große Männer große Heere bräuchten und dass man dafür Truppen von der kaiserlichen Armee abziehen müsse. Was das bedeutet, musste er gar nicht erst aussprechen. Nach allem, was in den letzten zwanzig Jahren geschehen ist, dachte jeder sofort an Verrat. Als er dann eine weniger große Gestalt vorschlug – tut mir leid, Geliebter – mit einer kleineren Streitmacht, da überschlugen sich die Ratsmitglieder förmlich mit ihrer Zustimmung, und du, mein Dominus, musst wieder in den Krieg.«

Julia griff nach einem großen Silberteller und zwei Kristallbechern mit gewässertem Wein und brachte sie zu Ballista. Als sie sich neben ihn hockte, öffnete sich ihr Gewand und enthüllte ihre Beine. Julia streckte den Arm aus, um ihrem Mann den Becher anzubieten. Das Gewand spannte sich über ihrer Brust. Ballista starrte auf die dunklen Kreise ihrer Brustwarzen. Julia lächelte und ging zu den Stufen.

»So hat Cledonius bekommen, was er wollte. Keiner seiner Rivalen führt die Mission an. Aber er hat damit auch zwei Gruppen von wichtigen Männern entfremdet, und nun ist die Frage: Wie kann er deren Gunst wieder zurückgewinnen? Beim nächsten Treffen des Consiliums wird er vermutlich vorschlagen, dass zwei entscheidende Männer zu Legaten ernannt werden: Acilius Glabrio und Aurelian. Das ist einfach fantastisch, aber du hast jetzt zwei ehrgeizige Stellvertreter am Hals, die untereinander zerstritten sind. Und mach dir nichts vor. Gaius Acilius Glabrio hasst dich. Er verachtet dich für deine Herkunft, aber er hasst dich für den Tod seines Bruders Marcus.«

Julia stand regungslos da. Draußen drosch der Wind auf das Haus ein. Die Tür oder was auch immer das sein mochte schlug erneut. Julia schaute ihren Mann scharf an. »Dein Freund Aurelian trinkt zu viel und hat ein übles Temperament. Vergiss nicht, was ich dir jetzt sage: Es wird ein übles Ende mit ihm nehmen.«

Ballista schwieg. Irgendwo im hinteren Teil des Hauses zerrte der Wind noch immer an der Tür.

Julia lachte. »Jetzt weißt du, warum ich nach Osten kommen musste. Ich habe mir keine Sorgen gemacht, dass die Perser dich in

Arete erschlagen könnten, sondern dass du einfach nicht verstehst, was im Consilium geschieht, wenn du wieder in Antiochia bist.«

Julia öffnete die Schärpe und ließ das Gewand fallen. »Und da nun alles gesagt ist …« Als sie die Hände hob, um ihre Haare zu öffnen, hoben sich ihre Brüste. Ballista starrte gierig auf ihre großen, dunklen Brustwarzen, ihren flachen Bauch, die auslandenden Hüften und ihren rasierten Venusberg. »Ich denke, jetzt ist es an der Zeit, dass du dich um die Bedürfnisse deiner Frau kümmerst.«

Julia stieg ins Wasser, watete zu Ballista und hockte sich breitbeinig auf seinen Schoß. *Klapp-Klapp-Klapp* machte die Tür. »Ich glaube nicht, dass du die Risiken wirklich zu schätzen weißt, denen ich mich für dich aussetze. Über ein Jahr ohne einen Mann in mir, jeder Arzt im Imperium würde in solch einem Fall von einer Gefahr für die weibliche Gesundheit sprechen.« Julia warf den Kopf zurück und lachte. »Allerdings bin ich mir auch recht sicher, dass manch ein Arzt einer Frau in dieser Notlage nur allzu gern helfen würde.« Sie beugte sich vor und küsste Ballista. Ihre Zunge glitt in seinen Mund, und ihr Busen drückte an seine Brust. *Klapp-Klapp-Klapp* …

»Einen Moment. Bei dem Lärm kann ich mich nicht konzentrieren.« Ballista schlüpfte unter Julia heraus und strich dabei mit der Hand über ihre nasse Brust. Die Warzen fühlten sich hart an.

»Beeil dich.« Julia lächelte.

Ballista wickelte sich ein Handtuch um die Hüfte und griff nach einer kleinen Lampe. Dann stapfte er mit nassen Füßen über den Marmorboden.

Außerhalb des Bades herrschte Dunkelheit im Haus. Ballista stand im Hauptraum und lauschte. Da war das Geräusch: *Klapp-Klapp-Klapp*. Es kam von irgendwo aus den Sklavenquartieren, und das war der Teil des Hauses, den Ballista nicht wirklich kannte. Er hatte dort nur einmal den Fuß hineingesetzt, als man ihn bei seinem ersten Besuch durch das Anwesen geführt hatte. Die Sklavenquartiere waren ein Labyrinth aus kurzen, fensterlosen Gängen und winzigen Zellen.

Als das Geräusch wieder leiser wurde, musste Ballista auf demselben Weg zurück. Schließlich fand er den Übeltäter, keine Tür, sondern ein offenes Fenster, am Ende eines Gangs oben unter dem Giebel.

Der Regen prasselte ihm ins Gesicht, als er den Arm ausstreckte, um den wild hin und her schlagenden Fensterladen zu packen. Tief unter dem Fenster schlängelte sich die Straße wie ein Fluss. Der Sturm wehte einen Gichtschleier nach dem anderen über das Pflaster.

Als Ballista das Fenster schloss, herrschte einen Augenblick lang eine unheimliche Stille. Dann vernahm er andere Geräusche: leises Knarren und Kratzen. Plötzlich glaubte Ballista, Schritte gehört zu haben. Er lächelte. Das war einfach nur ein altes Haus, das sich nach der Hitze des Tages abkühlte und vom Wind durchgeschüttelt wurde. Im Lichtschein seiner kleinen Lampe machte er sich auf den Weg zurück.

Bevor er das Tepidarium erreichte, löschte er die Lampe. Leise spähte er zur Tür hinein. Julia lag auf dem Rücken. Ihre Schultern und Arme stützten den treibenden Körper, und ihre Brüste durchbrachen immer wieder die Wasseroberfläche. Sie sah einfach prachtvoll aus. Ballista beobachtete sie eine Zeit lang, bevor er hineinging, sein Handtuch fallen ließ und wieder ins Bad stieg.

V

Ballista ließ Julia schlafen, während er sich anzog und in den Stall ging. Er sattelte sein Pferd und führte es in die Nacht hinaus. Allein ritt er durch die leeren Straßen. Es war dunkel, und die Sonne ging erst in drei Stunden auf. Der Regen hatte nachgelassen, doch der Wind pfiff durch die Gassen des Töpferviertels.

Einmal glaubte der Germane, etwas zu hören. Stahl auf Stein? Er zügelte sein Pferd, schlug die Kapuze zurück und saß regungslos da und lauschte. Die Hand auf dem Schwert, schaute er sich um. Nichts. Er hörte nichts außer dem Wind, und er sah nichts außer der leeren, windgepeitschten Gasse.

Ballista lächelte. Wenn das so weiterging, dann würde er noch genauso nervös werden wie Demetrius. Natürlich war es unheimlich, durch menschenleere Straßen zu reiten, in denen es für gewöhnlich von Menschen wimmelte. Und er war müde. Sein Lächeln war breit. Dafür hatte Julia gesorgt. Allvater, was hatte sie ihn erschöpft. Ballista konnte sich wahrlich keine bessere Frau wünschen.

Mit einem sanften Schenkeldruck setzte er sein Pferd wieder in Bewegung. Er ließ die Kapuze unten. So würde er zwar kalte Ohren bekommen, aber zumindest hören.

Ballista war mit einem guten Orientierungssinn gesegnet, und so bog er in eine schmale Gasse ein. Die Mauern hier sahen stark vernachlässigt aus. Sie waren feucht, und der Putz bröckelte. Ballista stieg ab und hämmerte an eine unscheinbare Tür. Die Laterne, die darüber hing, schwang quietschend im Wind, und ihr Licht flackerte in den Pfützen und Rinnsalen, die durch die Gasse liefen.

Die Tür wurde geöffnet, und ein lichtdurchflutetes Rechteck entstand. Gillo, Aurelians Leibdiener, steckte den Kopf heraus und blinzelte in die Dunkelheit.

»Ave, Dominus. Ave, Marcus Clodius Ballista.« Er lächelte und rief über die Schulter nach einem Jungen, der das Pferd des Dominus nehmen sollte, dann winkte er den Mann aus dem Norden herein.

Ballista gab Gillo den Mantel, der ihn in dem schäbigen Gang an einen Haken hängte. Aurelian stammte aus einer Bauernfamilie, und er hatte nie einen Hehl daraus gemacht, dass es ihm an Geld mangelte. Jene, die ihn mochten, sagten, dass sein steter Geldmangel von Rechtschaffenheit zeuge, denn mit dem Sold, den einem die *Res Publica* zahlte, wurde man nicht gerade reich. Doch für jene, die ihn nicht mochten, spielte Aurelian nur den Bescheidenen. Schließlich war es unmöglich, dass ein Bauer die Schnauze nicht in den Trog steckte. Tatsächlich machten finstere Gerüchte die Runde, Gerüchte, dass Aurelian Millionen versteckt hatte.

Als die Tür zum Hauptraum geöffnet wurde, strömte eine Welle von Wärme und Geräuschen über Ballista hinweg.

»Ah, da ist er ja! Besser spät als nie!«, rief Aurelian im trägen Akzent seiner Heimat. »Komm rein, komm rein! Du kennst doch alle, oder? Da hätten wir den verehrten Senator Tacitus und meine jungen Freunde Mucapor und Sandario.« Das Gesicht, das zwischen dem kurz geschorenen Haar und dem Bart zu sehen war, war stark gerötet. Es war zwar heiß im Raum, und alle waren für die Jagd gekleidet, aber Ballista fiel auch der Weinbecher in der Hand seines Freundes auf.

»In der Tat«, bestätigte Ballista, »und ich bin nicht zu spät.« Ballista trat vor und streckte die Hand aus. »Marcus Claudius Tacitus, es ist schön, dich wiederzusehen.« Der ältere Mann drehte dem Neuankömmling sein faltiges Gesicht zu, schüttelte ihm die Hand und umarmte ihn. Aus der Nähe betrachtet sah Tacitus sogar noch älter aus als die fünfundfünfzig Jahre, die er wirklich war. Das mürrische Gesicht mit der großen Nase war glatt rasiert, bis auf einen üppigen Schnauzer, der in einen Kinnbart überging.

»Schön, dich zu sehen, Ballista.« Auch Tacitus sprach mit Donau-Akzent, wenn auch nicht so ausgeprägt wie Aurelian. Die Familie des älteren Mannes besaß dort schon seit Urzeiten Land. Die beiden Männer in den Zwanzigern, die ebenfalls von der Donau stammten, begrüßten Ballista mit breitem Lächeln. Vor allem Sandario sah mit diesem Lächeln noch besser aus als ohnehin schon. Bei Mucapor hatte es jedoch eine andere Wirkung. Tatsächlich ließ es ihn eher wie einen Dorftrottel aussehen.

»Trink!«, bellte Aurelian. »Eros! Wo zum Hades ist der griechische Depp denn jetzt schon wieder? Eros, bring unserem Gast was zu trinken!« Aurelians Sklavensekretär hielt den Blick gesenkt, während er Ballista einen Becher Wein reichte und die der anderen wieder auffüllte, mit Ausnahme von Tacitus, der stumm die Hand auf den Becher legte.

»Essen!«, rief Aurelian ausgelassen. »Ballista, ich weiß ja, wie ihr Barbaren aus dem Norden fresst. Ich habe Gillo gesagt, er solle mehr zu essen kaufen, als er sich vorstellen kann. Bedien dich!« Der junge General deutete mit seinem Becher auf einen mit Speisen vollgepackten Tisch am anderen Ende des Raums. Aurelian grinste Ballista an. Alle im Raum verstanden die Ironie, denn für die meisten Einwohner des Imperiums waren die Bewohner der Donauländer nahezu genauso barbarisch wie die Angeln im fernen Norden, weit jenseits der Grenze.

»Mein lieber Tacitus«, sagte Aurelian in schon deutlich respektvollerem Ton, »du isst ja gar nichts. Dabei habe ich Gillo extra angewiesen, so viel Salat zu kaufen, wie er finden konnte. Ich weiß doch, dass das dein Lieblingsgemüse ist.«

Tacitus, der keineswegs das Essen verschmähte, sondern tatsächlich auf einem Stück Brot kaute, das er immer mal wieder in Olivenöl tunkte, ließ sich mit der Antwort Zeit. »Nur abends«, sagte er schließlich. »Salat hilft beim Schlafen. Er kühlt die Fleischeslust. Ich muss zugeben, letzte Nacht habe ich verflucht viel davon gegessen. Für gewöhnlich lese ich mich in den Schlaf, aber gestern nicht, denn es war ja die erste Nacht nach den Kalenden. Jeder Narr weiß, dass das nur Unglück bedeutet.«

Um sein Grinsen zu verbergen, beschäftigte sich Ballista, indem er Speisen auf seinen Teller lud: etwas kalten Fasan, Schinken, Käse,

Brot und ein wenig Salat. Aurelian war kein Narr, aber er sollte Tacitus nicht zu sehr necken, denn der alte Mann war nicht dumm, im Gegenteil. Er war umsichtig, freundlich und enthaltsam, ja fast schon asketisch in seinen Gewohnheiten. Außerdem neigte er zum Aberglauben, während man Aurelian eher als ungestüm, ja sogar hitzköpfig beschreiben konnte, und vielleicht hatte Julia ja recht und er neigte ein wenig zu sehr zu Völlerei und Trunksucht. Es war jedoch bemerkenswert, wie gut diese grundverschiedenen Männer miteinander auskamen. Dass auch noch die beiden Welpen bei diesem Treffen dabei waren, Sandario und Mucapor, bewies, dass die Soldaten von der Donau zusammenhielten. Immer. Ballista kannte sich gut genug in der römischen Geschichte aus, um zu wissen, dass die ersten Bewohner des Donaugebiets erst vor einer Generation in die Armee aufgenommen worden waren. Tatsächlich war es erst einundzwanzig Jahre her, dass Maximinus Thrax den Thron erobert hatte.

Ballista nippte an seinem Wein. Er war rot, wie von Aurelian zu erwarten war, und conditum, also erwärmt und gewürzt, genau das richtige für einen kalten Morgen, an dem es mit den Hunden auf die Jagd gehen sollte.

Aurelian wechselte wieder zu dem Thema, worüber er vor Ballistas Ankunft gesprochen hatte. »Und so ist der Legionär damit durchgekommen, nachdem er die Frau des Mannes verführt hatte, in dessen Haus er einquartiert worden war. Von Disziplin keine Spur, und jetzt gibt es noch einen Provinzler, der die Armee hasst. Wenn es nach mir gegangen wäre, ich hätte ein Exempel an dem Bastard statuiert. Ich wäre dem Beispiel von Alexander dem Großen gefolgt und hätte mir zwei Setzlinge gesucht. Die hätte ich dann bis zum Boden durchgebogen und den Legionär mit den Beinen daran festgebunden. Schließlich hätte ich die Bäume wieder losgelassen, und den Bastard hätte es in zwei Teile gerissen. Das hätte den Männern mit Sicherheit nachhaltig vor Augen geführt, was passiert, wenn sie die Disziplin schleifen lassen. Soldaten müssen wissen, was sie erwartet, und zwar *bevor* sie etwas tun.« Aurelian grinste. Ballista fiel es häufig schwer zu erkennen, wann sein Freund es ernst meinte und wann er nur seinem Spitznamen alle Ehre machen wollte. »Ich habe keine Ahnung, warum der Depp nicht einfach wie alle anderen auch ins Bordell gegangen ist«, fuhr Aurelian fort. »Es ist ja nicht so, als würde es in dieser Stadt daran mangeln.«

»Und sie sollten alle geschlossen werden«, erklärte Tacitus.

Die anderen Männer schauten ihn an. Sollte das ein Scherz sein? Tacitus genoss den Ruf, außergewöhnlich diszipliniert zu sein, doch Bordelle waren so sehr Teil des täglichen Lebens, dass nur die radikalsten Philosophen überhaupt darüber nachdachten, sie abzuschaffen. Selbst der strenge Cato hatte erklärt, ein junger Mann solle sie ruhig nutzen, wenn auch in Maßen. »Und auch die Bäder, die Theater, das Hippodrom und der Zirkus, das könnte man alles schließen. Nach dem schändlichen Aufruhr im Hippodrom gehören die Menschen dieser Stadt bestraft. Man sollte ihnen eine Zeit lang ihr Vergnügen nehmen. *Das* wäre eine Lektion für diese hinterlistigen Ostlinge.«

Tacitus' Zuhörern blieben weitere Tiraden gegen die unzuverlässigen Orientalen erspart, als plötzlich Antistius den Raum betrat, Aurelians anderer Leibdiener. Er trug den reich bestickten Mantel eines Jägers und verkündete, die Pferde seien bereit.

Draußen hatte sich das Wetter wieder verschlimmert. Der Wind pfiff noch immer durch die Gasse, und es regnete. Noch bevor sie das Viertel der Töpfer hinter sich gelassen hatten, vom Kerateion ganz zu schweigen, dem Judenviertel nahe dem Daphne-Tor, war die kleine Gruppe völlig durchnässt. Zum Glück hatten Gillo und Antistius, die beiden Diener, Fackeln dabei, die im Wind zwar wild flackerten, aber im Gegensatz zu den Laternen vor den Läden zumindest nicht verloschen.

»Jetzt werde ich dir mal sagen, was passieren würde, wenn ich den Befehl hätte«, bellte Aurelian Ballista zu, nachdem er die Kapuze zurückgeschlagen hatte. »Ich hätte den verdammten Vorstehern Feuer unterm Arsch gemacht. In einer Nacht wie dieser würde kein Epimeletai seinen Arsch am Feuer wärmen oder seine Frau rammeln.

Oh nein. Die Scheißkerle würden nass bis auf die Haut ihre Arbeit machen und dafür sorgen, dass sich die Händler an die Gesetze und die Laternen vor ihren Läden am Brennen halten.«

»Ja, du könntest an einigen von ihnen ein Exempel statuieren«, schrie Ballista durch den Sturm zurück. »Etwas, das dem Verbrechen angemessen ist. Vielleicht ein, zwei verbrennen.«

»Hm …« Aurelian grinste und zog die Kapuze wieder über den Kopf.

Die Straßen wurden immer breiter, aber auch steiler, als die Männer sich dem wohlhabenderen Teil des Epiphania-Viertels näherten, der als Rhodion bekannt war, der Rosengarten. Die Häuser hier waren deutlich größer, wie auch die Gärten, die teilweise sogar einen ganzen Block umfassten. Läden gab es hier jedoch nur wenige und sogar noch weniger Laternen. Aber wenigstens ließ der Regen allmählich nach.

Der Torwächter am südöstlichen Ausfalltor erwartete sie bereits. Trotz der frühen Stunde war er freundlich und öffnete ihnen das Tor, obwohl er damit gegen das Gesetz verstieß. Offensichtlich war er im Vorfeld bestochen worden. Die Männer saßen ab und führten ihre Tiere eins nach dem anderen durch das Tor.

Draußen saßen sie nicht wieder auf. Der Pfad, auf den Aurelian deutete, fiel steil ab. Hintereinander machten sie sich auf den Weg und führten die Pferde an den Zügeln. Zu Anfang waren die Stadtmauern dicht zu ihrer Linken, die Schlucht des Flusses Phyrminus genauso weit rechts von ihnen. Dann führte beides von ihnen weg, und der Weg schlängelte sich steil durch ein kleines Wäldchen, das vorwiegend aus Tannen bestand. Nur hier und da waren ein paar Eschen und wilde Olivenbäume zu sehen. Alle mit Ausnahme der Diener nutzten sie Saufedern, die Aurelian ihnen gegeben hatte, als Gehstöcke. Die Pferde hatten schwer zu kämpfen.

Über sein eigenes Atmen hinweg lauschte Ballista dem Wind, der über ihnen in den Bäumen rauschte, dem scharfen Rascheln des Laubs, dem Knarren der Äste und einem magischen Geräusch, das ihn an die heiligen Haine seiner fernen Heimat erinnerte. Dabei fiel ihm auf, dass das Fackellicht der Diener einen blassgelben Ton angenommen hatte. Der Regen hatte schon vor einiger Zeit aufgehört. Der Himmel wiederum war nicht mehr schwarz, sondern dunkelblau. Vereinzelt jagten schwarze Wolken tief über die Köpfe der Gruppe in Richtung Südosten, Überreste des nächtlichen Sturms. Nicht mehr lange bis zur Morgendämmerung.

Plötzlich kamen sie auf dem Kamm des Mons Silpius ins Freie. Dort hielten sie an. Männer und Pferde atmeten erst einmal tief durch und streckten die Muskeln nach dem langen Aufstieg. Aurelian sagte, hier sollten sie auf den Jäger und die Hunde warten.

Am Horizont erschien die große Sonnenscheibe, und blassgoldenes Licht ergoss sich über sie. Aurelian gab Antistius die Zügel und kniete sich auf die nasse Erde. Die anderen legten die Fingerspitzen an die Lippen und warfen dem auferstandenen Gott *Sol Invictus* einen Kuss zu. Ballista stand jedoch einfach nur da. Er tat weder das Eine noch das Andere. Am Ende aller Zeiten würde Skalli, der Wolf, der die Sonne jagte, sie ohnehin im Wald Jarnwind einholen und sie verschlingen. Dann würde sich Dunkelheit über Asgard senken, das Heim der Götter, wie auch über Midgard, das Heim der Sterblichen.

Aurelian stand wieder auf und klopfte sich Laub und Dreck von der Hose. Er lächelte Ballista fast entschuldigend an. »Meine Mutter war die Sonnenpriesterin in meinem Heimatdorf. Burgaraca war jedoch nur ein Kaff. Mit sechzehn bin ich zur Legion gegangen. Aber ich vermisse meine Mutter, und ich glaube, sie hat auch recht gehabt. Ich lebe noch. Also hat *Sol Invictus* seine schützende Hand über mich gehalten.«

Sie warteten im Sonnenschein. Sowohl die Männer als auch ihre Pferde dampften leicht. Ballista schaute den Weg zurück, den sie gekommen waren. Dabei beobachtete er, wie sich die Schatten in seine Richtung zurückzogen, während hinter ihm die Sonne über den Mons Silpius stieg.

Das klare Sonnenlicht enthüllte zuerst die weite Ebene des Orontes. Die winzigen Bauernhütten waren so klein wie Spielzeuge, und der Rauch der Feuer wurde vom Wind verweht. Dann folgten die Vorstädte und das Marsfeld jenseits des Flusses und schließlich Antiochia die Große selbst. Die halb fertige Palastfestung ruhte auf ihrer Insel, und die breite Hauptstraße war ebenfalls deutlich zu sehen. Ballista schaute sich um. Da war der Pfad, auf dem sie von Westen gekommen waren, und ein Stück weiter, auf dem Hügelkamm im Nordosten, die Zitadelle. Im Osten wiederum lag das Land, wo sie jagen wollten.

Plötzlich fiel Ballista etwas auf. Er war noch nie hier gewesen. In der ganzen Woche, die er im letzten Jahr in Antiochia verbracht hatte, hatte er keine Zeit gefunden, mal auf den Mons Silpius zu steigen. Der Aufstieg von der Stadt aus war aber auch steil und selbst für die Pferde schwer. Sogar mit Kränen und Seilwinden wäre es eine Herkulesaufgabe, Ballisten und andere schwere Artillerie aus der Stadt und auf diesen Kamm zu bringen. Aber im Osten, außerhalb der Verteidigungsanlagen, fiel das Land nur sanft ab, bis hin zu einer weiten Ebene voller Weiden und offener Wälder. Nicht weit von der Zitadelle entfernt ragte ein Felsvorsprung fast bis über die Mauern. Ballista merkte sich all das für die Zukunft. Trotz des Flusses, der Mauern und der Palastfestung war Antiochia am Orontes, die römische Hauptstadt in Syrien und das Herz des Imperiums im Osten, kaum zu verteidigen.

»Das wurde auch verdammt noch mal Zeit!«, brüllte Aurelian.

Ein Jäger kam auf sie zu. Er trug einen dicken Mantel, stabile Stiefel, und sechs Hunde sprangen um seine Beine herum. Es waren Windhunde, Tiere, die auf Sicht und nicht nach Geruch jagten. Ihrem Aussehen nach zu urteilen stammten sie aus dem Land der Kelten. Aurelian mochte ja nicht viel Geld haben, aber er liebte die Jagd.

Der Jäger führte die Gruppe den Hang hinunter zu der Stelle, wo die Treiber warteten. Und es war eine gute Stelle: ein weites, grasbewachsenes und leicht welliges Feld mit dichtem Buschwerk weiter oben. Aurelian erklärte erneut die Art, auf die sie jagen würden und die typisch für den Norden war, hier im Süden aber eher unbekannt. Nein, sie würden keine Netze und Spieße verwenden. Nein, die Hunde würden nicht im Rudel jagen. Bei jedem Hasen, der aus dem

Unterholz hervorbrach, würde man zwei Hunde loslassen, damit die Jäger auf den Ausgang wetten konnten.

Der Jäger zuckte mit den Schultern. Der Mann von der Donau bezahlte ihn, also konnte er auch machen, was er wollte. Allerdings konnte er nicht erwarten, dass er Zustimmung vortäuschte. Aber wie auch immer, der Jäger befahl den Treibern, sich in Bewegung zu setzen.

Die Jagdgesellschaft band die Pferde an. Aurelian und Tacitus hielten je einen Hund an der Leine. Sie einigten sich auf einen Wetteinsatz. Gleiches galt für Sandario und Mucapor. Ballista hingegen hielt sich da heraus, auch wenn er an sich nichts gegen Glücksspiel hatte.

Sie warteten. Hunde und Männer waren angespannt. Dann und wann waren die roten und weißen Federn auf den Schlagstöcken der Treiber zu sehen, die durchs Unterholz marschierten. Dann erschien ein Hase. Nach ein paar Hüpfern setzte er sich auf und schaute sich misstrauisch um. Das Tier sah die Jäger. Als es davonraste, ließen Aurelian und Tacitus die Hunde los. Wie immer schlug Ballistas Herz unwillkürlich schneller ob der Schönheit und Eleganz der laufenden Hunde. Aurelians großer schwarzer Rüde stürmte vor, dicht gefolgt von Tacitus' gescheckter Hündin. Rasch schloss der schwarze Hund zu dem Hasen auf und öffnete das Maul zum tödlichen Biss, doch in letzter Sekunde schlug der Hase einen Haken. Der große Hund versuchte, ihm zu folgen, doch seine Geschwindigkeit und Größe behinderten ihn. Er verlor den Halt, stürzte und rollte durchs Gras. Die kleine, gescheckte Hündin blieb dem Hasen jedoch auf den Fersen. Sie wendete ein-, zwei-, dreimal und tötete den Hasen dann mit einem raschen Biss. Anschließend trottete sie wieder zurück und wedelte mit dem Schwanz. Der große Hund wiederum sprang um sie herum, hielt sich aber fern von ihr. Alles andere wäre auch keine gute Idee gewesen, wie die Hündin ihm mit wiederholtem Knurren klarmachte.

Der Jäger nahm der Hündin die Beute aus der Schnauze und lobte sie überschwänglich. Tacitus wiederum nahm das Geld von

Aurelian, aber da er genau wie sein Gastgeber als Freund der Jagd bekannt war, blieb er dabei seltsam ruhig. Nachdem die beiden ihre Wette erfüllt hatten, traten Sandario und Mucapor mit ihren Hunden vor.

Fast sofort ertönten Rufe und Krachen aus dem Unterholz. Die Hunde zitterten vor Aufregung, und ein riesiger Hirsch sprang zwischen den Bäumen hervor. Mit prachtvollem Geweih stand er da und spähte hierhin und dorthin. Als er die Jäger sah, machte er kehrt und rannte quer über das Feld. Auch wenn der Hirsch es nicht sonderlich eilig zu haben schien, so schien er doch förmlich über das Gras zu fliegen.

Chaos brach unter der Jagdgesellschaft aus. Sämtliche Hunde wurden losgelassen. Aurelian und die beiden jungen Offiziere von der Donau machten ihre Pferde los, schwangen sich in die Sättel und galoppierten dem Hirsch hinterher. Ballista und Tacitus wiederum ließen sich Zeit. Die beiden Diener würden ewig brauchen, ihre Ausrüstung zusammenzupacken, und der Jäger und die Treiber würden ihnen zu Fuß folgen müssen, denn sie hatten keine Reittiere.

Ballista ritt schweigend neben Tacitus über das Feld, einen steilen Hang hinab und über einen Pfad. Die Hunde und die anderen drei Jäger waren ihnen weit voraus und die Diener noch viel weiter hinter ihnen.

Als die beiden stummen Reiter eine Hügelkuppe erreichten, zügelten sie ihre Pferde. Von dort erblickten sie die Hunde, die sich bereits tief unten im Tal befanden. Nicht weit dahinter sahen Ballista und Tacitus einen Jagdmantel flattern, und aus den Augenwinkeln bemerkte Ballista einen weiteren Reiter. Der Mann war ein Stück weiter oben am Berg und bewegte sich parallel zu ihnen, doch im nächsten Moment war er wieder zwischen den Bäumen verschwunden.

Die beiden Männer ritten weiter, und schließlich brach Ballista das Schweigen. »Bitte, verzeih, mein lieber Tacitus, aber du scheinst seltsam in Gedanken versunken zu sein, fast verdrießlich.«

»Tut mir leid, dass ich dir keine gute Gesellschaft bin, aber ich habe merkwürdige Neuigkeiten von meinem Halbbruder bekommen, Marcus Annius Florianus.« Tacitus schwieg wieder. Offenbar wusste er nicht, ob er Ballista davon erzählen sollte oder nicht. Sie ritten weiter durch die wilde Landschaft, und Ballistas Blick wanderte zu einem Terrassenfeld rechts von ihnen. Eine dünne Rauchfahne stieg dort auf. Irgendjemand brannte dort Holzkohle.

»Florianus und ich, wir sind zusammen aufgewachsen«, sagte Tacitus schließlich. »Wir haben uns schon immer sehr nahegestanden. Vor nicht allzu langer Zeit haben wir gemeinsam ein Gut gekauft, in Interamna, knapp sechzig Meilen von Rom entfernt. Dort wollen wir ein Familienmausoleum bauen. Florianus hat Statuen von uns errichten lassen, zwei große marmorne Statuen. Ich fand das schon immer ein wenig prahlerisch.«

Tacitus hielt kurz inne, atmete tief durch und fuhr dann fort: »Gestern habe ich einen Brief erhalten. Die beiden Statuen sind vom Blitz getroffen worden und in tausend Stücke zersprungen. Doch das treibt mich nicht so sehr um wie die Worte der Wahrsager, die Florianus konsultiert hat. Sie haben erklärt, der Blitzschlag bedeute, dass ein Kaiser aus unserer Familie erwachsen wird, und dieser Kaiser, so haben sie gesagt, werde die Perser, Franken, Alemannen und Sarmaten erobern sowie Statthalter auf den Inseln Ceylon und Hibernia einsetzen. Er wird sich alle Länder zu eigen machen, die ans Meer grenzen, das Amt des Kaisers abschaffen und die freie Republik neu errichten. Dann wird er sich zurückziehen und seine Untertanen nach den alten Gesetzen leben lassen. Er wird hundertzwanzig Jahre alt werden, haben sie gesagt, und ohne Erben sterben.«

Ballista schaute in das ernste Gesicht seines Begleiters, doch Tacitus erwiderte seinen Blick nicht.

»Allvater, Bringer der Verzweiflung, erwähne das bloß keinem anderen gegenüber«, mahnte Ballista. »Das ist Verrat. Stell dir nur vor, ein Frumentarius würde davon erfahren. Dann würdest nicht nur du in den Kellern des Palastes befragt werden. Denk an deinen Halbbruder, deine Frau und an deine Freunde …«

»An dich?« Der Hauch eines Lächelns erschien auf Tacitus' Gesicht.

»Nun, ich verspüre in der Tat nicht das Verlangen, mich wegen des Gefasels von ein paar Scharlatanen foltern zu lassen, die dein Halbbruder konsultiert hat, ein Mann, den ich noch nie getroffen habe.«

Tacitus grinste breit. »Ja, da hast du vermutlich recht. Das sind nur Scharlatane. Außerdem haben sie prophezeit, dieser Kaiser würde den Thron erst in tausend Jahren besteigen.« Er warf den Kopf zurück und lachte. »Trotzdem, das bringt einen schon zum Nachdenken. Aber egal, lass uns reiten.«

Ohne Vorwarnung trat Tacitus seinem Pferd die Fersen in die Flanken und war weg. Nach nur wenigen Sprüngen hatte er es bereits zum Galopp angetrieben. Ballista folgte seinem Beispiel, wenn auch langsamer. Doch kaum hatte Ballistas Pferd die volle Geschwindigkeit erreicht, da fühlte er, dass etwas nicht stimmte. Sanft zügelte er sein Pferd, sprang aus dem Sattel und ließ das Pferd ein, zwei Schritte gehen. Schließlich nahm er den Huf, untersuchte ihn aufmerksam und ließ das Tier erneut ein Stück gehen. Das Pferd lahmte vorn, aber es war nur eine Verstauchung. Ballista seufzte erleichtert. Sein Tier war nicht schwer verletzt.

Ballista stand mitten im Nirgendwo, und sein Pferd schnoberte an seinem Arm. Tacitus war nicht mehr zu sehen, und die Diener waren irgendwo hinter Ballista, Meilen entfernt. Ballista schaute sich um. Der Wind hatte nachgelassen. Die Herbstsonne war warm und die Vögel sangen. Es war eine wahrlich idyllische Szenerie, eine Landschaft wie aus einem Hirtengedicht oder dem Beginn einer griechischen Geschichte, nur dass Ballista sich verirrt hatte und dass sein Pferd lahmte. Rechts von ihm, näher als zuvor, stieg noch immer die schmale Rauchfahne empor. Ballista flüsterte seinem lahmen Tier beruhigend zu und führte es in Richtung der Köhler.

Um Holzkohle herzustellen, benötigte man eine ebene Oberfläche. Aus diesem Grund hatten die Köhler auch die Terrasse in den Hang des Mons Silpius gegraben. Doch abgesehen davon war alles genau so, wie Ballista es aus seiner Jugend kannte, als er den Männern seines Vaters bei den Meilern geholfen hatte. Da war die nackte

Erde, wo die Hitze alles Leben verbrannt hatte, die runde Hütte aus unförmigen Ästen, davor ein Baumstumpf als Sitz und die Werkzeuge. Schaufeln und Spaten, ein Rechen, ein Sieb und eine gebogene Leiter. Und auf der anderen Seite der Lichtung, fast so groß wie Ballista, stand der Meiler. Ballista sah sofort, dass der Meiler schon länger brannte, mindestens zwei, drei Tage. Die Erdkruste war fast schwarz, und aus den unteren Schloten stieg weißer Rauch.

Ballista rief. Keine Antwort. Doch der Köhler würde bald zurückkommen. Man musste sich mindestens dreimal die Stunde um einen Meiler kümmern, die Kruste feucht halten, sie auf Risse überprüfen und sicherstellen, dass keine Luft an das Holz gelangte, denn dann würde es nicht verkohlen, sondern in Flammen aufgehen. Ballista würde nie vergessen, wie sehr es ihn als Kind ermüdet hatte, mitten in der Nacht aufstehen zu müssen, um nach dem Meiler zu sehen.

Ballista kümmerte sich um sein Pferd. Er sattelte den Wallach ab, fütterte ihn mit einer Karotte aus der Satteltasche und machte sich daran, ihn abzureiben. Die Gedanken des Germanen gingen auf Wanderschaft. Dank des heimeligen Geruchs des Pferdes und der instinktiven Arbeit seiner Hände wirkte das vertraute Ritual des Abreibens nicht nur auf das Tier, sondern auch auf Ballista beruhigend. Als Ballista fertig war, ging er los, um dem Pferd etwas zu saufen zu holen. Neben dem Meiler lag ein umgekippter Eimer. Ballista hob ihn auf und ging damit zu dem Trog an der Hütte. Dort füllte er ihn.

Nachdem sein Pferd gesoffen hatte, brachte Ballista den Eimer wieder dorthin zurück, wo er ihn gefunden hatte. Er war jetzt schon längere Zeit hier, und niemand war gekommen. Ballista streckte die Hand aus und berührte die Kruste des Meilers. Sie war heiß und trocken, *viel* zu trocken. Er ging um den Meiler herum. Auf der anderen Seite befand sich eine Mulde in der Kruste. Offensichtlich war hier das Holz eingefallen und mit ihm die es umgebende Erde. Bis jetzt war die Mulde noch schwarz, doch es mussten sich schon erste Risse gebildet haben, denn der Rauch aus dem Schlot darunter war nicht länger weiß, sondern blau. Luft war in den Weiler eingedrungen, und im Innern brannte das Holz.

Ein Mann betrat die Lichtung. Er hatte eine Axt dabei, die er sich ungeschickt über die Schulter gelegt hatte.

»Willkommen in meinem Heim, Kyrios«, sagte er. Auf seiner Tunika war ein feuchter Fleck zu sehen, doch ansonsten war er sauber, und das galt nicht nur für seine Kleidung, sondern auch für seine Hände. Auf der rechten war eine tiefe Narbe zu erkennen.

»Ich wünsche dir einen guten Tag, Waldmann«, grüßte Ballista höflich. »Ich hoffe, es geht dir gut.«

Der Mann ließ seinen Blick über die Terrasse schweifen, musterte den Weiler und erklärte, dass es schlimmer sein könnte. Ballista sagte, dass er ein wenig Wein dabeihabe. Wollte der Köhler was? Der Mann bejahte.

Ballista wandte sich ab. Kurz hielt er inne, dann drehte er sich wieder um. Die breite Axtklinge funkelte bösartig, als sie in hohem Bogen durch die Luft flog. Die Axt kam senkrecht herunter, direkt auf den Kopf des Germanen zu.

Ballista warf sich nach hinten und verlor das Gleichgewicht. Die schwere Axt zischte an ihm vorbei und schlug in die festgestampfte Erde. Ballista landete auf dem Arsch. Panisch versuchte er, nach hinten zu kriechen, rutschte dabei jedoch immer wieder mit den Stiefeln auf der losen Erde aus. Trotzdem gelang es ihm, aufzustehen. Als er das Schwert aus der Scheide zog, riss der andere seine Axt aus der Erde.

»Das schickt dir der junge Eupatrid.« Der Mann lachte und schwang die Axt quer auf Knöchelhöhe. Ballista sprang zurück. Deutlich spürte er den Luftzug der Axtklinge, als sie an ihm vorbeizischte.

Ballista sah seine Chance. Der Hieb hatte seinen Gegner kurz aus dem Gleichgewicht gebracht. Er sprang vor, verlagerte sein Gewicht aufs rechte, gekrümmte Knie, streckte das linke Bein nach hinten aus und stieß mit dem Schwert nach dem Bauch des Feindes. Jetzt war es an dem Axtmann, nach hinten auszuweichen.

Das erste Aufeinandertreffen war vorbei, und die beiden umkreisten einander mit leicht gebeugten Knien und dem Gewicht auf den Ballen. Ballistas Blick blieb stur auf die Axtklinge des Angreifers gerichtet. Der Germane hielt sein Schwert mit beiden Händen und zielte mit der Spitze auf die Kehle seines Gegners. Beide Männer bewegten sich langsam und mit Bedacht.

Plötzlich stampfte Ballista mit dem rechten Fuß auf, als wolle er angreifen. Der Mann zuckte. Ballista setzte den linken Fuß vor, schwang die Klinge mit einer Hand von links nach rechts und zielte dabei auf den Kopf seines Gegenübers. Doch als der Mann die Axt hob, um den Schlag zu parieren, riss Ballista die Waffe wieder zurück und schlug stattdessen von rechts zu, diagonal und auf den linken Oberschenkel seines Gegners gerichtet. Im allerletzten Moment veränderte der Mann seinen Griff um die Axt und brachte sie gerade noch rechtzeitig herunter, um den Hieb abzuwehren. Ballista traf den Stiel genau zwischen den Händen des Mannes.

Ohne Vorwarnung rammte der Angreifer Ballista den stumpfen Axtkopf wie einen Speer gegen die Schulter. Der Germane taumelte zurück. Der Axtmann folgte ihm und hob die Axt hoch über den Kopf. Noch immer aus dem Gleichgewicht, stieß Ballista wild zu. Und tatsächlich, die Schwertspitze traf den Mann an der Schulter. Der Kerl schrie auf und taumelte ein paar Schritte zurück.

Erneut umkreisten sich die beiden Männer. Die Wunde konnte nicht tief sein, doch Blut sickerte durch die Tunika des Axtmannes.

Dann wurde Ballista überrascht, als der Mann mit der Axt zustieß wie mit einem Schwert. Jetzt taumelte er zurück und versuchte verzweifelt, das Ding von seinem Gesicht fernzuhalten.

Der Mann wirbelte herum und rannte los. Er hatte schon ein paar Schritte Vorsprung, als Ballista sich auf die Jagd machte, und die Angst verlieh ihm Flügel. Nur mit einer leichten Tunika bekleidet, vergrößerte sich der Vorsprung des Axtmannes rasch. Sie rannten den Pfad hinunter. Äste schlugen ihnen ins Gesicht. Der Mann verschwand hinter einer Biegung. Der Pfad war hier überwuchert. Ballista wusste nicht mehr, ob der Mann auch noch ein Messer im Gürtel gehabt hatte oder nicht, also blieb er stehen. Vorsichtig duckte er sich um die Biegung. Der Pfad verlor sich in der Ferne, und der Mann war nirgends zu sehen.

Ballista hielt das Schwert vor sich, drehte sich langsam im Kreis und ließ seinen Blick durch die Bäume schweifen. Vögel sangen. Plötzlich war von oben ein Pferd zu hören. Kurz erhaschte Ballista durch das Gestrüpp einen Blick auf die Tunika des Mannes. Dann war er weg, und das galoppierende Pferd entfernte sich immer weiter.

Als Ballista sich umdrehte, sah er den Köhler. Er lag direkt neben dem Pfad. Sorgfältig geschlagenes Holz war überall um ihn herum verstreut. Er lag auf dem Rücken, die Tunika fleckig. Seine leeren Augen waren gen Himmel gerichtet, und seine schwarzen Hände umklammerten eine tiefe Wunde am Hals. Ballista säuberte sein Schwert und steckte es weg. Außer Atem hockte er sich hin und schnappte nach Luft. Schweiß kühlte ihm den Rücken.

Irgendjemand hatte gerade versucht, ihn umzubringen. Aber wer? »Das schickt dir der junge Eupatrid.« Welcher junge Adelige würde denn Geld für seinen Tod bezahlen?

Ballista stand wieder auf, ging zu dem toten Köhler und schloss ihm die Augen. Dann steckte er dem Mann eine kleine Münze in den Mund, damit er den Fährmann bezahlen konnte.

VI

Ballista ging zwischen den Marmorsäulen hindurch, die die Tür seines Hauses umrahmten. Es war spät. Er war müde. Es war ein langer Tag gewesen, ein sehr langer. Ballista schaute auf das Mosaik mit dem unmöglich gut bestückten, buckligen Mann zu seinen Füßen. Vermutlich hatte es seine Aufgabe erfüllt und den Bösen Blick abgewendet. Der Angreifer mit der Axt in der Köhlerlichtung hatte versagt. Ballista lebte noch. Das war erst an diesem Morgen gewesen, und doch schien es schon eine Ewigkeit her zu sein.

Als Ballista in den Hof kam, blieb er kurz neben dem Teich stehen. Das Wasser schimmerte grün im Licht der Lampen. Mit der linken Hand schöpfte Ballista etwas Wasser und wusch sich die Augen. Seine rechte Schulter schmerzte höllisch. Ballista blinzelte das Wasser aus den Augen und ging tiefer ins Haus hinein.

Julia wartete auf ihn. Ihr Gesicht war wie eine Maske. Es verriet nichts, als sie ihren Mann formell willkommen hieß und der Dienerin befahl, dem Dominus etwas zu trinken zu holen und ein Bad sowie Essen für ihn vorzubereiten. Auch während die Dienerin das Getränk servierte, blieb Julia noch regungslos stehen. Erst als die Dienerin den Raum verlassen hatte, ergriff sie wieder das Wort.

»Es ist sehr spät.« Julias Stimme klang angespannt und wütend.

»Ich hielt es für besser, Censorinus und den Frumentarii sofort von dem Mordversuch zu berichten. Alles andere hätte Verdacht erregt. Es hätte so ausgesehen, als hätte ich etwas zu verbergen. Dann hat Censorinus vorgeschlagen, ich solle ins Hauptquartier der Epimeletai ton Phylon auf der Agora gehen. Je schneller die hiesige Polizei davon erfahre, desto größer die Chance, den Kerl zu fangen.« Ballista hielt kurz in seiner Rechtfertigung inne. »Außerdem habe ich Aurelian gebeten, dir zu sagen, dass es mir gut geht.«

»O ja«, schnappte Julia. »Dein Freund ist auch gekommen. Irgendwann nach dem Mittagessen. Er war derart besoffen, dass es schon an ein Wunder grenzt, dass er nicht vom Pferd gefallen ist und sich den Hals gebrochen hat. Dieser Bauer hat gesagt, du seist an der Schulter verletzt.«

»Ach, das ist nichts. Nur ein blauer Fleck.« Es hatte Ballista schon immer geärgert, dass Julia seinen Freund nicht mochte und ihn wegen seiner Herkunft sogar verachtete.

»Nun, ich war zumindest nicht untätig, während du fort warst.« Um nichts darauf erwidern zu müssen, trank Ballista einen Schluck. Julia fuhr fort: »Irgendjemand will dich also umbringen, und dieser Jemand könnte auch deiner Familie schaden wollen. Ich werde aber nicht zulassen, dass meinem Sohn etwas passiert.« Sie hatte den barbarischen Namen noch nie gemocht, den Ballista ihrem gemeinsamen Sohn gegeben hatte. Deshalb wurde in Zeiten wie diesen aus Isangrim auch immer *mein Sohn*.

»Ich habe drei ehemalige Gladiatoren angeheuert. Sie werden das Haus bewachen. Einer von ihnen wird meinen Sohn auch jedes Mal begleiten, wenn er rausgeht. Was dich betrifft, so schlage ich vor, dass du Maximus ständig bei dir behältst.«

Julia sprach mit der eisigen Selbstbeherrschung eines zweihundertjährigen Senatorengeschlechts. Kaiser Claudius hatte die Julier von Nemausus in Gallia Narbonensis in diesen erhabenen Rang erhoben. Das römische Bürgerrecht hatten sie schon gut hundert Jahre zuvor von Julius Caesar erhalten. Ballista war sich durchaus bewusst, dass er selbst im Gegensatz dazu erst seit achtzehn Jahren ein römischer Bürger war. Die Begründung dafür war zwar nie öffentlich gemacht worden, doch Kaiser Marcus Clodius Pupienus hatte den jungen Germanen damit für den Tod von Maximinus Thrax belohnt. Pupienus war einer der wenigen gewesen, die wussten, welche Rolle Ballista bei dem verzweifelten Putsch vor den Mauern von Aquileia gespielt hatte, und keinen Monat, nachdem Ballista in die Ränge der Quirites aufgenommen worden war, hatte Pupienus dieses Geheimnis mit ins Grab genommen.

»Das ist gut«, sagte Ballista, »zumindest, wenn sie zuverlässig sind.«

Julia winkte harsch ab. »Sie sind die Besten. Meine Familie hat sich noch nie lumpen lassen, was so etwas betrifft.«

Um seine Verärgerung zu verbergen, drehte sich Ballista um und stellte seinen Becher ab. Geld war ein Dauerthema zwischen ihnen. Als er in den Zwanzigern gewesen war, nach seiner Rückkehr aus Hibernia, war Ballista von Kaiser Gordian III. in den Ritterstand erhoben worden, und damit war ein Präsent von vierhunderttausend Sesterzen einhergegangen. Für die meisten Einwohner des Imperiums war das ein schier unvorstellbar großes Vermögen, das selbst eines Croesus würdig war. Für jemanden wie Julia, der Tochter eines Senatorengeschlechts, war das jedoch ein Almosen. Auch wenn sie nur selten darüber sprachen, so finanzierte Julia doch den größten Teil ihres Lebensstils.

Ballista schnallte den Schwertgürtel ab. Er nahm an, seine Frau habe nur aus Sorge um Isangrim so gehandelt, vielleicht auch um ihn, und das war auch der Grund, warum sie so zickig war.

»Was grinst du so?«, verlangte sie gereizt zu wissen.

»Nichts, gar nichts …« Ballista setzte sich müde hin. »Wer, glaubst du, hat den Mörder angeheuert?«

Julia schüttelte den Kopf, als könne sie nicht glauben, wie begriffsstutzig ihr Mann war. »Gaius Acilius Glabrio natürlich. Er hasst dich, weil du seinen Bruder in Arete hast sterben lassen. Er hat öffentlich geschworen, sich zu rächen, und ein römischer Patrizier hält sich immer an seinen Schwur.«

»Glabrio ist nicht der einzige Feind, den ich in Antiochia habe«, gab Ballista zu bedenken. »Valerian hat Widerich als Geisel am Hof behalten, um sicherzustellen, dass die Boraner sich benehmen. Und zwischen uns herrscht Blutfehde.«

Julia schnaubte verächtlich. »Dein versoffener Freund hat gesagt, der Angreifer habe dir gesagt, er sei von einem Eupatrid angeheuert worden.«

»Ja«, bestätigte Ballista. »Er hat geschrien: ›Das schickt dir der junge Eupatrid!‹ Widerichs Vater, Fritigern, ist der König der Boraner.«

»Niemand im ganzen Imperium würde den Sohn irgendeines haarigen Barbarenkönigs als Edelmann bezeichnen.« Ballista fragte sich, ob Julia wohl klar war, was ihre Worte implizierten.

»Die Söhne von Macrianus mögen mich auch nicht gerade.«

Julia seufzte. »O ja, Quietus und Macrianus der Jüngere sind boshaft und widerwärtig. Seit dem Streit im Palast verabscheuen sie dich, und sie sind mit Sicherheit hinterhältig genug, um sich die Dienste eines Meuchelmörders zu sichern. Und sie sind zwar reich, aber wohl kaum Eupatridai. Sie sind genauso widerlich wie ihr Vater, der als Maultiertreiber begonnen hat.«

»Dann also Acilius Glabrio«, sagte Ballista, obwohl er in Wahrheit alles andere als überzeugt davon war. Er bezweifelte stark, dass sich ein Meuchelmörder aus den Armenvierteln von Antiochia der Feinheiten des römischen Standesverständnisses bewusst war. Doch langsam ärgerte er sich schon nicht mehr so sehr, und auch Julia schien die Wut zu verlassen.

Die Dienerin steckte den Kopf zur Tür herein und verkündete, dass das Bad bereit sei. Dann duckte sie sich wieder hinaus. Ballista stand auf, ging zu Julia und legte ihr die Hand auf die Schulter.

»Bei den Göttern der Unterwelt, du stinkst.« Sie rümpfte die Nase. »Nach Schweiß und Pferd. Geh baden.« Ballista wandte sich zum Gehen. »Geht es dir wirklich gut?«

Er blieb stehen. »Ja, es geht mir gut.«

Julia lächelte. »Ich komme gleich nach.«

Es war die Zeit der Saturnalien, eines der größten Feste der Römer, das sich die genusssüchtigen Antiochier rasch zu eigen gemacht hatten. Die Saturnalien bedeuteten sieben Tage voller Freuden, Essen und Trinken. Eine Woche lang hatten alle Menschen das Recht, öffentlich zu spielen und verbotenen Geschlechtsverkehr zu genießen. Die normalen Regeln der Gesellschaft galten nicht mehr. Sklaven kamen und gingen, wohin sie wollten. In manchen Haushalten wurden sie sogar von ihren Herren bedient. Zum Fest des Saturn dachte niemand mehr an seine Dignitas.

Ballista las und hob den Blick, als Demetrius den Raum betrat. Der griechische Jüngling schaute besorgt drein. So sah er seit dem Angriff auf seinen Kyrios im Hain des Köhlers immer aus, und jetzt forderten siebenundvierzig Tage Sorge ihren Tribut. Offenbar stand er nun kurz davor zu platzen.

»Es geht um Lucius Domitius Aurelian.« Die Worte sprudelten nur so aus Demetrius hervor. »Er ist verletzt. Schwer. Er ist vom Pferd gefallen. Auf dem Weg zurück von der Jagd. Im Kerateion-Viertel. Nicht weit vom Daphne-Tor. Er will dich sehen. Draußen wartet ein Junge, der uns zu ihm führen soll.«

Es kostete Ballista all seine Willenskraft, die aufkeimende Panik zu verdrängen. Ruhig legte er die Papyrusrolle auf den Tisch neben seiner Liege und platzierte Gewichte auf der Stelle, die er in Lucians kleinem Traktat mit dem Titel *Der Tanz* erreicht hatte.

Dann folgte Ballista Demetrius aus dem Raum. Um nicht an seinen Freund denken zu müssen, richtete er seine Gedanken auf das gerade Gelesene. Es war der 18. Dezember, der zweite Tag der Saturnalien. Deshalb hatte Ballista auch beschlossen, Lucians Werk über dieses Fest zu lesen. Und er hatte es genossen. Doch dann hatte er mit dem *Tanz* begonnen. Das hatte ihm nicht so gut gefallen. So war das immer bei Lucian. Man las eine Satire, und die war fantastisch. Dann las man weiter, und das war dann nicht mehr ganz so gut. Und las man drei Werke in Folge, wurde man sie irgendwann leid.

An der Tür warteten der Pförtner und Cupido, einer der ehemaligen Gladiatoren, die Julia angeheuert hatte. Maximus, Calgacus und die beiden anderen Gladiatoren hatten frei. Immerhin waren das die Saturnalien. Ballista hielt nicht viel von Cupido. Der Kerl war groß und grob, und seine Muskeln hatten sich in Fett verwandelt. Außerdem war er faul und trank. Und er roch, als hätte er schon längst die Münze im Mund.

Als Ballista seine Stiefel angezogen, den Schwertgürtel umgeschnallt und sich den Mantel über die Schultern geworfen hatte, sah er, dass Cupido es ihm gleichgetan hatte.

»Demetrius, du bleibst hier. Sag der Kyria, wo ich hingegangen bin.« Auf Ballistas Worte hin kämpfte Demetrius darum, die Stiefel wieder von den Füßen zu bekommen, und hüpfte auf einem Bein umher. Ballista lächelte. »Pass auf das Haus auf, während ich weg bin. Oh, und falls du einen Sklaven finden solltest, der noch nüchtern ist, dann schick ihn zu Maximus und Calgacus, um ihnen zu berichten, was los ist. Sie sind in ›Kirkes Insel‹.«

Draußen begann es gerade zu schneien. Der Junge, der sie führen sollte, stand mitten auf der Straße und trat ungeduldig von einem Fuß auf den anderen. Die Tür fiel hinter ihnen ins Schloss, und sie hörten, wie die Riegel vorgeschoben wurden. Dann gingen sie los.

Es war dunkel. Vor den meisten Häusern brannten Lampen. Obwohl der Schneefall immer heftiger wurde, waren noch immer größere Gruppen von Feiernden unterwegs, als Ballista und die anderen das Epiphania-Viertel durchquerten. Der Junge rief Cupido irgendetwas über die Schulter hinweg zu. Der ehemalige Gladiator beschleunigte daraufhin seinen Schritt, um sich den Jungen zu schnappen und ihn anzuknurren. Sie sprachen Syrisch. Ballista konnte sie nicht verstehen.

Inzwischen schneite es heftig. Große, dicke Flocken rieselten auf den Boden hinab. Eingehüllt in Sorge um seinen Freund bemerkte Ballista den Schnee kaum, der ihm ins Gesicht trieb und sich in seinem Haar verfing. Julia hatte recht: Aurelian trank viel zu viel. *Allvater, lass den Narren gesund sein!*

Sie erreichten das Kerateion-Viertel, und der Junge führte sie durch eine schmale Gasse nach der anderen. Hier war so gut wie niemand unterwegs, aber natürlich feierten die Juden die Saturnalien auch nicht. Wenn überhaupt, dann verriegelten sie während des Festes ihre Türen und verließen in der Hoffnung, dass keine Gewalt unter ihren heidnischen Nachbarn ausbrach, das Haus nicht mehr.

Der Junge ließ sich zu Ballista zurückfallen. »Nicht mehr weit, Kyrios«, sagte er auf Griechisch. Cupido marschierte entschlossen ein paar Schritte voraus. Der ehemalige Gladiator schnaufte, und sein Atem war in der kalten Luft gut zu sehen.

Am Ende der Gasse standen zwei Gestalten in dunklen Mänteln, deren Schultern weiß von Schnee waren. Sie standen so dicht beieinander, dass sich ihre Kapuzen fast berührten. Zwar waren die Gesichter darunter nicht zu sehen, doch die beiden Männer schienen nicht miteinander zu reden.

Cupido bog in eine Nebengasse ab. Einen Augenblick später erkannte Ballista seinen Fehler. Als er den Mantel zurückschlug und das Schwert zog, machte der Junge auf dem Absatz kehrt und rannte davon. Die Klinge funkelte im Licht der Lampe. Cupido wirbelte herum. Er öffnete den Mund, doch kein Wort kam heraus. Hinter sich hörte Ballista die schnellen Schritte des Jungen und das Knirschen von schweren Stiefeln im Schnee. Er schwang die Klinge. Cupido versuchte zurückzuweichen. Er war zu langsam. Der scharfe Stahl drang tief in seinen linken Arm. Er schrie. Panisch drückte er die Hand auf die Wunde und brach zusammen.

Ballista achtete aufmerksam darauf, nicht auszurutschen. Er drehte sich um – und erstarrte. Die beiden Gestalten rannten durch den Schnee auf ihn zu. Sie hielten Schwerter in den Händen, und ihre dunklen Mäntel blähten sich im Wind. Sie wirkten wie aus einer anderen Welt. Ihre Kapuzen waren nach hinten gerutscht, und jetzt konnte Ballista auch sehen, dass sie die Gesichter von schier unglaublich schönen Mädchen hatten. Ihre langen, geflochtenen Haare flatterten hinter ihnen.

Ballistas Füße fühlten sich an wie Blei. Sein Herz zog sich zusammen, und er starrte die Erscheinungen an. Sie hatten Gesichter wie die Statuen von Göttinnen oder die Masken von Heldinnen auf den Bühnen der Stadt. Masken! Ballista war ein Narr. Die Angreifer trugen Tänzermasken.

Nachdem er sich von dem Schock erholt hatte, sprang Ballista dem Mann zu seiner Rechten in den Weg. Dann schlug er nach dem Kopf des Kerls. Die Maske zuckte zurück, während der Mann das Schwert hob. Ballista ließ sich auf ein Knie fallen und änderte die

Richtung seines Schlags. Jetzt zielte er auf den Schenkel des Kerls. Blut spritzte in den weißen Schnee, und ein gedämpfter Schrei war hinter der mundlosen Maske zu hören. Der Mann fiel.

Ballista sprang rasch wieder auf. Der verbliebene Mann versperrte ihm den Weg, auf dem er gekommen war. Er schaute über die Schulter zurück, und tatsächlich: Da kamen zwei weitere Maskenmänner hinter ihm die Gasse herauf. Ballista sah mehrere Türen, ein paar davon mit kleinen Vordächern, aber kein einziges Fenster, das sich zur Gasse hin öffnete. Auch die Schreie hatten nicht dazu geführt, dass sich irgendeine Tür geöffnet hätte. Das war ein guter Ort für einen Hinterhalt.

Ballista wich zur linken Seite der Gasse zurück, zum nächstgelegenen Vordach, das von zwei Säulen gestützt wurde. Er versuchte die Tür zu öffnen. Sie war verriegelt. Dann hämmerte er mit dem Schwertknauf dagegen. Das Geräusch hallte dumpf durch die Gasse, doch die Tür blieb geschlossen.

Jetzt rückten die drei Männer gegen Ballista vor. Ballista trat wieder in die Gasse hinaus und drehte sich so, dass die Säulen einen Angriff von links verhinderten und dass sein Rücken von der Hauswand gedeckt war. Die Männer schwärmten aus und umzingelten ihn. Der in der Mitte gab die Kommandos. Er trug die Maske einer mürrischen, alten Frau mit tiefen Falten und schweren Tränensäcken. Er hatte eine gezackte Narbe auf der rechten Hand.

»Du bist wahrlich weit weg von deinem Weiler, Bruder.«

Noch während der Mann sprach, sprang Ballista vor und zielte mit dem Schwert auf die Brust des Mannes. Im allerletzten Moment parierte der Kerl den Hieb, unbeholfen, aber effektiv. Ohne innezuhalten, machte Ballista zwei Schritte nach rechts und schlug von oben zu. Der Mann sprang zurück. Dann erhaschte Ballista aus den Augenwinkeln eine Bewegung und wirbelte herum. Instinktiv hob er das Schwert vor den Körper. Stahl prallte auf Stahl, und die Klinge des Meuchelmörders wurde abgewehrt.

Es schneite noch immer, und der Schnee erzeugte goldene Strahlenkränze um die Lampen. Seltsame Schatten flackerten durch die Gasse, während die vier Männer ihren makabren Tanz tanzten: Finte, Hieb, Block, Stich. Ballista kämpfte verbissen. Sein Kopf war leer. Nach Jahren der Ausbildung und voller Erfahrungen hielt sein Muskelgedächtnis die Klingen der Angreifer von seinem Körper fern. Doch Ballista wusste auch, sollte er nur einen Fehler begehen, dann war es vorbei.

Die Maskierten wichen leicht zurück. Ein Reiter kam in Sicht, und er hielt ein Schwert in der Hand. Im Gegensatz zu den anderen bestand die Maske des Reiters aus Metall. Sie zeigte das silberne Gesicht eines schönen Jünglings. Lippen und Augenbrauen waren vergoldet. Das war ein ungewöhnlich teurer Paradehelm der Reiterei.

Das Pferd blieb stehen und scharrte im Schnee. Das ausdruckslose Silbergesicht musterte die wie eingefroren dastehenden Kämpfer.

»Macht ihn fertig! Stecht diesen barbarischen Haufen Scheiße endlich ab, ihr Feiglinge!« Durch den schmalen Mundschlitz klang das Latein seltsam und verzerrt.

Die Theatermasken rückten gegen Ballista vor. Die Gesichter mochten zwar starr sein, doch die Augen waren wild, und die langen Zöpfe flogen im Takt der funkelnden Schwertklingen. Zwar besaßen die Männer nicht die Fähigkeiten des Germanen, und die Masken behinderten sie, doch sie waren zu dritt. Ein Hagel von Schwerthieben ging auf Ballista nieder, und Funken stoben durch die Luft. Er wurde an die Wand zurückgedrängt. Jetzt hatte er keinen Raum mehr, um sich zu bewegen. Aus dem Gleichgewicht geraten, parierte er einen schweren Schlag und ging auf die Knie. Ein Schwert schlug Putz aus der Wand neben seinem Ohr.

Und dann zogen die Masken sich zurück. Ballista rappelte sich auf und hielt das Schwert vor sich, um sich ein wenig Platz zu sichern. Schnee erstickte die meisten Geräusche, doch er hörte schwach etwas zu seiner Linken, hinter dem Vordach, nur knapp außerhalb seiner Sichtweite. Auch die Augen hinter den Masken schienen in diese Richtung zu zucken. Ballista beruhigte seinen Atem und wartete auf eine Gelegenheit. Sie kam nie. Das Gesicht des hübschen

Mädchens und das der Xanthippe schauten zu dem Mann mit der Narbe auf der Hand. Die Maske des hässlichen, alten Weibs zuckte, und dann rannten die drei nach rechts.

Der Reiter schaute auf Ballista hinab. Das silberne Gesicht blieb regungslos, doch die Augen dahinter waren voller Hass. Er zog an den Zügeln und ritt im Schritt hinter den anderen her, auf dem gleichen Weg, auf dem Ballista gekommen war.

Am Anfang der Gasse war der Maskierte, den Ballista niedergestreckt hatte, inzwischen aufgestanden. Aus seinem Bein strömte Blut. Der Reiter hielt an und streckte die Hand aus. Ein silberner Ring mit dem Porträt von Alexander dem Großen funkelte an seinem Finger. Der Verwundete humpelte unter Schmerzen zu ihm und schleifte das verletzte Bein hinterher. Dann streckte er den Arm aus, um sich aufs Pferd helfen zu lassen. Der Reiter beugte sich vor und packte mit links die Hand des Mannes. Stahl flog durch die Luft, und die Klinge in der Rechten des Reiters krachte auf den Schädel des Verwundeten. Bei dem Geräusch drehte sich Ballista der Magen um. Blut spritzte, und der Mann fiel nach hinten.

Der Mann mit der Silbermaske schaute noch mal zu Ballista. Das Licht der Lampen flackerte auf dem jugendlichen Antlitz. Der Mann hob den Arm und deutete mit dem blutigen Schwert auf den Germanen. Dann trat er seinem Pferd die Stiefel in die Flanken und war weg.

Ballista lehnte sich an die Wand. Er war nass geschwitzt, und seine Gliedmaßen zitterten vor Erschöpfung. Blut tropfte in den Matsch zu seinen Füßen. Jetzt fielen ihm auch die vier, fünf kleinen Wunden auf, die er davongetragen hatte.

Das Geräusch wurde immer lauter. Männer stapften durch den Schnee. Ballista stieß sich von der Wand ab und hob erneut das Schwert. *Ja, der Feind meines Feindes ist mein Freund*, dachte er, doch sicher sein konnte man sich nie.

Fackellicht strömte in die Gasse, und Demetrius erschien. Er hatte einen Vorsteher der Stämme bei sich, und ein halbes Dutzend mit Knüppeln bewaffnete Milizionäre folgte ihnen. Ballista senkte das Schwert, schlang die Arme um Demetrius und drückte ihn fest an sich. »Danke, mein Junge. Aber wie …?«

»Ich wusste sofort, dass etwas nicht stimmte. Cupido hat sich noch nie freiwillig für etwas gemeldet.« Demetrius schaute Ballista ernst an. »Ich habe dir nicht gehorcht, Kyrios. Ich habe das Haus verlassen, eine Stadtpatrouille gesucht und gefunden und sie ins jüdische Viertel geführt.«

»Du hast Initiative gezeigt. Wenigstens ist einer von uns noch bei Verstand geblieben.«

Ballista ließ Demetrius wieder los und ging zu der Stelle, wo Cupido lag. Der ehemalige Gladiator rührte sich nicht mehr. Ballista richtete vorsichtshalber das Schwert auf ihn und durchsuchte ihn nach versteckten Waffen. »Arzt …«, stöhnte Cupido. »Ich brauche einen Arzt.«

Ballista schaute auf den Verwundeten. Cupido war also doch noch am Leben, aber er drohte zu verbluten.

»Wer hat dich angeheuert?«

»Einen Arzt …« Der faulige Geruch des Mannes mischte sich mit dem nach frischem Blut.

»Wer hat dich angeheuert?«

»Ein Mann in einer Taverne. Ich kenne seinen Namen nicht. Der mit der Maske der alten Frau. Der mit der Narbe.«

Ballista dachte nach.

»Ich brauche einen Arzt«, wimmerte Cupido erneut.

»Zu spät, Bruder.« Ballista stieß dem Mann das Schwert in den Hals. Es war vorbei. Der Schnee verwandelte sich in Graupel.

VII

Es war früh, die zweite Stunde eines düsteren, bewölkten Tages. Schwarze Wolken sammelten sich über dem Mons Silpius und drohten mit Regen. Seit dem Überfall in der Gasse schien es jeden Tag zu regnen. Vom zweiten Tag der Saturnalien, dem 18. Dezember, bis zu sechs Tagen vor den Iden des Januars. Das waren vierundzwanzig Tage, rechnete Ballista. Vierundzwanzig Tage seit dem dritten Anschlag auf sein Leben, und trotz der Untersuchungen der Epimeletai ton Phylon sowie der Frumentarii hatte niemand auch nur den Hauch einer Spur gefunden.

Die Maske des toten Meuchelmörders, das schöne Mädchengesicht, das durch Blut verunstaltet worden war, hatte auch nicht geholfen. In Antiochia gab es mehr als dreißig Hersteller von Theatermasken, und wenig überraschend gab keiner von ihnen zu, die Maske hergestellt zu haben. Außerdem hatte auch niemand die Leiche reklamiert.

Alles in allem hatten sie nur wenige Hinweise. Drei gedungene Mörder: zwei gesichtslose Männer und ein Mann mit einer Narbe auf der Hand, der auf der Köhlerlichtung geschrien hatte: »Das schickt dir der junge Eupatrid!«, und das in einer Stadt mit mehr als einer Viertelmillion Einwohnern.

Die Identität des jungen Eupatriden auf dem Pferd war noch immer ein Mysterium. Die Reitermaske, die er getragen hatte, war zwar sehr teuer, aber von ihrer Art her überall im Imperium zu kaufen. Sie musste noch nicht einmal zwingend von einem Silberschmied in Antiochia stammen. Der Reiter hatte Latein gesprochen, doch durch die Maske war seine Stimme so verzerrt gewesen, dass Ballista sie nicht hatte erkennen können.

Eines jedoch *war* Ballista aufgefallen. Der Reiter mit der silbernen Maske hatte ihn einen Barbaren genannt. Für jemanden wie Acilius Glabrio oder die Söhne von Macrianus war das ein ganz normaler Begriff. Widerich hingegen, der Sohn von Fritigern, dem König der Boraner, hätte dieses Wort wohl nicht benutzt, es sei denn, er war in den Monaten seiner Geiselhaft weit genug romanisiert worden oder aber er hatte ihn absichtlich verwendet, um den Verdacht auf jemand anderen zu lenken.

Tatsächlich hatten sie so gut wie nichts. Dabei hatte Ballista gehofft, dass sie vor seinem Aufbruch noch etwas herausfinden würden.

Ballista saß auf seinem Pferd vor dem Beroea-Tor und wartete. Er schaute zum nächstgelegenen Fenster in den viereckigen Tortürmen. Die hellen Lampen im Inneren umgaben das goldene Haar des Jungen mit einem Strahlenkranz. Größer, schlechter zu erkennen und ein Stück hinter dem Jungen war das dunkle Haar seiner Mutter zu sehen. Ballista hatte gesagt, er würde Maximus zurücklassen, um sie zu beschützen, doch Julia wollte nichts davon wissen. Sie hatte ihn darauf hingewiesen, dass zwar jemand dreimal versucht hatte, *ihn* zu töten, doch seine Familie habe man in Ruhe gelassen. Entschlossen hatte sie erklärt, die beiden verbliebenen Gladiatoren seien in Ballistas Abwesenheit Schutz genug. Ballista hatte zwar ein schlechtes Gewissen, doch er war erleichtert, dass er den hibernianischen Leibwächter auf der Reise an seiner Seite haben würde. Er winkte zum Abschied, und seine Frau und sein Sohn winkten zurück.

Hinter Ballista wurde sein Stab allmählich unruhig. Das irritierte ihn. *Sie* irritierten ihn. Er wollte diese Leute nicht. Das war so typisch römisch: Die Dignitas eines Mannes, sein ihm vom Kaiser verliehenes Imperium, sein Kommando, verlangte, dass er von einer angemessenen Zahl von Dienern und Beamten begleitet wurde. Als Dux Ripae brauchte Ballista eine Eskorte von vier Schreibern, sechs Kurieren, zwei Herolden und zwei Haruspices, um die Omen zu deuten. Ob Ballista wollte oder nicht, darüber gab es keine Diskussion.

Und sein Stab war nicht nur irritierend, er stellte auch eine Gefahr dar. Ballista wusste, dass sich mindestens zwei Frumentarii unter ihnen verbargen, vielleicht auch mehr. Deren Berichte würden förmlich über den Cursus Publicus fliegen, manchmal mehr als hundert Meilen weit, und direkt in den Händen ihres Befehlshabers landen, Censorinus, des Princeps Peregrinorum, der sie wiederum an seinen Vorgesetzten weiterleiten würde, Successianus, den Prätorianerpräfekten, und der wiederum würde sie dem Kaiser geben. Alles, was Ballista machte, würde aufmerksam beobachtet werden. Der einzige grimmige Trost, den er im Augenblick hatte, war der auffällige Widerwille der zwölf neuen Mitglieder seines Stabs, die er von der offiziell genehmigten Liste ausgesucht hatte. Er hatte so viele Posten neu besetzen müssen, weil von seiner letzten Mission nur zwei lebend zurückgekommen waren.

Pferdegetrappel wurde am Tor laut. Eine Trompete ertönte. Gaius Acilius Glabrio, der Befehlshaber der Reiterei im Heer des Dux Ripae, führte seine zwei Einheiten hinaus. Wie es einem Abkömmling eines der ältesten Adelsgeschlechter Roms anstand, waren Acilius Glabrio und sein Schlachtross, ein stattlicher brauner Hengst, wahrlich prächtig ausgestattet. Selbst an solch einem trüben Tag funkelten Mensch und Tier förmlich vor Gold und Silber. Die Soldaten, die ihm folgten, waren zwar weit weniger prachtvoll, aber hervorragend ausgerüstet. Sie waren nicht uniform, ähnelten sich aber stark: schwer gepanzerte Männer auf schwer gepanzerten Pferden. Wo man auch hinschaute, man sah Ketten-, Schuppen- und Lederpanzer, und in der rechten Hand hielt jeder Einzelne eine lange Lanze, den *Kontos*. Es war ein beeindruckender Anblick. Keiner der Männer sagte ein Wort. Es waren nur das Klappern und Klirren von Rüstungen und Geschirr zu hören sowie das Flattern der roten Banner über den Equites Primi Catafractarii Parthi und der grünen über den Equites Tertii Catafractarii Palmirenorum. Das waren Elitetruppen, harte und disziplinierte Berufssoldaten. Diese Männer wussten, was sie wert waren, und sie erwarteten, dementsprechend behandelt zu werden.

Eine Reihe nach der anderen kam durchs Tor. Als die letzte Reihe die Befestigungen hinter sich ließ, ertönte der rituelle Ruf: »Wir werden tun, was uns befohlen wird, wir sind bereit, jede Anweisung auszuführen.« Allerdings war ein leicht mürrischer Unterton in den Stimmen der Männer zu hören. Vielleicht fühlten sie ja, wie angewidert Acilius Glabrio davon war, unter einem Barbaren dienen zu müssen, doch Ballista vermutete, dass das mehr mit der reduzierten Zahl von Männern pro Einheit zu tun hatte. Einst waren die Einheiten je vierhundert Mann stark gewesen, doch jetzt bestanden sie nur noch aus dreihundert. Verantwortlich dafür war Ballista. Er hatte je einhundert Mann pro Einheit abgezogen, um daraus seine Leibwache zu bilden, die Equites Singulares, die unter dem Befehl von Mucapor standen, einem weiteren Mann von der Donau.

Wieder ertönten Trompeten, und diesmal hallten Marschschritte aus dem Tor. Lucius Domitius Aurelian, der Kommandeur der Fußtruppen im Heer des Dux Ripae, marschierte mit seinen Männern zum Tor hinaus. Demonstrativ trug er einen abgenutzten Kettenpanzer, und genau wie seine Männer ging er zu Fuß. Direkt hinter ihm folgten die Männer der Legio III Felix. Das war ein wohlklingender Name, dennoch vermochte er nicht zu verbergen, dass es sich nur um eine Resteinheit von knapp tausend Mann handelte, zusammengewürfelt aus Männern der schon seit Langem existierenden Legionen III Gallica und IV Flavia Felix. Trotzdem, auch wenn die Einheit neu sein mochte, der Kern bestand aus Veteranen. Dazu kam eine Vexillatio von tausend Mann der Legio IIII Scythica, die sich ihnen am Euphrat anschließen würde. Damit stünden Ballista dann zweitausend Mann der besten schweren Infanterie der Welt zur Verfügung, der gefürchteten Legionäre Roms.

Vier Trupps leichte Infanterie, alles Bogenschützen, kamen als Nächstes. Das waren jedoch keine regulären Einheiten der römischen Armee, sondern ad hoc zusammengestellte Kriegerhaufen, Söldner, Flüchtlinge und Verbannte aus den wilden Gebieten des Imperiums. So bestanden diese Einheiten hier aus vierhundert Armeniern, zweihundert sarazenischen Zeltbewohnern, vierhundert Mesopotamiern und dreihundert Ituräern. Sie marschierten nicht. Die Männer der vier *Numeri* schlurften oder stolzierten, je nachdem, wie sie gelaunt waren. Wenigstens waren die Ituräer berühmt für ihre Zielgenauigkeit mit den schwarz gefiederten Pfeilen. Ihnen wiederum folgte eine neu aufgestellte Einheit Schleuderer. Ballista hatte sie zusammengestellt, indem er eine lächerlich kleine Einheit von einhundertfünfzig sesshaft gewordenen Arabern mit zweihundert armenischen Freiwilligen verstärkt und sie unter den Befehl des jungen Sandario gestellt hatte.

»Wir werden tun, was uns befohlen wird, wir sind bereit, jede Anweisung auszuführen.«

Das Brüllen der Maultiere und der Gestank der Kamele verkündeten die Ankunft des Trosses. Ballista hatte einen älteren Offizier, Titus Flavius Turpio, der mit ihm den Arete-Feldzug überlebt hatte, zum Praefectus Castrorum ernannt, womit ihm auch der Tross unterstand. Schließlich tauchte auch Turpios stets fröhliches Gesicht inmitten der Lasttiere auf. Ballista freute sich, ihn zu sehen. Es war wichtig, so viele Männer wie möglich auf wichtigen Posten zu haben, denen er vertrauen konnte. Dabei hatte Ballista Turpio, dem ehemaligen Centurio, bei ihrer ersten Begegnung zutiefst misstraut. Damals, in Arete, hatte er ihn für schuldig befunden, Geld aus der Kasse seiner Einheit unterschlagen zu haben. Turpio hatte sich jedoch damit verteidigt, erpresst worden zu sein, und mit seinem Handeln sowohl während der Belagerung als auch auf der verzweifelten Flucht hatte er sich das Vertrauen seiner Kameraden redlich verdient. Außerdem mochte Ballista Turpio schlicht. Die Art, wie Turpio selbst auf schlechte Nachrichten reagierte, hatte etwas unendlich Beruhigendes an sich, ebenso das schiefe Grinsen und der stets neugierige Blick. Man hatte immer den Eindruck, als staune er nur über die Dummheit der Menschen und die Launen des Schicksals.

Mit lauten Rufen trieben die Träger die Tiere trotz deren protestierenden Brüllens immer weiter an. Ballistas Gedanken gingen auf Wanderschaft. »Das schickt dir der junge Eupatrid.« Ballista wusste, dass er viele Feinde hatte. Aber wen von ihnen würde ein Meuchelmörder aus den Hinterhöfen von Antiochia als »wohlgeboren« beschreiben? Auf Gaius Acilius Glabrio traf das mit Sicherheit zu. Gleiches galt für die Söhne von Macrianus, Quietus und Macrianus der Jüngere. Auch Widerich, den Sohn von Fritigern, König der Boraner, ließ er nicht aus. Möglich war alles, zumindest, wenn man keine Vorurteile hatte. In jedem Fall waren weitere Anschläge eher unwahrscheinlich, solange Ballista sich im Herzen seiner Armee befand.

Das Quietschen einer Achse riss Ballista aus seinen Gedanken. Mitten im Tross fuhren fünf Wagen. Dabei hatte Ballista klar und deutlich befohlen, dass keine Wagen die Armee begleiten sollten. Wer hatte es gewagt, seine Befehle zu missachten? Doch kaum hatte er sich diese Frage gestellt, da kannte er auch schon die Antwort. Die Wagen waren gut, frisch gestrichen und teuer. Das waren die Wagen eines reichen Mannes und hohen Offiziers. Im Interesse der Disziplin konnte Ballista Gaius Acilius Glabrio nicht damit durchkommen lassen.

Schließlich kam das Ende des Trosses. Mucapors stures, dummes Gesicht erschien an der Spitze der Equites Singulares. Es war an der Zeit aufzubrechen. Ballista drehte sich im Sattel um, warf einen letzten Blick zu dem Turmfenster und versuchte, sich jede noch so winzige Kleinigkeit einzuprägen: Julias langes, dunkles Haar und die goldenen Locken des Jungen. Ballista hob zum Abschied die Hand. Dann zog er sein Pferd herum. Langsam beruhigte sich sein Atem, während er auf die Straße in Richtung Beroea ritt, jenseits von Circesium, der Stadt am Euphrat, die er retten sollte.

Einen Tag nach Ballistas Aufbruch machten sie in Antiochia die Entdeckung.

Der Vorsteher hasste das. All seine anderen Pflichten als einer der Epimeletai ton Phylon waren die reinste Freude. Wenn er des Nachts durch die Straßen schlenderte, hinter sich ein Trupp kräftiger Knüppelschwinger, dann fühlte er sich fast wie ein Held, manchmal gar wie ein Gott. Das nächtliche Klopfen an der Tür, das beschwichtigende Grinsen der Kaufleute, wenn sie sich beeilten, die gesetzeswidrig erloschenen Lampen wieder zu entzünden, und die

Rückkehr in die Wärme seiner Amtsstube auf der Agora zu einem Becher Wein, all das war gut. Doch das hier war es nicht. Insgesamt gab es achtzehn Vorsteher der Stämme in der Stadt, doch so etwas schien immer nur zu passieren, wenn er gerade Dienst hatte. Das war nun schon das dritte Mal in genauso vielen Tagen.

»Fischt sie raus«, befahl er, doch das erwies sich als leichter gesagt als getan. Die Leiche steckte im Gitter eines Tunnels fest, durch den Regenwasser unter dem Epiphania-Viertel abgeleitet wurde, und nach den starken Winterregenfällen über dem Mons Silpius war der Strom tief und schnell. Ein Arm der Leiche, so gut wie alles, was man im Dunkeln sehen konnte, schlug immer wieder gegen das Metall, als versuche der Tote, Aufmerksamkeit zu erregen.

Die Knüppelträger arbeiteten mit Seilen und Haken. Bis jetzt konnte man allerdings noch nicht einmal sagen, ob es sich bei der Leiche um einen Mann, eine Frau oder ein Kind handelte. Der Vorsteher schlang die Felle enger um die Schultern und schaute zum Himmel hinauf. Im Augenblick regnete es zwar nicht, aber der bleierne Himmel kündete von Schnee. Selbst im Hades konnte es nicht kälter sein als im Wasser, sinnierte der Vorsteher gedankenverloren.

Schließlich zerrten die Männer die Leiche an Land und legten sie vor den Vorsteher. Ein Teil von ihm wollte sich abwenden, doch ein anderer war von dem morbiden Anblick fasziniert. Nur die Götter der Unterwelt wussten, wie oft er so etwas schon gesehen hatte.

Es war ein Mann, der nur eine zerrissene Tunika trug. Falls er sie je gehabt hatte, so waren Gürtel, Mantel und Sandalen jetzt zumindest weg, fortgerissen vom Wasser oder von den Mördern gestohlen.

»Er ist nicht reingefallen«, überlegte der Vorsteher laut. »Das war weder ein Unfall noch ein Selbstmord. Seine Kehle ist durchgeschnitten.« Er beugte sich vor, um sich den Toten genauer anzusehen. Der Kerl hatte nicht lange im Wasser gelegen. Tatsächlich schien er erst vor gut einem Tag gestorben zu sein.

Der Vorsteher richtete sich wieder auf und dehnte den Rücken. Dieser Tage und in dem feuchten Wetter hatte er dort immer Schmerzen. Er hoffte nur, dass seine Frau dem neuen Mädchen gesagt hatte, sie solle diesmal die richtige Salbe kaufen. Der Vorsteher schaute erneut auf die Leiche hinab und dachte nach. Das war nun der dritte Ermordete in drei Tagen. Er war unscheinbar bis auf eine Narbe auf der rechten Hand. Der große Barbarenoffizier war vor einem Tag weggeritten, und jetzt lag hier die Leiche der Meuchelmörderbande, die den Barbaren hatte ermorden wollen. Somit könnte es sich bei den beiden anderen Leichen, die in den Tagen zuvor gefunden worden waren, um die anderen Straßenmörder handeln, die nach dem Überfall im jüdischen Viertel entkommen waren. Der Vorsteher wusste jedoch nicht, wie ihn das weiterbringen sollte, aber er dachte nach. Dann begann es erneut zu schneien.

VIII

»Bei Herkules' haarigem Arsch! Unser heroischer General schmachtet über dem Brief einer liebeskranken Frau. Er hat sich darin verloren wie ein Mann im Nebel des Hochlands. Scheiße! Was haben wir jetzt noch für eine Chance? Wir sind verdammt. Kacke!« Dann fuhr Calgacus in derselben Lautstärke, doch in anderem Tonfall fort: »Gaius Acilius Glabrio wartet darauf, dass es dir genehm ist, ihn zu empfangen. Er steht draußen.«

Die Stimme des Kaledoniers hallte durch den Hauptraum des Posthauses am Cursus Publicus in der Stadt Batnae, die Ballista am Ende des elften Tages nach seinem Aufbruch aus Antiochia zu seinem vorläufigen Hauptquartier gemacht hatte.

»Und? Sagst du jetzt was, verdammt?«, knurrte der große Kaledonier.

Obwohl er recht schweigsam war, wenn er in der Öffentlichkeit nach seinem Dominus gefragt wurde, hatte Calgacus im Laufe der Jahre den Dünkel entwickelt, unter vier Augen mit Ballista und anderen Familienmitgliedern offener sprechen zu können. Er dachte dann laut, doch das war für gewöhnlich mehr ein Murmeln, das kaum zu hören war.

»Danke sehr«, sagte Ballista. »Wenn du ihn reingebracht hast, kannst du ja wieder gehen und die Kamele ärgern.«

Calgacus drehte sein schmales, listiges Gesicht kurz zu Ballista um, dann wandte es sich wieder ab. »Die Kamele ärgern! Wann habe ich denn mal Zeit, mein Bein über was zu schwingen, egal ob Tier oder Frau? Stattdessen arbeite ich mir Tag und Nacht die Finger wund, um mich um dich zu kümmern.« Die Tirade endete, als Calgacus die Tür hinter sich schloss. Lächelnd schob das Objekt seiner Beschwerden den nach wie vor versiegelten Brief unter das Logbuch der Equites Primi Catafractarii Parthi, einer von mehreren, die er durchgehen wollte. Doch je länger er das hinausschob, desto größer wurde seine Erwartungshaltung.

»Gaius Acilius Glabrio, Dominus«, verkündete Calgacus. Ein Kämmerer am Hof Seiner Heiligen Majestät hätte nicht eleganter klingen können. Mit einer Verbeugung verließ der Kaledonier den Raum wieder, und Ballista stand auf und hieß den jungen Adligen willkommen.

»Ave, Marcus Clodius Ballista, Dux Ripae«, erwiderte der Patrizier ebenso formell und salutierte.

Ballista salutierte ebenfalls. »Wein? Nun, wenn nicht, dann nicht ...« Obwohl er eigentlich keinen wollte, schenkte er sich etwas ein, um nicht mit dem leeren Becher dazustehen.

»Der Bote hat gesagt, du wolltest mich sehen, Dominus.«

»Ja«, bestätigte Ballista. Er deutete auf einen Stuhl.

Acilius Glabrio lehnte ab und sagte, er müsse gleich wieder zu seinen Männern zurück. Das würde nicht leicht werden. Ballista ließ sich Zeit. Er nippte an seinem Wein und musterte den jungen Patrizier. Glabrio trug ein elegantes Arrangement aus Rot und Gold, einen funkelnden Muskelpanzer und dazu sein Paludamentum, den Militärmantel, den er sich über die Schulter geworfen hatte. Das Posthaus wiederum war ein schlichtes Gebäude aus Lehm und Holz, und nirgends war auch nur der Hauch von Schmuck zu sehen. Acilius Glabrio hingegen sah aus, als sei er auf dem Weg zum Palast.

»Bevor wir aus Antiochia aufgebrochen sind, habe ich befohlen, dass keine Wagen das Heer begleiten sollen.« Ballista hielt kurz inne. Dann fuhr er bewusst höflich fort: »Aber da habe ich mich wohl nicht klar genug ausgedrückt. Der Befehl hat für alle gegolten. Wir sind erst ein paar Tage unterwegs, und das auf dem leichtesten Stück des Marsches, und schon jetzt haben die Wagen mit deinen persönlichen Gegenständen uns mehrmals aufgehalten. Zugegeben, die Straße ist überraschend schlecht, führt teils über Hügel und teils durch Sümpfe, sodass wir keine echte Marschordnung haben, aber das wird vermutlich auch nicht besser werden.«

Acilius Glabrio hatte Haltung angenommen und schwieg. Ballista lächelte, aber ein freundliches Lächeln war das nicht. »Ich bin sicher, du stimmst mit mir darin überein, dass jene von uns, denen der Kaiser ein Kommando verliehen hat, mit gutem Beispiel vorangehen müssen.«

»Sobald ich eine angemessene Alternative finde, werde ich die Wagen wieder zurückschicken.« Acilius Glabrio presste die Lippen aufeinander. »Wenn es sonst nichts mehr gibt, wie gesagt, muss ich mich um meine Männer kümmern.« Ballista nickte, und Acilius Glabrio salutierte und ging.

Ballista schaute zu der Stelle, wo der junge Mann gerade noch gestanden hatte. Sein älterer Bruder, Marcus Acilius Glabrio, war zwar unerträglich gewesen, aber er hatte sich als guter Offizier und tapferer Mann erwiesen. Bis jetzt hatte der Jüngere der beiden Geschwister jedoch nichts gezeigt, was darauf hingedeutet hätte, dass er genauso gut und tapfer war. Nur unerträglich war er schon. Und wen könnte man besser als *jungen* Eupatrid bezeichnen als Gaius Acilius Glabrio, das Ergebnis jahrhundertelanger, hochwohlgeborener Inzucht?

Um diese Gedanken aus seinem Kopf zu vertreiben, goss Ballista sich noch einen Becher ein. Dann setzte er sich und holte den Brief wieder hervor. Eine Zeit lang betrachtete er nur das Siegel, das Gegenstück zu seinem eigenen, ein Cupido, der an den Hebeln seines Namensvetters drehte, eines Torsionsgeschützes, einer *Ballista*.

Schließlich öffnete Ballista den Brief und überflog ihn rasch. Im Geiste bereitete er sich auf schlechte Neuigkeiten vor. Schließlich erreichte er das Ende und las das Ganze noch einmal, doch diesmal langsam und gründlich. Julia begann mit dem üblichen Gruß. Dann berichtete sie das Neueste über den Meuchelmörder mit der Narbe auf der Hand. Der diensthabende Epimeletai ton Phylon hatte überraschend viel Verstand gezeigt. Anstatt bekannt zu geben, dass die Leiche des Meuchelmörders gefunden worden war, hatte er nur erklärt, dass man einen Unbekannten am Kanal entdeckt hätte. Und tatsächlich, nach zwei Tagen war eine verzweifelte Frau erschienen und hatte die Leiche beansprucht. Auf diese Art war bekannt geworden, dass der Name des Mannes Antiochos gewesen war, Sohn von Alexander, ein Kleinkrimineller aus dem Gerberviertel. Allerdings wurde nach eingehenden Verhören offensichtlich, dass die trauernde Witwe nichts von dem wusste, was sie die »Geschäfte« ihres Mannes nannte. Neben seiner Frau hinterließ er noch drei Kinder, alles Mädchen. Dem Auftraggeber waren sie jedoch keinen Schritt nähergekommen.

Der Rest des Briefes drehte sich um häusliche Angelegenheiten, und er endete mit dem schlichten Bekenntnis, dass Julia Ballista liebe und ihn vermisse. Diese Schlichtheit war einer der Gründe dafür gewesen, warum Ballista sich in sie verliebt hatte. Er lächelte, als er sich vorstellte, wie es wohl aussehen würde, wenn sie sich an blumigeren, weiblicheren Ausdrücken versuchen würde.

Der Brief enthielt noch ein weiteres Blatt. Ballista griff danach. Es war eine Zeichnung von Isangrim: zwei vertikale Linien oben, zwei horizontale unten und etwas, das wie Räder aussah. Offenbar sollte das eine *Ballista* sein. Signiert war es mit großen Lettern. Der große Germane hob das Bild an die Lippen und küsste es sanft.

Mit dem Bild und seinem Becher in der Hand ging Ballista hinaus. Fledermäuse jagten zwischen den Obstbäumen in der Mitte des kleinen, ummauerten Gartens. An den Mauern standen Zypressen, und die Abendbrise ließ ihre Blätter rascheln. Ballista fühlte sich an den heiligen Hain von Daphne erinnert, und ihm stiegen die Tränen in die Augen.

Sie marschierten noch acht Tage. Von Batnae ging es nach Hierapolis und von dort nach Caeciliana am Euphrat. Die Straße führte schnurgeradeaus durch die rotbraune Ebene. Links und rechts waren Obstplantagen und Weinreben zu sehen, doch es war Winter. Die Obstbäume hatten schon längst die Blätter verloren. Ihre Stämme waren schwarz vom Regen, und die Weinstöcke waren dürr und kahl und stark zurückgeschnitten.

Und überall war Schlamm, doch nicht wie zuvor. Auf diesem Teil der Reise spritzte er gerade einmal bis zu den Knien der Fußsoldaten und nur selten bis zu den Stiefeln der Reiter. Die fünf Wagen mit Acilius Glabrios Besitztümern fuhren sich immer wieder fest, wenn auch nicht mehr ganz so häufig. Selbst ein so unpraktischer Bücherwurm wie Demetrius erkannte jedoch, dass das weniger an der Kunst der Straßenbauer als vielmehr an den natürlichen Abflüssen auf der Hochebene lag.

An dem Morgen, da sie Caeciliana erreichten, besserte sich das Wetter, und als sie in die kleine Stadt marschierten, war keine Wolke mehr am Himmel zu sehen. Jenseits der Lehmmauern, am Fuß einer Klippe, floss der Euphrat. Hier teilte er sich in mehrere Kanäle, die eine Handvoll größerer und kleiner Inseln umschlossen. Im Licht der Wintersonne schimmerte der Fluss tiefblau.

Das kleine Heer veranstaltete eine recht eindrucksvolle Schau, während es dem weißen Draco durchs Tor folgte, Ballistas persönlicher Standarte. Einheimische waren aus ihren Häusern gekommen und jubelten den Soldaten mit verhaltener Leidenschaft zu. Getreu ihren Befehlen, die sie schon vor Längerem erhalten hatten, war eine Vexillatio von tausend Mann der Legio III Scythica von ihrem Lager in Zeugma flussabwärts marschiert und wartete nun auf der Agora. Das einzig wirklich Überraschende daran war ihr Centurio. Zuerst erkannte Demetrius ihn unter dem Helm nicht. Erst als Ballista vom Pferd sprang und den Mann umarmte, riss der junge Grieche verblüfft die Augen auf. Mit einem lauten *Klang* prallten die Helme aufeinander. Lachend lösten sich die beiden Männer wieder voneinander, nahmen die Helme ab und versuchten es ohne erneut.

»Castricius, du alter Bastard!«, grölte Ballista. »Ich dachte, du wärst in Arete gefallen oder würdest dein Dasein inzwischen als Sklave in Persien fristen.«

Ein Lächeln erschien auf dem schmalen, faltigen Gesicht. »So einfach lasse ich mich nicht umbringen.«

»Das kann man wohl sagen!« Ballista warf den Kopf zurück und brüllte vor Lachen. »Ein Drecksack, der die kaiserlichen Minen überlebt, überlebt alles.«

Demetrius zuckte unwillkürlich zusammen. Taktgefühl war noch nie die Stärke seines Kyrios gewesen. Es war alles andere als sicher, dass Centurio Castricius nichts dagegen hatte, wenn seine Legionäre erfuhren, dass man ihn vor seiner Militärkarriere eines derart schweren Verbrechens für schuldig befunden hatte, dass man ihn dafür in die Minen geschickt hatte, die Hölle auf Erden. Demetrius selbst hatte noch heute Probleme damit, ein Sklave zu sein, und das, obwohl er schon als solcher geboren worden war. Aber wie auch immer, in jedem Fall wusste der junge Grieche, dass er es nicht wollen würde, dass es jemand erfuhr, wenn er in den Minen gewesen wäre. Aber natürlich wäre das in Wahrheit nie ein Problem geworden, denn er hätte die Minen schlicht nicht überlebt.

Castricius lachte jedoch nur. »Wie ich den Drecksäcken hier immer sage: Der brave Dämon, der über mich wacht, schläft nie. Das hält sie auf Trab. Lass mich dir die Jungs vorstellen.«

»Ja, das wäre gut. Und dann, hinterher, musst du mir erzählen, wie du aus Arete rausgekommen bist. Wir werden so richtig feiern. Wir werden das dickste Schwein schlachten, oder wie auch immer die Christen sagen.«

»Die Christen den Löwen zum Fraß«, sagte Castricius, drehte sich um und ging voraus.

Die Inspektion verlief gut. Stumme, geschlossene Reihen. Eintausend Mann mit großen, roten, ovalen Schilden, auf denen goldene Löwen und Adler prangten, Letztere gekrönt mit den Flügeln des Sieges. Die Symbole der Legio III Scythica fanden sich auch auf dem scharlachroten Vexilio, das über den Köpfen der Männer flatterte. Hoplites, dachte Demetrius, »Gepanzerte«. Natürlich trugen sie nicht die gleiche Art von Rüstungen wie die Männer, deren Bilder man in Demetrius' Heimat auf Amphoren und Reliefs fand, doch ohne Zweifel waren sie die geistigen Nachfahren der Helden von Marathon, den Thermopylen und Platäa. Sie waren die Verkörperung der westlichen Freiheit, die man abermals gerufen hatte, um den Horden aus dem barbarischen Osten Widerstand zu leisten.

Das Fest begann gut. Das Posthaus des Cursus Publicus war sogar noch spartanischer ausgestattet als die in Caeciliana und Batnae, aber wenigstens war es im Hauptraum warm. Am einen Ende brannte ein großes Feuer, und im Rest des Raums hatte man Kohlebecken verteilt, die die kalte Abendluft fernhielten. Der Speiseraum war gerade groß genug.

Der Dux Ripae hatte drei seiner höchsten Offiziere eingeladen, die Befehlshaber der Reiterei, der Infanterie und des Trosses sowie die Befehlshaber der ihnen unterstellten Einheiten. Insgesamt saßen dreizehn Mann beim Essen zusammen. Eigentlich hätten es vierzehn sein sollen, doch Gaius Acilius Glabrio hatte sich mit der Begründung entschuldigt, er habe viel zu tun.

Zuerst standen sie nur und nippten Glykismos. Der süße Likör schaffte es jedoch nicht, der Atmosphäre ihre steife Formalität zu nehmen. Überdies machte das Nichterscheinen von Acilius Glabrio die drei Befehlshaber der Reiterei verlegen. Auch war es für die Präfekten der Armenier, Sarazenen, Ituräer und Araber nicht wirklich der geeignete Ort zum Feiern, auch wenn sie sich ungeachtet der Nationalität ihrer Männer allesamt als gute Römer betrachteten.

Und es wurde auch nicht besser, als sie zu Tisch gingen und ihnen hart gekochte Eier mit gepökeltem Wels und würziger Blutwurst serviert wurden. Dann machte ein leichter Weißwein aus Ascalon die Runde. Castricius gab die Geschichte seiner Flucht nach dem Fall von Arete zum Besten, und eine gewisse Lockerheit machte sich unter den Anwesenden breit.

Als schließlich die wenigen Reste des ersten Gangs weggeräumt waren, hatte jeder Gelegenheit gehabt, Castricius' List und Mut zu applaudieren, die einem Odysseus zur Ehre gereicht hätten. Die Pfeile, die durch die Dunkelheit zischten, die Schreie der Pferde und Männer, der Tod von Ballista – zumindest hatte Castricius es zu der Zeit geglaubt –, der Sturm der sassanidischen Krieger, die Flucht durch das Labyrinth der Kanäle, die Wasser vom Fluss in die Stadt brachten, und die Geschichte, wie Castricius sein Wissen über eben diese Kanäle zu seinem Vorteil genutzt hatte. Drei oder vielleicht sogar vier Tage hatte er dort in Dunkelheit verbracht und die Feuchtigkeit von den Felswänden geleckt, bis ihn der Hunger schließlich wieder ins Freie gezwungen hatte, in eine leere Welt, die nach Holzrauch und etwas anderem stank, das an verbranntes Schwein erinnerte. Das waren die ausgebrannten Trümmer der geplünderten Stadt gewesen.

Dann wurde der Hauptgang serviert. In Übereinstimmung mit der allgemeinen medizinischen Meinung gab es im Winter nur wenig Gemüse, lediglich eine Handvoll Kohl. Schließlich galt es zu verhindern, dass das Innere feucht und kalt wurde. Im Gegensatz dazu gab es eine geradezu homerische Menge Fleisch: wahre Massen an Schweine-, Rind- und Hammelfleisch sowie einen der beiden Strauße, die die *Offiziere* der Legio III Scythica auf ihrem Marsch nach Süden mitgebracht hatten. Dazu wurde eine beachtliche Menge an starkem Rotwein aus Sidon gereicht. Die meisten Ärzte waren der Meinung, dass Wein das Blut wärme. Kurz war die Konversation allgemein, aber angeregt. Der Strauß war zäh, die Flügel ein wenig besser, und eigentlich konnte man ihn nur luftgetrocknet wirklich essen.

Dann, wie es üblich war, kehrte ein respektvolles Schweigen ein, als der befehlshabende Offizier das Wort ergriff. Ballista erzählte die Geschichte vom Fall von Arete. Und er erzählte sie gut und wandte sich immer wieder an Turpio und Castricius, um Einzelheiten zu bestätigen. Es war, als würden die Männer die Ereignisse noch einmal durchleben. Die schiere Masse der Sassaniden und der Staub, der den Himmel verdunkelte. Die beeindruckenden Belagerungswerke, die Türme, die große Ramme und die Minen. Die furchtbare Vielfalt der Folter, die die Gefangenen hatten ertragen müssen, das Blenden und das Pfählen. Die fanatischen Angriffe, und die Tausende, die fielen, bevor der Rest wieder zurückgeworfen werden konnte. Der gottgegebene Eifer von Shapur, dem König der Könige, dessen heilige Mission es war, die ganze Welt zu erobern, auf dass alle Menschen die Bahram-Feuer anbeten, die heiligen Flammen seines Gottes Ahuramazda. Und schließlich, als alle Gefahren überwunden zu sein schienen, der niederschmetternde Verrat von Theodotus, dem Christen.

Vor allem Letzteres war ein Thema, über das Demetrius lieber nicht nachdachte. Als Sklave am Fuß der Liege seines Kyrios wurde er natürlich in das Gespräch mit eingeschlossen. Er beneidete die anderen darum, wie selbstverständlich sie mit Ballista plauderten. Und das lag nicht nur daran, dass er ein Sklave war und sie frei. Da war eine schwer zu fassende, aber offensichtliche Kameraderie zwischen ihnen. Womöglich, sinnierte Demetrius, lag das in der Natur des Soldatenlebens, in den gemeinsam überstandenen Gefahren.

Als Demetrius Wein nachschenkte, wanderten seine Gedanken nach Hierapolis, der heiligen Stadt, durch die sie vor ein paar Tagen gekommen waren. Dort hatte ihm der militärische Reiseplan zwei Tage Ruhe gegönnt. Angenehme Bilder trieben durch seinen Geist: der wunderschöne, ionische Tempel mit den goldenen Türen, das exquisite Aroma des Weihrauchs in seinem Inneren, die Augen der Kultstatue der Göttin, die ihm durch das Heiligtum zu folgen schienen, der feurige Juwel auf ihrer Stirn, der die Dunkelheit erhellte. Vor seinem geistigen Auge sah Demetrius, wie er an dem heiligen Teich mit seinen funkelnden Fischen saß, die kamen, wenn er sie rief, und er durchlebte noch einmal das Treffen mit Callistratus, einem Fremden, mit dem er durch den Garten zu dessen Haus zurückgekehrt war, um einen langen Nachmittag hinter verschlossenen Fenstern zu verbringen.

»Demetrius! Träumst du, Junge?« Die Stimme seines Kyrios riss Demetrius aus seinen Gedanken, aber nicht unfreundlich. »Wir brauchen noch was zu trinken.« Die anderen grölten.

»Arschlöcher, allesamt«, flüsterte Calgacus Demetrius ins Ohr. »Und unser verehrter Feldherr ist der Schlimmste von allen.«

Mit frischen Bechern in der Hand und noch mehr Wein im Blut wurden weitere Themen erörtert. Sandario erzählte eine lange Geschichte über einen jungen Tribun aus einer Patrizierfamilie, der nur ein Militärkamel vorgefunden hatte, als er an einem einsamen Außenposten in der Wüste eingetroffen war.

Wieder wanderten Demetrius' Gedanken nach Hierapolis zurück, doch diesmal waren die Bilder vor seinem geistigen Auge weit weniger angenehm. Er sah Horden von Galli, der kastrierten

Kultisten, die überall in der Stadt herumliefen. Demetrius war nur froh, dass er während seines Aufenthalts nicht eine der ekelhaften Zeremonien hatte sehen müssen, bei denen die Anhänger der Göttin Atargatis dem Wahnsinn verfielen, sich ihr eigenes Gehänge packten und sich mit funkelnden Obsidianmessern öffentlich entmannten. Verstümmelt und schamlos rannten sie dann durch die Straßen, bis sie sich ein Haus ausgesucht hatten, in das sie ihre blutigen Genitalien werfen konnten. Das Ganze war einfach nur barbarisch, unaussprechlich. Demetrius fragte sich, ob diese Hinterwäldler aus dem Osten nicht vielleicht doch mehr mit den Persern gemein hatten als mit den Hellenen und Römern. Wie loyal würden sie wohl im Kriegsfall sein?

»Nein, nein, mein lieber Tribun. Die Männer benutzen das Kamel, um damit zum nächsten Puff zu reiten.« Sandarios' Scherz war alles andere als neu, doch dank des Weins wurde er mit herzhaftem Lachen quittiert. Die Offiziere grinsten noch immer, als der Tribun der Sarazenen mit der Geschichte vom Esel und der Mörderin begann. Das war auch der Augenblick, als Calgacus einen der Equites Singulares in den Raum führte. Der Reitersoldat sprach leise mit seinem Kommandeur. Es schien einen Augenblick zu dauern, bis Mucapor die Botschaft verstand, doch dann legte sich ein Schatten der Wut auf sein fleischiges Gesicht.

»Wie kann er es wagen? Unverschämtheit! Dieser Drecksack!« Mucapor knallte seinen Becher auf den Tisch und stand wankend auf. Dann wandte er sich direkt an Ballista. »Das ist eine Frechheit! Meine Männer sind Reiter, und wenn die Pferde im Arsch sind, dann sind sie nichts wert!«

»Ruhig. Ganz ruhig.« Ballista versuchte, seinen alten Kameraden zu beruhigen. Er lächelte. »Noch einmal von vorn. Ich verstehe kein Wort.«

»Gaius Acilius Glabrio hat gerade befohlen, dass die Pferde meiner Männer aus der Scheune zu verschwinden haben, in denen sie untergebracht sind. Er will den Platz für die beschissenen Karren mit seinem Zeug.«

Ballistas Lächeln war kurz eingefroren. Dann veränderte sich sein Gesichtsausdruck. »Ach? Hat er?« Ballista trank einen Schuck. Die anderen schwiegen. Erwartungsvoll schauten sie ihren Feldherrn mit vom Alkohol getrübten Augen an. »Calgacus, Demetrius, holt Fackeln.« Ballista lächelte in die Richtung von Demetrius, und auch wenn man es nicht wirklich erkennen konnte, waren seine Augen glasig. »Lasst uns einen Komos bilden.«

Demetrius verließ der Mut, aber er tat, wie ihm geheißen. Die griechische Tradition, dass die trunkenen Feiernden am Ende eines Gelages in einem Fackelzug durch die Straßen zogen, hatte noch nie etwas Gutes gebracht. Doch wie auch immer, in einer seltsamen kulturellen Mischung begannen die Männer ein Marschlied der römischen Legionen zu singen, ein Lied so alt wie Julius Caesar:

Heim bringen wir den alten Hurenbock!
Römer, sperrt eure Weiber weg.
All die Säcke Gold, die ihr ihm geschickt,
Sind für gall'sche Huren draufgegangen.

Als die Männer schließlich die Scheune erreichten, folgte ihnen ein ganzer Haufen neugieriger Bürger und Soldaten. Ballista brüllte die Wachleute an, das Tor zu öffnen. Die Soldaten starrten ihn ungläubig an, gehorchten aber. Das Tor schwang auf, und dort standen sie: Acilius Glabrios blank polierte Wagen. Ballista fragte einen der Wachsoldaten, ob die Wagen entladen seien. Er glaube schon, stammelte der Mann.

»Zieht sie raus, Jungs!« Ballistas Stimme hallte weit. »Zieht sie raus und schiebt sie auf der Agora zusammen!«

Demetrius hatte so ein Gefühl, worauf das hinauslief. Das war nicht gut. Die Deichseln nach oben gebogen, standen die Wagen in der Mitte des Platzes. Ballista trat vor und rief nach Öl, und während er wartete, wedelte er mit der Fackel in der Luft. Das Öl kam. Ballista warf Maximus, der aus dem Nichts gekommen war, die Fackel zu. Dann schüttete er das Öl über den nächstbesten Wagen und schleuderte die leere Amphore in einen anderen, wo sie in tausend Stücke zerbrach. Anschließend winkte er Maximus, der ihm die Fackel wieder zurückgab.

»In meinem Heer widersetzt sich niemand einem Befehl!« Ballista nahm die Fackel zurück und warf sie über den Kopf nach vorn. Zischend flog sie auf den ölgetränkten Wagen zu. Sofort schlugen Flammen hoch. Die Menge jubelte, und weitere Fackeln flogen durch die Luft. Schwarzer Rauch stieg in den klaren Nachthimmel empor.

Demetrius bemerkte eine Bewegung am Rand der Menge. Ballista und seine Offiziere sahen jedoch nichts, sondern ließen einen Weinschlauch durch ihre Reihen gehen. Dann erkannte Demetrius Gaius Acilius Glabrio. Das Gesicht des jungen Patriziers war wie versteinert. Es glich einer Büste im Atrium seines hochherrschaftlichen Hauses, während er seine Wagen brennen sah.

Demetrius drehte sich wieder zu der Menge um, die Ballista umgab. Die Männer hatten Acilius Glabrio noch immer nicht bemerkt. Ballista lachte über einen Scherz von Aurelian. Vieles an seinem Kyrios erinnerte Demetrius an den Helden seiner Jugend: Alexander den Großen. Da waren dieser Mut, diese Offenheit, der impulsive Großmut, aber Ballista hatte auch eine dunkle Seite, gefährlich, oft trunken und gewalttätig. Und heute war Ballista nicht der »gute« Alexander, der einst im fernen Baktrien die erste Fackel an seinen Tross gelegt hatte. Er war der trunkene Alexander, der im Rausch und auf Vorschlag einer Hure den Palast der Perserkönige in Persepolis niedergebrannt hatte.

Demetrius schaute wieder zu Acilius Glabrio. Der junge Patrizier starrte Ballista mit offener Verachtung an. Ob er nun der junge Eupatrid war, der Ballista die Meuchelmörder auf den Hals gehetzt hatte, oder nicht, es bestand kein Zweifel daran, dass Acilius Glabrio diesen germanischen Barbaren hasste. Kurz darauf drehte sich der Patrizier um und ging.

Das wird nicht gut enden, sinnierte Demetrius.

IX

Am Fluss Balissus traf das Heer auf die ersten Perser. Es waren drei, und sie befanden sich am anderen Ufer. Sie saßen auf ihren Pferden und beobachteten ruhig die näher kommenden Römer.

Das waren die ersten Perser, die Gaius Acilius Glabrio sah. Bei den Göttern der Unterwelt, wie lange wartete er nun schon auf diesen Augenblick? Seit jenem demütigenden Tag in Caeciliana hatte er darauf gewartet, die Perser zu sehen. Kalter Stahl würde diesem Bastard Ballista den Unterschied zwischen barbarischem Dreck wie ihm und einem römischen Patrizier zeigen, den Unterschied zwischen hirnloser Wildheit und Virtus, dem wahren, ewigen Mut eines Römers. Wie hatten die Spartaner einst gesagt? *Wenn du glaubst, dein Schwert sei zu kurz, dann trete einen Schritt näher heran.*

Und wie lange er darauf gewartet hatte! Zuerst siebzehn schier endlose Tage in und um Caeciliana, siebzehn Tage voller sinnlosem Drill und Manövern, während dieser Barbar eine tierische Schau veranstaltete und gemeckert hatte wie ein altes Weib. Es war, als wäre der Germane mehr daran interessiert, Boote und Lasttiere für den Tross zu sammeln, als am Kampf. Er schien schlicht nicht abrücken und sich dem Feind stellen zu wollen. Der junge Patrizier war sich des verstohlenen Lachens und Grinsens hinter seinem Rücken nur allzu bewusst. Diese elenden Plebejer und sogar die Barbaren wagten es tatsächlich, über einen Angehörigen der Acilii Glabriones zu lachen. Aus Frust darüber hatte er seine Reiter härter trainieren lassen denn je.

Dann, endlich, am fünfzehnten Tag des Februars, waren sie abgerückt. Es war der Tag der Lupercalien in Rom. Wäre Gaius Acilius Glabrio in der Hauptstadt gewesen, dann wäre er mit den Luperci gelaufen, die stets aus den führenden Familien ausgewählt wurden.

Abgesehen von einem Gürtel aus der Haut einer frisch geopferten Ziege wäre er nackt durch die Straßen gerannt und hätte wahllos mit einem Ziegenriemen nach Passanten geschlagen. Aber er war nicht in Rom. Er war Hunderte von Meilen entfernt am Euphrat und wünschte sich verzweifelt, endlich dem Feind entgegenzutreten und sich in den Schrecken der Schlacht zu beweisen. Sie waren also ausgerückt – und nichts war geschehen.

Vierzehn Tage lang war das Heer nach Süden gekrochen, immer am großen Euphrat entlang. Der zaghafte Dux Ripae hatte dem Heer befohlen, eine lächerliche Verteidigungsformation einzunehmen, als hätte er Angst, sich den sassanidischen Echsen in offenem Kampf zu stellen, und als Folge davon waren sie nur quälend langsam vorangekommen. Tatsächlich waren sie immer nur morgens marschiert. Gegen Mittag hatten sie dann stets angehalten, Gräben ausgehoben und Palisaden errichtet. Und in der gut befestigten Stadt Soura hatte das Heer ganze zwei Tage gebraucht, um über eine Steinbrücke ans andere Ufer zu gelangen. Nach zwei weiteren kurzen Marschtagen hatten sie dann in Leontopolis drei Tage Pause gemacht. Und die ganze Zeit über hatten sie nicht einen einzigen Perser gesehen.

Ein paar Meilen südöstlich von Leontopolis floss der Balissus von Osten in den Euphrat. Der Balissus war ein kleiner, unbedeutender Wasserlauf, der im Sommer vermutlich austrocknete, aber genau hier zeigten sich die Perser zum ersten Mal.

Acilius Glabrio, der mit der Vorhut ritt, wie es einem Mann von seinem Status anstand, spähte aufmerksam in Richtung der drei Perser auf der anderen Seite des Flusses. Er konnte sie deutlich sehen. Sie waren keine hundert Schritte von ihm entfernt. Gleichmütig saßen sie auf ihren Pferden und beobachteten die vorrückenden Römer. Sie trugen weite, bunt gemusterte Hemden, weite Hosen, buschige Bärte und langes Haar. Einer trug auch eine Kappe, während die beiden anderen ihre schwarzen Haare schlicht zurückgebunden hatten. Sie waren schlank und dunkelhäutig, und es war genau, wie man sagte: Ihre Augenbrauen waren in der Mitte zusammengewachsen, und ihre Augen glichen denen einer Ziege.

Als die Römer den Balissus fast erreicht hatten und keine zwanzig Schritte mehr entfernt waren, wendeten die Perser unbeeindruckt die Pferde und ritten davon. Den Rest des Tages sahen die Römer keine weiteren mehr. Das Heer überquerte den kleinen Fluss an einer Furt und errichtete die Befestigungen für die Nacht.

Bei Sonnenaufgang am nächsten Tag, als das römische Heer wieder mit Acilius Glabrio an der Spitze aus dem Lager marschierte, da waren die Perser wieder da, oder zumindest Perser, die genauso aussahen wie die am Tag zuvor. Den Rest des Tages und die beiden folgenden blieben die sassanidischen Kundschafter stets in der Nähe der Römer. Es waren immer mindestens zwei, doch nie mehr als sechs, und sie hielten sich stets außer der Reichweite der Bogenschützen der Römer. Manchmal tauchten sie genau im Weg des Heeres auf und dann wieder an der linken Flanke. Auch als das Heer zwei Tage lang sicher hinter den Mauern von Basileia einquartiert war, konnte man die Perser sehen, wenn man über die Mauer spähte. Manchmal waren sie am Ufer, manchmal oben auf einer Klippe.

Ihre ständige Gegenwart weckte den Zorn von Acilius Glabrio. Oh, wie sehr er sich wünschte, sie in die Finger zu bekommen, und er malte sich aus, was er dann mit ihnen machen würde. Dass sie sich nur aus der Ferne zeigten, bestätigte alles, was Acilius Glabrio über die Ostlinge gelernt hatte: Sie waren die geborenen Feiglinge. Sie hatten schlicht viel zu viel Angst, um näher heranzukommen. Allmählich machte er sich Sorgen, dass die Perser einfach so in ihre Heimat verschwinden würden und dass das römische Heer Circesium entsetzen würde, ohne einen einzigen Schlag geführt zu haben. So würde er nie Gelegenheit bekommen, gegen die Echsen zu kämpfen.

Es war noch immer dunkel, als das Heer Basileia verließ. Gaius Acilius Glabrio streckte sich und gähnte, bis sein Kiefer knackte. Er war müde und lehnte sich im Sattel zurück. Das Knarren von Leder und Holz ging im allgemeinen Lärm der sich langsam bewegenden Reiterei unter. Er war sogar sehr müde. Der barbarische Dux hatte vier

Stunden vor Sonnenaufgang das Consilium einberufen. Im Licht der Lampen hatten die Offiziere sich die üblichen Befehle anhören müssen: Haltet die Formation, und niemand schert ohne ausdrücklichen Befehl aus oder greift gar an! Was den Rest der Anweisungen betraf, so fragte sich Acilius Glabrio, welcher der Offiziere wohl so blöd war, dass er die Straße südlich von Basilea nicht finden würde. Die Lücke war schließlich schmal genug: rechts der Euphrat und links hohe Klippen. Offenbar gab es nicht weit im Süden eine Furt über den Wasserlauf, der aus den Hügeln zum Euphrat floss. Die Einheimischen nannten ihn den Kanal von Semiramis. In diese Richtung hatten die römischen Kundschafter auch Staubwolken gesehen, und der Dux hatte erklärt, das könne auf einen bevorstehenden Angriff der Sassaniden hindeuten. Was für ein Unsinn, dachte Acilius Glabrio. Diese feigen Ostlinge würden sich weder dort noch sonst wo zum Kampf stellen. Und was Semiramis betraf, hier in dieser Gegend war jeder Graben, jede Mauer und jeder noch so kleine Hügel nach der assyrischen Königin aus alter Zeit benannt.

Jenseits des Schilfs funkelte der Fluss, wie es Wasser manchmal kurz vor Sonnenaufgang macht. Ein Schwarm Enten flog vorbei und landete mit lautem Platschen irgendwo hinter dem Heer. Der Himmel hellte allmählich auf. In großer Höhe war eine Handvoll Wolken zu sehen. Sie zogen gen Norden. Doch unten, dort, wo das Heer des barbarischen Dux Ripae marschierte, war es windstill.

Der barbarische Dux Ripae – diese Worte passten einfach nicht zusammen. Da konnte man genauso gut von einem »sesshaften Skythen« sprechen, sinnierte Gaius Acilius Glabrio, oder von einer »tugendhaften Hure«.

Eine dunkle Linie, die quer durch das Zwielicht und direkt über den Pfad des Heeres verlief, riss Acilius Glabrio aus seinen Gedanken. Er richtete sich im Sattel auf und spähte voraus. Dank der Klippen zu ihrer Linken blieb es auf dem Weg länger dunkel als näher am Fluss. In diesem Licht konnte man Entfernungen und Größen nur schwer einschätzen. Die dunkle Linie schien ungefähr einhundert Schritte von ihnen entfernt zu sein und ein wenig größer als ein

Mann. Und sie schien sich zu bewegen. Waren das Tamarisken, wie man sie in dieser Gegend häufig fand, die dort in der sanften Morgenbrise schwankten? Oder Pappeln vielleicht?

Dann erinnerte sich Acilius Glabrio wieder. In der Flussebene gab es keinen Wind. Eine große, blasse Form bewegte sich an der dunklen Linie entlang, und irgendetwas funkelte an ihr. Das war ein Pferd. Ein Pferd und ein Reiter. Ein Kavallerist. Das war eine Schlachtreihe der sassanidischen Reiterei.

»In Reihe!«, brüllte Acilius Glabrio. »Zu mir! In Reihe!« Eine Sekunde später wurde es immer lauter, je mehr Offiziere ihre Befehle brüllten. Rüstungen und Waffen klirrten und klapperten, und Pferde schnaubten. Dann lösten die dreihundert Männer der Equites Primi Catafractarii Parthi die Kolonne auf und positionierten sich fünf Mann tief in Reihe.

Zisch! Irgendetwas flog an Glabrios Kopf vorbei. *Zisch!* Etwas anderes schlug neben dem Bein seines Pferdes in den Boden und prallte ab. Pfeile! Die Echsen schossen Pfeile aus dem Zwielicht. Diese Bastarde!

»Bucinator! Bereite dich darauf vor, zum Angriff zu blasen!« Erfreut stellte Acilius Glabrio fest, dass seine Stimme schon deutlich ruhiger klang als zuvor.

»Warte, Dominus.« Niger, der Präfekt der Einheit, löste sich aus der Formation und ritt neben Acilius Glabrio. Er beugte sich vor und sagte leise, sodass niemand ihn hören konnte: »Der Dux hat befohlen, in Formation zu bleiben und nicht anzugreifen.« Die Stimme des Präfekten klang eindringlich. »Wir müssen anhalten und erst einmal herausfinden, was uns da überhaupt gegenübersteht. Schick einen Boten, um den Dux zu holen. Er wird uns dann unsere Befehle geben.«

Uns, dachte Acilius Glabrio. *Uns. Ach, ja?* Seit wann sahen Plebejer wie dieser Präfekt sich als gleichberechtigt mit einem Patrizier an? Er, Gaius Acilius Glabrio, sollte wie ein Sklave auf die Befehle eines Barbaren warten? Niemals! Plötzlich ertönten Trommeln, und der junge Patrizier zuckte sichtbar zusammen. Den Trommeln folgte das Brüllen der sassanidischen Trompeten. Acilius Glabrio drehte sich wieder zu Niger um. Ihm schlug das Herz bis zum Hals. *Carpe diem!* Ergreife den Tag.

»Bucinator! Zum Angriff!« Acilius sah, wie der Trompeter zum Präfekten blickte. Zum Hades mit ihnen. Acilius Glabrio trat seinem Pferd wild in die Flanken, und das Tier sprang vor. Er spürte, wie ein Pfeil an seinem Kopf vorbeizischte. Hinter ihm blies der Bucinator zum Angriff. Als sein Pferd in einen steten Galopp überging, wagte er einen Blick zurück. Alles gut. Zwar war das keine Formation mehr, sondern ein Mob von Reitern, aber es war gut. Die Männer folgten ihm. *Carpe diem.* Das würde sein Tag werden. Jetzt würde er es diesem Barbaren zeigen, der seinen Bruder zum Sterben zurückgelassen hatte, ihm und diesem Bauern Aurelian. Er würde es *allen* zeigen.

»Seid ihr zum Krieg bereit?« Die über die Schulter gebrüllten Worte des jungen Patriziers gingen im Donnern der Hufe unter.

Acilius Glabrio sah den Kanal erst kurz bevor sie ihn erreichten. Sein Pferd schien unter ihm zu verschwinden. Nur die hohen Hörner hinten an seinem Sattel verhinderten, dass er abgeworfen wurde. Das Pferd fand wieder Halt, und Acilius Glabrio knallte schmerzhaft auf den Sattel zurück. Der Schlag war so heftig, dass er ihm die Luft aus der Lunge trieb. Sie platschten durch den Wasserlauf. Der Untergrund war rutschig, das Wasser aber nur knöcheltief. Acilius Glabrio hörte sich selbst schluchzen, als er verzweifelt versuchte, wieder Luft zu bekommen.

Das andere Ufer lag direkt vor ihm, und den Göttern sei Dank war es nicht allzu steil. Während sein Pferd sich sammelte, schaute Acilius Glabrio nach oben. Ein wildes, bärtiges Gesicht starrte auf ihn hinab. Der Perser schrie etwas in seiner unverständlichen Sprache und fletschte die weißen Zähne. Dann blitzte ein langes, sassanidisches Reiterschwert auf. Acilius Glabrio erinnerte sich daran, dass er sein eigenes noch nicht gezückt hatte. Mit einer Hand klammerte er sich an den Sattel, während er mit der anderen verzweifelt versuchte, die Klinge zu ziehen.

Sein Pferd kämpfte sich aus dem Wasser ans Ufer und in gleißend hellen Sonnenschein. Der Perser war verschwunden. *Alle* Perser waren verschwunden. Der Nächste von ihnen war zwanzig Schritte entfernt. Sein Köcher hing am Sattel, und die Hufe seines Pferdes wirbelten den Staub auf. Sie flohen. Die Echsen flohen.

»Ihnen nach! Lasst sie nicht entkommen!« Acilius Glabrio trieb sein Tier weiter an. Die Männer folgten ihm. *Carpe diem*. Der junge Patrizier lachte laut.

Bei den Persern handelte es sich um leichte Reiterei, und sie ritten schnell. Sie trugen keine Rüstungen, die sie hätten behindern können, und ihre bunte Kleidung leuchtete im Licht der aufgehenden Sonne. Rasch erarbeiteten sie sich einen Vorsprung vor der schweren, römischen Reiterei. Rechts von sich, unten am Euphrat, sah Acilius Glabrio angebundene Pferde. Sassaniden liefen um sie herum. Er schaute über die Schulter zurück. Der Bucinator war nirgends zu sehen, doch der Standartenträger der Equites Primi war ganz in der Nähe. Acilius Glabrio winkte dem Mann zu, ihm zu folgen, und wendete in Richtung Ufer. Er schaute nicht noch mal zurück. Er wusste, dass seine Männer der Standarte folgen würden.

Unten am Ufer warfen die Perser ihre Spitzhacken weg, schnitten ihre Pferde los, schwangen sich in die Sättel und galoppierten davon. Diesmal schlossen die Römer rasch die Lücke. Acilius Glabrio wählte ein Ziel, einen großen, dünnen Perser, der noch ein ganzes Stück von seinem Pferd entfernt war. Die weite Hose des Mannes flatterte im Lauf. Als Acilius Glabrio zu ihm aufschloss, schaute sich der Mann um. Der junge Patrizier lehnte sich aus dem Sattel und schwang sein Schwert in hohem Bogen. Der Perser riss den Arm hoch, schrie und riss entsetzt die Ziegenaugen auf. Die Klinge traf. Die Wucht des Treffers war so groß, dass sie Acilius Glabrio fast die Waffe aus der Hand riss. Der Perser fiel, und Acilius Glabrio galoppierte an dem Toten vorbei.

»Ihnen nach! Lasst sie nicht fliehen!« Er beugte sich im Sattel vor und trieb sein Pferd immer schneller an. Die leichte Reiterei der Perser drohte zu entkommen. Acilius Glabrio ritt so schnell er konnte. Das plötzliche Signal eines Bucinators drang kaum zu ihm durch.

Wie konnte der Bastard es nur wagen? Acilius Glabrio hatte nichts befohlen. Die weit verstreuten römischen Catafractarii um ihn herum wurden rasch langsamer und zügelten ihre Tiere, bis sie schließlich standen. Acilius Glabrio starrte den Persern hinterher. Vielleicht war es wirklich besser so. Die Echsen entfernten sich immer mehr, und der Südwind wehte Acilius Glabrio den Staub ins Gesicht. Er zügelte sein Pferd.

Es lahmte. Das war ihm gar nicht aufgefallen, doch es war ihm auch egal. Beim Tross hatte er noch zehn, die genauso gut waren. Er schwitzte, und sein Schwert klebte vom Blut des Sassaniden. Sein Herz sang.

Während sich das lahme Tier wieder den Uferhang hinunterquälte, zählte Acilius Glabrio sechs persische Leichen, die bunten Kleider von Blut und Sand verdreckt. Die Perser hatten gegraben, und jetzt sah er auch, warum. Diese hinterlistigen Ostlinge, die zu feige waren, sich römischem Stahl zu stellen, hatten versucht, die Natur auf ihre Seite zu ziehen. Sie hatten versucht, das Wasser umzuleiten, um das Land zwischen dem Euphrat und den Klippen zu fluten. Und wie es aussah, hatten sie es fast geschafft. Aber wie auch immer, Acilius Glabrio hatte dem ein Ende bereitet. Erneut lachte er laut auf und trat seinem lahmen Pferd in die Flanken. *Carpe diem.* Das war sein Tag. Sein Sieg. Ein glorreicher Sieg. *Wenn dein Schwert zu kurz ist, tritt einen Schritt näher heran.*

X

Der Sonnenaufgang machte Ballista für gewöhnlich glücklich, heute aber nicht. Ballista war bei den Kundschaftern, gut eine Meile vor dem Lager. Er saß auf seinem Pferd und beobachtete, wie sich der Himmel über den Felswänden zitronengelb färbte. Ein kleiner Falke war auf der Jagd, eine schwarze Silhouette am wunderschönen Himmel. Doch nichts von alledem besserte Ballistas Laune.

Gaius Acilius Glabrio war ein Narr, ein aufsässiger, arroganter Narr. Gestern hatte er Befehle missachtet. Sein sturer Angriff hatte die Equites I Parthi zerstreut und ihre Pferde erschöpft. Sie wären ein leichtes Opfer gewesen, hätten die Sassaniden ihnen eine Falle gestellt. Der Angriff hatte Chaos ins Heer gebracht, und der Tross wäre schutzlos gewesen, hätten die Sassaniden mit einem Angriff ihrerseits geantwortet. Doch die Sassaniden hatten ihnen keine Falle gestellt, und sie hatten auch keinen Gegenschlag unternommen. Der Narr war nicht nur damit durchgekommen, er hatte auch verhindert, dass der Feind die Deiche hatte durchbrechen können, um so den Weg des römischen Heers zu überfluten. Wäre den Persern das gelungen, hätten sie die Römer tagelang aufgehalten. In seinen eigenen Augen war der unerträgliche Narr als Held zurückgekehrt, und viele seiner Männer sahen das genauso.

Aber so wütend er auch gewesen war, so hatte Ballista sich doch irgendwie zurückgehalten, bis sie in seinem Zelt unter vier Augen hatten sprechen können. Es hatte nichts genutzt. Die Dummheit des gestrigen Tages hatte den jungen Patrizier nur in seinem Stolz bestärkt. Sechs tote Perser, und er hatte tatsächlich den Nerv, von einem glorreichen Sieg zu reden. Ballista bezweifelte, dass die Witwen der vier toten römischen Reiter das genauso sahen. Acilius Glabrio war sich mit der Hand durch die lächerlich frisierten Locken gefahren und hatte begonnen, von Julius Caesars berühmter Celeritas zu fabulieren. Ballista hatte jedoch keine Lust gehabt, sich einen Vortrag über die Effizienz schnellen Handelns anzuhören, nicht von diesem Narren, und ihm einfach gewunken zu gehen. Wenn er ihn doch nur genauso leicht ganz loswerden könnte, doch das war unmöglich. Der Narr musste der Kommandeur der Reiter bleiben, und jetzt fühlte er sich in seinem Ungehorsam auch noch bestärkt. Jetzt würde er noch weniger dazu neigen, Ballistas Befehle zu befolgen. Das sah nicht gut aus: ein ungehorsamer, arroganter Narr und möglicherweise auch ein mordlustiger. Auf niemanden passte die Bezeichnung »junger Eupatrid« besser als auf Gaius Acilius Glabrio. Wenigstens hatte er seit Antiochia nicht mehr versucht, Ballista umzubringen.

Wütend versuchte Ballista, den jungen Patrizier aus seinen Gedanken zu verdrängen. Stattdessen richtete er seine Aufmerksamkeit vom Himmel auf die Landschaft, die sein Heer durchqueren musste. Hier zogen sich die Felswände immer mehr in Richtung Westen, und vor ihnen öffnete sich eine riesige, größtenteils konturlose Ebene, die bis zum Euphrat reichte. Das war ideales Gelände für Reiterei, und das wiederum hieß: ideal für die Sassaniden und schlecht für die Römer.

Trompeten verkündeten, dass das Heer das Lager abbrach. Ballista drehte sich im Sattel um und schaute sich das an. Er wollte sich vergewissern, dass die Männer auch die Marschordnung einnahmen, die er befohlen hatte, und wie der Feind das von außen sehen musste. Sofort fielen die vier parallel marschierenden Kolonnen auf, die das Zentrum bildeten. Zuerst wurden hundert Boote in allen Größen und Formen in Position gerudert, gepaddelt und gestakt. Um diese herum trieben kleine, einbänkige Boote wie Schäferhunde. Ballista war froh, sich die Mühe gemacht zu haben, sie zu finden und zu requirieren. Teilweise hatte er sie mit erfahrenen Bootsleuten der Legio IIII Scythica bemannt. Und noch zufriedener war er mit der Tatsache, dass er den Kommandanten von Caeciliana dazu gezwungen hatte, ihm fünf Ballisten zu überlassen, die nun auf den größeren Booten montiert waren. Die Artillerie auf ihnen hatte eine wesentlich größere Reichweite als Bögen oder Schleudern. Eine sassanidische Reiterstreitmacht hingegen verfügte mit Sicherheit weder über Boote noch Artillerie. Mit diesen improvisierten Kriegsschiffen hatte Ballista die Herrschaft über den Euphrat, und damit war eine Flanke des römischen Heeres schon einmal gesichert.

Als Nächstes kam möglichst nah am Ufer der landgestützte Teil des Trosses mit mehr als dreihundert Lasttieren: Esel, Maultiere, Kamele, Pferde und breitschultrige Sklaven. Irgendwo inmitten der brüllenden, wogenden Masse waren auch die zehn Ersatzpferde von Acilius Glabrio sowie der Rest seiner luxuriösen Ausrüstung. Wenigstens wurde Letztere nun von Tieren und Menschen getragen und nicht mehr von schwerfälligen Wagen, die ständig stecken blieben. Ballista beobachtete, wie Reiter die Kolonne auf und ab galoppierten, um für Ordnung zu sorgen. Er war froh, dass er Turpio nicht nur ein paar Legionäre für die Galeeren zugeteilt hatte, sondern auch zwanzig Reiter der Equites Singulares. Und die würden Turpio nicht nur helfen, an Land Ordnung zu wahren, sondern im Fall, dass etwas schiefging, würden sie auch dafür sorgen, dass er lebend wieder aus dem Chaos herauskam. Ballista schüttelte den Kopf. Warum dachte er überhaupt an so einen Mist? Das war ein böses Omen.

Statt auf den Schwanz richtete der Dux Ripae seine Aufmerksamkeit nun auf die Zähne des Heeres. Parallel zum Tross ritt die Kavallerie: achthundert schwer gepanzerte Männer in Viererreihen. Acilius Glabrio war leicht zu erkennen. Man musste nur die Standarte der Führungseinheit finden, der Equites Primi Catafractarii Parthi, und den Blick zu der eleganten Gestalt in Scharlachrot und Gold wandern lassen, die losgelöst von den anderen ritt. Ein Stück weiter hinten, hoch über dem Staub, wehte Ballistas eigene Standarte, der weiße Draco. Sie markierte das Zentrum der Kolonne, wo die Equites Singulares marschierten. Der hintere Teil der Kolonne, welcher aus den Equites Tertii Catafractarii Palmirenorum bestand, wurde vom Staub verschluckt.

Die vierte und letzte Kolonne bildete den harten Panzer, der die anderen schützte. Das war die Kolonne, die am weitesten vom Fluss entfernt war. Hier marschierte die Infanterie, die Legio IIII Scythica gefolgt von der Legio III Felix, zweitausend Legionäre in Viererreihen, fünfhundert Mann tief. Zwischen den Reihen waren stets zwei Schritte frei, sodass die Bogenschützen, vierhundert Armenier und vierhundert Mesopotamier, kommen und gehen konnten, wie sie wollten. Der zähe, feurige Aurelian wiederum hatte seinen Posten im Zentrum der Kolonne bezogen.

Schließlich wanderten Ballistas Gedanken zu den drei Einheiten, die nicht in Kolonnen organisiert waren. Vor und hinter dem Heer marschierten zwei dünne Linien Bogenschützen und verwandelten die Formation in ein hohles Rechteck. Aber wie dünn die vordere Linie der nur zweihundert Sarazenen aussah, die Ballista nicht sehen konnte, er wusste, dass die hintere Linie nicht wirklich besser war, bestand sie doch aus lediglich dreihundert Ituräern. Die letzte Einheit des Heerzuges war im Staub ebenfalls nicht zu erkennen, doch irgendwo zwischen den Kolonnen von Reiterei und Fußvolk hielt der listenreiche Sandario seine Schleuderer bereit, um sie sofort dort einzusetzen, wo auch immer sie gebraucht wurden.

Alles in allem war die Aufstellung recht gut. Teile davon, die Flanke am Fluss und die Infanteriekolonne, waren sogar sehr gut. Aber es war nicht zu leugnen, dass es auch Probleme gab. Ballista hatte nicht genügend schwere Infanterie. Noch einmal je fünfhundert Legionäre vorn und hinten, und die Formation wäre so gut wie undurchdringlich gewesen, zumindest, wenn sich dann wirklich jeder an seine Befehle halten würde.

Tatsächlich sorgte sich Ballista um den Gehorsam im Heer. Der Grund dafür waren allerdings nicht die beiden Trosskolonnen unter dem Befehl von Turpio. Ja, der sarkastische, ehemalige Centurio hatte sich der Korruption schuldig gemacht, als Ballista ihn kennengelernt hatte. Turpio hatte allerdings geschworen, dass er erpresst worden sei, doch Ballista wusste nicht womit. In jedem Fall behauptete Turpio, das Problem sei inzwischen gelöst und dass es nicht wieder passieren würde. Doch man wusste nie. Ballista versuchte, das einfach abzutun, denn seitdem hatte sich Turpio mehr als rehabilitiert, und Ballista mochte ihn. Und ihm blieb nichts anderes übrig, als seinem Urteil zu vertrauen.

Was nun die Infanterie am anderen Flügel betraf, die unterstand dem Befehl von Aurelian, und der war bisweilen ein Hitzkopf, doch paradoxerweise auch der Inbegriff altmodischer Disziplin. Um ihn musste sich Ballista also keine Sorgen machen. Bei der Reiterei sah das jedoch anders aus, und der Grund dafür hatte einen Namen: Gaius Acilius Glabrio.

Wie viel Schaden konnte der junge Patrizier anrichten? Ballista würde mit den Equites Singulares reiten. Also würde er zumindest weit genug weg sein, um nicht allzu sehr von Glabrios Torheiten betroffen zu sein. Die Equites Tertii Catafractarii Palmirenorum bildeten die Nachhut der Kavalleriekolonne. Ballista würde sich also direkt zwischen ihnen und Acilius Glabrio befinden. Albinus, ihr Präfekt, war ein vernünftiger Mann, ein Berufsoffizier mit langjähriger Erfahrung. Da sollte also nichts passieren.

Blieben die Equites Primi Catafractarii Parthi an der Spitze der Kolonne. Für deren Präfekt, Niger, galt das Gleiche wie für Albinus. Ballista hatte Niger befohlen, nicht zuzulassen, dass seine Männer Acilius Glabrio folgten, wenn der mal wieder eine Dummheit beging. Aber würden seine Männer eher auf ihren vernünftigen Präfekten oder auf den glamourösen Patrizier hören? *Allvater, lass den arroganten Narren sie nicht wieder zu einem irren Angriff führen.* Aber was, wenn er das doch tun würde? Was sollte Ballista dann tun? Sollte er zuschauen, wie sie isoliert, umzingelt und niedergemetzelt wurden? Oder sollte er versuchen, sie zu retten, und damit Gefahr laufen, das gesamte Heer in den Untergang zu führen?

Maximus ritt zwischen Ballista und dem römischen Heer und riss ihn aus seinen Gedanken. »Zeit zu gehen.«

Die sassanidischen Kundschafter kamen in leichtem Trab auf sie zu. Es waren mehr als zuvor, vielleicht vierzig oder gar fünfzig. Sie verteilten sich willkürlich auf der Ebene. Von Zeit zu Zeit, wie aus einer Laune heraus, lenkte ein Reiter sein Pferd mal zum Fluss und dann wieder zu den Felsen, und gelegentlich hielt er sogar direkt auf Ballista zu.

Jenseits der persischen Kundschafter war eine große, wirbelnde Staubwolke zu sehen. Es war windstill, und so stieg die Staubwolke gerade gen Himmel. Sie war noch mehrere Meilen entfernt, doch sie kam definitiv auf die Römer zu.

»Das könnten auch Wildesel sein«, bemerkte Demetrius hoffnungsvoll. »Turpio hat mir erzählt, wenn Wildesel von Löwen angegriffen werden, rotten sie sich zu großen Herden zusammen, um die Raubkatzen abzuschrecken. Er hat gesagt, solch eine Herde werde häufig fälschlicherweise für ein Heer gehalten.« Der junge Grieche wartete auf Bestätigung, doch als die nicht kam, fuhr er fort: »Turpio ist schon lange in der Gegend hier. Er weiß, wovon er redet. Er kennt die Ebenen.«

»Ja, das könnten Wildesel sein.« Ballistas nüchterner Tonfall verriet, dass er in Gedanken woanders war.

»Zeit zu gehen«, wiederholte Maximus, diesmal lauter. Als wäre er aus einem Traum erwacht, erkannte Ballista plötzlich, dass die sassanidischen Kundschafter in Bogenschussweite kamen. Rasch gab er ein Signal und zog sein Pferd herum. Die Römer trieben ihre Pferde an und galoppierten in die Sicherheit des Heeres. Nur dann und wann wichen sie mal einem Dornbusch aus. Hinter ihnen flogen die Perser förmlich über das Land.

Ein paar Stunden später, am Vormittag ungefähr zu der Zeit, da in Rom die Gerichte schlossen, konnte selbst Demetrius sich nicht mehr an den Gedanken klammern, dass die Staubwolke von Wildeseln stammte.

Eine Bodenwelle verbarg das sassanidische Heer, bis es nah herangekommen war. Das Erste, was man deutlich erkennen konnte, waren die großen Standarten. Wilde Bestien, Löwen, Wölfe, Bären und abstrakte, minimalistische Muster zierten sie, hier eine gerade Linie, da ein Bogen und etwas, das wie ein Kelch aussah. Bunt funkelten sie im Sonnenschein: scharlachrot, gelb, violett. Es ist schon seltsam, sinnierte Ballista, dass diese abstrakten Muster bedrohlicher wirkten als die wilden Tiere. Aber ein Bär war einfach nur ein Bär, doch wer im römischen Heer vermochte schon zu sagen, welche Mächte und Schrecken die merkwürdigen Symbole darstellten?

Die Sassaniden kamen immer näher heran. Als ihre Reiterei die Bodenwelle überwand, konnte man auch einzelne Krieger ausmachen. Inzwischen waren sie keine tausend Schritte mehr entfernt. Ballista beobachtete sie aufmerksam. Er konnte erkennen, dass einige spitze Helme trugen und andere kegelförmige Kappen. Die Mehrheit hatte jedoch nichts auf dem Kopf. Jetzt waren sie nur noch ein paar Hundert Schritte weit weg, und sie näherten sich in raschem Galopp. Es waren viele. Sie füllten die ganze Ebene, und das Donnern der Hufe eilte ihnen voraus.

»Ruhig, Männer!«, rief Ballista, als er hinter die Frontlinie ritt. Er hatte Viridius' zweihundert sarazenische Bogenschützen mit dreihundertfünfzig Schleuderern von Sandario verstärkt, doch die Linie war noch immer furchterregend dünn. Leichte Infanterie hielt nur selten einem entschlossenen Reiterangriff stand. Es war ein Risiko, doch Ballista wollte den Rest seiner Formation nicht schwächen. »Ruhig, Männer!«, rief er noch einmal und versuchte damit nicht nur seine Männer, sondern auch sich selbst zu beruhigen.

Auf eine Entfernung von fünfhundert Schritten konnte Ballista dann auch Einzelheiten der feindlichen Ausrüstung erkennen: bunte Farben, funkelndes Metall, Staub auf den Gesichtern und hier und da eine weiße Fessel bei den Tieren. Der Germane war erleichtert. Das waren nicht die gefürchteten, sassanidischen Clibanarii, die schrecklichen, schwer gepanzerten Männer auf ihren ebenso schwer gepanzerten Pferden. Ballistas Spiel mit ausschließlich leichter Infanterie an der Front könnte funktionieren. Bei diesen Sassaniden handelte es sich um berittene Bogenschützen, und diese Bogenschützen hatten mit Sicherheit nicht die geringste Absicht, in den Feind zu stürmen.

»Haltet die Formation, Männer! Das sind nur Bogenschützen! Die werden nicht in den Nahkampf gehen!«

Ballista ritt an Acilius Glabrio vorbei, der links von ihm die

Spitze der zentralen Kolonne bildete, der Kavallerie. »Sie werden nicht angreifen. Überlasst sie unserer Infanterie. Haltet die Formation!«, rief Ballista. Der junge Patrizier zeigte keinerlei Reaktion.

Ballista ritt weiter und sprach den Männern der Frontlinie im Vorbeireiten Mut zu. Dann und wann beugte sich Demetrius vor und flüsterte seinem Herrn ins Ohr, der daraufhin einen niederen Offizier oder ein, zwei einfache Soldaten beim Namen rief.

»Keine Angst, Dominus. Diese Ostlinge haben nicht die Eier, sich uns zu stellen!«, rief ein alter Schleuderer.

»Wohl wahr, Comilitio, und es sind nur leichte Reiter. Gegen Stahl können die nichts ausrichten«, erwiderte Ballista. Er fügte allerdings nicht hinzu: *Aber die Clibanarii, die schweren Reiter, sind irgendwo da draußen, versteckt in der Staubwolke. Dort warten sie mit langen Lanzen in der Hand und Mord im Herzen, und* die, *Kamerad, sind wahrlich furchtbar.*

Ballista trieb sein Pferd zu einem leichten Galopp an. Die anderen folgten ihm: Maximus, Calgacus, Demetrius, der Standartenträger mit Namen Bargas, ein Trompeter und zehn Equites Singulares. Der große weiße Draco flatterte über ihren Köpfen. Bevor die Angreifer in Reichweite kamen, hatte Ballista eigentlich mit Sandario auf der äußersten Linken sprechen wollen, doch nun war offensichtlich, dass das nicht passieren würde.

Ballista war noch ein ganzes Stück weit entfernt, als er sah, wie Sandario das Signal gab. Trompeten ertönten, Schleudern surrten, und die ersten Geschosse flogen in Richtung Feind. Ein, zwei Momente später ertönten auch die römischen Trompeten hinter Ballista. Er drehte sich im Sattel um und sah, wie Viridius' Männer schossen. Bogenschützen zu Fuß hatten eine höhere Reichweite als die zu Pferd, und die Schleuderer übertrafen beide. Eine kurze Zeit lang befanden sich die Römer in der göttlichen Position, töten zu können, ohne selbst in Gefahr zu geraten. Da er problemlos über die Infanterie hinwegschauen konnte, sah Ballista nun auch, welche Wirkung der Geschosshagel auf die Sassaniden hatte. Männer wurden aus ihren Sätteln geworfen, und Pferde gingen in mächtigen Staubwolken zu Boden. Aber es waren bei Weitem nicht genug, um den Angriff zu stoppen.

Der helle Tag verdunkelte sich, und ein Hagel von persischen Pfeilen regnete auf die Römer hinab. Überall brüllten Männer vor Wut oder schrien vor Schmerz. Ballista spürte, wie ein Pfeil an seinem Mantel riss, und er sah die Funken eines weiteren, der am Panzer seines Pferdes abprallte. Er gab ein Signal und ließ seine kleine Kolonne in die Richtung wenden, aus der sie gekommen war. Alle fühlten sich besser, wenn sie dem Feind die linke Seite zukehren konnten, denn da trugen sie ihre Schilde. Wie um diese Aussage zu bestätigen, wurde Ballista im Sattel zur Seite geworfen, als ein Pfeil in seinen Schild schlug. Sofort zog er sich an den Sattelhörnern wieder aufrecht. Die bunten Federn des Pfeils zitterten bei der Bewegung. Die eiserne Spitze steckte tief im Holz.

Ballista war völlig ruhig, ein Zustand, der ihn in der Schlacht manchmal überkam. Er befand sich mitten im Auge des Sturms und schaute über die Köpfe seines Fußvolks hinweg, um zu sehen, wie sich der Kampf entwickelte. Männer fielen auf beiden Seiten, denn beide Seiten trugen keine schweren Rüstungen. Zahlenmäßig waren die Sassaniden überlegen, doch dank des aufgewirbelten Staubs konnte man nicht erkennen, wie sehr. Mit ihren Pferden boten die Sassaniden allerdings das größere Ziel, andererseits bewegten sie sich auch schneller.

Während Ballista zuschaute, vollzog die vordere Reihe der Sassaniden, die keine dreißig Schritte mehr entfernt war, eine Wendung nach rechts und ritt davon. Doch noch im Rückzug schossen sie weiter über die Hintern ihrer Pferde hinweg. Das war der berühmte »Parthische Schuss«. Die nächste Reihe und die danach vollführten das gleiche Manöver. Noch immer regnete es Pfeile, doch dann, plötzlich, galoppierte die ganze Streitmacht davon.

Lärm hallte zu Ballista. Er kam von weiter vorn, aus der Nähe des römischen Zentrums. Ein paar Sekunden lang konnte Ballista einfach nicht glauben, was er da sah. Da war Acilius Glabrio in Scharlachrot und Gold. Die Standartenträger und Musiker folgten ihm, und ihnen wiederum folgte die Kavalleriekolonne. Die schweren Reiter der Equites Primi Catafractarii Parthi stürmten mitten durch die leichte, römische Infanterie hindurch. Schleuderer sprangen panisch aus dem Weg. Ein, zwei waren jedoch zu langsam und wurden schlicht über den Haufen geritten. Mit wehendem Paludamentum führte Acilius Glabrio seine Männer zu einem Sturmangriff gegen die leichte Reiterei der Sassaniden.

Du Narr! Die fliehen nicht. Das ist schlicht ihre Art. Jeden Augenblick machen sie wieder kehrt.

Ballista war nicht sicher, ob er das laut gerufen hatte oder nicht. In jedem Fall galoppierte er zu der Stelle, wo immer mehr gepanzerte Reiter aus der römischen Formation strömten. Ballista drehte sich im Sattel um. Sein Gefolge war noch immer bei ihm: Maximus, Calgacus, Demetrius und die anderen. Gut. Ballista rief dem Trompeter zu, zum Sammeln zu blasen. Im hinteren Teil der Kolonne zügelten einige Reiter schon ihre Pferde.

Ballista ritt mitten in die vorstürmenden Catafractarii. Schmerzhaft prallte er mit dem Knie in das eines Reitersoldaten. Wütend wirbelte der Mann herum, doch dann erkannte er seinen General, und seine Kampfeslust war verflogen. Ballista packte die Zügel des Mannes und trieb die beiden Pferde weiter in die vier Mann breite Kolonne hinein. Sofort blieben die hinteren Reiter stehen.

Ballista richtete sich im Sattel auf und schaute sich um. Er hatte es zumindest geschafft zu verhindern, dass sich einhundert Mann der Equites I Parthi aus dem Heer lösten. Doch der Rest der Einheit, gut zweihundert Mann, stürmte über die Ebene.

»Scheiße«, knurrte Maximus. »Scheiße, Scheiße, Scheiße …«

Ballista rief einen Decurio zu sich, und Demetrius flüsterte ihm den Namen des Mannes ins Ohr. »Lappius«, begann Ballista, »hiermit übergebe ich dir vorläufig das Kommando über die Equites I Parthi, die noch hier beim Heer sind. Bring Ordnung in deinen Haufen. Die Männer sollen sich dicht beieinander aufstellen, Knie an Knie, in Zweierreihe und mit der rechten Flanke zum Fluss. Haltet diese Position. Und ihr macht keinen Schritt nach vorn, nicht ohne einen direkten Befehl von mir.« Der Decurio zögerte keine Sekunde. Er salutierte und bellte die entsprechenden Befehle.

Ballista starrte auf die Ebene und beobachtete, wie der Rest der Equites I Parthi ihrem Schicksal entgegenstürmte. Sie waren bereits gut zweihundert Schritte entfernt, und natürlich wichen die Perser vor ihnen zurück. Doch jetzt ließen sich einige der berittenen Bogenschützen zurückfallen und ritten in ihre Flanken. In einem klassischen Manöver lockten die Perser die Römer immer tiefer in ihre Reihen hinein, während sie gleichzeitig um sie herumströmten wie Wasser.

Ballista sprach schnell, aber deutlich mit einem Boten. »Sag Mucapor, er soll die Equites Singulares nach vorn bringen. Sie sollen sich in Zweierreihen aufstellen, hundert Mann breit, in offener Formation mit je einer Pferdelänge Abstand zwischen den Reitern. Dann soll die ganze Reihe zu mir aufrücken.«

Der Bote galoppierte davon. Ballista schaute wieder zur Ebene. Der größte Teil der Equites I Parthi galoppierte noch immer hinter Acilius Glabrio her, doch jetzt glich ihre Formation mehr dem Schweif eines Kometen. Dank ihrer schwer gepanzerten Reiter und dem Gewicht der eigenen Rüstung waren die Pferde mit Sicherheit schon erschöpft. Im hinteren Teil der Formation wurden die ersten Reiter bereits langsamer, und ein, zwei hatten angehalten und wendeten ihre Pferde zur Rückkehr.

Das Rasseln von Zaumzeug, das Scharren von Hufen und das Bellen von Befehlen verrieten Ballista, dass seine Leibgarde, die Equites Singulares, seinem Befehl folgten und hinter ihm Position bezogen. Er drehte sich jedoch nicht zu ihnen um, sondern schaute weiter auf die Ebene hinaus.

Die Hauptstreitmacht der römischen Reiter hatte angehalten. Ballista sah die Standarten über ihren Köpfen. Sie waren gut vierhundert Schritte entfernt, und die Sassaniden schlossen den Ring um sie. Da waren isolierte römische Soldaten auf der Ebene, und selbst die leichte Reiterei der Sassaniden ging in den Nahkampf, wenn sie sich im Vorteil sah. Einer nach dem anderen wurden die isolierten, römischen Reiter von der schieren Überzahl ihrer Gegner erdrückt. Die Falle schnappte zu, und wenige Augenblicke später gab es kein Zurück mehr für Acilius Glabrios Männer. Von allen Seiten prasselten Pfeile auf sie nieder.

Kümmere dich nicht um den Bastard, sagte eine Stimme in Ballistas Kopf. *Die Ratte hat jemanden angeheuert, um dich zu töten. Lass den Bastard sterben. Das ist seine eigene Schuld.*

Mucapor ritt neben Ballista, salutierte und wartete auf Befehle.

Aber wenn ich den Bastard sterben lasse, lasse ich auch die anderen sterben …

Ballista erwiderte den Gruß. »Mucapor, du übernimmst die hundert Mann der Leibgarde rechts und ich die hundert links. Wir werden getrennt vorrücken und die sassanidischen Schützen vor uns hertreiben, bis wir in die Flanke der Reiter gekommen sind, die den Legaten Acilius Glabrio und seine Männer eingeschlossen haben. Dann, während die Reste der Equites I Parthi zurück zum Heer fliehen, werden wir uns geordnet zurückziehen, Reihe um Reihe, sodass immer eine Reihe zum Feind steht.« Ballista hielt kurz inne und wartete auf Fragen. Es gab keine. »Der Fluss sollte unsere rechte Flanke schützen.« Dann erteilte Ballista Sandario den Befehl, die linke Flanke mit seinen Schleuderern zu sichern.

Ballista deutete auf die Stelle, wo die Einheit sich aufteilen sollte. Er und Mucapor trotteten in entgegengesetzter Richtung davon und nahmen ihre Positionen an der Spitze ihrer jeweiligen Männer ein. Dort angekommen, verschwendete Ballista keine Zeit und gab das Signal zum Angriff.

Sie rückten langsam vor, zuerst im Schritt, dann im leichten Trab. Ballista schaute zu seinen Männern zurück. Es war von essenzieller Bedeutung, dass sie die Formation hielten. Dann blickte er zu den berittenen Bogenschützen der Perser. Doch größtenteils galt seine Aufmerksamkeit der Staubwolke, die noch immer über der Ebene hing. Irgendwo dort hinten befanden sich die sassanidischen Clibanarii, die furchterregende schwere Reiterei, die seine kleine Streitmacht einfach so hinwegfegen konnte.

Das ist Wahnsinn, dachte Ballista. *Ich riskiere das gesamte Heer für die minimale Chance, ein paar Hundert Männer und den Mann zu retten, der vermutlich einen Meuchelmörder angeheuert hat, um mich zu töten.*

Es war nur natürlich, dass sich die leichte persische Reiterei vor den schweren Reitern der Römer zurückzogen. Ein paar von ihnen täuschten einen Angriff vor, schossen ein, zwei Pfeile, verschwanden dann aber wieder. Als Ballista das Zeichen gab, anzuhalten, sah er, dass die Überlebenden von Acilius Glabrios Einheit zum Heer zurückströmten. Einige von ihnen waren zu Fuß und hatten ihre Waffen und Rüstungen weggeworfen, um schneller laufen zu können. Den jungen Patrizier sah Ballista jedoch nicht.

Ballista wartete kurz. Die Perser sammelten sich außer Bogenschussweite. Ballista befahl den Rückzug. Die vordere Reihe seiner Männer wendete nach rechts und ritt durch die zweite Reihe hindurch. Dann, nach gut fünfzig Schritten, wendete sie erneut und drehte sich wieder zum Feind. Jetzt wendete die andere Reihe und wiederholte das Manöver. So ging das immer weiter, und Ballista und sein direktes Gefolge achteten stets darauf, bei der Reihe zu bleiben, die dem Feind am nächsten war.

Es dauerte nicht lange, und die Pferdeschützen waren wieder zurück, galoppierten um die Fersen von Ballistas Männern herum und schossen unzählige Pfeile aus kurzem Abstand. Trotz ihrer schweren Rüstungen wurden sowohl Männer als auch Pferde der Equites Singulares verwundet, und einige fielen sogar. Ein Reiter prallte gegen Ballistas Pferd. Ballista drehte sich um, um ihn zu verfluchen, erkannte jedoch, dass das sinnlos war. Der Mann war tot. Nur die Sattelhörner hielten ihn noch auf seinem Pferd. Zwei Pfeile steckten in seinem Gesicht. Als das Pferd ihn forttrug, tanzten die Schäfte wie die groteske Parodie einer Panflöte.

Ballista schaute zum römischen Heer zurück. Es war noch immer dreihundert Schritte entfernt. Das würden verdammt weite dreihundert Schritte werden. Dann schaute er nach Süden zu den Persern. Einen Augenblick lang teilte sich die Staubwolke, und kurz sah er das, was er am wenigsten sehen wollte. Funkelnd im Sonnenlicht kam dort eine Armee von lebendenden Statuen, die schwere Reiterei der Sassaniden, die Clibanarii.

Doch beinahe sofort verschluckte der Staub sie wieder. Wie weit waren sie entfernt? Ballista wusste es nicht. Er hatte allerdings Einzelheiten an ihren Mänteln erkennen können, und das hieß, dass sie mindestens auf fünfhundert Schritte herangekommen waren, vielleicht auch mehr. Dieser geordnete Rückzug würde nicht funktionieren. Die Clibanarii würden sie überrennen, bevor sie das Heer erreichten, und dann, ohne organisierte Streitmacht an der Front, würde auch das Heer selbst fallen.

Ballista winkte aufgeregt nach einem Boten. »Reite zu Legat Aurelian bei der Infanterie. Reite so schnell, wie du noch nie geritten bist. Sag ihm, ich will, dass er seine fünfhundert Legionäre nach vorn bringt. Ich will sie in fünf Centurien sehen. Sie sollen aber genug Platz für unsere Kavallerie lassen. Sobald meine Männer durch sind, sollen die hinteren Einheiten die Lücken schließen und so eine einheitliche Front bilden. Sie sollen sich darauf vorbereiten, einen Schildwall zu bilden, um einen Reiterangriff abzuwehren. Hast du alles verstanden? Gut. Dann los!«

Der Bote verschwand nach Norden. Für Ballista kroch die Zeit förmlich dahin. Auf sein Signal hin wendete die Kavalleriereihe, die dem Feind am nächsten war, und folgte ihm im Galopp. Die Sassaniden stürmten ihnen heulend und kreischend hinterher. Ihre aus allernächster Nähe abgeschossenen Pfeile zischten an den Rücken der Reiter vorbei. Es waren jedoch so viele, dass einige von ihnen unweigerlich eine ungeschützte Stelle fanden oder sogar die Rüstung durchschlugen. Männer und Pferde schrien, fielen und wanden sich im Staub. Die Römer ritten durch die zweite Reihe, und die Sassaniden zügelten ihre Pferde ein wenig.

Ballista schaute zum römischen Heer. Von Aurelians Legionären war noch nichts zu sehen. Dann blickte er wieder zu den Sassaniden zurück. Dort gab es jedoch nichts zu sehen außer den noch immer umherwirbelnden, berittenen Bogenschützen und der Staubwolke. Von den gefürchteten Clibanarii keine Spur.

Erneut gab Ballista das Signal, und die Reihe, die nun dem Feind am nächsten war, wendete und galoppierte weg. Und wieder stürmten die Sassaniden vor, schossen, und Männer und Pferde stürzten schreiend in den Staub. Diese ständige Wiederholung hatte etwas Albtraumhaftes an sich, diese quälend langsame Flucht vor der schrecklichen Bedrohung, die Ballista zwar nicht sehen konnte, doch von der er wusste, dass sie nicht nur da war, sondern näher kam.

Ein Pfeil schlug in Ballistas Schild. Die Federn waren scharlachrot gefärbt. Tatsächlich stellte er überrascht fest, dass bereits drei weitere Pfeile in seinem Schild steckten.

Von der Ruhe, die er zu Beginn des Kampfes empfunden hatte, war nichts mehr übrig geblieben. Er agierte nur noch wie in Trance. Er riss sich zusammen und schaute zum Heer. Endlich. Da waren sie. Er konnte Aurelians Legionäre deutlich sehen. Sie waren noch gut zweihundert Schritte entfernt und liefen vor das Heer.

Ballista drehte sich noch einmal zu den Sassaniden um. Es gab noch immer nichts zu sehen außer Bogenschützen und Staub. Er gab das Signal, und die vordere Reihe der Equites Singulares folgte ihm. Doch irgendetwas hatte sich verändert. Noch immer regneten Pfeile auf sie herab, doch es waren bei Weitem nicht mehr so viele, und sie wurden auch nicht mehr so nah abgeschossen. Ballista drehte sich im Sattel um. Berittene Bogenschützen und Staub, mehr nicht. Beinahe beiläufig wehrte er einen Pfeil mit seinem Schild ab. Die persischen Reiter galoppierten weg vom Euphrat und in Richtung Osten. Unten am Ufer waren schon keine mehr. Gedankenverloren bemerkte Ballista die kleinen Galeeren auf dem Fluss, und er sah die Pfeilkatapulte, deren Geschosse den Persern hinterherjagten. *Ich darf nicht vergessen, Turpio für seine Initiative zu loben.* Ballista winkte den Trompeter und Bargas, den Standartenträger, zu sich. *Wenn ich den alten Sack denn noch mal sehe, heißt das.* Er schaute zum römischen Heer. Es war noch gut einhundertfünfzig Schritte entfernt, Aurelians Männer aber noch nicht ganz in Position, doch das war nicht zu ändern. Ballista musste handeln, und er gab den Befehl: »Rückzug! Jeder für sich!«

Es dauert eine Weile, bis ein gepanzertes Pferd seine maximale Geschwindigkeit erreicht, aber Angst überträgt sich schnell vom Menschen auf das Tier. So dauerte es nicht ganz so lange, und die Equites Singulares unter Mucapor sowie die unter Ballista flogen im gestreckten Galopp über die Ebene. Die Männer lagen auf den Hälsen ihrer Tiere. Die Pferde blähten die Nüstern, und Schaum flog ihnen aus dem Maul. Sie ritten so schnell sie konnten.

Ballista schaute über die Schulter zurück. Die berittenen Bogenschützen waren verschwunden. Jetzt galoppierten sie im Nordosten um die Flanke des römischen Heeres herum, und an ihrer Stelle waren die Clibanarii erschienen. Sie waren keine hundert Schritte mehr entfernt, eine Wand aus Stahl, Bronze, Leder und Horn, so weit das Auge sehen konnte. Die Erde bebte unter den Hufen ihrer Pferde, die Luft über ihnen war bunt von ihren Bannern, und ihre Lanzenspitzen funkelten wie die Sterne.

Ballista ritt schnell, trieb sein Pferd aber nicht bis an seine Grenzen. Er fühlte sich noch verhältnismäßig sicher. Die Sassaniden mussten ihre Formation halten. Sie konnten den fliehenden Römern nicht mit voller Geschwindigkeit hinterherjagen. Das sollte funktionieren.

Ballistas Pferd sprang um ein paar Büsche herum. Neben und hinter sich hörte Ballista so etwas wie ein Wimmern. Demetrius hing nur noch halb auf seinem Pferd und klammerte sich verzweifelt an dessen Hals. Demetrius war kein Reiter, und so war er aus dem Sattel gerutscht. Noch während Ballista zuschaute, entglitt dem griechischen Jüngling der Hals seines Pferdes, und er fiel auf den harten, staubigen Boden. Ohne nachzudenken, zügelte Ballista sein Tier, schnappte sich die Zügel von Demetrius' Pferd und kehrte um. Der Junge stand wieder und plapperte panisch, als Ballista ihm das Pferd brachte. Der griechische Jüngling schaute über die Schulter, sah die angreifenden Clibanarii und sprang auf sein Tier. Er verschätzte sich jedoch total und fiel auf der anderen Seite wieder hinunter.

»Ganz ruhig. Wir haben Zeit genug«, versuchte Ballista ihn zu beruhigen. Er schaute zu den Persern. Die stählernen Visiere mit den schmalen Sehschlitzen ließen die Clibanarii geradezu unmenschlich wirken.

Demetrius versuchte es erneut. Er kam halb hoch, blieb dann aber hängen und rutschte schließlich wieder ab. »Noch mal«, drängte Ballista. Die Clibanarii waren nicht mehr weit weg. Der Germane staunte über die kalte Schönheit eines persischen Visiers, das einem Gesicht glich. Es erinnerte ihn an den Reiter in der Gasse in Antiochia. Allerdings versuchte hier nicht nur ein Mann, ihn zu töten, sondern eine ganze Heerschar.

In einer Staubwolke zügelte Maximus sein Tier neben ihnen. Er schwang das rechte Bein über den Hals des Pferdes und sprang wie eine Katze auf den Boden. Dann packte er den griechischen Jüngling am Kragen und warf ihn in den Sattel. Mit einem Zwinkern saß Maximus wieder auf und galoppierte davon. Einen Herzschlag später zwängten sie sich durch die schmale Lücke in der Formation der Legionäre und hielten an. Ihre Pferde schnappten röchelnd nach Luft. Sie hörten, wie die großen roten Schilde der Legio IIII Scythica aneinanderschlugen und die Legionäre die Speere senkten. Keine Reiterei der Welt würde in solch einen Schildwall stürmen.

Sie waren in Sicherheit.

XI

Maximus trat aus den dunklen Schatten des Zelts. Der Mond stand groß und hell am Himmel. Trotzdem war es leicht, einem Mann zu folgen, ohne dass er es bemerkt. Viel hängt von der Umgebung ab. Ein Heerlager ist ein guter Ort dafür: Zeltreihen, Pferdekoppeln, Kistenstapel. Und ständig wandern Männer durch solch ein Lager, einige davon betrunken. Viel mehr hängt jedoch davon ab, ob der Verfolgte ahnt, dass er verfolgt wird oder nicht.

Inzwischen waren sie unten am Fluss. Die Lastkähne waren in Dreierreihen festgemacht und schlugen in der Strömung immer wieder aneinander. Weiter vorn, an der Palisade, hörte Maximus einen Wachposten das Passwort rufen – *disciplina* – und die Antwort – *gloria*. Maximus wartete kurz. Dann folgte er seinem Ziel wieder. Der Ruf *disciplina* und die Antwort *gloria*, und er war draußen.

Außerhalb des Lagers war alles anders. Still und leer. Die große Ebene erstreckte sich im Mondschein zwei, drei Meilen weit bis zu den funkelnden Lagerfeuern der Perser. Rechts von Maximus befand sich der Fluss, das Wasser schwarz und ölig. Am Ufer entlang hatte man vor der Palisade das Unterholz auf fünfzig Schritten Länge weggeschnitten. Dahinter folgte ein kleines Pappelwäldchen mit Schilf, das bis zum Wasser reichte. Im hellen Mondlicht waren die Schatten unter den Bäumen tiefschwarz.

Leise schlich Maximus zu den Bäumen. Kurz hielt er im Zwielicht an und wartete, bis sich seine Augen daran gewöhnt hatten. Er atmete kaum noch. Zuerst war alles absolut still, doch dann hörte er die normalen Geräusche der Nacht: Rascheln und Quieken, Laute, die von Leben und Tod kleiner Kreaturen kündeten. Langsam und vorsichtig ging er tiefer in den Wald hinein und hielt nach Spuren des Mannes Ausschau. Er war noch nicht weit gegangen, als er ihn unten am Wasser sah. Reglos saß er auf einem umgestürzten Baumstamm. Maximus schlich sich um ihn herum, sodass er schließlich zwischen seinem Ziel und dem Lager der Sassaniden war.

»Hör auf, so herumzuschleichen, und setz dich zu mir«, sagte Ballista.

Maximus zuckte leicht zusammen, schaute sich vorsichtig um und tat, wie ihm geheißen. Er kam sich irgendwie dumm vor.

Schweigend saßen die beiden Männer eine Zeit lang beisammen, betrachteten den Fluss und lauschten dem Rascheln des Schilfs.

»Ich habe mich gefragt: Warum schleicht der berühmte Dux Ripae allein durch die Nacht?« Maximus schaute weiter auf den Fluss hinaus. »Natürlich könnte er wieder vom Geist des verstorbenen und von wirklich niemandem beweintem Kaisers Gaius Iulius Verus Maximinus Thrax heimgesucht worden sein.«

Maximus beobachtete, wie sich sein Dominus und Freund versteifte und umschaute, ob ihnen auch ja niemand zuhörte. Abgesehen von Ballista wussten nur drei Leute – seine Frau, Calgacus und eben Maximus –, dass dem Dux Ripae im Schlaf bisweilen der schon lange verstorbene und von allen gehasste Kaiser erschien, den man Maximinus den Thraker genannt hatte. Und er war gestorben, weil ein sechzehnjähriger Ballista, der den Treueeid auf ihn geschworen hatte, ihn in seinem eigenen Zelt ermordet hatte, statt ihn zu beschützen.

»Nein, den Göttern der Unterwelt sei Dank, ich habe den Bastard schon seit der Nacht vor dem Fall von Arete nicht mehr gesehen.«

Wieder schwiegen sie. Maximus war sicher, dass sein Freund an jenen Sommertag vor den Mauern von Aquileia zurückdachte, als die Meuterer über den toten Kaiser hergefallen waren und seinen Leichnam geschändet hatten. Ein Begräbnis hatten sie ihm verweigert, auf dass der Dämon von Maximinus Thrax dazu verdammt war, auf ewig über die Erde zu wandern und unsägliche Qualen zu erdulden und den Mann heimzusuchen, der ihn getötet hatte. Wortlos holte der Hibernianer ein Stück luftgetrocknetes Rindfleisch aus der Tasche und reichte es Ballista. Ballista nahm es und begann zu kauen.

»Es hätte gestern schlechter laufen können.« Maximus erhielt keine Antwort. Also fuhr er fort: »Zugegeben, dein Mann Glabrio hat gut fünfzig von seinen Männern in den Tod geführt, und deine Equites Singulares haben fast genauso viele verloren, als sie den dämlichen Bastard gerettet haben. Aber es hätte noch viel schlimmer kommen können. Und es ist gut, dass Nigers Wunde nicht allzu schlimm ist. Dein junger Patrizier hätte seine Dummheit vielleicht gar nicht begehen können, hätte der Kommandant der Equites I Parthi nicht einen Pfeil in den Arm bekommen.« Er gab Ballista ein weiteres Stück Fleisch und lächelte. »Es war gut, den Offizieren zu befehlen, ihre Ersatzpferde den Soldaten zu geben, die ihr Tier verloren haben, sehr gut sogar.«

»Hm«, grunzte Ballista.

»Und unser junger Patrizier hat sich heute sogar gut benommen. Den ganzen Tag über haben uns die Echsen heimgesucht, sind wie die Irren um uns herumgaloppiert, haben ihre Pfeile auf uns herabregnen lassen und sind wieder geflohen, und all die Zeit hat sich unser hübscher junger Edelmann nicht gerührt.«

»Glaubst du, dass er den Meuchelmörder angeheuert hat?«, fragte Ballista.

»Ah, ich weiß nicht, aber ich bezweifle es. Wahrscheinlicher ist, dass einer der Jungs von Macrianus dafür verantwortlich war oder diese Boraner, die du dir ja auch zum Feind gemacht hast.« Tatsächlich hielt Maximus Acilius Glabrio für den Täter, aber wie viele andere im Heer auch fürchtete er sich davor, was passieren würde, sollten sein Dominus und der römische Patrizier offen aneinandergeraten.

Eine Zeit lang saßen sie noch schweigend beisammen. So nahe am Wasser roch es stark nach Schlamm und verrottendem Schilf.

Schließlich war es Maximus, der wieder das Wort ergriff. »Die Briefe – da muss etwas in den Briefen gestanden haben, was dich einfach nicht in Ruhe lässt.«

Früher an diesem Nachmittag, kurz nachdem das Heer begonnen hatte, das Marschlager zu errichten, war ein kleines Kurierboot aus Zeugma im Norden gekommen. Maximus hatte keine Post bekommen. Er bekam nie welche. Die paar Leute, die ihm eine Nachricht hätten zukommen lassen, konnten nicht schreiben. Ohne Eifersucht hatte der Hibernianer jedoch beobachtet, wie Ballista gleich zwei Bündel Briefe entgegengenommen hatte. Auf einem Bündel hatte das purpurrote Siegel des Kaisers geprangt, auf dem anderen ein Eros, der ein Pfeilgeschütz spannte.

»Nein«, erwiderte Ballista. »Ich habe nichts dagegen, die Befehle von Valerian Augustus auszuführen, Pius, Felix, Pontifex Maximus, und allen im Heer zu befehlen, den *natürlichen* Göttern zu opfern, wie er es nennt.« Er hob die Hand, um Maximus zuvorzukommen. »Natürlich«, fuhr er fort, »ist das gegen die Christen gerichtet. Jeder, der nicht opfert, soll sich in ein ›seelisches Exil‹ begeben, und sollten der- oder diejenigen sich trotzdem weiterhin ›an Orten, die als Friedhöfe bekannt sind‹ versammeln, so sind sie hinzurichten. Nun, wer außer den Anhängern des gekreuzigten Gottes nennt eine Nekropole ›Friedhof‹?«

»Das habe ich nicht gemeint. Ich habe …« Wieder fiel Ballista Maximus ins Wort.

»Ich bezweifle, dass wir viele Christen hier beim Heer haben. Nach allem, was ich über sie weiß, ist das Soldatenleben nicht nach ihrem Geschmack. Jeden Morgen die Anbetung der Standarten und all die anderen offiziellen Opfer: *an Königin Juno eine Kuh und dem göttlichen Hadrian einen Ochsen* und so weiter. Ich glaube, einen hartnäckigen Christen könnte man nie überzeugen, irgendetwas davon zu tun. Und dann ist da auch noch ihre Friedensliebe. Ihr Gott hat ihnen befohlen, nicht zu töten.«

»Quatsch! Das kann doch nicht wahr sein.«

»Nun, in Antiochia habe ich einem von ihnen zugehört. Er hat in dieser Straße gepredigt, die man ›den Kiefer‹ nennt – da scheint es von ihnen nur so zu wimmeln –, und da ging es genau um das: *Du sollst nicht töten*.«

»*Du sollst nicht töten?* Leck mich! Das ist die Lehre einer Religion ohne Zukunft.« Maximus war froh, dass Ballista redete, auch wenn er dem geflissentlich aus dem Weg ging, was ihn wirklich umtrieb.

»Wie auch immer, ich denke, ich werde den Befehl erst umsetzen, wenn die Sache mit den sassanidischen Echsen vorbei ist, egal wie. Man weiß ja nie. Wenn ich direkt befehlen sollte, den *natürlichen* Göttern zu opfern, könnten heimliche Christen unter den Männern ihre Prinzipien wiederentdecken. Ist dir eigentlich schon mal aufgefallen, wie Soldaten mit ihren Göttern umgehen? Mal erinnern sie sich an die Prinzipien ihrer Religion und dann wieder nicht. Und diese Arroganz der Römer! Ihre Götter sind schlicht die *natürlichen*.«

»Man muss zugeben, dass sie auch wesentlich näher an den Göttern sind, die du und ich in unserer Jugend angebetet haben, als dieser gekreuzigte Verbrecher«, bemerkte Maximus.

»Nun, Wodan, der Allvater, hat sich auch neun Tage lang an einen Baum hängen lassen.«

»Ich habe übrigens von dem anderen Brief gesprochen, dem von deiner Frau.«

Ballista grinste. Seine Zähne schimmerten weiß im Zwielicht, aber er schwieg.

»Alles in Ordnung daheim? Geht es dem Jungen gut?«

»Ja, Isangrim geht es gut.«

»Und der Domina?«

»Ihr auch.«

»Bei den Göttern der Unterwelt, Mann, du glaubst doch nicht etwa, dass da ein anderer Kerl in deinem Stall wildert?«

Ballista lachte leise. »Im Stall wildern? Wirklich nett ausgedrückt, aber nein. Das glaube ich nicht.«

Eine Zeit lang schwiegen sie wieder, und diesmal war es ein freundschaftlicheres, glücklicheres Schweigen.

Dann war es Ballista, der wieder das Wort ergriff. »Es ist eigentlich nichts Konkretes. Ich nehme an, ich vermisse sie einfach. Doch andererseits, wenn ich beginne, sie zu vermissen, wenn ich bei ihnen sein will, dann frage ich mich unwillkürlich, *wo* ich mit ihnen beisammen sein will. In der Villa auf Sizilien oder im Norden, in den Hallen meiner Väter?«

»Ich will gar nicht erst so tun, als würde ich das verstehen. Du hast ein marmornes Heim auf einer wunderschönen Insel unter der Sonne des Südens, und doch willst du zurück in eine verdreckte Schlammhütte in einem öden, eisigen Wald im Norden.« Maximus schüttelte in gespielter Traurigkeit den Kopf. »Die Welt ist voller Mädchen und Frauen in allen Formen und Größen, und fast alle von ihnen sind willig, einige sogar dankbar, und den wenigen Widerspenstigen muss man einfach nur zeigen, was sie verpassen, und du bleibst bei nur einer.«

Von irgendwoher holte Maximus eine Flasche hervor. Er trank und reichte sie weiter.

»Das ist weder natürlich noch gut für dich«, erklärte der Hibernianer. »Aber vermutlich hast du trotzdem eine bessere Zeit als ich.«

Ballista trank ebenfalls und schnaubte zweifelnd.

»Was habe *ich* dagegen schon?«, fuhr Maximus fort. »Abgesehen vom Kampf nur zwei Dinge: Das eine sorgt dafür, dass ich mich nahezu jeden Morgen fühle, als würde ich sterben, und das andere ist nach einer Viertelstunde vorbei.«

Ballista lachte. »Eine Viertelstunde?«

»Ich bin besser geworden.«

Die beiden Männer lachten. Ballista gab die Flasche wieder zurück und sagte, sie sollten jetzt besser schlafen gehen. Also standen sie auf und kehrten im Mondlicht zurück.

Schon als sich das Heer aus dem Lager schlängelte, fühlte Ballista, dass es ein heißer Tag werden würde. Heute würde es sich entscheiden. Ballistas Mission war es, die sassanidische Belagerung von Circesium zu durchbrechen, und wenn nicht noch eine Katastrophe dazwischenkam, dann würden sie die Stadt heute erreichen. Wenn er die Stadt betrat, würden die Sassaniden abziehen, doch das reichte nicht. Sobald Ballista und sein Heer wieder abrückten, würden die Sassaniden zurückkehren und Circesium erneut belagern. Er musste die Ostlinge im Feld besiegen. Aber mit einem infanteriebasierten Heer wie seinem war es schon schwer, eine Reiterhorde überhaupt zum Kampf zu zwingen. Außerdem musste er sie auf ein Schlachtfeld locken, wo die Reiter ihre Vorteile nicht ausspielen konnten, und der einzige Ort, auf den das zutraf, befand sich direkt vor den Mauern von Circesium. Die Stadt lag auf einer Landspitze am Zusammenfluss des Euphrats und eines Flusses mit Namen Chaboras. Der Euphrat floss von Nordwesten nach Südosten, und der Chaboras mündete von Nordosten in ihn. Da ihr Rücken vom Euphrat geschützt wurde und die rechte Flanke von der Stadt, könnte ein direkter Angriff die persische Reiterei auf dem schmalen Streifen Land einkesseln, der zu den Ufern des Chaboras führte.

Alles hing vom richtigen Zeitpunkt und der Disziplin seiner Männer ab. Griffen sie zu früh an, würden die Sassaniden nach Nordosten fliehen. Und sollte Ballistas Heer nicht angreifen wie ein Mann, dann würden zumindest die meisten Sassaniden durch Lücken in der römischen Formation entkommen. Ein geschlossener, massiver Angriff vor den Mauern von Circesium …

Das war das Beste, was Ballista einfiel, aber er wusste, dass das nicht wirklich ein Plan war. Wenn es überhaupt funktionieren sollte, dann musste das Heer Circesium in einem Stück erreichen. Jeder Bruch in der Formation, jeder voreilige Angriff wäre tödlich. Und die Formation war beängstigend dünn. Nach der Beinahe-Katastrophe mit Acilius Glabrio hatte Ballista sowohl die Front als auch die Nachhut seiner Kolonne mit fünfhundert Legionären der Legio IIII Scythica verstärkt. Damit blieben nur eintausend Mann der Legio III Felix zum Schutz der linken Flanke, und die Kampflinie war sogar noch dünner geworden. Auf dem Marsch hatten sie immer mehr Verluste erlitten.

Es war der 15. März, die Iden. Wie konnte ein Land im Frühling nur so heiß sein? Ballista blickte in den Himmel hinauf. Noch nicht einmal ein laues Lüftchen wehte auf der Ebene, doch da oben, hoch oben, zogen Wolken gen Norden. Ballista schaute ihnen hinterher. Große, schwere Wolken voller Regen. Sie hätten heute den Unterschied gemacht: ein plötzlicher Regenguss, der die Bogensehnen der Perser durchnässt und sie so in den Nahkampf zwingt. Ballista hatte zum höchsten Gott seines Volkes gebetet – *Allvater, Graubart, Zauberer, Erfüller aller Wünsche*. Doch obwohl er ein Wodangeborener war, hatte der Allvater ihn ignoriert. Die Regenwolken verschwanden nach Norden, und hinter ihnen war der Himmel klar und blau. Ballista zuckte mit den Schultern. Was sollte man auch von einem Gott erwarten, der Kriege begann, nur weil ihm das Blut kochte oder weil ihm schlicht langweilig war?

Trommeln rissen Ballistas Gedanken vom Himmel wieder auf die Erde. Die Sassaniden waren selbstbewusst. Letzte Nacht hatten sie zum ersten Mal nur knapp eine Meile entfernt ihr Lager aufgeschlagen, und an diesem Morgen waren sie weit früher aufgestanden als üblich. Während der Tau noch den Sand gehalten hatte und bevor die erstickenden Staubwolken hatten aufsteigen können, waren sie von Süden angerückt und hatten sich wie zu einem Triumphzug verteilt. Die breite Linie der Clibanarii hatte im Osten Stellung bezogen, draußen in der Wüste. Ihre Speerspitzen hatten in der Sonne gefunkelt. Ballista hatte die Reihe auf gut tausend Reiter in der Breite geschätzt und mindestens zwei tief, also insgesamt mindestens zweitausend. Die berittenen Bogenschützen wiederum hatten ihre Kreise auf der Ebene gedreht. Das machte es dem Feind schwer, ihre Zahl einzuschätzen, vielleicht irgendwas zwischen fünf- und zehntausend, womöglich auch mehr. Insgesamt hatten sie es also mit einem Heer von mindestens sieben- oder zwölftausend Reitern zu tun. Es könnten aber auch deutlich mehr sein. Das war aber auch egal. Ballista musste sie so oder so im engen Raum vor Circesium in den Nahkampf zwingen und Panik in ihren Reihen säen.

Bis jetzt deutete jedoch nichts darauf hin, dass Pan oder irgendein anderer Gott Angst in die Herzen der Sassaniden gesät hatte. Sie wirkten ausgesprochen selbstbewusst und klangen auch so. Die Pferdeschützen waren um das römische Heer herumgewirbelt und hatten es von jeder Seite außer von Westen eingeschlossen. Dort lag der Fluss. Nicht weit außer Reichweite der Schleuderer verspotteten sie die Römer, ließen ihre Pferde Kapriolen machen und beleidigten lautstark die Mütter und Töchter ihrer Feinde. Dann und wann galoppierte ein Einzelner nach vorn und rief eine Herausforderung. Wenn sich niemand aus der Formation löste, um die Herausforderung anzunehmen, ließ der Sassanide sein Pferd steigen und sich auf den Hinterbeinen drehen, bevor er wieder in der wirbelnden Masse der anderen Reiter verschwand.

Der Lärm der Ostlinge erhob sich wie eine Wand um die römische Marschkolonne – Trompeten, Trommeln, Zimbeln, das Brüllen von Männern und das Wiehern von Pferden. Ballista kamen ein paar Zeilen von Homer in den Sinn.

Die Troer zogen in Lärm und Geschrei einher, wie die Vögel:
So wie Geschrei ertönt von Kranichen unter dem Himmel.

Wie Ballista befohlen hatte, marschierten die Römer stumm weiter. Dabei war es nicht so, als wisse er den Wert von Lärm nicht zu schätzen. Nur ein Narr, der nie in der Schlacht gewesen war, würde so etwas tun. Oft konnte man den Ausgang eines Kampfes schon an der Lautstärke und Qualität des Kriegsgeschreis abschätzen. Doch seine Männer waren in der Unterzahl. Es war sinnlos, sich auf einen Wettstreit einzulassen, den sie nicht gewinnen konnten, und manchmal konnte auch eine geheimnisvolle, disziplinierte Stille den Feind in Angst versetzen und ihn demoralisieren.

Jene wandelten still, die mutbeseelten Achaier,
All' im Herzen gefasst, zu verteidigen einer den andern.

Ballistas Mund war wie ausgetrocknet. Er griff nach der Wasserflasche an seinem Sattelhorn, öffnete sie, spülte den Mund aus und spie das Wasser in den Sand. Dann hängte er die Flasche wieder zurück und vollführte gedankenverloren sein typisches Ritual vor der Schlacht: Zieh den Dolch rechts am Gürtel halb aus der Scheide und steck ihn wieder zurück. Tue das Gleiche mit dem Schwert links und berühre schließlich den heilenden Stein an der Schwertscheide.

Der Staub stieg hoch und gerade in den windstillen Morgenhimmel und verbarg die Clibanarii. Aber sie waren da. Irgendwo dort hinter den berittenen Bogenschützen warteten sie auf eine Gelegenheit, einen Moment der Unordnung, eine Lücke in der Formation, einen übereilten Angriff. Der Lärm der leichten Reiter schwoll immer mehr an.

»Ruhig, Männer. Da kommen sie.«

Ein hohes Heulen hallte durch die persischen Reihen. *Allvater, was klangen die selbstbewusst!* Wie ein Mann traten die Schützen ihren Pferden die Fersen in die Flanken. Sie nahmen rasch Geschwindigkeit auf, um so schnell wie möglich die Todeszone zu durchqueren, in der die römischen Schleuderer und Schützen zu Fuß ihnen an Reichweite überlegen waren. Ballista hörte die römischen Trompeten. Schleudern surrten und Bögen schwirrten. Ein paar Perser fielen, doch der weitaus größte Teil jagte im gestreckten Galopp weiter heran. Als sie nur noch gut hundert Schritte entfernt waren, spannten sie ihre Bögen und schossen. Persische Pfeile regneten auf die römische Kolonne hinab. Das Geräusch der heranfliegenden Geschosse hallte überall um Ballista herum. Pfeile schlugen in die festgestampfte Erde und in die hölzernen Schilde. Sie prallten von metallenen Rüstungen ab, und hier und da war auch das Geräusch von stählernen Spitzen zu hören, die in Fleisch eindrangen. Männer schrien. Ballista riss den Kopf zur Seite, als ein Pfeil an seinem Ohr vorbeizischte. Als sie bis auf knapp zwanzig Schritte herangekommen waren, wirbelten die Sassaniden herum und galoppierten davon. Dabei schossen sie noch immer über die Hintern ihrer Pferde hinweg.

Wenige Augenblicke später waren sie außer Reichweite. Sie ließen nur ein paar verdrehte Körper zurück, deren bunte Kleider mit dunklem Blut besudelt waren, das im Sand versickerte. Ballista beobachtete, wie ein Pferd sich wieder aufzurichten versuchte. Eines seiner Vorderbeine war gebrochen. Doch schließlich stand es wieder und humpelte den Persern hinterher. Er schaute zur römischen Kolonne zurück. Die Männer hatten gut reagiert. Die Legionäre schlossen ihre Reihen, und die leichte Infanterie lief herum und sammelte die verschossenen Pfeile ein. Tender halfen den Verwundeten zum Tross. Die Toten ließ man dort, wo sie gefallen waren. Wenn sie Glück hatten, würden ihre Contubernales, die Kameraden ihrer Zeltgemeinschaft, ihnen eine Münze in den Mund legen, ihnen die Augen schließen und ein wenig Erde auf sie streuen. Das war zwar nicht das, was man sich für die Reise in den Hades erhoffte, aber besser als nichts.

Wieder außer Reichweite nahmen die Sassaniden ihr Grölen und ihre Prahlerei wieder auf. Die erste Prüfung des Tages war bestanden, aber sie würden sich nicht lange erholen können. In der nächsten halben Stunde würden die Ostlinge wiederkommen.

Ballista fragte sich gedankenverloren, wie viele dieser Angriffe die Kolonne eigentlich schon überstanden hatte. Sie hatten die Iden des März, den fünfzehnten Tag des Monats. Seit Acilius Glabrios beinahe katastrophalem Angriff waren sechs Tage vergangen. Sechs Tage Marsch unter einer heißen Sonne, die Geister des Todes stets nah. Sechs Tage mit einer Angriffswelle nach der anderen.

»Sie sind wieder da!«, rief Maximus.

Mit donnernden Hufen stürmten die persischen Schützen vor. Ihre Schatten flackerten weit vor ihnen. Die Sonne stand immer noch tief. *Allvater, das kann doch erst die zweite Stunde des Tages sein*, dachte Ballista. Wieder ging ein Pfeilhagel auf die römische Kolonne nieder, und wieder ertönte dieser unmenschliche Lärm.

Instinktiv fing Ballista einen Pfeil mit seinem Schild ab. Er spürte den Einschlag bis in den Oberarm hinauf. Dann sah er, wie ein Pfeil an Maximus' Helm abprallte. Er schaute über die Schulter zurück, um sicherzugehen, dass Calgacus und Demetrius in Sicherheit waren, und versuchte, den griechischen Jüngling mit einem Lächeln zu beruhigen. Plötzlich erschien Albinus vor ihm.

»Du solltest besser nach vorn kommen.«

Ballista nickte und winkte seinem Gefolge, ihn zu begleiten. Während sie zwischen der Infanterie- und Kavalleriekolonne hindurchgaloppierten, überlegte Ballista, was wichtig genug war, dass der Kommandeur der Equites III Palmirenorum ihn persönlich zu sich nach vorn bat. Der Druck war hinten weit größer als vorne.

Deshalb rotierte Ballista auch die jeweiligen Einheiten, und Albinus hatte sich auf beiden Posten als ruhig und fähig bewährt. Ballista hatte ein ungutes Gefühl.

Als sie die Front der Kolonne erreichten, spähte Ballista ein paar Sekunden hinter seinem Schild hervor. Er sah nichts Unerwartetes: heranfliegende Pfeile, Perser und Staub. Kurz duckte er sich hinter den Schild, dann schaute er erneut. Und diesmal sah er sie: Sassaniden zu Fuß, bewaffnet mit Bögen und Schleudern.

»Scheiße! Infanterie!«

Hinter sich hörte er Demetrius Maximus fragen, warum das so wichtig war.

»Das heißt, dass da weit mehr von den Bastarden sind, als wir zunächst gedacht haben.« Der Hibernianer klang resigniert. »Das ist kein berittenes Überfallkommando, sondern ein ganzes gottverdammtes Heer.«

Das muss ich schon im Ansatz zerschlagen, dachte Ballista. *Nicht denken, handeln*. Mehrmals wiederholte er das im Geiste. Dann nahm er den Schild herunter, stellte sich den Pfeilen, die seine Standarte anzog, richtete sich im Sattel auf und rief den Männern, die ihm am nächsten waren, zu: »Ein paar Echsen ohne Pferde! Wen schert das? Jeder weiß doch, dass sie nur Feigheit im Herzen haben. Sie haben nicht die Eier, um zu Fuß zu kämpfen, und mit ihren großen weiten Hosen können sie auch nicht laufen. Umso mehr davon vor Circesium sind, umso mehr können wir erschlagen. Vergesst nicht: Jeder von den Kerlen hat ein Vermögen in seinen Gürtel eingenäht! Und diese reichen Bastarde können nicht rennen!«

Die Männer in der vordersten Linie jubelten, aber nicht überzeugt.

Der Pfeilhagel geriet ins Stocken und verebbte, als Ballista und sein Gefolge wieder die Kolonne hinunterritten. Während Demetrius ihm unauffällig zuflüsterte, rief Ballista einzelne Männer im Vorbeireiten beim Namen. Schon jetzt waren die Beine des Fußvolks weiß von Staub.

Im hinteren Teil der Kolonne fanden sie Acilius Glabrio und Niger unter der roten Standarte der Equites I Parthi. Der junge Patrizier hatte eine üble Wunde auf der Wange. Sie salutierten. »Wir werden tun, was uns befohlen wird, wir sind bereit, jede Anweisung auszuführen.«

»Du musst mich die Männer zu einem kurzen Angriff führen lassen, um die ziegenäugigen Bastarde zu vertreiben«, erklärte Acilius Glabrio, ohne Luft zu holen.

»Nein. Wir werden die Formation bis Circesium halten. Dann werden wir angreifen wie ein Mann. Wenn wir zu früh attackieren, wenn wir nicht alle gemeinsam angreifen, dann haben wir keine Chance, sie zu vernichten, und riskieren eine Katastrophe.« Ballista schaute in zweifelnde Gesichter. »Ich weiß, dass das eine Qual ist, aber es wird nicht mehr lange dauern.« Dann richtete er sich wieder im Sattel auf und rief den Soldaten zu: »Die Echsen sind nur aus der Ferne tapfer! Es ist nicht mehr weit bis Circesium. Dann könnt ihr nach Herzenslust töten.« Er hielt kurz inne. Abermals klang der Jubel nicht gerade überzeugend. »Vergesst nicht: Die sind alle so reich wie Croesus. Alle haben sie Gold in ihren Gürteln, versteckt in ihren Kleidern und vielleicht auch im Arsch, soweit wir wissen. Heute Nacht wird es keinen armen Mann mehr im Lager geben.« Diesmal war der Jubel schon ein wenig lauter.

Ballista zog sein Pferd herum. Er schaute zuerst Acilius Glabrio, dann Niger fest in die Augen. »Haltet die Formation, bis ich den Befehl gebe: sechs Trompetenstöße. Haltet die Formation bis Circesium.«

Als Ballista und sein Gefolge schließlich wieder ihre Position bei den Equites Singulares im Zentrum der Kavalleriekolonne erreichten, hatten die Perser erneut zugeschlagen. Jetzt war der Staub so dicht, dass man nicht weiter sehen konnte, als ein Schäfer seinen Stab zu schleudern vermochte. Die Pfeile flogen schon, bevor man die Reiter sehen konnte. Erneut wurde die Luft von diesem furchtbaren, unmenschlichen Lärm erfüllt.

In der Mitte des Mahlstroms ritt Turpio in aller Ruhe zu Ballista. Als Turpio salutierte, blitzte der goldene Armreif an seinem Handgelenk auf. Das war sein wertvollster Besitz. Er hatte ihn bei einem kühnen nächtlichen Überfall auf das persische Lager vor Arete erbeutet, im eilig verlassenen Bett von Shapur, dem persischen König der Könige persönlich.

Ballista und Turpio beugten sich in ihren Sätteln vor, um sich zu umarmen.

»Wie läuft es beim Tross?«

»Ruhiger als bei euch«, antwortete Turpio. »Aber schlechter als zuvor. Hier gibt es Sumpf am Ufer, und diese Sümpfe werden immer breiter. Es fällt uns immer schwerer, die Verwundeten zu den Booten zu bringen. Menschen und Tiere kommen kaum noch durch.«

Ballista schaute in die entsprechende Richtung und hielt inne. Inzwischen war er es so sehr gewohnt, in den Staub zu starren, dass es fast schon ein Schock war, den ganzen Weg bis zum Wasser zu sehen, ja sogar bis zum anderen Ufer. Jetzt fiel ihm auch auf, dass es eigentlich ein schöner Tag war: ruhig und sonnig. Aus der Ferne betrachtet, trieben die Boote geradezu gelassen im türkisblauen Wasser.

»Sollte es notwendig werden, lasst die Vorräte zurück. Wenn wir heute gewinnen, können wir uns alles nehmen, was wir wollen, und wenn nicht …« Ballista zuckte mit den Schultern.

Turpio nickte. »Ich werde nicht um sie bitten, aber ich könnte ein paar deiner Equites Singulares brauchen. Die zwanzig, die du mir schon überlassen hast, werden allmählich von der schieren Zahl von Drückebergern überwältigt, die sich unter den Verwundeten verstecken, die auf die Boote sollen. Die meisten kommen von der leichten Infanterie, aber es sind auch ein paar Legionäre und Reiter dabei.«

»Tu dein Bestes. Wie ich jetzt schon mehrmals gesagt habe: Es dauert nicht mehr lange.«

Turpio salutierte und ritt davon. Ballista schaute ihm hinterher. Der Staub, den sein Pferd aufwirbelte, trieb nach Norden davon. *Gut*, dachte Ballista. *Es kommt ein wenig Wind auf und weht in Richtung Ebene. Hoffentlich ist er stark genug, um zumindest einen Teil dieser Scheiße wegzuwehen. Dann könnten wir wenigstens sehen, was los ist.*

Die Iden des März. Dieser Tag war ein schlechtes Omen für

einen Römer, der Tag, an dem Julius Cäsar ermordet worden war. Auch Ballista selbst hatte schlechte Erinnerungen an diesen Tag. Vor einem Jahr war er an den Iden des März zum ersten Mal den Sassaniden begegnet. Sie hatten ihn in einen Hinterhalt gelockt, ihn gejagt, und ein großer blonder Bataver mit dem lächerlichen römischen Namen Romulus hatte mit seinem Leben für die Flucht von Ballista und den anderen bezahlt. Das war kein guter Tag für eine Schlacht, aber sie hatten keine andere Wahl.

Ein weiterer Pfeilhagel ging auf die römischen Reihen nieder. Ballista war noch nicht einmal aufgefallen, dass der vorherige Angriff geendet hatte. Dank des aufkommenden Windes konnte man jetzt wenigstens sehen, *wer* da schoss. Das Geschoss eines Schleuderers prallte vom Schulterschutz des Pferdes ab. Ballista ritt aus der Formation und ließ das Pferd im Kreis drehen. Es schien nicht zu lahmen. Das Steingeschoss ließ darauf schließen, dass die sassanidische Infanterie das römische Heer inzwischen umzingelt hatte. War das jetzt der dritte oder der vierte Angriff an diesem Morgen? Ballista war sich nicht sicher. Seine Gedanken gingen auf Wanderschaft. Die Iden des März. Julius Cäsar wurde ermordet, erstochen im Senat von anderen Senatoren, von Männern, die er begnadigt hatte, von Männern, deren Karrieren er gefördert und die er für seine Freunde gehalten hatte. Aber sie konnten nicht seine Freunde sein, und zwar aus eben diesem Grund: weil sie genau wie er Senatoren waren und weil er sie begnadigt hatte. Die Dignitas eines römischen Senators ließ es nicht zu, dass ein anderer Senator sich über ihn erhob, geschweige denn ihn begnadigte. Cäsar hatte selbst gesagt, dass seine Dignitas ihm mehr bedeute als sein Leben. Unter der autoritären Herrschaft der Kaiser mochte sich ja so manches geändert haben, doch Dignitas war noch immer das Herz eines Senators. Dignitas konnte Grund zum Mord sein. *Und jene, die sich in ihrer* Dignitas *verletzt fühlen, könnten versuchen, auch mich zu töten*, dachte Ballista mürrisch. Wie zum Beispiel Acilius Glabrio, der seinen toten Bruder rächen, aber nun ausgerechnet dem Mann dienen musste, den er dafür verantwortlich machte. Oder die Söhne Macrianus dem Lahmen. Quietus, dem er in die Eier geschlagen hatte. Oder Macrianus der Jüngere, dem es nicht gelungen war, seinem Bruder zu helfen. Und Macrianus selbst? Der Comes Sacrarum Largitionum et Praefectus Annonae wurde nicht oft als Bastard beschimpft, und das im Hof des Kaiserpalastes. Aber wichtiger war wohl noch, dass er niemand war, dem man widersprechen sollte, wenn er einmal beschlossen hatte, wer am Euphrat das Kommando gegen die Perser hatte. Vielleicht hatte das Ganze aber auch gar nichts mit den Römern zu tun. Vielleicht war es etwas viel Einfacheres, etwas, das Ballista besser verstand. Vielleicht war es einfach nur eine klassische Blutfehde zwischen ihm und den Boranern.

Eine Zeit lang hatte Ballistas Blick auf dem schwarzen Fleck am Himmel geruht, im Süden, jenseits der Heeresspitze. Jetzt wurde ihm langsam klar, was das war. Ohne seinem Gefolge ein Zeichen zu geben, trieb Ballista sein Pferd an und ritt nach vorn. Er war sich des Hufschlags hinter sich kaum bewusst. Stattdessen war er voll und ganz auf den schwarzen Fleck konzentriert.

Infanterie links, Kavallerie rechts. Die Soldaten seines Heeres flogen nur so an ihm vorbei. Einige riefen ihm etwas zu. Er antwortete ihnen nicht. Ihre Stimmen verhallten hinter ihm. Geschosse flogen von links nach rechts vor seinem Gesicht vorbei. Ballista galoppierte einfach weiter. All seine Gedanken waren auf den schwarzen Fleck, nein, *die* schwarzen Flecken vor dem strahlend blauen Himmel gerichtet.

Als er die Spitze der Kolonne erreichte, zügelte Ballista sein Pferd. Er schaute über die Köpfe der Infanterie hinweg. Vage war er sich bewusst, dass seine Gefolgsleute sich hinter ihm drängten. Albinus war plötzlich neben ihm. Der Wind nahm zu. Er zerriss den Staubschleier und blies den Römern direkt in die Gesichter. Ballista wischte sich über die tränenden Augen. Er sah die Sassaniden, zu Pferd und zu Fuß. Sie waren gut fünfzig Schritte entfernt. Sie brüllten und rückten immer näher. Ballista blinzelte und konnte so hinter ihnen die Straße sehen, die gerade und dunkel mitten durch die Wüste verlief. Und ungefähr zweihundert Schritte entfernt sah er die ersten Gräber einer Nekropole zu beiden Seiten der Straße und jenseits davon Vorstadtgärten und Obsthaine. Und da, keine vierhundert Schritte mehr entfernt, waren die Mauern: groß, mit Zinnen bewehrt, aus Lehmziegeln und von der gleichen Farbe wie die Wüste. Jenseits dieser Mauern lag die Stadt Circesium, doch die war nicht zu erkennen. Der schwarze Rauch war im Weg. Die Stadt brannte.

Die Stadt war gefallen. Genau wie Arete war Circesium an die Sassaniden gefallen. Ballista war abermals gescheitert. *Im Consilium werden sie Freudentänze veranstalten*, war sein erster Gedanke. Angeführt von Acilius Glabrio würden sie gegen ihn vorrücken, um ihm den Gnadenstoß zu verpassen. Nachlässigkeit und Faulheit, wie viel Zeit hatte man flussaufwärts mit unnötigem Training vergeudet? Und schlimmer noch: Was berichteten die Frumentarii?

»Scheiße«, knurrte Maximus. »Scheiße.«

Aber was ergab es für einen Sinn, sinnierte Ballista, sich darüber den Kopf zu zerbrechen, was die Leute in Zukunft von ihm sagen würden, wenn noch nicht einmal sicher war, ob sie hier lebend wieder herauskommen würden?

Ballista schaute nach Süden. Es waren vielleicht noch hundertfünfzig Schritte bis zu den ersten Gräbern, Gärten und Hainen. Sobald die Spitze der Kolonne sie erreichte, würde er den Befehl zum Angriff geben. Die Mauern, Gräben, dicht gepflanzten Bäume und Hütten der Marktgärten würden die rechte Flanke des Heeres schützen. Würde er früher angreifen, würde er die Chance verspielen, den Feind in die Enge zu treiben, und vielleicht sogar zur Katastrophe führen. Nur noch ein paar quälende Augenblicke. Nicht mehr lange …

Ein gewaltiges Brüllen ging durch die römischen Reihen. Ballista hörte Hunderte, ja Tausende von Stimmen singen: *»Bereit! Bereit! Bereit!«* Er hörte jedoch nicht, wer die formelle Frage brüllte: »Seid ihr zum Krieg bereit?« Aber er ahnte es. Ballista verließ der Mut. Ein Donnern hallte über das Land, als die Soldaten mit ihren Waffen auf die Schilde schlugen.

Ballista rief Maximus zu sich, stützte sich auf seine Schulter und stellte sich auf den Sattel. Er schaute nach Norden und sah, was er zu sehen erwartete. Mit dem roten Signum über ihren Köpfen stürmten die gut zweihundert verbliebenen Reiter der Equites Primi Catafractarii Parthi nach Osten in Richtung Feind. Sie ritten Knie an Knie in Keilformation, und an ihrer Spitze war eine elegante Gestalt in Scharlachrot und Gold zu sehen. *Zu früh, du Narr!*, fluchte Ballista innerlich. *So werden die meisten Echsen entkommen.* Ein paar Augenblicke lang schaute er dem Spektakel zu. Die Sassaniden wandten sich zur Flucht. Einige waren jedoch zu langsam. In ihrer Selbstüberschätzung waren sie den Römern zu nahe gekommen. Die ersten Sassaniden, zu Fuß und zu Pferd, wurden von den schwer gepanzerten römischen Reitern niedergeritten und verschwanden unter den Hufen.

Ballista ließ sich wieder auf den Sattel fallen. Dank Gaius Acilius Glabrio griffen die Römer nicht nur zu früh an, sondern auch nicht wie ein Mann. Irgendwie musste Ballista seine Position zurückerlangen. Er bellte eine ganze Flut von Befehlen: »Infanterie, öffnet die Reihen! Kavallerie, macht euch zum Angriff bereit! Leichte Infanterie, folgt ihnen! Legionäre, schließt dann die Reihen und haltet die Stellung! Bis zu meiner Rückkehr hat Aurelian den Oberbefehl!«

Ballista gab dem Trompeter ein Zeichen. Der Mann stieß sechsmal in sein Horn. Die Männer brüllten. Das war der Augenblick, auf den alle gewartet hatten, sechs lange Tage lang. Die Würfel waren gefallen.

»Albinus, ich reite mit dir.« Dann hob Ballista die Stimme. »Equites Tertii Catafractarii Palmirenorum! Gute Jagd!« Die gut zweihundertfünfzig Reiter schlängelten sich vorsichtig zwischen der Infanterie hindurch und formierten sich jenseits davon. Ballista trottete ein paar Schritte nach vorn, um die Spitze des Keils zu bilden. Maximus ritt rechts von ihm, Albinus links, dahinter Calgacus, Ballistas weißer Draco und das grüne Signum der Einheit. Hoffentlich steckte Demetrius irgendwo weit hinten in Sicherheit.

Ein weiteres Brüllen zog Ballistas Aufmerksamkeit nach links. Mit Mucapor an der Spitze griffen die Equites Singulares an. Es war ein kleiner, gut gepanzerter Keil, nicht viel mehr als hundert Reiter, aber die Sassaniden rannten vor ihnen weg. Tatsächlich rannten die Ostlinge überall. *Verdammt*, dachte Ballista. *Das ist alles zu früh. Stückwerk. Die meisten dieser Bastarde werden uns entkommen.*

Ballista trieb sein Pferd zum Trab und dann zum Galopp. Zwischen ihm und den nächsten Sassaniden lagen einhundert Schritte Wüste. *Zeit, die Initiative zu übernehmen*, dachte Ballista. *Jetzt oder nie.* Er trat seinem Pferd die Fersen in die Flanken. Rasch schlossen die Reiter zum fliehenden persischen Fußvolk auf.

Ballista zog sein langes Reiterschwert. Den Blick auf die grün gekleideten Schulterblätter eines flüchtenden Persers fixiert, richtete er die Spitze nach vorn. In der letzten Sekunde erhaschte er einen Blick in panische, dunkle Augen, dann fiel der Mann zu Boden. Die Reiter trampelten ihn einfach nieder.

Sie waren durch die Infanterie. Vor ihnen waren die Rücken der persischen Reiter. Ballista führte seine Männer nach rechts. Die Reiter dort bewegten sich langsamer und ohne Ordnung. Unwillkürlich grinste Ballista. Sein Plan würde vielleicht doch noch funktionieren, und das trotz Acilius Glabrio. Dann bemerkten die Reiter vor ihm, dass die Römer kamen. Die Ostlinge drängten einander weg. Die ersten droschen gar aufeinander ein. Im wahrsten Sinn des Wortes kämpften sie darum, als Erste das steile Ufer des Chaboras zu erreichen.

Ein Clibanarius im hinteren Teil des Mobs riss sein Pferd herum und stellte sich Ballista. Das Pferd hatte die Nüstern gebläht, und Blut schäumte ihm vorm Mund. Der Waffenrock des Mannes war von feinem Violett und mit abstrakten Wirbeln verziert. Das Gesicht war hinter einem Kettenschleier verborgen. Selbst die Augen konnte man nicht sehen. Der Mann musste seine Lanze weggeworfen haben. Stattdessen riss er an seinem Schwert. Ballista zielte mit einem brutalen Rückhandhieb über die Ohren seines Pferdes hinweg. Als der Wallach auf Höhe des Persers war, streckte Ballista die Hand aus und packte die Kettenbrünne vor dem Gesicht des Mannes. Kurz war der Krieger blind. Die Wucht des Aufpralls warf den Perser halb aus dem Sattel. Ballista rammte seinem Gegner den Schwertknauf in das verborgene Gesicht. Ein Übelkeit erregendes Geräusch verriet, dass etwas brach. Ballista warf den Mann aus dem Sattel.

Ein weiterer Perser stürzte sich von links auf Ballista und schwang das schwere Schwert über dem Kopf. Der Mann aus dem Norden fing den Hieb mit dem Schild ab. Splitter flogen, und er hörte das Lindenholz brechen. Blind stieß er unter dem Schild hindurch. Die Klinge prallte am Panzer des Sassaniden ab.

Das Gedränge von Menschen und Pferden drückte Ballista und seinen Gegner gegeneinander. Sie waren viel zu nah, als dass sie ihre Schwerter noch effektiv hätten einsetzen können. Die linke Hand des Persers schoss nach vorn. Mit gepanzerten Klauen krallte er nach Ballistas Gesicht und suchte nach seinen Augen. Ballista bog sich nach hinten. Heißes Blut floss ihm über die Wange, und er ließ das Schwert los, sodass es nur noch an dem Lederband um sein Handgelenk baumelte. Er packte einen Wimpel am Helm des Persers und riss daran. Hart. Der Mann bog sich nach hinten. Dann riss der Stofffetzen. Der Sassanide grinste wild, als er das Gleichgewicht wiedererlangte. Ihre Pferde lösten sich ein wenig voneinander.

Ballista rammte dem Mann den Buckel seines zerborstenen Schildes ins Gesicht. Der Kerl grunzte vor Schmerz. Er schwankte im Sattel. Ballista packte das Schwert wieder. Der Sassanide riss den Kopf zur Seite. Ballista spürte die Knochen brechen, als mindestens einer seiner Knöchel am stählernen Helm des Mannes barst. Ein stechender Schmerz schoss ihm den ganzen Arm hinauf. Er brüllte vor Pein und schlug dem Ostling die Schildkante ins Gesicht. Das gesplitterte Holz schnitt durch Fleisch. Schreiend klappte der Mann zusammen und schlug die Hände vor sein zerfetztes Gesicht. Blut färbte den schwarzen Bart rot. Ballista schlug mit dem Schwert auf den Nacken des Mannes, ein-, zwei-, dreimal. Er ignorierte den Schmerz in seiner gebrochenen Hand und beendete, was er begonnen hatte.

Die Sassaniden waren keine Feiglinge, aber sie waren überrascht worden, und jetzt saßen sie zwischen dem kraftvollen Angriff der

Römer und dem steilen Ufer in der Falle. Panik breitet sich in einem Heer aus wie Feuer an einem ausgetrockneten Hügel im Hochsommer. Nicht mehr lange, und die einzigen Perser, die noch auf dem Feld waren, würden Tote und Sterbende sein.

Ballista hielt die Equites Tertii Catafractarii Palmirenorum dicht bei sich. Er ließ keinen von ihnen das Steilufer des Chaboras hinunter. Einigen gestattete er jedoch abzusitzen, um Felsen und Steine in die wimmelnde Masse von Pferden und Reitern zu schleudern, die in der Strömung ums Überleben kämpften. Spätestens jetzt wussten die Frischlinge, dass ein Fluss rot von Blut keine dichterische Übertreibung war.

Hier im Süden, wo der Chaboras ihre Flucht behinderte, war das Gemetzel unglaublich gewesen. Im Norden waren zwar auch einige Perser gefallen, aber nur die, die den Römern zu nahe gewesen waren, um dem Ansturm von Acilius Glabrio und den Equites Primi Catafractarii Parthi zu entkommen. Die restlichen Reiter waren jedoch nach Osten in die Wüste geflohen. Mucapor und die Equites Singulares wiederum hatten nur ein paar arme Infanteristen über den Haufen geritten.

Doch Ballistas Plan hatte funktioniert. Obwohl Acilius Glabrios voreiliger Angriff der Mehrheit der Sassaniden die Flucht ermöglicht hatte, hatte das nicht viel zu bedeuten. Die Ostlinge waren zerstreut, ihre Moral gebrochen.

Als Ballista aus dem Sattel glitt, um seinem Pferd ein wenig Entlastung zu verschaffen, überkam ihn eine Welle der Depression. Was hatte das schon zu bedeuten? Ja, er hatte dieses Heer besiegt, aber die Sassaniden würden ein neues aussenden und dann noch eines. Das war ein Religionskrieg. Die Perser würden nicht eher aufhören, bis sie die Bahram-Feuer, die heiligen Feuer von Mazda, in der ganzen Welt entzündet hatten. Ballista kam ein finsterer Gedanke: Selbst wenn er Shapur persönlich besiegen würde, selbst wenn er den König der Könige gefangen nehmen oder gar töten würde, der ewige Krieg zwischen Ost und West würde andauern.

XII

Das Nachspiel einer Schlacht ist die Hölle, und die Schlacht bei Circesium bildete da keine Ausnahme. Unter einer hochstehenden Sonne erstreckte sich die flache, grelle Wüste bis zum Horizont. Die Erde war voll mit den Überbleibseln des Krieges: weggeworfene und zerbrochene Waffen, tote Pferde, halb nackte, verdrehte Leichen und süßlich riechende Pferdeäpfel. Und über dem allen lag der faule Gestank von menschlichen Eingeweiden.

»Ave. Ich bringe dir Freude über deinen Sieg.« Acilius Glabrio hatte den Helm abgenommen. Seine für gewöhnlich gut frisierten Locken klebten am Schädel. Schweiß lief ihm bis in den Bart. Er strahlte selbstgefällig. Ballista fiel auf, dass die Wunde an der Wange des jungen Patriziers wieder aufgegangen war. »Celeritas und kalter Stahl. Dagegen können die ziegenäugigen Ostlinge nichts tun.«

Ballista trat dicht an ihn heran. »Du aufmüpfiger, kleiner Wichser. Ich sollte dich hier und jetzt erschlagen«, zischte er.

Das Lächeln blieb auf Acilius Glabrios Gesicht, doch seine Augen wurden kalt. »Sei lieber dankbar, du arrogantes Barbarenschwein. Ich habe uns gerade einen großen Sieg beschert.«

»Du hast uns einen *halben* Sieg beschert. Die bessere Hälfte hast du weggeworfen«, schnappte Ballista. Seine rechte Hand schwoll an. Sie schmerzte wie die Hölle. Nur mit Mühe hielt er sich zurück.

»Du feiger, barbarischer Bastard.« Acilius Glabrios Gesicht war voller Verachtung. »Ich habe die Sassaniden verjagt, vor denen du so viel Angst gehabt hast. Jetzt kannst du Circesium widerstandslos einnehmen. Das ist ein großer Sieg. Genieß ihn, solange du kannst. Ich habe nicht vergessen, was du meinem Bruder angetan hast.«

Ballista kämpfte mit seiner Wut. »Und was willst du deswegen tun? Noch einen Meuchelmörder anheuern?«

Acilius Glabrios verächtliches Lachen war echt. »Du schließt von dir auf andere. Wenn ich auf solche Dinge zurückgreifen würde, dann wäre ich nicht besser als du.«

Die Reiterpräfekten Niger und Albinus traten zu ihnen. Sie sagten, es sei an der Zeit, Belobigungen zu verteilen. Ballista, den Blick noch immer auf Acilius Glabrio gerichtet, trat einen Schritt zurück. Das Schreckliche war, dass er ihm glaubte: Der widerliche, junge Patrizier hatte den Meuchelmörder *nicht* angeheuert.

Erschöpft zog Ballista sich in den Sattel. Die Flanken seines Pferdes waren weiß von Schweiß, der Kopf gesenkt. Langsam ritt Ballista mit seinen Offizieren zur Ausgangsposition des Heeres. Überall wurden Leichen geplündert. Viele Plünderer waren Zivilisten, und es waren viel zu viele, als dass sie nur aus dem Tross hätten kommen können.

Ballista wunderte das nicht. Dafür hatte er schon viel zu viele Schlachtfelder gesehen. Egal, wie abgelegen ein Schlachtfeld auch sein mochte, kaum war der Kampf vorbei, da erschienen die Leichenfledderer. Die dürren Männer und hässlichen alten Hexen mit den scharfen Messern waren immer dabei, aber auch viel zu junge Kinder für diese garstige Arbeit, und das regte den Germanen jedes Mal auf.

Doch auf der Ebene vor Circesium waren die meisten Plünderer Soldaten. Die römischen Moralisten irrten sich. Disziplin war keine beständige, angeborene Qualität, im Gegenteil. Sie war furchtbar fragil. Ein Sieg konnte sie genauso leicht zerstören wie eine verheerende Niederlage.

Als die Soldaten die Reiter sahen, hielten sie bei ihrer Suche inne, beugten sich vor, zogen die Schwerter und schlugen damit zu. Dann, als die Reiter näher kamen, richteten sie sich wieder auf, hoben die rechten Arme und präsentierten die abgeschlagenen Köpfe der Perser. Ein Mann hatte sogar je einen Kopf in beiden Händen sowie einen dritten, den er an den Haaren zwischen den Zähnen hielt. Blut war ihm über die Arme und auf sein Kettenhemd geflossen. Wie es einem römischen Feldherrn gebührte, inspizierte Ballista die grausigen Trophäen und bedachte die Männer, die sie in Händen hielten, mit einem freundlichen Wort und anerkennendem Blick.

In der Freiheit des Augenblicks riefen die Soldaten, was auch immer sie wollten: Lob, Scherze, Prahlereien. Kleine Gruppen sangen die Namen der Offiziere. Ballista fiel auf, dass mehr für Acilius Glabrio als für ihn sangen. Ballista war verbittert. All seine harte Arbeit, all seine Pläne zählten in den Augen dieser Männer nicht. Ein dummer, arroganter Angriff – ein Angriff, der ihnen nur einen halben Erfolg beschert hatte statt den totalen Sieg, ein Angriff hatte dem widerlichen kleinen Patrizier die Herzen der Männer gewonnen.

»*Gaius Acilius Glabrio! Gaius Acilius Glabrio!*«

Der gesungene Name hallte durch Ballistas wütende Gedanken. Acilius Glabrio war ein eingebildeter, dummer, selbstzufriedener Narr – aber er war kein Mörder. Ballista war so fest davon überzeugt gewesen, dass Glabrio den Meuchelmörder angeheuert hatte, doch die verächtliche Erwiderung des jungen Patriziers hatte so ehrlich geklungen: »*Wenn ich auf solche Dinge zurückgreifen würde, dann wäre ich nicht besser als du.*« Das hatte Ballistas Meinung geändert.

»*Gaius Acilius Glabrio! Gaius Acilius Glabrio!*«

Ballistas Gedanken huschten hin und her wie Ratten in einem Käfig. Nicht Acilius Glabrio, aber wer dann? Ballista hatte nie geglaubt, dass Widerich, der Boranerprinz, dahintersteckte. Und der Grund für diese Schlussfolgerung hatte nichts mit Sentimentalität zu tun. Er hielt es keineswegs für unmöglich, dass Germanen auf solch hinterhältige Methoden zurückgriffen. Das taten sie durchaus. Oft sogar. Germanische Blutfehden endeten häufig in Mord.

Es waren verschiedene Dinge, die das unmöglich erscheinen ließen: der Meuchelmörder in der Gasse, der gerufen hatte »Das schickt dir der junge Eupatrid!«, die Theatermasken und der Paradehelm, der Mann mit der Silbermaske, der Ballista einen Barbaren genannt hatte. Aber wenn weder Widerich noch Acilius Glabrio die Mörder angeheuert hatten, dann mussten die Söhne von Macrianus dem Lahmen dahinterstecken. Aber welcher von beiden? Quietus, dem Ballista in die Eier geschlagen hatte? Oder Macrianus der Jüngere, dem der Mut gefehlt hatte, seinem Bruder zu Hilfe zu eilen? Oder waren beide die Drahtzieher? Und was war mit ihrem mächtigen, hinterlistigen Vater? War Macrianus der Lahme Teil des Komplotts? *Falls ja, dann steh mir bei, Allvater*, dachte Ballista. Abgesehen vom Kaiser konnte man sich im ganzen Reich keinen gefährlicheren Mann zum Feind machen.

Wütende Stimmen ertönten. Unter ein paar Plünderern war ein Kampf ausgebrochen. Ballista wischte sich mit der rechten Hand übers Gesicht, und sofort schoss Schmerz seinen Arm hinauf. Mindestens ein Knöchel war gebrochen, und die Hand schwoll immer mehr an. *Ich muss wieder die Kontrolle gewinnen*, ermahnte er sich. Das Heer drohte im Chaos zu versinken und wäre damit offen für einen sassanidischen Gegenangriff.

Ballista rief seine Offiziere zu sich und verteilte Befehle. Niger und Albinus wurden auf Patrouille geschickt. Sie sollten sofort melden, wenn sie noch intakte persische Einheiten in einem Radius von fünf Meilen fanden. Mucapor wiederum sollte die Equites Singulares zur Standarte rufen und sie hinter Ballista führen. Die Legio III unter ihrem Präfekten Rufus sollte die Stadt sichern, während Sandario mit seinen Schleuderern und anderen leichten Infanteristen die Feuer unter Kontrolle bringen sollte. Turpio erhielt die Aufgabe, Ordnung in den Tross zu bringen und so schnell wie möglich sichere Quartiere innerhalb der Mauern zu suchen, während Acilius Glabrio die Plünderer zerstreuen sollte. Dabei sollte er den Soldaten, die sich daran beteiligten, unmissverständlich erklären, dass sie sofort zu ihren Einheiten zurückzukehren hätten, ansonsten drohe ihnen die Todesstrafe. Die Legio III schließlich sollte in Formation als Reserve auf der Straße bleiben. Den Befehl hatte Castricius, während Aurelian sich Ballista anschließen sollte.

Einige ritten sofort los. Andere blieben und schauten besorgt drein. Irgendetwas war unausgesprochen geblieben. Wo war Aurelian?

Mucapor ritt neben Ballista. »Er ist verletzt.«

»Schwer?«

Mucapor zuckte mit den Schultern.

»Ihr alle! Führt eure Befehle aus! Mucapor, wir reiten zu ihm.« Trotz seiner Befürchtungen trieb Ballista sein Pferd nicht allzu sehr an. Stattdessen zwang er sich, es zu zügeln, während er gleichzeitig mit der Panik rang.

Unter den Standarten der Legio IIII stand eine Gruppe Männer. Sie teilten sich, als Ballista näher kam. Aurelian lag auf dem Rücken. Sein rechtes Bein war verdreht. Ein Arzt kniete neben ihm und bereitete sich darauf vor, das gebrochene Glied wieder zu richten.

Ballista sprang aus dem Sattel. Aurelians Gesicht war grau, und er schwitzte. Durch zusammengebissene Zähne flüsterte er: »Ich bringe dir Freude über deinen Sieg.«

Ballista schaute seinem Freund in die Augen. »Danke.« Mehr brachte er nicht über die Lippen. Er beugte sich vor und drückte Aurelian die Schulter. Dann richtete er sich wieder auf, wandte sich ab und machte weiter mit dem, was er tun musste.

Das Heer war dreizehn Tage in Circesium geblieben. Für Ballista war es eine geschäftige Zeit gewesen. Er hatte berittene Patrouillen in alle Richtungen geschickt, immer weiter und weiter. Von den Persern war nichts mehr zu sehen gewesen – oder zumindest hatten sie keinen Lebenden mehr gefunden. Die übereilte Attacke von Acilius Glabrio hatte Ballista der Chance beraubt, das persische Heer zu vernichten, doch offenbar hatten sich die Ostlinge zurückgezogen, zumindest vorerst.

Auch hatte Ballista vielen Bestattungen beiwohnen müssen, sehr vielen. Aelius Spartianus, der Tribun, der die römischen Streitkräfte in Circesium befehligt hatte und mit fast all seinen Männern gefallen war, als die Sassaniden die Stadt eingenommen hatten, wurde in einem prachtvollen Sarkophag in einem der edlen Grabmäler an der Hauptstraße vor der Stadt begraben. Zugegeben, sowohl der Sarg als auch das Grabmal waren gebraucht, doch ein einheimischer Steinmetz hatte neue Inschriften angebracht. Die anderen toten Römer unter den Soldaten wurden zwar in Gemeinschaftsgräbern bestattet, doch mit allem Respekt. Man schloss ihnen die Augen, legte jedem eine Münze in den Mund und stellte einen neuen Stein auf jedes einzelne Grab.

Bei den toten Sassaniden war es anders gelaufen. Ihre oft verstümmelten Überreste wurden verbrannt und die Asche in Gruben geschüttet. Doch das geschah nicht nur aus Verachtung für den Feind. Die Römer wussten, dass die Sassaniden Feueranbeter waren, die ihre Toten den Vögeln des Himmels und Tieren des Feldes überließen. Sie wussten, dass die Zoroastrier allein die Berührung einer Leiche als Besudelung des heiligen Feuers betrachteten. Eine leise Stimme in Ballistas Hinterkopf hatte ihm gesagt, dass diese Art der »Entsorgung« die Kluft zwischen Ost und West nur noch vergrößern und irgendwann auch auf ihren Urheber zurückfallen würde. Die Sassaniden würden das vermutlich als Grausamkeit betrachten, als gezielte Beleidigung ihrer Religion. Und natürlich hätten sie damit recht. Doch Ballista hatte das Gefühl, nicht wirklich etwas dagegen tun zu können. Seine Männer hatten tagelang unter den Persern gelitten. Jetzt wollten sie Rache, auch an den Toten.

Ballista hatte auch versucht, die Verteidigung der Stadt auf ein solides Fundament zu stellen. Jenseits des Chaboras wurde ein Turm errichtet, dessen Besatzung vor Feindbewegungen entlang des Euphrats warnen sollte. Die Mauern und Tore von Circesium benötigten jedoch nicht viel Arbeit, denn die Stadt war einem Überraschungsangriff zum Opfer gefallen und nicht Belagerungsmaschinen. Ballista hatte dafür gesorgt, dass Vorräte und Kriegsgerät per Boot aus Zeugma flussabwärts gebracht wurden. Überdies wurden die Legio III Felix und die mesopotamischen Bogenschützen als Garnison zurückgelassen. Drei kleine Kriegsgaleeren sollten sie unterstützen.

All das sollte von Rutillius Rufus befehligt werden, dem Präfekten der Legio III. Die Götter wussten, was für eine kleine Streitmacht das war, doch Rufus schien der richtige Mann dafür zu sein. Er hatte sich zwar nie ausgezeichnet, doch sowohl auf dem Marsch als auch in der Schlacht hatte er sich lobenswert verhalten. Ballista hatte ihm einen langen Vortrag über die Taktiken und Strategien gehalten, die er bei der Verteidigung der Stadt gegen die Sassaniden anwenden sollte. Doch als er ein kaum verhohlenes Lächeln auf dem Gesicht des Präfekten gesehen hatte, war er sofort verstummt.

Seit er als Sechzehnjähriger aus dem Barbaricum ins Reich gekommen war, litt Ballista unter der Angst, verspottet zu werden. Er wusste, dass er in diesem Punkt viel zu sensibel war. Doch man musste auch zugeben, dass Arete, die einzige Stadt, die Ballista bisher gegen die Sassaniden verteidigt hatte, in einem blutigen Gemetzel untergegangen war, und jetzt sah es so aus, als habe Acilius Glabrio ihm den Ruhm des Sieges bei Circesium gestohlen.

Auf dem Rückmarsch waren sie zunächst ihren eigenen Spuren nordwärts nach Basileia und Leontopolis gefolgt, über die breite Steinbrücke in Soura und weiter nach Barbalissus. Es war heiß gewesen, der Marsch ermüdend, doch da diesmal kein Feind in Sicht gewesen war, war es im Vergleich zum Marsch südwärts das reinste Vergnügen gewesen. In Barbalissus hatte sich dann Castricius verabschiedet und war mit seiner Vexillatio den Euphrat hinab zum Stammlager der Legio IIII in Zeugma marschiert. Anschließend hatte Ballista den Rest des Heeres nach Westen geführt, um das Südufer des großen Sees von Garboula herum nach Chalcis ad Belum und von dort auf die Hauptstraße nach Antiochia.

Als sie sich der östlichen Hauptstadt des Imperiums näherten, kamen sie durch das kleine Dorf Meroe. Es war schon seltsam, dass manche unbedeutenden Orte einem im Gedächtnis haften blieben. Aus irgendeinem Grund konnte Ballista sich immer an die windschiefen, staubbedeckten Lehmhäuser an der Straße erinnern, den zerbrochenen öffentlichen Brunnen und die dürren wuchernden Bäume in dem, was man hier als Heiligen Hain bezeichnete.

Er kam nun schon zum vierten Mal durch dieses Dorf, zuerst auf dem Weg nach Arete, dann nach Circesium, und nicht ein einziges Mal war etwas Besonderes dabei geschehen. Trotzdem konnte er sich an jede Einzelheit erinnern, sogar an den Geruch des Wassers, das aus dem kaputten Brunnen leckte und in der Sonne verdunstete.

Fünf Tage lang hatte das zurückkehrende Heer vor dem Beroea-

Tor kampiert. Dann endlich hatte Kaiser Valerian ihm gnädig erlaubt, die Stadt zu betreten. Ballista ließ seinen Blick über die Prozession der Soldaten schweifen. Das sah schon ganz gut aus.

Turpio ritt zu ihm, salutierte, und der goldene Armreif, den er aus dem Zelt des Perserkönigs geraubt hatte, funkelte in der Sonne. Alles war bereit. Ballista schaute noch einmal an der Kolonne entlang. Das Heer gab ein gutes Bild ab. Standarten flatterten in der Luft, die Infanterie war in eng geschlossenen Reihen angetreten, und die Offiziere saßen auf Pferden, die mit den Hufen scharrten. Acilius Glabrio auf seinem glänzenden schwarzen Schlachtross gab natürlich das prachtvollste Bild ab. Aurelian wiederum musste aufgrund seines gebrochenen Beins in einer Kutsche fahren. Ballista rückte seinen Helm zurecht und gab das Signal zum Abmarsch.

Die Menge wartete hinter dem Beroea-Tor. Die Menschen standen in den Kolonnaden der Straße des Tiberius und Herodes. Sie warfen Blumen und riefen Glückwünsche. Ein paar Frauen – mit Sicherheit Prostituierte – hoben die Röcke oder zogen ihre Tuniken herunter, um den Soldaten einen verführerischen Blick auf ihr Fleisch zu gewähren.

»Bleibt in Formation, Männer«, mahnte Ballista. »Dafür ist auch später noch Zeit.«

Sie bogen in die Straße ein, die zur zweiten Brücke über den Orontes führte. Von dort marschierten sie zur Insel hinüber, am Zirkus und dem Kaiserpalast vorbei, dann am Tetrapylon, den vier von Elefantenstatuen gestützten Säulen, wo die kaiserlichen Befehle ausgehängt wurden. Anschließend ging es durch das Viertel, das man den »Bullen« nannte, und hinaus über die andere Brücke in die Vorstädte. Am Westufer des Flusses gab es keine Menschenmenge mehr. Stattdessen verrotteten hier die aufgespießten Köpfe von Übeltätern und solchen, die den kaiserlichen Unmut erregt hatten. Schließlich erreichten sie den Campus Martius, das Marsfeld, und gingen vor der kaiserlichen Tribüne in Position.

Während er wartete, spielte Ballista an den Ohren seines Pferdes herum. Bei kaiserlichen Zeremonien musste man immer viel warten. Niedere Offiziere liefen herum und sorgten dafür, dass die Männer ordentlich standen und ihre Ausrüstung uniform präsentierten. Der Sand des Marsfeldes war noch am Morgen gewässert worden. Schließlich wollte niemand Staub auf den polierten Waffen und Rüstungen sehen. Der übliche Wind aus Südost wehte aus dem Tal des Orontes und nahm langsam an Stärke zu. Bereits jetzt zerrte er an den purpurroten Behängen der kaiserlichen Tribüne. Ballista lächelte vor sich hin. Nur in offiziellen Reden herrschte der Kaiser über den Wind, in Wahrheit waren das jedoch die Götter.

Nach angemessen kurzer Zeit trafen der Kaiser und sein Gefolge ein. Langsam stieg der älter gewordene Kaiser Valerian aus seiner Kutsche. Ihm folgte ebenso langsam der Comes Sacrarum Largitionum. Es gab nur wenig größere Ehren im Imperium als eine Fahrt in der kaiserlichen Kutsche. Macrianus der Lahme sah jedoch so aus, als sei er das gewohnt und gehöre dorthin.

Mühsam stiegen die beiden alten Männer die Stufen hinauf. Die anderen hohen Staatsbeamten folgten ihnen. Als alle die ihrem jeweiligen Rang gebührenden Positionen eingenommen hatten, trat Valerian allein vor. Er salutierte dem Heer, und das Heer salutierte ihm. Die im Vorhinein befohlenen Rufe hallten über das Marsfeld: »Heil, Valerian Augustus! Mögen die Götter dich schützen!« Zwanzig Mal. »Valerian Augustus, erlöse uns von den Persern!« Dreißig Mal, und »Valerian Augustus, mögest du lange leben!« vierzig Mal.

In der darauffolgenden Stille hallte das Flattern der Purpurbehänge über das ganze Feld. Valerian atmete tief ein, legte den Kopf zurück und rief: »Ave! Heil den Siegern der Schlacht von Circesium! Ave! Heil den Eroberern der Barbaren aus dem Osten!«

Weiter kam er nicht, dann riss eine starke Bö das Purpurtuch vor ihm von der Balustrade. Kurz schwebte es in der Luft, und ein kaiserlicher Diener rannte ihm hinterher, doch ein zweiter Windstoß ließ es über den Boden fliegen bis zu der Stelle, wo der verletzte Aurelian stand, gestützt auf einen Stock. Der Mann von der Donau hob es auf und gab es einem Sklaven.

Ein leises Raunen ging durch die Männer auf der Tribüne, doch wer so hoch in der kaiserlichen Gunst gestiegen war, zeigte besser nicht allzu offensichtliches Interesse an Dingen, die man als böses Omen deuten konnte. Der Kaiser selbst hatte innegehalten, wagte es aber nicht, direkt zum Tuch zu blicken. Als der Diener es wieder zurückbrachte, fuhr Valerian fort.

»Von frühester Zeit an ist der Westen gnadenlos von der Grausamkeit, der Gier und der Lust des Ostens attackiert worden. Zuerst waren es die doppelzüngigen Phönizier, die unter dem Vorwand, Handel treiben zu wollen, nach Griechenland gesegelt sind. Stattdessen haben sie jedoch Io entführt, die Tochter König Inachos von Argos. Später haben dann Mardonius, Xerxes und jetzt Shapur in ihrem Stolz unzählige asiatische Horden gegen uns geführt.

Und es hat auch Zeiten gegeben, da haben orientalische Hinterlist und Verrat dem Westen Niederlagen beigebracht. So ist der greise römische General Crassus bei Carrhae verraten und enthauptet worden. Und vergesst auch nicht den quälenden Hunger und die Angst, die Marcus Antonius und seine Männer bei ihrem Rückzug aus Phraata in Medien erlitten haben. Vor ein paar Jahren dann, in der Zeit der Krise, ist Rom bei Barbalissos besiegt und viele Städte sind geplündert worden, einschließlich des mächtigen Antiochia. Und letzten Herbst dann der Fall von Arete.

Aber westlicher Mut und westliche Disziplin haben auch viele Siege errungen. Angefangen mit den alten Athenern, die Sardis niedergebrannt haben, bis hin zu den römischen Kaisern Trajan und Septimius Severus, denen es sogar gelang, Ktesiphon zu plündern, die Hauptstadt des orientalischen Despoten.

Und es wird noch viele weitere Siege des Westens geben. Macht euch nichts vor: Der Krieg kommt! Totaler Krieg! Die Anmaßung von Shapur, dem sogenannten König der Könige, muss ein für alle Mal beendet werden. Das wird jedoch nicht dieses Jahr geschehen und auch nicht nächstes. Das benötigt viel Vorbereitung. Zuerst müssen die Dinge daheim geregelt sein, doch schon bald werdet ihr mit eurem Kaiser an der Spitze gen Osten marschieren, um der persischen Plage ein Ende zu bereiten – für immer!«

Valerian hielt kurz inne, um den obligatorischen Jubel abzuwarten. Dann winkte er, um dem Heer wieder Ruhe zu gebieten.

»Ihr, die Sieger von Circesium, müsst jedoch erst einmal belohnt werden.« Spätestens jetzt konnte sich der alte Kaiser der vollen Aufmerksamkeit seiner Soldaten sicher sein.

»Nach allem, was ihr geleistet habt, habt ihr euch eine Zeit der Ruhe und Freuden verdient. Jeder Mann in diesem siegreichen Heer erhält fünf Tage Freigang. Eure Tapferkeit verdient Anerkennung. Wenn ihr wieder zu den Standarten zurückkehrt, wird jeden von euch eine neue rote Tunika erwarten.«

Als die Soldaten sicher waren, dass der Kaiser fertig war, jubelten sie erneut, jetzt allerdings schon nicht mehr ganz so enthusiastisch.

»Und was die Offiziere betrifft – da ihre Pflichten größer sind, sollte auch die Ehre größer sein, die ihnen zuteilwird. Jeder kommandierende Offizier wird einen mit Silber beschlagenen Schwertgürtel erhalten.« Jetzt jubelten die Männer nur noch der Form halber.

»Und euer Feldherr, der Dux Ripae, Marcus Clodius Ballista, verdient allergrößtes Lob für die rigorose Ausbildung seines Heers und den pflichtbewussten Eifer, mit dem er auf dem Weg den Euphrat hinunter die Marschordnung aufrechterhalten hat. Er soll einen goldenen Armreif von sieben Unzen bekommen, eine vergoldete Silberspange und vier Taschentücher aus Sarepta.

In jeder Schlacht gibt es eine Zeit, da alles auf Messers Schneide steht. Unsere Heilige Majestät ist darüber in Kenntnis gesetzt worden, dass dieser Moment bei Circesium vom Edelsten aller jungen Römer entschieden worden ist. Ohne Rücksicht auf seine eigene Sicherheit und aus eigenem Antrieb hat der Legat Gaius Acilius Glabrio einen kühnen Angriff gegen eine sassanidische Übermacht geführt. Unserem geliebten Gaius Acilius Glabrio werden Wir daher mit einem goldenen Halsreif von einem Pfund belohnen, einer goldenen Schnalle mit einem zypriotischen Anstecker und einer weißen Tunika aus halber Seide, geschmückt mit Ornamenten aus girbanischem Purpur.«

Als der alte Kaiser begleitet von Macrianus dem Lahmen wieder zu seiner Kutsche ging, sang das Heer wiederholt: »Valerian Augustus, mögest du lange leben!«

Die Männer sangen zwar laut genug, doch Ballista wusste, dass sie nicht glücklich waren. Ja, sie hatten fünf Tage frei bekommen, aber kein Geldgeschenk, das sie für Wein und Frauen hätten ausgeben können. Und was die neuen Militärmäntel betraf, so war der Comes Sacrarum Largitionum für die Ausstattung der Armee verantwortlich. Die Idee mit den mehreren Tausend Militärmänteln stammte mit Sicherheit von Macrianus dem Lahmen, der sich damit wieder einmal selbst bereichern wollte. Auch der Großteil der Offiziere war garantiert nicht erfreut. Ein mit Silber beschlagener Schwertgürtel war ein armseliges Geschenk.

Nur ein Mann im Heer war wirklich zufrieden, dachte Ballista säuerlich. Obwohl er Befehle missachtet, das ganze Heer in Gefahr gebracht und einen entscheidenden Sieg einfach so weggeworfen hatte, war es Gaius Acilius Glabrio mit seinem patrizischen Prunk und hervorragenden Kontakten irgendwie gelungen, als Held von Circesium dazustehen. Öffentlich derart geehrt und umschmeichelt, konnte keinerlei Zweifel daran bestehen, wie hoch er in der Gunst des Kaisers stand.

Auch konnte kein Zweifel daran bestehen, wie Ballista nach Valerians Rede dastand. Dass der Kaiser Arete in die Liste der westlichen Niederlagen miteinbezogen und ihn lediglich für die Ausbildung und Ordnung des Heeres gelobt hatte, das Fehlen auch nur eines freundlichen Worts und vor allem die armselige Belohnung im Vergleich zu Acilius Glabrio, all das zeigte deutlich, dass Ballista die Gunst des Kaisers verloren hatte. Nur die Götter wussten, wann er noch einmal die Gelegenheit erhalten würde, sie zurückzugewinnen, wenn überhaupt.

»Valerian Augustus, mögest du lange leben!« Als die kaiserliche Kutsche das Marsfeld verließ, verstummte der Gesang.

Vicarius Proconsularis

**Sommer 258 n. Chr.
bis Frühling 259 n. Chr.**

*Denn es steht geschrieben: »Ich will zunichtemachen die Weisheit der Weisen, und den Verstand der Verständigen will ich verwerfen.«
Wo sind die Klugen? Wo sind die Schriftgelehrten?
Wo sind die Weisen dieser Welt?*

Paul von Tarsus, Korinther I. 19–21

XIII

Der kaiserliche Ruf kam früh an einem Julimorgen, eintausendzehn Jahre *ab urbe condita*, seit der Gründung von Rom. Es war nun über ein Jahr her, dass Valerian zum zurückgekehrten Heer des Dux Ripae gesprochen hatte, über ein Jahr, seit Ballista die Gunst des Kaisers verloren hatte. In all dieser Zeit hatte Ballista keine weiteren Befehle erhalten, außer in Antiochia zu bleiben, und er war auch nicht ins kaiserliche Consilium berufen worden. Man hatte ihn ignoriert.

Zuerst hatte Ballista sich über seine unerwartete Freiheit gefreut, weg vom Hof und den giftigen Intrigen, die den Stellvertreter der Götter umgaben. Er hatte Geld, und formal war er noch immer der Dux Ripae. Er wurde nach wie vor bezahlt. Er hatte Frieden. Die Söhne von Macrianus dem Lahmen hatten keinen Anschlag mehr auf ihn verübt, und Ballista war inzwischen überzeugt davon, dass sie hinter dem Meuchelmörder mit der Narbe auf der Hand steckten. Ballista hatte alle Zeit der Welt, um die Dinge zu tun, die ihm Spaß machten. Er hatte mit seinem Sohn gespielt, mit seiner Frau Liebe gemacht, Unmengen von Meeresfrüchten gegessen und ganze Tage mit Lesen verbracht.

Sicher, das gesellschaftliche Leben eines Mannes, den der Kaiser aus seinem inneren Zirkel verstoßen hatte, war ein wenig eingeschränkt. Nicht jeder wollte mit so einem Mann gesehen werden. So hatte Ballista mehr Zeit als üblich mit Maximus in den Tavernen am Fluss verbracht. Er war trinken gegangen, und als Aurelians Bruch verheilt war, auch auf die Jagd. Sie suchten Löwen und Tiger in den Bergen. Manchmal nahmen sie sogar Julia und Isangrim mit. Sie fanden jedoch nur Hirsche. Allerdings gab es auch noch Strauße und wilde Rinder auf den Ebenen am See.

Doch ein Jahr ist eine lange Zeit. Obwohl er das sich selbst gegenüber nie zugegeben hätte, hatte Ballista herausfinden müssen, dass ein Leben in *otium*, gelassenem Frieden, verdammt langweilig werden konnte. Selbst sein Lieblingsessen konnte man nicht ständig in sich reinstopfen. Natürlich, sagte er sich selbst, wäre alles anders, wäre er zu Hause gewesen, entweder in Tauromenium auf Sizilien oder an seinem Geburtsort hoch im Norden.

Als der Ruf des Kaisers kam, war das eine große Überraschung. Der Imperator wünschte, Marcus Clodius Ballista zu sehen, und er sollte seine Ernennungsurkunde zum Dux Ripae mitbringen.

Als Ballista über den großen Hof des Kaiserpalastes ging, schlug die Wasseruhr die Stunde. Vier goldene Kugeln ruhten unten an einem Stab, der von einer vergoldeten Statue über dem inneren Tor gehalten wurde. Wenigstens hatte er sich nicht verspätet.

Sein entschlossener Schritt sorgte dafür, dass die wartenden Bittsteller ihm Platz machten. Nahe dem inneren Tor musste er allerdings langsamer werden, denn ein paar Barbaren aus dem Norden traten nur widerwillig beiseite. Ein paar Sekunden lang nahm Ballista an, dass es sich um Boraner handelte, doch bei genauerem Hinsehen verrieten ihre gestreifte Kleidung und die kunstvollen Frisuren, dass sie aus dem Norden Germaniens stammten. Ihre Unverschämtheit war der notorischen Wildheit dieser Franken geschuldet.

Am Fuß der Treppe sorgte der Anblick des kaiserlichen Siegels auf dem Kästchen in Ballistas Hand dafür, dass sich die Reihen der Silentarii teilten. Die Prätorianer salutierten und öffneten die Tür. Ein Eunuch erschien und führte Ballista das lange Peristyl hinunter. Ihre Schritte hallten von den Wänden wider. Statuen schon lange verstorbener, vergöttlichter Kaiser, darunter Augustus, Claudius und Trajan, schauten gleichgültig auf die beiden herab, während sich die Tür hinter ihnen schloss.

Hinter der nächsten Tür umgab ihn das warme, parfümierte Zwielicht des kaiserlichen Vestibüls. Mit außerordentlicher Höflichkeit bat der Eunuch Ballista zu warten, dann verschwand er in den Schatten.

Ballista schaute sich um. Vier weitere Männer warteten hier:

drei Senatoren und ein Ritter wie Ballista auch. Ballista fand einen Stuhl und setzte sich. Sorgfältig richtete er die formellen Falten seiner Toga und legte das Dokumentenkästchen mit dem kaiserlichen Siegel auf seinen Schoß. Er nickte den anderen Männern zu, und sie nickten zurück. Einer der Senatoren hustete. Niemand sagte ein Wort.

Alleingelassen musterte Ballista das Elfenbeinkästchen auf seinem Schoß: die goldenen Ecken und die Goldscheibe in der Mitte mit den Porträts der Kaiser Valerian und Gallienus. Dieses Kästchen und das Dokument darin waren der Beweis für Ballistas Amt als Dux Ripae, doch dieses Amt würde man ihm nun ohne Zweifel nehmen. Aber würde man es durch ein anderes ersetzen oder nicht?

Es war eher eine Bewegung in der dicken Luft als ein Geräusch, was verriet, dass jemand durch die Vorhänge zum Audienzsaal trat. Alle fünf Männer versuchten, nicht erschrocken aufzuspringen und den Mann anzustarren. Es war das Gesicht von Cledonius, dem Ab Admissionibus, was da am Vorhang erschien. Kurz verharrte er dort, was den Männern jedoch wie eine Ewigkeit erschien, um seine Augen an das Zwielicht zu gewöhnen. Dann ging er zu einem der Senatoren und sprach leise mit ihm. Jetzt sprang der Senator doch noch auf, raffte seine Toga zusammen und eilte dem Ab Admissionibus hinterher. Der schwere Vorhang schloss sich hinter ihnen. Erneut kehrte Stille ins Vestibül ein. Die verbliebenen Männer starrten ins Leere und mieden Blickkontakt. Jeder behielt seine Dignitas für sich.

Nach abermals einer gefühlten Ewigkeit tauchte Cledonius wieder auf. Diesmal ging der Ab Admissionibus zu dem Stuhl, auf dem der Ritter saß. Kurz darauf schloss sich der Vorhang auch hinter ihnen, und Ballista saß nur noch mit zwei Senatoren im Zwielicht. Obwohl die beiden anderen Männer schwiegen und sich keine Gefühlsregung auf ihren Gesichtern zeigte, so fühlte Ballista doch ihre Verärgerung. Vor seinem geistigen Auge sah Ballista Senatoren vor langer Zeit, die auf dem italischen Festland gegenüber der Insel Capri warteten, wenn sie gezwungen waren, erst bei dem bösartigen Prätorianerpräfekten Seianus vorzusprechen, um die Erlaubnis zu erhalten, das Meer überqueren zu dürfen, um mit Kaiser Tiberius zu reden. Nachdem Augustus, der erste Kaiser, die Monarchie wieder eingeführt hatte, hatte sich viel verändert. In der neuen Ordnung – euphemistisch die »erneuerte Republik« genannt – waren die Senatoren zwar die höchste gesellschaftliche Klasse geblieben, doch jetzt hatten sie einen Herrn. Macht drückte sich in Zugang zum Kaiser aus, und der Kaiser konnte jeden an seine Seite rufen, den er wollte. All das hatte nicht länger etwas mit gesellschaftlicher Hierarchie zu tun. So saßen Senatoren dieser Tage im Zwielicht des kaiserlichen Vestibüls und schauten zu, wie Angehörige eines niederen Standes vor ihnen zum Kaiser gerufen wurden. Jetzt tauchte Cledonius' Gesicht vor Ballista auf. Gedankenverloren hatte der Germane gar nicht bemerkt, dass Cledonius wieder in den Raum gekommen war. Cledonius beugte sich dicht an ihn heran und sagte leise etwas. Ballista hörte die Worte nicht, doch das war auch egal. Ihre Bedeutung war klar: Komm mit!

Ballista versuchte, im Zwielicht irgendetwas im Gesicht seines Gegenübers zu sehen. Es war sinnlos. Selbst der beste Gesichtsleser im Reich hätte da nichts deuten können. Der Ab Admissionibus zeigte stets den gleichen teilnahmslosen Gesichtsausdruck, egal ob der Mann, den er rief, mit Gold überschüttet oder einen Kopf kürzer gemacht werden sollte.

Als er aufstand, dachte Ballista an die Geheimgänge, die mit Sicherheit aus der kaiserlichen Audienzhalle führten und durch die man die Verdammten in die Keller schleppte. Er schüttelte den Kopf. Es war besser, nicht daran zu denken, was dort unten geschah.

Cledonius wandte sich ab und erwartete, dass Ballista ihm folgte, doch das tat Ballista nicht, zumindest nicht sofort. Stattdessen stellte er das Dokumentenkästchen auf den Stuhl und strich mit beiden Händen die Falten der Toga glatt. Dann nahm er das Kästchen wieder auf und bemerkte, dass seine verschwitzten Hände Flecken auf dem Elfenbein hinterlassen hatten. *Du bist wohl doch nicht so tapfer, wie du gedacht hast*, sagte er zu sich selbst. Ballista schaute nicht zu den beiden Senatoren, die noch saßen, und folgte Cledonius. Aber auch ohne sie anzusehen, fühlte er ihre Feindseligkeit in seinem Rücken. Schließlich war er nicht nur ein einfacher Ritter, er war auch noch ein Barbar.

Hinter dem Vorhang aus schwerem kaiserlichen Purpur sah der kaiserliche Audienzsaal noch aus wie vor einem Jahr. Licht fiel durch die Fenster in der großen Apsis, und da war der Kaiser auf seinem erhöhten Thron. Sein goldener Kranz strahlte, und hinter seiner linken Schulter saßen seine Sekretäre auf einer Bank, rechts Successianus, der Präfekt der Prätorianer. Am Fuß der Stufen brannte das Heilige Feuer auf einem niedrigen Altar. Nur vier Gestalten in Togen saßen dort. Das war ein kleines, intimes Consilium.

Das Ritual verlief genauso wie all die anderen Male zuvor: der lange Marsch durch den stillen Raum, die Vorstellung durch den Ab Admissionibus, Ballistas Gesicht dicht über dem kühlen Marmorboden während der *Proskynesis*, die zum Kuss ausgestreckte Hand mit dem schweren Ring, der Geschmack von Edelstein und Metall und die kalten formellen Grußworte des Stellvertreters der Götter auf Erden.

Ballista stand direkt neben der heiligen Flamme. Verstohlen schaute er zu den Mitgliedern des Consiliums. Da waren der Comes Largitionum, Macrianus der Lahme, und der Princeps Peregrinorum Censorinus, der Präfekt der Frumentarii. Beide wirkten auf ihre Art düster.

Bei den nächsten beiden handelte es sich um Senatoren, die Ballista nicht kannte. Einen der beiden erkannte er jedoch als einen von jenen, die draußen mit ihm gewartet hatten. Von dem Ritter hingegen, den Cledonius hereingeführt hatte, war nichts mehr zu sehen.

Langsam senkte sich das weit vorstehende Kinn des Kaisers. Er schaute Ballista an. Die kaiserlichen Mundwinkel waren nach oben gezogen, doch Valerian lächelte nicht.

»Marcus Clodius Ballista, letztes Jahr, fünf Tage vor den Iden des März, hast du einen schriftlichen kaiserlichen Befehl erhalten, von mir unterzeichnet und direkt an dich gerichtet. Darin wurde dir befohlen, dafür zu sorgen, dass sich jeder Soldat in dem Heer, das du als

Dux Ripae geführt hast, den natürlichen Göttern opfert. Und diesen Befehl galt es, sofort umzusetzen.«

»Ja, Dominus.«

»Du hast es jedoch für angemessen erachtet, diesen Eid nicht vor den Kalenden des April einzufordern, sondern erst zweiundzwanzig Tage später.« Valerian hielt kurz inne, als einer der Senatoren hustete. Doch als der Mann nicht damit aufhörte, sprach Valerian einfach weiter, allerdings lauter als zuvor. »In diesem Zeitraum ...« Er schaute auf ein Dokument. »In diesem Zeitraum haben zwanzig Soldaten die Standarten ohne Erlaubnis verlassen. Einer der Deserteure ist den Frumentarii in die Hände gefallen, und nach ein wenig Überzeugungsarbeit ...«, der Kaiser nickte Censorinus wohlwollend zu, »... hat dieser Deserteur gestanden, dass er geflohen sei, weil er ein Christ war. Vermutlich sind die anderen aus dem gleichen Grund desertiert. Deine Nachlässigkeit hat diesen Feinden der Götter die Flucht ermöglicht.«

»Dominus, zu diesem Zeitpunkt haben wir um unser Leben gekämpft. Da kann es durchaus sein, dass diese Männer einfach nur vor dem Feind fliehen wollten.«

»Bist du ein Christ?« Die Frage kam unerwartet und in scharfem Ton.

»Nein, Dominus.«

»Hegst du Sympathien für die Christen?«

»Nein, Dominus.«

»Und was weißt du über diesen tödlichen Aberglauben?«

»Nur sehr wenig, Dominus. Ich habe aber bei Tacitus und Plinius dem Jüngeren darüber gelesen. Genau wie Letzterer habe ich jedoch nie einem Prozess gegen einen Christen beigewohnt. Ich weiß nur, dass sie Eurer Majestät Arete und das Heer viele gute Männer gekostet haben.«

Erneut hielt Valerian inne. Ballista glaubte zu sehen, wie der Blick des Kaisers kurz zu Censorinus huschte. Der Princeps Peregrinorum reagierte nicht. Das Husten des Senators war verstummt. Stille herrschte im Raum.

Dann meldete sich eine neue Stimme zu Wort: »Dominus, wenn ich darf …?« Das war Macrianus. Vorsichtig stand er auf und verlagerte das Gewicht auf sein lahmes Bein. »Dux Ripae, welche Gefühle hegst du diesem Kult gegenüber?«

»Ich halte sie für Narren und Verräter«, antwortete Ballista.

»Weil einige von ihnen die Stadt Arete verraten haben?«

»Ja.«

»Und wie denkst du darüber, dass sie verfolgt werden?«

»Das halte ich für eine sehr gute Idee.«

»Würdest du dich freuen, sie selbst verfolgen zu können?«

»Sehr sogar.« Während Ballista sprach, lächelte Macrianus breit und setzte sich mühsam wieder.

»Deine Worte scheinen den Comes Sacrarum Largitionum et Praefectus Annonae zu freuen«, sagte der Kaiser, »und sie gefallen auch Unserer Heiligen Majestät.« Valerian wartete kurz, um Ballista Gelegenheit zu geben, sich in Anerkennung dieser kaiserlichen Gunst zu verneigen.

»Dieser degenerierte und widerwärtige Aberglaube, der sich von den Schwachen und Unwissenden nährt, den Frauen, Kindern, Sklaven und Schwachsinnigen, hat sich wie eine Seuche im Imperium verbreitet. Und es schmerzt mich sagen zu müssen, dass der Grund dafür die Nachlässigkeit und Trägheit der Kaiser war. Immer und immer wieder haben Unsere treuen Untertanen sich erhoben und verlangt, die gotteslästerlichen Christen den Löwen zum Fraß vorzuwerfen. Mit einigen hat man das auch getan, aber es waren nicht genug, bei Weitem nicht. Die Verfolgungen waren immer nur lokal und sporadisch. Nur Unser Vorgänger, Kaiser Decius, hat versucht, dieses Ungeziefer im ganzen Reich auszurotten. Sein viel zu früher Heldentod mit dem Schwert in der Hand im Kampf gegen die Goten bei Abrittus hat diesem lobenswerten Vorhaben jedoch ein Ende bereitet.«

Valerian dachte kurz nach.

»Unser Edikt vom letzten Jahr ist weithin ignoriert oder missachtet worden. Das kann so nicht weitergehen. Unsere Geduld ist am Ende.« Der Kaiser ließ seinen Blick durch den Raum schweifen. »Deshalb haben Wir ein neues Edikt aufgesetzt. Es gilt für das ganze Imperium, sowohl hier im Osten als auch im Westen, wo mein Sohn Gallienus herrscht. Die ganze Macht des Gesetzes wird dahinterstehen wie auch die Schwerter der Armee. Vor allem gilt das natürlich in Gebieten, von denen Wir glauben, dass es dort nur so von diesen Übeltätern wimmelt: Africa, Hispania und die Provinz Asia. Deshalb werden Wir Galerius Maximus schicken …«, er deutete auf den Senator, den Ballista schon draußen gesehen hatte, den mit dem Husten, »… um als Prokonsul in Africa Proconsularis zu regieren.« Der kaiserliche Finger deutete auf einen weiteren Senator. »Und Aemilianus hier wird nach Hispania Citerior gehen. In der Provinz Asia liegt der Fall jedoch anders. Der dortige Prokonsul, Nicomachus Julianus, hat schon genug zu tun. Jeden Tag ist damit zu rechnen, dass die Barbaren jenseits des Schwarzen Meers angreifen – die Goten, Boraner, Heruler und wie auch immer die Skythen sich jetzt nennen. Ich habe dem Prokonsul ausdrücklich befohlen, sich vor allem um die Sicherheit der Provinz zu kümmern und die Verteidigungsanlagen an der Küste zu verstärken, sowohl auf den Inseln als auch in den Städten.«

Erneut deutete die kaiserliche Hand, diesmal auf Ballista.

»Deshalb ernenne ich dich, Marcus Clodius Ballista, zu seinem Stellvertreter. Du sollst nach Ephesus reisen, der Hauptstadt, und dort die Christen mit aller Härte verfolgen. Natürlich ist es eine außergewöhnliche Ehre für einen Ritter, als Vicarius eines Prokonsuls zu dienen, und das auch noch in einer Provinz wie Asia.«

Es folgte eine sorgfältig bedachte Pause, gerade lange genug, um Ballista Gelegenheit zu geben, sich dankbar zu verneigen.

»Niemand soll glauben, dass das nicht von allergrößter Wichtigkeit sei. Die räuberischen Barbaren, von denen wir umgeben sind, die Sassaniden im Osten, die Mauren und Blemmyer im Süden und die Goten, Sarmaten, Alemannen, Vandalen, Franken und Sachsen im Norden, sie alle stellen nur wegen der götterlästerlichen Christen eine Gefahr für uns dar.« Der Kaiser hob das Kinn und fuhr laut und im Tonfall eines Orators fort: »Denn was kann ein wilder Barbar schon von sich aus tun? Er kann an der Grenze morden und plündern, doch das Herz des Imperiums treffen, das kann er nicht. Und was ist das Herz des Imperiums?«

Valerian hielt inne und ließ seinen Blick bedächtig durch den Raum wandern.

»Pax Deorum, der Friede zwischen Göttern und Menschen, Pax Deorum. Über tausend Jahre haben wir unsere Pflicht den Göttern gegenüber erfüllt. Über tausend Jahre haben die Götter die Sicherheit des Imperiums garantiert. Doch all das ist in der letzten Generation in Gefahr geraten – durch die Pest, die Usurpatoren, meuternde Truppen, die endlosen Barbareneinfälle, den Tod Kaiser Decius' durch die Schwerter der Goten und vor allem durch die unerträgliche Arroganz von Shapur dem Sassaniden, der das Imperium im Osten bedroht. Und der Grund für all das liegt in der Götterlästerei der Christen. Diese blinden, arroganten Narren behaupten, es gäbe keine Götter, nur ihren einen namenlosen Gott, und falls doch, dann seien das keine Götter, sondern Dämonen. Da ist es kein Wunder, dass sich die Götter von uns zurückziehen und anderen ihre Gunst gewähren, wenn wir solches Gerede zulassen. Aber damit ist jetzt Schluss! Die Christen werden opfern oder sterben!«

Schweigen folgte diesen Worten.

Dann, nach angemessener Zeit, erhob sich Galerius Maximus, der edelste der Senatoren. Aufgeblasen pries er die Frömmigkeit und Weisheit des Kaisers. Ja, der Erfolg im Krieg liege in den Händen der Götter, und mit den Sassaniden drohe Krieg. Wenn das Imperium der christlichen Gottlosigkeit in Syrien, Ägypten, Asien kein Ende bereite, dann würde alles an den orientalischen Despoten verloren gehen.

Ballista versuchte, ein Gesicht aufzusetzen, von dem er hoffte, es strahle demütige Aufmerksamkeit aus. Dabei überschlugen sich die Fragen in seinem Kopf. Warum hatte Valerian ausgerechnet ihn ausgewählt, um die Christenverfolgung in Ephesus zu überwachen? Ja, die Christen hatten Arete verraten, und deshalb hatte Ballista auch allen Grund, sie zu hassen. Aber warum hatte der Kaiser ausgerechnet einen Soldaten ohne jegliche Erfahrung in der Verwaltung ausgesucht? Und warum einen Ritter, noch dazu von barbarischer Geburt? Einen Mann, der über ein Jahr lang in Ungnade gefallen war? Und beunruhigender noch: Warum unterstützte Macrianus diese Wahl? Es hieß, der Einfluss des Comes Sacrarum Largitionum auf den alt gewordenen Kaiser steige von Tag zu Tag. Hatte Macrianus diese Ernennung vielleicht sogar vorgeschlagen?

Einer oder beide von Macrianus' Söhnen hatten versucht, Ballista zu ermorden. Dessen war er sich sicher. Doch selbst davon abgesehen, egal ob Macrianus nun daran beteiligt war oder nicht, er war bei Hofe stets Ballistas Feind gewesen. Was für ein finsteres Spiel spielte der lahme, alte Mann jetzt schon wieder?

XIV

Lucius Calpurnius Piso Censorinus, Princeps Peregrinorum, Oberbefehlshaber der Frumentarii und somit einer der gefürchtetsten Männer im Reich, seufzte und legte das Kinderbuch beiseite. Er strich sich mit der Hand übers Gesicht. Er war müde, und es lief nicht gut. Censorinus stand auf und ging zum Fenster. Draußen fiel das Licht der Nachmittagssonne durch die Wipfel der Bäume. Einem Patrizier, so wusste Censorinus, wurde gelehrt, dass der wahre Test für die Humanitas eines Mannes seine Wertschätzung eines Gartens sei. So bemühte sich Censorinus nun auch, die Licht- und Schattenmuster zu schätzen, während der Westwind durch den Obsthain zwischen Kaiserpalast und Hippodrom wehte. Doch Censorinus hatte schlicht keinen Sinn für solche Dinge. Sie beeindruckten ihn nicht im Mindesten.

Es klopfte leise an der Tür. Ohne große Eile stellte Censorinus sicher, dass die verborgene Tür, die in die Keller des Palastes führte, geschlossen war. Dann kehrte er an seinen Schreibtisch zurück, legte ein paar Dokumente auf das Kinderbuch, das er gelesen hatte, und sagte: »Herein!«

Der Frumentarius, der daraufhin den Raum betrat, trug dunkle Straßenkleidung. Er sah unscheinbar aus wie alle guten Frumentarii.

»Marcus Clodius Ballista hat dich also auserwählt, ihn als Schreiber nach Ephesus zu begleiten«, erklärte Censorinus.

»Jawohl, Dominus.«

»Das wird dann das dritte Mal sein, dass du ihm dienst.«

»Jawohl, Dominus.«

»Ich habe mir deine Berichte angesehen.« Vage deutete Censorinus auf die Regalwand mit den Schriftrollen hinter sich. »Deine Berichte aus Arete waren ausgesprochen unhöflich, aber die aus Circesium enthielten viel Lob.«

Der Frumentarius, der eine lobenswert unmilitärische Körperhaltung hatte, richtete sich ein wenig auf. »Ich berichte die Dinge so, wie ich sie sehe.«

Censorinus fiel auf, dass der Frumentarius seinen nordafrikanischen Akzent noch immer nicht ganz abgelegt hatte. Gelegentlich sprach er ein »s« noch immer wie ein »sch« aus.

»Was könnte man auch mehr verlangen?« Censorinus lächelte kurz. »Im kaiserlichen Consilium heute Morgen hat Ballista behauptet, er wisse nicht mehr über die Christen als das, was Tacitus und Plinius der Jüngere über sie geschrieben haben.« Der Princeps Peregrinorum sprach, als lese er immer die Berichte seiner Frumentarii. »Einer deiner Berichte legt jedoch nahe, dass er ein wenig – zurückhaltend mit der Wahrheit gewesen sein könnte. Letztes Jahr hat er sich hier in Antiochia einen christlichen Straßenprediger angehört. Wir erwarten besondere Wachsamkeit von dir, Hannibal.«

»Jawohl, Dominus.«

Nachdem der Mann gegangen war, blieb Censorinus an seinem Schreibtisch sitzen. Den Blick ins Nichts gerichtet, dachte er über die Ernennung des neuen Vicarius für den Prokonsul von Asia nach. Zwar hatte der junge Patrizier Gaius Acilius Glabrio allen Ruhm eingeheimst, aber auch Ballista hatte sich bei Circesium gut geschlagen. Auch hatte der Germane durchaus Unterstützer am Hof: Die Generäle Tacitus und Aurelian waren eng mit ihm befreundet, und der Ab Admissionibus Cledonius schien ihm äußerst zugetan zu sein. Gleiches galt für Successianus, den Prätorianerpräfekten. Aber Ballista war über ein Jahr in Ungnade gefallen, und er hatte nie in einer zivilen Verwaltung gedient. Daher war es eine große Überraschung gewesen, als Macrianus sich für Ballistas Ernennung eingesetzt hatte. Seit dem Tumult im Palasthof nach Ballistas Rückkehr aus Arete hatte der Comes Largitionum alles unternommen, um dem Germanen das Leben schwer zu machen. Vermutlich steckte auch einer seiner Söhne, entweder Quietus oder Macrianus der Jüngere, hinter den Mordanschlägen auf Ballista. Warum also wollte

Macrianus jetzt, dass ausgerechnet Ballista die Christenverfolgung in Ephesus übernahm?

Censorinus überkam ein Gefühl der Freude, während er versuchte, dieses Mysterium zu ergründen. Er war verdammt gut darin, Geheimnisse auszugraben, und mit diesem Talent war er schon weit gekommen. Censorinus gestattete sich einen Moment der Selbstzufriedenheit. Er war in der Tat einen weiten Weg von den Färbereien in Bononia gekommen, wo er aufgewachsen war. Um den nach Urin stinkenden Bottichen zu entkommen, war er in Noricum als Legionär zur Legio II Italica gegangen, oben an der Donau. Es hatte auch nicht lange gedauert, da war er befördert worden, bis er schließlich Speculator geworden war. Und nach nur vier Jahren bei den Kundschaftern hatte man ihn zum Centurio der Frumentarii ernannt. Fünf weitere Jahre und ein wohlkalkulierter Verrat hatten ihm dann schließlich den Oberbefehl über den kaiserlichen Geheimdienst eingebracht. Doch auch damit würde er sich nicht zufriedengeben. Hatte man dem großen Marcus Oclatinius Adventus, dem Princeps Peregrinorum unter dem vergöttlichten Septimius Severus, nach der Ermordung Caracallas nicht sogar den Thron angetragen? Aber natürlich hatte der Narr ihn abgelehnt.

Doch wie bei allem, so hatte auch Censorinus' kometenhafter Aufstieg seinen Tribut gefordert. Seine Selbstzufriedenheit verflog, als er die Dokumente beiseiteschob und das Buch wieder hervorholte, das er gelesen hatte. In den ehrwürdigen Kreisen, in denen er sich nun bewegte, war es wichtig, wenigstens so tun zu können, als habe man Homers Poesie gelesen. Widerwillig schlug der Princeps Peregrinorum die kommentierte Ilias für Kinder auf und quälte sich weiter durch die Hexameter.

Die frühmorgendliche Brise hatte den Fäulnisgeruch fast aus dem Hafen vertrieben, fast, aber nicht ganz. Es war nun drei Jahre her, seit Ballista zum letzten Mal in Seleucia Pieria gewesen war. Damals war er auf dem Weg nach Arete hier durchgekommen. Seitdem hatte sich einiges verändert. So hatte man zum Beispiel die heruntergekommene Anlegestelle repariert, und die Bootsschuppen hatten wenigstens einen Hauch von frischer Farbe gesehen. Dieses Mal lagen auch weit mehr Schiffe und Boote im Hafen, sowohl zivile als auch militärische. Seleucia Pieria war nicht länger ein Kaff. Hier brummte das Leben. Doch die Gegenwart des kaiserlichen Hofs nicht weit entfernt in Antiochia hatte nicht alles verändert. Das breite Hafenbecken war noch immer voller Müll. Er tanzte auf dem Wasser, trieb gegen die Kais und verfing sich an den Bojen. Es war sogar ein toter Hund zu sehen und jede Menge tote Ratten. Vermutlich, überlegte Ballista, verhinderte der lange Kanal, der den von Menschen geschaffenen Hafen mit dem Mittelmeer verband, dass die Gezeiten den Müll ins Meer spülten.

Die beiden Männer standen am Militärkai neben dem Kriegsschiff, das sie nach Ephesus bringen würde. Es hieß *Venus*, und über dem Rammsporn war eine wohlproportionierte Figur der nackten Göttin zu sehen. Die *Venus* war eine Trireme, eine lange, schmale Galeere, die von fast zweihundert Mann auf drei Ebenen gerudert wurde. Überfüllt und unbequem war sie in einem Sturm alles andere als seetüchtig. Die *Venus* hatte nur eine einzige Funktion und war dementsprechend gebaut: Sie sollte andere Schiffe jagen, zur Strecke bringen und versenken. Sie hatte den Befehl, durch die Ägäis bis nach Byzantium zu kreuzen und nach Piraten aus dem Schwarzen Meer zu suchen: Goten, Boraner und Heruler. Auf ihrem Weg sollte sie den neuen Vicarius des Prokonsuls von Asia in Ephesus absetzen. Vom Schiff waren immer wieder Befehle zu hören und ständiges Fluchen.

Ballista beobachtete die Männer, die über das Deck schwärmten. Sie verstauten Ersatzriemen, Taue und Segeltuch, um das Schiff zur Abfahrt vorzubereiten. Maximus ließ seinen Blick anerkennend über die Galionsfigur schweifen.

Plötzlich war ein besonders blumiger Fluch zu hören, und ein großer, runder Schädel tauchte auf. Einen Augenblick später war Calgacus' verkniffenes Gesicht zu sehen, dann kam der Kaledonier die Laufplanke herab. Wie immer knurrte er gut hörbar vor sich hin. »Nein, nein, nein – alles gut. Bleibt einfach stehen, ihr zwei. Immer mit der Ruhe. Als würde ich Hilfe mit all eurem Zeug und den vierzig Mann Gefolge brauchen, das noch an Bord muss.« Dann, in anderem Tonfall, aber genauso laut: »Eine der Seekisten fehlt, aber die meisten sind schon in ihren Quartieren.«

»Gut gemacht«, sagte Ballista. »Aber du übertreibst es doch nicht, oder?«

Anstatt zu antworten, funkelte Calgacus Ballista vernichtend an und machte kehrt, um wieder an Bord zu stapfen. »Haha, sage ich!«, knurrte er.

Der Kaledonier übertrieb wieder mal maßlos.

Ballista hatte sich sehr bemüht, sein Gefolge klein zu halten, doch die römischen Sitten verlangten, dass es nicht kleiner sein durfte als das, das er als Dux Ripae gehabt hatte. So hatte er sechs Viatores, um Botschaften zu übermitteln, vier Schreiber, zwei Praecones, um ihn anzukündigen, und zwei Haruspices, um die Zukunft aus den Eingeweiden von Tieren vorherzusagen. Insgesamt waren es vierzehn. Zwei von ihnen, der nordafrikanische Schreiber und ein Kurier aus Gallien, waren schon bei Ballista, seit er Italien gen Osten verlassen hatte. Wie es seine Angewohnheit war, hatte er Demetrius zum Accensus ernannt, zum Aufseher seines Stabs.

»Da kommen sie«, sagte Maximus.

Ballista drehte sich um, sah sie aber nicht. Sein Blick wanderte nach oben, die sich schlängelnden Gassen und Treppen hinauf, die an den willkürlich zusammengewürfelten Häusern vorbeiführten, die bis zur Akropolis und dem schlichten dorischen Tempel hinaufreichten, die Seleucia beherrschten. Dahinter lagen die vernarbten grauweißen Hänge des Mons Pieria.

»Nein, da drüben«, sagte Maximus. Sie waren schon viel näher, als Ballista erwartet hatte. Die blaue Sänfte wurde von den zwei ehemaligen Gladiatoren begleitet, die der Familie noch immer als Leibwächter dienten. Acht Sklaven trugen die Sänfte.

Ballista war verärgert. Verfiel Julia etwa in alte Gewohnheiten? Spielte sie wieder die Tochter eines Senators, die noch nicht einmal die paar Minuten von ihrem Haus bis hierher gehen konnte?

Die Träger setzten die Sänfte ab, und einer zog den Vorhang zurück. Ballista trat vor, um seiner Frau die Hand zu reichen. Julia stolperte leicht, als sie ausstieg. Ballista fing sie auf und staunte über ihr Gewicht. Es kümmerte ihn nicht. Er hatte üppigere Frauen schon immer vorgezogen. Dann griff er in die Sänfte hinein und hob seinen Sohn heraus. In Isangrims Fall überraschte ihn das Gewicht nicht im Mindesten, als er ihn durch die Luft wirbelte. Er war sich durchaus bewusst, dass Isangrim für seine sechs Jahre ungewöhnlich groß war. Ballista küsste ihn auf die Stirn und stellte ihn wieder ab. *Allvater, wie viele solcher Abschiede werde ich noch erleben müssen?*

Ballista hatte um die Erlaubnis gebeten, dass seine Familie ihn nach Ephesus begleiten durfte. Valerian hatte jedoch abgelehnt und erklärt, Frauen und Kinder sollten die Folgen einer entschlossenen Christenjagd lieber nicht erleben.

Ballista hatte noch immer keine Idee, warum er für diese Aufgabe auserwählt worden war. Julia, die sich am Hof gut auskannte, hatte es ebenfalls nicht herausgefunden, und selbst Cledonius hatte einräumen müssen, keine Ahnung zu haben. Es konnte schlicht niemand fassen, mit welcher Warmherzigkeit Macrianus die Ernennung vorangetrieben hatte. Gleichzeitig hatte Ballista begonnen, der engen Beziehung zwischen seiner Frau und dem Ab Admissionibus zu misstrauen, doch als sie jetzt zur Anlegestelle marschierten, schob er den Gedanken rasch beiseite. Julia und Cledonius hatten einen gemeinsamen Hintergrund. Er war mit einer ihrer vielen Cousinen zweiten Grades verheiratet, und beide kannten sie sich im inneren Zirkel des Imperiums aus, wie es kein Germane je können würde.

Sie erreichten das Schiff. Es war Zeit zu gehen. Ballista hockte sich vor seinen Sohn, umarmte ihn und vergrub das Gesicht in den blonden Locken. Dann sog er den Duft von Haut und Haaren seines Sohnes auf, um sich stets an sie zu erinnern. Schließlich flüsterte er ihm in seiner Muttersprache zu, die Isangrim auf seinen Wunsch hin gelernt hatte: »Sei tapfer. Kümmere dich um deine Mutter.«

Als Ballista wieder aufstand, streckte Isangrim die Hand aus. Der Junge öffnete seine kleine Faust. Darin lagen zwei reichlich zerknüllte Blätter. »Nimm eines und steck es in deine Börse.« Mit seinen blauen Augen schaute Isangrim ernst zu seinem Vater auf. »Dann können wir sie uns ansehen und uns erinnern.« Ballista traute seiner Stimme nicht. Er schaute einfach nur zu seinem Sohn hinab, nahm das Blatt und verstaute es sicher.

Anschließend zog Ballista Julia zu sich heran. Sanft küsste er sie auf die Lippen. Diesmal sprach er Latein. »Pass auf dich auf. Ich werde so schnell wie möglich zurückkommen.«

Julia schmiegte sich an ihn. »Sei vorsichtig.« Ihre Lippen waren dicht an seinem Ohr. »Wenn du zurückkommst, wirst du wieder Vater sein.«

Ballista schnappte unwillkürlich nach Luft, wie Männer es immer tun, wenn sie das hören. »Wann?«

Julia lächelte. »Gegen Ende des Jahres.«

Fast hätte Ballista gesagt, er würde die Christen so schnell wie möglich umbringen, doch er schluckte diese unheilvollen Worte rasch hinunter. Er schaute seiner Frau in die Augen. »Gut. Pass auf dich auf«, wiederholte er noch einmal.

Die Zeit zum Aufbruch war gekommen. Ballista drehte sich um und ging aufs Schiff. Seine Stiefel hallten auf den Planken wider.

XV

Das Theater von Ephesus konnte man von See aus schon in mehreren Meilen Entfernung sehen. Die *Venus* kam aus dem Morgennebel, und da war es, direkt voraus. Die Marmorverkleidung schimmerte weiß, und die schlichte Geometrie sorgte dafür, dass es inmitten der komplexen Architektur in der Umgebung hervorstach.

Es war eine ereignislose und ruhige Reise gewesen. Wie es geruderte Schiffe meist taten, hatten sie jeden Abend irgendwo angelegt, denn die Mannschaft sollte an Land essen und schlafen. Nur auf der Strecke von Syrien nach Zypern und später nach Rhodos waren sie gezwungen gewesen, die Nacht in der Enge des Schiffes zu verbringen. In Paphos, der Hauptstadt von Zypern, hatten sie gleich mehrere Tage gelegen und in Rhodos noch einmal.

Ballista hatte es nicht eilig, Ephesus zu erreichen. Dabei hegte er nicht wirklich Zweifel an der Richtigkeit einer Christenverfolgung. Wie Valerian gesagt hatte, waren die Christen gottlose Verbrecher, und allein ihre Existenz bedrohte schon Roms Sieg im kommenden Krieg mit den Sassaniden. Überdies hatte Ballista am eigenen Leib erfahren, dass man den Anhängern dieses Kults nicht trauen konnte. Dennoch war das hier nicht das Gleiche wie ein militärisches Kommando. Ein Vicarius zu sein, der Stellvertreter des Prokonsuls einer unbewaffneten Provinz mit dem Auftrag, einfache Bürger zu jagen, war etwas völlig anderes, egal wie verwerflich diese Bürger auch sein mochten und ob sie Bestrafung verdienten oder nicht.

Und dann war da noch das, was Julia gesagt hatte: ein zweites Kind. Egal, wie sesshaft man auch sein mochte, egal, wie finanziell abgesichert oder wie bereit man war, man musste sich erst an den Gedanken gewöhnen. Ballista fragte sich immer wieder, ob er überhaupt fähig war, ein weiteres Kind genauso zu lieben wie Isangrim.

Alles in allem betrachtet war der Germane jedoch froh gewesen, als er endlich auf dem Schiff gewesen war. Hier hatte er Zeit gehabt. Beruhigt vom sich stets wiederholenden, einschläfernden Rhythmus des Lebens auf einem Kriegsschiff fühlte er, wie alle Sorgen von ihm abfielen. Er war fast wieder wie die junge Geisel in Rom, die unerwartet schulfrei bekommen hatte.

Ballista hatte verbreiten lassen, dass ihr Aufenthalt auf Zypern dazu diente, dem hiesigen Statthalter, einem Senator, die Ehre zu erweisen. Alles andere, so hatte er erklärt, sei schlicht unhöflich, zumal er ja schon auf der vorherigen Reise gen Osten die Gastfreundschaft des Statthalters genossen hatte.

Zumindest ein Mitglied von Ballistas Familia freute sich auch über den Aufenthalt. Sein ganzes junges Leben lang hatte Demetrius schon den Schrein der Aphrodite in Alt-Paphos sehen wollen. Obwohl der Schrein vom Sitz des Statthalters in der Neustadt nur ein Stück die Küste entlang lag, hatte sich drei Jahre zuvor, auf ihrer Reise nach Arete, keine Gelegenheit dazu ergeben. Ständig hatte es geheißen: »Wir haben keine Zeit zu verlieren.«

Diesmal hatte Demetrius jedoch einen ganzen Tag gehabt. Das war mehr als genug gewesen, um zum Schrein zu reiten, sich die Altertümer anzusehen, zur Göttin zu beten, das Orakel zu befragen und wieder zurückzukehren. Und Ballista hatte sich überreden lassen, den griechischen Jüngling zu begleiten, zumal Religion eine gute Entschuldigung war.

Der Statthalter meinte es zwar gut, aber er war auch furchtbar langweilig, denn er neigte zu langen Vorträgen über die Genealogie der römischen Elite und die Lage und Größe ihrer Besitztümer. »Die Familie deiner Frau, mein lieber Vicarius, muss natürlich mit den Julii Liciniani verwandt sein, die riesige Ländereien in Gallia Cisalpina besitzen, oben an den Seen bei Sermio.« Der Statthalter hatte viel zu gute Manieren, als dass er den barbarischen Ursprung seines Gastes angesprochen hätte. Trotzdem war es eine große Erleichterung für Ballista, ihm zu entkommen.

Ballista und Demetrius waren allein geritten. Maximus und die anderen hatten sie sich selbst überlassen. Zypern war eine ruhige Provinz, weit weg von allen Feinden. Auch gab es kaum Banditen hier, und die Mordanschläge im weit entfernten Antiochia waren nun fast zwei Jahre her.

Ballista war noch immer sicher, dass die Meuchelmörder von Quietus und Macrianus dem Jüngeren angeheuert worden waren, aber er wusste nicht, ob sie es noch einmal versuchen würden. Und um alles noch verwirrender zu machen, verstand er auch nach wie vor nicht, warum ihr Vater, der mächtige Macrianus der Lahme, ihn unbedingt nach Ephesus hatte schicken wollen. In jedem Fall mochte Ballista das Gefühl nicht, ein Ordinarius, ein Spielstein, in einem Latrunculi-Spiel zu sein, den man einfach so hin und her schieben konnte, wie es einem gefiel.

Die zypriotische Ebene, die vom Meer die Hänge bis zu den braunen Vorgebirgen hinaufführte, war grün, selbst im August. Die Straße nach Osten war leer und die einzigen Geräusche das Trappeln der Pferde und der Gesang der Vögel.

»Wo Aphrodite schreitet«, zitierte Demetrius, »da wachsen Gras und Blumen, und Tauben und Spatzen umkreisen ihren Kopf.«

Als sie das Heiligtum erreichten, liebte Demetrius einfach alles hier: das Kultobjekt, ein schwarzer Stein, der vom Himmel gefallen war, den Freiluftaltar, auf den es nie regnete und auf dem das Heilige Feuer brannte, und das Funkeln der vielen Opfergaben. Glücklich zahlte Demetrius den Preis und wartete auf ein persönliches Orakel. Ballista, den die Götter nicht allzu sehr kümmerten, auch nicht die, mit denen er aufgewachsen war, suchte sich währenddessen ein wenig Schatten und schaute zur Sonne, die das Meer funkeln ließ.

Als der griechische Jüngling zurückkehrte, schaute er besorgt drein.

»Die Priester deuten den Willen der Götter oft falsch«, bemerkte Ballista, der sich schon denken konnte, was los war.

»Nicht in diesem Fall«, erwiderte der Junge düster. »Die Priester hier stammen allesamt von Cinyras ab, der den Schrein gegründet hat. Jeder hier kennt ihren Ruf. Ich habe sie dafür bezahlt, aus den Eingeweiden einer jungen Ziege zu lesen. Das war zwar teuer, ist aber auch garantiert unfehlbar. Vor langer Zeit haben sie so zum Beispiel vorhergesagt, dass Titus den Thron besteigen würde.«

»Ich weiß. Ich habe Tacitus' Historien auch gelesen.«

»Tut mir leid, Kyrios. Ich wollte damit nicht sagen …«

»Schon gut. Ich wollte nur, dass du dir nicht so große Sorgen wegen der Vorhersagen der Göttin machst.«

»Die Antworten auf meine Fragen, die ich gestellt habe, waren äußerst günstig. Es sind die Antworten zu dir, zu dir und deinem Freund Aurelian, die mir solches Kopfzerbrechen bereiten. Die Priester haben gesagt, die Göttin verspreche euch beiden allergrößten Ruhm, doch dieser Ruhm werde auch rasch wieder schwinden.«

Ballista lachte. »Ruhm! Wie sagen deine geliebten Philosophen immer? Für die meisten von ihnen ist Ruhm doch nur ein verschlissener Mantel, die wertlosen Rufe des Mobs. Für sie ist es besser, wenn er weg ist. Aber wie auch immer, in jedem Fall bedeutet sein Verlust nicht Verbannung oder Tod. Schau dir doch nur mal unsere Situation an. Das Orakel könnte schlicht bedeuten, dass der Kaiser mich für meine Erfolge bei der Christenverfolgung in Ephesus loben wird. Solches Lob ist immer rasch vergessen.«

Auf dem Rückweg versuchte Ballista alles, um den Jüngling wieder aufzuheitern, doch erst als sie sich den Außenbezirken von Paphos näherten und er eine peinliche Geschichte erzählte, die Maximus vor langer Zeit in Massilia widerfahren war, hellte sich das Gesicht des jungen Griechen wieder auf. Es war eine der Lieblingsgeschichten der Familia, und Ballista erzählte sie gut, mit ein paar freien Dialogzeilen und anatomischen Details. Und als sie über die von Wind gepeitschte Landzunge zum Palast des Statthalters geritten waren, da hatte Demetrius sogar laut gelacht.

Mit diesen Erinnerungen im Kopf ging Ballista zum Bug der Trireme. Die *Venus* fuhr in den großen Hafen von Ephesus, doch sie kam nur langsam voran. Hier herrschte viel Verkehr, von mächtigen Kauffahrern aus Alexandria und Ostia bis hin zu winzigen

Fischerbooten. Es war gut, dass es den gotischen Piraten aus dem Schwarzen Meer nie gelungen war, die Seefahrt in der Ägäis lahmzulegen.

Hinter sich hörte Ballista Maximus und Demetrius miteinander reden. Der Hibernianer neckte den jungen Griechen.

»Und was macht den Tempel der Artemis hier nun besser als all die Hunderte oder gar Tausende von Artemistempeln anderswo?«

»Selbst ein Barbar hat doch schon mal von den Sieben Weltwundern gehört, oder? Seine Größe und Schönheit sind der Grund. Und sein unantastbares Asylrecht. Diese Macht rührt daher, dass dies der Lieblingsort der Göttin auf Erden ist.« Die Stimme des griechischen Jünglings verriet, dass er ein wahrer Gläubiger war.

»Sicher«, erwiderte Maximus, »aber wenn sich mein barbarischer Kopf recht erinnert, gibt es da nicht auch die Geschichte, dass er einmal bis auf die Grundfesten abgebrannt ist?«

»Das stimmt. Vor langer Zeit hat ein Wahnsinniger eine schreckliche Gotteslästerung begangen. Zu der Zeit war die Große Artemis von Ephesus nach Norden gezogen, um der Geburt von Alexander dem Großen beizuwohnen.«

»War das nicht furchtbar sorglos von ihr? Immerhin ist das ja ihr Lieblingsort.«

Die *Venus* lag reglos im Wasser, von ihren Riemen an Ort und Stelle gehalten. Große Sandbänke verengten die Hafenzufahrt, und als Folge davon warteten nun viele Schiffe darauf, ein- oder ausfahren zu können. Der Militäringenieur in Ballista überlegte, wie schwer es wohl war, den Hafen zu schließen. Eine Kette konnte man kaum anbringen, da man die Türme und Winden dafür nicht in den Sand setzen konnte. Die einzige Lösung dafür wäre, die Einfahrt auszubaggern, doch das war furchtbar teuer und würde eine Ewigkeit dauern. Anders ging es jedoch nicht. So wie es jetzt war, mit all den vollbeladenen Handelsschiffen, die hier vor Anker lagen, wäre er anstelle eines gotischen Piraten zumindest stark versucht, es wenigstens einmal zu versuchen. Eine mondlose Nacht. Ein schneller Überfall. Ein, zwei der fetteren Schiffe losschneiden und vor Sonnenaufgang wieder weg. Aber was war mit der Stadt an sich, ganz zu schweigen von den Schätzen des Tempels jenseits davon?

Flavius Damianus, der Schreiber des Demos, wartete pflichtbewusst am Kai. Er schaute sich um. In der Stadt feierte man das Fest der Portunalia, das Fest der Hafenarbeiter, doch alles schien in Ordnung zu sein. Sein Gefolge war still und nüchtern und in Größe und Zusammensetzung genau richtig. Groß genug, um dem Rang des Neuankömmlings Respekt zu erweisen, aber nicht so groß, dass er sich falsche Vorstellungen machen konnte.

Flavius Damianus schaute zum Hafentor mit seinen drei Bögen und den ionischen Säulen und ließ seinen Blick dann über den Kai aus weißem Marmor wandern. Alles war gut, vermutlich *zu* gut für einen Barbaren. Marcus Clodius Ballista, allein am Namen sah man schon, dass es sich um einen Barbaren handelte. Pränomen und Nomen deuteten darauf hin, dass Marcus Clodius Pupienus ihm das römische Bürgerrecht verliehen hatte, einer der beiden Kaiser, die nach der Ermordung von Maximinus Thrax für ein paar Monate geherrscht hatten. Das Cognomen, Ballista, war zwar ein zivilisierter Name, aber ungewöhnlich.

Der Schreiber des Demos gestattete sich ein schwaches Lächeln. Worte konnten täuschen. Sein eigener Titel zum Beispiel. Er legte nahe, dass er ein niederer Beamter war und Ephesus eine Demokratie. Beide Eindrücke waren jedoch falsch. Flavius Damianus freute sich jedes Mal, wenn er öffentlich erklären konnte, dass er der Magistrat mit den wichtigsten Pflichten und somit auch mit dem höchsten Rang in der Stadt war. Was nun Ephesus betraf, natürlich war die Stadt dem Namen nach eine Demokratie, aber eine, in der man ein bestimmtes Vermögen brauchte, um an der Volksversammlung teilnehmen zu dürfen, und deren Agenda wiederum wurde vom Rat diktiert, der Bule, die aus etwa einhundertfünfzig Männern bestand, natürlich allesamt reich und gebildet. Sie wurden auf Lebenszeit ernannt und kontrollierten die Politik von Ephesus, der Stadt der Großen Artemis. Flavius Damianus wusste aus Büchern, dass die Regierungsform des modernen Ephesus nicht im Mindesten mit der Ochlokratie zu vergleichen war, der Herrschaft des Pöbels, für die die Athener den Begriff Demokratie erfunden hatten und auf die sie in den Tagen der hellenischen Freiheit so stolz gewesen waren. Doch das war vor den Römern gewesen, ja sogar vor dem Aufstieg der Makedonen unter Alexander dem Großen und seinem Vater Philip.

Die kaiserliche Trireme, die den neuen Vicarius des Prokonsuls von Asia brachte, hatte endlich in den Hafen fahren dürfen und ruderte nun gemächlich zum Kai. Es war eine Schande, dachte Flavius Damianus, dass das Wrack eines Handelsschiffes auf einer der Sandbänke die Einfahrt derart verunstaltete. Außerdem war der Morgen schon weit fortgeschritten und die Brise von Land verebbt, sodass Damianus jetzt der Gestank des Schilfs und des Fischmarktes in die feine Nase stieg.

Vielleicht war es gar nicht mal so schlecht, dass Marcus Clodius Ballista ein Barbar war. Diese Kerle waren berüchtigt für ihre Wildheit, vor allem jene aus dem Norden. Und diese Wildheit war für die vor ihnen liegende Aufgabe vermutlich gar nicht mal schlecht. Der bösartige Kult jener, die den gekreuzigten Juden anbeteten, verbreitete sich wie ein Lauffeuer. Zwar hielten die Christen sich von gebildeten und weisen Menschen fern, doch die Dummen, Unwissenden und die Kinder waren fette Beute für sie. Sie flüsterten den Jungen Gift ins Ohr. Sie sollten ihren Vater und ihren Schulmeister verlassen, sagten sie, und mit den Frauen und Kleinkindern in die Läden der Schuster und Waschweiber gehen, denn dort würden sie Perfektion lernen. Ja, es bedurfte barbarischer Wildheit, um Ephesus von den Christen zu reinigen. Sie waren Verräter am Kaiser, Verräter an den Göttern, Gottlose, durch deren Verrat sich die Götter gegen das Imperium wenden und großes Unheil im kommenden Krieg mit dem sassanidischen König der Könige bringen würden.

Die Trireme wendete und zog die Riemen auf der Kaiseite ein. Seeleute sprangen an Land und vertäuten das Schiff. Dann wurde eine breite Laufplanke ausgelegt. Ein Herold auf dem Schiff verkündete mit lauter Stimme: »Marcus Clodius Ballista, Ritter von Rom, Stellvertreter des Prokonsuls von Asia!«

Ein großer Mann erschien oben an der Laufplanke. Sein schulterlanges blondes Haar verriet, dass Germanien seine Heimat war, doch die Falten seiner Toga waren sorgfältig arrangiert, und der schmale purpurrote Streifen der Ritter funkelte auf dem strahlenden Weiß. Langsam schritt der Mann die Laufplanke hinab. Unten angekommen, schien er kurz zu zögern, dann trat er auf den Kai.

Flavius Damianus trat vor und hielt eine formelle Begrüßungsrede. Die Große Artemis sei gesegnet, sagte er, dass sie dem erhabenen Geist des edlen Kaisers Valerian eingegeben habe, den glorreichen Sieger der Schlacht von Circesium in die Lieblingsstadt der Göttin zu schicken. Alle Bürger jubilierten ob der sicheren Ankunft von Marcus Clodius Ballista, Krieger von Rom. Flavius Damianus hielt die Rede knapp und angemessen simpel, aber er hatte das Gefühl, dass das seinem Vorfahren und Namensvetter, dem berühmten Sophisten, nicht gefallen hätte.

Das Ziel seiner Lobrede antwortete in fast akzentfreiem attischen Griechisch. Er dankte den Göttern, vor allem der Großen Artemis, für diesen Tag. Sein ganzes Leben lang, erklärte er, habe er sich danach gesehnt, die Heilige Stadt zu sehen, und jetzt übertreffe ihr Anblick selbst seine kühnsten Erwartungen. Er würde das ihm vom Kaiser erteilte Mandat in dem sicheren Wissen erfüllen, dass die Götter schützend ihre Hände über ihn hielten. Auch er hielt seine Rede kurz und knapp.

Während der neue Vicarius sprach, verließ sein Gefolge das Schiff und nahm hinter ihm Aufstellung. Beide Seiten stellten einander formell vor, soweit es die Bedeutung der entsprechenden Personen gebot.

Als das Begrüßungsritual beendet war, drehte sich Flavius Damianus um und führte alle durch den mittleren Torbogen und die lange Straße hinauf, die wie ein Pfeil mitten ins Herz von Ephesus führte. Nach ein paar höflichen, aber kurz angebundenen Antworten auf seine Versuche, Konversation zu betreiben, verstummte Flavius

Damianus. Offensichtlich war der neue Vicarius nicht zum Plaudern aufgelegt. Deshalb war der Schreiber des Demos dann auch überrascht, als ihn plötzlich der Accensus ansprach. Der Tonfall des Jungen war ausgesprochen respektvoll, und Damianus antwortete höflich, doch er war es schlicht nicht gewohnt, in der Öffentlichkeit von Sklavenjungen angesprochen zu werden, auch nicht von so hübschen wie diesem hier. Tatsächlich war er so verwirrt, dass der Jüngling seine Frage wiederholen musste.

Nachdem ihm bestätigt worden war, dass die Gebäude zu ihrer Linken, das Hafengymnasium, der Ort waren, wo Apollonius von Tyana eine göttliche Vision erfahren hatte, begann Demetrius, Ballista die Geschichte zu erzählen. Apollonius, der große Philosoph und Wunderwirker, hatte wie immer die Mittagshitze ignoriert und eine Vorlesung gehalten, als plötzlich etwas Außergewöhnliches geschehen war: Apollonius hatte die Stimme gesenkt und war über seine eigenen Worte gestolpert. Er hatte ein großes Publikum gehabt. Apollonius hatte viele Epheser von ihrer Liebe zu Frivolitäten abgebracht, von Tänzern, Pantomimen, Flötenspielern und anderen weibischen Schurken dieser Art, und der Liebe zur wahren Tugend zugeführt. Ein Raunen ging durch die Männer. Apollonius trat drei, vier Schritte vor und rief: »Streckt den Tyrannen nieder! Streckt ihn nieder!« Die Menge war verwirrt. Ein paar hielten Apollonius schon für verrückt. Apollonius fasste sich jedoch rasch wieder und erklärte mit normaler Stimme, dass er gerade gesehen habe, wie der Tyrann Domitian niedergestreckt wurde, erstochen, weit weg in Rom. Und in der Tat: Als Boten aus der Ewigen Stadt kamen, bestätigten sie Zeit und Art des Todes des Kaisers und damit auch Apollonius' Nähe zu den Göttern.

Während der griechische Jüngling die Geschichte erzählte, beobachtete Flavius Damianus unauffällig den neuen Vicarius. Der große Mann aus dem Norden hörte aufmerksam zu. Immer wieder wanderte sein Blick von dem Jüngling zum Hafengymnasium, und ein Lächeln umspielte seine Lippen.

Kaum war die Geschichte beendet, da kamen sie an der letzten der berühmten fünfzig Laternen vorbei, die die Straße erleuchteten, und erreichten die Statue des Ebers. Sofort berichtete der griechische Jüngling seinem Kyrios von der Gründung von Ephesus. Androclos, der Sohn König Kodros von Athen, hatte einen Orakelspruch bekommen. Er solle dort eine Kolonie gründen, »wo ein Fisch auftaucht, gefolgt von einem Eber.« Als die Möchtegernkolonisten eines Tages vor Anker gegangen waren und ein Mahl am Ufer zubereitet hatten, waren ein Fisch und ein brennendes Stück Zunder aus dem Feuer gefallen und hatte das Unterholz entzündet. Kurz darauf war dann ein Eber aus dem Gehölz gebrochen. Androclos hatte sich sofort seinen Speer geschnappt und das Biest durch die Hügel gejagt. Dort, wo er es schließlich zur Strecke gebracht hatte, hatte er dann den Grundstein für die Stadt Ephesus gelegt.

Während der Junge erzählte, betrat die Prozession den Platz vor dem Theater. Wortlos führte Flavius Damianus sie nach rechts in die Marmorstraße. Wie immer war die Hauptstraße der Stadt mit ihren zweihunderttausend Einwohnern hoffnungslos überfüllt. Bogenschützen der Hilfstruppen gingen voraus, um den Würdenträgern einen Weg durch das Gedränge zu bahnen.

Flavius Damianus beobachtete noch immer verstohlen die Reaktionen des Germanen. Marcus Clodius Ballista nickte und lächelte breit. Einmal grinsten er und sein Leibwächter sich auch an.

Das war alles sehr ermutigend, dachte der Schreiber des Demos. Ein riesiger Barbarenkrieger, fasziniert von den Geschichten aus der hellenischen Vergangenheit. Flavius Damianus brauchte einen Vicarius, den man bei der brutalen Menschenjagd anleiten konnte, die Ephesus benötigte und die die Götter verlangten. Das war von essenzieller Bedeutung für den bevorstehenden Krieg mit den Persern. Und hatte er nicht die große Ehre gehabt, einen persönlichen Brief von keinem Geringerem als dem Comes Sacrarum Largitionum et Praefectus Annonae zu erhalten, Macrianus dem Lahmen, in dem dieser ihm befahl, dafür zu sorgen, dass Ballista auch den Anforderungen entsprach? Das sollte eine Leichtigkeit sein. Niemand war so formbar, so leicht zu beeinflussen wie ein Barbar, der von der Zivilisation fasziniert war.

XVI

Die schweren Purpurvorhänge, die man aufgehängt hatte, um die Wände des Hofs zu bilden, bewegten sich nicht. Obwohl es noch immer recht früh war, so war es doch auch schon heiß, und nicht der Hauch einer Brise war zu spüren. Es versprach, ein weiterer erstickend heißer Tag zu werden. Es war der 27. August, und seit dem 17. dieses Monats war Ballista nun in Ephesus. Er bewohnte ein komfortables Quartier im luxuriösen Palast des Prokonsuls, und er hatte es nicht gerade eilig, mit der Arbeit zu beginnen. Aber der Schreiber des Demos, der ernste Flavius Damianus, war äußerst nachdrücklich. Die unangenehme Aufgabe konnte nicht ewig warten, vor allem, da die Gefängnisse bereits überfüllt waren.

Ballista rutschte auf seinem Curule herum, seinem Amtssitz. Wenigstens liefen die Hofbeamten nicht mehr ständig hin und her. Also waren sie offenbar zufrieden. Er schaute sich um. Die Statuen der regierenden Kaiser, der Augusti Valerian und Gallienus, standen neben der des Sohns von Letzterem, dem Caesar Valerian. Man hatte sie ins Chalcidium gebracht, dem Gerichtssaal am Ostende der Stoa Basilica, und sie vor und unter den ewigen Statuen der Gründer des Prinzipats postiert, Augustus und seiner Frau Livia. Beide waren sie sitzend dargestellt, überlebensgroß und mit ernsten Gesichtern. Davor befand sich ein Altar, auf dem ein niedriges Feuer brannte, das die Hitze noch verschlimmerte. Die Luft roch nach Weihrauch. Alles schien bereit zu sein.

»Bringt den ersten Gefangenen«, befahl Ballista.

Die Vorhänge teilten sich, und zwei Soldaten führten einen dünnen Mann herein. Der Blick seiner hervorquellenden Augen huschte durch den Raum. Er strahlte eine seltsame Heiterkeit aus, als wäre er nicht auf dem Weg vor Gericht, sondern zu einem Fest.

»Name? Volk? Sklave oder frei?«, ratterte Ballista herunter.

»Ich bin ein Christ«, antwortete der Mann.

»Das magst du ja sein, aber das habe ich dich nicht gefragt.«

»Ich bin ein Christ ...« Der Mann taumelte vorwärts und fiel auf die Knie, als einer der beiden Soldaten ihm mit einem Knüppel auf die Schulter schlug.

Der Eirenarch, der Kommandant der Stadtwache, die auch für die Strafverfolgung zuständig war, trat vor. »Das ist Appian, Sohn von Aristides, ein Hellene aus Milet. Er ist von freier Geburt.« Die Soldaten rissen den Gefangenen wieder in die Höhe. Ohne in seine Notizen zu schauen, fuhr der Eirenarch fort: »Er ist letztes Jahr anonym denunziert worden. Genau genommen ist das natürlich illegal, aber vor Gericht hat er zugegeben, ein Christ zu sein. Freiwillig hat er sogar noch hinzugefügt, ein Priester dieses Kults zu sein. Diese Priester nennt man Presbyter. Er ist in das Dorf Kleimaka verbannt worden. Dort hat er die Unverschämtheit besessen, das kaiserliche Edikt von letztem Jahr zu missachten, und offen an kultischen Treffen teilgenommen. Außerdem ist er zu einem jener Begräbnisstätten gereist, die sie einen ›Friedhof‹ nennen.«

Der Eirenarch trat einen Schritt zurück. Corvus, das war sein Name, hatte ein kluges Gesicht. Kurz schaute er zu Flavius Damianus. *Da ist böses Blut zwischen den beiden*, dachte Ballista und wandte sich wieder dem Fall zu.

Der Gefangene grinste, obwohl sein Blick noch immer nervös hin und her zuckte.

»Du warst dir der kaiserlichen Befehle also bewusst, korrekt?« Das war nicht wirklich eine Frage.

»Ich kenne die Befehle nicht. Ich bin ein Christ.« Eine rasche Geste von Ballista verhinderte, dass die Soldaten den Mann wieder zu Boden schlugen.

»Der Kaiser hat euch befohlen, den Göttern zu huldigen.«

»Ich huldige nur dem einen Gott, der Himmel und Erde erschaffen hat, das Meer und alles, was darin kreucht und fleucht.« Die tapferen Worte wurden von einem nervösen Kichern untergraben.

»Weißt du, dass die Götter existieren?«

»Nein, das weiß ich nicht.«

»Nun, dann wirst du es bald feststellen.« Ein paar Beamte lächelten. »Wenn du wieder bei Sinnen bist, kannst du den Kaiser um Gnade bitten. Wirf eine Fingerspitze Weihrauch in das Feuer auf dem Altar, biete ein wenig Wein dar, und schwöre beim Genius unseres Herrn, dem Kaiser.«

»Ich erkenne das Reich dieser Welt nicht an.« Der Mann sprach klar und deutlich, obwohl seine Augen noch immer zuckten.

»Du bist ein Presbyter?«

»Ja, das bin ich.«

»Nein, das *warst* du.« Der billige Scherz ärgerte Ballista ein wenig, und er drehte sich zu den Würdenträgern seines Consiliums um. Natürlich waren sie alle einer Meinung. Das Urteil lautete Tod. Flavius Damianus empfahl, den Mann lebendig zu verbrennen. Der Eirenarch Corvus wiederum wies darauf hin, dass Appian als freier Bürger das Recht habe, durch das Schwert zu sterben. Nein, Flavius Damianus blieb hart, sie müssten ein Exempel statuieren. Die anderen Würdenträger stimmten dem zu. Ballista winkte einem Mitglied seines Stabs, dem Schreiber aus Nordafrika, der ihm eine Schriftrolle gab. Dann drehte sich Ballista wieder zu dem Angeklagten um und entrollte den Papyrus.

»Appian, Sohn von Aristides …«, Ballista schaute dem Mann kurz in die Augen und blickte dann wieder auf die Schriftrolle, »… du hast an deinen gotteslästerlichen Ansichten festgehalten und dich mit anderen üblen Männern verschworen. Du hast dich als Feind der römischen Götter erwiesen, als Feind unserer religiösen Praktiken und der frommen und Allerheiligsten Kaiser Valerian und Gallienus Augusti sowie von Valerian, unserem edlen Caesar, und es ist uns nicht gelungen, dich wieder dazu zu bringen, die heiligen Riten zu befolgen. Somit bist du als einer der Urheber eines furchtbaren Verbrechens überführt, und wir werden ein Exempel an dir statuieren für all jene, die du in deiner Bosheit um dich versammelt hast. Mit deinem Blut sollst du dafür bezahlen.«

Die Augen des Mannes bewegten sich nicht mehr. Zitternd starrte er Ballista an.

»Appian, Sohn von Aristides, im Jahr der Konsuln Tuscus und Bassus, sechs Tage vor den Kalenden des Septembers, verurteile ich dich hiermit zum Tode. Du wirst brennen.«

Der Mund des Mannes öffnete und schloss sich wieder. Kein Ton kam ihm über die Lippen. Ballista winkte den Soldaten, ihn wegzubringen.

Der Morgen war ganz und gar den Priestern des Kults gewidmet. Zur großen Enttäuschung von Flavius Damianus hatten sie keinen der sogenannten Bischöfe fangen können, doch sie hatten noch fünf weitere Presbyter, nicht weniger als zehn Diakone, Diener der Presbyter und zwei Sklavinnen, die als Ministrae dienten. Welche Funktion genau Letztere in dem Kult hatten, wusste Ballista nicht. Als Sklavinnen hatte man sie wie üblich gefoltert und vermutlich auch wiederholt vergewaltigt. Das schien ihnen auch noch das letzte Stück Verstand geraubt zu haben. Die einzigen verständlichen Antworten, die man noch aus ihnen herausbekam, war die Tatsache, dass sie Christinnen waren.

Ballistas Gericht verurteilte sie zum Tod in der Arena.

Im Laufe des gesamten Morgens verleugneten nur zwei Angeklagte ihren Glauben. Ein Presbyter erklärte voller Eifer, er sei gar kein Christ, sei nie einer gewesen. Er behauptete, sein Nachbar habe ihn fälschlich angeklagt, denn der habe eine ehebrecherische Beziehung zu seiner Frau. Er gierte förmlich danach, den kaiserlichen Bildnissen zu opfern, und ohne dass das jemand von ihm verlangt hätte, verfluchte er Christi Namen. Ballista befahl, ihn freizulassen und stattdessen den Nachbarn wegen falscher Anschuldigungen zu verhaften. Ein Diakon wiederum gestand zögernd, dass er zwar mal Christ gewesen sei, doch das sei schon lange her. Schon vor Jahren sei er zu den Riten seiner Vorfahren zurückgekehrt. Auch er opferte und wurde freigelassen.

Nach dem Mittagessen, einer ernsten Runde im Speisesaal des Prytaneion, ein paar Schritte vom Chalcidium entfernt, galt der

Nachmittag den einfachen Mitgliedern des Kults. Insgesamt waren es zwanzig, zwei davon Freigelassene. Den Richtlinien von Valerians jüngstem Edikt folgend wurden die Besitztümer der ehemaligen Sklaven vom kaiserlichen Fiscus beschlagnahmt und die Verurteilten in Ketten zur Zwangsarbeit auf die kaiserlichen Güter gebracht. Allgemein glaubte man, nach zwei, drei Jahren dort würden sie sich wünschen, hingerichtet worden zu sein. Diesmal war der Teil der Apostaten schon deutlich größer als am Morgen. Acht Angeklagte opferten und wurden freigelassen.

Etwa zur Mitte des Nachmittags präsentierte man Ballista den Fall eines Christen, der sich nicht von dem Kult lossagte, und den er als besonders verstörend empfand. Es handelte sich um eine Frau, die von ihrem Ehemann denunziert worden war. Sie war jung, trug einen Säugling auf der Hüfte, und sie stand aufrecht da und antwortete klar und deutlich auf Ballistas Fragen: Name, Volk, Status, und ja, sie sei Christin. Inzwischen war eine leichte Brise aufgekommen und bewegte leicht die schweren Vorhänge hinter ihr. Sie schaute Ballista in die Augen.

Ihr Vater bat um die Erlaubnis, ihr noch einmal ins Gewissen reden zu dürfen. Auf Knien nahm er ihre Hände, küsste sie und schaute zu ihr hinauf. Eine Zeit lang brachte er schlicht kein Wort über die Lippen, und als er dann doch sprach, war seine Stimme kaum mehr als ein Krächzen. »Tochter, vergiss deinen Stolz. Du wirst uns noch allen den Tod bringen.« Er hatte Tränen in den Augen. »Opfere. Hab Mitleid mit deinem Kind, meinem Enkel.«

Die Frau schaute ihn streng an. »Ich kann nichts anderes sein als das, was ich bin: eine Christin.«

Ballista beugte sich vor. »Hab Mitleid mit deinem grauhaarigen Vater. Hab Mitleid mit deinem kleinen Sohn. Opfere zum Wohl der Kaiser.«

Mit unnatürlicher Ruhe blickte sie Ballista in die Augen. »Nein.«

»Hab Mitleid mit deinem Kind.«

»Gott wird Mitleid mit ihm haben.«

»Du würdest dein Kind mutterlos zurücklasen?«

Noch immer zeigte die Frau nicht die geringste Gefühlsregung. »Sollte auch er dereinst das Licht sehen, dann werden wir im Jenseits wieder vereint sein.« In ihrer Stimme lag ein unverbrüchliches Selbstvertrauen.

Das Consilium war geteilt. Wie erwartet argumentierte Flavius Damianus für die drastischste Maßnahme. Freie Frauen dürften nicht glauben, dass ihr Status und ihr Geschlecht sie schützen würden, erklärte er. Diese hier sollte genau wie die beiden Sklavinnen, die Ministrae, den wilden Tieren zum Fraß vorgeworfen werden. Tatsächlich hielt er sogar eine noch härtere Bestrafung für angemessen. Bis zur Hinrichtung, sagte er, solle sie in ein Bordell gebracht werden, nackt und für alle, und sie solle nichts weiter bekommen als Wasser und Brot. Corvus, der Eirenarch, und einige andere wiesen jedoch darauf hin, dass das Gesetz nichts von alledem verlange.

Während Ballista den Mitgliedern des Consiliums lauschte und sah, dass die Mehrheit Flavius Damianus zuneigte, schaute er zu der Frau und dem Kind. Sie stand regungslos da. Das Kind wand sich auf ihrem Arm. Es war ein hübscher Junge. Wie alt war er wohl? Mit Sicherheit jünger als ein Jahr. Vielleicht zehn Monate. Er hatte üppiges Haar und ernste hellbraune Augen. Mit seinen kleinen Händchen griff er immer wieder nach der Halskette der Frau. Sie ignorierte ihn.

Flavius Damianus beendete eine weitere gnadenlose Rede. Die Anhänger dieses tödlichen Kults bedrohten die Existenz des Imperiums, erklärte er. Der Krieg mit Persien stand kurz bevor. Wenn die Christen nicht vernichtet wurden, dann würden die Götter Rom verlassen, und Shapur würde triumphieren. Die Kaiser verlangten, dem Kult mit aller Härte zu begegnen.

Ballista dankte den Mitgliedern des Consiliums, dann wandte er sich wieder der Frau zu. Mit ausdruckslosem Gesicht erwiderte sie seinen Blick. Ein erwartungsvolles Schweigen senkte sich über den Hof.

»So wie ich das Edikt unseres Kaisers Valerian verstehe, soll eine freie Matrone, die als Christin verurteilt wird, all ihrer Besitztümer verlustig gehen und in die Verbannung geschickt werden.« Er hielt kurz inne. »Frau, du wirst ins Gefängnis zurückkehren, bis ich den Ort deiner Verbannung bestimmt habe sowie das Schicksal deines Kindes.« Er schaute die Frau scharf an und wartete darauf, welche Reaktionen seine Worte hervorrufen würden. Keine.

Die Vorhänge teilten sich, und die Frau wurde wieder hinausgeführt. Einen Augenblick lang konnte Ballista die lange Kolonnade der Stoa Basilica hinuntersehen. Das Licht der Nachmittagssonne fiel von links zwischen den Säulen hindurch und auf die Rücken der Bogenschützen, die das Volk auf Abstand hielten. Ballista wünschte sich, er wäre irgendwo anders, nur nicht hier.

Der letzte Gefangene des Tages hatte für den größten Aufruhr in der Stadt gesorgt. Aulus Valerius Festus war ein Mitglied der Bule von Ephesus und bekleidete den Rang eines römischen Ritters. In eine griechische Tunika und einen Mantel gehüllt, betrat er das Gericht. Ruhig stand er da. Festus war frisch rasiert, sein dünner werdendes Haar ordentlich zurückgekämmt, und die Hände hatte er vorn auf eine Art verschränkt, wie man sie häufig bei den Statuen des antiken Orators Demosthenes sah. Alles in allem sah dieser Mann wie die Verkörperung hellenischen Pflichtbewusstseins aus.

Aulus beantwortete die Standardfragen und gab auch ohne Zögern zu, dass er ein Christ war. Ballista fragte sich, warum dieser Mann beschlossen hatte, ein römisches Gericht in griechischer Tunika und mit Himation zu betreten, anstatt mit der Toga, zu der er das Recht hatte. Natürlich könnte das ein Symbol seiner Ablehnung des Imperiums sein, aber es könnte auch ganz andere Gründe haben. In jedem Fall war es wichtig, nicht jede noch so kleine Kleinigkeit überzubewerten.

»Sag mir, Aulus Valerius Festus: Warum hat ein Mann von deinem Rang, einer der Honestiores, sich einem Kult angeschlossen, der nur aus Ungewaschenen besteht, aus Humiliores?« Ballista verlieh seiner Stimme einen freundschaftlichen Unterton.

»Eher geht ein Kamel durch ein Nadelöhr, als dass ein Reicher in den Himmel kommt.« Aulus intonierte die poetisch klingenden, aber mysteriösen Worte mit großem Selbstbewusstsein. Nur ein leichtes Zucken der Daumen seiner verschränkten Hände verriet seinen inneren Aufruhr.

»Der Kult ist des Kannibalismus und des Inzests angeklagt.«

»Das ist eine Lüge. Weder dulden wir Ehen wie die des Ödipus noch Mahlzeiten wie die des Thyestes. Tatsächlich betrachten wir es schon als Sünde, über solche Dinge auch nur nachzudenken.« Aulus lächelte. »Tatsächlich bezweifle ich, dass solche Dinge überhaupt je geschehen sind.«

»Du bist doch ein gebildeter Mann«, sagte Ballista. »Das sind die meisten Christen nicht.«

»Es steht geschrieben: Ich will zunichtemachen die Weisheit der Weisen, und den Verstand der Verständigen will ich verwerfen.«

Ballista beschloss, es anders zu versuchen. »Wie heißt dein Gott?«

»Gott hat keinen Namen wie die Menschen.«

»Und wer ist der Gott der Christen?«, hakte Ballista nach.

»Wenn du dich seiner würdig erweist, wirst du es wissen.«

Ein wütendes Raunen ging durch die Anwesenden. Der Vicarius mochte ja barbarischer Abstammung sein, doch in diesem Gericht war Ballista die Verkörperung des römischen Volkes. Die Maiestas von Rom durfte nicht beleidigt werden.

Ballista brachte den Raum mit einer Geste zum Schweigen. Er hatte genug davon.

»Das Edikt des Kaisers ist eindeutig, was Männer von Rang betrifft. Du verlierst sowohl deinen Rang als auch deinen Besitz. Doch in seiner Gnade gibt dir der Kaiser Gelegenheit, deine Entscheidung noch einmal zu überdenken. Du wirst im Gefängnis bleiben. Beharrst du dann weiter auf dem Bösen, wirst du sterben.«

Nachdem Aulus hinausgeführt worden war, ertönte ein Schrei hinter den Vorhängen.

»Ich bin Christ! Ich will sterben!«

»Wer hat das gesagt?«, schnappte Ballista. »Bringt ihn rein.«

Nach einem kurzen Tumult stießen zwei Soldaten einen Jüngling in den Hof und hielten ihn an den Armen fest. Er blutete bereits aus einer Platzwunde an der Stirn.

»Name? Volk? Sklave oder frei?« Ballista verlor allmählich die Geduld. Das Ganze wurde zur Farce.

»Ich bin Christ, und ich will sterben!«, schrie der Jüngling. Seine Augen waren weit aufgerissen.

»Hier in der Gegend gibt es viele Klippen, und ich bin sicher, am Hafen lässt sich auch ein Seil finden.« Ballista wartete, bis das Lachen verklungen war. Dann wiederholte er: »Name? Volk? Sklave oder frei?«

Der Jüngling antwortete nicht. Stattdessen spie er in Richtung der kaiserlichen Statuen. »Die Götter der Völker sind Dämonen!«, kreischte er. »Es ist besser zu sterben, als Steine anzubeten!«

»Was?«, fragte Ballista.

Verwirrt funkelte der Jüngling ihn trotzig an.

Ballista deutete auf die kaiserlichen Statuen. »Was? Die Steine oder die Dämonen, die sie darstellen?«

Der Jüngling schnaubte verächtlich. »Ich möchte bei Christus sein!«

Ballista grinste böse. »Dann werde ich dich direkt zu ihm schicken.«

Wieder hallte Lachen durch den Hof. Ballista überkam eine Welle der Abscheu – Abscheu ob des starrköpfigen Eifers der Christen, Abscheu ob des selbstgefälligen Lachens der Höflinge und Abscheu ob seiner eigenen Rolle bei dem allen.

»Es reicht!«, brüllte er. »Schafft ihn weg!«

XVII

Der Palast des Prokonsuls erhob sich auf einem der besten Grundstücke in Ephesus. Er war nach Westen ausgerichtet und lag hoch oben auf dem zentralen Berg, direkt über dem Theater. Wenn diese Aussicht einen nicht inspirierte, dann stimmte etwas mit der Seele nicht. Links wand sich der benachbarte Gebirgszug zum Meer, auf dessen höchstem Gipfel sich eine Bastion erhob. Die rot gedeckten Dächer der dicht stehenden Häuser reichten bis auf die unteren Hänge hinauf. Darüber konnte man den grauen Kalkstein durch das Gestrüpp hindurch erkennen. Schaute man vom Palast jedoch nach vorn, so wanderte der Blick über die steilen Tribünen des Theaters und die breite, von Säulen gesäumte Straße entlang, die schnurgerade bis zum Hafen verlief. Von hier oben sahen die Schiffe wie Spielzeuge aus, die auf der funkelnden Ägäis tanzten. Rechts wiederum mäanderte der schlammfarbene Caystros durch die weite, flache Ebene, die der Fluss sich selbst geschaffen hatte, und dahinter schimmerten blau weitere Berge in der Ferne.

Ja, das war der beste Ort in der Stadt, aber, so sinnierte Ballista, alles hatte seinen Preis. Der Weg nach unten war steil. Links eine von dicht beieinanderstehenden Pfeilern gehaltene Mauer, rechts ein fast senkrechter Abhang. Zu Anfang führte der Weg über dem Theater entlang. Demetrius deutete auf die Tribünen und erzählte, dass man dort vor langer Zeit einen Heiligen und Wunderwirker der Christen vor Gericht gestellt hatte. Obwohl der Mann einst Steuereintreiber und ein berüchtigter Aufrührer gewesen war, hatte er aus irgendeinem Grund den Verstand verloren. Sein Name war Paulus gewesen – oder Saulus – irgendwas in der Art …

Demetrius schnaubte verächtlich.

Zu seinem eigenen Wohl sollte ich ihn entweder zügeln oder ihm bald die Freiheit schenken, sinnierte Ballista.

»Die Christen den Löwen zum Fraß«, sagte der griechische Jüngling. »Ein wirklich heiliger Mann hat dort tatsächlich ein Wunder vollbracht, und das war keine christliche Trickserei. Die Pest wütete in der Stadt, und die Epheser flehten Apollonius von Tyana an, zu ihnen zu kommen und ihnen als Arzt zu dienen. Er rief sie alle ins Theater. Dort saß ein alter, blinder Bettler, verwahrlost, in Lumpen gehüllt und eine Börse mit einem Stück Brot an seiner Seite. Apollonius wandte sich an die Männer von Ephesus: ›Sammelt so viele Steine, wie ihr könnt, und schleudert sie auf diesen Feind der Götter.‹ Der Gedanke, einen Fremden zu ermorden, entsetzte die Epheser. Der Bettler betete und flehte um Gnade. Doch der Mann aus Tyana trieb die Epheser weiter an. Er zeigte sich unversöhnlich. Den ersten Stein warf er selbst, und es dauerte nicht lange, da flogen weitere. Als die ersten Steine trafen, da funkelte der Bettler sie an. Seine Blindheit war weg, und er hatte Feuer in den Augen. Da erkannten die Epheser ihn als das, was er war: ein Dämon. Der Dämon wandte sich hierhin und dorthin, doch es gab keine Fluchtmöglichkeit. Die Steine prasselten nur so auf ihn herab. Es waren so viele, dass sie sich in einem Haufen über ihm auftürmten. Schließlich befahl Apollonius den Ephesern, den Steinhaufen wieder abzubauen, und mit zitternden Händen kamen sie seinem Befehl nach. Und dort lag ein großer Hund. Er hatte die Gestalt eines Molossers, doch die Größe eines Löwen. Vollkommen zerschmettert quoll ihm der Schaum aus dem Maul, wie es bei allen tollwütigen Tieren der Fall ist. Der Pestbringer war tot.«

»Das ist eine tolle Geschichte«, sagte Ballista. »Allerdings kann ich mich nicht daran erinnern, dass der Heilige den ersten Stein geworfen hat. Jedenfalls steht das so nicht in Philostratus' *Leben des Apollonius*.«

»Da habe ich mich wohl hinreißen lassen.« Demetrius grinste.

»Wie?«, rief Maximus. »Ein Grieche, der sich in seinen eigenen Worten verliert? Kaum zu glauben!«

»Ach, du weißt doch, wie das ist.« Demetrius grinste noch breiter.

»Ich? Bei den Göttern der Unterwelt, niemals!«, rief der Hibernianer.

Als der Weg sich der Hauptdurchgangsstraße näherte, wurde er so steil, dass man Stufen hineingehauen hatte. Die drei Männer gingen vorsichtig und hintereinander. Als sie den Embolos erreichten, den Heiligen Weg, schaute Ballista nach links zur Stoa Basilica, zu dem Ort, wo er gestern seine widerlichen Pflichten hatte erfüllen müssen. Aus irgendeinem Grund war nicht eine Menschenseele zu sehen. Zwischen den Säulen und Ehrenstatuen führte die Straße wieder bergauf, breit und weiß und unter einem strahlend blauen Himmel.

Ballista wandte sich nach rechts, bergabwärts, und da sah er dann auch Menschen. Über ihren sich bewegenden Köpfen, knapp hinter dem Punkt, wo der Embolos zu enden schien, tatsächlich aber scharf nach rechts abbog, lag die Bibliothek von Celsus. Ballista und die anderen gingen dorthin und blieben auf dem Platz davor stehen.

Die Bibliothek war nicht nur ein Denkmal für Tiberius Julius Celsus Polemaeanus, den Wohltäter von Ephesus, Magnaten des nahe gelegenen Sardis und Konsul des fernen Rom, sondern auch sein Grabmal. Aquila, sein Sohn, hatte sie entworfen, sodass Celsus irgendwo darunter begraben werden konnte.

Ballista hatte sie sich nie wirklich angeschaut. Nun jedoch, nach der verstörenden Aufgabe gestern und angesichts der Tatsache, dass er das bald noch mal machen musste, hielt er kurz inne und betrachtete die seltsame Mischung aus Bibliothek und Grab eingehend. Zu beiden Seiten der Eingangsstufen standen Statuen von Celsus zu Pferd. Bei einer davon war er als Grieche gekleidet, bei der anderen als Römer. An der zweistöckigen Fassade wiederum gab es je vier Statuen pro Stockwerk. Ballista trat näher heran und las die Inschriften der unteren. *Sophia, Arete, Ennoia* und *Episteme*, die weiblichen Verkörperungen von Weisheit, Tugend, Vernunft und Wissen, alles typische Eigenschaften der griechischen Elite. Ballista legte den Kopf zurück und schaute zum zweiten Stock empor. Dort oben standen drei weitere Versionen von Celsus, einmal gekleidet als römischer General, einmal als römischer Magistrat und einmal als griechischer Würdenträger. Die letzte Statue wiederum stellte Aquila dar, den pflichtbewussten Sohn. Auch er trug das Gewand eines hohen römischen Offiziers.

Es war schon seltsam, sinnierte Ballista, wie sich diese reichen Griechen, die so sehr von der römischen Herrschaft profitierten, an ihr Griechentum klammerten. Selbst jene wie Celsus, die sich bis ins Herz des Imperiums vorgearbeitet hatten, die römische Heere befehligt, die höchsten römischen Ämter bekleidet und sich Freunde des Kaisers genannt hatten, wollten nicht nur als Römer, sondern auch als Griechen gelten. Wenn man die Fassade nun mit diesem Wissen im Hinterkopf las, dann konnte man sagen, dass Celsus' römischer Erfolg nur aufgrund seiner eindeutig griechischen Eigenschaften möglich gewesen war. Ballista lächelte, als er daran dachte, wie beide, sowohl Römer als auch Griechen, ständig versuchten, ihn seine nordischen Wurzeln vergessen zu lassen, es sei denn natürlich, sie wollten ihm damit ihre Verachtung zeigen.

Direkt an die Bibliothek schloss sich das Südtor der Agora an, dessen Steine im Sonnenlicht rosa schimmerten. Erneut las Ballista die Inschriften. Stolz wurde dort verkündet, dass die Agora von zwei Freigelassenen aus der kaiserlichen Familie des ersten Kaisers errichtet worden war, Augustus. Sie hatten auf die Namen Mazeus und Mithridates gehört. Ballista fragte sich, wie die hiesigen griechischen Würdenträger wohl auf den Bau reagiert hatten. Das war eine neue Konstruktion. Mitten im Herzen einer uralten griechischen Stadt stand ein Monument, das dem Andenken eines autokratischen römischen Hauses gewidmet war und das zwei ehemalige Sklaven bezahlt hatten, deren Namen verrieten, dass sie weit aus dem Osten stammten. Wenn man ein Grieche unter römischer Herrschaft war, dann musste man viele Kompromisse eingehen, sehr viele.

Plötzlich kam Ballista ein Gedanke. Er drehte sich um. Dort, auf der anderen Seite des Platzes, stand ein prachtvolles Denkmal, das an einen römischen Sieg über die Parther erinnerte, jenes östliche

Volk, das den Sassaniden vorausgegangen war. Die Parther, die dort dargestellt waren, sahen angemessen barbarisch aus, und die römischen Krieger erinnerten mehr an Griechen. Wenn man Grieche war, gab es vermutlich immer einen Weg, die Realität zu ignorieren, um sich besser zu fühlen.

Ballista ging durch das Tor. Die drei Männer folgten dem Lauf der Sonne um die Agora herum und hielten sich dabei in den Schatten der Portiki. Gegen harte Währung konnte man hier alles bekommen, was man sich vorstellen konnte. Neben den üblichen Nahrungsmitteln, Öl und Wein, die beide essenziell und luxuriös zugleich waren, schien sich die Agora von Ephesus auf bunte Kleidung aus Hierapolis und Laodikeia sowie hier produzierte Duftstoffe und Silberwaren spezialisiert zu haben.

Während sie an den Läden vorbeischlenderten, wo Silberschmiede kleine Figuren der Großen Artemis als Souvenir fertigten, glaubte Ballista einen anderen Kunden zu erkennen. Der Mann – seine Kleidung verriet, dass er ein einheimischer Würdenträger war – warf nur einen Blick auf Ballista, dann lief er rasch quer über die Agora. Kurz darauf verschwand er hinter einer Reiterstatue von Kaiser Claudius, die mitten auf einer freien Fläche stand.

Was für ein seltsames Verhalten. Warum war der Mann weggelaufen? Vermutlich handelte es sich um einen Christen. Der Eifer von Flavius Damianus, des Schreibers des Demos, erschwerte es prominenten Angehörigen des Kults vermutlich, sich in der Öffentlichkeit zu zeigen. Ja, Flavius Damianus. Der Mann brannte förmlich für die Jagd. Dann erinnerte sich Ballista an etwas. Was hatte Damianus noch mal vor Gericht gesagt? Die Kaiser würden allerstrengste Maßnahmen verlangen wie auch jene um sie herum. Jene um sie herum? Wen konnte er damit anders gemeint haben als Macrianus, den Comes Sacrarum Largitionum et Praefectus Annonae? Macrianus musste mit Flavius Damianus kommuniziert haben. Aber warum? Ballista hatte Macrianus öffentlich beleidigt. Er hatte einen seiner Söhne geschlagen. Dann hatten seine Söhne dreimal versucht, ihn umzubringen. Macrianus war ein mächtiger Mann und einer, den

Ballista wohl zu seinen Feinden zählen musste. Aber warum hatte er dann darauf gedrängt, ausgerechnet Ballista nach Ephesus zu schicken? Und jetzt sah es so aus, als stünde Macrianus in Verbindung zum mächtigsten Magistrat der Stadt. Was für ein finsteres Spiel spielte Macrianus der Lahme da? Erneut fühlte Ballista sich wie ein Ordinarius in einer Partie Latrunculi, geführt von einer unsichtbaren Hand.

In der Nordostecke der Agora, hinter den Pferchen für das vierbeinige Vieh, standen permanente Steinzellen für das Vieh mit zwei Beinen. Ballistas Vergnügen ob all der Farben und des Lebens auf einem Markt wurde stets von diesem Bereich getrübt, doch irgendetwas zwang ihn immer, dort hinzugehen und zu tun, was er auch jetzt tun würde.

Männer mit breiten Gesichtern und brutalen Augen lungerten dort herum. Sie beobachteten Ballista und seine Gefährten, die langsam näher kamen. Dann trat einer der Männer vor.

»Ich wünsche dir einen guten Tag, Kyrios«, sagte er auf Griechisch, aber mit starkem Akzent. »Was suchst du? Ein Mädchen oder einen Jungen?«

Ballista schaute den Mann an, und ihm kam die Galle hoch. Hinter sich fühlte er Demetrius' Angst und Maximus' Feindseligkeit.

Rasch erkannte der Sklavenhändler, dass er auf dem falschen Pfad gewesen war, und er setzte ein schmieriges Lächeln auf. »Eine Zofe für deine Frau vielleicht? Sauber und vertrauenswürdig? Oder ein weiterer, gut gebildeter griechischer Junge, um für dich die Bücher zu führen? Oder wie wäre es mit ein paar starken Armen, um deine Schätze zu beschützen?«

»Ich werde wissen, was ich will, wenn ich es sehe«, erklärte Ballista.

»Natürlich, natürlich.« Der Sklavenhändler grinste schmeichlerisch. »Es ist mir stets eine Ehre, einem Kyrios von erlesenem Geschmack zu dienen, einem Mann, der weiß, was er will. Bitte, schau dir meine Waren an.«

Ballista marschierte an dem Mann vorbei und betrachtete die zusammengekauerten, geknechteten Menschen. Dann rief er mit lauter Stimme in seiner Muttersprache: »Sind hier Angeln?«

Verkniffene Gesichter schauten ihn verständnislos an. Ballista überkam ein Gefühl der Erleichterung, und er wandte sich zum Gehen. Überrascht sah er Corvus auf sich zukommen. Dem Eirenarch von Ephesus folgten Männer mit Knüppeln. Zwischen sich hatten sie einen dürren, alten Mann in Lumpen. *Nicht schon wieder ein Christ*, seufzte Ballista innerlich. Die Christen waren zwar selbst an ihrer Lage schuld, doch bis gestern war Ballista nicht klar gewesen, wie widerlich es war, sie zu verfolgen.

»Vicarius, wir müssen unter vier Augen mit dir sprechen.« Corvus führte sie in die Mitte der Agora. Die Menschen, die dort entlangschlenderten, machten einen großen Bogen um die Stadtwache. Vor der Reiterstatue des Claudius blieb Corvus stehen. Der bronzene Kaiser sah ganz und gar nicht wie der sabbernde, zuckende Schwachsinnige aus, den Sueton beschrieben hatte.

»Das ist Aratos.« Corvus deutete auf den zerlumpten Mann. »Er ist ein Fischer von außerhalb der Stadt. Seine Hütte steht auf der Taubeninsel. Sie liegt in einer Bucht nicht weit südlich von hier.« Der Eirenarch wandte sich an den Fischer. »Sag dem Vicarius, was du gesehen hast.«

Ballista sah, dass der Fischer den Tränen nahe war. »Ich war letzte Nacht mit dem Boot draußen. Der Fang war gut. Viele …« Corvus drängte ihn, auf den Punkt zu kommen. »Tut mir leid, Kyrios. Bei Sonnenaufgang habe ich das Boot wieder reingebracht. Ich wusste sofort, dass etwas nicht stimmte. Meine Frau …« Er hielt kurz inne und kämpfte mit den Tränen. »Meine Frau wartet immer am Wasser auf mich. Sie macht sich stets große Sorgen, wenn ich auf dem Meer bin. Wir leben allein auf der Insel. Sie war nicht da. Deshalb habe ich sie rechtzeitig gesehen und das Boot wieder rausgelenkt. Barbaren. Jede Menge Barbaren aus dem Norden. Meine Frau, meine Kinder …« Jetzt weinte er.

Ballista legte dem Mann sanft die Hand auf die Schulter. »Wie viele Boote?«

Der Fischer riss sich wieder zusammen. »Nur eines – ein großes Langschiff, ungefähr fünfzig Ruderbänke.«

»Weiß sonst jemand, dass sie da sind?«

Der Mann wischte sich die Nase mit dem Ärmel ab. »Ihr Boot war unter den Bäumen kaum zu sehen. Wie gesagt, leben wir dort allein. Nein, ich denke, ich bin der Einzige.« Der Fischer sank auf die Knie und umklammerte Ballistas Beine, die klassische Geste der Unterwerfung. »Kyrios, meine Frau, meine Kinder …«

»Wir werden dir helfen.« Ballista löste sich von dem Mann und winkte Corvus, ihm außer Hörweite zu folgen. »Ist er vertrauenswürdig?«

Corvus zuckte mit den Schultern.

»Du stammst von hier«, fuhr Ballista fort. »Was denkst du?«

»Ich habe vorher noch nie mit ihm geredet, aber ich glaube, er sagt die Wahrheit.«

Ballista dachte kurz nach. »Liegen Kriegsschiffe im Hafen?«

»Nein.«

»Wie viele Truppen gibt es in Ephesus?«

»Nur eine Abteilung Speerkämpfer und fünfzig Bogenschützen.«

»Wie viele Männer der Stadtwache stehen dir zur Verfügung?«

»Fünfzig.«

»Wir müssen heute Nacht handeln, vorausgesetzt, sie sind dann noch da. Wir haben nicht viel Zeit, und wir brauchen einen Plan.«

Die Laterne oben am Mast schwang vor dem Nachthimmel sanft hin und her. Ballista lag neben Maximus in dem kleinen Fischerboot. Die beiden Männer waren nackt, doch es war eine warme Nacht, und sie hatten daran gedacht, Decken mitzunehmen. Abgesehen von dem starken Fischgestank fühlte sich Ballista eigentlich recht wohl.

Über ihnen bedienten Corvus, der alte Fischer und ein Soldat der Hilfstruppen in Lumpen gekleidet das Boot. Um dem Ganzen einen normalen Anstrich zu verleihen, sprachen sie leise auf Griechisch miteinander, während sie fischten. Das kleine Boot fuhr nach Süden in die Bucht mit der Taubeninsel.

Corvus setzte sich auf die Bank neben Ballistas Kopf. »Es ist nicht mehr weit«, erklärte er. »Ungefähr eine halbe Stunde.«

Der alte Fischer hatte ihnen eine Karte der Taubeninsel gezeichnet. Sie war oval und hatte zwei kleine Buchten im Süden. Die gesamte Küste bestand aus Felsen mit Ausnahme im Osten, wo es einen kleinen Streifen Sand gab. Die Barbaren hatten ihr Gefährt am äußersten Südende des Strandes an Land gesetzt und es ein Stück bis zu den Bäumen gezogen. Sorgfältige Beobachtungen vom Fischerboot aus hatten ergeben, dass ein großes Lagerfeuer auf dem höchsten Punkt der Insel brannte und ein kleineres am Hang auf halber Strecke zum Langschiff.

Der Plan war einfach. Ballista und Maximus würden mit Kurzschwertern und brennbarem Material in wasserdichten Säcken auf dem Rücken an Land schwimmen. Dann würden sie die Wachposten töten und das Langschiff in Brand stecken. Sobald alles in Flammen stand, würden sie in Sicherheit schwimmen, zur südlichen Landzunge der Bucht. Mit ein wenig Glück würden die Barbaren sich nur um das Feuer kümmern und die beiden großen Handelsgaleeren übersehen, die mit hundertfünfzig Soldaten an Bord auf den Strand zuhielten.

Die Galeeren bereiteten Ballista die größte Sorge. Da sie von Norden kamen, gab es keine Landspitze, die sie hätte verbergen können. Jetzt lagen sie ohne Licht gut eine Meile entfernt in offenem Wasser. Damit die Barbaren sie nicht so leicht entdeckten, hatte Ballista dafür gesorgt, dass ein halbes Dutzend Fischerboote mit hellen Laternen an Bord zwischen ihnen und der Insel kreuzte.

Alles hing davon ab, dass die Barbaren keinen Verdacht schöpften. Einheimische Piraten hatten Kontakte am Ufer, die sie vor Vorbereitungen gegen sie warnten. Es war allerdings eher unwahrscheinlich, dass irgendwer in Ephesus Barbaren helfen würde. Aber um auf der sicheren Seite zu sein, hatte Corvus' Stadtwache ab Mittag jeden davon abgehalten, die Stadt zu verlassen, egal ob über Land oder zur See.

Corvus hatte vehement argumentiert, Ballistas Absicht, an Land zu schwimmen, sei Wahnsinn. Das solle er doch lieber ein paar Soldaten überlassen. Ballista hatte Corvus' Einwand jedoch ignoriert und ihn darauf hingewiesen, dass es notwendig sein könnte, die barbarischen Wachposten zu täuschen, und keiner der Soldaten stammte aus Germanien. Nun jedoch, während er im Boot lag, erkannte er den wahren Grund für seinen Wunsch zu gehen: Es war die Aufregung, die ihn wenigstens kurz von seiner ekelhaften Pflicht als Christenjäger ablenken würde.

Fast, als hätte er Ballistas Gedanken gelesen, sagte Corvus: »Große Artemis, das ist in jedem Fall besser, als ständig nach Damianus' Pfeife zu tanzen.«

»Du magst ihn nicht, oder?« Das war nicht wirklich eine Frage.

Corvus lächelte im Zwielicht. »Ich bin Eirenarch von Ephesus geworden, um Räuber in den wilden Hügeln zu jagen, nicht Christen in den Armenvierteln.«

»Ich hatte den Eindruck, dass es böses Blut zwischen euch gibt.«

Corvus lächelte erneut. »O ja. Unser geliebter Schreiber des Demos – wie oft hat er dir schon erzählt, dass er der Nachfahre des berühmten Sophisten ist? Flavius Damianus glaubt, ich hätte bei den Verfolgungen unter Kaiser Decius nicht gerade lobenswerten Eifer gezeigt.« Da er Ballistas Interesse spürte, fuhr er fort: »Sieben junge Männer aus angesehenen Familien sind damals denunziert worden. Natürlich habe ich sie verhaftet und an der Agora ins Gefängnis gesteckt, aber befohlen, ihnen die besten Zellen zu geben, direkt an der Tür. Sie sind geflohen, und der Gefängniswärter ist auch verschwunden. Ich nehme an, sie haben ihn bestochen. Das Imperium ist groß genug. Aber wie auch immer, Flavius Damianus glaubt, ich hätte nicht genug Männer auf die Jagd nach ihnen geschickt.«

»Und? Stimmt das?«

»Ich habe ein paar Männer dafür abgestellt. Es gab viel zu tun.«

Ballista dachte kurz darüber nach. »Gefällt es dir nicht, dass die Christen verfolgt werden?«

»Zumindest war das nicht der Grund, warum ich Eirenarch geworden bin. Ja, ich verstehe die Logik dahinter. Die offene Gottlosigkeit der Christen könnte in der Tat die Götter verärgern. Und wenn die Götter verärgert sind, dann könnten sie sich gegen uns wenden, und wie jetzt jeder sagt, könnte das bedeuten, dass der kommende Krieg gegen die Sassaniden in einer Katastrophe enden wird. Aber diese Verfolgungen haben auch etwas Unmenschliches an sich. Die meisten Christen sind einfach nur Narren, und es ist schlicht widerlich, Familien auseinanderzureißen und die Schwachen und Fehlgeleiteten zu foltern und zu töten. Aber wie dem auch sein mag, ich neige den Epikuräern zu: Die Götter sind weit weg und bemerken uns Sterbliche gar nicht.«

Die Offenheit des Mannes überraschte Ballista. »Ich habe das kaiserliche Mandat, die Christen zu verfolgen. Solltest du wirklich so mit mir reden?«

Corvus öffnete einen Weinschlauch und trank. »Du wirst mich nicht melden. Dein Gesicht gestern bei Gericht hat mir alles verraten, was ich wissen muss. Du hasst das genauso sehr wie ich, und falls nicht, dann bald.«

»Meine Gefühle haben nichts damit zu tun.« Ballista atmete tief durch. »Ich habe mein Mandat, und ich werde meine Pflicht erfüllen.«

Corvus lächelte nur und gab den Weinschlauch weiter. »Es gibt da dieses lächerliche Gerücht, dass die jungen Männer damals in eine der Höhlen vor der Stadt geflohen sind, wo sie sich hingelegt haben und eingeschlafen sind. Und es heißt, die Schläfer werden wieder erwachen, wenn auch der Kaiser ein Christ ist.«

Ballista grinste. »Dann werden sie verdammt lang schlafen müssen.«

»Und wäre die Welt dann wirklich ein besserer Ort, wenn sie wieder aufwachen?« Corvus nahm den Weinschlauch wieder zurück. »Ihr zwei solltet euch lieber bereit machen. Wir sind fast in Position.«

Der alte Fischer drehte das Boot mit der Breitseite zur Insel. Mithilfe des Sprietsegels schirmte er die abgewandte Seite von der Insel ab.

Ballista und Maximus standen auf. Sie hatten sich von Kopf bis Fuß mit einer Farbe schwarz gefärbt, von der sie wussten, dass sie im Wasser nicht abgehen würde. Ballista hatte überdies sein langes helles Haar mit einem schwarzen Band zurückgebunden. Maximus wiederum hatte extra viel von der Teermischung auf die weiße Narbe an seiner fehlenden Nasenspitze gegeben. Corvus und der Soldat halfen ihnen, die Säcke auf die Rücken zu schnallen. Dann schüttelte Ballista Corvus die Hand und ließ sich so leise wie möglich ins Wasser hinab.

Das Wasser war erschreckend kalt. Ballista biss sich auf die Lippe, um nicht unwillkürlich nach Luft zu schnappen. Doch wenn man erst einmal im Wasser war, war alles gut. Nur mit den Fingerspitzen am Dollbord schaute sich Ballista um, um sich zu orientieren. Auf dem Festland, weit im Südosten der Bucht, konnte er zwei Lichter im Dorf Phygela erkennen. Von dort verliefen die Hügel als dunkle Linie gen Westen. Sie endeten an einem großen, einzeln stehenden Hügel, der an eine umgedrehte Schüssel erinnerte. Ballista wusste, dass er genau südlich der Insel lag.

Maximus gesellte sich im Wasser zu ihm und sog zischend die Luft ein. Der Fischer drehte das Sprietsegel, um die Brise vom Meer aufzufangen. Das Boot fuhr los, und da, im Westen, war ihr Ziel. Die Taubeninsel war als dunkle Silhouette im Mondlicht zu sehen. Sie war steil und dicht bewaldet. Sie erinnerte Ballista an einen Schildbuckel oder eines dieser Küchlein, die die Griechen den Göttern opferten. Nahe dem Gipfel brannte ein großes Lagerfeuer. Das Kleinere flackerte ungefähr auf halbem Weg nach unten. Die Insel war noch gut zweihundertfünfzig Schritte entfernt. Ballista zielte links von den Feuern und schwamm los.

Die Brise war leicht, die Wellen flach, und der Himmel über den beiden Schwimmern klar und hell im Mondlicht. Ballista und Maximus schwammen mit langsamen, gleichmäßigen Zügen, um in dem stillen Wasser so wenig Funkeln wie möglich zu verursachen. Es dauerte nicht lange, und Ballista spürte, dass das Wasser flacher wurde. Kurz darauf schwamm er nicht mehr, sondern zog sich nur noch vorwärts, während seine Füße den Sand traten. Ein paar Schritte links von ihm hielt Maximus an.

Sie lagen im Wasser, und nur ihre Köpfe ragten heraus. Der Strand war hier knapp zwanzig Schritte breit. Zuerst konnte Ballista nichts sehen außer der dunklen Baumgrenze hinter dem Sand. Doch dann entdeckte er das Langschiff. Es lag direkt rechts von ihnen. Das Heck ragte zwischen den Bäumen hervor. Ballista rührte sich nicht und hielt nach Wachen Ausschau.

Dann und wann waren Stimmen weiter oben auf der Insel zu hören. Ballista schaute nicht zu den Feuern hinauf. Er wollte seine Nachtsicht nicht beeinträchtigen. Stattdessen ließ er seinen Blick über die Bäume und um das Langschiff herumwandern, bis er nur noch verschwommen sah und seine Augen schmerzten. Nichts. Doch als er schon zu dem Schluss gelangt war, dass das Schiff unbewacht sei, hörte er eine Stimme. Sie war wesentlich näher und kam von rechts vom Schiff.

Nachts ist es wichtig, nicht direkt etwas anzuschauen. Man muss daneben und darüber blicken. Nach einiger Zeit konnte Ballista die Umrisse von zwei Männern rechts vom Langschiff erkennen. Sie saßen mit den Rücken an einem Baum.

Vorsichtig hob Ballista die Hand aus dem Wasser und winkte Maximus, dass sie links um das Schiff herumgehen sollten. Leise setzte sich Ballista in Bewegung. Der Sand schimmerte strahlend weiß im Mondlicht. Darauf würden sie schrecklich gut zu sehen sein. Ballista duckte sich und näherte sich dem Strand. Mit jedem Schritt erwartete er, einen Warnruf der Wachen zu hören, doch schließlich erreichte er die vom Wind abgewandte Seite des Schiffs.

Maximus duckte sich neben ihn. Der Hibernianer grinste. Sie nahmen die wasserdichten Säcke vom Rücken und zogen die Schwerter.

Ballista berührte Maximus an der Schulter und zeigte ihm mit Gesten, dass sie links ums Schiff herumgehen sollten und von da durch die Bäume, um die Wachen von hinten anzugreifen. Maximus nickte. Sie ließen die Säcke zurück und machten sich auf den Weg.

Die Bäume boten ihnen gute Deckung, und der Hang war nicht allzu steil. Sie hatten die Wachen entdeckt und schlichen sich nun an sie an, als plötzlich einer der Männer aufstand.

Ballista erstarrte. Der Mann war ungefähr dreißig Schritte weit entfernt. Er ging ein Stück in den Wald hinein. Er stolperte leicht. Vielleicht hatte er getrunken. Schließlich blieb er vor einem Baum stehen und begann, an seiner Hose herumzufummeln.

Leise schlich Ballista an ihn heran. Der Mann wankte leicht. Mit einer Hand stützte er sich am Baum ab, während er urinierte. Mit der Linken schloss Ballista ihm den Mund und mit dem Schwert schnitt er ihm die Kehle durch. Blut spritzte schwarz im Mondlicht. Der Körper des Mannes zitterte heftig, doch Ballista drückte ihn fest an sich. Ein ekelhafter Gestank breitete sich aus, als der Sterbende seinen Darm entleerte.

Vorsichtig ließ Ballista die Leiche auf den Boden hinab und schaute sie an. Maximus kauerte im Schatten eines Baums. Von unten war kein Ton zu hören. Rasch, aber geräuschlos zog Ballista seinem Opfer den Mantel aus. Er war blutbesudelt. Ballista drehte die Innenseite nach außen und warf ihn sich über die Schulter.

Ohne auch nur zu versuchen, sich zu verstecken – tatsächlich suchte er sich sogar einen Zweig, auf den er treten konnte –, ging Ballista den Hang hinunter.

»Und? Fühlst du dich jetzt besser?« Der südgermanische Akzent überraschte Ballista. Der Sprecher gehörte zu den Boranern, dem Stamm, der eine Blutfehde mit Ballista hatte. Wo man auch hinging, alte Feinde fand man überall.

»Ja, viel besser«, murmelte Ballista. Der Mann hob den Blick, als Ballista um den Baumstamm trat. Er riss die Augen auf, hatte aber keine Zeit mehr zu schreien, bevor die Klinge ihn ins Gesicht traf. Ein furchtbares Gurgeln drang aus dem zerschmetterten Mund. Der Kerl kippte nach vorn und schlug die Hände vors Gesicht. Ballista schlug dem boranischen Krieger mit dem Schwert in den Nacken. Der Mann rührte sich nicht mehr.

Ballista schüttelte den Mantel ab und lief zu der Stelle zurück, wo sie die Säcke zurückgelassen hatten. Dann schwang er sich ins Langschiff und schaute sich um. Rasch fand er das zusammengerollte Segel, zog es heraus und drehte es auf die Seite, sodass die feuchte Seite oben lag. Maximus reichte ihm den ersten Sack. Ballista holte die Behälter mit dem Naphta heraus, öffnete sie und schüttete den Inhalt über das Segel. Maximus gab ihm den zweiten Sack.

Als Ballista den Zunder herausholte, verließ ihn der Mut. Der Zunder war nass. Der Sack war undicht gewesen. Trotzdem stapelte er ihn auf dem mit Naphta getränkten Segel. Dann nahm er die Feuersteine und schlug sie aneinander.

Funken flogen. Nichts. Der Zunder war zu feucht. Ballista fluchte stumm und schlug immer wieder die Feuersteine aneinander. Nichts. Schmerz schoss in seinen Daumen, als er sich die Haut aufriss. Er machte weiter. Noch immer nichts. Das würde so nicht funktionieren.

Ballista sprang aus dem Langschiff und beugte sich dicht zu Maximus. »Wir müssen uns ein brennendes Scheit aus einem der Feuer oben holen.« Maximus nickte nur.

Ballista ignorierte den Pfad, der im Zickzack den Hang hinaufführte, und ging stattdessen direkt zwischen den Bäumen hindurch. Der Hang wurde immer steiler. Manchmal mussten sie sogar auf allen vieren kriechen. Wann immer Ballista zu dem kleineren Lagerfeuer schauen musste, um sich zu orientieren, kniff er ein Auge zu, um seine Nachtsicht so wenig wie möglich zu beeinträchtigen.

Schließlich kamen sie am Rand des Pfads heraus, unmittelbar über dem kleinen Feuer. Ein halbes Dutzend Boraner befand sich dort. Sie hatten sich auf dem Boden zusammengerollt und schliefen.

Ballista und Maximus beobachteten sie eine Weile, während sie versuchten, wieder zu Atem zu kommen. Das Feuer war zwar schon weit heruntergebrannt, aber das Holz knisterte noch. Dann und wann konnte man von oben eine Stimme hören. Einige der Krieger waren offenbar noch wach.

Warten ergab keinen Sinn.

»Schnapp dir ein Scheit, und dann nichts wie runter«, flüsterte

Ballista. Sie standen auf. Ballista atmete tief durch, zählte bis drei und huschte den Pfad hinab.

Die Krieger rührten sich, als die beiden nackten schwarzen Gestalten auf die Lichtung liefen. Ballista wählte ein schönes Stück Holz. Ein Boraner stand auf, blinzelte sich den Schlaf aus den Augen, griff nach seinem Schwert und versperrte Ballista den Weg. Als Ballista um ihn herumlief, ließ er sein Schwert auf die Schulter des Mannes herabsausen. Die Klinge blieb stecken. Ballista musste stehen bleiben, und nur mithilfe seines Fußes gelang es ihm, das Schwert wieder rauszureißen.

Sie rannten den Hang hinab. Hinter sich hörten sie verwirrte, wütende Stimmen und dann die unverkennbaren Geräusche, dass die Jagd begonnen hatte. Der Hügel war steil. Sie stolperten, rutschten, und mit jedem Schritt drohte ein Sturz. Ein Ast schlug Ballista ins Gesicht und trieb ihm die Tränen in die Augen. Er spürte Blut auf seiner Wange. Die Verfolger waren ihnen dicht auf den Fersen.

»Ich werde sie ablenken!«, rief Maximus und bog nach rechts ab. Ballista hatte keine Zeit, darauf zu antworten. Er stürmte weiter den Hügel hinab.

Nach dem Wald war es am Strand hell. Ballistas Brust brannte, doch er rannte zum Schiff. Er ließ das Schwert fallen und zog sich mit der rechten Hand hoch. Dann schwang er die linke Hand nach oben und warf das brennende Scheit auf das mit Naphta getränkte Segel.

Ballista landete wieder im Sand, schnappte sich sein Schwert und wirbelte zu seinen Verfolgern herum. Es waren nur zwei. Ballista trat vor und schwang sein Schwert. Der Stahl surrte durch die Luft. Die Boraner blieben stehen.

Eine gefühlte Ewigkeit standen die drei Männer auf dem vom Mond beschienenen Strand einander gegenüber. Die Boraner verteilten sich, um Ballista in die Flanken zu fallen. Ballista trat nach rechts. Der Boraner auf dieser Seite blieb stehen. Hinter sich hörte Ballista ein Zischen, als das Naphta Feuer fing. Langsam, ganz langsam wich er zurück. Aus den Augenwinkeln sah er eine blaue

Flamme, die an der Reling leckte. Die beiden Boraner schrien. Ballista verstand ihre Worte nicht.

Mit lautem Brüllen täuschte Ballista einen Angriff an. Instinktiv wichen seine Gegner zurück. Erneut sprang Ballista nach hinten. Jetzt schlugen hohe Flammen aus dem Schiff. Ballista wirbelte herum und lief.

Als er das Wasser erreichte, drehte er sich wieder um und bereitete sich auf den Angriff vor. Doch der Angriff kam nicht. Einer der Boraner kletterte an Bord, der andere lief, um Hilfe zu holen. Das Heck des Langschiffs stand lichterloh in Flammen. Nur die Götter konnten es jetzt noch retten.

Ballista watete ins Wasser hinaus. Als das Wasser seinen Bauch erreichte, schwamm er einhändig in Richtung Westen, parallel zum Südufer der Insel.

Mondlicht fiel aufs Wasser. Vor sich konnte Ballista die Landspitze erkennen, die das Ende der Bucht markierte. An ihrem äußersten Ende war ein großer Fels. Die Umrisse erinnerten Ballista an einen Wal. Er trieb auf dem Rücken. Rechts von ihm, auf der Taubeninsel, herrschte Chaos. Das Langschiff brannte lichterloh. Männer rannten den Pfad hinunter zum Feuer. Ballista fragte sich, ob die Boraner, die Maximus gejagt hatten, inzwischen wohl aufgegeben hatten. In jedem Fall sah er keine Fackeln, die sich nach Westen bewegten. Was war mit dem verdammten Hibernianer passiert? Ohne weiter darüber nachzudenken, schwamm Ballista zur Insel zurück.

An den Felsen stieg er an Land und kletterte durch einen Gürtel aus hohem Gras. Dornen drangen in sein Fleisch. Als Ballista den bewaldeten Hang erreichte, blieb er nach ein paar Schritten stehen und beruhigte sich erst einmal. Die Bäume hier standen verhältnismäßig weit auseinander – Palmen, Zedern, wilde Oliven –, und es gab nur wenig Unterholz. Mondlicht fiel zwischen den schwarzen Stämmen hindurch. Am Ostende der Insel herrschte großes Geschrei, doch in Ballistas Nähe rauschte nur die sanfte Brise in den Wipfeln.

Er ging auf den Ballen und tastete nach Zweigen und trockenem Laub, wann immer er den Fuß aufsetzte. So bewegte er sich den Hang hinauf zu dem großen Lagerfeuer am Gipfel. Alle paar Schritte blieb er stehen, lauschte und sog den Geruch der Luft ein. Sich durch den nächtlichen Wald zu schleichen, lag in seiner Natur, denn das hatte er beim Stamm seines Onkels gelernt. Der Bruder seiner Mutter war einer der führenden Krieger der Harier, und die waren im ganzen Imperium als Nachtkämpfer berühmt.

Er war noch nicht weit gekommen, als er etwas roch: den schwachen Duft von Fisch und Teer. Regungslos wartete er. Kurz darauf erschien eine dunkle, geisterhafte Gestalt und huschte von einem Schatten zum nächsten. Ballista ließ die Erscheinung an sich vorbeiziehen und rief dann leise: »Muirtagh von der Langen Straße, du bist ja noch spät unterwegs.«

Maximus duckte sich instinktiv und wirbelte herum. Seine Klinge funkelte im Mondlicht. »Ballista? Bist du das?«

»Wer sonst auf dieser Insel kennt deinen richtigen Namen und spricht deine Heimatsprache?« Grinsend trat Ballista vor und umarmte seinen Freund.

Als sie weiter nach oben schlichen, fast bis zum Feuer, vernahmen sie neue Geräusche von unten. Stahl klirrte auf Stahl, und Männer schrien im Kampf. Die Galeeren waren eingetroffen. Am Strand wurde gekämpft und gestorben.

Das große Lagerfeuer war jedoch nicht ganz verlassen. In einer Ecke schluchzte eine Frau. In den Armen hielt sie ihre Tochter, und ihr junger Sohn kauerte hinter ihr. Als die beiden nackten Männer ins Licht traten, wichen alle drei zurück und heulten. Ballista legte den Finger auf die Lippen. Sie heulten jedoch weiter. Es war ein hohes, durchdringendes Geräusch. Ballista ging zu ihnen. Die Kleider der Frau waren zerrissen. Sie hatte Blut an den Schenkeln. Ballista sprach die Mutter auf Griechisch an. »Ihr müsst keine Angst vor uns haben, Mutter. Wir sind hier, um sie zu töten.« Die Frau schrie weiter. Die anderen hörten auf.

Der Junge war ungefähr zehn Jahre alt. Ballista hoffte, dass ihm nichts wirklich Schlimmes widerfahren war. Er wandte sich an ihn.

»Mein Junge, du kennst die Wälder dieser Insel doch sicher gut. Nimm deine Mutter und deine Schwester und sucht euch das beste Versteck. Es wird bald vorbei sein. Wenn ihr Männer Griechisch oder Latein sprechen hört, dann kommt wieder raus.«

Der Junge nickte ernst, und Ballista und Maximus drehten sich wieder zu dem Schlachtenlärm um.

Die Szene unten am Strand glich einem Theaterstück. Dank des brennenden Schiffs war es taghell. Ballista und Maximus konnten jede Einzelheit erkennen. Am Fuß des Hangs hatten die Boraner einen schiefen Schildwall mit gut dreißig Mann gebildet. Ihnen gegenüber stand gut das Doppelte an römischen Hilfstruppen, und es strömten noch mehr von den beiden Galeeren, die man auf den Strand gesetzt hatte. Im Sand lagen bereits mehr als zwanzig Tote. Ob das nun Boraner oder Römer waren, konnte man schlecht sagen. Auf dem Schlachtfeld sieht eine Leiche wie die andere aus.

Ballista winkte Maximus, ihm zu folgen, und sie liefen zum Gipfel zurück. Als sie wieder das große Lagerfeuer erreichten, war die Familie verschwunden. Plötzlich ertönte ein Geräusch. Die beiden Männer wirbelten herum. Corvus, der Fischer und der Soldat aus dem Boot traten ins Licht.

»Corvus, du Bastard. Du hättest mich fast zu Tode erschreckt.« Ballista lachte. »Was bei den Göttern macht ihr denn hier?«

»Der alte Fischer hat das Warten nicht mehr ausgehalten. Er muss wissen, was mit seiner Familie geschehen ist. Wir haben das Boot im Norden festgemacht und sind an Land geschwommen. Wir dachten, von hier oben könnten wir sehen, was los ist.«

Ballista drehte sich zu dem Fischer um. »Dein Sohn hat deine Frau und deine Tochter in sein Lieblingsversteck gebracht.«

»Ich weiß, wo das ist. Den Göttern sei Dank. Sie leben. Sind sie …?«

Bevor er seine Angst in Worte fassen konnte, sagte Ballista, er solle gehen. Als er verschwunden war, befahl Ballista den anderen, sich je ein Scheit aus dem Feuer als Fackel zu nehmen und ihm zu folgen.

Allein trat Ballista zwischen den Bäumen hervor. Die Boraner waren gut dreißig Schritte unter ihm. Sie hatten ihm den Rücken zugekehrt. Die Römer sahen ihn zuerst, und die Soldaten deuteten zu ihm hinauf. Daraufhin schauten ein, zwei Boraner über die Schultern zurück und sahen die überirdische Gestalt auf den Felsen. Immer mehr starrten den nackten Mann mit der Fackel in der einen und dem Schwert in der anderen Hand an. Verwirrte Rufe brandeten unter den Boranern auf. Der Schildwall geriet ins Wanken. Ballista deutete mit der Fackel, und in einigem Abstand traten auch Maximus, Corvus und der Soldat aus der Deckung. Über die Schulter rief Ballista: »Alle halt!«

Der Schildwall der Boraner brach im Chaos zusammen. Krieger drängten gegeneinander und stießen einander weg. Sie wussten nicht mehr, in welche Richtung sie sich wenden sollten. Über ihre Köpfe hinweg rief Ballista den römischen Truppen zu: »Seid ihr zum Krieg bereit?«

»Allzeit bereit!«, dröhnte die Antwort.

Dreimal wiederholte er diese Frage, und nach der dritten Antwort stürmten die Römer vor. Ballista drehte sich um und brüllte seinen imaginären Truppen im Wald zu: »Zum Angriff!« Mit lauten Schreien stürmten er und seine drei Gefährten den Hang hinab.

In der Schlacht fürchtet ein Krieger nichts mehr, als umzingelt zu werden. Die Formation der Boraner brach zusammen. Sie warfen ihre Waffen, Schilde und alles weg, was sie bei der Flucht behindern könnte, und rannten am Strand entlang davon. Der Kampf war vorbei. Jetzt blieb nur noch eines zu tun: Menschen jagen.

XVIII

Im äußersten Nordosten der Stadt Ephesus, nach dem Koressos-Tor, auf der anderen Seite der Straße vom Gymnasium des Vedius oder wie es oft genannt wird, dem Gymnasium des Koressos-Viertels, lag das Stadion. Es war jedoch nicht mehr das, was es einst gewesen war. Die griechische Rennbahn war nach dem Erscheinen von Rom verändert worden. Das Ostende war neu gebaut, ebenso wie die Steinmauern und Tribünen, die die Bahn umgaben. Jetzt war es ein tödliches Oval.

Ballista saß in der Loge, die für den Magistrat und sein Gefolge reserviert war, doch in Gedanken war er meilenweit entfernt. Zurück am Strand der Taubeninsel vor einem Monat erlebte er noch einmal die wilde Freude des Sieges und die fast sexuelle Erregung der Gewalt. Dort hatte er sich richtig lebendig gefühlt. Es hatte so viel zu tun gegeben: die Soldaten in den Griff zu bekommen und die Durchsuchung der Insel zu organisieren, ein paar Männer auf die Galeeren zurückzuschicken. Ein Schiff sollte verhindern, dass Boraner versuchten, zum Festland zu schwimmen, und das andere sollte das Dorf Phygela vor jenen Barbaren beschützen, die es irgendwie hinüberschafften. Ballista war hundemüde gewesen, doch selbst Calgacus' fürsorglicher Tadel, der auf einer der Galeeren mitgefahren war, hatte Ballistas Laune nicht trüben können.

Fanfaren brachten Ballista in die Gegenwart zurück. Er rutschte auf seinem Sitz herum. Abgesehen von den paar Mal, da er sich hatte erleichtern müssen, hatte er den ganzen Morgen über gesessen. Ballista hatte nichts gegen Tierhatzen, obwohl es ihm ironisch erschien, dass die Griechen und Römer die Perser für ihre Jagden in Wildgehegen als weibisch verspotteten, den berühmten Paradisen, wo die meisten Bewohner eine Jagd sogar in völliger Sicherheit genossen.

Sie saßen auf weichen Kissen, während professionelle Jäger wilde Tiere in noch weit kleineren Gehegen töteten. Andererseits gab es hier durchaus Können und Mut zu sehen.

Der Nachmittag versprach ebenfalls gut zu werden. Ballista wusste, dass die Römer behaupteten, den Gladiatoren bei ihrem tödlichen Kampf zuzusehen, stärke die Moral der Zuschauer. Wenn Sklaven und Ausgestoßene angesichts von Stahl noch nicht einmal zuckten, wie viel mehr konnte man da von einem freien Mann erwarten, wenn ein römischer Bürger zu den Waffen gerufen wurde? Und so, wie es gerade um das Imperium stand, war Letzteres noch nicht einmal allzu weit hergeholt.

Es war jedoch weder der Morgen noch der Nachmittag, was Ballista störte, es war die Mittagsunterhaltung.

Erneut ertönten Fanfaren. Dann spielte die Wasserorgel einen Marsch. Die Musik wirbelte durch das Stadion, die Tore schwangen auf, und eine religiöse Prozession betrat den Sand, an ihrer Spitze eine Statue der Artemis der Epheser. Es war der 28. September, vier Tage vor den Kalenden des Oktobers, der sechste Tag im Monat Thargelion nach hiesigem Kalender, der Geburtstag der Großen Artemis. Flavius Damianus, der Ballista um das Privileg gebeten hatte, die Zeremonien organisieren zu dürfen, konnte sich keine bessere Gelegenheit vorstellen, Gottlose zu töten, als diese hier.

Die Statue von Artemis wurde an ihren Platz gebracht, flankiert von anderen Göttern, einschließlich alter und neuer Mitglieder der kaiserlichen Familie, in einer Loge Ballista gegenüber. Die Priester und Ephebes, die jungen Männer der Oberklasse von Ephesus, nahmen ihre Plätze auf den Tribünen ein. Mit lautem Knirschen und Knarren wurden die Wagen mit den wilden Tieren gebracht. Aus einem von ihnen kam so ein tiefes, kehliges Brüllen, dass sich Ballista die Nackenhaare sträubten.

Die Musik verstummte, und ein erwartungsvolles Schweigen senkte sich über die Menge. Alle Blicke waren auf die Tore gerichtet. Rechts von Ballista stand ein Bogenschütze. Der Germane schaute um ihn herum zu Flavius Damianus. Der Schreiber des

Demos beugte sich aufgeregt vor. Ihm war seine Faszination deutlich anzusehen. Ballista fragte sich, ob Flavius Damianus die traditionellen Götter schon immer so fleißig verehrt hatte oder ob erst der Starrsinn der Christen ihn dazu bewegt hatte. Vielleicht hatte er sich ja gedacht, dass Fanatismus eine ebenso fanatische Antwort verlangte.

Erneut ertönte die Musik, und sieben Gefangene wurden ins Stadion getrieben. Sie trugen schlichte Tuniken und liefen barfuß. Jeder von ihnen trug ein Schild um den Hals. Auf dem ersten stand: »Das ist Appian der Christ«.

Ballista schaute sich den Mann an. Die hervorquellenden Augen des Christen zuckten hin und her. Er zitterte. Ballista fiel auf, dass Appian immer wieder den Mund öffnete und schloss. Gleiches galt für die anderen. Es dauerte ein paar Augenblicke, bis Ballista bemerkte, dass sie sangen, doch ihr Lied ging in der Musik unter.

Flavius Damianus beugte sich zu ihm und sagte: »Ich hielt es für besser, nur sieben in die Arena zu schicken. Wir brauchen noch welche für andere Feste, und wenn man zu viele auf einmal tötet, stumpfen die Leute nur ab. Das macht keinen Spaß.«

»Hm.« Ballista machte ein Geräusch, das man durchaus als Zustimmung deuten konnte.

Die Christen näherten sich den Gladiatoren. Jetzt würden sie durch das Spalier laufen müssen. Eine dicke, knotige Lederpeitsche zischte durch die Luft, traf Appian an der Schulter und zerriss seine Tunika. Appian stolperte vorwärts. Die nächste Peitsche sauste herab. Appian fiel auf die Knie. Der Christ, der ihm folgte, wollte ihm helfen, doch einer der Gladiatoren stieß ihn zu Boden. Appian rappelte sich wieder auf. Der dritte Gladiator ließ die Peitsche knallen. Insgesamt waren es zehn Gladiatoren. Als Appian das Ende des Spaliers erreichte, hing seine Tunika in Fetzen an ihm herab, und sein Rücken war nur noch eine blutige Fleischmasse. Angewidert sah Ballista, dass die letzte Christin eines der Sklavenmädchen war, eine der Ministrae.

Die Christen wurden wieder hinausgetrieben, abgesehen von einem, dem Jüngling mit den wilden Augen, der geschrien hatte, er sei Christ und wolle sterben. Seine Hände waren gebunden, und eine Kette hing um seinen Hals. Zwei Gladiatoren standen links und rechts von ihm. Er schwankte, und er sprach, doch seine Worte hallten nicht weit. Vermutlich betete er.

Dann wurde einer der Käfige geöffnet, und vier Gladiatoren kamen mit einem wilden Eber heraus. Die Bestie schäumte vor Wut. Sie sträubte die Borsten und schlug mit ihren Hauern nach links und rechts. Die Kette des Christen wurde mit dem Halsband des Ebers verbunden.

Als die Gladiatoren zurücktraten, griff der Eber an. Ein Hauer traf einen seiner Peiniger und riss dessen Schenkel bis zum Knochen auf. Während das Blut hervorquoll und seine Kameraden den Gladiator wegschleppten, hob der junge Christ den Blick gen Himmel und brüllte vor Lachen. Ein drohendes Grollen ging durch die Menge.

Nachdem er sich erst einmal gerächt hatte, stand der Eber still da, drehte den Kopf von einer Seite zur anderen, und seine kleinen Schweinsäuglein funkelten boshaft. Dann schaute das Tier den Christen an. Der junge Mann erwiderte den Blick. Er betete noch immer. Sie waren nur zehn Schritte voneinander entfernt.

Ohne Vorwarnung drehte sich der Eber um und rannte los. Die Kette spannte sich, und der junge Mann wurde von den Beinen gerissen. Der Eber schleppte den Jüngling mit dem Gesicht nach unten durch den Sand. Die Menge grölte voller Schadenfreude.

Entweder waren es diese neuen Geräusche oder die Kette, in jedem Fall blieb der Eber plötzlich wieder stehen. Er drehte sich um. Der Jüngling richtete sich auf die Knie auf. Der Eber griff an, und der Jüngling wurde nach hinten geworfen. Blut spritzte durch die Luft. Die Menge johlte freudig. »*Salvum lotum, salvum lotum*!«, brüllten die Leute den traditionellen römischen Gruß im Bad. »Gut gewaschen, gut gewaschen.« Der Eber stand über dem zerfetzten Leib des jungen Mannes.

Die nächste Hinrichtung war jedoch eine Katastrophe, was die Unterhaltung betraf. Wieder wurde ein einzelner Christ in die Arena geführt, ein weiteres einfaches Mitglied dieses Kults. Er war nicht gefesselt. Ihm trat ein schlanker schwarzer Kampfstier entgegen mit prachtvollen, geschärften Hörnern. Vermutlich war die Idee gewesen, dass der Christ dem Publikum eine komödiantische Einlage bieten würde, indem er kreischend vor dem Stier weglief, doch der Christ rannte nicht, und der Stier griff nicht an. Das Tier stand ihm nur gegenüber.

Nach einiger Zeit musste man eine Gruppe Stierkämpfer hineinschicken. Die reizten das Tier, hetzten es durch die Arena und versuchten, sein Blut zum Kochen zu bringen. Und die Stierkämpfer waren gut. Sie zeigten die Eleganz von Tänzern, doch das war nicht der richtige Zeitpunkt dafür. Das war nicht, was das Volk sehen wollte. Ein Raunen ging durch die Menge, und die ersten Kissen und Obststücke flogen in den Sand.

Schließlich führte einer der Stierkämpfer das Tier zum Angriff gegen den Christen. Nahezu beiläufig spießte der Stier den Mann auf, riss ihm die Eingeweide heraus und trottete davon. Der Christ lebte jedoch noch, stöhnte und wand sich gequält. Der Stier wurde wieder eingefangen. Dann kamen die als Götter der Unterwelt verkleideten Ordner und schleppten den Christen weg hinter die Tribünen, um sich seiner dort zu entledigen, wie es üblich war. Die Menge brüllte ihre Missbilligung. »Nein, nein, nein! Hier und jetzt! Wir wollen Blut im Sand!«

Die Zuschauer wandten sich direkt an Ballista, damit er sich einmischte, und Ballista verdrängte sein Mitgefühl und winkte, den Mann sofort zu erledigen. Im Zirkus bestand stets die Gefahr, dass die Menge außer Kontrolle geriet und einen Aufruhr anzettelte, und außerdem: Was machte das für den armen Kerl schon für einen Unterschied?

Der Christ wurde auf die Knie hochgezogen und sein Kopf zurückgerissen. Ein Gladiator zog sein Schwert. Es funkelte im Sonnenlicht. Ruhig nahm der Gladiator Haltung an, zielte und stieß dem Christen die Klinge in den Hals. Doch der Stoß war nicht gut. Die Klinge traf auf Knochen, und der Christ schrie. Rasch riss der Gladiator sein Schwert wieder zurück und schlug zu. Der Christ starb. Arme und Brust des Gladiators waren voller Blut. Die Menge grölte verächtlich, als der Mann zum Tor ging.

»Was für eine Schande«, bemerkte Flavius Damianus, »aber der Rest des Spektakels wird ihre gute Laune schon wieder zurückbringen.« Er aß einen Hähnchenschenkel. Überall auf den Tribünen holten die Leute ihre Picknickkörbe hervor oder das Essen, das sie von den Händlern vor dem Zirkus gekauft hatten. Auch neben Ballistas Ellbogen stand ein voller Teller. Er trank einen Schluck verdünnten Wein. Der Appetit war ihm vergangen.

Die Musik hatte aufgehört. Ein tiefes Brüllen aus den Käfigen verriet Ballista, was als Nächstes kommen würde. Der ekelhafte Gestank der Bestie ließ ihn würgen. Er hatte selbst schon mal einem Löwen gegenübergestanden. Er hatte ihm gegenübergestanden und ihn getötet. Aber er war auch mit einem stabilen Speer bewaffnet gewesen. Ihn hatte man vorher nicht brutal ausgepeitscht. Und er hatte auch keine Zeit gehabt, darüber nachzudenken, was da kommen würde. Er hatte schlicht keine Zeit gehabt, Angst zu haben.

Der Christ war der dritte einfache Anhänger. Ballista nahm an, dass Flavius die Priester für das Finale aufsparen wollte. Der Christ musste in die Arena geprügelt werden. Die Gladiatoren gingen, und die Tore wurden geschlossen. Verloren wandte sich der Christ hierhin und dorthin.

Dann glitt die Tür des Käfigs auf, und der Löwe stapfte heraus. Es war ein altes Männchen, riesig, aber schäbig und auf einem Auge blind, und vorn ging er lahm. Mit seinen großen Nüstern schnüffelte er die Luft. Sofort roch er Blut, und er richtete sein gesundes Auge auf den Christen. So etwas wie Erkennen schien über das Gesicht der Bestie zu huschen.

Der Löwe beschleunigte ohne Vorwarnung. Der Christ schrie verzweifelt. Drei Sprünge, und der Löwe setzte zum letzten Angriff an. Der Christ wandte sich zur Flucht, doch es war zu spät.

Der Löwe nutzte seine Masse, um den Mann zu Boden zu werfen. Die Vorderpfoten mit den langen Krallen hielten den Christen fest, und mit katzenhafter Eleganz riss der Löwe dem Mann die Kehle auf.

Dann hob die Bestie die blutige Schnauze und stieß ein mächtiges Brüllen aus. Das war wahrlich der König der Tiere. Die Menge jubelte zur Anerkennung ihrer Majestät.

Als der Löwe wieder eingefangen und die Überreste des Christen weggeschafft wurden, sagte Flavius Damianus: »Siehst du …?« Er musste die Stimme heben, um den Lärm der Zuschauer zu übertönen. »Jetzt sind sie wieder glücklich. Das Nächste wird etwas Besonderes und sehr passend.«

Ballista hatte eine düstere Vorahnung, als man eine der Ministrae brachte. Sie war trotz allem, was sie bereits durchgemacht hatte, noch attraktiv. Sie sah verwirrt aus. Ihre Tunika hing in Fetzen am Rücken. Die Zuschauer pfiffen und riefen ihr Obszönitäten zu.

Ein Bellen und wildes Hufgetrappel kamen aus dem letzten Käfig. Die Tür wurde geöffnet, und eine wilde Färse stürmte in die Arena. Sie rannte im Kreis und stieß mit dem Kopf nach der Luft.

Die Zuschauer lachten. Der Bogenschütze rechts neben Ballista hatte Haltung angenommen und rührte sich nicht. Flavius Damianus beugte sich um ihn herum und sagte zu Ballista: »Sie betrachten das als Scherz – eine verrückte Kuh, die die andere jagt.«

Die Sklavin lief zur Wand der Arena. Die Bewegung erregte die Aufmerksamkeit des Tiers, und es jagte dem Mädchen hinterher. Die Sklavin wich zur Seite aus, und die Kuh, die viel zu schnell war, krachte mit solch einer Wucht gegen die Wand, dass das ganze Stadion bebte. Die Menge johlte vor Freude. Ballista wollte wegschauen, aber er konnte nicht.

Kurz war das Biest benommen. Dann schüttelte es den Kopf und nahm die Jagd wieder auf. Ballista sah die Peitschenstriemen auf dem Rücken des Mädchens. Ihm war schlecht.

Die Kuh holte die Ministrae ein. Sie senkte den Kopf und stieß zu. Das Mädchen fiel auf den Rücken, und die zerrissene Tunika rutschte hoch, sodass ihre Schenkel zu sehen waren. Aus irgendeinem Grund rannte die verrückte Kuh auf die andere Seite der Arena.

Das Sklavenmädchen setzte sich unter Schmerzen auf. Ihr Haar hatte sich gelöst und fiel ihr über die Schultern. Sie schaute sich mit leerem Blick um. Dann, mit einer seltsam alltäglichen Geste, strich sie ihre Tunika glatt, um ihre Schenkel zu bedecken, und begann, ihr Haar hochzustecken.

Ballista war aufgesprungen. Er hob die rechte Hand, um Schweigen zu gebieten. Die Augen aller im Stadion waren auf ihn gerichtet. Er atmete tief ein, und mit einer Stimme, die auf dem Schlachtfeld trainiert worden war, befahl er, das Tier einzufangen und das Mädchen durch die Porta Sanavivaria zu führen, das Tor des Lebens.

Als Ballista sich wieder setzte, brüllte die Menge ihre Missbilligung. Auch Flavius Damianus konnte seine Wut kaum im Zaum halten.

Kaum waren das Mädchen und die Kuh hinausgebracht, da erschienen die Zimmerleute. Nun kam das Finale, der Teil, vor dem sich Ballista am meisten gefürchtet hatte. Während das Hämmern durchs Stadion hallte, saß er in dunkle Gedanken versunken und mit weißen Knöcheln auf seinem Curule. Schon sein ganzes Erwachsenenleben lang suchte ihn der Gestank von verbranntem Menschenfleisch immer wieder heim. Ungewollt kehrten die Erinnerungen zurück: die Perser vor den Mauern von Arete, die Goten auf den Ebenen vor Novae, seine eigenen Männer auf den Leitern bei Aquileia. Immer wieder waren da dieser furchtbare Gestank, die sich schälende Haut und der ekelhafte Anblick von unnatürlich rosafarbenem Fleisch.

Das Hämmern verstummte. Drei Kreuze ragten nun in der Arena empor. Kurz bevor er das Stadion betreten hatte, hatte Ballista zwar noch ein paar Befehle erteilt, um das Leiden zu lindern, trotzdem würde es furchtbar werden.

Die zum Tode Verurteilten wurden hereingeführt. Der Presbyter Appian, Sohn von Aristides, ging recht normal. Hinter ihm kamen ein weiterer Presbyter und ein Diakon. Im Gegensatz zu Appian wankten sie und stolperten ein ums andere Mal. Einer fiel schließlich und wurde von den anderen beiden wieder in die Höhe gezogen.

Die Christen wurden zu den Kreuzen geführt. Seile wurden geholt und die Männer ans Holz gebunden. Raunen war auf den Tribünen zu hören, und ein paar pfiffen. Einer rief: »Warum keine Nägel?« Ballista ignorierte den scharfen Blick, den Flavius Damianus ihm zuwarf.

Es folgte eine kurze Atempause, während die Zimmerleute das Holz am Fuß der Kreuze aufschichteten. Zwei der Verurteilten wanden sich in ihren Fesseln. Appian schaute sich um. Seine hervorquellenden Augen leuchteten auf, als er die göttlichen Statuen sah.

»Kaiser Valerian!«, rief Appian. »Theos! Gott! Valerian!«

Alle hielten inne. Alle starrten ihn an. Selbst die Männer an den anderen beiden Kreuzen hoben die Köpfe und drehten sich zu ihm um. Wollte er widerrufen und die Göttlichkeit des Kaisers anerkennen? Falls ja, dann musste er freigelassen werden. Ballista, den Appians Fassung sehr überrascht hatte, hoffte das zumindest.

»Theos dem Namen nach, doch nicht der Natur!«, rief Appian weiter. »Valerian hat einen Mund bekommen, doch daraus kommen nur Prahlerei und Gotteslästerung! Er hat Autorität bekommen und zweiundvierzig Monate!«

Entsetztes Schweigen senkte sich über das Stadion. Das war Hochverrat. Allein die Länge der kaiserlichen Herrschaft infrage zu stellen, zog schon die Todesstrafe nach sich. Zweiundvierzig Monate. Dreieinhalb Jahre. Ballista rechnete schnell nach. Valerian saß nun seit fünf Jahren auf dem Thron. Vermutlich meinte der Christ, dass Valerian nur noch zweiundvierzig Monate zu leben habe. Aber wie auch immer, er würde nicht mehr lange genug leben, um zu erfahren, ob sich seine Prophezeiung bestätigte.

Appian war noch nicht fertig. Er legte den Kopf zurück und wandte sich an den Himmel. »Und hinter Valerian flüstert ihm der Lehrmeister des Bösen ins Ohr, der Zauberer, der Krüppel, der lahme

Macrianus! Er führt ihn bei seinen teuflischen Ritualen voller widerwärtiger Zaubertricks und unheiliger Opfer! Gemeinsam schneiden sie armen Jungen die Kehlen durch und nehmen die Kinder verzweifelter Eltern als Opfer! Sie reißen Neugeborenen die Eingeweide heraus, schneiden und zermalmen Gottes Werk, als würden all diese Dinge ihnen Glück bringen …«

Ballista winkte Maximus zu sich. »Du hast ja dafür gesorgt, dass sie Seile statt Nägeln benutzen, aber warum hat der da keinen mit Drogen versetzten Wein bekommen?«

»Er wollte ihn nicht trinken«, flüsterte Maximus. »Aus irgendeinem religiösen Grund. Es sei Freitag oder so, hat er gesagt.«

»Das ist Pech.«

»Oh ja – vor allem für ihn.«

Appian tobte weiter. »Ich sehe Pest, Erdbeben und den Euphrat rot von Blut! Ich sehe, wie sich das mächtige Imperium im Staub windet, zerschmettert von den Hufen der Barbaren!«

Sklaven zündeten die Scheiterhaufen an. Sie mussten irgendeinen Brandbeschleuniger hinzugegeben haben, denn das Holz fing sofort Feuer. Ein Christ war noch immer im Koma. Der Dritte öffnete den Mund zu einem stummen Schrei.

Und über das Knistern der Flammen hinweg schrie Appian: »Ich brenne jetzt, doch ihr werdet für alle Ewigkeit in der Hölle brennen!«

Ballista zwang sich, die Lehnen seines Curule loszulassen. Seine Hände waren nass von Schweiß, und deutlich waren Abdrücke zu sehen, so fest hatte er sich an das Elfenbein geklammert. Er wischte sich die Hände an den Beinen ab. Er hatte sein Mandat, und er würde seine Pflicht erfüllen. Er würde die Christen zur Strecke bringen. Aber das hier, die Scheiterhaufen, das konnte er nicht ertragen.

Rauch quoll bis auf die Tribünen, und mit ihm kam der süßliche Geruch von gebratenem Schwein. Jetzt schrien alle drei Christen.

Ballista stand auf. Der Bogenschütze war sehr diszipliniert. Er zeigte nicht den Hauch von Überraschung, als Ballista befahl, ihm den Bogen zu geben. Ballista zog drei Pfeile aus dem Köcher des

Soldaten. Zwei davon legte er auf das Geländer der Loge, den dritten legte er auf die Sehne und spannte den Bogen.

Ballista verdrängte den Gestank und den Lärm und konzentrierte sich voll und ganz auf den Bogen. Er zielte. Und er schoss.

Der Pfeil traf den Christen in die Brust. Appians Leib krümmte sich. Er zuckte, und dann rührte er sich nicht mehr. Noch zweimal legte Ballista einen Pfeil auf, spannte, zielte und schoss.

Alle drei Christen hingen leblos in den Fesseln. Sie waren schnell gestorben. Die Feuer wüteten weiter und verschlangen ihre Leiber. Vielleicht saßen ihre Seelen jetzt ja zur Rechten ihres Christus. Vielleicht aber auch nicht.

Der nordafrikanische Frumentarius, der unter dem Namen Hannibal bekannt war, reckte sich ausgiebig. Einer der Vorteile, für Ballista zu arbeiten, war, dass man seine Privatsphäre hatte. Der Barbar bestand stets darauf, seinen Stab so klein wie möglich zu halten, und der Palast, in dem sie untergebracht waren, war für das Gefolge eines Prokonsuls gedacht. Also hatte jeder bis hin zum niedersten Diener sein eigenes Zimmer. Kaum war das Spektakel im Stadion vorbei, da war Hannibal in sein Quartier gelaufen, hatte die Tür verriegelt und sich an die Arbeit gemacht. Jetzt war er fertig. Er schaute aus dem Fenster und in die dunkle, mondlose Nacht hinaus. Er dehnte die Finger seiner Schreibhand und las noch einmal den wichtigsten Teil des Briefes an Censorinus, seinen Herrn.

Dominus, ich will versuchen, all deine Fragen aus dem letzten Brief so vollständig und wahrheitsgetreu zu beantworten, wie ich kann.

In Bezug auf die Intrigen und Pläne des Comes Sacrarum Largitionum et Praefectus Annonae Marcus Fulvius Macrianus, so habe ich bis jetzt keine eindeutigen Beweise dafür gefunden. Allerdings gibt es viel, was mich beunruhigt.

Bei drei Gelegenheiten ist es mir gelungen, ein Privatgespräch zwischen Marcus Clodius Ballista und Mitgliedern seiner

Familia zu belauschen. Dabei ist wichtig zu bemerken, dass Ballista sich als der Barbar, der er ist, nie Angehörigen seines offiziellen Stabs oder auch nur einem freien Bürger anvertraut. Wie du weißt, öffnet er sich nur seinesgleichen, den beiden Sklaven aus dem barbarischen Norden mit Namen Calgacus und Maximus. Eine Ausnahme bildet Ballistas Sklavensekretär, ein griechischer Jüngling mit Namen Demetrius. Dieser Sklave ist wohlgebildet, aber von Religion und dem Übernatürlichen besessen. Ich habe ein ähnliches Interesse vorgetäuscht, und im Laufe der letzten Jahre bin ich ihm nähergekommen, und inzwischen glaube ich, sein Vertrauen gewonnen zu haben. Er war es auch, der mir unabsichtlich die Gelegenheit zum Lauschen gegeben hat.

Es verwirrt Ballista noch immer, warum Macrianus – »dieser hinterhältige, lahme Bastard«, wie er ihn zumeist nennt – ihm den Posten des Christenjägers in Ephesus verschafft hat. Das bereitet ihm Sorgen. Der Germane und seine Familia haben zwar keine Antwort darauf, aber sie sind fest davon überzeugt, dass das Teil einer großen Intrige von Macrianus ist. Ebenso ist die Familia überzeugt davon, dass Macrianus heimlich mit einem führenden Magistrat in Ephesus kommuniziert, mit dem Schreiber des Demos, Flavius Damianus. Doch aus welchem boshaften Grund, das wissen sie nicht.

Heute ist einer der Christen hingerichtet worden, ein gewisser Appian, Sohn des Aristides von Milet. Auf dem Scheiterhaufen hat er furchtbare Worte gegen unseren heiligen Kaiser gerichtet, einschließlich der verräterischen Prophezeiung, dass der edle Valerian nur noch zweiundvierzig Monate zu leben habe. Der Gottlose hat zwar nicht gesagt, wer oder was unseren edlen Kaiser töten wird, doch drei Gerüchte machen in der Stadt die Runde: Entweder wird Shapur der Sassanide der Mörder sein oder ein Römer von hohem Rang oder, was natürlich nicht stimmen kann, die Götter selbst. Appian hat überdies behauptet, der Kaiser werde zur Gottlosigkeit, namentlich in Form der

Christenverfolgung von Säuglingen, die als Menschenopfer dienen. Und als Auslöser des Ganzen hat er niemand anderen als Macrianus benannt.
Nun aber zu den Taten von Ballista. Seit seiner Ankunft in Ephesus hat er seine Aufgaben pflichtbewusst erfüllt.
Im Bereich der öffentlichen Sicherheit hat er sogar Außerordentliches geleistet. Als vor einem Monat ein Schiff mit boranischen Piraten auf einer kleinen Insel südlich von Ephesus gelandet ist, da ist er sofort zur Tat geschritten. Zweiunddreißig Boraner sind erschlagen worden, zwölf wurden versklavt und auf der Agora verkauft. Zwar glaubt man, ein paar seien aufs Festland entkommen, doch die haben die Einheimischen vermutlich zur Strecke gebracht. Die eigenen Verluste betrugen dabei nur fünf Soldaten der Hilfstruppen sowie fünf Verwundete.
Was nun die Christenverfolgung betrifft, so ist Ballista angemessen gründlich vorgegangen, wenn auch ein wenig widerwillig, jedenfalls bis heute. Zur Feier des Geburtstages der Großen Artemis hat Flavius Damianus ein Spektakel im Zirkus organisiert. Doch als es zum Höhepunkt gekommen ist, der Verbrennung von drei berüchtigten Christen, da hat Ballista von einem seiner Leibwächter den Bogen genommen und die Verbrecher persönlich getötet. Diese außergewöhnliche Tat kann man nicht anders deuten als ein Versuch, sich beim Pöbel einzuschmeicheln.

So, das musste reichen. Hannibal verschloss den Brief mit dem Siegel der Frumentarii: MILES ARCANUS. Bereits am nächsten Morgen würde der Brief auf dem Weg in Censorinus' Büro im Kaiserpalast in Antiochia sein, denn der Cursus Publicus schaffte gut fünfzig Meilen am Tag.

Es schien kein Mond, dennoch funkelten die Silbermünzen im Sternenlicht, während sie gezählt wurden. Und es waren viele. Das musste auch so sein.

»Das reicht.« Der Centurio versuchte erst gar nicht, die Verachtung in seiner Stimme zu verbergen. »Wartet hier. Ich habe drüben am Gymnasium des Vedius etwas gehört. Ich werde mit meinen Männern mal nachsehen.«

Die zwölf Männer warteten geduckt in der Dunkelheit unter der Außenwand des Stadions. Eigentlich hätten es fünfzehn sein sollen, doch drei hatten die Nerven verloren.

Fackellicht fiel durch das Tor, gefolgt von den unverkennbaren Geräuschen marschierender Soldaten, Schritte metallbeschlagener Stiefel und das Klirren und Klappern von Ausrüstung, die durch die Stille der Nacht hallten. Hilfstruppen traten aus dem Tor und wurden von dem Centurio weggeführt.

Die Männer standen auf und schnappten sich die vollen Weinschläuche. Sie schauten einander an und warteten darauf, dass einer von ihnen die Führung übernahm. Die Priester waren entweder gefangen oder geflohen. Schließlich machte sich ein Mann auf den Weg zum Tor, und die anderen folgten ihm.

Die Arena stank nach Rauch und verbrannten Menschen. In dem schwachen Licht wirkte sie gigantisch, und der Sand erstreckte sich in die Unendlichkeit. In der Mitte schimmerten die Scheiterhaufen silbern, und die Luft um sie herum waberte.

Es brauchte viel Mut für den ersten Mann, ins Freie zu treten. Der Rest eilte ihm hinterher. Als sie bis auf ein paar Schritte an die Scheiterhaufen herangekommen waren, spürten sie die Hitze auf ihren Gesichtern. Sie nahmen die Weinschläuche von den Schultern und kämpften mit ihren Nerven, während sie sie öffneten.

Zuerst drängten sich alle um den mittleren Scheiterhaufen, und jeder versuchte, Flüssigkeit auf die glühende Asche zu schütten, die die Überreste ihres gesegneten Märtyrers Appian barg. Raue, ja unchristliche Worte wurden gezischt. Drei, vier gingen widerwillig zu den beiden anderen Scheiterhaufen.

Die heiße Asche zischte, und Dampf stieg auf, wo der Wein sie traf. Plötzlich beugte sich ein Mann vor. Er ignorierte die verschmorten Haare auf seinem Unterarm und packte die verkohlte linke Hand von Appian. Ein weiterer Mann fand die rechte. Beide Männer fuhren einander an. Keiner wollte loslassen. Es gab Streit. Die beiden Männer zogen, und mit einem Übelkeit erregenden Geräusch wurde Appians Leichnam auseinandergerissen wie ein gut durchgebratenes Stück Fleisch. Die Männer bei den anderen Scheiterhaufen liefen herbei. Jeder wollte seine eigene Reliquie haben, und ein wilder Kampf brach aus.

XIX

Im privaten Arbeitszimmer des Prokonsuls war es sehr behaglich. Das dicke Fensterglas und ein glühendes Kohlebecken hielten die kühle Herbstluft fern. Das war Ballistas Lieblingsraum im Palast. Durch die Fenster konnte man die Gipfel im Süden sehen. Den Boden zierte ein schönes Mosaik, das so angelegt war, dass man es von der Fensterbank aus betrachten konnte. Im unteren Teil des Bildes bereiteten sich Jäger mit ihren Hunden auf die Hasenjagd vor. Darüber tötete ein Löwe einen Hirsch, und ein Panther sprang auf einen wilden Eber. In der Mitte standen zwei gut ausgerüstete Jäger zu Pferd kurz davor, einen Tiger zu erledigen, und weiter oben waren drei Männer gegen vier wilde Tiere in der Unterzahl. Zwei der Tiere waren jedoch schon entweder tot oder verwundet, doch einem der Jäger blieb nur noch eine Sekunde, seinen Pfeil abzuschießen, um seinen Kameraden zu retten, bevor der springende Löwe ihn von hinten zu fassen bekam.

Ballista fragte sich, ob das Ganze wohl eine Geschichte erzählen oder eine Botschaft vermitteln sollte. Vielleicht wurde das Bild ja bedrohlicher, wenn man es von unten nach oben betrachtete. Man begann bei etwas vermeintlich Sicherem, doch dann kehrte sich das Ganze um. Die Welt da draußen war gefährlich.

Ballista wandte sich wieder den drei Briefen auf dem Schreibtisch zu. Julias war an diesem Morgen persönlich von einem ihrer unzähligen Vettern überbracht worden, der auf dem Weg zurück nach Italien war. Ballista las ihn erneut. Zuerst gab es viel Neues von Isangrim zu berichten, von seinem Humor und seinem starken Willen und vor allem von den wunderbaren Fortschritten, die er beim Reiten machte. Dann berichtete Julia ein wenig von ihrer Schwangerschaft. Sie sei dicker als beim ersten Mal, schrieb sie. Sie fühle sich wie ein gestrandeter Wal. Anschließend ging es um häusliche und öffentliche Neuigkeiten. Im Osten waren die Sassaniden wieder aktiv geworden. Persische Plünderer waren vor Nisibis im Nordosten Mesopotamiens erschienen. Ihre Reiter waren nach Westen geritten, bis unter die Mauern von Carrhae, bevor sie zum Chaboras und nach Circesium gezogen waren. Dort hatten sie auf dem Schlachtfeld religiöse Rituale vollzogen und waren im Süden wieder verschwunden. Draußen in der tiefen Wüste wiederum hatten andere Banditen Karawanen überfallen, die auf dem Weg nach Palmyra gewesen waren. In Antiochia hatte Julia mit Cledonius und dessen Frau gesprochen, die ja entfernt mit ihr verwandt waren. Weder sie noch sonst jemand schien auch nur die geringste Ahnung zu haben, warum Macrianus der Lahme Ballista unbedingt als Christenjäger nach Ephesus hatte schicken wollen. Doch der Einfluss des Comes Largitionum auf den Kaiser wuchs stetig. Wie immer beendete Julia ihren Brief mit dem schlichten Satz, dass sie ihn liebe und vermisse.

Ballista las noch mal seine Antwort. Zuerst einmal zur Schwangerschaft: Ballista drückte sein Mitgefühl ob ihres Unbehagens aus und betete für einen glücklichen Ausgang. Das war taktvoll. Anschließend erging er sich in überschwänglichem Lob für Isangrim und bat um weitere Neuigkeiten über ihn. Als Antwort auf die öffentlichen Informationen, die Julia erhalten hatte, erklärte Ballista schlicht, dass er sein Mandat in Ephesus erfülle und hoffe, bald wieder heimkehren zu können. Auch er beendete den Brief mit der schlichten Aussage, dass er sie liebe und vermisse.

Ballista wusste, dass seine Frau mehr Ahnung von der imperialen Politik hatte als er. Er hatte sich immer auf ihre Einsicht verlassen. Aber es war ein großer Unterschied zwischen der Anerkennung, dass eine Frau Ahnung von Politik hatte, und dem Wunsch, dass sie sich auch aktiv daran beteiligte. Besonders da Julia jetzt hochschwanger war, war das schlicht undenkbar. Ballista griff nach dem Brief, den er an Cledonius geschrieben hatte.

Nach den üblichen Höflichkeiten dem Ab Admissionibus gegenüber kam Ballista direkt auf den Punkt: die Christenverfolgung in Ephesus. Ballista erfüllte seine Pflicht. Wie aus seinen offiziellen Berichten an den Kaiser klar und deutlich zu ersehen war, folgte er seinem Mandat. Aber auch wenn ein Christ ihn in Arete verraten hatte, es war eine widerwärtige Aufgabe, eine, für die er alles andere als geeignet war. Er dachte wie Epikur, der sich gefragt hatte, ob es die Götter wirklich kümmerte, was diese armseligen, fehlgeleiteten Gottesleugner glaubten oder nicht. Ballista hatte auch gehört, dass die Sassaniden in Mesopotamien wieder Überfälle durchführten. Ein Mann mit seinem Hintergrund wäre dort sicher besser aufgehoben als hier in Ephesus. Ob Cledonius den Kaiser wohl bitten könne, Ballista wieder einen Militärposten zu geben, am besten an der Ostgrenze? Und dann war da noch etwas, was der Ab Admissionibus bei Valerian ansprechen sollte. Kurz vor seinem Tod hatte einer der Christen den bösartigen, stetig wachsenden Einfluss verurteilt, den Macrianus der Lahme auf den Kaiser hatte. Cledonius sollte Valerian warnen – oder sollte Ballista dem Kaiser lieber selbst schreiben? Was auch immer Cledonius für das Beste hielt. Ohne seinen Rat würde Ballista gar nichts tun.

Ballista versiegelte die beiden Briefe und rief nach Calgacus.

»Hier hat man noch nicht mal einen Moment seinen Frieden, verdammte Scheiße auch.« Tatsächlich wirkte der Kaledonier ganz und gar nicht so, als fühle er sich gestört. »Was ist denn jetzt schon wieder?«

»Sind Demetrius oder Maximus in der Nähe?«

»Nein. Der Griechenjunge ist unterwegs, und der Hibernianer …« Ein lüsternes Grinsen erschien auf Calgacus' Gesicht. »Er unterhält eine Freundin.«

»Allvater, da will ich bestimmt nicht stören«, sagte Ballista todernst. »Schick einen Jungen mit den Briefen hier zum Hafen runter. Sag ihm, er soll sich ein Schiff suchen, das nach Seleucia in Pieria fährt, und den Kapitän dafür bezahlen, dass er dafür sorgt, dass die Briefe sicher in Antiochia ankommen.«

Calgacus murmelte irgendetwas vor sich hin und ging. Als er weg war, griff Ballista nach einer der konfiszierten Schriften.

Und die Bestie hat einen Mund bekommen, doch daraus kommen nur Prahlerei und Gotteslästerung. Sie hat Autorität bekommen und zweiundvierzig Monate. Sie öffnete ihr Maul, um Gott zu lästern. Sie lästerte seinen Namen und sein Heim, denn er wohnt im Himmel. Und so war es ihm gestattet, Krieg gegen die Heiligen zu führen und sie niederzuschmettern.

Religion, sagte Demetrius immer, sei gefährlich. Sie war wie ein starker Trunk, wilde Musik oder der Saft des Mohns. Sie trieb Menschen dazu, seltsame Dinge zu tun, und jetzt würde auch er seltsame Dinge tun. Dabei wusste er, dass er das nicht tun sollte. Mal ganz abgesehen von seiner verkommenen Natur war das schlicht illegal. Und es war sehr, sehr gefährlich. Doch irgendein Wahnsinn trieb ihn dazu.

Jene, die einen Hang zur Philosophie hatten, sollten sich nicht irrationalen Instinkten hingeben. Darin waren sich alle Schulen einig. Die Doktrinen der verschiedenen Schulen miteinander zu vermischen, wie Demetrius es tat, war auch keine Entschuldigung.

Demetrius ging durch die Stadt zum Magnesia-Tor. Es regnete noch immer stark. Deshalb ging er auch im Schutz der Kolonnaden auf der Nordseite des Heiligen Wegs. Voller Erwartung verschwendete er noch nicht einmal einen Blick auf die Marktstände vor dem Ost-Gymnasium. Er blieb stehen und schaute sich um. Zwischen den Kolonnaden ging es äußerst geschäftig zu, doch da war niemand, den er gekannt hätte. Alle schienen sie vor allem Schutz vor dem Regen zu suchen.

Demetrius wartete auf eine Lücke im zäh dahinfließenden Verkehr, dann überquerte er die verregnete Straße. Fast hätte er sich den Knöchel in einer Spurrille gebrochen, die Generationen von schweren Wagen im Pflaster hinterlassen hatten. Er warf einen letzten Blick zurück und ging in eine Gasse. Obwohl er nicht gerade mit einem guten Orientierungssinn gesegnet war, marschierte er erst nach links und dann nach rechts, zielstrebig durch das Töpferviertel hindurch. Die Gassen wurden immer schmaler und schmutziger. Schlamm drang in Demetrius' Sandalen.

An einer unauffälligen Tür in einer kahlen Wand blieb Demetrius stehen. Er klopfte. Während er wartete, lief ihm der Regen in den Nacken. Die Tür wurde einen Spalt geöffnet.

»Ah, du schon wieder.«

Die Tür wurde weiter geöffnet.

»Komm rein, komm rein.« Der alte Mann sprach Latein, aber mit einem seltsamen Akzent. Die Stimme klang nicht besonders warm. »Schließ die Tür und lass deine Sandalen da. Ich will keinen Schlamm in meinem Heim.«

Demetrius zog seine durchnässten Sandalen aus und folgte dem alten Mann durch den schäbigen Korridor. Es roch nach Feuchtigkeit und anderen, schwerer zu identifizierenden Dingen. Es gab hier kein Licht außer dem der billigen Tonlampe, die der Alte trug. Sie gingen in einen kleinen Raum. Abgesehen von einem Haufen Dinge, die unter einem Tuch in der Ecke verborgen waren, war er leer. Eine schmale Rinne zog sich durch die festgestampfte Erde, die den Boden bildete, und darum herum war Vogelkot.

»Ave, Dio, Sohn von Pasicrates.« Während der Alte sprach, kehrte er Demetrius den Rücken zu und entzündete eine zweite Lampe, die er auf einen Sims stellte. »Was willst du diesmal?« Er schaute zurück, und das flackernde Licht betonte seine eingefallenen Wangen. Er lächelte wissend. »Hühner. Du willst die Hühner wieder. Jeder, der sich den dunklen Dingen verschrieben hat, hat seine eigene Methode, und Hühner sind unfehlbar.«

Der alte Mann wartete nicht auf die Antwort, sondern kramte unter dem Tuch und holte ein großes Brett hervor. Das legte er auf den Boden. Das Brett war in Vierecke unterteilt, und in jedem stand ein Buchstabe des lateinischen Alphabets. Der alte Mann ging wieder in die Ecke und kehrte mit einem Beutel aus Tuch zurück. Er holte eine Handvoll Weizen heraus, legte je ein Korn in je ein Viereck und gab den Rest wieder in den Beutel zurück. Schließlich ging er hinaus und schloss die Tür hinter sich.

Im Halbdunkel allein gelassen, fragte sich Demetrius, was in seiner Seele eigentlich nach solch gefährlichen Lastern verlangte.

Er hatte Angst. Große Angst. Er hatte den etruskischen Zauberer schon einmal konsultiert, doch er hatte keinen Beweis dafür, dass der alte Mann vertrauenswürdig war. Zwar nannte Demetrius dem Mann stets einen falschen Namen, doch sollten sie denunziert werden, würden die Frumentarii die Wahrheit schon herausfinden. Dessen war sich Demetrius sicher. Dem jungen Griechen schlug das Herz bis zum Hals. Natürlich könnte er eine andere, sicherere Frage stellen. Auch hielt ihn nichts davon ab, einfach zu gehen.

Der alte Mann kehrte zurück. In einer Hand trug er zwei schwarze Hähne an den Füßen. »Welche Fragen sollen die Schatten der Unterwelt dir heute beantworten?«

Demetrius kramte den üblichen Preis aus seiner Börse. Die Münzen in seiner Hand waren nass von Schweiß. Fast gegen seinen Willen stellte er die Frage.

Ein seltsamer Ausdruck huschte über das Gesicht des alten Etruskers. Angst, Aufregung, Gier – Demetrius konnte es nicht sagen.

»Was du fragst, ist schrecklich. Du bringst uns beide in große Gefahr, und das nicht nur durch die Mächte *dieser* Welt. Das kostet dich dreimal so viel wie sonst.« Der alte Mann streckte die freie Hand aus und wartete, bis Demetrius ihm die richtige Summe hineingelegt hatte. »Ich werde die Haustür verriegeln.«

Wieder allein, schaute sich Demetrius in dem dunklen, schmuddeligen Raum um. Es gab keine Fenster und nur eine Tür. Das war die einzige Fluchtmöglichkeit. Demetrius schaute auf seine nackten Füße. Sie standen auf einem Boden voller Hühnerscheiße. Er musste verrückt sein oder von einem Dämon besessen, doch irgendetwas in ihm ergötzte sich an der Angst und der Aufregung.

Der alte Mann kam zurück und band einen der Hähne in der Ecke an. Den anderen hielt er in der rechten Hand. Dann winkte er Demetrius, still zu sein, und starrte in die Rinne. Seine Lippen bewegten sich. Zuerst war nichts zu hören, doch dann begann er zu mumeln und schließlich in einer archaischen Sprache zu singen.

Demetrius konnte kaum atmen. Es war der 8. November, ein Tag, da der Mundus offen stand, das Tor zur Unterwelt. Die Geister der Toten schwärmten um ihn herum, verzweifelt und blutrünstig.

Ein Messer erschien in der linken Hand des Zauberers. Mit einem geschickten Hieb schnitt er dem Hahn den Hals durch. Blut spritzte in die Rinne. Ein Schleier legte sich über die Augen des alten Mannes. Er sang immer lauter in der Sprache seiner Vorfahren. Der kopflose Körper des Hahns zuckte. Blut tropfte von der Messerklinge. Die Geister hielten Festmahl.

Plötzlich ließ der alte Mann den Kadaver fallen, und das Messer verschwand. Er drehte sich um, band den anderen Vogel los und setzte ihn neben das Brett. Als er ihn freiließ, wechselte er zu Latein und stellte die verräterische Frage: »Geister der Unterwelt, welches Schicksal erwartet Valerian, den Kaiser der Römer?«

Die Worte verhallten, und eine furchtbare Stille senkte sich über den Raum. Der schwarze Hahn drehte den Kopf zur Seite und betrachtete Demetrius mit einem funkelnden Auge. Dann breitete er die gestutzten Flügel aus, krächzte und richtete seine Aufmerksamkeit auf das Brett. Mit hohen Schritten trat er darauf. Der Kopf zuckte von einer Seite zur anderen, und die Geister lenkten ihn bei der Suche nach dem richtigen Korn.

Der Hahn pickte, und das Viereck mit dem Buchstaben P war leer. Der Vogel aß und beäugte dabei misstrauisch die beiden Männer. Wieder pickte er, dreimal in rascher Folge – E, R, F. Dann hielt er erneut kurz inne und sträubte die Federn. Er aß ein weiteres Korn – I.

Der Vogel rührte sich nicht mehr. Die Federn schimmerten schwarz im Licht der Lampe. Stille herrschte im Raum. Plötzlich flatterte der Hahn hoch, zerstreute das Korn auf dem Brett, und die beiden Männer zuckten unwillkürlich zusammen, denn irgendjemand klopfte laut an die Haustür.

Mit einer Geschwindigkeit, die sein Alter Lügen strafte, schnappte sich der Etrusker das Brett und den toten Hahn und stopfte beides unter das Tuch. Dann griff er sich mit einer Hand den lebenden Vogel und mit der anderen Demetrius' Arm. Schließlich zog er den jungen Griechen aus dem Raum.

Das Klopfen hatte aufgehört. Kurz standen die beiden im Gang. Wieder hämmerte irgendwer an die Tür. Der alte Mann zog Demetrius den Korridor hinunter, und das Hämmern folgte ihnen.

Kurz glaubte Demetrius, der Gang sei eine Sackgasse. Irgendjemand rief vor dem Haus. Das Hämmern wurde immer lauter. Der Zauberer zerrte Demetrius durch eine niedrige Tür und durch einen dunklen Raum. Der junge Grieche stieß sich das Scheinbein an irgendetwas Hartem und prallte gegen den Etrusker, der plötzlich stehen geblieben war.

Während der alte Mann im Dunkeln an etwas herumfummelte, waren mehrere Stimmen zu hören. Sie waren rau und verlangten, sofort hereingelassen zu werden: »Mach auf, du alter Bastard! Du machst alles nur noch schlimmer!«

Ohne Vorwarnung fiel das graue Licht des bewölkten Tages in den Raum, als eine kleine Tür aufglitt. Demetrius spürte einen Stoß im Rücken, dann war er draußen und rutschte auf nackten Füßen durch den Schlamm. Die Tür fiel hinter ihm zu. Es regnete in Strömen.

Ohne erst einmal nachzudenken, rannte Demetrius durch die Gasse und weg von dem Lärm. Er rannte, ohne zu wissen, wohin, durch breite und schmale Gassen und immer wieder durch Pfützen. Mal bog er willkürlich nach rechts ab, mal nach links.

Er rannte, bis seine Brust zu platzen drohte. Dann blieb er stehen, beugte sich vor und zitterte. Er schaute sich um. Demetrius hatte keine Ahnung, wo er war. Es regnete immer heftiger. Er hörte ein Geräusch. Männer schrien. Doch Demetrius vermochte nicht zu sagen, aus welcher der unzähligen Gassen das Schreien kam. Hoffnungslos drehte er sich im Kreis und versuchte, es herauszufinden. Der Lärm wurde immer lauter. Ein Hund, ein Streuner, bog um die Ecke. Er knurrte Demetrius an. Der junge Grieche rannte weg. Wieder lief er durch eine Gasse nach der anderen. Der Hund gab die Verfolgung auf. Demetrius lief weiter.

Als er schließlich nicht mehr weiterkonnte, rutschte er um eine Ecke und blieb stehen. Nach vorn gebeugt, schnappte er schmerzhaft nach Luft. Der Regen prasselte ihm auf den Rücken. Als Demetrius seine Atmung wieder einigermaßen unter Kontrolle hatte, lauschte er. Nichts außer dem Regen. Nichts, was auf eine Verfolgung hingedeutet hätte.

Ein kleiner Balkon ragte aus der Wand auf der anderen Seite der Gasse. Demetrius suchte darunter Schutz. Inzwischen regnete es so stark, dass man kaum noch die Hand vor Augen sehen konnte.

Demetrius hatte sich verirrt. Er hatte Angst, und von seinen nackten Füßen bis zu den Oberschenkeln war er voller Schlamm und Schlimmerem. Am liebsten hätte er geweint. Nie mehr. Er hatte seine Sandalen verloren und eine beachtliche Summe Geld. Er dachte an Calgacus, an den sprichwörtlichen Geiz des Kaledoniers, und er begann zu lachen. Es war ein hohes, leicht irres Lachen. Demetrius wollte wieder in die Sicherheit seiner Familia zurück, zurück in die beruhigende Gegenwart der drei Barbaren, die dem am nächsten kamen, was er als seine echte Familie bezeichnen konnte: Ballista, Maximus und Calgacus, jeder auf seine Art fähig, und alle drei in der Lage, jede Krise zu bewältigen.

Nie wieder. Das furchtbare Risiko der Flucht, die drohende Gefahr der Denunziation. Und für was? Was hatte er gelernt? Fünf Buchstaben: P-E-R-F-I. Was sollte das bedeuten? Dass Latein nicht seine Muttersprache war, half ihm auch nicht gerade. P-E-R-F-I. Perficio? Beenden? Sogar noch ein düsteres Wort kam ihm in den Sinn: perfixus, erstochen.

Der Regen schien nicht nachlassen zu wollen. Erneut keimte die Angst in Demetrius auf, verfolgt zu werden. Er musste irgendwie nach Hause finden.

Der junge Grieche trat wieder in den Regen hinaus und machte sich auf den Weg die Gasse hinunter. Schlamm quoll bei jedem Schritt zwischen seinen nackten Zehen hindurch. Dann blieb er wieder stehen. Er war wie erstarrt. Plötzlich wusste er es. Es war wie eine göttliche Eingebung: *Perfidia* – Verrat.

XX

Der oberste Wärter schloss die Tür hinter ihnen. Die Luft war stickig und stank. Ballista spürte, wie der Gestank ihn im Hals reizte und in die Kleider drang.

»Du bist kein Soldat, und das sind auch nicht deine Brüder!« Die Stimme klang wütend.

Als sie in der großen, äußersten Zelle waren, war es eher düster als wirklich dunkel. Hoch oben in der Wand gab es ein schmales Fenster, einen Schlitz, und dank des Lichts, das dort hindurchfiel, konnte Ballista die beiden Männer recht deutlich sehen. Sie waren nur ein paar Schritte von ihm entfernt und standen vor einer Trennwand, die aus alter Eiche, ein paar Decken und einem Hemd bestand. Sie sahen fast gleich aus, und sie stritten sich so intensiv, dass sie die Neuankömmlinge gar nicht bemerkt hatten.

»Du irrst dich, Gaius. Wie alle Christen, so bin auch ich ein Soldat Christi. Wir werden in keinem Heer des Kaisers hier auf Erden dienen, aber wir beten für ihn. Wir beten für Valerian, auf dass er zu seiner alten Milde und seinem Sanftmut zurückfinden und den bösen Rat zurückweisen möge, den ihm die lahme Schlange Macrianus gibt.«

Der andere schnaubte verächtlich. »Du bist ein Narr. *Du* bist derjenige, der schlecht beraten ist. Diese Christen sind nicht von unserer Art. Sie sind ein unwissender, ungewaschener Mob. Sie sind nicht unsere Brüder. Denk an deine echte Familie. *Ich* bin dein Bruder. Du wirst noch deinen Status als Ritter verlieren. Du wirst sterben. Der kaiserliche Fiscus wird dir deine Güter nehmen. Willst du dein Weib und deine Kinder etwa mittellos zurücklassen? Als Witwe und Waisen eines verurteilten Verräters?« Der Sprecher schob sein Gesicht aggressiv vor.

Ballista wusste jetzt, wer die beiden Männer waren: Aulus Valerius Festus, der Christ aus dem Ritterstand, den er verurteilt und vorläufig ins Gefängnis gesteckt hatte, und der andere war sein Bruder, die geheimnisvolle Gestalt von der Agora, die Ballista bekannt vorgekommen, aber geflohen war.

»Unser Herr Jesus Christus hat gesagt: ›Wer seinen Vater und seine Mutter, seine Frau und seine Kinder, seine Brüder und Schwestern mehr liebt als mich, der ist meiner nicht würdig‹.«

Das war der Tropfen, der das Fass zum Überlaufen brachte. Gaius Valerius Festus schlug seinem Bruder mit voller Wucht ins Gesicht. Der Christ fiel hart auf den Arsch. Sein Bruder baute sich über ihm auf. Ballista trat rasch vor und packte ihn am Arm. Wütend wirbelte der Mann herum. Kurz war Verwirrung auf seinem Gesicht zu sehen, dann spie er: »Das ist nicht mehr mein Bruder. Verbrenn ihn mit all den Sklaven und Analphabeten, die er so sehr liebt.« Er schüttelte die Hand des Germanen ab und stürmte hinaus.

Maximus und Demetrius halfen dem Christen auf die Beine.

»Dein Bruder hat wirklich starke Argumente«, sagte Ballista.

Aulus schaute Ballista in die Augen. »Mein Bruder war schon immer ein Opfer seiner Leidenschaften. Ich bete für ihn, auf dass auch er eines Tages das Licht sehen möge. Ich bete für euch alle.«

Während der Christ ihm weiter unverwandt in die Augen schaute, kam Ballista eine überraschende Erkenntnis. Bei seinem Volk hoch im Norden betrachtete man es als Recht jeden freien Mannes, anderen in die Augen zu schauen, unabhängig von ihrem Rang. Offenbar dachten diese Christen ähnlich. Das war jedoch nicht die Art der Römer. Bei ihnen sollte ein Mann von niederem Stand besser schnell den Kopf senken oder sich wegdrehen. Als Ballista zum ersten Mal ins Imperium gekommen war, hatte er bei zahlreichen Gelegenheiten sein Gegenüber aus Unwissen beleidigt, doch diese Christen waren allesamt im Imperium geboren. Es war, als wollten sie bewusst mit ihrer Unverschämtheit provozieren.

»Malus, perversus, maleficus – und der Schwanz des Drachen fegte die Sterne vom Himmel hinweg und warf sie auf die Erde.«

Ballista war nicht der Einzige, der bei diesen Worten erschrak. Sie kamen aus dem Haufen Lumpen in der Ecke.

»Kakos, kaoskelos, malista Macrianus – der Weinstock, gepflanzt von der rechten Hand Gottes, wird von nur einem Hirsch mit gewaltigem Geweih zerfetzt.«

Bei genauerem Hinschauen war dort ein alter, ungepflegter Mann zu sehen.

»Bitte, verzeih meinem Bruder in Christo«, sagte Aulus. »Der Geist des Herrn ist in ihn gefahren. Er spricht mit fremder Zunge.«

Der alte Mann plapperte weiter: »Ich sehe eine seitwärts gehende Ziege – Komm! Und siehe ein fahles Pferd, und der Reiter trug den Namen Tod.«

»Der Geist wird ihn bald wieder verlassen«, sagte Aulus. »Er fastet nun schon seit zwei Tagen und Nächten. Nicht einen Bissen hat er gegessen und auch nichts getrunken. Er hat nur noch wenig Kraft. Seine fromme Seele nährt sich nur noch vom Gebet.«

Tatsächlich war die Stimme des Alten nur noch ein Flüstern, während er eine ganze Reihe von Engeln aufzählte, die irgendwann Trompeten blasen würden, woraufhin der Menschheit alles Mögliche widerfahren würde.

»Er ist eine Inspiration für uns alle«, fuhr Aulus ehrfürchtig fort. »Er zählt nun fast sechzig Jahre, und nicht ein einziges Mal hat er seiner Enthaltsamkeit entsagt.«

»Eine sechzigjährige Jungfrau!«, rief Maximus. »Kein Wunder, dass er nicht ganz richtig im Kopf ist.« Verwundert schüttelte er den Kopf. »Ich kann mir beim besten Willen nicht vorstellen, dass so eine Religion in meinem Land Erfolg haben könnte.«

Das Murmeln des alten Christen wurde immer leiser, bis es nicht mehr zu hören war.

»Mein Besuch gilt dir«, sagte Ballista und schaute sich nach etwas um, worauf er sich setzen konnte. Es gab nur ein Bett. Er blieb stehen. Die Zelle war schmutzig. Flavius Damianus hatte berichtet,

Sympathisanten der Christen würden ins Gefängnis kommen, um Geschlechtsverkehr mit den Gefangenen zu haben. Das konnte Ballista sich beim besten Willen nicht vorstellen.

»Wie du siehst, habe ich Zeit«, sagte Aulus mit einem Lächeln.

»Aulus Valerius Festus«, begann Ballista formell, »als man dich zu mir gebracht hat, habe ich dir Zeit zum Nachdenken gegeben. Du hattest ...«

»Drei Monate und siebzehn Tage«, vervollständigte Demetrius den Satz.

»Zeit genug«, fuhr Ballista fort. »Du bist einer der Honestiores, ein gebildeter Mann aus einer der führenden Familien von Ephesus, ein Mitglied der Bule der Stadt, ein Ritter von Rom. Willst du dich nicht von diesem verräterischen Sklavenkult lossagen?«

»Ich bin Christ. Wir verraten niemanden. Tag und Nacht beten wir für den Kaiser und das Imperium.«

Wenn dein erster Plan die Mauer nicht zum Einsturz bringt, lass dir was anderes einfallen, dachte Ballista. »Ihr trefft euch vor Sonnenauf- und nach Sonnenuntergang. Ihr trefft euch im Geheimen, im Dunkeln, ganz wie Verschwörer. Es erinnert die Gebildeten an Catilina und seine Bande in der Monografie des Sallust. Sie haben sich auch des Nachts versammelt, böse Eide geschworen, Menschenblut getrunken und Roms Untergang geplant.«

»Wir tun aber nichts dergleichen. Wir halten uns nur von den neugierigen Augen unserer Nachbarn fern und jenen in unseren Familien, die uns denunzieren würden.«

»Die Herrschenden sagen, ihr würdet ihre Macht verleugnen. Nennt ihr eure kultischen Treffen nicht Ecclesia, eine Versammlung?«

»Das ist nur ein Wort.« Aulus breitete die Hände aus. »Unser Herr hat uns befohlen, dem Kaiser zu geben, was des Kaisers ist.«

»Ich habe mit jenen geredet, die sich wieder den traditionellen Göttern zugewandt haben, und einige eurer Schriften gelesen.« Erfreut sah Ballista, dass diese Information den nervigen Christen endlich ein wenig aus der Fassung brachte. »Euer heiliger Mann, Paulus, hat euch gesagt, ihr sollt Roms Richter ignorieren und eure Streitigkeiten von euren Priestern beilegen lassen, die ihr Bischöfe nennt.«

Der Christ schwieg eine Zeit lang. Dann platzte er heraus: »Antworte dem Narren nicht nach seiner Narrheit!«

In dem langen Schweigen, das folgte, konnte man das Murmeln des Alten wieder hören: Siegel, Drachen, Hörner, Not und Elend, Unglück. Irgendwo summten Fliegen herum. Irgendjemand bewegte sich hinter der Trennwand.

»Ich werde dir eine letzte Chance geben«, schnappte Ballista. »Wenn du sie nicht ergreifst, dann lasse ich dich hinrichten. Wirf eine Fingerspitze Weihrauch in die Flammen, und bete zu Jupiter. Dann bist du ein freier Mann.«

»Das werde ich *nicht* tun. Ich bin Christ. Wer den Göttern opfert und nicht Gott, der soll vernichtet werden«, erklärte Aulus laut und unerschütterlich.

»Kannst du nicht einfach die Worte sagen? Im Herzen kannst du ja glauben, was du willst.«

»Niemals! Zu was willst du mich machen? Zu einem Elkesaiten? Zu einem Anhänger von Häretikern wie Basilides oder Heracleon?« Er funkelte Ballista selbstgerecht an.

»Ich habe keine Ahnung, wovon du da redest«, sagte Ballista. »Willst du mir damit etwa sagen, es gibt verschiedene Arten von Christen?«

»Niemals! Es gibt nur eine heilige Kirche. Die, deren Namen ich gerade genannt habe, sind allesamt Häretiker. Verdammte. Sie werden auf ewig im Höllenfeuer brennen!« Er lachte irre. »Du hast bereits einige dieser Häretiker freigelassen. Sie bezeichnen sich als Christen, und sie halten sich für besonders klug. Diese Narren! Am Tag des Jüngsten Gerichts werden sie schon herausfinden, was sie getan haben.«

Ballista kam ein Gedanke. »Weißt du irgendetwas über den christlichen Priester mit Namen Theodotus, der Arete verraten hat?«

»Das war kein Christ, sondern ein verdammter Häretiker, ein Anhänger der phrygischen Huren, ein Montanist. Seine schwarze

Seele brennt schon in der Hölle«, donnerte Aulus. »Jeder wahre Sohn der katholischen Kirche weiß, dass die Apokalypse noch mindestens zweihundert Jahre auf sich warten lassen wird.«

Bevor Ballista weiter auf Aulus' mysteriöse Worte eingehen konnte, teilte sich der Vorhang, und die junge christliche Mutter, die Ballista schon bei dem Prozess gesehen hatte, schaute hindurch. Sie wandte sich direkt an Ballista. »Ich habe mein Kind gerade schlafen gelegt. Könntet ihr bitte ein wenig leiser sein?« Sie war noch immer so selbstbewusst, wie Ballista sie in Erinnerung hatte.

»Natürlich.« Ballista war ein wenig überrascht. »Ich werde bald über den Ort deiner Verbannung entscheiden«, sagte er zu ihr. »Ich weiß, ich hätte das schon längst tun sollen. Ich hoffe, bis dahin geht es dir nicht allzu schlecht. Wie ich sehe, habt ihr zumindest einen Vorhang. Eure Privatsphäre ist also gesichert.«

»Das hat nichts mit Privatsphäre zu tun«, warf Aulus ein. »Ich habe ihn selbst aufgehängt. Sie ist auch nur eine Häretikerin, eine Anhängerin von Apollos, einem schon seit Langem verdammten Häresiarch hier aus Ephesus. Der Vorhang soll verhindern, dass sie ihr Gift unter den Gläubigen der wahren Kirche hier verbreitet.«

Hinter dem Vorhang begann das Kind zu schreien. Die Frau ging, um es zu beruhigen. Aulus lachte. Die Wut keimte in Ballista auf. Er machte auf dem Absatz kehrt und ging.

Wieder in der Agora, draußen an der frischen Luft neben dem Buleuterion, rief Ballista den Gefängniswärter zu sich. Wütend gab er Befehle. Die Christen durften keine Besucher mehr empfangen. Niemand solle ihnen Essen, Trinken, Lampen, Kleider oder Bettzeug bringen und vor allem keine Bücher. Sollten sie doch von den Gefängnisrationen leben und sich an ihren Gebeten nähren. Wenn ein Wärter sich nicht an diese Befehle hielt oder sich bestechen ließ, dann sollte er genauso behandelt werden wie ein Christ, und das hieß: ab in die Arena. Auch sollten die Zellen durchsucht werden. Jedwede Luxusgegenstände und alles Verräterische seien zu konfiszieren. Und Aulus Valerius Festus und der alte Narr, der in Zungen sprach, sollten ins tiefste Verlies verlegt werden.

Noch immer wütend, stapfte Ballista auf und ab. Der alte Mann würde vermutlich im Gefängnis sterben, vielleicht auch der Ritter. Vielleicht würden sie alle dort sterben. Gut! Vermutlich wollten sie das sowieso. Scheiß drauf. Und die Christenfrau? Ach, scheiß auch auf die! Scheiß auf sie alle! Die Christen den Löwen zum Fraß!

Doch die Frau hatte ein Kind. Wie alt war das noch mal? Ein Jahr? Vor zwei Tagen hatte Ballista Neuigkeiten aus Antiochia bekommen. Er hatte einen zweiten Sohn. Das Kind war fünf Tage vor den Kalenden des Dezembers geboren worden. Der Junge war gesund wie auch die Mutter. Was, wenn sie ein anderes Schicksal gehabt hätten? Was, wenn Julia und der Junge im Gefängnis wären? Und schlimmer noch: Was, wenn Isangrim die Hölle eines kaiserlichen Gefängnisses durchleben müsste?

»Wartet!« Ballista schaute über die Agora und die rot gedeckten Häuser am Hang hinweg zu den kahlen grauen Berghängen. Die Landschaft war so anders als die seiner nördlichen Heimat, doch auch sie war unberührt vom Imperium. Dort oben war das Land wild und frei. Es war sauber. Dieser Bastard Corvus hatte recht: Ballista hasste das hier. Es war, als würden die Leute, die er hier eingesperrt hatte, noch nicht einmal zur selben Sekte gehören wie der Bastard, der ihn in Arete verraten hatte. Ballista fühlte sich, als wäre er zwischen Scylla und Charybdis gefangen. Einerseits war da die selbstgerechte Sturheit der Christen, andererseits die offensichtliche Grausamkeit der kaiserlichen Befehle und die unmenschliche Schadenfreude des Pöbels. Was tat Ballista diesen Christen an? Was tat er sich selbst an?

Als er seine Befehle widerrief, schwor sich Ballista etwas: Noch am selben Tag würde er die Frau und ihr Kind ins Exil schicken, an einen sicheren Ort. Und dann schwor er sich noch etwas, und das war viel gefährlicher: Die Christenverfolgung in Ephesus musste aufhören. Das konnte er zwar nicht befehlen, aber es musste doch einen Weg geben, um den Prozess zum Scheitern zu bringen.

Ballista dachte an den gewaltbereiten Mob im Stadion. Er dachte an die Unruhen im Hippodrom von Antiochia. Ja, das ging. Die erste

Pflicht eines Statthalters war es, die öffentliche Ordnung aufrechtzuerhalten, und somit war das auch die Pflicht seines Vicarius. Natürlich wusste er, dass ihn diese Wortklauberei nicht retten würde, sollte er erwischt werden. Das war geradezu lächerlich gefährlich. Aber ein Mann brauchte Prinzipien. Ein Mann musste vor allem mit sich selbst leben können.

Es war eines der besseren Bordelle, direkt der Bibliothek des Celsus in der Stadtmitte gegenüber. Maximus hatte es ausgesucht. Er war schon ein-, zweimal dort gewesen, aber nicht oft genug, um als Stammkunde zu gelten. Die hohen Preise bedeuteten jedoch, dass es dort nur selten voll war, und Maximus wollte mit Calgacus an einem ruhigen Ort sprechen, denn was sie morgen tun würden, war gefährlich.

»Weißt du, was sie zu mir gesagt hat?« Maximus strahlte.

»Nein, das weiß ich nicht.« Calgacus' Tonfall und Gesichtsausdruck verrieten ein ausgesprochenes Desinteresse.

»Sie hat gesagt …«, Maximus richtete sich zu voller Größe auf, »… sie hat gesagt, ich sei der Beste, den sie je gehabt hätte.« Stolz breitete er die Arme aus und drehte sich von links nach rechts wie ein Gladiator, der seinen Sieg feierte und auf den Palmenzweig wartete.

»Interessant, vor allem, da sie nur Aramäisch spricht, von dem du kein Wort verstehst.«

Maximus grinste. »Bruder, glaub mir, ich wusste einfach, was sie da in ihrer komischen Zunge sagt.«

Als er keine Antwort erhielt, zog Maximus seine Hose herunter und ließ sie auf die Knöchel fallen. Dann hob er die Tunika und setzte sich in der öffentlichen Toilette neben Calgacus.

Das Bordell war wirklich hochklassig. Hier gab es sogar fließend Wasser. Maximus beugte sich vor und nahm den Stock mit dem Schwamm aus dem Bottich vor ihnen. »Ich muss sagen, ich habe mich schon fast an diese römische Sitte gewöhnt, zusammen scheißen zu gehen.«

»Ich kann dir gar nicht sagen, wie glücklich mich das macht«, seufzte Calgacus.

Obwohl sie die Einzigen auf der Toilette waren, schaute sich Maximus um, und als er sicher war, dass niemand sie hören konnte, beugte er sich verschwörerisch zu Calgacus und flüsterte: »Hast du deinen Mann getroffen?«

»Ja.«

»Und …?«

»Es war gut.«

Maximus legte den Schwamm zurück. »Für mich ist es immer noch ein großer Fehler unseres Dominus, sich mit einer der Theaterfraktionen einzulassen.« Er hob die Hand, damit Calgacus ihn nicht unterbrechen konnte, was dieser allerdings auch nicht vorhatte. »Zugegeben, diese Theaterbanden sind gut genug organisiert, um so eine Truppe zusammenzubekommen. Und sie suchen ständig Streit. Wenn es Unruhen gibt, egal wo im Imperium, stecken diese Kerle dahinter. Allerdings kann ich beim besten Willen nicht verstehen, warum sie so einen Aufstand um ein paar Tänzer machen, die sich vermutlich ohnehin nur in den Arsch ficken lassen. Nein, das Problem ist, dass sie zu bekannt sind. Jeder hier kennt die Anführer der einzelnen Fraktionen. So einer Spur kann man leicht folgen. Die Frumentarii werden deinen Mann finden. Der wiederum wird sie zu dir führen und du sie dann zu Ballista. Und als Nächstes hänge ich dann neben euch beiden in den Kellern des Palastes, während irgendwer an meinen Eiern herumspielt.«

»Jaja, das Leben ist gefährlich.«

»Bis jetzt wussten nur du, ich und Ballista von dem Plan. Noch nicht einmal Demetrius hatte eine Ahnung davon. Jetzt weiß auch der letzte Nichtstuer in Ephesus, was Sache ist.« Maximus griff wieder nach dem Schwamm. »Und wenn wir uns schon an eine Fraktion wenden«, fuhr er fort, »dann hätte besser ich mit deren Anführer sprechen sollen.«

Ein furchtbares Quietschen und Krächzen war die Antwort darauf. Calgacus lachte. »Was für eine wunderbare Vorstellung! Ein schwachsinniger Hibernianer mit nur einer halben Nase! Unauffälliger geht's nicht!«

Maximus musste sich zusammenreißen. »Und was ist mit dir, alter Sack? Ein hässlicher, alter Kaledonier mit einem Gesicht, das Milch sauer werden lässt, und einem riesigen Furunkel, das er Schädel nennt.«

»Wie auch immer«, erwiderte Calgacus schlicht, »wann komme ich schon mal aus dem Palast des Prokonsuls raus? In Ephesus kennt mich nahezu niemand, und mein Mann ist gut bezahlt worden. Wie ist es eigentlich bei dir gelaufen?«

Maximus grinste wieder. »Genauso, wie man es von einem Mann mit meinen Qualitäten erwarten darf: wunderbar. Fünf wilde Jungs aus Isaurien. Für ein paar Münzen würden die sogar ihren Müttern die Kehle durchschneiden. Und das Beste ist, sie segeln schon morgen Abend mit dem ersten Wind.«

»Wenn sie dann noch leben und die Frumentarii sie nicht geschnappt haben.«

»Bruder, bei dir ist der Becher auch immer halb leer.«

»Das mag ja sein, aber da wir morgen vielleicht nicht mehr können, weil wir tot sind oder auf der Streckbank liegen, werde ich mir heute ein paar Becher Wein und ein liebreizendes Mädchen gönnen.«

Die beiden Männer standen auf und säuberten sich mit den Schwämmen.

»Das arme Kind, aber ja, du hast wohl das Recht dazu. Außerdem beginnen morgen die Saturnalien, und als ich noch Gladiator war, habe ich die Nacht vor einem Kampf immer sehr genossen.« Maximus warf den Schwamm wieder in den Bottich. »Ich glaube, ich könnte noch eine vertragen. Diese pralle, kleine Syrerin vielleicht. Ich weiß es wirklich zu schätzen, dass du mich einlädst.«

»Tue ich doch gar nicht.«

Sie richteten ihre Kleider, und Maximus flüsterte: »Nur damit ich das richtig im Kopf habe: *Wann* fangen wir an?«

»Wie oft muss ich dir das denn noch sagen? Wenn sie Aulus Valerius Festus, den Christenritter, in die Arena bringen.«

XXI

Es war der 17. Dezember, der erste Tag der Saturnalien. Es war der beste Tag für die Sklaven in Ephesus, doch auch die Freien standen nicht außen vor. Am Nachmittag zuvor hatten sie kleine Geschenke ausgetauscht, einen Krug Wein vielleicht, einen fetten Vogel oder eine traditionelle Kerze oder Tonpuppen. Manchmal, vor allem unter den weniger gut Betuchten, gab es auch nur einen Kranz aus Wildblumen. An diesem Morgen hatten viele Gruppen von Freunden und Kollegen Würfel geworfen, um ihren König der Saturnalien zu bestimmen, denjenigen, dessen Befehlen man gehorchen musste, egal wie lächerlich oder peinlich sie auch sein mochten. Die meisten, sowohl Sklaven als auch Freie, hofften am Abend auf ein fettes Schwein über dem Feuer. Und das war erst der Anfang. Insgesamt galt es sieben harte Tage der Feierei und Trunksucht zu überstehen. Dennoch wirkte die Menge, die sich im Stadion für die Munera genannten Spiele versammelt hatte, nicht gerade glücklich.

Oben in der Loge des Magistrats stand Demetrius hinter der rechten Schulter seines Kyrios. Die Stimmung unter den Zuschauern bemerkte er kaum. Er wünschte, er hätte einen freien Tag bekommen wie Maximus und Calgacus. Er verabscheute einfach alles an der Munera. Die Tierkämpfe am Morgen, die spektakulären Hinrichtungen zur Mittagszeit und das Schnaufen und Keuchen der verschwitzten, überfressenen Gladiatoren am Nachmittag. Es war schwer, all die Gründe für diese Abscheu aufzuzählen. Das Stadion war eigentlich für etwas Würdevolles gebaut worden, für Athleten, für freie Bürger, die um die Wette rannten. Perfekt in ihrer Nacktheit strebten sie nach Ehre. Jetzt war alles anders. Jetzt trieben sich hier nur Sklaven und Verbrecher herum, schlimmer noch als die wilden Tiere, und sie bluteten und bettelten um ihr Leben. Die Munera waren nichts, was aus Hellas stammte. Sie waren ein widerlicher Import, eines der schlimmsten Dinge, die mit der Katastrophe der römischen Herrschaft gekommen waren. Und die Munera waren nicht nur barbarisch. Sie sprachen die niedersten Instinkte des Pöbels an. Immer und immer wieder sang der Mob »*Wir wollen Blut im Sand*«, als hätte nie ein Hellene am Altar der Gnade geopfert.

Aber natürlich gab es noch etwas viel Schlimmeres als das. Das Schlimmste war, dass die Munera eine Gefahr für jeden einzelnen Zuschauer darstellte. Die Aufregung, das Spektakel, all dem konnte man sich nicht entziehen. Es bedurfte nur eines unbedachten Moments, und rohe Emotionen löschten jegliche Selbstbeherrschung aus. Von Vernunft konnte dann keine Rede mehr sein, und der Mensch wurde zum Tier.

Ein lautes Johlen riss Demetrius aus seinen Gedanken. Nicht weit von der Loge des Magistrats entfernt befahl ein König der Saturnalien einem seiner Männer, sich auszuziehen und zu singen. Kurz darauf stand der Erwählte nackt im Nordwind. Sein schwarz geschminkter Peiniger hüpfte derweil in seinem zerschlissenen »Königsgewand« um ihn herum und tat so, als wolle er sein Opfer mit einer Sichel kastrieren. Das barbarische Griechisch des Sängers, das auf eine Herkunft aus Kappadokien oder Isaurien hindeutete, ging im Grölen der anderen unter. Kurz fragte sich Demetrius, was dieser »König« wohl außerhalb der Saturnalien tat. In jedem Fall hatte die herumhüpfende Gestalt etwas Bekanntes an sich.

Besorgt wanderten Demetrius' Gedanken den ausgetretenen Pfad hinunter. Es war nun über einen Monat her, als man ihn fast in der Hütte des Etruskers erwischt hätte – vierzig Tage, um genau zu sein. Demetrius fragte sich mittlerweile, ob er damit endlich durchgekommen war. Falls die Männer, die an der Tür gehämmert hatten, zur Stadtwache gehört hatten und von Corvus, ihrem Eirenarch, geschickt worden waren, oder schlimmer noch, kaiserliche Frumentarii, dann hätten sie ihn inzwischen sicherlich gefasst, vorausgesetzt, der alte Mann hatte geredet. In jedem Fall war Demetrius nicht mehr zurückgegangen, und der alte Zauberer hatte mit Sicherheit nicht gestanden, was für eine verräterische Frage er hatte beantworten sollen, oder? Vielleicht musste er genau in diesem Augenblick furchtbare Foltern über seinen alten Leib ergehen lassen.

Demetrius war schlecht vor Angst. Was für ein furchtbares Risiko war er eingegangen! Und was hatte ihm das gebracht? P-E-R-F-I – Perfidia. Aber *wessen* Verrat würde Kaiser Valerian zu Fall bringen? Der eines Höflings? Oder die angeborene Tücke der Orientalen, Männern wie Shapur? Demetrius hatte so viel riskiert und nur so wenig herausgefunden. Manchmal widerte er sich selbst an.

Ein missbilligender Chor erhob sich von den Tribünen. Die Aufwiegler gehörten zu einer kleinen Gruppe von Männern auf der anderen Seite der Arena. »Bären! Wir wollen Bären! Grausame Bären!« Die rhythmischen Gesänge und das Klatschen deuteten darauf hin, dass die Männer einer der Theaterfraktionen angehörten, und sie und der Rest der Zuschauer hatten auch guten Grund, enttäuscht zu sein. Es war Mittag. Die Venationes am Morgen waren alles andere als inspiriert gewesen. Man hatte ein paar Hirsche und Wildesel durch die Arena gejagt sowie gegen ein paar Bullen gekämpft. Die einzigen Tiere mit Reißzähnen waren drei ausgemergelte Leoparden gewesen, und die hatten nur wenig Widerstand geleistet. Auch stammten sie nicht von weit her, sondern aus der Nachbarprovinz Kilikien. Eine Handvoll Strauße waren die einzigen Tiere, die übers Meer gekommen waren. Aber obwohl die großen Vögel stocksteif dagestanden hatten, als hätte man sie unter Drogen gesetzt, war es den mit Bögen bewaffneten Bestiarii mehrmals gelungen, sie zu verfehlen.

Und die mittäglichen Hinrichtungen waren bis jetzt nicht viel besser. Ballista hatte die Leitung des Spektakels persönlich übernommen, das Ganze jedoch gegenüber dem, was Flavius Damianus im September veranstaltet hatte, gründlich abgespeckt. So war die verrückte Kuh nicht zu sehen gewesen, und es waren die Saturnalien. Da erwarteten die Leute etwas Besseres. Und von Norden her wehte kein kalter Wind. Die Menschen waren unzufrieden.

Demetrius betrachtete den Rücken seines Kyrios. Ballista hatte die Schultern hochgezogen. Im Laufe der letzten Tage war Demetrius zu dem Schluss gelangt, dass er nicht der Einzige in der Familia war, dessen Gedanken abschweiften. Ballista, Calgacus und selbst Maximus hatten angespannt gewirkt, jeder auf seine Art. Der junge Grieche nahm an, dass die drei Barbaren etwas vor ihm verheimlichten. Wäre er nicht so sehr mit seiner eigenen Angst und Selbstverachtung beschäftigt gewesen, es hätte ihn sehr verletzt.

Ein Trupp Gladiatoren, begleitet von Aulus Valerius Festus, betrat den Sand. Er war nicht gefesselt, und er trug auch kein Schild um den Hals. Ein Herold trat vor und kündigte ihn an. Der Gottlose aus dem Ritterstand würde durch das Schwert sterben, wie es jemandem von seinem Rang zustand.

Mit einem Tosen wie die Brandung im Sturm verkündete der Pöbel seine Unzufriedenheit: »Nagelt ihn ans Kreuz!«, »Verbrennt ihn!«, »Bringt die Bären!«, »Lasst den Bastard tanzen!« Kissen, faules Obst und halb gegessene Würste wurden in die Arena geworfen. Doch bevor die ersten Geschosse im Sand landen konnten, rief Ballista wie auf Kommando seinen Herold wieder zurück. Kurz sprach er mit ihm, doch so leise, dass Demetrius ihn über den Lärm hinweg nicht hören konnte.

Der Herold trat ans Geländer und hob die Arme. Das Werfen hörte auf. Abgesehen von einem Pfiff oder Buhruf hier und da senkte sich Schweigen über die Menge.

»Ruhe!«, gebot der Herold mit voller Stimme. »Das ist, was der Vicarius will: *Ruhe!*«

Ein paar Herzschläge lang herrschte in der Tat Ruhe, denn der entsetzte Pöbel musste die unverschämten Worte des Barbaren-Vicarius erst einmal verdauen. *Wie konnte dieser germanische Bastard es wagen, ihre Wünsche zu ignorieren? Das waren die Saturnalien, und während der Saturnalien war alles erlaubt. Für wen hielt der sich, dass er ihnen ihr Vergnügen nehmen wollte? Für den Kaiser? Und würden sie das vom Kaiser akzeptieren? Scheiß auf den Kerl!*

Das Grölen und Johlen brandete wieder auf, und erneut flogen Wurfgeschosse in den Sand. Diesmal waren sie allerdings scharf und hart: Steine, Münzen, Dinge, die wehtun, ja sogar töten konnten. All das flog in die Arena und auf den Christen. Ein paar in der Menge richteten ihre Würfe auch gegen die Magistratsloge. Ein Stein zischte an Demetrius' Ohr vorbei. Der Sekretär schaute wieder zu seinem Kyrios. Ballista saß regungslos da.

Auf der anderen Seite des Sands drängte die Theaterfraktion, die als erste Bären gefordert hatte, nach vorn. Die Ersten kletterten schon auf die Begrenzungsmauer, sprangen in die Arena und schubsten die Diener dort. Eine Gestalt mit einem viel zu großen Pileus, der Kappe der Freigelassenen, die er sich fast bis übers ganze Gesicht gezogen hatte, balancierte auf der Mauer und trieb die Männer in der Arena an. Nicht weit von Demetrius entfernt war ein Kampf um den Saturnalien-König mit dem geschwärzten Gesicht ausgebrochen. Doch noch immer unternahm sein Kyrios nichts dagegen. Geschosse landeten überall um sie herum. Der Schreiber aus Nordafrika, den Demetrius so mochte, klappte unter Schmerzen zusammen. *Hol die Soldaten!*, flehte Demetrius stumm. *Oder lass einen Bucinator zumindest drohend die Fanfare blasen!* Doch Ballista schwieg.

Aber die Bogenschützen in der Magistrats-Loge brauchten auch keinen Befehl. Automatisch bildeten sie einen Ring um den Vicarius und sein Gefolge. Geschosse prallten von ihren kleinen Schilden, Helmen und Rüstungen ab. Unten im Sand zerrten die Gladiatoren den Christen aus der Arena. Er blutete aus einer Kopfwunde. Inzwischen wurde überall gekämpft. Die Situation geriet außer Kontrolle und drohte, sich in einen Aufstand zu verwandeln.

Plötzlich stand Ballista auf. Er drehte sich um und sagte, es sei Zeit zu gehen. Dann marschierte er an Demetrius vorbei. Der junge Grieche verstand das einfach nicht. Er war sicher, kurz ein schwaches Grinsen auf dem Gesicht des Germanen gesehen zu haben, als würde er sich darüber freuen, wie sich das hier entwickelt hatte.

Der alte Mann saß neben dem Bergpfad. Er wartete. In der Hand hielt er eine Papyrusrolle. *O nein*, dachte Ballista. *Noch nicht einmal hier draußen hat man seine Ruhe.*

Es war nur drei Tage her, dass Ballista hatte bekannt geben lassen, aufgrund der Bedrohung der öffentlichen Ordnung seien die Hinrichtungen der Christen vorläufig eingestellt. An diesem Morgen war er mit Corvus ausgeritten, einfach nur, um aus dem Palast herauszukommen. Er wollte nicht nur jagen, sondern schlicht ein wenig Frieden haben.

Bei Morgengrauen waren sie durch das Magnesias-Tor geritten. Zwei Jäger in bestickten Mänteln und mit vier keltischen Hunden an langen Leinen begleiteten sie. Sie waren nach Süden geritten und den Pfaden den Mons Prion hinauf, ungefähr in Richtung des Heiligen Hains von Ortygia.

Es war ein wunderschöner Wintertag. Am Himmel war kaum eine Wolke zu sehen, und der kalte, harte Sonnenschein betonte jeden noch so kleinen Zweig und Stein. Am Morgen hatten die Hunde ein paar Hasen gejagt, doch die waren entkommen. Zu Mittag hatten sie eine Pause eingelegt und ein Feuer entzündet. Da war dann auch der Eber aus dem Unterholz gekommen. Das Tier betrachtete sie mit einem bösen Funkeln in den kleinen Augen. Dann drehte es sich um und machte sich davon. Sie ließen die Hunde los, und die vier Männer schwangen sich in die Sättel. Um das Feuer mussten sie sich nicht sorgen. Es war gut gemacht, und es war Winter. Es würde nicht auf das Gestrüpp übergreifen.

Der Eber bot ihnen eine gute Jagd die Hänge hinauf und hinunter, doch schließlich verfing er sich mit seinen kurzen Beinen im Unterholz und ging zu Boden. Die Hunde rannten auf ihn zu, doch der Eber ließ sich nicht davon einschüchtern, sondern griff an. Die Männer sprangen aus den Sätteln und lösten ihre Spieße aus den Riemen. Das Biest hielt direkt auf Corvus zu. Weder Ballista noch die beiden Jäger konnten etwas tun. Im letzten Moment senkte der Eirenarch die Klinge. Die Wucht des Aufpralls warf ihn zwei, drei Schritte zurück. Der Eber spießte sich selbst auf, trieb den Spieß immer tiefer in sich hinein. Als sie schließlich die Querstange erreichte, war die Bestie tot. Ein Blutstropfen hing wie eine Träne an ihrem Auge.

Sie aßen zu Mittag. Dann schauten Ballista und Corvus zu, wie die Jäger dem Eber die Hauer entfernten, ihn häuteten und das Fleisch in Stücke schnitten. Die Zeit verging, und schließlich machten sie sich auf den Weg zurück. Das war dann auch der Zeitpunkt, da sie auf den alten Mann trafen.

Bittsteller waren der Fluch eines jeden, der Macht im Imperium hatte. Wo auch immer man hinging, sie waren da, und man erwartete, dass man sie anhörte. Es gab da eine Geschichte über den Kaiser Hadrian. Eines Tages war er ausgeritten, als eine alte Frau sich ihm mit einem Bittschreiben genähert hatte. Hadrian hatte erklärt, er sei beschäftigt, und sie hatte ihm hinterhergerufen: »Dann sei kein Kaiser mehr!« Pflichtbewusst war Hadrian daraufhin zurückgeritten und hatte sich ihre Bitte angehört. Ballista zog jedoch die Geschichte über Marc Anton vor. Von mehreren Bittstellern unter ähnlichen Bedingungen bedrängt, hatte er ebenfalls kehrtgemacht und seine Toga ausgebreitet, um ihre Bittschreiben aufzufangen. Dann war er zur nächsten Brücke gegangen und hatte sie allesamt in den Fluss geworfen.

Ballista und Corvus winkten den Jägern, weiterzureiten, blieben selbst aber stehen. Der alte Mann erhob sich steif und murmelte unter seinem breitkrempigen Hut in ländlichem Griechisch, dass er mit dem Kyrios alleine zu sprechen wünsche. Ballista und Corvus ließen ihren Blick über die Hügel schweifen. Als sie sicher waren, dass sie allein waren, ritt Corvus ein Stück davon.

Der alte Bittsteller sprach nicht sofort. Er wartete, bis Corvus außer Hörweite war. Dann schob er den Hut zurück. Er war nicht annähernd so alt, wie Ballista gedacht hatte. Tatsächlich war er sogar ziemlich jung. Er lächelte und sagte leise und in gutem Latein: »Ave, Marcus Clodius Ballista. Mein Dominus, der Ab Admissionibus Cledonius, schickt dir seine Grüße. Er bittet dich, ihm über die politischen Angelegenheiten zu schreiben, die du so unaufrichtig erfüllst. Und er bittet dich auch, Briefe in Zukunft nur den vertrauenswürdigsten Kurieren anzuvertrauen. Macrianus' Spione sind überall. Und wenn sie die Briefe nicht abfangen, dann mit Sicherheit Censorinus'

Frumentarii. Viele haben Angst, dass der Comes Largitionum und der Princeps Peregrinorum immer mehr zusammenrücken. Mein Dominus bedauert es sehr, aber er hält es für ausgesprochen unklug, sich in der gegenwärtigen Situation beim Kaiser dafür einzusetzen, dass du an die Front im Osten versetzt wirst. Und sich Macrianus zu widersetzen käme einem Selbstmord gleich. Er bittet dich, nichts dergleichen zu versuchen. Valerian verlässt sich mehr und mehr auf den Lahmen.«

Der Mann verstummte. Er schaute die Straße entlang zu Corvus. »Hier. Das solltest du besser nehmen.« Er gab Ballista eine Papyrusrolle und wandte sich zum Gehen.

Ballista öffnete und entrollte sie. Sie war leer. Er schaute dem Mann hinterher. Der Hang war leer. Der Bote war wie vom Erdboden verschluckt. Sorgfältig suchte Ballista den Hügel ab. Da war er. Unauffällig kletterte er eine schmale Schlucht hinauf. Der Mann verstand das Gelände gut zu nutzen, aber so gut nun auch wieder nicht.

Wieder allein in seinem Zimmer im Palast begann der nordafrikanische Schreiber zu schreiben.

An Lucius Calpurnius Piso Censorinus, Princeps Peregrinorum, Oberbefehlshaber der Frumentarii.

Geschrieben in Ephesus, zehn Tage vor den Iden des März, dem Jahrestag der Thronbesteigung der göttlichen Kaiser Marcus Antoninus und Lucius Verus, im Jahre der Konsuln Aemilianus und Bassus.

Dominus, ich schreibe dir, um dich über die beklagenswerten Zustände in Ephesus zu informieren.
Was die Ränkespiele des Macrianus betrifft, so gibt es schier unglaublich viele Gerüchte. Echte Beweise hat jedoch noch niemand vorgebracht.

In Bezug auf Marcus Clodius Ballista wiederum habe ich dir ja bereits berichtet, wie gewissenhaft er die Gottlosen zu Anfang vor Gericht gestellt und verurteilt hat. Und ich habe dir auch berichtet, wie er bei den ersten Exekutionen selbst zum Bogen gegriffen und drei dieser Verbrecher eigenhändig erschossen hat. Glücklicherweise hat ihm dieser verabscheuungswürdige Populismus nicht den öffentlichen Beifall eingebracht, auf den er gehofft hat.

Ballista hat eine weitere Reihe von Hinrichtungen am ersten Tag der Saturnalien befohlen. Organisiert vom Vicarius persönlich, war es von Anfang an ein erbärmliches Spektakel. Am Morgen gab es eine Handvoll Tiere, aber so gut wie keine exotischen. Zu Mittag wurden dann nur drei Christen getötet, und das nicht gerade auf erfinderische Art. Dann hat man einen Gottlosen aus dem Ritterstand in die Arena gebracht, einen Mann mit Namen Aulus Valerius Festus. Die Menge hat lautstark gefordert, dass an diesem Erzverbrecher ein Exempel statuiert werden solle. Ballista antwortete hochmütig über einen Herold, als wäre er der Kaiser persönlich. Als daraufhin die ersten Steine flogen, wusste er nicht, was er tun sollte. Und als es zum Aufruhr kam, floh er mit entsetztem Gesicht aus dem Stadion. Letzteres kann ich beschwören, denn ich stand hinter ihm und konnte ihn deutlich sehen, als er an mir vorbeigelaufen ist. Wieder zurück im Palast versank er in barbarischem Starrsinn. Erst nach zwei Stunden hat er die Truppen gerufen. Zu dem Zeitpunkt hatten sich die meisten Aufrührer schon wieder zerstreut. Jene, die zurückgeblieben waren, hatten keine Probleme, den Bogenschützen zu entgehen, es sei denn, sie waren zu betrunken zum Laufen. Keiner der Anführer ist verhaftet worden.

Am nächsten Tag hat der Vicarius dann in einem Erlass erklärt, die Hinrichtungen der Christen seine eine Gefahr für die öffentliche Ordnung und würden deshalb eingestellt. Gleichzeitig hat er Berichte an den Kaiser und den Prokonsul von Asia geschickt, um diese Maßnahme zu rechtfertigen. Von diesem

Zeitpunkt an hat er auch keinerlei Anstalten mehr gemacht, weitere Anhänger dieses ekelhaften Kults aufzuspüren. Auch die Prozesse gegen jene, die er bereits in Gewahrsam hat, hat er auf unbestimmte Zeit verschoben. Die Christenverfolgung ist zum Stillstand gekommen.
Es gibt jedoch keine offensichtliche Erklärung für diese Veränderung in Ballistas Haltung. Aber ich muss wohl nicht extra erwähnen, dass die Barbaren aus dem Norden für ihren Mangel an Beständigkeit geradezu berüchtigt sind. In einem Moment sind sie noch voller falschem Stolz und fest davon überzeugt, die Welt erobern zu können, und im nächsten versinken sie in Verzweiflung und tun rein gar nichts mehr.
Überdies ist erwähnenswert, dass Ballista den eifernden Flavius Damianus inzwischen meidet. Stattdessen verlässt er sich mehr auf den zögerlichen Kommandeur der Stadtwache, Corvus. Es gibt zum Beispiel das Gerücht, dass Corvus vom letzten Prokonsul dafür getadelt worden sei, dass er während der Verfolgungen unter dem göttlichen Decius sieben junge Christen habe entkommen lassen. Sie sind bis heute wie vom Erdboden verschwunden.
Des Weiteren ist belegt, dass Ballista nur in Begleitung von zwei seiner Sklaven ins Gefängnis an der Agora gegangen ist und sich außerordentlich freundlich mit ein paar der christlichen Gefangenen unterhalten hat. Was genau dort gesprochen wurde, weiß jedoch niemand.
Die letzten zwei Monate hat Ballista sich weitgehend aus der Öffentlichkeit zurückgezogen. Er verlässt den Palast nur zur Jagd – auf Tiere, nicht auf Gottlose –, oder er geht so wie Nero als Arbeiter verkleidet zum Hafen, um mit den Plebejern zu trinken. Lediglich sein Leibsklave Maximus begleitet ihn dabei. Männer von hoher Geburt werden nur selten an seinen Tisch geladen. Auch diniert er selbst nur selten in den Häusern der Wohlgeborenen.
Es ist meine traurige Pflicht zu berichten, dass Ballista seine

heilige Pflicht unserem edlen Kaiser Valerian gegenüber nicht nur vernachlässigt, sondern schlicht nicht erfüllt. Dominus, wenn ich so kühn sein darf, eine Empfehlung zu geben? Ballista muss aus dem Amt des Vicarius entfernt werden.
Dominus, du hast geschrieben, dass meine Berichte über Marcus Clodius Ballista im Laufe der Jahre heiß und kalt gewesen seien. Ich kann nur wiederholen: Ja, manchmal habe ich ihn gepriesen, so wie Homer den Diomedes gepriesen hat, und manchmal habe ich ihn getadelt, wie Thersites in der Ilias getadelt worden ist. Zur Antwort möchte ich dich daran erinnern, was ich gesagt habe, als du gnädig genug warst, mich in Antiochia zu empfangen. Der Wunsch nach Beständigkeit muss hinter der Wahrheit zurückstehen. Meine Treue dir und den Kaisern gegenüber bedeutet, dass ich bisweilen mein Lied ändern muss, um dich korrekt zu informieren.

Während die Tinte trocknete, las der Frumentarius, der unter dem Namen Hannibal bekannt war, den Brief noch mal. Gedankenverloren rieb er sich die Brust, wo der Stein ihn während des Aufruhrs getroffen hatte. Vielleicht hatte er etwas zu häufig erwähnt, dass er es mit einem Barbaren zu tun hatte, doch insgesamt war er zufrieden.

Censorinus eine Empfehlung zu geben, stellte jedoch ein Risiko dar. Frumentarii sollten nur Bericht erstatten. Doch Censorinus hatte den Ruf, Eigeninitiative zu belohnen. War der Princeps Peregrinorum nicht selbst einst ein einfacher Frumentarius gewesen? Die rechten Worte zur rechten Zeit konnten einen Mann weit bringen.

Der Nordafrikaner unterschrieb den Bericht. Dann griff er nach dem Siegel: MILES ARCANUS. Er würde diesen Bericht als *Dringend* markieren. Über den Cursus Publicus hieß das hundert Meilen am Tag, doppelt so schnell wie normal. Marcus Clodius Ballistas Tage als Vicarius des Prokonsuls von Asia waren gezählt.

XXII

Ich halte meine Versprechen, dachte Ballista, und das hatte auch für sein Versprechen in dem verdreckten Gefängnis gegolten.

Ballista hatte sein Bestes für die Christenfrau getan. Natürlich hatte man ihr Eigentum konfisziert. Also hatte Ballista dafür gesorgt, dass sie und ihr Sohn auf einem kleinen, abgelegenen Gut auf der Insel Samos leben konnten, das ihrem entfremdeten Ehemann gehörte. Ihr heidnischer Gatte hatte das zwar nicht gutgeheißen, denn er wollte seinen Sohn vom gottlosen Einfluss seiner Frau fernhalten, doch Ballista hatte ihn überzeugt. Ein so kleiner Junge brauche seine Mutter, hatte er gesagt, und einen Mann wie Ballista wollte sich niemand zum Feind machen.

Und das größere Versprechen, das musste er auch halten. Maximus und Calgacus hatten den Aufruhr perfekt organisiert. Es gab keine losen Enden. Die Schläger, die Maximus angeheuert hatte, um das Gefolge des Saturnalien-Königs zu spielen, waren schon lange wieder in Isaurien. Der Anführer der Theaterfraktion wiederum hatte keine Ahnung, dass der hässliche alte Mann, der ihm so viel Geld gezahlt hatte, zur Familia von Ballista gehörte. In jedem Fall hatten der Aufruhr und die Bedrohung der öffentlichen Ordnung Ballista den Vorwand gegeben, den er gebraucht hatte, um die Hinrichtungen der Christen auszusetzen. Corvus wiederum war zwar nicht Teil der Verschwörung gewesen, doch er musste ohnehin nicht überzeugt werden. Ihm war es sowieso lieber, seine Männer gegen die Piraten aus dem Norden einzusetzen, die Boraner.

Ballista hatte seine Versprechen gehalten, aber auch einen Preis dafür gezahlt. Seit nunmehr fast vier Monaten fühlte sich Ballista selbst wie ein Gefangener. Jedes Mal, wenn er den Palast verließ, stürzte sich die heidnische Bevölkerung auf ihn und verlangte von ihm, die Christen in die Arena zu zerren. »Wirf die Christen den Löwen vor!«, »Nagel die Gottlosen ans Kreuz!«, »Verbrenne sie!«.

Ballista hätte das natürlich ignorieren können, doch auf einem seiner ersten Ausflüge, nachdem er das Edikt erlassen hatte, war noch etwas anderes geschehen. Der Germane war gerade am Hafen-Gymnasium entlanggewandert, als drei Jünglinge mit wilden Augen auf ihn zugestürzt waren. Wie ein Mann hatten sie geschrien: »Ich bin Christ, und ich will sterben!« Ballista hatte keine andere Wahl gehabt, als sie zu verhaften. Jetzt saßen sie in einem der tiefsten Kerker am Stadion.

Seitdem hatte er den Palast, abgesehen von unvermeidbaren öffentlichen Verpflichtungen, nur noch verlassen, um entweder mit Corvus auf die Jagd zu gehen oder um mit Maximus verkleidet durch die Hafentavernen zu ziehen.

Ballista hatte seine Versprechen gehalten und damit sich und seine Freunde einer großen Gefahr ausgesetzt, aber wofür? Was nutzte das langfristig schon? Es würde gar nichts ändern, im Gegenteil. Vermutlich würde sein Nachfolger ein viel eifriger und vor allem grausamerer Christenjäger sein. Trotzdem, ein Mann brauchte Prinzipien, und daran musste er sich auch halten. Und er war mit Ephesus noch nicht fertig.

Ballista stand im Schatten auf der Terrasse des Palasts des Prokonsuls. Die Aussicht, die sonst stets seine Seele singen ließ – die Berge, das Meer, der Fluss und die Ebene –, ignorierte er. Weit unter ihm lag ein Schiff. Von hier aus betrachtet sah es kleiner aus als Isangrims Spielzeuge. Es war blau. Die Entfernung war viel zu groß, als dass er die Galionsfigur hätte erkennen können, aber er wusste, dass es sich um eine kaiserliche Trireme handelte, die *Providentia*. Fünf Tage lang, seit die Botschaft über den Cursus Publicus und damit über Land gebracht worden war, wartete er nun schon auf das Schiff und den Mann, den es brachte. Bei Sonnenaufgang hatte Ballista beobachtet, wie die sanfte Brise es in den Hafen getragen hatte.

In Augenblicken wie diesen blickte Ballista noch mal auf sein ganzes bisheriges Leben zurück, auf all die siebenunddreißig Winter. In der Halle seines Vaters war die Zeit viel zu schnell vergangen, als er auf den römischen Centurio gewartet hatte, der ihn als Geisel ins Imperium bringen würde. Vor Aquileia wiederum war es genau umgekehrt gewesen. Die Zeit war vor dem tödlichen Gespräch mit Kaiser Maximinus Thrax förmlich gekrochen, und dann waren da die überstürzten Augenblicke gewesen, bevor man ihn vor den Mann geschleppt hatte, der einst der Hochkönig von Hibernia werden sollte …

»Ein knarrender Bogen, ein gähnender Wolf, ein krächzender Rabe …« Calgacus' Worte mischten sich in Ballistas Erinnerungen. »Die Flut folgt der Ebbe, neues Eis, eine zusammengerollte Schlange, das Bettgeflüster einer Braut.«

»Genau meine Gedanken«, sagte Ballista trocken.

Der alte Kaledonier schaute ihn scharf an. »Du weißt, was ich meine. Sei kein Narr.«

»Ja, ich weiß, was du meinst.« Ballista lächelte. »Ein Schwert mit einem Haarriss, ein verspielter Bär, die Söhne von Königen. Ich habe die Worte des Allvaters nicht vergessen, die Dinge, denen man nicht vertrauen soll. Wodan weiß, dass du sie mir als Kind viel zu oft zitiert hast.«

Calgacus lehnte sich neben Ballista auf die Balustrade. »In jedem Fall waren die nützlicher als das Latein, das dein Vater dich hat lernen lassen.«

»Vielleicht.«

»Bist du sicher, dass du diese letzte Sache noch tun willst?«

Ballista nickte.

»Dagegen war der Aufruhr ein Kinderspiel. Wenn man uns erwischt, dann sind wir dran, und nicht nur wir. Man wird auch all deine Freunde und deine Familie wegen Hochverrats verurteilen.«

»Als Kind hast du mich gelehrt, dass ein Mann Prinzipien haben und sich auch daran halten müsse«, bemerkte Ballista.

»Du hast Herz, Junge. Das muss man dir lassen.«

»Dann warst du mir ein guter Lehrer.«

»O ja. Du bist genauso stur wie dein Vater. Aber wie auch immer,

Demetrius hat den offiziellen Stab ausbezahlt.« Calgacus lächelte. »Es scheint ihm nicht zu gefallen, von diesem Nordafrikaner getrennt zu werden, von Hannibal, dem, mit dem er ständig über die Götter diskutiert. Egal, in jedem Fall ist der gesamte Stab hier im Palast. Sie haben nicht die geringste Ahnung. Wenn alles funktioniert, dann werden die anderen uns heute Nacht am Brunnen vor dem Hafenbad treffen.«

»Gut«, sagte Ballista. »Ist der Mann schon hier?«

»Ja. Vergiss nicht, dass du nichts sagen darfst, oder zumindest so wenig, wie du kannst. ›Drei wütende Worte sind drei zu viel, wenn man mit einem bösen Menschen spricht.‹ Was auch immer er sagt, beherrsche dich, egal, was er sagt. Wenn du das tust, dann wird schon nichts passieren.«

»Wo ist er?«

»Ich habe ihn ein wenig draußen warten lassen.« Calgacus richtete sich wieder auf. »Bereit?«

»Bereit.«

»Wie gesagt: Beherrsche dich, und alles wird gut.« Calgacus ging.

Der leichte, selbstbewusste Gang von Quietus erinnerte Ballista paradoxerweise an die Lahmheit von Quietus' Vater, Macrianus des Älteren: das finstere *Klack* des Gehstocks, das Schlurfen des lahmen Beins, der feste Schritt des gesunden. *Klack*, ein Schlurfen und ein Schritt.

Quietus blieb gut fünf Schritte von Ballista entfernt stehen. Ein wenig verspätet eilte sein Gefolge herbei und positionierte sich hinter ihm. In der vorderen Reihe stand Flavius Damianus, der seine Freude kaum verbergen konnte. Die Gesichter von Eirenarch Corvus und Gaius Valerius Festus, dem Bruder des christlichen Gefangenen Aulus, waren jedoch nicht zu deuten.

Quietus drehte sich halb um, als wolle er sicherstellen, dass das Publikum da war. Dann wandte er sich an Ballista.

Ein Schwert mit einem Haarriss, ein verspielter Bär, die Söhne von Königen, alles Dinge, denen man nicht vertrauen konnte, dachte Ballista.

»Marcus Clodius Ballista, es tut mir außerordentlich leid, dich darüber informieren zu müssen, dass deine Zeit als Vicarius des Prokonsuls von Asia vorbei ist.« Quietus holte ein Dokument mit purpurnem Siegel aus einer Falte seiner eleganten Toga hervor. »Ich habe hier den Befehl, dass du augenblicklich in den kaiserlichen Palast in Antiochia zurückkehren sollst. Seine Heilige Majestät Valerian will mit dir sprechen.« Es folgte ein vielsagendes Schweigen. »Ohne Zweifel will er persönlich dafür sorgen, dass du für die Art, wie du dein Amt geführt hast, angemessen belohnt wirst, für deinen Auftrag, Ephesus von den Gottlosen zu reinigen.«

»Wir werden tun, was uns befohlen wird, wir sind bereit, jede Anweisung auszuführen«, intonierte Ballista die rituellen Worte, doch ohne Nachdruck.

Quietus lächelte, holte ein weiteres Dokument hervor und wedelte damit über dem Kopf. Die Hülle aus Elfenbein und Gold funkelte im Sonnenlicht. »Unsere Heiligen Kaiser Valerian und Gallienus sowie der edle Caesar Saloninus haben mir dir Ehre erwiesen, mich zum Vicarius zu ernennen. Mit großer Demut und Bangen nehme ich diese Last nun auf meine Schultern.« Alles an Quietus strafte diese Worte Lügen.

»Wir werden tun, was uns befohlen wird, wir sind bereit, jede Anweisung auszuführen«, wiederholte Ballista.

Erneut drehte sich Quietus zu seinem Gefolge um und sagte in einem Tonfall, den er für besonders patrizisch hielt: »Meine Freunde, wenn ihr gestattet, würde ich gerne kurz mit Marcus Clodius Ballista unter vier Augen reden.«

Die Männer überschlugen sich fast, die Terrasse zu verlassen. So dauerte es nicht lange, und nur noch Calgacus stand an der Tür. Ein knappes Nicken von Ballista, und der Kaledonier folgte den anderen.

Quietus trat zu Ballista an die Balustrade. Er schaute den steilen Hang zum Theater hinab und genoss den Ausblick. Dann drehte er sich um und brachte sein Gesicht dicht an Ballistas. Er sprach schnell und wütend. »Du arrogantes, barbarisches Stück Scheiße. Hast du wirklich geglaubt, dass jemand wie du mich im Hof des Kaiserpalasts angreifen und meinen Vater beleidigen könnte? Dass jemand wie du die Dignitas unserer Familie vor Hunderten von Zeugen in den Dreck ziehen könnte? Hast du wirklich geglaubt, wir würden das vergessen oder verzeihen? Einem echten Römer bedeutet seine Dignitas mehr als sein Leben. Wir streben immer nach Ultio, Rache. Das ist unser Geburtsrecht.«

Als Ballista nichts darauf erwiderte, drehte sich Quietus um und ließ seinen Blick diesmal über die Stadt Ephesus als Ganzes schweifen, über die Stadt, in der er von nun an über Leben und Tod entscheiden würde.

Ballista beobachtete ihn. Mit einem Finger strich Quietus sich das Haar glatt. Ein Ring mit dem Bildnis Alexanders des Großen blitzte auf.

Quietus wagte es nicht mehr, dem Germanen in die Augen zu blicken, und fuhr in ruhigerem Tonfall fort: »Mein Vater war sehr verärgert, als er herausgefunden hat, dass ich in Antiochia einen Meuchelmörder angeheuert hatte. Er hat gesagt, du seist lebend nützlicher für uns als tot.« Er grinste. »Ich muss zugeben, als mein Vater mir zum ersten Mal erklärt hat, wie er dich in Ephesus zu benutzen gedachte, da habe ich geglaubt, dieses eine Mal habe er sich geirrt. Wenn es eines gibt, worin ihr Barbaren aus dem Norden gut seid, dann ist es das Töten von Frauen und Kindern, von allen, die sich nicht wehren können. Ich dachte tatsächlich, du würdest dich gut als Christenjäger machen.« Er lächelte. »Aber mein Vater ist ein großer Denker. Er wusste, dass du die Umsetzung des kaiserlichen Befehls vor Circesium verzögert hast, um dem christlichen Abschaum die Flucht zu ermöglichen. Er hat dich in Antiochia verfolgen lassen. Du wurdest in der Straße des Kiefers gesehen, wo du dir diesen schwächlichen, verräterischen Mist von wegen ›Du sollst nicht töten‹ angehört hast.«

Quietus lachte.

»Mein Vater hat erkannt, dass du zwar problemlos töten kannst, wenn dir das Blut kocht, aber den kalten, langsamen Prozess römischer Servitas wirst du nie verstehen. Egal, ob du dich in eine Toga kleidest,

Latein lernst, eine römische Frau heiratest, egal, wie viele zivilisierte Titel man dir auch verleihen mag, du wirst nie ein Römer sein. Du wirst bleiben, was du bist: ein unwissender Schweinehirt aus den Wäldern des Barbaricums, ein sentimentaler Germane aus dem Norden.«

Quietus lehnte sich wieder auf die Balustrade und schaute Ballista erneut in die Augen.

»Mein Vater hatte recht. Du hast einfach nicht die Nerven für die Christenjagd. Dir fehlt die Disziplin. Doch trotz all deiner Bemühungen, den Eifer dieses nützlichen Narren Flavius Damianus zu zügeln, sind die Gefängnisse voll mit Christen. Aber du hast es einfach nicht über dich gebracht, sie zu töten. Mein Vater hat dich hergeschickt, damit du scheiterst, und das hast du getan. Und dein Scheitern hat den Weg für meine Ernennung eröffnet.«

Quietus spielte an dem Ring mit dem Alexanderbild herum.

»Und *ich* werde nicht scheitern. Die Zellen werden sich bald wieder leeren. Ich werde die Christen in Massen töten lassen und auf die unterschiedlichste Art. Und während ich hier in Ephesus triumphiere, musst du in Schande nach Antiochia zurücklaufen, wie ein Hund, der sich mit eingeklemmtem Schwanz vor den Schlägen fürchtet, die er mit Sicherheit bekommen wird.«

Selbstgefällig drehte der junge Römer das vergoldete Elfenbein mit seiner Ernennung in den Händen. »Wenn ich an deiner Stelle wäre, würde ich so schnell wie möglich nach Antiochia zurückrennen. Nun, da dein geiles Weib einen weiteren Barbarenbastard geworfen hat, scheint sie wieder zum Ficken bereit zu sein. Ich bin sicher, die Hure wird viele Männer finden, die ihr die Fotze vollpumpen, solange du weg bist. Wenn ich selbst dort wäre …«

Ballista zwang sich, ruhig zu bleiben, und schluckte seine Wut herunter. Er starrte Quietus nur an – das schwache Kinn, die Tränensäcke unter den Augen, den lüsternen Mund. Kurz hatte der Germane eine Vision. Er sah sich selbst, wie er den kleinen Bastard an seiner beschissenen Toga packte, in die Höhe hob und über die Balustrade wuchtete. Blanke Furcht zeigte sich in den kleinen Schweinsäuglein, und der widerwärtige Mund öffnete sich zu einem panischen Schrei, während er hoffnungslos mit Armen und Beinen ruderte, bevor er auf den Tribünen des Theaters zerschellte.

Ballista beherrschte sich. *Drei wütende Worte sind drei zu viel zu einem bösen Mann.* Wenn er jetzt die Kontrolle verlor, würde das sein Ende bedeuten – seines und das seiner Familia. Außerdem musste er noch einen kühnen Streich in Ephesus führen.

Ballista trat dicht an Quietus heran und sagte mit leiser Stimme: »Eines Tages, vielleicht nicht bald, aber eines Tages werde ich dich umbringen.«

Unwillkürlich wich Quietus einen Schritt zurück. Dann überkam ihn der Zorn. »O nein, du barbarischer Bastard, eines Tages werde *ich dich* töten«, spie er. »Wenn mein Vater zu dem Schluss kommt, dass du nicht mehr von Nutzen für uns bist, dann werde ich dich töten. Und diesmal werde ich keinen Meuchelmörder brauchen. Ich werde deinen Tod einfach befehlen.«

Ballista lachte ihm ins Gesicht.

Quietus lief rot an. »Lach nur, solange du noch kannst, Barbarenarsch. Unser geliebter Kaiser Valerian ist alt, und er ist ein Narr. Er verlässt sich ganz und gar auf meinen Vater. Valerians Leben hängt an einem seidenen Faden. Und wenn man den durchschneidet …«

Ballista lachte erneut. »Valerian hat einen Sohn. Einem Krüppel wie deinem Vater würde niemand folgen, wenn er den Thron an sich reißt.«

Jetzt lachte Quietus. »Gallienus ist weit weg am Rhein. Der Osten wird ein neues Goldenes Zeitalter feiern, wenn mein Bruder und ich in Purpur gehüllt werden.«

Ballista war entsetzt. »Dein Vater mag ja bösartig sein, aber du bist einfach nur wahnsinnig. Wenn ich erzähle …«

»Erzähl doch, was du willst«, krächzte Quietus. »Niemand wird dir glauben.«

Ein paar Dinge überraschten den Telones, als er im Lampenlicht vor dem Zollhaus am Hafen stand. Doch er ließ sich das nicht anmerken. Ein Zollbeamter der Stadt Ephesus, geliebtes Heim der Großen

Artemis, musste mit Taktgefühl vorgehen, wenn es um Vertreter des Imperiums ging.

Es war nicht im Mindesten überraschend, dass sich der ehemalige Vicarius im Schutze der Nacht davonschlich wie ein Dieb, und das genau am Tag der Ankunft seines Nachfolgers. Er hatte keine gute Arbeit gemacht. Seit Monaten war keiner dieser inzestuösen Gottlosen mehr verbrannt worden. Manche sagten, der ehemalige Vicarius habe ein viel zu weiches Herz, dass er für Männerarbeit nicht geeignet sei. Andere flüsterten Schlimmeres. Konvertierung. Der große Barbar war gesehen worden, wie er ins Gefängnis gegangen war und wie er allein mit den Gottlosen gesprochen hatte. Das konnte man sich alles viel zu leicht vorstellen. Da, im Zwielicht, die christlichen Prediger, die ihre verführerischen, leeren Plattitüden ins dumme, kindliche Ohr eines Barbaren flüsterten. Waren es nicht immer die Weiber und Kinder, die sie sich zuerst als Opfer suchten? Aber wie auch immer, der ehemalige Vicarius hatte seine Arbeit nicht gut gemacht. Es war ihm noch nicht einmal gelungen, irgendjemanden für diesen schändlichen Aufruhr im Stadion zu bestrafen, der ausgerechnet an den Saturnalien ausgebrochen war.

Nein, was der Telones bemerkenswert fand, lag in zwei anderen, weniger wichtigen Bereichen begründet. Der Telones hatte einen prosaischen Geist, denn Tag für Tag waren all seine Gedanken mit Zollbescheiden und dem Zählen von Amphoren gefüllt. Dieses Schiff, die passend benannte große Galeere *Tyche Fortuna,* anzuheuern, musste den Kaiser ein Vermögen gekostet haben. Sie war riesig. Bei den Göttern der Unterwelt, als sie mit Korn aus Ägypten gekommen war, hatte sie kaum noch Wasser unter dem Kiel gehabt, als sie am Kai angelegt hatte. Warum so viel Geld ausgeben, wenn ein ehemaliger Vicarius doch genauso gut über Land hätte reisen können, über den Cursus Publicus? Na, ja, wer konnte schon die Launen eines reichen Barbaren erklären oder eines hohen römischen Beamten.

Und dann war da sein Stab. Der Telones hatte letztes Jahr eigentlich einen freien Tag gehabt, als der ehemalige Vicarius eingetroffen war. Das war der 17. August gewesen, das Fest der Portunalia. Und was für ein Ärgernis war das gewesen, denn an diesem Tag hatten die Hafenarbeiter traditionell frei. Der Telones hatte ein gutes Gedächtnis. In seinem Beruf war das von außerordentlicher Wichtigkeit. Ganz im Gegenteil zu den jungen Männern heute, die sich kaum an ihre eigenen Namen erinnern konnten und einen Aufstand machten, wenn sie an den Portunalia arbeiten sollten.

Aber in der Nacht damals war er da gewesen. Er hatte die Betrunkenen vom offiziellen Empfang ferngehalten, respektvollen Abstand gewahrt und sich das Wenige angehört, was er von den Reden hatte verstehen können. Flavius Damianus, nun, das war mal ein echter Eupatrid, geliebt von seiner Polis, freigiebig und von den Göttern geehrt. Er konnte verdammt gute Reden halten, war genauso redegewandt wie sein Vorfahre, der große Sophist. Doch in jener Nacht war er außergewöhnlich formell gewesen, und das Hoch-Attische war aus ihm geströmt wie Wein aus einem Krug. Der Telones erinnerte sich daran, als wäre es gestern gewesen. Vor allem war ihm aufgefallen, mit welch leichtem Gepäck der Barbar gereist war. Sein Stab und seine Familia hatte gerade mal aus fünfzehn Leuten bestanden, vielleicht auch zwanzig.

Aber als er sie nun dabei beobachtete, wie sie mit Kapuzen über den Köpfen an Bord gingen, um sich vor der kalten Abendluft zu schützen, da waren das mindestens doppelt so viele. Das war seltsam, zumal die Gerüchte besagten, dass der ehemalige Vicarius in all den Monaten hier noch nicht einmal einen Fickjungen gekauft hatte.

Der Telones schaute zu, wie die *Tyche* ablegte. Er hatte nichts gesagt, als der ehemalige Vicarius ihm das traditionelle Trinkgeld gegeben hatte, sondern ihm nur eine gute Reise gewünscht. Nur ein Narr mischte sich in die Angelegenheiten des Kaiserhofs ein.

Dieser Ballista mochte jetzt ja unter einem bewölkten Himmel stehen, aber wer vermochte schon zu sagen, was die Zukunft für ihn bereithielt? Wie Ixion, der ans Rad gebunden war, so versanken diese Leute im einen Moment in Schande, und im nächsten wurden sie durch die Gnade des Kaisers wieder in die Höhe getragen. Wenn man so darüber nachdachte, dann war die Geschichte von Ixion ein Mahnmal, dass man seinen Schwanz nicht dort hineinstecken sollte, wo er nicht erwünscht war. Ixion hatte am Tisch des Königs der Götter persönlich gegessen, dann hatte er versucht, Jupiters Frau zu ficken, und bevor er sich versah, war er für alle Ewigkeit an ein Feuerrad gebunden worden. Nein, der Telones hatte bei der Ankunft nichts gesagt, und das würde er auch jetzt nicht tun.

Es war eine schöne Nacht. Die Luft war kalt, und unzählige Sterne zogen über den Himmel. Ballista beobachtete, wie Maximus zum Bug der *Tyche* kam. In der fast völligen Dunkelheit schimmerte die abgebissene Nasenspitze des Hibernianers seltsam weiß in seinem dunklen Gesicht. Eine Zeit lang standen sie schweigend beisammen und betrachteten die berühmten fünfzig Lampen von Ephesus, die die Straße vom Hafen zum Theater beleuchteten.

»Der Wärter?«, fragte Ballista.

»Sicher auf einem Schiff nach Ostia, am Gürtel eine schwere Geldbörse und im Kopf glückliche Träume von einem neuen Leben in der Ewigen Stadt. In Rom wird ihn mit Sicherheit niemand finden. Die Stadt ist voller Fremder.«

Die *Tyche* näherte sich der Hafenausfahrt. Ballista schaute nach rechts. Als wollten sie den Sternen Konkurrenz machen, waren dort, an den unteren Berghängen, die Lichter von Tausenden von Häusern zu sehen.

»Trotzdem ist das ein furchtbares Risiko, schlimmer noch als die Organisation des Aufruhrs«, sagte Maximus.

»Ja, aber was sollen wir sonst tun?«

»Vielleicht solltest du nicht immer den Helden spielen.«

»Ich habe nur teilweise den Helden gespielt. Schließlich geht es nur um das Gefängnis an der Agora.«

»Bei den Göttern der Unterwelt, warum kannst du die anderen nicht einfach vergessen?«

Die Seeleute zogen die mächtigen Riemen ein, als die *Tyche* den Hafen verlassen hatte. Die Segel wurden gesetzt. Sie blähten sich sofort. Kurz darauf rauschte das Wasser am Rumpf vorbei, und das Kielwasser funkelte hinter ihnen.

Ballista warf einen letzten Blick auf Ephesus und drehte sich dann zu Maximus um. »Du kannst ihnen sagen, sie können wieder an Deck kommen. Und erinnere sie daran, wenn die Seeleute sie fragen, dann sind sie Pilger auf dem Weg zum berühmten Schrein des Helios auf Rhodos.«

»Du hattest schon immer einen miesen Sinn für Humor. Der Ritter hat übrigens gesagt, dass er mit dir reden will.«

»Oh. Gut«, sagte Ballista.

Aulus Valerius Festus, Mitglied der Bule von Ephesus, Ritter von Rom und verurteilter Christ, war nicht für die Seefahrt geboren. Er hangelte sich an der Reling entlang und stolperte mehrmals auf dem schrägen Deck, bis er Ballista schließlich erreichte.

»Im Namen meiner Brüder und Schwestern in Christo möchte ich dir danken.«

»Du scheinst diese Ansicht nicht zu teilen – ›ich bin Christ, und ich will sterben‹.«

»Im Evangelium steht geschrieben, unser Herr Jesus Christus hat gesagt: ›Wenn sie dich in einer Stadt verfolgen, dann fliehe in eine andere‹.«

»Die, die sich freiwillig als Märtyrer gemeldet haben, müssen diesen Abschnitt überlesen haben.« Ballista gab ihm keine Zeit, etwas darauf zu erwidern. »Wir werden euch in Rhodos absetzen. Das ist ein geschäftiger Hafen. Von da aus könnt ihr fahren, wohin ihr wollt.«

»Einer unserer Priester, ein äußerst gebildeter und heiliger Mann mit Namen Origenes, ist vor noch nicht allzu langer Zeit zu Christus ins Paradies gegangen, während der Verfolgung durch den verstorbenen Kaiser Decius. Origenes hat geschrieben, dass herrschende Heiden, die Christen helfen, nicht für alle Zeit verdammt seien. Er hat überlegt, ob die Gebete der Gläubigen sie nicht retten könnten. Ich werde für dich beten.«

Ballista drehte sich zu Aulus um. Seine Augen funkelten. »Ich brauche deine Gebete nicht. Ich habe das nicht für dich getan. Ich habe das für keinen von euch Christen aus dem Kerker getan.«

Unwillkürlich wich Aulus einen Schritt zurück und griff nach einem Tau, um nicht das Gleichgewicht zu verlieren. »Warum dann?«

»Ich weiß es nicht. Irgendwas hat mich gezwungen. Vielleicht war es ja meine Hybris, das Laster der Griechen, ein Stolz, der darin seinen Ausdruck findet, andere zu demütigen. Vielleicht wollte ich mir selbst nur beweisen, dass ich besser bin als du und deine Christen, als der Kaiser und sein Hof.«

Aulus schaute ihn schockiert an.

Das Unbehagen des Christen ließ Ballista laut lachen. Er blickte zu den Sternen hinauf. »Aber vielleicht war es auch Philanthropia, die Liebe zu den Menschen. Ende letzten Jahres hat meine Frau meinem zweiten Sohn das Leben geschenkt. Ich habe ihn noch nicht gesehen. Ich hoffe, ich habe genug Liebe im Herzen, um ihn genauso sehr zu lieben wie seinen Bruder. Dabei bin ich inzwischen sicher, dass es so sein wird.«

»Das glaube ich auch.«

Ballista schaute Aulus an, als sei er überrascht, dass der Mann noch da war. »Ach ja? Und woher kennst du meine Seele?«

»Ich sehe doch, dass du ein guter Mann bist.«

Ballista streckte die Hand nach einem Stag aus. Es war fest gespannt. Der ägyptische Kapitän der *Tyche* wusste, was er tat. »Wenn ich Christ werden und ein Mann mich verhaften würde, wie ich bis heute einer war, ein Mann mit Imperium, wenn er mich verhaften, foltern und mein Eigentum konfiszieren würde, wenn er mich verbrennen würde, was würde dann aus meinen Söhnen?«

»Gottes Liebe würde für sie sorgen, und ich bin sicher, auch die christliche Gemeinde in Antiochia würde sich um sie kümmern. Die Nächstenliebe ist uns ein Gebot.« Aulus' Worte waren voller unglaublicher Hoffnung.

»Du glaubst also, dass es recht von mir wäre, die Liebe zu deinem namenlosen, unerklärbaren Gott über die natürliche Liebe zu meinen Söhnen, meinem Weib, meiner Familie und meinen Freunden zu stellen, ja?«

»Die Liebe zu Gott muss über allem stehen. Wenn du willst, kann ich dich in den Wegen des Herrn unterweisen. Ich könnte dir auf deinem Weg zu Christus helfen.«

Ballista lachte spöttisch. »Du verstehst mich nicht. Jede Religion, die von ihren Anhängern Liebe zu einem fernen, vermutlich eingebildeten Gott verlangt und sie über die zu jenen stellt, die sie lieben *sollten* – Familie, Freunde, Kinder –, ist einfach nur grausam und unmenschlich. Siehst du? Ich denke nicht, dass ich jemand bin, der sich zu deinem gekreuzigten Gott bekehren lässt. Soweit ich sehen kann, ist der perfekte Anhänger eurer Religion eine ungebildete, halb verhungerte Jungfrau, die nicht selbstständig denkt, aber zur Selbstverletzung neigt.«

»Ich werde für dich beten.«

»Wenn euer Gott, wie du sagst, allwissend ist, warum brauche ich dann deine Führung? Aber tu, was du nicht lassen kannst. Schaden kann es ja nicht. So, ich hoffe, es macht dir nichts aus, wenn ich jetzt gehe. Wir haben zwar noch eine lange Reise vor uns, aber ich will schon mal an meine Rückkehr denken.«

XXIII

Der Säugling lag auf der Schwelle des Hauses. Ballista war nicht überrascht. Als er in Seleucia gelandet war, hatte eine Nachricht auf ihn gewartet. Darin hatte Julia ihm gesagt, was sie vorhatte. Ja, die kleine Gestalt, die dort lag, überraschte ihn nicht, aber sie erschreckte ihn. Sie sah so sehr wie ein ausgesetztes Kind aus, das man zum Sterben zurückgelassen hatte. Ballista hatte sich nie an diese Sitte der Römer und Griechen gewöhnt, ungewollte Kinder einfach auszusetzen. Wo auch immer man im Imperium hinging, man sah sie viel zu oft: auf den Stufen der Tempel, an Kreuzungen, sogar auf Misthaufen. Erbärmliche kleine Bündel Mensch, die nach Mutter und Vater heulten. Bei Ballistas Volk war das anders. In Germanien wurden alle Kinder großgezogen. *Und diese Leute haben die Frechheit,* uns *Barbaren zu nennen*, dachte er.

Als Ballista hinüberging, strampelte das Kind mit den Füßchen in der Luft und trat dann mit den winzigen Fersen auf die Decke. Gut. Julia hatte sich wenigstens an die Anweisung gehalten, das Kind nicht einzuwickeln. Ballista erinnerte sich noch gut an den epischen Kampf, als er verkündet hatte, Isangrim sei nicht zu wickeln. Julia war entsetzt gewesen. In Germanien wurden Kinder nicht derart gefesselt. Wie sonst sollten sie auch die kräftigen Glieder und die große Statur entwickeln, für die selbst die Römer sie bewunderten? Ballista würde nie zulassen, dass ein Sohn von ihm gewickelt wurde.

Irgendwann hatte Julia dann klein beigegeben. Nur was das Stillen betraf, blieb sie unerschütterlich. Für Isangrim war genauso eine Amme bestellt worden wie jetzt für das neue Kind. Das war Sitte bei der römischen Elite, und es war ja auch Julias Körper. Diesen Argumenten hatte Ballista nichts entgegenzusetzen gehabt.

Der große Germane ließ sich auf ein Knie hinab und betrachtete das Gesicht seines Sohnes. Große dunkelblaue Augen erwiderten seinen Blick. Lange schwarze Wimpern. Die ersten hellblonden Locken. Der winzige Junge gurgelte leise. Ballista ertappte sich dabei, wie er die Geräusche nachmachte. Er fühlte eine seltsame Leere in seiner Brust. Rasch nahm er seinen neuen Sohn auf. Dann hielt er inne. Das war doch lächerlich. Isangrim war erst sieben, doch Ballista wusste schon nicht mehr, wie es sich anfühlte, einen Säugling in den Armen zu halten. In jedem Fall musste man den Kopf stützen. Sanft, ganz sanft schob er seine große, vernarbte Hand unter den Jungen und breitete die Finger aus, um ihn an Kopf und Schultern zu halten. Mit der Linken unter dem Hintern des Jungen stand Ballista auf und hob das unschuldige Kind mit seinen großen Händen hoch, den Händen eines Mörders. Der Säugling wand sich, war aber nicht unglücklich. Ballista küsste seinen Sohn auf den Kopf und roch den typischen sauberen Geruch eines Kleinkindes.

Ballista hob den Blick. Er sah die Lorbeerranken auf der Tür, die Bänke auf der Straße, die voller Speisen waren, und die Menge der Zuschauer.

»Das ist mein Sohn, Lucius Clodius Dernhelm.«

Es gab Applaus. Dann traten drei Männer aus der Menge und gingen zum Haus. Die Tür war geschlossen. Der erste Mann trug eine Axt. Die hob er nun hoch über den Kopf und schlug auf die Tür. Holz splitterte. Der Mann riss die Axt wieder heraus und trat zurück. Der zweite Mann hatte einen Meißel. Auch er schlug auf die Tür. Ein dumpfer Knall. Der Dritte trug einen Besen. Zeremoniell fegte er die Schwelle.

Nach Isangrims Geburt hatte Ballista nach der Bedeutung dieses Rituals gefragt. Er hatte mehrere Antworten darauf erhalten. Das waren die ersten Stadien des Lebens: das Durchschneiden der Nabelschnur, das Prüfen der Gesundheit und die Reinigung. Auf diese Art sollten die bösen Geister vertrieben werden. Tatsächlich nahm Ballista an, dass die Römer schlicht nicht mehr wussten, wo das Ritual seinen Ursprung hatte. Sie taten es einfach.

Demetrius trat neben Ballista. Er reichte seinem Kyrios eine goldene Halskette mit einem Schutzamulett. Ballista hängte Dernhelm die Kette um den Hals. Dicke kleine Finger schlossen sich um die Bulla. Ballista lächelte, als der Junge versuchte, das Ding zu essen.

Ganz wie es Recht war, traten nun die Freunde des neuen Vaters ihrem Status nach vor, um ihm Respekt zu zollen. Mit feierlichem Ernst intonierte General Tacitus ein Dankgebet an die Göttinnen der Geburt, Juno Lucina und Diana Lucifera, die den Jungen sicher ans Licht gebracht hatten. Dann beugte sich Aurelians kurz geschorener Kopf über das Kind. Er betete zu Sol Invictus, auf dass dieser seine Hand über den Jungen halten möge. Anschließend richtete er sich wieder auf und verkündete, der Junge sehe kräftig aus. Er würde seinen Vater mit Stolz erfüllen, wenn er dessen Platz in der Schlachtreihe einnahm. Als Nächster bat Turpio, das Kind halten zu dürfen. Dieses eine Mal grinste er nicht spöttisch. Sein prachtvoller Perserarmreif funkelte, als Turpio den Jungen in die Höhe hielt und auf Griechisch rezitierte:

Als deine ersten kleinen Geschenke,
Wird Mutter Natur dir Efeu und Beeren bringen,
Die Lilien des Nil gemischt mit strahlendem Akanthus.
Zur Melkzeit werden die Ziegen allein nach Hause gehen,
Die Herden werden die Majestät des Löwen nicht fürchten;
Und in deiner Wiege werden Blumen gedeihen, dich zu betten.

Es gab weit weniger Gratulanten, als es hätte geben können. Es war gemeinhin bekannt, dass Ballistas Mission in Ephesus nicht so gut verlaufen war. Deshalb wollten nicht alle am kaiserlichen Hof mit jemandem gesehen werden, der beim Kaiser in Ungnade gefallen war. Als Folge davon war dieser Teil der Zeremonie rasch vorbei.

Julia trat vor, und wie es einer römischen Matrone anstand, hieß sie ihren Gemahl formell willkommen. Neben ihr stand Isangrim. Sein Gesichtsausdruck war zurückhaltend. Wie man es ihm beigebracht hatte, begrüßte er seinen Dominus. Ballista war ein wenig verärgert. Es hatte ihm nie gefallen, dass Familien aus dem Senatorenstand, Familien wie die seiner Frau, von ihren Söhnen verlangten, ihre Väter mit Dominus anzusprechen.

Ballista gab Julia seinen neuen Sohn. Dann hockte er sich hin und breitete die Arme für Isangrim aus. Nach einem raschen Blick zu seiner Mutter und nur kurzem Zögern trat der Junge vor und ließ sich von seinem Vater umarmen. Ballista vergrub das Gesicht in den blonden Locken und atmete den Duft ein, den er so sehr liebte.

Nach einiger Zeit lehnte sich Ballista zurück. Isangrim schaute ihm fest in die Augen. Ballista nahm eine Börse von seinem Gürtel. Er öffnete sie und zeigte dem Jungen den Inhalt. Sie enthielt die getrockneten, zerkrümelten Überreste eines Blattes. Isangrim reagierte nicht. Ballista griff hinter sich, und Demetrius legte ihm ein Päckchen in die Hand. Ballista gab es seinem Sohn. Isangrim packte es aus, und ein breites Lächeln erschien auf seinem Gesicht. Er sprang vor und drückte seinen Vater fest an sich. Lachend dankte er seinem Papa für das beste Geschenk aller Zeiten. Dann löste er sich von Ballista und zog das Miniaturschwert. Er schwang es hierhin und dorthin und hielt nur kurz inne, um das Funkeln des Sonnenlichts auf dem Stahl zu bestaunen.

Ballista nahm Dernhelm Julia wieder ab und legte ihn sich an die Schulter. Er trat auf die Schwelle und erklärte das Fest für eröffnet. Lauter Jubel brandete ihm entgegen. Die Mehrheit der Zuschauer strömte zu den Bänken. Kurz darauf balgten sich die Stalljungen und Gärtner, und alle möglichen Arten von Händlern drängten sich vergnügt Schulter an Schulter, um das seltene gekochte Fleisch und die Honigkuchen zu genießen, während sie mit kostenlosem Wein auf das Wohl des neugeborenen Kindes tranken.

Die geladenen Gäste führte Ballista ins Haus. Im Atrium war eine Liege für die Götter der Kleinkinder reserviert, Picumnus und Pilumnus, und auf einem kleinen Tisch daneben stand eine Auswahl an Speisen. Neben dem Lectisternium wiederum brannte ein kleines Feuer auf einem tragbaren Altar. Es war alles gut angerichtet, doch Ballista hielt es für ein wenig exzentrisch, dass Julia mit dem Ritual der Erhebung des Kindes sowie der Namensgebung bis zu seiner

Rückkehr gewartet hatte. Tatsächlich hatte sie Dernhelms Geburt noch nicht einmal registrieren lassen. Dabei hätte das eigentlich binnen dreißig Tagen nach seiner Geburt geschehen sollen. Aber das war typisch für sie. Julia hatte schon immer einen starken Willen besessen und einen Hang zu unkonventionellem Verhalten. Ballista nahm an, das waren vermutlich auch gute Eigenschaften für eine Senatorentochter, die an einen Barbaren verheiratet worden war.

Die Gäste wurden auf zwei Räume verteilt, die sich zum Atrium hin öffneten. Mit Julia und seinen beiden Söhnen ging Ballista von einem Tisch zum anderen und tauschte ein paar freundliche Worte mit jedem Einzelnen. Nachdem das erledigt war, nahm auch die Familie ihre Plätze ein, und die Speisen wurden gebracht.

Julia saß auf einem Stuhl neben Ballistas Liege. Sie war der Inbegriff einer altmodischen Matrone: höflich und aufmerksam, aber distanziert. So gut wie kein Tropfen Wein kam über ihre Lippen. Ballista wiederum machte viel Wirbel um seine Söhne. Er sprach mit den wichtigsten Gästen. Wie immer aß Tacitus nur wenig. Er knabberte nur am Brot und träufelte ein wenig Salz und Lauch darauf. Trinken tat er sogar noch weniger.

Aurelian machte das jedoch wieder gut. Er spülte einen ganzen Fasan mit einer heroischen Menge Wein hinunter. Auch Turpio aß viel, aber mit mehr Finesse. Für einen Mann, der vom einfachen Soldaten zum Centurio aufgestiegen war, besaß er außergewöhnlich gute Manieren. Auch belebte er die Gespräche, die er führte, mit Zitaten der neuesten Poeten, während er gedankenverloren an seinem Armreif spielte.

Das Fest nahm seinen Lauf. Ballista schaute zu Julia, die ihm so nah und doch so fern war. Er wünschte, das Ganze wäre endlich vorbei, und schließlich war es das auch.

Gemeinsam verabschiedeten sich Mann und Frau von ihren Gästen. Julia schickte die Kinder zu ihren Ammen und entließ die Diener. Dann nahm sie Ballistas Hand und führte ihn ins Schlafzimmer. Sie liebten sich wie beim ersten Mal.

Hinterher stand Julia auf und goss ihnen etwas zu trinken ein.

Nackt im Lampenschein brachte sie die Becher zum Bett. Eine sittsame römische Ehefrau hätte die Lampen natürlich gelöscht. Ja, Julias Hang zu Unkonventionellem hatte durchaus seine Vorteile.

Ballista stützte sich auf den Ellbogen und erzählte Julia, was in Ephesus geschehen war und was er getan hatte. Er erzählte es ihr, ohne irgendetwas auszuschmücken. Er erzählte ihr, wie er gelernt hatte, die Verfolgungen zu hassen, wie er den Aufruhr im Stadion organisiert hatte, der ihm eine Entschuldigung geliefert hatte, die Hinrichtungen auszusetzen, und er erzählte ihr, wie er die Flucht der Gefangenen aus dem Gefängnis an der Agora arrangiert hatte. So gut er sich erinnern konnte, gab er ihr auch die verräterischen Worte von Quietus wieder. Dann erklärte er, dass er zu Valerian gehen und ihm von Macrianus' Verschwörung erzählen wolle.

Julia hörte ihm zu, ohne ihn zu unterbrechen, und auch als er fertig war, schwieg sie zunächst. Einen Augenblick lang glaubte Ballista, alles wäre gut.

»Du Narr!« Julias Gesicht war rot vor Wut. »Du dämlicher, barbarischer Narr!«

Ballista schwieg.

»Was gehen dich diese Christen denn an? Diese unwissenden, abergläubischen Gottesleugner! Du hast tatsächlich meine Söhne in Gefahr gebracht, um diesem Abschaum zu helfen? Wenn man dich des Verrats für schuldig befindet, wird auch deine Familie leiden. Im besten Fall fällt die Familia eines Verräters in Armut, und schlimmstenfalls …« Sie ließ den Satz unvollendet und brüllte dann wieder: »Barbarischer Narr!«

Ballista fühlte Wut in sich aufsteigen. Diese verdammten Römer. Immer mit ihren Barbaren-Beleidigungen. Selbst Julia. Nun, Kaiser Pupienus hatte Ballista das römische Bürgerrecht für seine Rolle bei der Ermordung eines Tyrannen verliehen, und dreihundert Jahre zuvor hatte Julius Caesar das Gleiche für Julias Vorfahr getan, weil der ihm bei der Unterwerfung der Gallier geholfen hatte, seiner Landsleute. Volcatius Gallicanus, ein Mann aus dem gallischen Stamm der Volsker. Der Gründer des edlen Hauses, aus dem Julia stammte, war ein langhaariger Barbar aus dem Norden gewesen. Der Gedanke beruhigte Ballista ein wenig.

»Was soll ich denn wegen Macrianus' Verschwörung unternehmen, seinen Söhnen den Purpurmantel zu sichern?« Ballista hoffte, der Themenwechsel würde Julia von ihrer Wut ablenken, aber weit gefehlt.

»Was für eine Verschwörung denn? Das waren nur die dämlichen Worte eines genauso dämlichen, verwöhnten Balgs. Es gibt keine Verschwörung!«

»Ich halte das schon für real. Ich muss Valerian warnen.«

Julia schnaubte verächtlich. »Und du glaubst, du könntest einfach so zum Palast gehen, Valerian unter vier Augen sprechen und ihn davon überzeugen, dass sein bester Freund, sein Comes Sacrarum Largitionum, sich verschworen hat, ihn zu stürzen? Nach all diesen Jahren, wie kannst du da so naiv sein, Barbar hin oder her? Ohne Macrianus' Erlaubnis sieht niemand den Kaiser.«

»Ich muss doch etwas tun.«

Julia winkte ab. Dabei hatte sie ganz vergessen, dass sie noch den Becher in der Hand hatte, und Wein schwappte auf den Boden. »Du kannst gar nichts tun. Wenn du schon nach Circesium bei Valerian in Ungnade gefallen bist, dann steckst du nach deinem Versagen in Ephesus erst recht in der Scheiße, auch wenn bis jetzt niemand offen gegen dich spricht.«

Julia stand auf, stellte den Becher ab und warf sich die Robe über. Sie ging zur Tür. Dann drehte sie sich noch einmal um. »Ich werde morgen zum Palast gehen und die Geburt unseres Sohnes registrieren. Wenn ich an deiner Stelle wäre, würde ich dem Kaiser und seinem Hof erst einmal aus dem Weg gehen. Und mir auch.«

Sie stapfte davon.

Ballista rührte sich nicht. Wie hatte dieser alte römische Senator noch mal gesagt? *Angesichts der Natur der Frauen ist die Ehe fast nicht zu tolerieren, aber Junggeselle zu sein ist noch viel schlimmer.* Irgendetwas in der Art. Doch Ballistas Wut war nicht so schlimm und eigentlich nur eine Reaktion auf Julias Zorn. Rasch verflog sie wieder.

Offensichtlich würde niemand ihm glauben, dass Macrianus seine Söhne auf den Thron bringen wollte. Und uneingeladen zu Valerian zu gehen und ihm zu erzählen, sein bester Freund sei ein Verräter, war wohl wirklich keine gute Idee.

Ballista trank einen kräftigen Schluck. Er schaute auf die zerknüllten Laken, und er fragte sich, wie lange Julias Zorn wohl andauern würde.

Comes Augusti

Frühling 260 n. Chr.

»Wer ist das mit dem weißen Kopfputz,
der die Vorhut des Heeres führt?«

Julian, *De Caesaribus* 313B,
Euripides zitierend, *Phoenissae* 120

XXIV

Da ihn alle ignorierten, betrachtete Ballista den Schwan. Ein paar Monate zuvor war das Tier weiter unten am Fluss gefangen worden, kurz nach der Verkündung einer Expedition gegen die Perser. Der Schwan war zum Tempel des Jupiter in der Agora von Antiochia gebracht worden. Obwohl seine Flügel nicht gestutzt waren, war er nicht weggeflogen. Stattdessen verbrachte das Tier seinen Tag damit, durch den heiligen Bezirk zu stolzieren. Jupiter hatte sich einst in einen Schwan verwandelt, um Leda zu verführen, und dass ein Vogel, der für gewöhnlich mit dem König der Götter assoziiert wurde, dessen Tempel zu seinem Heim machte, wurde generell als gutes Omen betrachtet.

Und ein gutes Omen war sicherlich willkommen, denn es hatte auch andere Omen gegeben, alle schlecht. Oben in Daphne hatte ein extrem starker Wind bei klarem Himmel plötzlich mehrere heilige Zypressen umgeworfen – die Bäume, erinnerte sich Ballista, von denen Isangrim gesagt hatte, er würde sie eines Tages fällen. Und obwohl er selbst nicht dabei gewesen war, hatte der Germane gehört, dass während der letzten Sitzung des kaiserlichen Consiliums die riesigen Zedernbalken, die das Palastdach stützten, gestöhnt hatten wie Seelen in den Feuern des Tartarus. Gleichzeitig hatte draußen in der Vorhalle die Statue des vergöttlichten Kaisers Trajan, des großen Eroberers des Ostens, die Kugel fallen gelassen, die seine Herrschaft über die Welt symbolisierte. Und unter den Abergläubischen in der Stadt machte das Gerücht über die Geburt eines schrecklich verunstalteten Kindes die Runde.

Da war der Schwan ohne Zweifel willkommen. Und es war ein schöner Vogel. Traurig dachte Ballista an all die Bauern im Imperium, die die Augenlider von Schwänen zunähten, damit sie in der

Dunkelheit schneller fett wurden. Als immer mehr Menschen in den heiligen Bezirk strömten, flatterte der majestätische Vogel hinter den Altar.

Eine Hand berührte Ballista am Ellbogen. Er drehte sich um und sah den kurz geschorenen Kopf von Aurelian und dahinter Turpios spöttisches Gesicht. Es war gut, dass nicht jeder ihn verleugnete. Es waren schlimme neun Monate gewesen, seit seiner Rückkehr aus Ephesus. Bis heute war er nicht in den Kaiserpalast gerufen worden. Stattdessen hatte ein Prätorianer ein paar Tage nach seiner Ankunft an die Tür gehämmert und von Ballista verlangt, ihm seine Ernennungsurkunde zum Vicarius des Prokonsuls von Asia zu übergeben. Anschließend hatte man Ballista schlicht ignoriert.

Julia hatte ihren Mann überzeugt, den Kaiser nicht um Erlaubnis zu bitten, Antiochia verlassen und auf ihr Gut auf Sizilien zurückkehren zu dürfen. In einer Situation wie dieser sei es das Beste, sich so unauffällig wie möglich zu verhalten, hatte sie gesagt. Nach ihrem Wutausbruch bei seiner Rückkehr hatte sich Julia inzwischen auch wieder beruhigt. Ihre praktische Veranlagung war wieder in den Vordergrund getreten, doch ihre Anspannung war ihr noch immer anzumerken.

Das Schlimmste war jedoch, dass sie noch immer nicht glaubte, dass Macrianus der Lahme sich gegen Valerian verschworen hatte. Keiner der wenigen, denen Ballista davon erzählt hatte, glaubte das: nicht Aurelian, nicht Turpio und noch nicht einmal Maximus oder Calgacus. Alle glaubten sie natürlich, was Quietus gesagt hatte, doch sie hielten das genau wie Julia für das Gerede eines trotzigen Jünglings. Außerdem, so argumentierten sie, genau wie niemand einem Krüppel wie Macrianus auf dem Thron folgen würde, so würde auch niemand zwei verwöhnten Bengeln wie seinen Söhnen folgen, sollten sie sich den Purpurmantel überwerfen. Und, so fügte Julia hinzu, ihr Vater sei von niederer Herkunft.

Ballista beobachtete, wie der Hof sich langsam mit den Großen des Imperiums füllte, den Oberbefehlshabern, die mit Valerian nach Osten ziehen würden. Er fragte sich, warum man ihn ausgerechnet jetzt gerufen hatte. Seine Freunde und seine Familia argumentierten, dass man in solchen Zeiten einen Kommandeur, der schon Erfahrungen mit den Sassaniden hatte, nicht einfach ignorieren konnte. Ballista war dessen nicht so sicher. Wie hatte Quietus noch mal gesagt? »Wenn mein Vater zu dem Schluss kommt, dass du nicht mehr von Nutzen für uns bist, dann werde ich dich töten.«

Im Geiste schwor sich Ballista, dass er nicht nur nicht mehr von Nutzen für Macrianus den Lahmen sein würde, er würde auch alles daransetzen, die finstere Verschwörung des Comes Largitionum aufzudecken. Ballista liebte Valerian zwar nicht, aber er konnte auch nicht einfach nur danebenstehen und zuschauen, wie der alte Kaiser gestürzt wurde. In den letzten Jahrzehnten hatte es schon viel zu viele Staatsstreiche gegeben, viel zu viele Aufstände, und sie hatten das Imperium in seinen Grundfesten geschwächt. Und eines Tages – vielleicht nicht auf diesem Feldzug, vielleicht noch nicht einmal bald, aber irgendwann – würde er Macrianus' widerlichen Sohn Quietus töten. *Allvater, das schwöre ich als Wodan-Geborener.*

Die dröhnende Stimme des Herolds verkündete die Ankunft des heiligen Augustus Publius Licinius Valerian, Pontifex Maximus, Pater Patriae, Germanicus Maximus, Invictus, Restitutor Orbis. Als die Ehrfurcht gebietenden Titel erklangen, warfen alle im Hof sich zu Boden. Ausgestreckt auf den Pflastersteinen, beobachtete Ballista die kleine Prozession.

Valerian sah alt aus. Sein Schritt war unsicher. Wie immer, wenn er dieser Tage in der Öffentlichkeit auftrat, wurde er nicht nur von Successianus flankiert, dem Prätorianerpräfekten, sondern auch vom Comes Largitionum. *Klack* machte Macrianus' Gehstock. *Klack*, ein Schlurfen und ein Schritt.

Das kaiserliche Feuer auf dem kleinen Altar wurde zeremoniell vor den Altar des Jupiter gestellt. Die Anwesenden erhoben sich wieder. Außer Sicht zischte der Schwan.

Valerian intonierte ein Gebet an Jupiter, auf dass der König der Götter den Feldzug mit Wohlwollen betrachten und seine schützende Hand über das Heer halten möge. Die Stimme des Kaisers klang hoch und dünn. An einem Punkt schien er sogar nicht mehr weiterzuwissen. Er schaute zu Macrianus. Der Comes Largitionum nickte und lächelte ermutigend, als hätte er es mit einem Kind zu tun.

Als Priester Feuer zu dem großen Altar brachten, kam der Schwan wieder hervor. Mit seinen kleinen schwarzen Augen schaute er sich misstrauisch um. Dann lief er los und schlug mit den Flügeln. Er hob ab. Die erste Reihe von Würdenträgern duckte sich instinktiv, als der Vogel über ihre Köpfe hinwegflog und der Flügelschlag ihnen das Haar zerzauste.

Der Schwan stieg bis zum Giebel des Tempels empor. Dann reckte er den langen Hals und umkreiste das heilige Gebäude. Und während er flog, sang er mit seiner tiefen, traurigen Stimme. Nach der dritten Umkreisung stieg er weiter hinauf. Das Licht der Frühlingssonne tanzte auf seinen riesigen weißen Schwingen. Schließlich wendete er, folgte der Hauptstraße und flog über das Beroea-Tor aus der Stadt und nach Osten.

Während alle der rasch kleiner werdenden Gestalt hinterherschauten, ergriff Macrianus die Gelegenheit. Mit seinem Gehstock deutete er dem Schwan hinterher. »Seht!«, rief er mit fester Stimme. »Ein Zeichen! Die Frömmigkeit unseres geliebten Kaisers wird belohnt! Die Götter sind mit ihm! Jupiter selbst zeigt uns den Weg!«

Die Männer jubelten, schüttelten ihre Togen und applaudierten. Einige warfen sich sogar wieder zu Boden. Andere tanzten vor Freude. »Jupiter zeigt uns den Weg! Jupiter zeigt uns den Weg!«

Inmitten all des Trubels schwieg Ballista. Ja, das sah wahrhaftig wie ein Zeichen der Götter aus. Aber ein Zeichen für was? Der Schwan, der Vogel aus dem heiligen Bezirk des Jupiter, war ohne sie losgeflogen. Aus eigenem Willen war er gen Osten geflogen, zu Shapur, dem König der Könige.

Frisch in den Ritterstand erhoben und zum Praefectus Castrorum des kaiserlichen Feldheeres ernannt, saß Turpio auf seinem Pferd und betrachtete seinen Aufgabenbereich. Der Tross zog sich über Meilen hinweg hin. Auf dem Pergament war das Heer siebzigtausend Mann stark. Die Kämpfer waren aus dem gesamten Imperium zusammengezogen worden. Wie groß der Tross allerdings tatsächlich war, das wusste niemand. Turpio nahm an, dass er mindestens die Hälfte zählte. Er enthielt alle möglichen Wagen und Karren und jede Art von Lasttieren, die man sich vorstellen konnte: Pferde, Maultiere, Esel und Kamele. Dazu kamen Sklaven und unzählige Kaufleute, die alle möglichen Waren anboten: Getränke, Essen, Waffen, Einblicke in die Zukunft oder auch den eigenen Körper.

Das träge Ende des Heeres hielt keine besondere Ordnung ein. Turpio hatte nur eine Einheit dalmatischer Reiter zur Verfügung, nominell fünfhundert Mann, doch tatsächlich waren es nur knapp dreihundert, um all dieses Volk im Zaum zu halten.

Trotzdem, die Reise verlief recht gut. Sie waren in leichten Etappen von Antiochia über Hagiopolis und Regie nach Zeugma am Euphrat marschiert. Jetzt bewegten sie sich den mächtigen Fluss entlang nach Norden, nach Samosata hinauf. Bis dahin marschierten sie nur durch sicheres Land, das zum Imperium gehörte.

Aber wenn sie bei Samosata den Euphrat überquerten, würde sich das ändern. Dann würden sie sich der Horde aus dem Osten stellen müssen. Shapur hatte sein Heer bei Frühlingsbeginn ins Feld geführt. Der König der Könige hatte es geteilt und belagerte nun gleichzeitig Edessa und Carrhae in Mesopotamien.

Der römische Plan war einfach. Eine Abteilung unter dem ehemaligen Konsul Valens war in Zeugma zurückgeblieben, um die Sassaniden davon abzuhalten, nach Westen zu ziehen und in die Provinz Syrien einzufallen. Eine weitere Abteilung von ordentlicher Größe und dem Befehl des Comes Largitionum Macrianus würde in Samosata bleiben, um die Straße nach Norden abzuriegeln, in die Provinz Asia Minor. Dann würde der Rest des Heeres mit Kaiser Valerian an der Spitze nach Südosten vorrücken. Wenn Shapur Edessa und Carrhae haben wollte, dann musste er sich zum Kampf stellen.

Der Plan war geradeheraus, doch Turpio hielt ihn nicht für gut. Carrhae war kein guter Ort für Römer. Vor langer Zeit war dort ein Heer unter Crassus vernichtet worden. Tausende von Legionären waren auf dem Schlachtfeld gefallen, und noch mehr hatten ihre letzten Tage in orientalischer Gefangenschaft verbracht. Der alte Crassus selbst war enthauptet worden, und seinen aufgespießten Kopf hatte man als Requisite in einer Aufführung von Euripides *Bacchae* zur Schau gestellt. In jüngerer Zeit, in Turpios Kindheit, war Kaiser Caracalla in der Gegend getötet worden. Auf dem Ritt zum Tempel von Sin, dem Mondgott, hatte er angehalten und war vom Pferd gestiegen, um sich zu erleichtern. Er hatte auf dem Boden gehockt, die Hose auf den Knöcheln, als die Meuchelmörder sich auf ihn gestürzt hatten. Was für ein ruhmloser Tod.

Und es war mehr als nur der von Unglück kündende Name von Carrhae, was Turpio Sorgen bereitete. Das Heer war nicht viel besser geordnet als der Tross. Valerian schien es am Willen zu mangeln, seine Truppen zu disziplinieren. Es gab weder regelmäßige Appelle noch athletische Wettkämpfe und Kampfübungen für die Männer. *Wenn der silberhaarige Kaiser nicht schnell etwas daran ändert, droht eine Katastrophe*, dachte Turpio.

Von seiner Position am Abbruch des Felsvorsprungs ließ Turpio seinen Blick über die Marschkolonne schweifen. Unten und vor ihm überquerte die Straße den Marsyas, einen Nebenfluss des Euphrats. Es gab hier eine gute Brücke aus Stein. Sie war breit genug für zehn Mann, doch für ein Heer dieser Größe stellte sie einen Flaschenhals dar. So hatte es dann auch drei Tage gedauert, bis die Mehrheit der kämpfenden Truppe sie überquert hatte. Die Götter allein wussten, wie lange der Tross dafür brauchen würde.

Als er sich umschaute, sah Turpio die riesigen purpurnen Flaggen, die das persönliche Gepäck des Kaisers markierten. Sie bahnten sich einen Weg durch den Rest des Trosses und zur Brücke. Links, direkt vor einem Eukalyptus-Wäldchen, schaute eine Gruppe arabischer Nomaden sich das Schauspiel an. Wo auch immer man in diesem Teil der Welt hinging, tauchten Zeltbewohner wie aus dem Nichts auf. Für gewöhnlich hatten sie ihre Herden dabei und Kinder liefen umher. Doch das hier waren nicht mehr als ein Dutzend Männer, die einfach nur dastanden und zuschauten.

Als Turpio sich müde mit der Hand übers Gesicht wischte, funkelte der goldene Ring an seinem Finger, der seinen neuen Stand repräsentierte. Turpio spielte daran herum, und ihm fiel auf, wie gut der goldene Armreif dazu passte, den er aus Shapurs Zelt geraubt hatte. Er konnte sich ein Lächeln nicht verkneifen. Er war weit aufgestiegen, er, der einst ein einfacher Legionär gewesen war. Aber er würde nicht zulassen, dass ihm das zu Kopf stieg. Alles Weltliche war vergänglich. Ihm kam ein Gedicht in den Sinn:

Den Sterblichen sterbliche Dinge.
All diese Dinge verlassen uns.
Oder wenn sie es nicht tun, dann verlassen wir sie.

Das waren schöne Zeilen. Passend. Lucian, ihr Autor, war in Samosata geboren worden.

Unten an der Brücke konnte Turpio Ballista erkennen. Sein Freund tat ihm zutiefst leid. Neun Monate in der Wildnis, und als er dann doch wieder zu den Adlern gerufen worden war, hatte man ihm den demütigenden Posten eines Stellvertreters des Praefectus Castrorum verliehen. Jetzt war er nur noch der zweite Mann hinter seinem ehemaligen Untergebenen. Turpio stimmte mit Ballista überein. Vermutlich war das eine gezielte Demütigung vonseiten Macrianus des Älteren gewesen. Nicht dass Turpio der Theorie des Germanen glauben würde, dass der Comes Sacrarum Largitionum den Sturz Valerians plante. Was auch immer Quietus Ballista in Ephesus ins Gesicht geschrien hatte, war nur die kindliche Prahlerei eines verwöhnten Balgs gewesen. Der schmierige Quietus mochte nach dem Massaker an den Christen, das er angerichtet hatte, in so etwas wie einem Triumph an den Hof zurückgekehrt sein, aber niemand konnte ihn oder seinen genauso verhätschelten Bruder ausstehen. Die beiden auf dem Thron der Cäsaren? Nein! Gleiches galt für ihren verkrüppelten Vater. Turpio wusste, wie sehr es Ballista verletzte, dass selbst seine engsten Freunde ihm nicht glaubten. Trotzdem ertrug er alles mit stoischer Ruhe. Turpio beschloss, alles in seiner Macht Stehende zu tun, um Ballista seine peinliche Position so erträglich wie möglich zu machen. Alles Weltliche war vergänglich.

Eine Bewegung links von der Brücke erregte Turpios Aufmerksamkeit. Weitere Araber kamen zwischen den Bäumen hervor. Sie waren beritten und führten weitere Pferde hinter sich her. Jene, die standen, schwangen sich in die Sättel. Alle trieben sie ihre Tiere in Richtung Brücke an. Sie hatten Speere und Bögen. Es waren mindestens zwanzig. Bei den Göttern der Unterwelt, die Kamelficker griffen den Tross an!

Turpio packte seinen Mantel und wedelte damit über dem Kopf. Das war das Signal für »Feind in Sicht«. Er schrie. Doch niemand in dem Gedränge an der Brücke schien ihn zu bemerken.

Obwohl der Frühlingstag mild war, schwitzte Ballista stark. Seine Stimme war heiser. So viele Befehle hatte er schon geschrien. Was war wohl widerspenstiger? Ein Kamel oder ein kaiserlicher Träger?

»Bringt die verdammten Wagen in Reihe!«

Gesichter drehten sich verständnislos oder in tumbem Trotz zu ihm um. So tief war er also gesunken: Er, der Sohn des Kriegsfürsten der Angeln und ein römischer Dux, war nicht mehr als ein gemeiner Träger. Ballista war durchaus klar, dass seine Ernennung zum Stellvertreter des Praefectus Castrorum eine absichtliche Demütigung war. Aber wenn Macrianus glaubte, verletzter Stolz würde ihn nun versagen lassen, dann irrte er sich gewaltig.

»Du da, mit dem Schlachtross des Kaisers! Du gehst als Nächster! Und du mit dem kaiserlichen Streitwagen, warte hier bei mir! Der Rest mit den Wagen wartet, wo sie sind! Die Brücke ist nur breit genug für einen von euch!«

Ballistas Stimme ging fast im Lärm der Menschen und Tiere unter. Der Wagenlenker, der ihm am nächsten war, achtete nicht im Mindesten auf ihn. Er schaute einfach über den Germanen hinweg. Ballista atmete tief ein, um ihn zu verfluchen. Plötzlich sprang der Mann über die Seite des Wagens, und irgendetwas schlug neben Ballista ins Holz. Schrille Schreie erfüllten die Luft.

Ballista wirbelte herum. Ein Pfeil flog direkt auf ihn zu. Er sprang zur Seite. Der Pfeil verfehlte ihn um Haaresbreite. Da waren gut zwanzig Araber, beritten, bewaffnet, und sie kamen rasch näher. Ballista schaute sich um. Überall herrschte Chaos. Menschen schrien, rannten und versuchten sich unter den Wagen zu verstecken. Andere sprangen über die Brüstung der Brücke. Ein paar abgesessene dalmatische Reiter waren zwar in der Nähe, starrten die Angreifer aber nur offenen Mundes an.

Ballista brüllte sie an, sich um ihn zu formieren. Sie rannten zu ihm. Es waren drei, doch alle ohne Helm, Rüstung oder Schilde. Ballista zog sein Schwert und wickelte sich den schwarzen Mantel um den linken Arm. Er vermisste Maximus an seiner Seite. Das war ja mal wieder typisch für den Hibernianer, dass er sich ausgerechnet jetzt um die Pferde hatte kümmern müssen.

Die Zeltbewohner bogen ab. Sie hatten nicht die geringste Absicht, gegen Bewaffnete zu kämpfen, wenn es sich irgendwie vermeiden ließ. Sie wollten plündern und zum Spaß ein paar Wehrlose erschlagen. Rechts von Ballista, an den Säulen, die den Beginn der Brücke markierten, umringten ein halbes Dutzend Reiter den purpurnen, mit Juwelen besetzten Streitwagen und seine vier fast schneeweißen Pferde. Der Stallbursche, der nicht rasch genug geflohen war, wurde einfach niedergehauen. Einer der Araber sprang in den Wagen und schnappte sich die Zügel.

Ballista rief den Dalmatern zu, ihm zu folgen, und rannte zum Streitwagen. Ein Araber riss sein Pferd herum und stieß mit dem Speer zu. Ballista wich zur Seite aus, packte den Schaft mit der linken Hand und zog. Der Reiter wurde nach vorn gerissen und fiel halb aus dem Sattel. Ballista schlug dem Mann mit dem Schwert auf den Kopf. Der Schädel brach mit lautem Krachen. Blut und Hirn spritzten Ballista ins Gesicht.

Ballista duckte sich unter den Hufen des steigenden Pferdes hindurch und schwang sich in den Streitwagen. Da er noch immer mit den Zügeln beschäftigt war, sah der Araber ihn nicht kommen. Ballista rammte ihm das Schwert in den Rücken. Dann drehte er die Klinge, riss sie wieder heraus, und der Mann schrie und stürzte zur Seite hinaus. Die für die Schlacht ausgebildeten weißen Pferde rührten sich nicht.

Ballista drehte sich um. Er war allein. Die dalmatischen Reiter waren irgendwo im Chaos verschwunden. Ballista war von vier Berittenen umringt. Jetzt *würden* sie kämpfen. Sie wollten Rache für ihre erschlagenen Verwandten. Ein paar Augenblicke lang waren die fünf Männer und acht Pferde wie erstarrt im Auge des Sturms.

Ballista fühlte mehr, als dass er sah, wie der Araber hinter seiner linken Schulter den Speer schleuderte. Er wirbelte herum, packte sein Schwert mit beiden Händen und schlug das Geschoss beiseite. Dann drehte er sich einmal im Kreis. Die anderen drei bewegten sich nicht.

Der, der den Speer geschleudert hatte, griff nach seinem Bogen und zog einen Pfeil aus dem Köcher. Er grinste. Die anderen grinsten ebenfalls. Ihre Zähne blitzten ungewöhnlich weiß in ihren langen schwarzen Bärten. Der Bogenschütze legte den Pfeil ein. Er spannte den Bogen. Einer der anderen lachte.

Mitten aus dem Chaos warf sich ein Dalmater auf den arabischen Bogenschützen. Der Plünderer schoss ihm ohne Zögern mitten in die Brust. Der Soldat taumelte zurück, packte den schwarz gefiederten Schaft und fiel zu Boden.

Ein weiterer Zeltbewohner galoppierte herbei. Mit hoher, drängender Stimme rief er den anderen Männern etwas zu. Sie zögerten. Der Neuankömmling schrie erneut und wendete sein Pferd in die Richtung, aus der sie gekommen waren. Widerwillig folgten ihm die anderen und riefen Drohungen über die Schultern zurück.

Ein kleiner Trupp Kavallerie mit Turpio an der Spitze erschien links und jagte hinter den Arabern her. Es war sehr unwahrscheinlich, dass sie sie einholen würden.

Überall um Ballista herum herrschte Chaos: tote und sterbende Menschen und Tiere, Staubwolken und ein ohrenbetäubender Lärm. Oben auf der Brücke stieg Valerians Schlachtross immer und immer wieder. Der Stallbursche, der sich an den Hals des Hengstes klammerte, bekam das Tier nicht unter Kontrolle. Eine bösartige Wunde war an der Flanke des Pferdes zu sehen. Ein weiterer Stallbursche versuchte, das Halfter zu schnappen. Mit wildem Blick sprang das Schlachtross vor und buckelte. Es stieg wieder. Und dann, fast zu schnell, um es zu begreifen, sprang es über die Brüstung.

Mit lautem Platschen verschwanden Pferd und Reiter in den Fluten des Marsyas.

XXV

Fast alle Männer, die im kaiserlichen Hauptquartier in Samosata eintrafen, hatten sich entweder kleine Beutel mit Kräutern oder Parfüm in die Nasen oder parfümierte Tücher in die Ohren gesteckt. Sie hatten Angst. Große Angst. Einige von jenen, die zum kaiserlichen Consilium geladen worden waren, klapperten sogar, so viele Schutzamulette trugen sie.

Turpio war jedoch nicht besorgter, als er schon zu Beginn gewesen war. Vor ein paar Tagen, nachdem das Heer den Marsyas überquert hatte, waren die ersten Lagerhunde gestorben. Anfangs hatte niemand einen Gedanken darauf verschwendet. Während sie dann nach Norden marschiert waren, entlang der türkisen Wasser des Euphrats zu ihrer Rechten und den seltsamen flachen Felsformationen links, hatte es sich unter den anderen Tieren des Trosses verbreitet. Und als sie dem großen Fluss schließlich nach Osten gefolgt waren, hatten sich einige Soldaten der leichten maurischen Reiterei über entzündete Augen beschwert. Binnen vierundzwanzig Stunden waren diese Männer jedoch derart desorientiert gewesen, dass sie noch nicht einmal mehr ihre engsten Kameraden erkennen konnten. Sie begannen sich zu übergeben und litten unter furchtbarem Durchfall. Dann erschienen die schrecklichen Beulen. Mittlerweile befiel es auch die Männer anderer Einheiten, und der Marschweg wurde von eilig geschaufelten Gräbern markiert. Bei ihrer Ankunft in Samosata gab es dann nur noch ein Gesprächsthema. Die Pest ist etwas Furchtbares. Der erste Teil der Prophezeiung des Appian, des christlichen Märtyrers, war wahr geworden.

Turpio blieb kurz stehen, um nach dem steilen Aufstieg zur Zitadelle wieder zu Atem zu kommen. Vor ihm lag die Residenz des römischen Statthalters von Kommagene, die Valerian zu seinem

Hauptquartier bestimmt hatte. Einst war das der Palast der unabhängigen Könige von Kommagene gewesen. Es war ein seltsames Gebäude, gebaut aus kleinen, diamantenförmigen Kalksteinblöcken. Über dem Tor war eine neue Inschrift zu sehen: *Phoebus, o leuchtender Gott, bewahre uns vor der Pest.*

Turpio atmete tief durch und ging weiter. Seine Nase und seine Ohren waren nicht verstopft, doch das hieß nicht, dass er keine Angst hatte. Auf seinem Weg durch die Stadt hatte er einen Umweg um einen ganzen Block gemacht, als er die Glocken der Libitinarii gehört hatte, der Totensammler, die vor ihm durch die Straße gezogen waren. Er hatte sogar große Angst. Aber er hatte auch schon immer einen guten Geruchssinn gehabt. Stark riechende Kräuter oder Parfüm in der Nase oder auch nur in den Ohren wären unerträglich für ihn gewesen.

Der Thron und das Podest am Ende der Basilika waren noch nicht besetzt. Darunter füllten sich die Reihen des Consiliums. Ein Mann hatte jedoch jede Menge Platz um sich herum. Turpio zögerte. Es war mit Sicherheit nicht gut, sich zu Ballista zu stellen. Der Verlust eines kaiserlichen Schlachtrosses in den Wassern des Marsyas hatte den Eindruck noch verstärkt, dass der Germane nicht mehr in der Gunst des Kaisers stand.

Turpio ging trotzdem zu ihm. Sie nickten einander zu. Nun, da die Pest zugeschlagen hatte, umarmte sich niemand mehr. Turpio ignorierte die verstohlenen Blicke der anderen. Als er und Ballista sich zum ersten Mal begegnet waren, hätte der Germane ihn ohne Probleme wegen Korruption hinrichten lassen können. Doch stattdessen hatte Ballista ihn befördert und ihm sein Vertrauen geschenkt. Jetzt war Turpio an der Reihe, ihm dieses Vertrauen zurückzugeben. Außerdem mochte Turpio den Mann. Der große Germane hatte ihn nie gefragt, womit Turpio erpresst worden war. Nicht, dass Turpio es ihm erzählt hätte. Dieses Geheimnis würde er mit ins Grab nehmen. Aber es war gut, dass der Mann ihn nicht gefragt hatte.

Die Basilika war überall mit Lorbeerzweigen geschmückt, die vor der Pest schützen sollten. Der durchdringende Geruch mischte sich unter die unzähligen anderen. Turpio wurde ein wenig schlecht. Aurelian von der Donau gesellte sich zu ihnen. Seit Tacitus im Westen stationiert worden war, waren er und Turpio die Einzigen, die noch zu Ballista standen.

Ein Herold verkündete die Ankunft des Kaisers. Die Principes, die führenden Männer des Imperiums, berührten zum Zeichen des Respekts den Boden mit ihren Gesichtern. Turpio fiel auf, dass der Boden nicht ordentlich gefegt worden war. Valerian trug weder Amulette noch wohlriechende Hilfsmittel. Seinen Mut hatte auch nie jemand infrage gestellt. Aber er sah alt und gebrechlich aus. Während er das Mittelschiff hinunterging, hielt er sich am Arm von Macrianus fest. *Klack*, ein Schlurfen und ein Schritt. *Klack*, ein Schlurfen und ein Schritt. Es bedurfte nur wenig Vorstellungskraft, dachte Turpio, um das als Omen zu sehen. Der Alte suchte Hilfe bei dem Krüppel.

Als die kaiserliche Gruppe auf das Podest stieg, erhoben sich die Mitglieder des Consiliums wieder und wünschten ihrem Kaiser formell und mit lauten Stimmen Gesundheit und ein langes Leben.

Schließlich räusperte sich Valerian und begann mit einer Stimme zu sprechen, als ringe er nach Luft. »Der weit schießende Phoebus Apollon hat seine Pestpfeile auf uns herabregnen lassen. Gerüchte machen im Lager die Runde. Einige reden von der Vergangenheit. Von einer Zeit vor hundert Jahren. Von einem dunklen Tempel in Babylonien. Römische Soldaten rissen dort ein goldenes Kästchen auf, und das Böse wurde im Imperium freigelassen. Abergläubischer Unsinn!« Er hielt kurz inne. »Andere reden von der Gegenwart. Verbrecher im Dunkel der Nacht. Sie huschen durch die Schatten, vergiftete Nadeln in der Hand. Sie bringen den Arglosen den Tod. Alles Unsinn! Abergläubischer Unsinn! Dabei ist die wahre Erklärung für dieses Übel offensichtlich.« Der alte Kaiser blickte liebevoll zu Macrianus. »Die Christen! Unsere Befehle zu ihrer Verfolgung sind nicht mit dem nötigen religiösen Eifer ausgeführt worden. Jetzt bestrafen uns die Götter dafür. Phoebus Apollon schießt seine Pfeile gegen uns, weil wir viel zu viele dieser Gottlosen haben leben lassen.«

Fast kehrte wieder so etwas wie jugendliche Kraft in Valerians Stimme zurück.

»All das wird sich morgen ändern. Durch die Frömmigkeit unseres ergebenen Freundes Macrianus und die Sorgfalt des Präfekten der Frumentarii, Censorinus, sind die widerlichen Atheisten hier in Samosata festgesetzt worden. Und es gibt viele hier. Männer und Frauen. Morgen werden sie brennen, und ihre Asche wird in alle Winde verstreut.«

Ein wehmütiger Ausdruck erschien in den alten Augen des Kaisers.

»Alles wird wieder gut. Der langhaarige Apollon wird seinen Bogen beiseitelegen. Die Götter werden ihre schützenden Hände wieder über uns halten. Unsere Untertanen werden Korn in Massen auf den Feldern sehen, und die Weiden werden erblühen, das Wetter gut und mild sein. Die Kraft unserer Arme wird zurückkehren. Die persischen Echsen werden vor uns fliehen. Vereint werden wir sie erobern. Lasset uns jubeln. Durch unsere Frömmigkeit, durch unsere Opfer und durch unsere Verehrung werden wir die natürlichen Götter, die mächtigsten, wieder besänftigen. Die Götter werden auf uns herablächeln. Lasset uns jubeln!«

Als die Basilika vom eingeforderten Jubel ob der Frömmigkeit und Weisheit des Kaisers widerhallte, ließ sich der silberhaarige Kaiser auf seinem Thron erschöpft zurückfallen. Nach dem fünfunddreißigsten »Valerian, glücklich bist du in deiner Frömmigkeit, sicher in deiner Liebe zu Göttern und sicher auch unserer Liebe« kehrte wieder Stille ein.

Macrianus trat vor. Er lehnte sich auf seinen Gehstock mit dem Knauf, der das Bild Alexanders zeigte. »Comites Augusti, Gefährten des Augustus, unser edler Kaiser wünscht euren Rat, wie wir weiter gegen die Perser vorgehen sollen. Er befiehlt euch, frei zu sprechen.«

Mehrere Hände schossen hoch. Macrianus bedeutete, dass sein Freund, Maeonius Astyanax, als Erster sprechen sollte.

»Es kann kein Zweifel daran bestehen, dass die Weisheit und Frömmigkeit des Kaisers den Unmut der Götter besänftigen und die Pest hinwegfegen werden. Doch etwa fünftausend kampffähige Männer sind bereits gestorben, und noch weit mehr sind krank. Wir sind nicht mehr in der Lage, einen Feldzug zu führen. Wir müssen hier in Samosata bleiben und uns erst einmal erholen. Wir müssen Gesandte zu den Sassaniden schicken und über einen Waffenstillstand verhandeln. Und die Gesandten sollten reiche Geschenke mitnehmen, jene Art von Luxus, die einen gierigen Barbaren wie Shapur zu umschmeicheln weiß.«

Ein zustimmendes Raunen ging durch den Saal. Als Macrianus Pomponius Bassus das Rederecht erteilte, kam Turpio der Gedanke, dass der lahme Höfling sich jetzt auch noch das Amt des Ab Admissionibus einverleibt hatte. Der eigentliche Amtsinhaber stand machtlos hinter ihm auf dem Podest. Cledonius kochte förmlich vor Wut.

Pomponius Bassus nahm die Pose eines Orators an und begann: »Es gibt eine Zeit für den Krieg und eine Zeit für den Frieden. Eine Zeit für Tränen und eine Zeit für Freude.« Turpio hörte Ballista ob dieser abgedroschenen Phrasen verärgert schnauben. »Eine Zeit für Liebe und eine Zeit für Hass.«

Noch vier weitere Comites sprachen sich für den Vorschlag aus, dann hob Ballista die Hand. Turpio war überrascht, und das umso mehr, als Macrianus dem Germanen dann auch noch das Rederecht erteilte. Aus den Augenwinkeln glaubte Turpio die Brut des Macrianus grinsen zu sehen.

»Bei allem gebührendem Respekt, ich kann dem nicht zustimmen.« Schweigen folgte Ballistas Worten. »Verhandlungen zu eröffnen ist ein Zeichen der Schwäche, besonders in Kriegszeiten. Das wird nur den Hochmut der Barbaren schüren. Diplomatie ist nicht der Weg der Römer. Hat nicht sogar ein Kaiser nach dem anderen selbst Gesandtschaften aus Indien und den Ländern jenseits davon stets als Zeichen der Unterwerfung interpretiert?«

Ein feindseliges Raunen ging durch die Basilika. Ballista ließ sich jedoch nicht davon beirren.

»Wir sollten nicht in Samosata bleiben. Die Pest kommt immer über Heere, die in ihren Lagern hocken. Wir sollten ins Feld ziehen. Wenn wir auf dem Marsch nach Edessa eine strikte Disziplin einhalten, strenge Regeln erlassen und immer ausreichend Latrinen graben, dann wird die Seuche vermutlich verschwinden.«

Ein, zwei Comites, angeführt von Quietus, schnaubten verächtlich.

Macrianus gab Piso Frugi das Rederecht. *Noch so eine von Macrianus' Kreaturen*, dachte Turpio.

»Auch wenn ich Ballistas Wissen über Barbaren und Latrinen nicht in Zweifel ziehen will …«, er hielt kurz inne, um das Lachen der anderen zu genießen, »… so glaube ich doch nicht, dass irgendwer hier darüber belehrt werden muss, was die Art der Römer ist und was nicht.« Wieder folgte Lachen seinen Worten. »Meine Vorredner haben recht. Wir müssen uns mit glitzerndem Tand Zeit erkaufen.«

Inmitten der zustimmenden Rufe drehte sich Macrianus um und lächelte den Kaiser ermutigend an.

Als Valerian sich mühsam erhob, verstummte der Lärm. »Wir haben eure Meinungen gehört, und Wir danken euch dafür. Die freie Rede ist das Herz der Libertas. Und Wir haben einen Entschluss gefasst. Wir werden eine Gesandtschaft zu Shapur schicken, und sie wird kostbare Geschenke mit sich führen. Sie wird sanfte Worte wählen und einen Waffenstillstand vereinbaren. Es ist die Art der Römer, junge Männer auf solche Reisen zu schicken, jene, die noch nicht den höchsten Rang erreicht haben. Sie sollen mit den Barbaren verhandeln. Als Gesandte bestimmen Wir den Sohn unseres geliebten Comes Sacrarum Largitionum, Titus Fulvius Quietus, sowie Lucius Domitius Aurelian und Marcus Clodius Ballista.« Kaum war er verstummt, da griff Valerian nach Macrianus' Arm und ging.

Sowohl Ballista als auch Aurelian rissen ungläubig die Augen auf. Quietus wirkte hingegen zufrieden.

Draußen wartete Turpio, bis die anderen Mitglieder des Consiliums Aurelian und Ballista gratuliert hatten. *Wie die Fähnchen im Winde*, dachte er. Aus der Stadt waren die Glocken der Libitinarii zu hören, die immer mehr Tote vor die Mauern schafften.

Turpio konnte Ballistas Behauptung noch immer nicht glauben, dass Macrianus den Sturz des Kaisers plante. Andererseits schien der Einfluss des Comes Sacrarum Largitionum auf den alten Kaiser von Tag zu Tag zu wachsen. Das Consilium war perfekt geplant gewesen. Offenbar konnte der Krüppel inzwischen tun und lassen, was er wollte. Turpio fragte sich nur, warum Macrianus einen seiner Söhne, Quietus, als Gesandten neben Aurelian und Ballista ausgewählt hatte. Mit Sicherheit tat der hasserfüllte Höfling nichts ohne Grund. In Gedanken fasste Turpio das alles in Poesie.

Möge die Erde leicht
Auf deinen Leibern liegen,
Elender Macrianus,
Auf dass die Hunde
Dich leichter ausgraben können.

Auf der anderen Seite des Flusses, von Samosata aus gesehen, führte die Straße nach Edessa über Hügel und durch Hochebenen. Es war ein trockenes Land. Schon im April war es graugelb, manchmal gar rot, und Staub trieb durch die Luft. Manchmal, jenseits der Straße, gingen die Hügel auch in echte Berge über, kahl und dicht beieinander, doch generell war Ballista überrascht, wie offen das Land war. Und das freute ihn ganz und gar nicht. Er hatte geglaubt, die Landschaft wäre zerklüfteter, ungeeignet für eine große Zahl von Reitern. Er hatte geglaubt, wenn das infanteriebasierte, römische Heer hier entlangmarschierte, würde es wenigstens bis Edessa vor den Reiterhorden der Sassaniden geschützt sein. Jetzt wusste er, dass dem nicht so war.

Die Gesandtschaft kam nur langsam voran. Jeder der drei Gesandten hatte seine Diener mitgebracht: nur ein paar für Aurelian und Ballista und eine funkelnde Kavalkade für Quietus. Außerdem hatten sie sechs Dolmetscher und dreißig Packpferde mit den Geschenken sowie noch einmal halb so viel Männer, die sich um die Tiere kümmerten. Zwanzig dalmatische Reitersoldaten sollten sie vor den Zeltbewohnern schützen. Doch nichts von alledem war der Grund für ihre Langsamkeit. Das war der mit Girlanden geschmückte Ochse, der träge an der Spitze der Karawane durch den Wüstensand stapfte.

Quietus ließ keine Gelegenheit aus, sich über die Gegenwart des Tieres zu beschweren, doch Ballista hatte darauf bestanden. Vor langer Zeit hatte er von Bagoas, dem persischen Sklavenjungen, den er einmal besessen hatte, gelernt, dass ein Ochse für die Sassaniden das Zeichen war, dass jemand den Frieden akzeptiert hatte. Ein anderes derartiges Zeichen waren die Säcke mit Salz, die man auf Ballistas Befehl an die Standarten gebunden hatte. Und er hatte sichergestellt, dass stets ein Herold mit dem Stab eines Gesandten bei dem Ochsen war. Aber die Symbole einer Kultur bedeuteten einer anderen rein gar nichts. Der erste Kontakt mit dem Feind würde auch so schon gefährlich werden, und Ballista wollte in jedem Fall verhindern, dass seine Männer mit Pfeilen gespickt wurden, bevor sie auch nur erklären konnten, dass sie in Frieden kamen.

Ballista saß auf seinem Pferd und fragte sich zum zigsten Mal, warum man ausgerechnet ihn zum Gesandten gemacht hatte. Ja, er konnte Persisch sprechen, aber sie hatten genug Dolmetscher. Ballista war lange Zeit beim Kaiser in Ungnade gefallen. Sein Rat gegen dieses Friedensangebot war ignoriert worden. Allgemein glaubte man, dass der Mann, der Shapur vor den Mauern von Arete so sehr geärgert und so viele seiner Männer nach der Schlacht bei Circesium erschlagen hatte, dem Zoroaster alles andere als willkommen sein würde, dem das Feuer anbetenden König der Könige.

Ballistas Blick folgte einem Storch, der nach Südosten flog, ungefähr parallel zu ihnen. Seine Gedanken gingen weiter auf Wanderschaft.

Macrianus hatte das Consilium geleitet wie einen Chor im Theater. Jetzt verstand der Germane, warum man Tacitus nach Westen geschickt und den ehemaligen Konsul Valens in Zeugma zurückgelassen hatte. Das wären gleich zwei einflussreiche Stimmen im Consilium gewesen, die Macrianus hätten widersprechen können.

Es ärgerte Ballista zutiefst, dass niemand, auch nicht seine engsten Freunde und seine Familie, ihm glaubte, dass der lahme Bastard plante, den gebrechlichen alten Kaiser zu stürzen. Cledonius weigerte sich inzwischen sogar, Ballista zu empfangen. Und irgendwann hatte Ballista dann beschlossen, nicht mehr davon zu reden. Das nützte ja eh nichts, und selbst unter seinen Freunden könnte sich ein Frumentarius verbergen. Trotzdem – während Ballista zuschaute, wie der Storch hinter den Hügeln verschwand, versuchte er, sich mit dem Gedanken zu trösten, dass selbst Macrianus seinen jüngsten Sohn nicht auf einer Selbstmordmission opfern würde.

Ein Ruf riss Ballista aus seinen Gedanken. Der Dalmater, der die Vorhut bildete, hielt seinen Mantel in der Hand und über dem Kopf. Der Soldat deutete zu den Hügeln im Osten. Ballista ließ seinen Blick über die kahle, zerklüftete Landschaft schweifen. Da waren ein paar knorrige Olivenbäume, die sich im Wind verdreht hatten. Und da waren Männer auf Pferden. Sechs oder sieben. Dann mehr und mehr. Fünfzig. Hundert. Mehr.

Ballista befahl der Karawane anzuhalten. Die dalmatischen Reiter ritten automatisch auf Position, um die Kolonne zu schützen. Ballista nahm seinen Helm vom Sattelhorn. Gedankenverloren schaute er auf die Spuren des Kampfes an den Hörnern des Ammon. Er setzte sich das Ding auf den Kopf.

Neben sich hörte Ballista, wie Quietus sein Schwert aus der Scheide zog.

»Steck das weg!«

Quietus verspannte sich unwillkürlich. »Warum sollte ich mir von dir etwas befehlen lassen?« Die Lippen des jungen Mannes zitterten, und er hatte die Augen vor Angst weit aufgerissen. Den Bruchteil einer Sekunde lang überlegte Ballista, ob seine Gelegenheit jetzt gekommen war. Aurelian war der einzige Zeuge von Rang. Sollte er Quietus einfach niederstrecken? Doch der Augenblick ging vorbei. Eines Tages würde Ballista ihn töten. Aber heute nicht.

»Steck das weg.«

Mürrisch und nervös schob Quietus das Schwert wieder in die Scheide. Ballista hob die Stimme. »Niemand fasst eine Waffe an! Wer einen Bogen hat, nimmt die Sehne ab! Tut, was ich auch tue!«

Ballista beobachtete, wie die sassanidische Kavallerie den Hügel herunterkam. Dunkle Gestalten vor dem gelben Staub, den sie aufwirbelten. Es waren mindestens zweihundert. Als sie die Ebene erreichten, teilten sie ihre Linie und umzingelten die römische Kolonne. *Allvater, Verborgener, Graubart, schütze mich.* Ballista zwang sich, ruhig zu bleiben. Als die Ostlinge noch gut zweihundert Schritte entfernt waren, holte Ballista den Bogen aus dem Köcher, der an seinem Sattel hing. Er hielt ihn hoch über den Kopf. An der Form des Kompositbogens war deutlich zu erkennen, dass er keine Sehne aufgespannt hatte.

Die Sassaniden kamen schnell näher, wichen Büschen aus, und ihre Banner flatterten. Dann begannen sie mit ihrem typischen Kriegsgeheul. Und sie hatten nicht nur Sehnen auf den Bögen, sondern auch Pfeile aufgelegt. Mit donnernden Hufen flogen sie vorn und hinten an der römischen Kolonne vorbei und galoppierten im Kreis um sie herum. Quietus wimmerte. Hinter sich hörte Ballista Demetrius beten.

Einen Steinwurf entfernt zügelten die Perser ihre Pferde. Die Tiere schnaubten und warfen die Köpfe hoch. Nach dem Donnern der Hufe und dem furchtbaren Geheul wirkte die Stille umso bedrohlicher. Aus den Augenwinkeln sah Ballista, wie Quietus' Hand wieder zum Schwert wanderte. Aurelian beugte sich vor und hielt ihn zurück. Jede noch so kleine Bewegung der Römer wurde von persischen Pfeilen verfolgt. Die Anspannung war geradezu unerträglich.

Ein Perser löste sich aus der Formation. Sein von langen schwarzen Haaren eingerahmtes Gesicht war der Inbegriff der Verachtung. »Wir haben euch schon erwartet, diese Invasion des Landes unseres göttlichen und mächtigen Herrn Shapur, König der Könige.«

Ballista ritt ebenfalls ein Stück vor. »Wir sind keine Invasoren. Wir sind Gesandte des frommen Valerian, König der Römer, zu seinem Bruder, dem tugendhaften und friedensliebenden Shapur, König der Könige. Wir bringen Geschenke und eine Botschaft des Friedens.«

Falls der Sassanide überrascht sein sollte, dass Ballista Persisch sprach, so zeigte er es zumindest nicht. Er schnaubte abschätzig. »Shapur hat keinen nichtarischen Bruder. Er hat nichtarische Sklaven. Der einzige König der Römer, den er kennt, ist derjenige, der durch seine Gnade an seinem Hof unter ihm sitzt, der Mann mit Namen Mariades.«

Ballista fühlte Unruhe bei den Römern hinter sich ob der fremden Sprache. Den Namen Mariades hatten sie jedoch verstanden. Das war der Flüchtling, der Brigant aus Syrien, den Shapur als Prätendenten für den Thron der Cäsaren eingesetzt hatte.

Ballista ignorierte das. »Der Wohltäter der Menschheit, der friedensliebende Shapur, König der Könige, Geliebter von Ahuramazda, wird sicher keinen Mann mit Wohlwollen betrachten, der Gesandten Leid zufügt.«

Ein misstrauischer Ausdruck erschien auf dem Gesicht des Persers. Er ritt näher an Ballista heran und musterte ihn aufmerksam. »Was man mir berichtet hat, ist wahr. Ich kenne dich. Ich bin Vardan, Sohn von Nashbad.«

Vage erinnerte Ballista sich an etwas. Er rührte sich nicht.

Ohne Vorwarnung zog der Perser das Schwert, stieß zu und hielt nur wenige Zoll vor dem Gesicht des Germanen an. Da fiel es Ballista wieder ein. Eine dunkle Nacht im Südgraben vor den Mauern von Arete. Vardans Schwert an seiner Kehle, genau wie jetzt.

Der Perser lächelte. »Wie ich sehe, erinnerst du dich. Du hast mich schon einmal hintergangen. Damals habe ich dir gesagt, dass ich dich finden und mich rächen werde.«

Ballista kämpfte mit seiner Angst. Die Klinge vor seinem Gesicht zitterte nicht. Vardan sagte: »Sag deinen Männern, sie sollen ihre Waffen wegwerfen.«

Ballista gab den Befehl, und die Perser galoppierten heran, um sie einzusammeln.

Mit einer fließenden Bewegung schnitt Vardans Klinge durch die Luft. Dann steckte er sie wieder weg.

»Wenn Shapur deinen Status als Gesandter nicht anerkennt, werde ich ihn bitten, dich mir zu übergeben. Du, der Gottlose, der nach der Schlacht von Circesium die heiligen Feuer von Ahuramazda entweiht hat, wirst nicht schnell sterben.« Vardan lachte voller Vorfreude. »Heute Nacht werden wir hier lagern. Morgen bringe ich dich dann zum König der Könige.«

Wo auch immer man hingeht, dachte Ballista, *alte Feinde finden dich*.

XXVI

Am nächsten Tag wurden Ballista und die anderen ins Lager der Sassaniden auf der Ebene vor den Mauern von Edessa gebracht. Da Vardan letzte Nacht befohlen hatte, den geschmückten Ochsen zu töten und zu verspeisen, waren sie schnell vorangekommen. Kurz nach Mittag erreichten sie die Kuppe des letzten Hügels. Die Belagerungsarmee lag unter ihnen wie das Bühnenbild in einem Theater. Rechts waren die weißen Mauern von Edessa zu sehen, das an den Hängen im Westen lag. Davor und links davon waren die Belagerer.

Reitertrupps flogen über die Ebene. Das Lager selbst erstreckte sich bis zum Horizont. Blauer Rauch aus unzähligen Kamelmistfeuern stieg in die Luft, und der Wind trug den Gestank bis zu den fernen Hügeln im Norden. Eine riesige Palisade hatte ursprünglich das ganze Lager umgeben, doch inzwischen war es weit darüber hinausgewachsen. Tausende von Zelten und Hunderte von Pferdekoppeln waren anscheinend ohne jede Ordnung verstreut, mit Ausnahme im Herzen des Lagers, wo eine Reihe riesiger, purpurfarbener Zelte das Heim des Königs der Könige markierte.

Jede Hoffnung, dass sie rasch vor Shapur geführt werden würden, zerstreute sich schnell, als die Römer ins Lager ritten. Vardan befahl brüsk, ihre Zelte am äußersten östlichen Ende des Lagers zu errichten, zwischen den Elefanten und einer der größten Latrinen. Sassanidische Wachen wurden bei den Römern postiert, und man sagte den Römern, dass sie warten sollten, bis der König sie zu sich rief.

Und dort warteten sie dann vierzehn Tage. Der Gestank war furchtbar. Das Essen, mit dem man sie versorgte, bestand aus Gerstenbrot, Kichererbsen, Linsen und Rosinen, der Nahrung der Armen in dieser Gegend hier, und der Wein, den man ihnen brachte, war dünn und sauer. Jede Nacht hielten die Gesänge der Wachen sie vom

Schlafen ab, und um dieser Demütigung noch die Krone aufzusetzen, erzählten sich die Wachen immer wieder laut die Geschichte der Gesandten aus Velenus, der Hauptstadt eines obskuren Volks, das man die Cardusier nannte und das an den Ufern des Kaspischen Meeres lebte. Die, so erzählten die Wachen, seien vom König der Könige mit auserlesener Gastfreundschaft empfangen worden.

Aurelian lief ständig auf und ab und schäumte vor Wut ob der Verachtung, die der Maiestas des römischen Volks hier entgegengebracht wurde. Quietus hingegen ertrug das Ganze überraschend gleichmütig. Ballista wiederum hatte sich einfach aufs Warten eingerichtet. Mehr konnte er ohnehin nicht tun. Er las gerade noch einmal die *Anabasis* des Xenophon, den klassischen Text über die Krieger aus dem Osten, als sie plötzlich vor den Herrscher gerufen wurden. Aurelian war dafür, jetzt erst einmal Shapur warten zu lassen und es ihm so heimzuzahlen. Doch sowohl Ballista als auch Quietus hielten das für äußerst unklug.

Nachdem sie sich rasch ihre besten Uniformen übergeworfen und die Geschenke eingesammelt hatten, wurden sie aus dem Lager und zu einem Ort am Ufer des Scirtos geführt, wo ein großer Baldachin einen hohen, prachtvollen Thron beschattete, von dem aus der König der Könige die Belagerung verfolgen konnte.

Während er über die Ebene stapfte, schaute sich Ballista um. Edessa hatte eine gute Verteidigung. Die Obstgärten und Tavernen vor der Stadt waren abgerissen worden, um den Angreifern keine Deckung zu geben. Ein ausgetrocknetes Wadi lief direkt vor der massiven Doppelmauer vorbei, und im Süden lag eine hohe Zitadelle, über deren Mauern die Säulen von Tempeln und Palästen zu sehen waren. Außerdem hatte man Reisigmatten vor die Mauern gehängt, um den Einschlag von Geschossen abzufedern. Die Tore wiederum waren mit großen Felsbrocken blockiert. Dort, wo der Scirtos aus der Stadt floss, hatte man die Wassertore heruntergelassen, große, eiserne Gitter.

Ballista wusste, dass es in der Stadt jede Menge Frischwasserquellen gab, doch die Angreifer waren vom Fluss abhängig, und der floss durch die Stadt. Hätte er das Kommando gehabt, er hätte den Fluss irgendwie vergiftet, bevor er durch das Lager der Feinde floss. Allerdings hätte er nicht die Tore blockiert, weil dadurch keine Ausfälle möglich waren. Schließlich gelangte er zu dem Schluss, dass die tatsächlich getroffenen Maßnahmen von mangelnder Initiative der Verteidiger zeugten. Doch vor der Mauer sah er auch keine Artillerie, und nichts deutete darauf hin, dass man beabsichtigte, Rampen zu bauen oder Minen zu graben. Das Ganze glich mehr einer Blockade als einer Belagerung.

»Wer tritt vor den göttlichen, tugendhaften und mächtigen Shapur, König der Arier und Nichtarier, König der Könige?«

Auf die Frage des Herolds warfen die Römer sich der Länge nach in den Staub, und wie es aussah, hatten die Perser auch noch absichtlich ein paar Pferdeäpfel dort hingeworfen.

Schließlich stand Ballista wieder auf. Er sprach Persisch.

»Wir sind Gesandte des tugendhaften, friedliebenden Valerian, Kaiser der Römer. Das hier ist Lucius Domitius Aurelian und das hier Titus Fulvius Iunius Quietus. Ich bin Marcus Clodius Ballista.«

Während sich die Stille in die Länge zog, betrachtete Ballista das Bild, das sich ihm bot. Bei Arete hatte er Shapur schon viele Male gesehen, doch nie so nah. Der sassanidische König war ein großer, kräftig gebauter Mann mittleren Alters. Er hatte einen vollen schwarzen Bart und trug das Kleid eines Reiters, eine kurze, purpurfarbene Tunika und eine weiße Hose. Auf dem Kopf saß eine hohe goldene Krone. Riesige Perlen hingen an seinen Ohren. Seine Augen waren schwarz geschminkt, und auf seinem Schoß lag ein Reiterbogen.

Der König der Könige wurde auf einer Seite von den Großen seines Reiches eingerahmt, große bewaffnete Männer in reich bestickten Mänteln über funkelnden Rüstungen. Jeder von ihnen trug ein langes, gerades Reiterschwert an der linken Hüfte. Die Männer auf der anderen Seite waren ebenso prachtvoll gekleidet, aber unbewaffnet. Das waren die Magi, die Priester von Mazda. Und hoch über ihnen allen flatterte die Drafsh-i-Kavyan, die königliche Kriegsflagge des Hauses Sasan. Eine Reihe von zehn erschreckend großen Elefanten mit Türmen voller Männer bildeten den Hintergrund.

Plötzlich erkannte Ballista zwei der Männer bei Shapur. Unter den Kriegern, in persischer Kleidung, war ein Mann mit einem langen Gesicht, viel zu großen Augen und heruntergezogenen Mundwinkeln. Ballista hatte dieses auffällige Gesicht zum letzten Mal bei den Hörnern von Ammon gesehen. Es war nicht wirklich überraschend, dass Anamu, einst einer der führenden Männer in Arete und Überlebenskünstler, in den Diensten des Sassanidenkönigs hoch aufgestiegen war.

Der andere Mann war hingegen in der Tat eine Überraschung. Ballista schaute genau hin: die große, hagere Gestalt, der buschige Bart und das genauso buschige Haar, die dunklen Augen, die ihn betrachteten, doch ohne ihn zu erkennen. Das konnte kein Irrtum sein. Dort, inmitten der Hohepriester des Sassanidenreiches, stand der persische Junge, der einst auf den Namen Bagoas gehört hatte und Ballistas Sklave gewesen war. Die Welt war wahrlich klein, sehr klein – klein, kompliziert und gefährlich.

Eine weitere Gruppe von Gesandten wurde vor den König geführt. Sie trugen östliche Kleidung, blieben neben den Römern stehen und warfen sich ebenfalls in den Staub. Erneut verlangte der Herold, dass sie sich vorstellten.

»Ich bin Verodes, Gesandter von Odenathus, Herr von Tadmor und König von Palmyra.«

Shapur zupfte an seiner Bogensehne. Er strahlte überlegene Gleichgültigkeit aus. Er schaute zu den Römern und dann zu dem Neuankömmling. »Was will Odenathus denn?«

Der Gesandte aus Palmyra lächelte höflich. »Mein Herr will nichts außer der warmherzigen Freundschaft des Königs der Könige. Er schickt dir Geschenke, die deiner Majestät würdig sind.« Verodes klatschte in die Hände, und Diener traten vor. Zuerst wurden Seidenballen ausgerollt, dann Gewürze aufgeschüttet. Schließlich brachte man einen prächtigen weißen Hengst. Der Geruch des Pferdes mischte sich mit dem der Gewürze.

Emotionslos zog Shapur einen Pfeil aus dem Köcher neben seinem Thron. Niemand rührte sich. Shapur legte den Pfeil auf die Sehne, spannte den Bogen und zielte auf die Brust des Gesandten aus Palmyra. Doch als er schoss, veränderte er die Schussbahn. Die bunten Federn am Schaft zitterten im Hals des Pferdes. Der Hengst warf den Kopf hoch und begann zu steigen. Doch seine Beine gaben nach, und er brach zusammen. Kurz zuckten noch seine Muskeln, dann rührte er sich nicht mehr. Dunkles Blut sammelte sich unter ihm.

Shapur deutete mit dem Bogen auf die anderen Geschenke. »Werft den Tand in den Fluss.« Männer sprangen vor, um den Befehl sofort zu erfüllen. »Sag Odenathus, wenn er wünscht, dass der König der Könige auf ihn lächelt, dann soll er keine Sklaven mehr mit irgendwelchem Tand schicken, der sich bestenfalls für eine Hure eignet. Er soll in Ketten zu mir kommen, sich vor mir in den Staub werfen und um Gnade flehen. Jetzt geh!«

Mit aller Würde, die sie noch aufbringen konnten, warfen sich Verodes und die anderen Gesandten aus Palmyra noch mal zu Boden und verließen dann den Platz, so schnell sie konnten.

Ballista spürte förmlich die Wut, die von Aurelian ausstrahlte. Ballista selbst war jedoch nicht wütend. Wenn er überhaupt etwas empfand, dann widerwillige Bewunderung ob der Art, wie das inszeniert worden war. Man hatte die römischen Gesandten warten lassen, um ihnen vorzuführen, wie einer der wichtigsten Verbündeten Roms versuchte, die Seiten zu wechseln. Doch in einer fantastischen Zurschaustellung der Macht hatte Shapur das Angebot zurückgewiesen und den Römern gleichzeitig sein absolutes Selbstvertrauen demonstriert.

Shapur deutete mit dem Bogen auf Ballista. »Und du?« Jetzt sprach er Griechisch. »Was will dein Kyrios?«

»Er will einen Waffenstillstand, Kyrios.«

Shapur lächelte. »Ach, ja? Während wir hier sprechen, streckt Mazda die Gottlosen nieder. Die Pest wütet im Lager des römischen Heeres in Samosata. Warum sollten wir da über einen Waffenstillstand nachdenken?«

»Mein Herr, das Kriegsglück ist flüchtig. Viele mussten schon feststellen, wie schrecklich ein Krieg gegen die Kaiser Roms ist.«

Shapur lachte. »Für das Haus Sasan war das immer ein Quell der Freude, ein wahres Vergnügen.« Er winkte, und ein kleiner, fetter Mann im Kostüm eines zum Krieg gerüsteten römischen Kaisers sprang vor. Shapur schnippte mit den Fingern, und Mariades, der zahme Prätendent für den Thron der Cäsaren, ließ sich auf alle viere nieder. Dann legte Shapur seinem Lieblingskissen die Füße auf den Rücken.

»Ich nehme an, ihr bringt Tribut? Das übliche Gold und Silber, graviert mit den erlogenen Darstellungen von Ostlingen zu Füßen der Römer?«

Aurelian sog zischend die Luft ein. Ballista legte ihm die Hand auf den Arm.

»Wie hübsch«, sagte Shapur, als er die geschickt drapierten, wertvollen Metalle inspizierte. »Ich habe schon immer bewundert, wie blind die römische Diplomatie Ironie gegenüber ist.« Er trat Mariades nicht gerade sanft, und der falsche Kaiser huschte davon. »Ich nehme diesen Tribut an.«

Bevor Ballista ihn aufhalten konnte, schnappte Aurelian: »Geschenke! Rom zahlt niemandem Tribut!«

In der furchtbaren Stille, die auf diese Worte folgte, zupfte Shapur an seiner Bogensehne. Dann lächelte er. »Man hat mir von dir erzählt. Du bist der große Mörder der Sarmaten und Franken. Ich bewundere Mut bei einem Feind. Dir werde ich passende Geschenke geben.« Auf ein Winken hin gab ein Diener Aurelian einen Opferteller mit dem Bild des Sonnengottes. »Ich denke, du findest das angemessen«, sagte Shapur. »Und Gleiches gilt vielleicht auch für das.« Fanfaren ertönten, und die Erde bebte. Ein riesiger Elefant wankte in Sicht. »Er heißt *Peroz*, Sieg. Ich schenke ihn dir. Auch seinen Mahut.«

Während Aurelian das Tier offenen Mundes anstarrte, drehte sich Shapur zu Quietus um. »Jedem das Seine. Für dich habe ich diesen Sack Gold.« Quietus begann etwas zu stammeln, was ein »Danke« hätte sein können. Shapur gebot ihm Schweigen.

Dann deutete der Sassanide wieder mit dem Bogen auf Ballista. »Aber dir, dem gottlosen Schänder von Circesium, gebe ich nichts. Du bist ein Gesandter, aber sollten wir uns noch einmal sehen, wenn dein Status dich nicht mehr schützt, dann wird das nicht gut für dich enden.«

Shapur stand auf. Alle warfen sich zu Boden. »Sagt Valerian, dass es keinen Waffenstillstand geben wird. Ich sehne mich danach, mich mit ihm zu messen. Es gibt nur Krieg. Morgen kehrt ihr wieder nach Samosata zurück.«

Die Fackeln entlang der Via Principalis, der Hauptdurchgangsstraße des ersten römischen Feldlagers auf dem Marsch nach Süden den Euphrat entlang, flackerten in den Resten des Sturms. Der Südwind wehte Ballista den Regen ins Gesicht und zerrte an seinem Mantel. Das schlechte Wetter passte jedoch zu seiner Laune, als er durch die Pfützen zum kaiserlichen Hauptquartier stapfte.

Die Pest war abgeflaut. Die Frommen schrieben das der weisen Verbrennung von dreiundfünfzig Christen zu. Aber falls die Götter wirklich zufrieden sein sollten, dann hatten sie das heute zumindest nicht gezeigt, als das Heer losmarschiert war.

Bei Sonnenaufgang, während der Reinigungszeremonie in der Zitadelle von Samosata, waren die schleimigen, glitschigen Eingeweide des Opfertiers dem Kaiser langsam aus den Händen geglitten. Valerian hatte alles getan, was er konnte, um das Omen kleinzureden. »Das passiert schon mal, wenn man alt ist, aber mein Schwert kann ich noch halten.« Halbherziges Lachen war seinen Worten gefolgt.

Als der Kaiser sich zum Gehen gewandt hatte, hatte ein Diener ihm einen schwarzen Mantel umgehängt, und es hatte ein paar Augenblicke gedauert, bis Valerian den Fehler erkannt und befohlen hatte, ihm den richtigen, purpurfarbenen zu bringen.

Als die Nachhut dann den Fluss überquert hatte, war der Sturm gekommen: Donner, Blitz und Starkregen. Ein heftiger Windstoß hatte einen Brückenponton losgerissen. »Seid frohen Mutes!«, hatte

Valerian gerufen. »Keiner von uns wird auf diesem Weg wieder zurückkommen!« Seine Worte wurden mit Schweigen quittiert.

Kurz bevor Ballista sein Zelt verlassen hatte, waren die ersten Marschrationen verteilt worden: Linsen und Salz, die Nahrung der Trauernden und Totengaben. Ballista vermutete eine böse Absicht dahinter. Der Comes Sacrarum Largitionum war für die kaiserliche Garderobe zuständig und der Praefectus Annonae für die Verpflegung, beides Ämter, die Macrianus bekleidete. Allerdings konnte man Macrianus nicht die Schuld am Wetter oder den zittrigen Händen des alten Kaisers geben.

Ballista trat beiseite, um einen Trupp Equites Singulares vorbeizulassen. Die Reiter schützten sich mit dunklen Mänteln vor dem Regen. Ihre Pferde ließen die Köpfe hängen, und Wasser lief ihnen die Flanken runter.

Ballista hatte nun einen Freund weniger im Consilium, denn Aurelian war weg. Das Scheitern der Gesandtschaft hatte keinem von ihnen genutzt. Ballista wusste natürlich, dass das genau der Sinn gewesen war. Er selbst war am Hof der zoroastrischen Sassaniden nicht willkommen, denn er hatte ihre Toten in Circesium verbrannt. Aurelian wiederum war für sein mangelndes Taktgefühl und seine Wutausbrüche berüchtigt, und Quietus hatte vermutlich nur ein Auge auf sie haben sollen. Es war ein listiger Zug des persischen Königs gewesen, Valerian keine Geschenke zu schicken, sondern Aurelian ein königliches zu machen. Kaum war er nach Samosata zurückgekehrt, da hatte der Mann von der Donau Valerian den Elefanten zwar geschenkt, doch die Saat des Zweifels war bereits aufgegangen. In jedem Fall war es kein Zufall gewesen, dass Aurelian daraufhin an den Hof von Gallienus im Westen geschickt worden war.

Es gab allerdings noch etwas an der Unternehmung, was Ballista Sorgen bereitete. Als sie zum ersten Mal auf die Perser gestoßen waren, da hatte Vardan etwas in der Art gesagt wie »Wir haben euch erwartet!«. Auch Shapur selbst hatte derartige Andeutungen gemacht, als er Aurelian einen Opferteller mit dem Bild des Sonnengottes überreicht hatte. »Ich denke, du findest das angemessen.« Hatte

Macrianus Kontakt zum Feind? Hatte der boshafte, lahme Bastard gehofft, dass der Sassanidenkönig Ballistas Immunität als Gesandter ignorieren und ihn auf die typische grausame Art der Perser töten würde?

Kalt und nass ging Ballista weiter. Wenigstens würde das der letzte Kriegsrat sein, an dem Macrianus teilnehmen würde, denn er würde in Samosata bleiben, in Sicherheit. Und seine Kreatur Maeonius Astyanax und sein widerlicher Sohn Quietus konnten ja nicht die gleiche Kontrolle über Valerian ausüben – oder? Außerdem, auch wenn Macrianus den alten Kaiser stürzen wollte, selbst er konnte nicht die Vernichtung eines ganzen Heeres herbeiführen – vor allem nicht, wenn sein Sohn zu diesem Heer gehörte.

Die Prätorianer vor dem kaiserlichen Pavillon nahmen Haltung an. Ein Silentarius eskortierte Ballista ins Vestibül. Der Regen prasselte aufs Dach. Dann kam der Ab Admissionibus.

»Cledonius, kann ich dich mal unter vier Augen sprechen?«, fragte Ballista.

Cledonius schaute ihn scharf an. »Nein. Wir haben uns nichts zu sagen.« Die großen Augen sahen getrieben aus. »Gar nichts«, sagte Cledonius laut und führte Ballista ins Allerheiligste.

Ballista fiel auf die Knie und küsste dem Kaiser den Ring. Valerian schaute ihn nicht an. Ballista stand wieder auf und trat zurück. Es war ein kleines, intimes Consilium, nicht mehr als ein Dutzend Männer. Wie es Brauch war, stand der Präfekt der Prätorianer zur Rechten des Kaisers, und wie es inzwischen normal geworden war, lehnte Macrianus links auf seinem Gehstock.

Ballista erstarrte, als er den Mann hinter Macrianus sah. Das zurückweichende Haar, die nach unten gerichteten Augen, die zu den heruntergezogenen Mundwinkeln passten, und die Stickereien mit den gelben Blumen auf Blau – was, beim Allvater, machte denn Anamu hier?

Valerian nickte Macrianus freundlich zu, der daraufhin das Wort ergriff.

»Dank der Weisheit und frommen Taten unseres Kaisers gegen

die Gottlosen, die den gekreuzigten Juden anbeten, lächeln die Götter uns wieder zu. Die Pest ist besiegt. Das ist wieder ein Beweis der göttlichen Liebe. Und ein treuer Freund ist zu uns zurückgekehrt. Ihr wisst ja alle, dass der tapfere Anamu in Arete gekämpft hat. Nach dem Fall der Stadt haben die Sassaniden seine Frau und seine Familie gefangen genommen. Sie haben sie mit furchtbaren Foltern bedroht, sollte er nicht ihrem eitlen König dienen. Marcus Clodius Ballista kann jedoch bestätigen, dass er die Perser bei den Hörnern von Ammon weggelockt hat.«

Außer Fassung gebracht murmelte Ballista, dass Anamu nur mit den Sassaniden weggelaufen sei.

Macrianus fuhr fort: »Jetzt hat Anamu seine Liebe zu Rom und unserem heiligen Kaiser sogar über die zu seiner Familie gestellt, und er hat sich zu uns geschlichen, um uns die Geheimnisse des Feindes zu verraten.« Er winkte Anamu nach vorn.

»Edler Valerian, Comites Augusti, ich bringe euch gute Neuigkeiten. Shapurs Belagerung von Edessa entwickelt sich immer mehr zu einem Chaos. Jeden Tag machen die Stadtbewohner einen Ausfall mit dem Schwert in der Hand. Die Perser fallen in Massen. Sie wissen nicht, wohin sie sich wenden sollen. Jetzt ist der Moment, da Rom zuschlagen muss. Die Straße zwischen Samosata und Edessa ist rau und steinig. Dort kann die sassanidische Reiterei nicht kämpfen. Sie können nicht verhindern, dass wir die Ebene vor Edessa erreichen, und wenn wir erst einmal dort sind, werden sie fliehen wie die Schafe vor dem Wolf.«

Ballista atmete tief durch und trat vor. »Das stimmt nicht. Ich war erst vor zwölf Tagen in Edessa. Die Tore waren mit Felsbrocken blockiert. Da kann man keinen Ausfall machen. Und das Land zwischen uns und Edessa ist bei Weitem nicht so steinig, wie Anamu sagt. Man kann dort durchaus Reiter einsetzen.«

Lächelnd hob Quietus die Hand. »Ich war auch in Edessa. Auch wenn das Nord- und das Osttor zu dem Zeitpunkt blockiert waren, könnten sie jetzt wieder frei sein. Und Ballista kann nicht leugnen, dass wir als Gesandte keine Gelegenheit hatten, das West- und das

Südtor zu inspizieren. Und was die Straße nach Edessa betrifft, so fürchte ich, Ballistas angeborene Vorsicht lässt es leichter für die sassanidische Reiterei erscheinen, als es in Wirklichkeit ist.«

Eifrig warf Anamu ein: »Wir brauchen nur schnelle Hände und Füße, um die Echsen zu schnappen, bevor sie nach Osten fliehen können, nach Skythien oder Hyrkanien. Wie sagen die lateinischen Poeten immer? *Carpe diem*. Nutze den Tag.«

Valerian hob die Hand, um Schweigen zu gebieten. »Es ist beschlossen. Noch in dieser Nacht wird unser vertrauenswürdiger und geliebter Anamu wieder ins Lager unserer Feinde zurückkehren und uns weiter über ihre Pläne informieren. Sein Mut wird reich belohnt werden. Bei Sonnenaufgang marschieren wir. Wir werden Shapur und seine Horde ziegenäugiger Ostlinge zurück in seine Hauptstadt jagen, nach Ktesiphon. Mit den Göttern an unserer Seite werden wir ihn bis nach Baktrien verfolgen, nach Indien und bis zum äußeren Ozean, wohin er sich auch wenden mag. Sollen die verbliebenen Gottlosen in ihren Löchern ruhig sehen, wie machtlos ihr falscher Gott gegen die Macht der wahren Götter ist!«

Valerian quälte sich aus dem Stuhl. Das Consilium war vorbei.

Auch in der Nacht besserte sich das Wetter nicht. Es regnete immer weiter, und über den Hügeln jenseits des Flusses grollte der Donner. Das war gut. In solch einer Nacht würden nur wenige Männer ihre Zelte verlassen.

Trotz der Dunkelheit unter dem Zeltvordach warteten Ballista und Maximus, bis die Wache vorbeigegangen war. Die Gesichter geschwärzt und dunkel gekleidet, huschten sie dann wie Geister von einem Zelt zum anderen.

Das wurde jedoch immer gefährlicher, je näher sie dem kaiserlichen Pavillon kamen. Vor jedem Zelt eines Höflings stand eine Wache.

Ein Hund bemerkte ihr Näherkommen. Er sträubte die Nackenhaare, kam näher und bellte einmal. Maximus holte etwas luftgetrocknetes Rindfleisch heraus und warf es dem Tier zu. Misstrauisch schnüffelte der Hund erst mal daran, dann fraß er es. Schließlich kam er näher. Der Hibernianer fütterte ihn erneut und kraulte ihm die Ohren. Schließlich warf er ein weiteres Stück Fleisch in den Regen, und der Hund trottete hinterher. Die beiden Männer schlichen weiter.

Auf der dem Wind abgewandten Seite des kaiserlichen Quartiers kamen sie zum richtigen Zelt. Ein Prätorianer hatte unter dem Vordach Schutz gesucht. Auf allen vieren krochen Ballista und Maximus unter den Seilen hindurch und auf die Rückseite.

Sie warteten und lauschten. Es war nichts zu hören außer dem Regen und dem Donnern in der Ferne. Ballista zog sein Messer. Ungefähr zwei Fuß über seinem Kopf stieß er es in die Zeltplane. Wieder lauschte er. Nichts. Er schlitzte die Plane auf. Dann griff er in den Schnitt und machte einen weiteren parallel zum Boden. Schließlich klappte er das Tuch auf. Er steckte den Kopf in die Dunkelheit und lauschte abermals. Wieder nichts. Nur Regen. Doch dann – das Schnarchen eines Mannes.

Ballista schob sich das Messer zwischen die Zähne und wand sich ins Zelt. Von draußen klappte Maximus die Plane wieder zu. Ballista wartete, bis sich sein Atem beruhigt hatte. Ein wenig Licht schimmerte durch die Zwischenwand. Vermutlich stammte es von einer Lampe im Vorraum. Nach und nach erkannte Ballista Einzelheiten seiner Umgebung: eine Feldtruhe, ein Klappstuhl, ein Rüstungsständer und in der Mitte ein Bett.

Langsam, ganz langsam, kroch Ballista zum Bett. Der Mann drehte sich um. Ballista erstarrte. Der Regen prasselte aufs Dach. Der Mann hustete und schnarchte dann wieder.

Ballista stand auf. Auf dem Kissen war ein Gesicht zu sehen. Ballista drückte dem Mann die Hand auf den Mund, und mit der anderen hob er das Messer. Als der Mann aufwachte und voller Angst die Augen aufriss, zeigte Ballista ihm das Messer. Instinktiv versuchte der Mann, sich aufzurichten, doch Ballista drückte ihn hinab und hielt ihm die Klinge an den Hals.

»Wenn du nach der Wache rufst, bist du tot.«

Der Mann rührte sich nicht mehr. Ballista spürte das Herz des Mannes schlagen. »Ich will nur mit dir reden«, sagte er. »Ich werde meine Hand jetzt wegnehmen. Vergiss nicht: Schrei, und du bist tot.«

Der Mann nickte, und Ballista nahm ihm die Hand vom Mund.

Cledonius schnappte nach Luft. »Was beim Tartarus soll das? Sich hier reinzuschleichen wie ein verdammter Geist. Ich wäre fast vor Angst gestorben.« Ein Hauch von Panik lag in den geflüsterten Worten des Ab Admissionibus.

»Still, Amicus.« Ballista lächelte. »Früher am Tag schienst du nicht mit mir reden zu wollen.« Das asymmetrische Gesicht auf dem Kissen sah sogar noch verängstigter aus. Ballista steckte das Messer nicht weg.

»Macrianus führt das Heer in eine Falle. Er beabsichtigt, sich Valerians zu entledigen und ihn durch einen seiner Söhne zu ersetzen.« Ballista sprach leise und schnell. »Du hast Zugang zum Kaiser. Du musst ihn warnen.«

Cledonius rieb sich das Kinn. »Die Götter wissen, dass du durchaus recht haben könntest, aber es gibt keinen Beweis. Und selbst *wenn* es einen Beweis geben würde, würde uns das auch nichts nützen. Valerian verlässt sich voll und ganz auf Macrianus. Bei allem. Und jetzt ist es sogar noch gefährlicher geworden. Macrianus hat Censorinus auf seine Seite gebracht. Wenn einer der wenigen loyalen Männer, die noch in der Nähe des Kaisers sind – ich, Successianus und der junge Italiker Aurelian, der die Equites Singulares befehligt –, wenn einer von uns versucht, den Kaiser zu warnen, dann wird Censorinus ihm die Frumentarii auf den Hals hetzen und wir werden alle wegen Hochverrats hingerichtet.«

Ballista steckte das Messer weg und beugte sich vor. »Lass mich mit dem Kaiser reden. Du musst mich nur irgendwie zu ihm bringen, und zwar allein. Ich diene ihm schon lange. Sieben Jahre lang habe ich für ihn in Spoletium gekämpft, als er den Rebellen Aemilianus besiegt und den Thron übernommen hat. Valerian hat mir einmal vertraut. Vielleicht wird er ja auch jetzt auf mich hören.«

Cledonius lächelte traurig. »Das würde auch nichts nützen. Man würde zuerst dich und dann die anderen Loyalen töten. Wir würden alle sinnlos sterben.«

»Was können wir denn sonst tun?«

Cledonius verzog das Gesicht. »Tu deine Pflicht. Beobachte und warte. Bete zu den Göttern. Und hoffe, dass Macrianus einen Fehler begeht.«

»Allvater, das ist nicht Recht«, knurrte Ballista. »Wir werden wie Lämmer zur Schlachtbank geführt. Wir müssen doch etwas tun können!«

»Beobachten und warten.«

»Nichtstun geht mir gegen den Strich. Aber wenn sonst nichts geht …«

»Nichts.«

»Tut mir leid, dass ich dich so geweckt habe.«

»Besser so, als wenn du in der Öffentlichkeit mit mir geredet hättest.«

Ballista schlüpfte wieder hinaus in die nasse Nacht.

XXVII

Gegen Mittag sah alles so aus, als hätte es den nächtlichen Sturm nicht gegeben. Der Südwind hatte die Wolken vertrieben und einen klaren blauen Himmel hinterlassen. Jede Pfütze war in der ausgetrockneten Erde versickert. Dank Sonne und Wind würde die Hochebene schon bald wieder so trocken und staubig sein wie eh und je.

Ballista und Turpio saßen nebeneinander auf dem Boden und beobachteten, wie der letzte Wagen des Trosses aus dem Lager rollte. Bis jetzt war es ein hektischer Tag gewesen. Bei Sonnenaufgang hatte Valerian dem Heer befohlen, mit leichtem Gepäck abzumarschieren. Alles, was nicht unbedingt notwendig war, sollte im Lager zurückgelassen werden und später nach Samosata zurückgebracht werden, wo der Comes Sacrarum Largitionum sich darum kümmern würde. Ballista und Turpio hatten den ganzen Morgen gearbeitet und entschieden, was mitgenommen werden sollte und was nicht. Dabei waren sie ständig von Offizieren heimgesucht worden, die darauf bestanden, dass *ihr* Gepäck natürlich wichtiger war als alles andere.

»Das ist Wahnsinn«, seufzte Ballista.

Turpio spielte wieder einmal an seinem persischen Armreif herum. Vielsagend zuckte er mit den Schultern, als wolle er sagen: *Was soll man von dieser Welt denn sonst erwarten?*

»Nicht im Karree zu marschieren …« Ballista schüttelte den Kopf. »So provoziert man die Katastrophe nur.«

Von Anamu und Quietus überzeugt, dass der Weg nach Edessa für die Reiterei der Sassaniden ungeeignet war, die sich ja ohnehin schon auf dem Rückzug befanden, hatte Valerian dem Heer befohlen, in Kolonnen vorzurücken. An der Spitze ritt die halbe Kavallerie unter Pomponius Bassus. Dann folgte die Infanterie unter Valerian persönlich. Quietus war an seiner Seite. Ihnen wiederum folgte die andere Hälfte der Reiterei unter Maeonius Astyanax. Der Tross bildete die Nachhut.

»Zeit zu gehen«, sagte Turpio.

Ballista, der aufgrund seines nächtlichen Besuchs bei Cledonius keine Zeit zum Schlafen gehabt hatte, zog sich müde in den Sattel. Seine Familia – Maximus, Calgacus und Demetrius – reihte sich hinter ihm ein. Sie trabten den Hang hinunter, um sich wieder der frustrierenden Aufgabe zu widmen, Ordnung in die Zivilisten zu bringen.

Ohne Zweifel gedrängt von Quietus trieb Valerian das Heer von Anfang an hart an. So dauerte es auch nicht lange, und der Tross wurde von Soldaten flankiert, die weit zurückgefallen waren. Von der Nachhut aus konnte man auch viele kleine, sich bewegende Punkte im Norden sehen: Deserteure, die zum Euphrat rannten. Dass bisher niemand befohlen hatte, Wachen aufzustellen, um das zu verhindern, war ein weiterer Grund zur Sorge.

Nach ungefähr zwei Stunden hartem Marsch wurde dem Heer befohlen anzuhalten, um eine überfällige Mahlzeit einzunehmen. Allerdings befahl der Stab des Kaisers in seinem Fiebereifer auch, dass niemand seinen Posten verlassen dürfe. Alle sollten sie im Stehen essen. Allerdings kam dieser Befehl erst an, als die meisten schon mit dem Essen fertig waren.

Nach einer weiteren Stunde Marsch galoppierten Reiter die Kolonne entlang. Sie hielten Mäntel in den Händen und schleuderten sie über den Köpfen. Feind in Sicht! Feind in Sicht!

Ballista verließ der Mut. Sie waren kaum losmarschiert, und der Feind stellte sie bereits. Aus irgendeinem Grund rief er sich die Tode verschiedener Kaiser ins Gedächtnis zurück: von Gordian III., den die Sassaniden in der Schlacht von Meshike tödlich verwundet hatten, und von Decius, den die Goten in den Sümpfen bei Abrittus erschlagen hatten. In beiden Fällen gab es Geschichten über einen römischen Verräter. Sie stimmten allerdings nicht. Besonders in letzterem Fall war sich Ballista da sogar sehr sicher.

Die ganze Schlacht über war er an der Seite von General Gallus gewesen, dem angeblichen Verräter. Dennoch glaubten viele Männer daran, dass ein Römer einen römischen Kaiser an die Barbaren verraten hatte.

Die Trompeten ertönten. Wie geplant wendete die römische Armee eine Einheit nach der anderen und marschierte nach rechts. Als sie so eine Linie auf der Ebene gebildet hatte, hielt sie wieder an. Dann wendete jede Einheit nach links, diesmal gleichzeitig. Um fair zu sein, wurde das Manöver recht gut durchgeführt. In weniger als einer halben Stunde hatten die Römer von einer Marsch- in eine Schlachtordnung gewechselt. Jetzt bildete die Reiterei unter Pomponius Bassus die rechte Flanke. Die Infanterie mit dem Kaiser war im Zentrum und die Kavallerie von Maeonius Astyanax links. Theoretisch standen vierzigtausend Bewaffnete dem Feind gegenüber, zehntausend davon beritten. Doch schon vor der Pest hatten viele Einheiten nicht ihre volle Stärke gehabt. In Wahrheit warteten nur knapp über zwanzigtausend Soldaten Roms auf den Angriff.

Ballista und Turpio befolgten ihre Befehle und brachten den Tross dicht an die Infanterie, aber in einer langen Linie und dicht an der Straße. Als alles am richtigen Platz war, ritten sie und ein paar Gefolgsleute nach links zu einem kleinen Felsvorsprung, von wo aus sie über die Köpfe der Infanterie hinwegsehen konnten.

Auf der Ebene war der Feind. Es schienen ungefähr fünf- bis sechstausend Mann zu sein. Ungewöhnlich für sassanidische Reiterei waren jedoch keine bunten Farben zu sehen. Stattdessen trugen die Reiter Beige und Ocker. Knapp außerhalb der Bogenreichweite tanzten sie mit ihren Pferden herum.

Eine riesige Kesseltrommel ertönte, und ein hoher Schrei wie von Kranichen kam mit dem Südwind. Die Sassaniden griffen an.

Römische Trompeten waren zu hören, und Offiziere bellten Befehle. Auf eine Entfernung von einhundertfünfzig Schritten schoss die römische leichte Infanterie. Bögen und Schleudern surrten. Ein paar Feinde gingen zu Boden. Wenige Augenblicke später schossen die Ostlinge. Pfeile prasselten auf römische Schilde und Rüstungen. Einige trafen. Männer und Pferde schrien.

Dann wendeten die Sassaniden und galoppierten davon. Sie ritten schnell und schossen noch nicht einmal nach hinten.

Ein Trompetenstoß ertönte im Zentrum der römischen Linie. Ein Bucinator nach dem anderen nahm ihn auf.

»Scheiße«, knurrte Ballista.

»Das kann man wohl sagen«, erwiderte Turpio. »Das ist nicht gerade das, worauf wir gehofft haben.«

Während die Musiker weiter zum Vorrücken bliesen und trommelten, setzte sich die gesamte römische Schlachtreihe in Bewegung. Dann lösten sich die Reiterflügel von der Infanterie.

Ballista schaute zu Turpio. Er musste noch nicht einmal fragen. Turpio antwortete auch so. »Ja, geh, und versuch, ihn zur Vernunft zu bringen.«

Ballista galoppierte davon, gefolgt von Maximus, Calgacus und Demetrius. Turpio schaute ihm hinterher und murmelte laut vor sich hin: »Nicht, dass das etwas nützen würde. Der alte Narr wird dir nicht zuhören. Kronos hat sein Auge auf uns geworfen. Irgendein Gott will unsere Vernichtung.«

Im Galopp raste Ballista dem angreifenden Heer hinterher. Er hielt direkt auf die purpurne Standarte zu, die hinter der Infanterie hoch im Wind flatterte. Er ließ sein Pferd sich selbst einen Weg zwischen den Toten und Verwundeten hindurch suchen. An den Flügeln verschwand die Kavallerie rasch außer Sicht, während sich im Zentrum immer größere Lücken bei der Infanterie auftaten. Die Männer marschierten nicht länger in ordentlichen Reihen, sondern rotteten sich in Haufen um ihre jeweiligen Standarten zusammen. Ohne dass auch nur ein Schlag geführt worden wäre, löste sich das Heer als organisierte Streitmacht auf.

Vier Equites Singulares versperrten Ballista den Weg. Wütend zügelte der Germane sein Pferd. Der Kommandant der kaiserlichen Reitergarde, der junge Italiker Aurelian, ritt heran. »Ich habe Befehl, dich nicht näher an Seine kaiserliche Majestät heranzulassen.«

Ballista schluckte seine Wut herunter und sagte drängend: »Du bist ein guter und kompetenter Soldat, Aurelian. Du siehst doch selbst, was hier los ist. Irgendjemand muss ihn zur Vernunft bringen.«

Der junge Tribun zögerte.

»Wenn er diesen Befehl nicht zurücknimmt, sind wir alle tot.«

Noch immer schwankte der Italiker zwischen Disziplin und seinem eigenen Urteil.

»Vergiss nicht, welches Schicksal Crassus und seine Männer bei Carrhae ereilt hat.« Ballista lachte verbittert. »Valerian bei Edessa – das wird genauso enden.«

Widerwillig winkte der junge Tribun seinen Männern, den Weg freizumachen.

Ballista schlug ihm freundschaftlich auf die Schulter. »Mach dir keine Sorgen. Wahrscheinlich sitzen wir morgen ohnehin schon im Hades zu Tisch.« *Oder*, dachte er, *mit ein wenig Glück werde ich auch in Walhalla speisen. Allen Berichten zufolge ist das ein wesentlich besserer Ort.*

Dieses eine Mal drehte sich Kaiser Valerian mit einem breiten Lächeln zu Ballista um. »Sie laufen weg. Die Echsen fliehen.« Er lachte senil. »Wir werden diese ziegenäugigen Feiglinge bis nach Babylon jagen, bis nach Ktesiphon – haha –, nach Hyrkanien, Baktrien …«

»Dominus, das ist nicht ihre Hauptstreitmacht. Das sind nur ein paar leichte Reiter, die uns in die Falle locken sollen. Ihr Hauptheer, die furchtbaren, gepanzerten Clibanarii, sind irgendwo hinter diesen Hügeln versteckt und warten.«

Der Kaiser hörte ihm nicht zu. »… bis nach Indien, zum äußeren Ozean …«

Ballista beugte sich vor und griff in das kaiserliche Halfter. »Caesar, hör mir zu.« Die umstehenden Equites Singulares legten die Hände auf die Schwerter. Ballista ignorierte sie. »Caesar, schau dich doch um. Dieser voreilige Angriff wird dein Heer vernichten.«

»Voreiliger Angriff? Was weißt du denn davon?« Quietus ritt auf die andere Seite des Kaisers. »Dominus, hör nicht auf diesen zögerlichen Barbaren. Wenn Gaius Acilius Glabrio seine Befehle nicht ignoriert und bei Circesium angegriffen hätte, dann hätte es keinen Sieg gegeben.«

Der alte Kaiser wurde aus einem Traum von der Eroberung des Ostens gerissen. Er funkelte Ballista an. »Lass mein Pferd los.«

Quietus deutete nach vorne. »Schau, Dominus. Unsere Reiterei kehrt siegreich zurück.«

Eine große Masse von Reitern ritt von Süden heran. Das Sonnenlicht funkelte auf ihren Waffen und Rüstungen. Selbst aus der Ferne strahlten sie prachtvoll in der Frühlingssonne – gelb, rot, lila. Über ihren Köpfen flatterten bunte Banner: Wölfe, Schlangen, seltsames Getier und abstrakte Muster.

»Ihr Götter, steht uns bei«, keuchte der Kaiser.

Die massierten, sassanidischen Clibanarii rückten vor wie eine Wand aus Stahl. An ihren Flanken ritten Wolken leichter Kavallerie. Ihre Zahl war unendlich.

»Was sollen wir jetzt tun?« Valerian schaute sich flehend um.

»Ein Waffenstillstand, Dominus. Wir müssen Shapur um einen Waffenstillstand bitten«, sagte Quietus. »Ich werde persönlich gehen und für sicheres Geleit sorgen, damit du persönlich mit ihm reden kannst.«

»Nein!«, schrie Ballista. »Sie werden jetzt nicht mehr zuhören. Sie werden ihn einfach niederreiten und dann den Rest von uns. Blas zum Rückzug! Lass ein Karree bilden! Vielleicht ist es ja noch nicht zu spät.«

Successianus, der Präfekt der Prätorianer, meldete sich zu Wort. »Ballista hat recht, Dominus. Rasch! Gib den Befehl, ein Karree zu bilden, um die Reiterei abzuwehren!«

Von Ballista und Successianus ermutigt, sprachen sich auch Cledonius und Aurelian von den Equites Singulares für den Plan aus.

Valerian schaute zuerst zu Quietus und dann zu Ballista. Schließlich nickte der alte Mann. »Successianus, so soll es sein.«

Der Präfekt der Prätorianer bellte die notwendigen Befehle.

Trompeten ertönten, Standarten wurden geschwungen, und niedere Offiziere brüllten, bis sie heiser waren.

Die komplette römische Infanterie hielt an, und die Soldaten liefen zu den Standarten zurück. Centurionen stießen die Männer auf die richtigen Plätze.

Die Sassaniden stürmten weiter vor. Die Erde bebte unter ihren Hufen. Fünfhundert Schritte. Vierhundert.

Langsam, ganz langsam schwenkte die römische Infanterie und marschierte in Position. Successianus ließ die Prätorianer in die Richtung wenden, aus der sie gekommen waren. Front und Rückseite des Karrees waren bereits an Ort und Stelle. Quälend langsam schlossen sich nun auch die Seiten. Um einen Reiterangriff abzuwehren, musste die Linie so dicht wie möglich sein.

Die Clibanarii kamen rasch näher. Das Sonnenlicht funkelte auf ihren Lanzenspitzen. Dreihundert Schritte. Zweihundert.

Die leichte Infanterie der Römer rannte ohne jede Ordnung in die vermeintliche Sicherheit des sich langsam bildenden Karrees. Die Legionäre auf den Seiten stapften hin und her, um Lücken mit ihren Schilden zu schließen.

Das Karree war fertig.

Die leichten Reiter der Perser flogen an den Flanken vorbei. Pfeile regneten herab und fanden problemlos ihre Ziele bei den dicht gedrängten Römern.

Cledonius wandte sich an den Kaiser. »Dominus, du solltest absitzen. Lass die Prätorianer eine Testudo für dich bilden.«

Valerian schaute seinen Ab Admissionibus kalt an. »Das ist ein schlechter Rat, Amicus. Soll sich der Kaiser verstecken, während seine Männer für ihn sterben?« Einen Augenblick lang schien der silberhaarige Mann wieder der Alte zu sein. »Wir werden diesen Sturm gemeinsam überstehen.«

Die persischen Clibanarii hatten gut fünfzig Schritte entfernt angehalten. Jene, die mit Bögen bewaffnet waren – offenbar die meisten –, benutzten sie nun auch. Gleichzeitig flogen noch weit mehr Pfeile von den Flanken heran. Hinten kamen die sassanidischen leichten Reiter immer näher an den Tross heran. Sie umzingelten die römischen Truppen und schnitten ihnen den Weg ab. Männer und Tiere brüllten furchtbar.

Allvater, dachte Ballista, *der Tross – Turpio!* Mit wachsender Sorge ließ Ballista seinen Blick über das Chaos auf der Straße schweifen. Wo war er? Wo war der Bastard? Da! Ein Keil aus hellblauen Tuniken. Das war dalmatische Reiterei. An ihrer Spitze blitzte ein goldener Armreif, während sein Besitzer das Schwert schwang. Es flog von links nach rechts, als Turpio verzweifelt versuchte, sich einen Weg zum Karree der Infanterie zu bahnen. Und die Reiter kamen voran, aber langsam – sehr langsam.

Eine Flut von schwarzhaarigen Ostlingen versperrte ihnen den Weg. Die hellblauen Tuniken wurden immer langsamer, und schließlich blieben sie stehen. Sassanidische Reiter schwärmten um sie herum. Ein Perser packte den Arm mit dem Armreif. Turpio wurde aus dem Sattel gerissen. Es war vorbei.

Ein schneller Hieb einer dalmatischen Klinge. Der Perser fiel. Turpio richtete sich wieder auf. Der goldene Armreif hob und senkte sich, hob und senkte sich. Die Dalmater bewegten sich wieder, zuerst kaum merklich, dann schneller. Sie brachen durch die letzten Feinde und konnten nun frei galoppieren. Wie auf dem Paradeplatz öffneten die Prätorianer ihre Reihen, um die Dalmater hereinzulassen. Die Reiter stürmten hindurch, und die Prätorianer schlossen die Formation wieder.

Turpio ritt zur kaiserlichen Gruppe. Er hatte den Helm verloren, und seine Tunika war blutbesudelt. Grinsend salutierte er. »Dominus, ich fürchte, wir haben gerade unser Abendessen verloren.« Trotz der vorbeizischenden Pfeile lachten die meisten Männer um den Kaiser.

»Dominus.« Quietus lachte nicht. Sein Gesicht war grau vor Angst. »Dominus, wir müssen einen Herold schicken und um Waffenstillstand bitten. Das ist unsere einzige Hoffnung.«

»Nein!«, donnerte Valerian mit fester Stimme, die sein Alter Lügen strafte. »Ich will nichts mehr von Waffenstillstand hören!« Dann sah er, wer da mit ihm gesprochen hatte, und seine Stimme nahm einen sanfteren Tonfall an. »Mein Junge, ich weiß, dass du die gleiche Liebe für mich hegst wie dein Vater, und dass du das nur deshalb vorgeschlagen hast. Aber heute ist nicht die Zeit für Waffenstillstand. Das Blut der Perser kocht. Heute haben wir keine Wahl. Wir müssen kämpfen.«

Der Kaiser drehte sich zu Ballista um. »Wie weit ist es noch bis Edessa?«

»Zwanzig Meilen.«

Valerian schaute zur Sonne hinauf. »Wir haben noch mehrere Stunden Tageslicht.« Erneut schaute er zu Ballista. »Gibt es Wasser auf dem Weg?«

»Ein Fluss, ungefähr vier, fünf Meilen vor uns.«

Valerian nickte. »Wir werden im Karree marschieren. Wir sollten diesen Fluss lange vor Einbruch der Dunkelheit erreichen, und natürlich werden wir dort unter Waffen lagern. So die Götter wollen, werden sich die Sassaniden für die Nacht zurückziehen. Bei Tagesanbruch werden wir dann weitermarschieren. Die Ostlinge werden auf uns warten, aber wenn wir unsere Formation halten, unsere Disziplin bewahren und uns an unsere Tugend klammern, und wenn die Götter uns wohlgesinnt sind, dann werden wir uns nach Edessa durchkämpfen.« Er schaute zum Präfekten der Prätorianer. »Successianus, gib die Befehle!«

Successianus tat, wie ihm geheißen, und Boten liefen in alle Ecken des Karrees. Die Comites Augusti schlossen die Reihen um Valerian und brachten ihre Leiber und Schilde zwischen die persischen Pfeile und den alten Mann.

Quietus zwängte sich irgendwie zwischen Ballista und Valerian. Der junge Mann beugte sich vor, bis sein Gesicht kurz vor dem des Germanen war. Er stank nach Angst und zischte vergiftet: »Du barbarisches Stück Scheiße, dein Nutzen hat ein Ende.«

Der Marsch nach Edessa war hart. Viele starben. Viele wurden verwundet. Aber es verlief genauso, wie Valerian vorhergesagt hatte. Bei Sonnenuntergang waren sie am Fluss, und die Perser verschwanden in der Dunkelheit. Die Römer verbrachten eine hungrige, schlaflose Nacht in Formation. Wenigstens hatten sie Wasser und, wichtiger noch, ihre Disziplin. Bei Sonnenaufgang brachen sie wieder auf, und die Sassaniden stürzten sich abermals auf sie. Sie umkreisten sie wie Kampfhunde, die ständig nach ihren Knöcheln schnappten, einen Angriff nach dem anderen vortäuschten, und dann die Pfeile und die Schmerzensschreie …

Fünfzehn lange, quälende Meilen, dann erreichte das römische Feldheer die weißen Mauern von Edessa. Sie stellten fest, dass das Nordtor, das Tor der Stunden, bereits für die römische Reiterei freigeräumt worden war. Im Inneren suchten sie dann Pomponius Bassus und Maeonius Astyanax mit ihren Männern. Sie hatten es geschafft, und sie hatten nicht einen einzigen Verwundeten zurückgelassen. Aber, wie Turpio Ballista ins Ohr flüsterte, als sie durchs Tor ritten, sie waren zwei Tage lang marschiert, hatten gekämpft und waren gestorben, um schlussendlich in einer belagerten Stadt gefangen zu sein.

XXVIII

Am 17. März im Jahr des Konsulats von Saecularis und Donatus, beide zum zweiten Mal, im eintausendzwölften Jahr seit der Gründung von Rom, acht Tage nach der Ankunft des kaiserlichen Ostheeres, bestanden die Einwohner von Edessa darauf, trotz der Belagerung das Fest der Maiuma zu feiern.

Moralisten aller Glaubensrichtungen, Römer, Christen und andere, verdammten die Maiuma, das Fest der Lichter. Doch trotz all ihrer meisterlichen Reden, ihrer Ehrfurcht gebietenden Bärte und ihrer offensichtlichen Ernsthaftigkeit kämpften sie auf verlorenem Posten. Solange es keine dramatische Veränderung in der Moral gab, zum Beispiel durch einen christlichen Kaiser, würde man das Frühlingsfest weiter feiern. Und es wurde überall im Osten gefeiert, wenn auch unter verschiedenen Namen, von Byzantium bis zum Tigris. Die genaue Bedeutung war jedoch schwer zu ergründen. In Edessa glaubten viele, es werde zu Ehren der Götter gefeiert, die sich als Abend- und Morgenstern manifestierten. Andere hielten es für eine Ehrbezeugung für Sin, den Mondgott, oder Atargatis, die syrische Göttin. Wieder andere betrachteten es als Fest des Herrn des Himmels persönlich, des mächtigen Ba'alshamin. Der größte Stolperstein für die Moralisten war jedoch, dass die Maiuma genau wie die Saturnalien jede Menge Spaß machte.

Am Nachmittag waren die Tore und Straßen von Edessa mit Tüchern in allen möglichen Farben geschmückt, und Lampen und Kerzen hingen an Kordeln von Vordächern und Bäumen. Als der Abendstern zu leuchten begann, strömten die Bürger in weißes Leinen gehüllt auf die Straßen. Die Männer trugen Turbane und die Frauen einen hohen Kopfputz, an dem Seidenschleier hingen. Zum Entsetzen jener von strenger Moral war jedoch kein einziger Gürtel zu sehen. Beide Geschlechter zogen mit weiten, offenen Kleidern durch die Straßen, oder wie ein Moralist es ausdrücken würde: mit losem Unterleib.

Mit einer Blume in der einen und einer Kerze in der anderen Hand zogen Männer und Frauen zum Fluss hinunter. So dauerte es nicht lange, und die Ufer des Scirtos wurden von Tausenden winziger Lichter erhellt, vom Westen, wo er nahe dem Tor der Bogenschützen in die Stadt floss, bis zu den Wassertoren, durch die er sie wieder verließ. Weihrauch wurde dem »Springenden Fluss« geopfert, und die Blumen wurden in das funkelnde azurblaue Wasser geworfen. Dann zogen Männer und Frauen durch die Straßen der Stadt. Sie sangen, johlten, aßen und tranken. Überall gab es Musik und Tanz, und überall waren geschwärzte Augen über den Seidentüchern zu sehen. In der milden Frühlingsnacht verabredete man sich. Ja, die *Maiuma* bedeutete jede Menge Spaß.

Dieses Jahr, so dachte Ballista, hatten die Edesser auch noch einen weiteren Grund zum Feiern. Es war allgemein bekannt, dass das kaiserliche Feldheer wieder abrücken würde. Es war eine furchtbare Ironie, dass man Valerians Männer nach einem zweitägigen Höllenmarsch nicht als Retter gefeiert hatte, sondern als Ärgernis betrachtete.

Die Belagerung hatte Edessa nicht viel abgefordert. Die Mauern waren stabil, und die Garnison war groß genug und sowohl mit regulären Truppen besetzt als auch mit Miliz. Der Statthalter, Aurelius Dasius, war beliebt und fähig.

Doch nun war das kaiserliche Feldheer innerhalb der Mauern. Soldaten hausten unter jedem Vordach und auf jeder freien Fläche. Andere waren in Privathäusern einquartiert. Und da Soldaten nun einmal so sind, wie sie sind, wurden unzählige freigeborene Frauen und Jungen in den Straßen belästigt, manche sogar vergewaltigt. Das war nicht das *Maiuma*-Fest, wie es die braven Bürger gewohnt waren. Außerdem war da das Problem der Versorgung. Die Vorräte, die eigentlich für die Garnison und die Bürger gedacht waren, gingen nun auch an fast zwanzigtausend Männer und fünftausend Pferde.

Besonders besorgniserregend war jedoch die strategische Situation. Solange ein römisches Heer im Feld gewesen war, hatten die Sassaniden sich ihm gestellt und die Belagerung nicht forciert. Ohne ein solches Heer würden die Ostlinge jedoch schon bald ihr komplettes Arsenal an Belagerungsgerät auffahren: Minen, Rampen, Steinschleudern, Rammen und Belagerungsstürme.

Da war es kein Wunder, dachte Ballista, dass die Bürger von Edessa froh waren, als sie erfuhren, dass das kaiserliche Heer in der nächsten mondlosen Nacht wieder abrücken würde, also in sieben Tagen. Er warf ein paar Brotkrumen in den heiligen Brunnen. Große Karpfen kamen an die Oberfläche. Es waren so viele, dass es aussah, als könne Ballista über sie hinweglaufen.

Unglücklich dachte Ballista an die jüngsten Ereignisse zurück. Draußen auf dem Schlachtfeld, als die *Clibanarii* aufgetaucht waren, da war Valerian ein paar Augenblicke lang wieder wie früher gewesen. Doch die Hoffnung, die Ballista in diesem Moment empfunden hatte, hatte sich beim nächsten Kriegsrat schon wieder in Luft aufgelöst.

Irgendwie war Anamu wieder aufgetaucht. Der unzuverlässige Araber hatte sich mit den Kreaturen des Macrianus zusammengetan – mit den Reiterbefehlshabern Pomponius Bassus und Maeonius Astyanax und mit Macrianus' Sohn Quietus – und den alten Kaiser davon überzeugt, dass ein Nachtmarsch die beste Lösung für einen Rückzug nach Samosata war. Ihre Argumente waren nur leere Phrasen gewesen. Anamu kannte eine Abkürzung. Die Ostlinge kämpften nicht in der Nacht. Sie würden keine Probleme haben. Es würde so leicht werden wie ein Spaziergang in Kampanien.

Dabei war klar, dass auch die Perser davon erfahren würden, wenn die Bürger von Edessa vom Abmarsch wussten. Und Ballista war sich sicher, dass die Sassaniden ihre Vorbehalte gegen den Kampf in der Nacht schon überwinden würden. Sie würden sie erwarten.

Ballista lächelte grimmig, als er sich an seinen eigenen Einwand erinnerte: »Nur ein Narr würde einem Araber auf einer Abkürzung zum Hades folgen.« Nachtmärsche bedeuteten Chaos. In Nachtgefechten fiel ein Heer schnell auseinander. Ballista hatte jedoch schnell erkennen müssen, wie kontraproduktiv seine offenen Worte waren. Kaum war er fertig gewesen, da hatte Valerian verkündet, er werde den weisen Ratschlägen der *Amici* seines geliebten Macrianus folgen.

»Scheiße«, fluchte Ballista laut. Ihm kam eine Zeile aus einem von Turpios Lieblingsgedichten in den Sinn: »Weine um jene, die das Sterben fürchten.« Er warf die letzten Brotkrumen ins Wasser.

Turpio ging mit den anderen aus: Ballista, Maximus, dem hübschen jungen Demetrius und dem hässlichen alten Calgacus. Sie ließen einen Schlauch unverdünnten Wein herumgehen. Sie wollten sich eine Pantomime auf dem Gelände des Sommerpalasts ansehen und hatten sich ein Stück ausgesucht, das wohl vor allem Maximus gefallen würde: Aphrodite, die beim Ehebruch erwischt wurde.

Der Tänzer war gut. Mit nur seinem eigenen Körper erweckte er die Geschichte vor den Augen der Zuschauer zum Leben: die Leidenschaft von Aphrodite und Ares, wie Helios sie erwischt und wie der betrogene Hephaistos das Bronzenetz schmiedet, um die Liebenden zu fangen und den lüsternen Blicken der anderen Götter auszusetzen.

»Ja, das war ziemlich gut«, sagte Maximus anschließend. Er warf Turpio den Weinschlauch zu. »Aber ich sage ja immer, dass ein gottesfürchtiger Mann auf das hören sollte, was die Götter ihm zeigen. Und jetzt, Brüder, jetzt ist es an der Zeit, unsere eigene Pantomime aufzuführen.«

»Ich kenne da einen Laden«, sagte Demetrius. »Eine lokale Spezialität.«

Sie folgten dem jungen Griechen über eine kleine Brücke. Auf den Wassern des Flusses spiegelten sich noch immer die unzähligen Lichter. Dann ging es an den Winterbädern vorbei und eine Nebenstraße hinauf.

Turpio erinnerte sich an einen Morgen vor langer Zeit, als Demetrius ihn und Maximus in Emesa auf eine sinnlose Suche nach Mädchen aus der Oberschicht durch die ganze Stadt geschickt hatte, die angeblich ihre Pflicht den Göttern gegenüber dadurch erfüllen wollten, dass sie Fremden ihre Jungfräulichkeit opferten. Bei den Göttern der Unterwelt, was war Maximus wütend gewesen, als ihm klar geworden war, dass der junge Grieche sie hinters Licht geführt hatte. Zwar hatte der Hibernianer irgendwann doch ein paar Mädchen gefunden, nur mit Jungfrauen hatten die beim besten Willen nichts mehr zu tun.

Sie erreichten das Ende einer weiteren Gasse. Demetrius sprach mit zwei stämmigen Männern an der Tür. Geld wechselte den Besitzer, und sie wurden in einen schwach beleuchteten Hof gelassen. Umgeben von anderen Männern setzten sie sich auf Kissen und bekamen Wein. Eine Lampe brannte an einer freien Fläche vor einer kahlen Wand. Der Geruch von Weihrauch, Wein und dem Parfüm der Anwesenden war stark. Plötzlich wurden die Lichter gelöscht, und Stahl blitzte im Zwielicht auf.

Als sich die Augen der Männer an das Licht gewöhnt hatten, sahen sie die Gestalt eines Jünglings, der hinter der Lampe auf dem Boden lag. Das Schwert lag neben ihm. Er schien zu schlafen.

Trommeln ließen alle zusammenzucken. Der Jüngling wachte auf und schnappte sich sein Schwert. Von irgendwoher kam hoher, heulender Gesang, unheimlich für westliche Ohren. Die Trommeln spielten einen drängenden Rhythmus. Elegant erhob sich der Jüngling. Er spielte die Suche nach einem verborgenen Feind. Dann zündete er zwei Kerzen an der Lampe an. Er balancierte das Schwert auf dem Kopf und schaute sich um. Nur drei Lichtpunkte, einer fest, zwei in Bewegung. Als er sich umdrehte, blitzte das Schwert auf wie der *Pharos*, der die Schiffe in den Hafen führt.

Die Trommeln donnerten. Die Kerzen verschwanden aus den Händen des Jünglings, und das Schwert flog durch die Luft. Schräge Akkorde auf irgendeinem Saiteninstrument begleiteten die Sprünge des Tänzers, der im Kampf mit dem unsichtbaren Angreifer hierhin und dorthin sprang. Immer schneller blitzte das Schwert. Glattes, braunes, geöltes Fleisch im Lampenlicht, gespannte Muskeln. Das Schwert bewegte sich viel zu schnell für die Augen.

Dann fiel das Schwert aus der Hand des Jünglings und rutschte klappernd über den Steinboden. Der Jüngling war überwältigt. Er sank zu Boden. Die Musik verstummte. Er rührte sich nicht mehr. Dann, zuerst langsam, begann die Musik erneut. Der Jüngling bewegte sich wieder. Seine Hüfte hob und senkte sich im Takt, schneller und schneller bis zum Höhepunkt. Ein Becken schepperte. Er lag wieder regungslos da. Die Lichter flackerten auf. Es war vorbei.

Ein hörbares Seufzen ging durch die Zuschauer, dann folgte Applaus. Der Jüngling setzte sich auf.

»Nicht schlecht«, sagte Maximus, »aber deswegen schwimme ich nicht ans andere Ufer.« Er leerte seinen Becher. »Brüder, ich denke, wir sollten unsere Suche nach irdischen Freuden fortsetzen. Ich finde schon den richtigen Ort für uns.«

Demetrius lächelte den Jüngling an, und der erwiderte sein Lächeln. »Ich denke, ich bleibe hier.«

»Natürlich«, sagte Maximus und stand auf. »Sei nur vorsichtig mit dem Schwert.« Er zerzauste dem Griechen das Haar.

Draußen folgten Turpio und die beiden anderen Maximus an der Basilika vorbei in Richtung Norden. Getreu seinem Wort hatte Maximus kurz darauf etwas gefunden. Es war ein weiter, gut beleuchteter Hof. Tische und Liegen, Männer und Frauen, Schankmädchen. Sie bekamen sofort einen Ecktisch. Dann servierte man ihnen dünnes Brot mit gewürztem Lamm darauf und dazu den starken einheimischen Wein.

Turpio fiel auf, dass Ballista sorgfältig darauf achtete, was er aß und trank. Das war ein sicheres Zeichen dafür, dass der große Barbar schon genug hatte.

Turpio lehnte sich auf den Ellbogen und ließ seinen Blick über den Hof schweifen. Da waren ein paar Soldaten, doch bei den meisten handelte es sich um Einheimische. Vier respektable Frauen lagen am nächsten Tisch. Eine von ihnen schaute zu den Römern. Ihre Augen lächelten über dem Schleier. »Laut den Gesetzen von Edessa wird nicht nur eine ehebrüchige Frau hingerichtet, sondern auch jene, die nur des Ehebruchs verdächtigt werden. Und dann, einmal im Jahr, gibt es *Maiuma.*« Turpio hob die Augenbrauen.

»So seltsam ist das nicht, mein Freund«, erklärte Maximus. »Die Seltsamkeit dieser Leute kennt kein Ende. Letzte Nacht habe ich mit einem Philosophen von hier geredet – einen riesigen Bart hatte der, das hättet ihr sehen sollen –, und der hat mir erzählt, dass es weit im Osten, bei den Seres, nicht einen einzigen Hurenbock gibt. Aber bei den Indern rammeln sie wie die Karnickel. Nur ihre Brahmanen, die würden noch nicht einmal den Schwanz rausholen, wenn Aphrodite persönlich ihnen die göttliche Fotze vor die Nase hält. Bei den Baktriern wiederum kleiden sich die Frauen wie Männer und betrachten es als großes Zeichen der Gastfreundschaft, jeden Fremden zu ficken, der durch ihr Land kommt.« Er hielt kurz inne und trank einen Schluck. »Und, Brüder, habt ihr euch je gefragt, was die Moral von der Geschicht' ist?«

»Eigentlich nicht. Nein. Nie«, antwortete Ballista.

Maximus ignorierte ihn. »Die Moral ist eine der wichtigsten für einen Mann. Es wäre wahrhaft traurig, als Brahmane oder Seres geboren zu sein, doch das größte Glück wartet auf den Straßen von Baktrien.«

Ein furchtbares Keuchen hallte über den Tisch. Calgacus hörte nur lange genug auf zu lachen, um zu sagen: »Deine Lebensphilosophie ist also: Wo auch immer du hingehst, tu so, als wärst du in Baktrien. Du solltest deine Memoiren schreiben: *Ein Fremder in Baktrien*. Das wäre ein fantastischer Titel, viel besser als Marc Aurels *Selbstbetrachtungen*.«

Über das Lachen hinweg fragte Ballista: »Ist dir nicht zufällig mal der Gedanke gekommen, dass dieser bärtige Einheimische dich nur auf den Arm nehmen wollte?«

Maximus hob die Hand. »Nicht einen Moment lang. Ich bin noch nie einem ernsteren Mann begegnet.« Ein listiger Ausdruck erschien auf seinem Gesicht. »Und eines will ich dir sagen: Er hatte Ahnung. Hast du zum Beispiel gewusst, dass bei den Völkern Germaniens, zu denen du ja auch gehörst, Männer sich hübsche Jungen zur Frau nehmen, einschließlich Hochzeitsfest? Und sie schämen sich noch nicht einmal dafür!«

»Ach, Mist«, seufzte Ballista. »Ich dachte, das hätten wir geheim gehalten.«

Maximus reckte sich. »Wie auch immer, all dieses Gerede von Fleischeslust droht den vernünftigen Teil meiner Seele zu untergraben, wie Demetrius sagen würde.« Er stand auf, schwankte leicht und zog los, um mit einem der Schankmädchen ins Geschäft zu kommen.

»Ich gehe ins Bett«, verkündete Ballista. »Ich kann nicht mehr trinken.« Nachdem sich die anderen erhoben hatten, um sich von ihm zu verabschieden, schauten Turpio und Calgacus einander an.

»Das ist so ein Tick, den er die letzten Jahre hat«, erklärte Calgacus. »Er glaubt, wenn er eine andere Frau fickt, dann wird er im nächsten Kampf sterben.«

»Nun, die Frau, die er zu Hause hat, ist ja auch ein geiles Weib.« Calgacus funkelte Turpio scharf an, doch der fuhr fort: »Ach, komm schon. Ich bin doch nicht wie Maximus. Ich rede nur. Ich trinke und rede.« Als Calgacus die dünnen Lippen zu etwas verzog, was vermutlich ein Lächeln sein sollte, stand Turpio auf. »Wir feiern *Maiuma*. Wenn es dir nichts ausmacht, allein am Tisch zu sitzen, der irrationale Teil meiner Seele ruft. Mach dir keine Sorgen. Mir haben schon viele Frauen gesagt, dass es nicht lange dauert.«

Hinterher richtete Turpio seine Kleidung. Er schlug dem Mädchen auf den Arsch und gab ihr ein kleines Trinkgeld. Der tatsächliche Preis war unten gezahlt worden, an den Wirt. Als er den kleinen Raum verließ, blieb Turpio kurz stehen und lehnte sich auf das kleine Geländer im ersten Stock. Unter sich sah er Maximus, der Calgacus gestenreich etwas erklärte.

Der Hibernianer redete noch immer, als Turpio an den Tisch trat. »Eine Klitoris wie eine Schleuder, glaub mir!«

»Ich bin fertig hier. Gute Nacht«, verabschiedete sich Turpio und ging.

Draußen in der Gasse war es stiller als zuvor. Allmählich wurde es spät. Seltsam, dachte er, dass nicht nur Ballista, sondern auch dessen zwei Sklaven so enge Freunde von ihm geworden waren. Andererseits hatten sie auch schon viel gemeinsam durchgemacht. Noch eine Nacht, und wer wusste schon, was da kommen würde? *Ein Fremder in Baktrien.* Turpio lächelte und erkannte, dass er ziemlich betrunken war.

Turpio hatte keine Mühe, den Weg zurückzufinden. Als er den Scirtos überquerte, sah er, dass die meisten Lichter inzwischen erloschen waren. Hinter den Fischteichen sammelte er seine Kräfte für den Aufstieg zur Zitadelle und damit zu ihren Quartieren im Winterpalast der alten Könige von Osrhoene.

Als er den Hofeingang erreichte, blieb er kurz stehen, um wieder zu Atem zu kommen. Er wusste sofort, dass etwas nicht stimmte. Der abnehmende Mond erhellte den leeren Platz. Es war jedoch keine Wache am Fuß der Stufen zu sehen. Turpio schaute sich um. Nichts. Kein Geräusch. Mit einem Schlag war er wieder nüchtern.

Vielleicht war die Wache ja nur um die Ecke gegangen, um sich zu erleichtern. Turpio glaubte, Schritte zu hören, als er näher kam. Sollte er sein Schwert ziehen? Wenn die Wache wieder zurückkam, sähe das seltsam aus. Turpio zog das Schwert trotzdem. In dem stillen Gebäude hallte das Geräusch laut in seinen Ohren wider. So leise er konnte, überquerte Turpio die Pflastersteine bis zur Treppe, die die innere Mauer des Hofs hinaufführte. Dort blieb er wieder stehen, schaute sich um und lauschte. Nichts Ungewöhnliches. Auf der Veranda im ersten Stock fiel goldenes Licht aus den geschlossenen Fenstern der Vorräume zu den Schlafräumen.

Leise stieg Turpio die Treppe hinauf und hielt die Klinge weit weg von der Wand. Oben angekommen, hielt er erneut an. Noch immer nichts. Reglos suchte er die Nacht mit all seinen Sinnen ab. Halb glaubte er, einen ungewöhnlichen Geruch wahrzunehmen, doch er war zu schwach. Er wusste es nicht. Turpio wartete wachsam.

Da! Ein weiteres Licht. Eine der Türen stand einen Spalt offen:

die Tür zu Ballistas Quartier. Ohne nachzudenken und ohne Zögern huschte Turpio über die Veranda. Am Fenster angekommen, duckte er sich und spähte durch den Fensterladen. Der Vorraum schien leer zu sein.

Turpio richtete sich rasch auf und ging zur Tür. Mit angehobenem Schwert stieß er sie auf. Der Vorraum war tatsächlich leer, aber es roch stark nach gewachstem Tuch. Die Tür zum Schlafraum stand halb offen. Mit nur drei Schritten war Turpio dort. Er trat die Tür auf und duckte sich in Kampfhaltung.

Der große Mann in dem Kapuzenmantel beherrschte den Raum. Er stand über einer reglosen Gestalt im Bett. Die Klinge in seiner Hand funkelte im Lampenlicht.

Turpio brüllte und stürmte vor. Der Vermummte wirbelte herum. Funken flogen, als er Turpios Schwert beiseiteschlug. Instinktiv duckte sich Turpio, und der Stoß zischte über seinen Kopf hinweg.

Kurz zogen die Kämpfer sich zurück. Turpio konnte das Gesicht des Mannes unter der Kapuze nicht erkennen. Auf dem Bett rührte sich Ballista noch immer nicht.

Der Vermummte täuschte einen tiefen Angriff vor und stieß dann hoch zu. Turpio riss den Kopf aus dem Weg und trat geschickt vor und nach rechts. Er packte sein Schwert mit beiden Händen und rammte seinem Gegner die Spitze in den Bauch. Den Rest erledigte der Schwung des Mannes. Aufgespießt und mit Turpio von Angesicht zu Angesicht hauchte er sein Leben aus. Sofort erfüllte der Gestank von Tod den Raum.

Turpio drückte dem Toten die rechte Hand auf die Brust und riss mit der Linken das Schwert heraus. Mit einem Übelkeit erregenden Geräusch löste es sich aus dem Fleisch. Der Tote brach zusammen, und Turpio stieß ihn weg. Als die Leiche auf den Boden sackte, fiel die Kapuze zurück und enthüllte das dunkelhäutige Gesicht des Mannes.

Turpio schaute zu seinem Freund. Ballista lebte. Reglos starrte er mit großen Augen die Leiche an.

»Alles in Ordnung mit dir?«, fragte Turpio.

Ballista schluckte und versuchte zu sprechen, doch kein Ton kam über seine Lippen.

»Er hat versucht, dich umzubringen, aber das ist jetzt kein Problem mehr. Er ist tot.«

Ballista konnte noch immer nicht sprechen. Schließlich nickte er einfach nur.

Unsicher angesichts der Angst seines Freundes wandte sich Turpio ab. Blut tropfte von seinem Schwert auf den Teppich. Er bückte sich, schlug den Mantel des Toten zurück, fand ein sauberes Stück Tunika und wischte seine Klinge daran ab.

Ballista warf die Decken zurück und schwang die Beine aus dem Bett. Er starrte die Leiche noch immer an. Ballista war nackt. Das Haar auf seiner Brust und seinen Beinen war so nass, als hätte er gebadet. Es dauerte eine Weile, dann sagte er leise: »Ich dachte, das wäre jemand anderes.«

»Wer?«

Ballista schaute den Toten weiter an. Als er schließlich antwortete, klang seine Stimme monoton. »Vor langer Zeit, bei der Belagerung von Aquileia, habe ich Maximinus Thrax getötet. Ich hatte keine Wahl. Hätte ich den Kaiser nicht getötet, hätte entweder er mich umgebracht oder die Verschwörer. Aber ich hatte das Sacramentum abgelegt, den militärischen Treueeid, dass ich ihn schützen würde. Wenn man in Germanien einem Kriegsherrn die Treue schwört, dann verlässt man das Feld nicht, wenn er fällt. Und ich habe ihn getötet. Ich habe ihm einen Stift in den Hals gerammt.«

Eine Zeit lang versank Ballista in Schweigen. Auch Turpio sagte nichts, sondern wartete.

»Sie haben ihm den Kopf abgeschnitten und ihn nach Rom geschickt. Sie haben seine Leiche geschändet«, fuhr Ballista schließlich fort. »Sie haben ihm ein Begräbnis verweigert und seinen Dämon dazu verdammt, auf ewig über die Erde zu wandeln. Manchmal, des Nachts, kommt dieser Dämon zu mir. Und er spricht. Er sagt immer das Gleiche: ›Ich sehe dich in Aquileia‹. Manchmal lacht er auch.«

Ballista hob den Kopf und grinste. Er zitterte. Offenbar hatte er

Mühe, sich zu beherrschen. »Wie im Leben, so liebt Kaiser Maximinus Thrax auch im Tod große Kapuzenmäntel.«

Turpio lächelte.

»Nur Julia, Calgacus und Maximus wissen davon«, sagte Ballista. »Ich würde dieses Geheimnis gern für mich bewahren.«

»Natürlich.«

Ballista stand auf, ging zu seinem Freund und umarmte ihn. Dann lehnte er sich zurück und schaute Turpio in die Augen. »Danke.«

XXIX

Es war eine mondlose Nacht. Wenigstens war das Teil des Plans. Die Scharniere des Tors der Stunden waren geölt worden, was ziemlich sinnlos war, dachte Ballista. Es war unmöglich, ein Heer von noch immer fünfzehntausend Mann in einer belagerten Stadt zu versammeln, ohne dass der Feind etwas davon mitbekam. Außerdem wussten selbst die einfachsten Sklaven auf der Agora schon seit Tagen, wann das Heer wieder abrücken würde. Die Sassaniden mussten einfach davon erfahren haben.

Ballista stand am Rand des kaiserlichen Gefolges und hielt sein Pferd am Halfter. Turpio war neben ihm. Einen Tross, den sie hätten befehligen können, gab es nicht mehr, und es sollte auch kein neuer aufgestellt werden. Die einzige Ausnahme war natürlich die Impedimenta, die für die Dignitas eines römischen Kaisers nötig war. Die kaiserlichen Besitztümer waren auf den Rücken von gut fünfzig Packpferden verstaut, die zwischen den Prätorianern und der Reitergarde marschieren sollten. Ballista und Turpio sowie das Dutzend Dalmater, das den letzten Kampf überlebt hatte, sollten sich den Equites Singulares anschließen.

Ballista schaute zu dem alten Kaiser. Valerian saß auf einem ruhigen, aber prachtvollen grauen Pferd und nahm gerade die letzten Instruktionen von Macrianus' Kreaturen entgegen. Sie beugten sich gemeinsam vor und sprachen in ernstem Ton: Quietus, Maeonius Astyanax, Pomponius Bassus und Censorinus. Selbst der Araber Anamu mit seiner exotischen weiten blauen Hose war dabei. *Da wedelt der Schwanz mit dem Hund*, dachte Ballista in seiner Muttersprache. Die loyalen Männer, Prätorianerpräfekt Successianus und der Ab Admissionibus Cledonius, warteten in gebührendem Abstand.

Der Befehl ging durch die Reihen. Es sollte keine Trompete erklingen, trotzdem sollten sich die Männer auf den Marsch vorbereiten. Fackeln wurden gelöscht. Die Kavallerie, die die Vorhut bilden sollte, saß auf. Pomponius Bassus und Maeonius Astyanax setzten sich an ihre Spitze. Anamu gesellte sich zu ihnen sowie ein halbes Dutzend angeblich loyaler Führer, die sie durch das Hochland zum Euphrat bringen sollten und damit nach Samosata und in Sicherheit.

Das Tor schwang fast geräuschlos auf. Dann setzte sich die Reiterei in Bewegung. Das Tor war gerade groß genug für fünf Reiter nebeneinander. Reihe für Reihe ritten sie hindurch. Und es dauerte lange, bis tausend Reihen durch waren.

Schließlich verschwanden die letzten Reiter durch das Tor, und die Infanterie setzte sich in Marsch. Einige hatten sich nicht mehr zu den Standarten zurückgemeldet, sondern sich in irgendeine Gasse verdrückt. Das war auch kein Wunder. Eine Belagerung hinter den sicheren Mauern von Edessa war einem zweitägigen Gewaltmarsch durch unbekanntes, feindliches Land durchaus vorzuziehen. Trotzdem waren da noch immer zehntausend Bewaffnete zu Fuß. Umgeben von seinen Equites Singulares, würde der Kaiser mitten unter ihnen reiten, und die Prätorianer sollten hinter der Reitergarde folgen.

Dann kam der nächste Befehl. Da war eine Lücke in der Infanterie. Jene aus dem kaiserlichen Gefolge, die nicht schon auf ihren Pferden saßen, schwangen sich in die Sättel. Die Equites Singulares ritten los, an ihrer Spitze ihr Befehlshaber, Aurelian der Italiker. Valerian ritt in der Mitte. Ballista, seine Familia, Turpio und die Dalmater bildeten die Nachhut der kaiserlichen Gruppe. Unmittelbar dahinter kamen die Packpferde, geführt von Prätorianern, und dann der Rest der Garde. Die verbliebene Infanterie würde ihnen folgen.

Vor dem Tor war es heller. Die Nacht war klar. Tausende von Sternen funkelten am Himmel. Ein kalter Wind wehte von Süden heran. Weit im Südwesten flackerten unzählige Lagerfeuer. Das sassanidische Lager erstreckte sich wie ein Teppich über die Ebene. In den nur schattenhaft zu erkennenden Hügeln im Norden war jedoch nichts zu sehen, noch nicht einmal ein Wachfeuer, und das in dieser Nacht der Nächte. Nur ein Narr könnte glauben, dachte Ballista, dass die Perser nicht auch in den Hügeln waren. Die Echsen wussten, dass sie kamen. Sie hatten die Feuer mit Sicherheit nur gelöscht und vielleicht auch die vorgeschobenen Posten zurückgezogen. Sie wollten, dass die Römer nach Norden marschierten. Sie lockten sie auf die Hochebene, wo ihre Kavallerie sie erschlagen konnte.

Allvater, Graubart, Vermummter, wache über mich in dieser Nacht. Lass mich das Tageslicht noch einmal sehen. Lass mich Julia noch einmal sehen und meine geliebten Söhne Isangrim und Dernhelm. Im Dunkeln ging Ballista das Ritual durch, das er vor jeder Schlacht durchging: Zieh den Dolch rechts am Gürtel halb aus der Scheide, und steck ihn wieder zurück. Mach das Gleiche mit dem Schwert links, und berühre schließlich den heilenden Stein an der Schwertscheide. Maximus, Calgacus und Demetrius ritten hinter ihm. Er war so bereit, wie er nur sein konnte.

Sie waren noch nicht weit geritten, als die Infanterie vor ihnen sie zum Stehen brachte. Ein Nachtmarsch war immer chaotisch. Unerklärlicherweise hält eine Kolonne an. Einheiten laufen ineinander und sind nur schwer wieder voneinander zu trennen. Dann ist der Weg genauso unerklärlich wieder frei. Einheiten rennen vorwärts. Nachzügler wissen nicht mehr, wo ihre Standarte ist. Lücken öffnen sich. Ganze Einheiten gehen verloren.

Bei den Göttern der Unterwelt, seufzte Ballista innerlich, *die Katastrophe ist unausweichlich.* Er dachte darüber nach, einen Schluck zu trinken, entschied sich jedoch dagegen. Wer wusste schon, wann er das nächste Mal die Feldflasche wieder auffüllen konnte, die an seinem Sattel hing. Maximus reichte ihm ein Stück Trockenfleisch. Ballista kaute darauf herum.

Die Soldaten vor ihnen setzten sich wieder in Bewegung. Ballista und die anderen folgten ihnen. An den Flanken huschten schattenhafte Gestalten hierhin und dorthin. Ballista verspannte sich, die Hand auf dem Schwert, und spähte in die Dunkelheit. Dann entspannte er sich wieder. Die Gestalten bewegten sich von der Kolonne weg. Das waren Deserteure, die sich in die vermeintliche Sicherheit der Nacht davonstahlen. Narren. Ballista fragte sich, wie viele von ihnen man am nächsten Morgen wohl finden würde, geköpft, gepfählt oder mit herausgerissenen Eingeweiden.

In der Nacht ist es schwer, Entfernungen einzuschätzen. Besonders schwer ist es zu schätzen, wie weit man schon marschiert ist, vor allem in einer Kolonne. Meistens sieht man nur die Rücken der Männer vor einem. Ist man am Rand der Kolonne, kann man wenigstens hinausschauen, nur tun das wenige. Auch sieht man im Dunkeln nur wenig, woran man sich orientieren kann, und das Wenige, was man sieht, darf man nicht zu lange anstarren, sonst beginnen sich die Formen zu bewegen. Felsen und Büsche verwandeln sich in feindliche Kämpfer. Da ist es schon besser, sich auf die Rücken vor einem zu konzentrieren. Das sind Kameraden. Sie führen einen durch die Dunkelheit in Sicherheit. Sie dürfen aber nicht zu weit weg sein. Ballista hatte schon erlebt, wie ganze Heere auseinandergefallen waren, nur weil alle immer schneller und schneller durch die Dunkelheit gelaufen waren aus Angst, zurückgelassen zu werden.

Lärm kam von hinten. Stimmen erhoben sich vor Schreck und Wut. Stahl schlug auf Stahl. Das kam von den Prätorianern, die die Packpferde führten.

Ballista befahl den anderen, ihm zu folgen, lenkte sein Pferd aus der Formation und galoppierte an der Kolonne entlang.

Als sie bei den Packpferden ankamen, konnten sie gerade noch sehen, wie vier, fünf Mann wegrannten. Einen Augenblick später waren sie in der Dunkelheit verschwunden. Einer der Prätorianer, der für die Packpferde abgestellt worden war, lag am Boden. Mehrere andere hatten sich um ihn versammelt. Einige drückten die Hände auf ihre Wunden. Ballista saß ab.

»Diese Bastarde von Legionären«, knurrte ein Prätorianer. Offensichtlich war die Verlockung kaiserlicher Schätze zu viel für die Disziplin einiger gewesen.

Ballista untersuchte den Mann am Boden. Er hatte eine tiefe Schwertwunde in der Brust und lag im Sterben. Sie hatten jedoch keine Zeit für Mitleid. Die Packpferde hielten den ganzen hinteren Teil der Kolonne auf, und der vordere Teil war nicht stehen geblieben. Rasch gab es eine große Lücke mitten im Heer.

Ballista wandte sich an einen der Kameraden des Mannes. »Tut das Richtige. Dann marschiert weiter.« Er saß wieder auf. Einen Augenblick später hörte er, wie ein Schwert gezogen wurde.

Als er wieder auf Position ritt, fiel Ballista auf, dass er gerade das Kommando über ihre kleine Einheit übernommen hatte. Turpio hatte seine Befehle wortlos befolgt. Der alte Bastard war ein guter Mann. Im Gegensatz zu den meisten Römern bestand er nicht auf seiner Dignitas. Das Sternenlicht funkelte auf dem lächerlichen persischen Armreif, den er immer trug. Jetzt, inmitten der anderen, war es zwar nicht an der Zeit, doch später würde sich Ballista bei Turpio bedanken und sich bei ihm entschuldigen – als hätte er ihm die letzten Tage nicht schon oft genug dafür gedankt, dass er ihm das Leben gerettet und über Maximinus Thrax Schweigen bewahrt hatte.

Anamu führte das Heer nach rechts zu den ersten Ausläufern der Hügel, in Richtung Nordosten. Die Straße nach Samosata, auf der Ballista gereist war, verlief jedoch nach Nordwesten. Sie marschierten in eine Gegend, die er nicht kannte, in ein Land, von dem er annahm, dass nahezu niemand im Heer es kannte. Rechts von sich fiel ihm ein großer, einsamer Felsen auf, dessen Umrisse vage an einen geduckten Löwen erinnerten.

Immer häufiger hielten sie an, während sie weiter durch die Nacht marschierten. Der Pfad stieg an und wand sich hierhin und dorthin, bis sie schließlich die wellige Hochebene erreichten, umgeben von den schwarzen Bergen.

»Bereitet euch auf einen Reiterangriff vor!« Die Rufe hallten an der gesamten Kolonne entlang. Keine Trompeten, aber genug Lärm, um die Toten zu wecken.

»Aus welcher Richtung?«, riefen über ein Dutzend Offiziere.

»Von rechts!«

»Links!«

Die Antworten kamen willkürlich aus der Dunkelheit.

Ballista stellte seine Männer so gut auf, wie er konnte: Turpio und acht Dalmater links, er selbst, Maximus, Calgacus, Demetrius und die verbliebenen vier Reiter rechts.

Immer mehr Rufe hallten durch die Dunkelheit.

»Hier drüben!«

»Feind in Sicht!«

»Wartet!«

»Nein, haltet die Stellung!«

Ballista hörte das Donnern von Hufen. Er zog das Schwert. Ein einzelnes Pferd lief in sein Sichtfeld. Es war ein weißer Hengst, doch ohne Reiter. Auch hatte das Tier weder einen Sattel noch ein Halfter. Es hatte überhaupt kein Zaumzeug. Aber es war schier unbeschreiblich schön. Der Hengst galoppierte die Kolonne entlang und folgte dem Weg, den sie gekommen waren. Ein paar Augenblicke später war er weg.

Ein seltsames Schweigen folgte ihm die römischen Reihen entlang. Ein, zwei Männer lachten nervös.

»Alles wieder in Marschordnung!«

Von der Spitze der Kolonne galoppierten zwei Reiter zur kaiserlichen Standarte im Zentrum. Selbst in einiger Entfernung erkannte Ballista Anamus Pluderhose. Der andere Reiter war ein römischer Offizier. Ballista befahl Turpio, die Männer zusammenzuhalten, und scherte aus der Kolonne aus, um zum Kaiser zu reiten.

Als er näher kam, erkannte er den Offizier als Camillus, den Tribun der Legio VI Gallicana, Aurelians alter Legion, die von Mogontiacum am Rhein hierher versetzt worden war. Ballista hatte ihn schon mehrmals getroffen und kannte ihn als vernünftigen Mann.

»Nein, Dominus, ich fürchte, es kann kein Zweifel bestehen«, sagte Camillus gerade. »Meine Legion marschiert an der Spitze der Infanterie. Meine Augen haben mich nicht getäuscht. Als wir wegen dieses Pferdes angehalten haben, das sich losgerissen hat, sind sie weitergeritten. Die Kavallerie ist weg. Alle.« Und murmelnd fügte er hinzu: »Schon wieder.«

»Und was sollen wir jetzt tun?«, fragte Valerian klagend.

»Es besteht kein Grund zur Sorge, Dominus«, erklärte Quietus. »Siehst du? Anamu ist hier.«

Der alte Kaiser schaute zu dem Araber wie ein verirrtes Kind, das gerade seine Eltern wiedergefunden hatte.

Anamu lächelte. »Sie haben ein paar meiner Führer dabei, Dominus. Die kennen den Weg. Wenn sie merken, dass sie keine Verbindung mehr zu uns haben, werden sie anhalten und auf uns warten. Kein Grund zur Sorge. Wir haben die Ostlinge weit hinter uns gelassen. Für Meilen gibt es hier keine Sassaniden mehr.«

»Dessen wäre ich nicht so sicher«, erklärte Camillus. »Ich habe gehört, dass Männer auf Pferden uns verfolgen.«

»Das ist doch nur Gerede, um unsere Moral zu schädigen«, warf der Princeps Peregrinorum Censorinus ein. »Das dürfen wir nicht zulassen.« Camillus verstummte. Wenn der Präfekt der Frumentarii eine derart verschleierte Drohung aussprach, dann verstummten die meisten Männer, und der Tribun der Legio VI Gallicana bildete da keine Ausnahme.

Valerian schien diesen Austausch gar nicht zu bemerken. »Dann sollen wir also einfach weitermarschieren?« Das war mehr eine Frage denn ein Befehl.

»Wie immer, Dominus, triffst du eine weise Entscheidung.« Anamu küsste seine Fingerspitzen und verneigte sich vor dem Kaiser. »Mit deiner Erlaubnis, Dominus, werde ich wieder an die Spitze der Kolonne zurückkehren.« Er drehte sich zu Camillus um. »Vielleicht will der Tribun mich ja begleiten?«

Camillus salutierte vor Valerian, warf einen unglücklichen Blick zu Ballista und wendete sein Pferd, um dem Araber zu folgen.

So unauffällig wie möglich ritt Ballista auf seinen Platz in der Kolonne zurück. Als sie sich wieder in Bewegung setzten, berichtete er Turpio, was er gehört hatte.

»Ein Pferd, das sich losgerissen hat? Die Reiterei, die einfach so verschwindet? Anamu aber nicht? Und Quietus und Censorinus sind sofort da?« Turpio legte die Stirn in Falten. »Was für seltsame Zufälle.«

»Zufälle? Glaubst du wirklich daran?«, fragte Ballista.

»Eher nicht.«

»Trotzdem«, sagte Ballista, »das Pferd war wahrlich wunderschön.«

»O ja«, bestätigte Turpio.

Sie ritten durch die Nacht und über dunkle Hügel. Sie hielten an, ritten wieder los und hielten an. Sie ritten am Fuß der schwarzen Berge vorbei und wandten sich zuerst nach Westen, dann ostwärts. Manchmal ritten sie auch ein Stück auf demselben Weg wieder zurück, den sie gekommen waren. Einmal sah Ballista ein Stück zu seiner Linken einen einsamen Felsen in Form eines geduckten Löwen. Er schaute zu den Sternen, um sicherzugehen, dass sie nicht wieder da waren, wo sie hergekommen waren. Nein, jetzt marschierten sie nach Süden, und beim ersten Mal war es nordwärts gegangen.

Müde und vom rhythmischen Knarren des Leders und dem Schaukeln des Pferdes hypnotisiert, gingen Ballistas Gedanken auf Wanderschaft. Ein Mann hatte versucht, ihn zu töten, und ein paar Tage zuvor hatte Quietus gesagt, er habe keinen Nutzen mehr. Falls Ballista noch irgendwelche Zweifel gehabt hätte, so hatte Censorinus' Verhalten sie zerstreut. Vor zwei Jahren, in Antiochia, hatte der Kopf der Frumentarii noch herauszufinden versucht, wer Ballista hatte töten wollen. Diesmal hatte er noch nicht einmal so getan. Aber vor zwei Jahren war Censorinus auch noch kein enger Freund von Macrianus dem Lahmen gewesen.

Plötzlich fragte sich Ballista, ob Macrianus wohl recht gehabt hatte. Das Heer schlurfte seinem Untergang entgegen. Hatten sich die Götter wirklich von ihnen abgewendet, weil sie die gottlosen Christen nicht ausgerottet hatten? Und hatte Ballista zum Unwillen der Götter beigetragen, weil er die Christen aus dem Gefängnis an der Agora von Ephesus befreit hatte?

Doch andererseits, war es nicht einfach möglich, dass die Christen recht hatten? Nur ein ehemaliger Kaiser hatte bis jetzt eine Christenverfolgung im ganzen Reich befohlen. Kurz darauf war Decius von den Goten erschlagen worden. Valerian hatte die zweite befohlen, und jetzt sah es so aus, als würde ihn ein ähnliches Schicksal durch die Hände der Perser erwarten. Gab es vielleicht wirklich diesen allmächtigen, rachsüchtigen Gott, mit dem man sich in keinem Fall anlegen durfte?

Das war eher unwahrscheinlich. All die unterschiedlichen Völker – die Römer, die Perser, die keuschen Seres und die ehebrüchigen Baktrier –, wie konnte ein Gott all deren unterschiedliche Bedürfnisse erfüllen und ihrer unterschiedlichen Moral entsprechen? Wenn es tatsächlich einen allmächtigen Gott gab, warum war er dann so schlecht darin, sich dem Großteil der Menschheit zu offenbaren? Nein, ein Gott des Mitgefühls würde zudem nie sagen, dass ein Mann, der Vater, Mutter und seine Kinder mehr liebte als das Göttliche, seiner unwürdig sei.

Ballista dachte an seine Familie. Er wollte nicht hier sterben, in der Dunkelheit dieser einsamen Hochebene, über die der kalte Südwind fegte. Er wollte seine Familie wiedersehen: Julias dunkle Augen und ihr seltsames, selbstbeherrschtes Lächeln. Er wollte Isangrim wiedersehen, seine blauen Augen und seinen perfekten Mund, und er wollte Dernhelms rundes Säuglingsgesicht wiedersehen. Er wollte sehen, wie der Kleine ihn anstrahlte, wenn er zum ersten Mal ein paar Sekunden auf eigenen Beinen stand, bevor er wieder auf den Hintern fiel.

»Da draußen ist etwas, rechts von uns – Truppen, nehme ich an.«

Maximus' Worte rissen Ballista aus seinen Gedanken. Er lauschte. Schotter knirschte unter den Hufen der Pferde, Ausrüstung klapperte, und Mensch und Tier atmeten. Jenseits ihrer unmittelbaren Umgebung vernahm er jedoch nichts.

»Da«, flüsterte Maximus.

Ballista lenkte sein Pferd aus der Formation. Er nahm den Helm ab, legte die Hand ans Ohr und drehte langsam den Kopf. Noch immer nichts. Dann hörte er in der Ferne den Ruf einer Eule. In vielen

Kulturen galt das als schlechtes Omen. Ballista wusste nicht, warum. Für ihn hatte der Ruf einer Eule etwas Heimeliges, Tröstendes an sich. Er lauschte auf die Antwort einer anderen Eule. Sie kam nicht.

Metall auf Stein. Der Hibernianer hatte recht. Irgendwo dort draußen in der Dunkelheit, nicht weit von ihnen, waren Bewaffnete. Ballista konzentrierte sich. War das die vermisste römische Reiterei? Die Sassaniden?

Plötzlich ertönten Rufe bei den Prätorianern. »Feind rechts!«, »Halt!«, »Formation nach rechts!«, »Speere bereit!«

Schilde schlugen aufeinander. Waffen klapperten. Die Geräusche hallten durch die Nacht, und deutlich waren die Umrisse der dicht zusammengerückten Soldaten zu sehen.

»*Halt! Bleibt in Formation!*« Dann befahl ein nervöser Centurio der Prätorianer seinen Männern, die Speere zu schleudern. Der Befehl wanderte die ganze Front entlang und wurde überall wiederholt. Ohne große Ordnung handelte jeder Centurio auf eigene Faust, und die erste Reihe lief drei, vier Schritte nach vorn und warf. Die Speere flogen in die Dunkelheit. Irgendwo schrien Männer.

Ein paar Herzschläge lang – nichts. Dann war das Pfeifen heranfliegender Geschosse zu hören. Schwere Wurfspeere schlugen in die Reihen der Prätorianer. Sie trafen Schilde und prallten von Helmen und Rüstungen ab. Jetzt schrien auch Römer.

Ballistas kleiner Trupp schwebte nicht in unmittelbarer Gefahr. Die heranfliegenden Geschosse gingen über der Nachhut nieder, jenseits der Packpferde. Ballista bat Turpio, die Männer die Stellung halten zu lassen, und er befahl Maximus, ihm zu folgen. Dann riss er sein Pferd herum und galoppierte nach links.

Sie ritten am kaiserlichen Gepäck vorbei zu den hinteren Einheiten der Prätorianer. Keine Pfeile regneten auf sie herab, nur Speere. Auch waren keine Pferde zu hören, nur Fußsoldaten. Waren das weder die vermisste Kavallerie noch die Sassaniden? Ein Speer flog über die Köpfe der Prätorianer hinweg und landete vor Ballistas Pferd. Selbst in der Dunkelheit konnte er erkennen, dass das keine persische Waffe war.

»Hört auf! Jede Centurie in Testudo!« Ballista saß auf einem Pferd, und seine Stimme war es gewohnt, Befehle zu erteilen. Die Prätorianer beeilten sich, diesem unbekannten Offizier zu gehorchen, der plötzlich hinter ihnen stand. Rasch rückten die einzelnen Einheiten noch mehr zusammen und hoben die Schilde über die Köpfe. Noch immer flogen Wurfspeere aus der Dunkelheit. Maximus fluchte, als einer davon ihm viel zu nahe kam.

»Aufhören!«, bellte Ballista in die Dunkelheit hinein. »*Pietas!*« Das war das Passwort in dieser Nacht. Es fielen noch ein, zwei Speere, dann hörte es auf.

Niemand rührte sich, doch eine furchtbare Anspannung lag in der Luft. Ballista ritt zu einer der Lücken zwischen den prätorianischen Centurien. Vor ihm erstreckte sich nur Dunkelheit. Der Boden war felsig, doch er glaubte schwer zu erkennende Umrisse am Rand seines Sichtfelds zu sehen. Er ritt ins Niemandsland.

Plötzlich war alles sehr still. Nur eine Handvoll Männer stöhnte in der Ferne. Ballista fühlte sich äußerst verwundbar.

»*Pietas!*«, rief er erneut.

»*Pax Deorum!*«, kam die korrekte Antwort. Ballista atmete erleichtert, ritt aber weiter bewusst langsam. Auf beiden Seiten waren die Männer nervös.

»Wer ist da?«

Ein Offizier zu Fuß löste sich aus der Masse und ging Ballista entgegen. »Marcus Accius, Tribun der 3. Kohorte der Kelten. Und du?«

»Marcus Clodius Ballista. Die Männer hinter mir sind die Prätorianer.«

Rufe und Pfiffe hallten aus der Dunkelheit. Die Prätorianer wurden allgemein als Paradesoldaten verachtet, sowohl von den Auxiliaren als auch von den Legionären.

»Ruhe!«, brüllte Accius über die Schulter zurück.

Ballista schwang sich aus dem Sattel. Accius stapfte wütend auf ihn zu. »Warum haben diese Prätorianer uns angegriffen? Ich habe Männer verloren. Das ist ihre Schuld.«

»Sie sind nervös.« Ballista sprach so ruhig wie möglich. »Aber ihr seid auch auf der falschen Position. Ihr müsst euch die Schuld also teilen. Jetzt sammelt eure Verwundeten ein und reiht euch hinter den Prätorianern ein. Wir müssen heute Nacht noch weit marschieren.«

XXX

Für die müden Männer des Heeres kam der Tag fast ohne Vorankündigung. Im einen Augenblick war noch alles schwarz, und im nächsten war ein breites blaues Band am Horizont zu sehen. Darüber hatte sich das Dunkel der Nacht nun Violett gefärbt. Bald würde die Sonne aufgehen.

Dem Heer wurde befohlen anzuhalten. Ballista hatte seinem Pferd die Last vom Rücken genommen. Er gab dem Wallach etwas zu saufen und Hafer. Maximus berührte ihn am Arm und deutete nach vorn. Camillus ritt wieder zum kaiserlichen Gefolge. Ballista gab Maximus sein Pferd und ging zu den Equites Singulares, bis er in Hörweite war.

»Dominus.« Camillus salutierte vor Valerian. Der Tribun der VI Gallicana wirkte erschöpft. »Anamu ist weg.«

»Wahrscheinlich kundschaftet er nur den Weg für uns aus«, erklärte Quietus rasch.

»Nein. Er ist *weg*«, schnappte Camillus.

»Wie kann …?«

»Dominus«, unterbrach der Präfekt der Prätorianer. »Wir haben dringendere Probleme, um die wir uns kümmern müssen.« Successianus deutete nach Osten.

Die Sonne ging über den Hügeln auf. Der Horizont schien zu wabern. Er bewegte sich. Die Römer rissen entsetzt die Augen auf. Sie waren sprachlos. Die Sonne stieg immer höher, und deutlich waren die Silhouetten der sassanidischen Reiter zu sehen. Und die Wand der Reiter erstreckte sich über den ganzen Horizont. Goldene Strahlen funkelten auf Lanzenspitzen und Helmen, und bunte Banner tanzten über den Köpfen.

»Bei den Göttern der Unterwelt …«, murmelte Valerian.

Alle schauten sich um. Das römische Heer befand sich in einem breiten Hochlandtal, irgendwo zwischen der Stadt Edessa und dem Euphrat. Niemand wusste genau wo. Nach dem Chaos des Nachtmarsches hatten sie sich verirrt. Der Talboden war kahl, abgesehen von einem Dornenbusch hier und da. Und er war von Hügeln umgeben.

Eine einzelne Fanfare ertönte auf einem Hügel weit im Osten, und die klaren Töne hallten durch die windstille Morgenluft. Dann, mit Übelkeit erregender Unvermeidlichkeit, wurde ihr Ruf beantwortet. Ein-, zwei-, dreimal. Im Süden, Westen und Norden ertönten ebenfalls Fanfaren. Überall auf den umliegenden Hügeln schienen Einheiten des Feindes zu sein. Ein verzweifeltes Raunen ging durch das römische Heer.

»Was haben wir nur getan, dass die Götter uns verlassen haben?« Valerian klang alt und geschlagen.

»Dominus.« Quietus' Stimme hatte einen schmeichlerischen Tonfall angenommen. »Du musst mit ihnen verhandeln.«

Der silberhaarige Kaiser betrachtete noch immer den Feind. Sein Gesicht nahm einen entschlossenen Ausdruck an, und er straffte die Schultern. »Ein Imperator im Feld verhandelt nicht. Successianus, lass die leichte Infanterie auf die Flanken rücken. Comites, wir marschieren nach Norden!«

Ballista lief zu seinen Leuten zurück. während er das Zaumzeug seines Pferdes überprüfte, ging eine dünne Linie mesopotamischer Bogenschützen zu beiden Seiten in Stellung. Er saß auf und ritt los.

Die müden Männer des eingeschlossenen Feldheeres trotteten weiter. Sie mussten nicht lange warten, dann ertönten die furchterregenden, inzwischen vertrauten Trommeln. Die Ostlinge stießen ihre Kriegsschreie aus und riefen Mazda an, auf dass er ihnen den Sieg schenken möge. Tausende von berittenen sassanidischen Bogenschützen stürmten die Hänge herunter. Sie flogen förmlich über die Erde.

Die Luft wurde vom grausigen Pfeifen rasiermesserscharfer

Pfeile erfüllt. Ballista sah sie wie einen Hagel auf die Equites Singulares weiter vorn niedergehen. Pferde stiegen und stürzten. Männer fielen aus den Sätteln. Ballistas Pferd scheute, als ein Pfeil direkt an seinen Nüstern vorbeiflog. Er beruhigte den Wallach und konzentrierte sich darauf, die tödlichen Geschosse mit seinem Schild von dem geliebten Tier fernzuhalten. Rechts von ihm tat Maximus das Gleiche mit seinem Pferd.

Pfeile schlugen in das Lindenholz von Ballistas großem Rundschild. Er schaute zu Demetrius zurück. »Nicht mehr lange, dann haben sie keine Pfeile mehr.« Der junge Grieche lächelte. *Zack* – ein Pfeil drang halb durch Ballistas Schild. Die Spitze prallte von dem goldenen Armband ab, das er nach seiner Rückkehr aus Circesium bekommen hatte. Er brach den Schaft ab.

Die leichte Infanterie der Römer tat, was sie konnte, aber sie war hoffnungslos in der Unterzahl. Kurz darauf musste Ballistas Pferd über die ersten Toten und Verwundeten hinwegsteigen. Ein Centurio lag neben dem Weg. Ein Pfeil war ihm durch beide Schenkel geschlagen und fesselte sie so zusammen. Er hielt seinen Geldgürtel in die Höhe und bot ihn jedem an, der ihm helfen würde. Tränen liefen ihm übers Gesicht. Es löste sich noch nicht einmal jemand aus der Formation, um ihn zu töten und auszurauben.

Der Pfeilhagel ließ nach, und die Perser galoppierten wieder die Hügel hinauf. Schwacher Jubel brandete bei den Römern auf, wich aber rasch einem Stöhnen. Am Horizont waren die unverkennbaren Silhouetten von beladenen Kamelen zu sehen. Selbst Demetrius wusste, was das bedeutete, als die Sassaniden zu ihnen ritten, sich irgendetwas schnappten und wieder gegen die Römer stürmten. Den Ostlingen würden die Pfeile nicht ausgehen. Dafür hatte der König der Könige in weiser Voraussicht gesorgt. Ein weiterer Pfeilhagel ging auf die Römer nieder.

Sie trotteten immer weiter durch dieses Tal der Tränen. Die Zeit verlor ihre Bedeutung. Spitze Dornen rissen die Beine der Männer auf und drangen in die Hufe der Pferde. Blut lief in den Sand, und die Schreie der Verwundeten hallten in den Ohren der Soldaten wider. Die Männer waren müde, hungrig, und sie hatten einen bitteren Geschmack im Mund. Die Sonne stand hoch am Himmel. Staubwolken trieben an ihr vorbei. Die Hitze war überwältigend.

Hier und da verloren Männer den Verstand und rannten auf den Feind zu. Die Sassaniden zogen sich vor ihnen zurück. Sollten diese Irren doch laufen, bis sie nicht mehr konnten, denn dann schossen die Perser sie einfach nieder.

So konnte das nicht weitergehen. Disziplin und Verzweiflung würden die Reste des Heeres nicht mehr lange zusammenhalten. Von vorn kam der Befehl, auf einen einsamen Hügel rechts zuzuhalten. Dort würden sie eine Verteidigungsstellung aufbauen.

Die römischen Einheiten wendeten und stolperten über die Ebene. Die Sassaniden verstärkten ihre Bemühungen. Sie ritten näher und näher heran, schossen aus allernächster Nähe und streckten mit ihren geraden Schwertern jeden nieder, der zurückfiel.

Irgendwie erreichten die Römer den Hügel. Trotz ihrer Leiden hatte die Mehrheit die Disziplin gewahrt. Die erste Reihe bildete einen Schildwall, doch das nutzte auch nichts. Die Perser zogen sich zwar ein Stück zurück, doch die Römer auf dem Hügel waren aufgereiht wie Zuschauer auf einer Theatertribüne. Dichter gedrängt als auf dem Marsch, konnte man sie kaum verfehlen. Die leichte Infanterie der Römer hatte schon lange nichts mehr, womit sie hätte schießen können. Nur ein paar hatten noch den Willen, aus der Formation zu laufen und verschossene Pfeile einzusammeln.

Ein kleines Stück den Hügel hinauf stand Ballista neben seinem Pferd und hielt es am Zaumzeug. Er hatte den Wallach mit dem Kopf zum Feind gedreht und beschützte ihn und sich selbst mit dem Schild. Vier der zwölf Dalmater waren weg, und vom Rest war nur Calgacus verwundet. Er hatte eine üble Verletzung am Arm.

Müde, durstig und verzweifelt waren die meisten Römer auf die Knie gesunken. Ballista schaute zur kaiserlichen Standarte. Die riesige purpurne Flagge flatterte wild im starken Südwind. Darunter, umringt von prätorianischen Schilden, saß Valerian mit dem Kopf in den Händen.

Ein Stöhnen stieg den Hügel hinauf. Es hörte sich an wie Zuschauer, wenn ihr Lieblingswagen im Hippodrom in die Bande gekracht war. Der Pfeilhagel schien nachgelassen zu haben.

Ballista lugte hinter seinem Schild hervor. Eine kleine Einheit Legionäre war auf der Ebene abgeschnitten. Es waren in etwa zweihundert. Sie hatten sich zu einer Testudo zusammengedrängt und waren vollständig von den leichten Reitern der Perser umringt. Aus größter Nähe geschossen, schlugen die Pfeile selbst durch die schweren Schilde. Die Männer fielen reihenweise, und die noch Lebenden zogen die Toten heran, um damit einen Wall zu ihren Füßen zu bilden.

Die Trommeln beschleunigten ihren Takt. Die leichten Reiter galoppierten davon. Vor der kleinen Einheit bildete sich ein freies Feld, eine Ödnis voller Dornbüsche, verschossener Pfeile und isoliert liegender Leichen. Die Trommeln verstummten, und Stille senkte sich über die Ebene. Dann richteten sich alle Blicke auf die Hügel in der Ferne, wo eine einzelne Trommel zu schlagen begann.

Ein riesiges rechteckiges Banner erschien auf der Kuppe. Es war gelb, rot und violett und hatte eine goldene Kugel an der Spitze. Das war die Drafsh-i-Kavyan, das Kriegsbanner des Hauses Sasan. Ein einzelner Reiter in Purpur und Weiß ritt auf einem weißen Pferd unter das Banner. Der König der Könige wollte seinen Erfolg persönlich genießen.

Die Trommel änderte wieder den Takt. Durch den Staub, der über der Ebene hing, rückte langsam ein massiver Block von Reitern gegen die isolierten Römer vor. Das war keine leichte Kavallerie mehr. Das waren die gefürchteten Clibanarii. In Kettenpanzer und Stahlplatten gehüllt, ritten sie Knie an Knie, über sich ein Wald von Lanzen. Männer und Pferde bildeten eine einzige einheitliche Masse. Dann wurden die Lanzen gesenkt. Die Ritter von Mazda trabten an, und die Erde erbebte unter ihren Hufen.

Lücken öffneten sich in der Testudo, die den Clibanarii gegenüberstand. Köpfe lugten hervor, starrten die Perser voller Entsetzen an und duckten sich rasch wieder zurück. Es wäre fast komisch gewesen, hätte nicht solch eine Tragik in dem Geschehen gelegen.

Die Clibanarii beschleunigten zum Galopp. Der erste Römer warf seinen Schild weg und rannte. Andere folgten ihm. Die Testudo verlor ihre Form. Die Sassaniden wurden immer schneller. Die Testudo löste sich auf. Alle bis auf eine Handvoll Legionäre liefen um ihr Leben. Es waren mehr als dreihundert Schritte bis zum Hauptheer auf dem Hügel. Sie hatten nicht die geringste Chance.

Die Welle der Clibanarii flutete über die Handvoll Legionäre hinweg, die noch immer die Stellung hielten, und jagte den Fliehenden hinterher.

Während Ballista zuschaute, erinnerte er sich halb an eine Zeile von Platon: Krieg ist die höchste Form der Jagd – oder war es die niederste?

Auf der Ebene fanden die Lanzen ihr Ziel. Scharfer Stahl drang in die Rücken der Feinde. Die gepanzerten Gesichter der Clibanarii waren so kalt und gefühllos wie Statuen.

Eine große, schlanke Gestalt in prachtvoller Seide über der Rüstung löste sich aus den sich neu formierenden Clibanarii. Ihm folgte ein Standartenträger, auf dessen Banner ein wildes Tier zu sehen war: ein Tiger oder eine andere große Katze. Ballista kannte ihn. Bagoas, der persische Junge, hatte bei der Belagerung auf ihn gezeigt. Er war einer von Shapurs Söhnen. Ballista wusste aber nicht mehr welcher.

Der sassanidische Prinz ritt vor und hielt erst an, als er gerade noch einen Schwertstoß von den am Boden kauernden Legionären entfernt war, die standgehalten hatten. Er verneigte sich im Sattel, legte die Finger an die Lippen und hauchte einen Kuss. Dann winkte er, und die Reihen der Clibanarii öffneten sich. So entstand eine Gasse, die zu den Römern auf dem Hügel führte. Der einsame Reiter winkte den Legionären zu gehen.

Nach kurzem Zögern setzten sich die paar Überlebenden in Bewegung. Nicht mehr als zwanzig waren noch unverletzt. Sie schleppten etwa ein Dutzend Verwundete mit. *Und* sie hatten noch den Adler ihrer Legion dabei.

Zuerst leise und dann immer lauter sangen die Sassaniden, als die Römer zwischen ihnen hindurchschlurften. Einige der Clibanarii klappten dabei sogar ihre Visiere hoch, damit man sie besser hören konnte.

»Bei den Göttern der Unterwelt«, murmelte Demetrius Ballista ins Ohr. »Was für ein grausamer, orientalischer Trick ist das jetzt wieder?«

»Das ist kein Trick. Sie preisen den Mut dieser Männer. Sie singen, dass sie Krieger seien, die Söhne von Kriegern.«

Die Überlebenden erreichten die römische Linie. Der Schildwall öffnete sich. Ballista war froh, Camillus unter den Männern zu sehen, den Tribun der Legio VI Gallicana. Die große Trommel auf dem Hügel ertönte erneut, und im ganzen Tal antworteten ihr die anderen. Die Sassaniden, Clibanarii und leichte Reiterei, wendeten und trotteten davon.

Demetrius packte Ballista am Arm. »War's das? Ist es vorbei? Werden sie uns verschonen?« Der junge Grieche konnte seine verzweifelte Hoffnung nicht verbergen.

Ballista klopfte ihm auf die Schulter. »Ich fürchte, nein. Sie wollen nur zu Mittag essen.«

Unglücklicherweise hatte Ballista nur teilweise recht. Eine große Gruppe sassanidischer Reiter ritt auf die Südseite des Hügels und saß ab. Kurz darauf stiegen die ersten Rauchfahnen aus dem trockenen Gestrüpp auf. Die Perser schwangen sich wieder in die Sättel und galoppierten davon. Der starke Südwind trieb das Feuer auf die Römer zu.

Ballista ließ den verwundeten Calgacus, Demetrius und zwei Dalmater bei den Pferden zurück und führte die anderen den Hügel hinauf und vor die Schilde dort. Er rief den Centurionen in der Nähe zu, ihm zu helfen. Sie ignorierten ihn.

Das Gestrüpp war trocken und hart. Es ließ sich nur schwer mit dem Schwert schneiden. Die Dornen rissen Ballistas weiche Lederhandschuhe auf, drangen in seine Hände und stachen in seine nackten Unterarme. Als er den Blick hob, sah er zu seiner Erleichterung, dass Camillus ihm mit ein paar seiner überlebenden Männer zu Hilfe kam. Auch andere wurden von ihren Centurionen angetrieben, sich anzuschließen.

Der Rauch quoll auf sie zu. Die trockenen Büsche knisterten, und das Feuer kam immer näher. Die Römer kamen mit der schmerzhaften Arbeit nur langsam voran. Ballistas Rücken schmerzte wie die Hölle. Das Heft seines Schwerts war glitschig von Blut, und er spürte die Hitze des Feuers auf seinem Gesicht.

»Es reicht.« Maximus legte Ballista die Hand auf den Arm. Das Feuer war nur wenige Schritte entfernt, aber sie hatten eine schmale Schneise geschaffen. Ballista folgte den anderen zurück.

Für die Römer war das Mittagessen eine elende Angelegenheit. Sie saßen auf dem Boden. Viele hatten weder etwas zu essen noch zu trinken. Maximus ließ etwas Trockenfleisch herumgehen. Ballistas Mund war jedoch viel zu ausgetrocknet, als dass er es hätte kauen können. Sie teilten sich ihr letztes Wasser. Abgesehen von einem Schluck, den er so lange wie möglich im Mund behielt, gab Ballista seine Ration dem Pferd. Dann zwang er sich doch noch, etwas von dem zähen Fleisch zu essen.

Staub trieb nach unten und verdreckte die ohnehin schon verschmutzten römischen Kleider und Rüstungen noch mehr. Der Rauch wehte ihnen in die Gesichter, brannte in ihren Augen und ließ sie nach Luft schnappen. Überall traten Männer Glutnester aus, die der Wind zu ihnen getragen hatte. Die verbliebenen Pferde scharrten ängstlich mit den Hufen.

Die Sassaniden hatten eine wesentlich bessere Zeit. Von den Hügeln war Musik zu hören, und einige tanzten sogar. Und was sie sangen, waren keine Kriegs- oder Helden-, sondern Sauflieder. Einige verspotteten auch die Römer und wedelten mit Weinschläuchen, Brot und Fleisch.

Ausführlich kümmerten sich die Ostlinge um ihre Pferde, und ein einzelner Reiter verließ die Gruppe unter dem Drafsh-i-Kavyan. Er ritt den gegenüberliegenden Hang hinunter, und als er den Talboden erreichte, trieb er sein Pferd zum Galopp. Bunte Wimpel flatterten hinter ihm. Ballista kannte diesen Mann von der Belagerung von Arete. Das war Fürst Suren.

Ballista bat Turpio, bei den Männern zu bleiben, und ging den Hügel entlang zu Valerian. Langsam versammelten sich die Comites Augusti. Quietus kam als Letzter. Bis zum allerletzten Moment flüsterte er drängend mit ein paar Centurionen.

Suren hielt einen Bogen über den Kopf. Als er nur noch einen Steinwurf von der römischen Linie entfernt war, zügelte er sein Pferd. Er nahm den Helm ab und steckte ihn auf sein Sattelhorn. Er war geschminkt. Sein Gesicht strahlte mit einer fast weiblichen Schönheit, doch als er sprach, war seine Stimme männlich, die Stimme eines Kriegers.

»Shapur, der König der Könige, Herr von allem, was sein Auge sieht, will mit Valerian sprechen.« Suren sprach Griechisch. »Shapur wird herunterreiten, um sich mit Valerian auf der Ebene zwischen den beiden Heeren zu treffen. Jeder soll von fünf Männern begleitet werden. Unbewaffnet.«

Es folgte eine atemlose Stille. Valerian straffte die Schultern und trat vor. »Ein römischer Imperator kommt nicht einfach so angerannt, wenn ein Barbar ihn ruft.«

Ein Raunen ging durch die Männer um den Kaiser. Dann begannen die Soldaten, mit ihren Waffen auf die Schilde zu schlagen, und die Ersten riefen: »Triff dich mit ihm!«, »Von uns erwartest du, gegen ihn zu kämpfen, aber du willst noch nicht einmal mit ihm reden!«, »Du alter Feigling, triff dich mit ihm!«

Offiziere bellten Befehle und nahmen Namen auf. All das nützte nichts. Besonders laut schrien diejenigen, mit denen Quietus geflüstert hatte. »Triff dich mit ihm! Triff dich mit ihm!«

Valerian schaute die Meuterer kalt an. Tatsächlich war der alte Mann nie ein Feigling gewesen. Mit seinen Blicken versuchte er, sie zum Schweigen zu bringen. Es funktionierte nicht. »Triff dich mit ihm! Triff dich mit ihm!«

Der silberhaarige Kaiser wandte sich wieder dem persischen Gesandten zu. Auf Latein antwortete er: »Sag deinem Dominus, es soll so sein, wie er wünscht. Ich werde mich in einer halben Stunde mit ihm zwischen den Heeren treffen.«

Valerian drehte sich um. Er rief nur Quietus und Censorinus zu sich. Den Rest der Comites Augusti schickte er weg.

XXXI

Ballista war auf dem Weg zurück zu Turpio und den anderen, als er Pferde hinter sich hörte. Er blieb stehen und drehte sich um. Quietus zügelte sein Pferd erst dicht vor Ballista, sodass dieser zurückspringen musste, wollte er nicht über den Haufen geritten werden. Drei weitere Reiter umringten den Germanen. Es waren Araber. Sie trugen kurze Speere in den Händen, und bei allen war das gelb-blaue Blumenmuster Anamus zu sehen. Sie schirmten Ballista effektiv von den anderen Truppen auf dem Hügel ab.

»Schnapp dir dein Pferd. Du hast die Ehre, einer der fünf Comites zu sein, die mit dem Augustus reiten werden. Dein Amicus Turpio auch.« Quietus' böse kleine Knopfaugen funkelten triumphierend.

Ballista trat näher an ihn heran. Die Araber hoben die Speere. Ballista blieb stehen. In gleichmütigem Ton intonierte er: »Wir werden tun, was uns befohlen wird, wir sind bereit, jede Anweisung auszuführen.«

Sichtlich wütend ob der Gefühllosigkeit des Barbaren beugte sich Quietus vor. »*Wir werden tun, was uns befohlen wird …*«, spottete er. »Du dämliches Stück Scheiße. Die Schwäche und Arroganz deiner Art hat dazu geführt, dass du meinem Vater aufs Wort gefolgt bist. Ohne es zu wissen, hast du seinen Willen erfüllt, als wärst du sein treuer Sklave gewesen.«

Ballista schwieg.

Quietus' Stolz und Verachtung für den Germanen ließen ihn weiterreden. »Auch in Ephesus hast du getan, was er wollte. Deine Schwäche hat dich entmannt und verhindert, dass du diesen christlichen Abschaum getötet hast. Damit hast du den Weg zu meiner Ernennung freigemacht.«

Noch immer erwiderte Ballista nichts darauf.

»Hast du dich eigentlich nie gefragt, warum man dich für diese Expedition zurückgeholt hat? Mein Vater wusste, dass du in deiner Arroganz im Consilium des Kaisers immer widersprechen würdest. Und was wäre besser, um Valerian, diesen alten Narren, dazu zu bringen, den weisen Worten seines vertrauenswürdigsten Freundes zu folgen, des Comes Sacrarum Largitionum, als ein in Ungnade gefallener und vermutlich untreuer Barbar, der das Gegenteil fordert? Jedes Mal, wenn du gesprochen hast, hat sich der Deckel von Valerians Sarkophag ein wenig mehr geschlossen.« Quietus schnaubte humorlos. »Das heißt, wenn er denn überhaupt einen Sarkophag bekommt und Shapur seinen Kopf nicht als Bühnenrequisite benutzt und seinen Leib den Hunden zum Fraß vorwirft.«

»Dein Vater und seine Kreaturen haben den Kaiser und das Heer in die Katastrophe gelockt.« Ballista sprach nach wie vor in nüchternem Ton. »Da ist es schon ein Trost, dass du mit uns untergehen wirst.«

Jetzt war Quietus' Lachen echt. »Oh, ich fürchte, da bist du falsch informiert. Wie immer, mein barbarischer Freund. Gerade eben erst haben Censorinus und ich den Befehl unseres erhabenen Kaisers erhalten, nach Samosata zu reiten, um meinen Vater über den Stand der Dinge im Feld zu informieren.«

»Die Perser werden euch erschlagen, bevor ihr das Tal verlasst.«

»Ach, mein Lieber, erneut sitzt du einem Irrtum auf. Der Herr dieser Männer hat das alles doch überhaupt erst in die Wege geleitet. Selbst unter den Arabern gilt Anamu als ausgesprochen listenreich. Während Valerians Verhandlungen mit Shapur wird ein einfacher Ruf von *»Peroz-Shapur«* genügen, und die sassanidischen Patrouillen werden sich zurückziehen und einem kleinen Trupp Römer gestatten, ungehindert ihre Reihen zu durchqueren. Morgen, zum Frühstück, sollten wir in Samosata sein.«

»Niemand wird dich und deinen Bruder als Kaiser anerkennen. Valerians Sohn Gallienus hat die westliche Armee hinter sich, alles gute Generäle. Er wird euch und euren verräterischen Vater töten.«

Quietus zuckte mit den Schultern. »Da die Franken, Goten und der Rest deiner haarigen Verwandtschaft nach wie vor an der Nordgrenze toben, hat er wohl genug zu tun, denke ich. Aber jetzt muss ich wirklich gehen, obwohl ich unser Gespräch sehr genieße. In Samosata wartet das Frühstück auf mich. Ich frage mich, wen die Perser wohl als Gefangenen in ihr Lager bringen werden.«

»Ich gehe als Gesandter.«

»Hm – ja, das hat dich beim letzten Mal gerettet. Aber ob das noch mal so sein wird? Der König der Könige hat wohl nur wenig für einen Mann übrig, der bei Circesium die Leichen frommer Zoroastrier verbrannt hat. Ich muss sagen, jetzt freut es mich sogar, dass der Meuchelmörder, den ich in Edessa angeheuert habe, genauso unfähig war wie der in Antiochia. Aber wie auch immer – ich muss los.« Quietus zog sein Pferd halb herum. »Ach ja – wenn ich wieder in Antiochia bin, werde ich deiner Frau all meine Liebe schenken.«

Bevor sich der Germane bewegen konnte, drückten die Araber ihm die Speere auf die Brust.

Ballista rief dem wegreitenden Quietus hinterher: »Eines Tages, vielleicht bald, aber eines Tages werde ich dich töten!«

Quietus antwortete nicht. Als er weit genug weg war, trotteten die Araber hinter ihm her.

Ballista drehte sich um und rannte in die andere Richtung.

Ballista erreichte seine Männer. Um nicht aufzufallen, rannte er nicht mehr, sondern ging. Sie versammelten sich um ihn. »Aufsatteln, Männer. Wir brechen auf. Und seid leise. Wir wollen keine Aufmerksamkeit erregen.«

Als die acht verbliebenen Dalmater ihre Ausrüstung holten, winkte Ballista Turpio und seiner Familia, zu bleiben. »Turpio, du und ich, wir haben die zweifelhafte Ehre, Valerian zu den Verhandlungen zu begleiten. Wir dürfen keine Waffen mitnehmen.«

Kurz schaute Turpio den Germanen ausdruckslos an, dann nickte er und drehte sich um.

»Maximus, du hast dich nie wirklich um dein Pferd gekümmert. Nimm meins.«

Der Hibernianer sagte kein Wort. Gleiches galt für Calgacus und Demetrius. Schweigend sattelten sie ihre Tiere. Nachdem er seinen eigenen Sattel auf Maximus' Tier geworfen hatte, kramte Ballista in den Satteltaschen. Er fand ein Dokumentenkästchen. Wieder winkte er die anderen zu sich und sagte leise, sodass niemand sonst ihn hören konnte: »Calgacus, du wirst das Kommando übernehmen. Wenn Turpio und ich zu Valerian gehen, wirst du die Männer zum Südende des Hügels führen. Macht so wenig Aufsehens wie möglich. Wenn ihr seht, wie die kaiserliche Gruppe aufbricht, reitet hinaus. Ich bezweifle, dass irgendjemand versuchen wird, euch aufzuhalten. Falls doch, dann lasst euch etwas einfallen. Sagt, ihr hättet geheime Befehle. Sobald ihr aus dem Schildwall seid, reitet ihr zur anderen Seite des Hügels. Reitet nach Norden zum Euphrat. Die sassanidischen Patrouillen haben den Befehl, einen kleinen Trupp berittener Römer durchzulassen, die ihnen das Passwort nennen: *Peroz-Shapur*. Sie erwarten nur eine Gruppe Reiter, also werdet ihr euch vielleicht rausreden müssen. Aber Maximus spricht Persisch, und er ist Hibernianer.« Niemand lächelte ob dieses armseligen Versuchs eines Scherzes. »Wenn alles gut läuft, solltet ihr noch heute Nacht in Samosata sein.«

»Du glaubst, die Verhandlungen sind eine Falle«, sagte Calgacus.

Ballista nickte.

»Das musst du dem Kaiser sagen«, erklärte Demetrius.

»Das könnte ich, aber das würde nichts nützen. Er würde mir nicht zuhören.«

Maximus schaute verwirrt drein. »Dann musst du mit uns reiten. Wir haben uns auch früher schon aus unmöglichen Situationen herausgekämpft.«

»Diesmal nicht. Der Kaiser erwartet mich. Wenn ich nicht komme, werden sie nach mir suchen. Von uns wird niemand entkommen. Aber wer weiß – vielleicht wird es ja auch gut für mich ausgehen, wenn sie uns nicht an Ort und Stelle erschlagen. Mein

Persisch ist gut. Ich könnte dem König der Könige noch von Nutzen sein.«

Ballista öffnete das Dokumentenkästchen, holte drei versiegelte Papyrusrollen heraus und gab jedem Mann eine. »Freilassungspapiere. Vollkommen legal. Ich habe sie schon vor langer Zeit in Antiochia aufsetzen lassen. Eure Freiheit.«

Demetrius konnte sich nicht länger beherrschen. Er fiel auf die Knie, packte Ballistas Hand und küsste sie. »Danke. Danke, Kyrios.«

Ballista zog ihn hoch, küsste ihn auf beide Wangen und umarmte ihn. »Lass dich nicht allzu sehr hinreißen. Die Römer gehen davon aus, dass du mir auch als Freigelassener noch verpflichtet bist.«

Die anderen beiden Männer rührten sich nicht.

»Zeit zu gehen«, sagte Ballista.

Maximus warf den Papyrus auf den Boden. »Ich werde das nicht annehmen, und ich werde dich auch nicht allein lassen.« Er schaute wütend drein.

Ballista hob den Papyrus wieder auf und steckte ihn dem Hibernianer ins Kettenhemd. »Du wirst das brav nehmen, und du wirst auch gehen.«

»Einen Scheiß werde ich.«

»Und ob du das wirst.« Ballista zog Maximus dicht zu sich heran und flüsterte ihm ins Ohr: »Die Jungen. Sie brauchen dich mehr als ich. Wenn du nach Samosata kommst, reite sofort weiter nach Antiochia. Kümmere dich um Isangrim und Dernhelm, wie du dich um mich gekümmert hast.«

Maximus weinte. Er konnte nicht sprechen. Dann nickte er. Ballista spürte, wie auch ihm die Tränen in die Augen stiegen. Er drückte den Hibernianer noch einmal an sich, küsste ihn und schob ihn dann auf Armeslänge von sich. »Und kümmere dich auch gut um mein Pferd. Ich liebe dieses Tier. Wenn ihm irgendwas passiert, bringe ich dich um.«

»Ich werde eher sterben, als zuzulassen, dass deinen Jungs was passiert.«

»Das weiß ich.«

Ballista wandte sich an Calgacus. Er schnallte sein Schwert ab und gab es dem alten Kaledonier. Dann umarmte er auch ihn. »Bring meinem Vater im Norden eine Nachricht«, sagte Ballista. »Ich werde versuchen, zurückzukommen.«

Ein sanftes Lächeln erschien auf dem hässlichen alten Gesicht. »Natürlich wirst du zurückkommen. Du bist wie Falschgeld. Du kommst immer wieder.«

Turpio führte sein Pferd heran. »Wir müssen los.«

Ballista und Turpio ritten schweigend über den verbrannten Hang. Publius Licinius Valerian, Pius, Felix, Kaiser der Römer, saß auf seinem Pferd. Ohne etwas auf dem Kopf zu haben, schaute der alte Mann zum Feind hinaus. Die anderen warteten hinter ihm.

»Dominus«, sagte Ballista. Der alte Kaiser schien ihn nicht wahrzunehmen. »Dominus, ich habe mit dir bei Spoletium gekämpft, als du den Thron gewonnen hast. Seit fast sieben Jahren diene ich dir nun.«

Das träge, alte Gesicht drehte sich zu Ballista um. »In Ephesus hast du das nicht gut gemacht.«

»Dominus, diese Verhandlungen sind eine Falle.«

Müde wischte sich Valerian übers Gesicht. »Das könnte durchaus sein, aber was bleibt mir anderes übrig? Das Heer kann nicht marschieren. Die Sassaniden würden uns auf der Ebene in Stücke hauen. Ohne Wasser und Nahrung kann es aber auch nicht hierbleiben.«

»Dominus, wenn wir bis zum Einbruch der Nacht durchhalten, können wir nach Norden durchbrechen.«

Valerian schüttelte den Kopf. »Das werden die Männer nicht mitmachen.«

»Du hast immer noch mehr als hundert Reiter, die Reste der Equites Singulares und ein paar andere. Wir könnten versuchen, uns den Weg freizukämpfen.«

»Wir würden noch nicht einmal den Fluss erreichen.« Der alte Mann lachte verbittert. »Meine Männer können ja meutern, aber ich werde sie nicht im Stich lassen. Außerdem hat mir mein lieber

Junge Quietus gesagt, Shapur sei für einen Barbaren überraschend zivilisiert – ein Liebhaber von Euripides. Wir müssen mit ihm reden. Vielleicht gelingt es uns ja doch, freien Abzug für unser Heer zu verhandeln. Eine andere Möglichkeit haben wir ohnehin nicht. Gehen wir.«

Ballista schwieg. Es gab nichts mehr zu sagen.

Sie ritten in Zweierreihen: Valerian neben Successianus, dann der Ab Admissionibus Cledonius und der Kommandant der Equites Singulares Aurelian. Turpio und Ballista kamen als Letzte.

Der Talboden war weit und sehr, sehr leer. Sie waren noch nicht weit gekommen, als ein Jubeln auf den Hügeln vor ihnen ertönte, wo die Sassaniden warteten. Hinter ihnen herrschte Schweigen.

Ein halbes Dutzend Reiter löste sich aus der persischen Horde und galoppierte den Hang herab. Im Zentrum war eine unverkennbare Gestalt in Purpur und Weiß. Banner flatterten hinter ihr, und sie trug eine goldene Krone auf dem Kopf. Das war der glorreiche Sohn des Hauses Sasan, der König der Könige in all seiner Majestät. Die persischen Reiter überbrückten die Distanz wie im Flug.

Shapur zügelte seinen Hengst vor Valerian. Die anderen Perser verteilten sich um die Römer.

Niemand sagte ein Wort. Stille senkte sich über die kleine Gruppe. Der Wind nahm wieder zu, und mit ihm kam Brandgeruch. Kleine Staubteufel tanzten unter den Hufen der Pferde.

Mit seinen dunklen, geschminkten Augen musterte Shapur den silberhaarigen Valerian. Dann lächelte der König der Könige beinahe freundlich. »Wer ist das mit dem weißen Kopfputz, der die Vorhut des Heeres führt?« Er sprach Griechisch. »Du bist genau so, wie man dich mir beschrieben hat.«

Ballista lenkte sein Pferd näher an den Kaiser heran, doch Fürst Suren versperrte ihm den Weg.

»Shapur, Sohn von Ardashir«, sagte Valerian ebenfalls auf Griechisch, »was für ein vielversprechender Tag.«

»Vielversprechend ja, allerdings mehr für mich als für dich, würde ich sagen.« Shapur lachte ehrlich amüsiert.

»Das erste Treffen eines römischen Kaisers und eines Königs aus dem Hause Sasan. Es gibt viel zu besprechen.«

Shapur schüttelte den Kopf, und die Perlen an seinen Ohrringen schwangen hin und her. »Ich muss dir leider sagen, dass die Zeit für Worte vorbei ist, alter Mann.«

Der Hengst sprang vor. Mit der Eleganz eines geborenen Reiters beugte Shapur sich vor und packte Valerians Handgelenke. Dann riss er sie nach oben und damit den alten Kaiser fast aus dem Sattel.

Ballista trat seinem Pferd die Fersen in die Flanken, doch das Tier hatte Angst vor Surens mächtigem Hengst und rührte sich nicht. Ballista wurde nach vorn geworfen und geriet aus dem Gleichgewicht. Surens kettengepanzerte Finger gruben sich in seine Kehle. Verzweifelt suchten Ballistas Finger das Gesicht des Persers, und tatsächlich bekam er seinen Bart zu packen. Er zog. Die beiden Männer rangen miteinander.

Shapurs Stimme hallte über den Lärm hinweg. »Valerian, Kaiser von Rom, mit meinen eigenen Händen nehme ich dich als Gefangenen!«

Über Surens Schulter hinweg sah Ballista, wie die sassanidische Reiterei auf sie zustürmte. In der Nähe stieg ein Pferd. Successianus wurde aus dem Sattel geworfen.

Die Finger um seinen Halst drohten Ballista zu ersticken. Er konnte nicht mehr atmen. Seine Sicht verschwamm. Die persische Reiterei strömte überall um sie herum.

»Ergebt euch, meine Kinder!«, keuchte Valerian. »Ergebt euch!«

Ballista hörte auf, sich zu wehren. Fürst Suren lockerte den Griff um seinen Hals. Der Germane hob den Blick, und der Kaiser schaute ihm in die Augen. Valerian schüttelte schwach den Kopf und erklärte mit schier unendlicher Traurigkeit: »Ich war ein Narr. Ich habe deine Treue bezweifelt und deinen Rat ignoriert, und jetzt ist es dazu gekommen.«

Die Sassaniden hatten einen goldenen Thron auf den Hügel gebracht, der den Resten des römischen Heeres gegenüberlag. Dort saß Shapur im Schatten eines Baldachins und umgeben von den mächtigsten Fürsten des Sassanidenreiches. Es waren alles große Männer, und sie waren stolz. Ihre Schminke war makellos, und ihre Hände ruhten auf den Heften ihrer langen Reiterschwerter. Über ihnen flatterte der Drafsh-i-Kavyan.

Die sechs Römer standen verdreckt und mit gefesselten Händen davor und warteten in der gnadenlosen Sonne. Unter den Edlen neben dem Thron sah Ballista auch Fürst Suren und ein Stück weiter weg die blauen Kleider mit den gelben Blumen des Verräters Anamu. Ein wenig abseits warteten die Magier und die heiligen Feuer. Zu seinem Entsetzen bemerkte Ballista, dass die Priester von Mazda Töpfe mit irgendeiner Flüssigkeit über den Flammen zum Kochen gebracht hatten. Er erinnerte sich noch gut an das Schicksal der römischen Gefangenen in Arete. Man hatte ihnen kochendes Olivenöl in die Augen gegossen. Das war eine furchtbare Art zu sterben. Der Germane kämpfte gegen die aufkeimende Panik an.

Shapur hielte einen Bogen in der Hand. Damit deutete er auf Valerian. Zwei Clibanarii stießen den alten Mann vorwärts, warfen ihn mit dem Gesicht in den Dreck und zogen ihn wieder auf die Knie.

»Valerian, einst Kaiser der Römer und jetzt Sklave des Hauses Sasan. Wirst du den Resten deines Heeres, die auf diesem Hügel dort kauern, sagen, sie sollen sich ergeben?«

»Nein, das werde ich nicht.«

»Was für eine Schande. Damit hättest du viel Leid verhindert.« Shapur seufzte nachdenklich. »Früher an diesem Tag hat mein Sohn, Prinz Valash, die Freude von Shapur, ein edles Beispiel für die Gnade des Hauses Sasan gegeben, als er den tapferen Legionären auf der Ebene den Abzug gewährt hat. Jetzt sieht es jedoch so aus, als sei ein anderes Beispiel vonnöten. Ein Beispiel von außerordentlicher Grausamkeit, ein Ausblick auf das, was jeden befallen wird, der nicht von diesem Hügel herunterkommt.«

Shapur winkte, dass man die anderen Gefangenen nach vorn

bringen solle. Einer nach dem anderen wurden sie zu Boden geworfen und ihr Name und Rang verkündet: Successianus, Präfekt der Prätorianer, Cledonius, der Ab Admissionibus und Aurelian, Tribun der Equites Singulares.

Ballista wurde ebenfalls nach vorn gestoßen, und man trat ihm die Beine unter dem Leib weg. Obwohl seine Hände vorn gefesselt waren, landete er so hart, dass es ihm die Luft aus der Lunge trieb. Eine Faust packte sein langes Haar und riss ihn wieder auf die Knie.

Shapur beugte sich vor. »Den hier kenne ich. Der Schlächter von Arete, der Gottlose, der in Circesium die heiligen Feuer mit den Leibern der wahrhaft Gläubigen entweiht hat. Er soll unser Beispiel sein.«

»Nein!«, schrie Turpio.

Einen Augenblick später landete er mit dem Gesicht nach unten neben Ballista. Die Clibanarii rissen auch ihn wieder auf die Knie.

»Er hat in Arete tapfer und edel gegen dich gekämpft und deine Männer bei Circesium in offener Schlacht besiegt. Ein Krieger verdient Respekt!«, brüllte Turpio trotzig.

Shapur schaute den Mann neugierig an, der es wagte, dem König der Könige offen zu trotzen. Dann veränderte sich sein Gesichtsausdruck. Er stand auf, sprang vom Thron, trat zu den Gefangenen und packte Turpio am rechten Arm. Der goldene Armreif funkelte.

»Wo hast du den her?«, zischte der sassanidische König mit drohender Stimme.

Turpio schwieg.

»Du bist derjenige, der versucht hat, mich in meinem Bett zu ermorden, der mir die Kehle durchschneiden wollte, während ich schlief oder meinem Vergnügen nachging.«

Shapur trat einen Schritt zurück und rief über die Schulter: »Valash, mein Sohn!«

Der große schlanke Mann in dem mit Großkatzen bestickten Mantel trat neben seinen Vater und legte die Hand auf sein langes, gerades Schwert. Shapur deutete auf Turpio. »Der da. Tu es am Fuß des Hügels, wo alle Römer es sehen können.«

Ballista sprang auf. »Nein, du Bastard, nicht er!«

Irgendetwas Hartes und Schweres traf Ballista an der Schläfe. Schmerz strömte durch ihn hindurch, und die Erde kam schnell näher. Ein dumpfer Aufprall. Die Sandkörner waren seltsam klar und groß vor seinen Augen. Dunkelheit.

EPILOG

Frühling 260 n. Chr.

Die gut fünftausend Römer, die noch auf dem Hügel verblieben waren, hielten noch mehr als vierundzwanzig Stunden stand. In der Nacht versuchten einige auszubrechen. Viele wurden getötet. Die meisten trieb man jedoch wieder zum Hügel zurück. Nur eine kleine Gruppe entkam aus dem Tal. Horden sassanidischer Reiter verfolgten sie nach Norden. Der Rest legte die Waffen nieder.

Am Tag nach der Kapitulation wurden die Gefangenen nach Süden befohlen. Jene, die nicht mehr gehen konnten, wurden hingerichtet. Die Perser arrangierten die Römer zur Parodie eines römischen Triumphzugs. Das kaiserliche Gefolge wurde zusammengetrieben. Die Liktoren wurden auf Kamele gesetzt und ihre Rutenbündel mit Geldbörsen und einigen der pornografischen Bilder behangen, die man im Gepäck der Offiziere gefunden hatte.

Der Kaiser ritt hinter ihnen. Publius Licinius Valerian, Pius, Felix, Invictus saß auf einem Esel. Er war wie ein Sklave gekleidet, auf dem Kopf eine Dornenkrone. Sein Ab Admissionibus Cledonius ging neben ihm und sagte ihm immer wieder ins Ohr: »Vergiss nicht, du bist auch nur ein Mensch.«

Die verbliebenen Soldaten folgten ihrem Kaiser. In Ketten stolperten die Offiziere an ihrer Spitze.

Ballistas Knöchel waren bis aufs Fleisch aufgeschürft und bluteten schon, bevor sie das Lager verließen. Er schlurfte durch den Sand. Die Stiefel hatte man ihm abgenommen, und die Dornen stachen in seine Fußsohlen. Seine Gedanken gingen auf Wanderschaft. Er hoffte nur, dass seine Familia, Calgacus, Maximus und Demetrius, es geschafft hatte. So der Allvater wollte, waren sie jetzt schon in Samosata in Sicherheit. Und was war mit Quietus? Würde der widerwärtige Jüngling auch dort sein? Im Geiste wiederholte Ballista noch einmal den Schwur, den er schon in Ephesus geleistet und gestern auf dem kahlen Hügel erneuert hatte: *Eines Tages, vielleicht nicht bald, aber eines Tages werde ich dich umbringen!*

Ballistas optimistische Rachegedanken wurden von einem anderen düsteren Gedanken verdrängt: Julia und seine Jungen waren weit weg in Antiochia. Allein die Vorstellung, sie nie wiederzusehen und niemals herauszufinden, zu was für Männern Isangrim und Dernhelm werden würden – nein! Das durfte nicht sein. *Allvater, Totenblender, Vermummter, Erfüller aller Wünsche, ich bin ein Wodangeborener. Erhöre mein Gebet: Ich werde alles tun, was getan werden muss, aber lass mich zu ihnen zurückkehren – lass mich zu ihnen zurückkehren, was auch immer es kosten mag.*

Ein Stolpern und ein stechender Schmerz im Knöchel rissen ihn in die Gegenwart zurück. Er und die anderen Gefangenen trotteten über die verbrannte, kahle Erde des Tals.

Als sie sich den Hügeln im Süden näherten, sah Ballista einen einsamen Pfahl. Auf halber Höhe hatte man den rechten Arm eines Mannes angenagelt. Er trug noch immer den goldenen Armreif. Und auf der Spitze steckte der Kopf.

Ballista war froh, dass es ein schneller Tod gewesen war. Kein kochendes Öl. Enthauptung. Er blieb kurz stehen, um seinem Freund ein letztes Mal ins Gesicht zu schauen. Der neugierige Ausdruck war verschwunden. Stattdessen war dort so etwas wie Erkennen zu sehen, wie es oft bei Toten der Fall ist.

Irgendjemand stieß Ballista einen Speer in den Rücken. Er stolperte weiter. Einer von Turpios Lieblingsreimen kam ihm in den Sinn.

Weine nicht
Um die glücklichen Toten.
Weine um jene,
Die das Sterben fürchten.

ANHANG

Historisches Nachwort

Geschichte des 3. Jahrhunderts

Zusätzlich zu den Werken, die schon im ersten Band dieser Serie aufgeführt sind, *Feuer im Osten*, enthält B. Dignar und E. Winter, *Rome and Persia in Late Antiquity: Neighbors and Rivals* (Cambridge 2007) eine nützliche Auswahl an übersetzten und kommentierten Quellen.

Hauptpersonen

Ballista
Das Wenige, was wir über Ballista wissen (oder Callistus, wie er manchmal genannt wird), wird im dritten Band nachgereicht.

Macrianus und seine Söhne
Quellen zur Diskussion über diese Männer werden im dritten Band erscheinen.

Schauplätze

Antiochia

G. Downey, *A History of Antioch in Syria from Seleucus to the Arab Conquest* (Princeton 1961) ist eine fast unerschöpfliche Quelle der Information und Inspiration. Obwohl es sich auf eine spätere Periode fokussiert wie dieser Roman, ist J.H.W.G. Liebeschuetz, *Antioch: City and Imperial Administration in the Later Roman Empire* (Oxford 1972) ebenfalls extrem nützlich. Die Essays und wunderbaren Illustrationen und Fotos in dem Ausstellungskatalog *Antioch: The Lost Ancient City*, herausgegeben von C. Kondoleon (Princeton 2000), rufen kraftvolle Bilder hervor. Der wichtigste antike Text wiederum, der uns von der Stadt berichtet, ist *Oration XI, In Praise of Antioch*, von dem Orator Libanius aus dem 4. Jahrhundert (übersetzt von G. Downey in *Proceedings of the American Philosophical Society* 103.5 [1959], 652–686).

Hierapolis

Die Heilige Stadt von Hierapolis in Syrien sowie der Kult der Artagartis, der dort praktiziert wurde, sind uns am besten durch den griechischen Schriftsteller Lucian bekannt, der im 2. Jahrhundert einen Bericht darüber verfasst hat. Diesen sollte man zusammen mit der hervorragenden wissenschaftlichen Studie von J. L. Lightfoot lesen, *Lucian, On the Syrian Goddess*, mit Einführung, Übersetzung und Kommentar (Oxford 2003).

Ephesus

Wenn Sie noch ein Exemplar davon finden können, beginnen Sie am besten mit P. Scherrer (Hrsg.), *Ephesus, ein neuer Führer* (Wien 1995). Eine Sammlung von Artikeln, die sich mit den neuesten Funden beschäftigen und die neueste Forschung zusammenfassen, findet man in H. Koester (Hrsg.), *Ephesus: Metropolis of Asia* (Cambridge, Mass. 1995).

Ballistas Gedanken in Kapitel XVII zur Bibliothek des Celsus und ihrer Umgebung beruhen auf R. R. R. Smith, *Cultural Choice and Political Identity in Honorific Portrait Statues in the Greek East in the Second Century AD*, Journal of Roman Studies 88 (1998), 56.93, besonders die Seiten 73–75.

Die Geschichten über Apollonius in Ephesus stammen aus *Das Leben von Apollonius von Tyana von Philostratus*, einem Historischen Roman aus dem 3. Jahrhundert. Ins Englische übersetzt von F.C. Conybeare (Cambridge, Mass. 1969).

Edessa

Der erste Anlaufpunkt, wenn man mehr über diese Stadt erfahren will, ist J. B. Segal, *Edessa: »The Blessed City«* (Oxford 1970). Inzwischen wird das ergänzt und teilweise hinterfragt von S. K. Ross, *Roman Edessa: Politics and Culture on the Eastern Fringes of the Roman Empire, 114–242 CE* (London und New York 2001).

Die bizarren Ansichten der Edesser zu anderen Völkern, die Turpio, Maximus und Ballista in Kapitel 28 diskutieren, stammen aus dem fast zeitgenössischen Werk von Bardaisan, *The Book of Laws of the Centuries* (oder *Dialogue on Fate*), übersetzt von H. J. W. Drijvers (Assen 1964).

Weiteres

Wagenrennen

Das Standardwerk der Moderne dazu ist J. H. Humphrey, *Roman Circuses: Arenas for Chariot Racing* (London 1986). Viele wissenschaftliche und populäre Irrtümer dazu wiederum wurden in folgendem Werk zerstreut: A. Cameron, *Circus Factions* (Oxford 1976). Eine kurze, populärwissenschaftliche Einführung in die Thematik bietet H. A. Harris, *Sport in Greece and Rome* (London 1972), Kapitel 10–12.

Der Tag beim Wagenrennen in Kapitel 3 wurde sehr stark von Ovid, *Amores* 3.2 sowie Sidonius Apollinaris 23.307–427 inspiriert.

Antike Kriegsführung
Vermutlich wenig überraschend empfehle ich als besten Einstieg in das Thema: H. Sidebottom, *Der Krieg in der Antiken Welt* (Reclam 2008).

Die Schlacht von Circesium und das Heer von Ballista
Wie es die *Cambridge Ancient History* ausdrückt: »Bei Circesium könnte es eine Art römischen Sieg gegeben haben.« (J. Drinkwater in Band XII, herausgegeben von A. K. Bowman, P. Garnsey und A. Cameron, Cambridge 2005, S. 42).

Das Heer, das Ballista befehligt, beruht auf dem, was man einem antiken, fiktionalen Text Aurelians zuschreibt: *Historia Augusta, Aurelian*, II.3–4.

Ballistas Marschordnung und Schlachtplan wiederum wurden von denen der Kreuzfahrer in der Schlacht von Arsuf inspiriert, wie sie Sir Charles Oman beschreibt. Sir Charles Oman, *A History of the Art of Warfare in the Middle Ages, Volume One: 378–1278 AD* (London 1924), S. 305–318.

Die Christenverfolgung
Neben den Arbeiten, die bereits in *Feuer im Osten* erwähnt wurden, ist eine exzellente Einführung in den Themenkomplex: G. Clark, *Christianity and Roman Society* (Cambridge 2004). Besonders zum Thema Verfolgungen empfehle ich: G.E.M. de Ste Croix, «Why were the early Christians persecuted?«, *Past and Present 26* (1963) 6.38 (neu gedruckt in M. I. Findley Hrsg., *Studies in Ancient Society*, London/Boston 1974, 210.249, und T. D. Barnes, *Tertullian: A Historical and Literary Study* (Oxford 1971), Kapitel 11–12 (»Persecution« and »Martyrdom«, S. 143–186). Alles Klassiker der modernen Wissenschaft.

Die Geschichte der Christenverfolgungen war so, wie sie in Kapitel XIII dieses Romans erklärt wird. Mit der Ausnahme von Nero erfolgten sie bis zur Mitte des 3. Jahrhunderts nur lokal und auf Druck der heidnischen Mehrheit. Erst Decius und dann Valerian leiteten reichsweite Verfolgungen ein. Eusebius schreibt in seiner *Kirchengeschichte* (einem Werk, das ich meinen Studenten schon seit Jahren als durchaus lesbar und faszinierend anpreise) im 4. Jahrhundert und geblendet von seinem christlichen Glauben, dass die Christen nur unter schlechten Kaisern verfolgt worden seien, und so irrt er sich auch dramatisch, wenn er behauptet, schon vor Decius seien Christenverfolgungen vom Kaiser ausgegangen.

Zum Martyrium einzelner verschiedener Personen habe ich auf die von H. Musurillo gesammelten Berichte zurückgegriffen, in: H. Musurillo, *The Acts of the Christian Martyrs: Introduction, Texts und Translations* (Oxford 1972).

Römische Diplomatie

Die römische Haltung dazu, einschließlich ihrer Annahme, jedes Volk, das Verhandlungen mit ihnen aufnahm, unterwerfe sich Rom de facto, wird ausführlich erörtert in: H. Sidebottom, »International Relations«, in: *The Cambridge History of Greek and Roman Warfare, Volume II: Rome from the Late Republic to the Late Empire*, herausgegeben von P. Sabin, H. Van Wees und M. Whitby (Cambridge 2007), 3–9.

Valerians Feldzug im Osten im Jahre 260 n. Chr.

Um die Handlung nicht vorwegzunehmen, verweise ich auf den Anhang im nächsten Roman der Serie.

Vorherige Historische Romane

Wie in allen Romanen dieser Serie, so war es auch dieses Mal eine Freude, jenen Romanciers die Ehre zu erweisen, deren Werke mich inspiriert und die mir viel Spaß bereitet haben.

Der Eröffnungssatz von Kapitel I ist ein absichtliches Echo der Eröffnungszeile von Bernard Cornwells *Sharpes Festung* (Lübbe 2009).

Wenn man an den modernen historischen Roman denkt, ist Cornwells Werk schon so allgegenwärtig, dass man es paradoxerweise schon fast wieder übersieht. Er hat so viele Geschichten geschrieben, die in so vielen verschiedenen Epochen spielen, und sie sind alle schier unglaublich gut. Was Cornwell dabei von der Horde minderwertigerer Imitatoren unterscheidet, ist eine wahre Flut von historischen Details, die nur von echtem Wissen und einer Liebe zur Geschichte herrühren kann.

Zwei Charaktere, die gegen Ende des Romans erscheinen, Accius von der 3. Keltischen Kohorte und Camillus von der Legio VI Gallicana, verdanken ihre Namen und ihren Bezug zu Gallien den Helden von Alfred Duggans *Winter Quarters* (London 1956). Eine der größten Freuden in Duggans Werk sind die Feinheit und Tiefe der Charakterzeichnungen.

DANKSAGUNG

Es ist mir eine große Freude, vielen Menschen zu danken.

Zuerst meiner Familie für ihre Liebe und ihre Unterstützung. Meiner Frau Lisa, ohne die nichts von alledem möglich gewesen wäre. Meinen Söhnen Tom und Jack für all den Spaß. Meiner Mutter Frances, meiner Tante Terry und meinem Onkel Tony für ihren unermüdlichen Enthusiasmus.

Als Nächstes wären da meine Freunde. Jeremy Tinton, der Mann, der Maximus seine Nase gegeben hat. Steve Billington für die Webseite. Michael Farley für das Büro und anderes Zeug. Peter Cosgrove für Ephesus und andere Orte. Özgür Cavus, der meine Reise in die Türkei organisiert hat. Ibo und Ramazan, die mich in der Türkei gefahren haben. Und meine Tierärztin Adi Nell, die mir beigebracht hat, wie man Pferde tötet.

Dann sind da die akademischen Freunde. In Oxford Maria Stamatopoulou und Andrew »Beau« Beaumont vom Lincoln College, Ewen Bowie vom Corpus Christ College und John Eidinow von St Banet's Hall und Merton College. An der Universität Warwick: Simon Swain. Und ein paar Oxford-Studenten, aus deren Tutorials Romane geworden sind: Andrew Freedman, Sam Kennedy und Robert Stroud.

Schließlich wären da die Profis: Alex Clarke, Anthea Townsend, Tom Chicken, Katya Shipster, Ana Maria Rivera und Jen Doyle bei Penguin, Sarah Day für ihre Redaktion, und James Gill von United Agents.

Harry Sidebottom
Woodstock

Glossar

Die Definitionen hier sind für *König der Könige* angepasst. Wenn ein Wort oder eine Phrase mehrere Bedeutungen hat, so werden nur die angegeben, die für diesen Roman relevant sind.

Ab Admissionibus	Beamter, der den Zugang zum Kaiser kontrolliert hat
Ab urbe condita	lateinische Phrase. »Seit der Gründung der Stadt (Rom, traditionell 753 v. Chr.)«, eine Methode zur Datumsangabe
Accensus	der Sekretär eines römischen Gouverneurs oder hohen Beamten
Agora	griechischer Begriff für einen Marktplatz und das Stadtzentrum, vergleichbar mit dem römischen Forum
Alemannen	ein Verbund germanischer Stämme
Amicus	Freund
Angeln	ein nordgermanischer Stamm, der im Gebiet des heutigen Dänemark gesiedelt hat
Arete	griechisch für Tugend
Artargatis	die »syrische Göttin«. Eines ihrer wichtigsten Kultzentren war Hierapolis.
Artium	der offene Innenhof eines römischen Hauses
Asgard	in der nordischen Religion das Heim der Götter
Baktrien	Region zwischen dem Fluss Oxus und den Bergen des Hindukusch, einschließlich Afghanistan

Bahram-Feuer	die heiligen Feuer des Zoroastrismus
Ballista	ein Torsionsgeschütz für Pfeile und Steine
Barbalissos	eine Stadt am Euphrat, Ort einer römischen Niederlage in Syrien gegen das Heer von Shapur I., vermutlich 252 n. Chr.
Barbaricum	lateinischer Begriff für die Länder, wo die Barbaren wohnen, also außerhalb des römischen Imperiums. Manchmal auch als Gegensatz zur *humanitas* verwendet, der Zivilisation.
Blemmyer	barbarisches Volk aus dem Süden Ägyptens
Boraner	ein germanischer Stamm. Einer der Stämme, die die gotische Konföderation gebildet haben, berüchtigt für ihre Piratenangriffe in der Ägäis.
Bule	der Rat einer griechischen Stadt. In der römischen Zeit bestand er aus besonders wohlhabenden und einflussreichen Bürgern.
Bouleuterion	Rathaus einer griechischen Stadt
Bucinator	ein römischer Militärmusiker
Bulla	Ein Amulett, das man einem Jungen während der Namensgebungszeremonie umgehängt hat. Zeichen eines Kindes. Als Erwachsenem wurde es ihm wieder abgenommen.
Campus martius	wörtlich Marsfeld, ein römischer Paradeplatz
Cardusier	ein barbarisches Volk am Kaspischen Meer
Carrhae	Stadt in Mesopotamien. Im Jahre 53 v. Chr. der Ort der Niederlage des römischen Feldherrn Crassus gegen die Parther.
Celeritas	Schnelligkeit. Eine Eigenschaft, die Julius

	Caesar in den militärischen Kontext gestellt hat.
Circesium	römische Stadt am Zusammenfluss von Euphrat und Chaboras
Clementia	die Tugend der Gnade
Clibanarius, plural *Clibanarii*	schwer gepanzerte Reiter
Comes Augusti, plural *Comites*	ein Gefährte des Augustus. Diesen Titel gab man Mitgliedern des kaiserlichen *Consiliums*, wenn sich der Kaiser auf einem Feldzug oder auf Reisen befand.
Comes Sacrarum Largitionum	im späten römischen Reich ein wichtiges Amt. Der *Comes Sacrarum Largitionum* kontrollierte die Münze, die Minen, die Steuern und die Bekleidung von Soldaten und Beamten.
Conditum	gewürzter Wein, der vor dem Abendessen serviert wird, manchmal warm
Consilium	die Versammlung der Ratgeber eines römischen Kaisers, bestehend aus Beamten und/oder Angehörigen der römischen Elite
Contubernium	eine Gruppe von zehn Soldaten, die sich ein Zelt teilen
Curule	ein mit Elfenbein geschmückter Stuhl, als Thron eines der Symbole für ein hohes, römisches Amt
Cursus Publicus	der römische Postdienst, auf dem jene, die einen offiziellen Pass mit sich führten, *diplomata*, Ersatzpferde bekommen konnten
Daphne	Vorstadt von Antiochia, berühmt für ihre heiligen Stätten und berüchtigt für ihren Luxus
Decurio	Offizier einer Kavallerieeinheit

Dignitas	wichtiges römisches Konzept, das unsere Vorstellung von Würde abdeckt, aber noch viel weiter geht. Berühmt ist Julius Caesars Behauptung, dass seine *dignitas* ihm mehr bedeute als sein Leben.
Dominus	Herr, eine respektvolle Anrede
Draco	wörtlich übersetzt Schlange oder Drache. Name einer römischen Standarte, die einem Windsack ähnelt und die Form eines Drachen hat.
Drafsh-i-Kavyan	die Standarte von Kaveh. Man glaubt, damit sei der mythische Zwerg Kaveh gemeint, der die Arier von dem bösen Herrscher Zahak befreit hat. Die Kriegsstandarte der sassanidischen Herrscher.
Dux Ripae	der Kommandant oder Herrscher der Flussufer. Ein römischer Offizier, dessen Aufgabe im 3. Jahrhundert die Verteidigung des Euphrat war. Historisch in Dura-Europos angesiedelt.
Ecclesia	politische Volksversammlung im alten Griechenland, auch der Begriff für christliche Versammlungen und die Kirche im Allgemeinen
Eirenarch	Titel des Polizeichefs in vielen griechischen Städten, einschließlich Ephesus
Elagabal	Schutzgott der Stadt Emesa in Syrien, ein Sonnengott, außerdem der Name eines seiner Priester, der römischer Kaiser geworden ist, formal Marcus Aurelius Antoninus (218–222 n. Chr.)
Eleutheria	griechisch für Freiheit
Elkesaiten	eine Sekte von christlichen Häretikern, die glaubten, man könne das Eine sagen und

	das Andere im Herzen haben, eine sehr nützliche Doktrin
Embolos	der Heilige Weg, die Hauptstraße von Ephesus
Epimeletai ton Phylon	die Aufseher der Stämme in Antiochia, gewählte Beamte der Miliz und Polizei
Epiphania	ein Stadtviertel in Antiochia
Equites Primi	eine Einheit schwerer Kavallerie unter Ballista bei Circesium
Equites Singulares	berittene Leibgarde, in Rom eine der festen Garden des Kaisers, in den Provinzen ad hoc aufgestellt
Equites Tertii Catafractarii Palmirenorum	eine Einheit schwerer Kavallerie unter Ballista bei Circesium
Eupatrid	aus dem Griechischen. Es bedeutet wohlgeboren und bezeichnet einen Aristokraten.
Familia	lateinischer Begriff für die Familie und im erweiterten Sinne für den gesamten Haushalt, Sklaven eingeschlossen
Franken	ein germanischer Stammesverbund
Frumentarii, singular *Frumentarius*	militärische Einheit mit ihrem Sitz auf dem Caelius in Rom. Auch wenn der Name vermuten lässt, dass sie etwas mit Getreide und Nahrungsversorgung zu tun haben, so waren sie in Wahrheit die kaiserliche Geheimpolizei. Sie dienten als Kuriere, Spione und Meuchelmörder.
Galli	Eunuchenpriester im Osten
Gallia Narbonensis	römische Provinz im Süden Galliens, manchmal auch einfach nur »die Provinz« genannt, entspricht in etwa der heutigen Provence

Genius	göttlicher Teil eines Menschen, manchmal mehrdeutig, einmal extern (z. b. in Form eines Schutzengels) oder intern (der Göttliche Funke). In einem Haushalt als einer der Hausgötter verehrt, in Bezug auf den Kaiser öffentlich.
Glykismos	ein griechischer, süßer Aperitif
Goten	germanischer Stammesverbund
Harier	ein germanischer Stamm, der vor allem für seine Nachtkämpfer berühmt war
Haruspex, plural *Haruspices*:	ein Priester, der den Willen der Götter ergründet. Jeder römische Statthalter hatte einen.
Heruler	germanischer Stamm am Schwarzen Meer
Hibernia	das moderne Irland
Hippodrom	griechische Pferderennbahn
Honestiores	die oberen Klassen. In der Zeit, in der der Roman spielt, wurde aus diesem gesellschaftlichen Begriff ein rechtlicher.
Humanitas	Humanität oder Zivilisation. Das Gegenteil wäre *barbaritas*. Die Römer glaubten, sie und die Griechen (zumindest die von höherem Stand) sowie gelegentlich auch ein paar andere Völker hätten das, der Rest der Menschheit aber nicht.
Humiliores	die unteren Bevölkerungsschichten, das Gegenteil von *Honestiores*
Hyrkanien	Region östlich des Kaspischen Meers
Iden	der dreizehnte Tag des Monats in den kurzen Monaten, der fünfzehnte in den langen
Imperium	die Macht, Befehle zu erteilen und Gehorsam einzufordern, ein militärisches Kommando

Invictus »Unbesiegbar«, im 3. Jahrhundert n. Chr. einer der Titel der römischen Kaiser

Isaurien nicht genau definierte Region im südlichen Kleinasien, berüchtigt für die Wildheit der Landschaft und Bewohner

Juthungen barbarisches Volk jenseits der Quellen von Rhein und Donau

Kalenden erster Tag des Monats

Kerateion jüdisches Viertel von Antiochia nahe dem Daphne-Tor

Kontos ein griechischer, langer Reiterspeer

Kyrios griechisch für Herr, eine respektvolle Anrede

Latrunculi ein römisches Brettspiel, übersetzt »Räuber«

Lectisternium ein Festmahl für die Götter, bei dem Liegen für sie bereitgestellt werden

Legio III Felix eine Legion, die nur in der *Historia Augusta* erwähnt wird (*Aur. 11–4*) und daher vermutlich erfunden ist. In diesem Roman ist sie eine Einheit aus Truppen der historischen Legio III Gallica und der Legio IV Flavia Felix.

Legio IIII Scythica: eine römische Legion aus der zweiten Hälfte des 1. Jahrhunderts n. Chr., die in Zeugma/Syrien stationiert war. In diesem Roman bildet eine Abteilung dieser Legion, eine *Vexillatio*, einen Teil des Heeres, das Ballista nach Circesium führt.

Lemuria Tage (der 9., 11. und 13. Mai), an denen gefährliche Geister durch die Straßen ziehen, vor denen man sich schützen muss

Libitinarii die »Begräbnismänner«, die die Toten vor die Stadt bringen. Sie durften nicht inner-

	halb der Stadtmauern wohnen und mussten immer eine Glocke läuten, wenn sie in die Stadt kamen, um ihre Pflicht zu erfüllen.
Liktoren	zeremonielle Begleiter eines römischen Magistrats
Lupercalien	römisches Fest (15. Februar), an dem Priester aus der Oberklasse nackt bis auf einen Gürtel aus der Haut einer frisch geopferten Ziege durch die Straßen liefen, und mit Riemen, die ebenfalls aus der Haut der Ziege gemacht waren, nach Frauen schlugen
Magi	Name, den die Griechen und Römer den persischen Priestern gegeben haben, die man als Zauberer betrachtete
Maiestas	Majestät. Verbrechen gegen die Majestät des römischen Volkes, die unter dem Prinzipat durch den Kaiser verkörpert wurden, galten als Hochverrat. Die Furcht, eines solchen Verbrechens angeklagt zu werden, war besonders unter der Oberschicht weitverbreitet.
Maiuma	das Maifest, das in vielen Städten im Osten des Imperiums gefeiert wurde, einschließlich Antiochia und Edessa, nachts und orgiastisch
Mazda (auch *Ahuramazda*)	der »Weise Herr«, der oberste Gott im Zoroastrismus
Miles, plural *Milites*	Soldat
Ministrae	Sklavinnen, die eine Position in der frühchristlichen Kirche bekleideten
Mos Maiorum	bedeutendes römisches Konzept, die traditionellen Sitten, der Weg der Vorfahren
Munera	römische Gladiatorenspiele. Ein ganzer

Tag bestand aus Tierkämpfen am Morgen, spektakulären Hinrichtungen in der Mittagspause und Gladiatoren am Nachmittag.

Numerus, plural *Numeri* — lateinischer Name für eine römische Armeeeinheit, besonders für ad hoc zusammengestellte Einheiten außerhalb der festen Militärstruktur. Oft bestanden diese Einheiten aus Nicht-Römern oder nichtromanisierten Völkern. In *König der Könige* tragen diese Bezeichnungen dann auch die Einheiten der Armenier, Sarazenen, Mesopotamier und Ituräer sowie Bogenschützen und Schleuderer im Heer des *Dux Ripae*.

Ochlokratie — griechisch für Pöbelherrschaft, je nach Sichtweise entweder eine aus dem Ruder gelaufene Demokratie oder aber das Gegenteil einer Demokratie

Ordinarius — eine Figur im *Latrunculi*-Spiel

Osrhoene — römische Provinz in Nord-Mesopotamien

Otium — Freizeit, das Gegenteil von *negotium*. Allgemein glaubte man, dass ein Gleichgewicht zwischen beidem für das zivilisierte Leben wichtig war.

Paludamentum — römischer Offiziersmantel, der für gewöhnlich über der Schulter getragen wurde

Parther — Herrscher eines Reiches im Osten mit seinem Zentrum im heutigen Irak und Iran. 220 n. Chr. von den sassanidischen Persern erobert.

Pater Patriae — »Vater des Vaterlandes«, einer der Titel der römischen Kaiser

Patrizier — der höchste gesellschaftliche Stand in Rom. Ursprünglich die Nachkommen jener Männer, die an der ersten Sitzung des

	freien Senats nach der Verteidigung des letzten Königs von Rom teilgenommen haben (509 v. Chr.). Im Prinzipat verlieh der Kaiser auch anderen Familien den Status eines Patriziers.
Pax Deorum	sehr wichtiges römisches Konzept von Frieden zwischen der römischen *Res Publica* und den Göttern
Peroz	persisch für Sieg
Pietas	Frömmigkeit, die menschliche Seite des *Pax Deorum*
Polis	griechischer Stadtstaat
Portunalia	römisches Fest (17. August), Feiertag der Hafenarbeiter
Praefectus	Präfekt, ein recht flexibler, lateinischer Begriff für viele Beamte und Offiziere, typischerweise Kommandant einer Hilfstruppeneinheit
Praefectus Annonae	Titel des Beamten, der für die Getreideversorgung von Rom zuständig war sowie für kaiserliche Expeditionen
Praefectus Castrorum	römischer Offizier, dem der Tross sowie das Feldlager unterstanden, normalerweise ein ehemaliger Centurio
Prandium	Mittagessen
Princeps	»Führender Mann«. Eine höfliche Art, vom Kaiser zu sprechen. Die Pluralform *principes* bezeichnete hingegen oft die Senatoren sowie die anderen großen Männer des Imperiums.
Princeps Peregrinorum	Latein, wörtlich »Führer der Fremden«, der Oberbefehlshaber der *Frumentarii*, ein Centurio von hohem Rang
Proskynesis	griechisch für Anbetung. Sie schuldete

	man den Göttern und zu einigen Zeiten auch den Herrschern, einschließlich den Kaisern im 3. Jahrhundert n. Chr. Es gab zwei Formen: Man konnte sich in voller Länge auf den Boden legen oder sich verbeugen und dem Kaiser mit zwei Fingern einen Kuss zuwerfen.
Pulvinar	ein gepolsterter Sitz, besonders für die Götter
Quirites	formales lateinisches Wort für die römischen Bürger, vor allem die Zivilisten
Ragnarök	in der nordischen Religion der Tod von Göttern und Menschen, das Ende aller Zeiten
Res Publica	die Römische Republik. Unter den Kaisern wurde der Begriff weiter für das Römische Reich verwendet.
Restitutor Orbis	»Wiederhersteller der Welt«, im 3. Jahrhundert einer der Titel der römischen Kaiser
Rhodion	griechisch, wörtlich Rosengarten, ein Stadtviertel von Antiochia
Sachsen	Stamm in Nordgermanien
Sacramentum	römischer Soldateneid, wurde sehr ernst genommen
Salvum Lotum	traditionelle Begrüßung im Bad: »Gut gewaschen.« Im Zirkus ironisch verwendet, um blutbedeckte Christen zu verspotten.
Salutatio	römisches Gesellschaftsritual, bei dem Klienten und Untergebene einem wichtigen Mann an seinem Haus Respekt erweisen
Sarmaten	nomadische Barbaren, nördlich der Donau
Sassaniden:	die persische Dynastie, die 220 n. Chr. die Parther gestürzt hat, bis zum 7. Jahrhundert n. Chr. Roms größte Rivalen im Osten

Saturnalien	das römische Fest, das am 17. Dezember begann und zur Zeit des Romans sieben Tage lang dauerte. Es war eine Zeit der Freiheit und der Umkehrung gesellschaftlicher Normen.
Senat	der Rat von Rom. Unter den Kaisern bestand er aus ungefähr 600 Männern, der größte Teil davon ehemalige Magistrate, dazu ein paar kaiserliche Favoriten. Die Senatoren waren die reichste und prestigeträchtigste Gruppe im Imperium, doch in der Mitte des 3. Jahrhunderts schlossen misstrauische Kaiser sie immer mehr von militärischen Posten aus.
Seres	die Chinesen
Severitas	Strenge, für gewöhnlich als Tugend betrachtet
Signum	römische Militärstandarte
Silentarius	römischer Beamter, der, wie sein Titel besagt, stets Schweigen bewahren musste, verantwortlich für den Anstand am kaiserlichen Hof
Skythen	griechischer und lateinischer Name für verschiedene und oft nomadische Stämme im Norden des Schwarzen Meers
Sol Invictus	die »Unbesiegbare Sonne«, im 3. Jahrhundert weitläufig als Gott verehrt
Spatha	ein langes römisches Schwert, in der Mitte des 3. Jahrhunderts das römische Standardschwert
Speculator	ein Kundschafter in der römischen Armee
Spina	die zentrale Barriere in einem Zirkus oder *Hippodrom*
Spoletium	Stadt in Italien, in deren Nähe 253 n. Chr.

	die Schlacht stattfand, die Valerian und Gallienus auf den Thron gebracht hat
Superbia	Stolz, ein Laster, das man oft Barbaren und Tyrannen zuschrieb
Tadmor	der einheimische Name für die Stadt Palmyra
Telones	griechischer Begriff für Zollbeamte
Tepidarium	warmer Raum in einem römischen Bad
Testudo	»Schildkröte«, eine römische Infanterieformation mit sich überlappenden Schilden, häufig benutzt zum Schutz vor Geschossen
Tetrapylon	ein Arrangement aus vier Säulen, an dem in Antiochia kaiserliche Proklamationen ausgehängt wurden
Trireme	ein antikes Kriegsschiff mit drei Ruderreihen und gut zweihundert Ruderern
Tyche	griechischer Begriff für die Göttin Fortuna. Jede *Polis* hatte ihre eigene *Tyche*, auch Antiochia.
Ultio	Rache. Für gewöhnlich als ehrenhaftes Motiv betrachtet, egal ob heiß oder kalt serviert.
Vandalen	ein germanischer Stamm
Venationes	Tierhatzen in römischen Arenen
Vexillatio	eine Untereinheit römischer Truppen
Vexillium	eine römische Militärstandarte
Viatores	römische Boten
Vicarius	»Stellvertreter«, wie zum Beispiel ein stellvertretender Statthalter
Vir Egregius	Ritter von Rom, ein Mitglied des Ritterordens
Virtus	Mut, Männlichkeit und/oder Tugend

Römische Kaiser in der Zeit von *König der Könige*

193–211	Septimius Severus
198–217	Caracalla
210–211	Geta
217–218	Macrinus
218–222	Elagabalus
222–235	Alexander Severus
238	Gordian I.
238	Gordian II.
238	Pupienus
238	Balbinus
238–244	Gordian III.
244–249	Philippus Arabs
249–251	Decius
251–253	Trebonianus Gallus
253	Aemilianus
253–	Valerian
253–	Gallienus

Handelnde Personen

Um nichts von der Handlung zu verraten, werden Charaktere nur so beschrieben, wie sie in *König der Könige* auftreten.

Accius: Tribun der 3. Keltischen Kohorte.
Acilius Glabrio (1): Gaius Acilius Glabrio, ein junger Patrizier, Mitglied des kaiserlichen *Consiliums* in Antiochia 256 n. Chr., Kommandant der Reiterei im Heer des *Dux Ripae* bei Circesium.
Acilius Glabrio (2): Marcus Acilius Glabrio, Bruder von Gaius. Er wurde als *Tribunus Laticlavius* der Legio IIII Scythica in Arete erschlagen.
Adventus: Marcus Oclatinius Adventus, Kommandant der *Frumentarii*. 217 n. Chr., nach dem Tod von Caracalla bot man ihm den Thron an.
Aelius Spartianus: Tribun der römischen Truppen in Circesium.
Aemilianus: Ein Senator, Statthalter von Hispania Citerior, ein Christenjäger.
Albinus: Präfekt der Equites Tertii Catafractarii Palmirenorum.
Anamu: Ein Karawanenwächter und Ratgeber in Arete.
Antistius: Ein Sklave von Aurelian.
Apollonius von Tyana: Ein Philosoph und Wunderwirker aus dem 1. Jahrhundert n. Chr.
Apollos: Ein christlicher Häretiker.
Appian: Sohn von Aristides, einem Christen.
Aratos: Ein Fischer von der Taubeninsel nahe Ephesus.
Aulus Valerius Festus: Ein Mitglied der *Bule* von Ephesus, römischer Ritter und Christ.
Aurelian (1): Lucius Domitius Aurelian, ein römischer Offizier von der Donau, bekannt als *manu-ad-ferrum* (»Hand zu Stahl«).

Aurelian (2): Tribun der *Equites Singulares*, bekannt als »der Italer« oder »der andere Aurelian«.

Aurelius Dasius: Römischer Statthalter der Provinz Osrhoene.

Bagoas: Ein persischer Junge, einst ein Sklave von Ballista. Er behauptet, sein Name vor der Versklavung sei Hormizd gewesen.

Ballista: Marcus Clodius Ballista, ursprünglich Dernhelm, Sohn von Isangrim, dem Kriegsherrn der Angeln. Als Geisel ins Imperium gekommen, erhielt er 238 n. Chr. das römische Bürgerrecht und 245 n. Chr. die Ritterschaft. Er hat in Afrika, dem äußerten Westen und an Donau und Euphrat gedient. Zu Beginn des Romans kehrt er aus der Stadt Arete zurück.

Bargas: Ballistas Standartenträger.

Basilides: Ein christlicher Häretiker.

Bathshiba: Tochter des verstorbenen Iarhai, Karawanenwächter aus Arete.

Calgacus: Ein kaledonischer Sklave, der ursprünglich Isangrim, dem Kriegsherrn der Angeln, gehört hat. Hat in Germanien bei Ballistas Erziehung geholfen und wurde zusammen mit ihm als sein Leibsklave ins Imperium geschickt.

Camillus: Tribun der Legio VI Gallicana.

Caracalla: Marcus Aurelius Antoninus, bekannt als Caracalla, römischer Kaiser von 198–219 n. Chr.

Castricius: Ein Centurio der Legio IIII Scythica.

Cato: Marcus Porcius Cato, bekannt als Cato der Ältere oder Cator der Zensor (234–149 v. Chr.), strenger Moralist aus republikanischer Zeit.

Censorinus: Lucius Calpurnius Piso Censorinus, *Princeps Peregrinorum*, Oberbefehlshaber der *Frumentarii*.

Cledonius: *Ab Admissionibus* von Valerian.

Commius: Ein Wagenlenker der Blauen.

Corvus: Der *Eirenarch* (Polizeichef) von Ephesus.

Crassus: Marcus Licinius Crassus, republikanischer General, der 53 v. Chr. sein Heer bei Carrhae in die Katastrophe geführt hat.

Croesus: König von Lydien (ca. 560–546 v. Chr.), bekannt für seinen sprichwörtlichen Reichtum.

Cupido: Ein ehemaliger Gladiator, den Julia als Leibwächter anheuert.

Decius: Gaius Messius Quintus Decius, römischer Kaiser von 249–251 n. Chr. Er befahl die erste reichsweite Christenverfolgung, gestorben in einer Schlacht gegen die Goten.

Demetrius: Der griechische Jüngling, ein Sklave, den Julia gekauft hat, um ihrem Mann Ballista als Sekretär zu dienen.

Dernhelm (1): Ursprünglicher Name von Ballista.

Dernhelm (2): Lucius Clodius Dernhelm, zweiter Sohn von Ballista und Julia.

Diocles: Ein Wagenlenker der Grünen.

Domitian: Titus Flavius Domitian, römischer Kaiser von 81–86 n. Chr.

Eros: Griechischer Sklave, Sekretär von Aurelian.

Faraxen: Charismatischer Anführer eines Aufstandes gegen Rom in Nordafrika.

Flavius Damianus: Schreiber des Demos von Ephesus, Nachkömmling eines berühmten Sophisten gleichen Namens.

Florianus: Marcus Annius Florianus, Halbbruder von Tacitus *Fritigern*: König der Boraner.

Gaius Valerius Festus: Ein Mitglied der *Bule* von Ephesus, römischer Ritter und Bruder von Aulus Valerius Festus, aber kein Christ.

Gallerius Maximus: Ein Senator, Statthalter von Africa Proconsularis, ein Christenjäger.

Gallienus: Publius Licinius Egnatius Gallienus, Mitkaiser seines Vaters Valerian ab 253 n. Chr.

Gillo: Ein Sklave von Aurelian.

Haddudad: Ein Söldnerhauptmann, der Iarhai gedient hat, Bathshibas Vater.

Hannibal: Spitzname eines *Frumentarius* aus Nordafrika, der als Schreiber im Stab von Ballista dient.

Heracleon: Ein christlicher Häretiker.

Isangrim (1): *Dux*, Kriegsherr der Angeln, Vater von Dernhelm/Ballista.

Isangrim (2): Marcus Clodius Isangrim, erster Sohn von Ballista und Julia.

Julia: Tochter des Senators Gaius Julius Volcatius Gallicanus aus Nemausus, Frau von Ballista, ihrer Familie auch bekannt als Paulla (die Kleine) und ihrem Mann als Paullula.

Lappius: Decurio der Equites Primi Catafractarii Parthi.

Lucian: Schriftsteller und Satiriker aus dem 2. Jahrhundert n. Chr.

Macrianus (1): Marcus Fulvius Macrianus der Ältere oder der Lahme, *Comes Sacrarum Largitionum et Praefectus Annonae* von Valerian.

Macrianus (2): Titus Fulvius Junius Macrianus der Jüngere, Sohn von Macrianus (1).

Maeonius Astyanax: Ein Senator, Unterstützer von Macrianus.

Marcus Aurelius: Römischer Kaiser 161–180 n. Chr., Autor philosophischer Schriften auf Griechisch, u. a. *Selbstbetrachtungen*.

Mariades: Ein Mitglied der Elite von Antiochia, der zuerst zum Banditen wurde und dann zu den Sassaniden übergelaufen ist.

Maximinus Thrax: Gaius Julius Verus Maximinus, römischer Kaiser 235–238 n. Chr., aufgrund seiner niederen Herkunft bekannt als »Thrax« (der Thraker).

Maximus: Leibwächter von Ballista, ursprünglich ein hibernianischer Krieger mit dem Namen Muirtagh von der Langen Straße, an Sklavenhändler verkauft und zuerst als Faustkämpfer und dann als Gladiator ausgebildet, bevor Ballista ihn gekauft hat.

Mucapor: Ein junger römischer Offizier von der Donau, Freund von Aurelian.

Musclosus: Ein Wagenlenker der Blauen.

Nicomachus Julianus: Gaius Julius Nicomachus Julianus, ein Senator, Prokonsul der Provinz Asia.

Niger: Präfekt der Equites Primi Catafractarii Parthi.

Odenathus: Septimius Odenathus, Herr von Palmyra/Tadmor, ein Vasallenherrscher des römischen Imperiums.

Piso Frugi: Gaius Calpurnius Piso Frugi, ein Senator, Unterstützer von Macrianus (1).

Platon: Berühmter attischer Philosoph (ca. 429–347 v. Chr.)

Plinius der Jüngere: Gaius Plinius Caecilius Secundus (ca. 61–112 n. Chr.), römischer Senator und Autor, zehn Bücher mit *Briefen* und eine *Panegyrik* über Kaiser Trajan haben überlebt.

Pomponius Bassus: Marcus Pomponius Bassus, älterer Patrizier.

Pupienus: Marcus Clodius Pupienus, römischer Kaiser 239 n. Chr.

Quietus: Titus Fulvius Iunius Quietus, Sohn von Macrianus dem Älteren.

Romulus: Standartenträger Ballistas, vor Arete gefallen.

Rutilius Rufus: Präfekt der Legio III Felix.

Salonius: Publius Cornelius Licinius Salonius Valerianus, zweiter Sohn von Gallienus, nach dem Tod seines älteren Bruders Valerian II. 258 n. Chr. zum Cäsar ernannt.

Sandario: Ein junger römischer Offizier von der Donau, Freund von Aurelian (1).

Sasan: Gründervater des sassanidischen Herrscherhauses.

Scorpus: Ein Wagenlenker der Roten.

Seianus: Lucius Aelius Seianus, Prätorianerpräfekt unter Kaiser Tiberius.

Shapur I.: Zweiter sassanidischer König der Könige, Sohn von Ardashir I.

Successianus: Prätorianerpräfekt unter Valerian.

Suren: Fürst Suren, ein parthischer Edelmann, Oberhaupt des Hauses Suren, Vasall von Shapur.

Tacitus (1): Cornelius Tacitus (ca. 56–118 n. Chr.), der größte lateinischer Historiker.

Tacitus (2): Marcus Claudius Tacitus, römischer Senator aus dem 3. Jahrhundert, vermutlich aus der Donauregion stammend. Hat stets behauptet, von dem berühmten Historiker abzustammen bzw. mit ihm verwandt zu sein, auch wenn das vermutlich nicht stimmt.

Teres: Ein Wagenlenker der Weißen.

Thallus: Ein Wagenlenker der Weißen.

Tiberius: Tiberius Julius, römischer Kaiser (14–37 n. Chr.)

Titus (1): Titus Flavius Vespasianus, römischer Kaiser (79–81 n. Chr.)

Titus (2): Ein Soldat in Ballistas *Equites Singulares*.

Turpio: Titus Flavius Turpio, *Pilus Prior*, Erster Centurio der Kohorte XX.

Valash: Prinz, »Freude von Shapur«, ein Sohn Shapurs.

Valerian (1): Publius Licinius Valerianus, ein älterer italischer Senator, der 253 n. Chr. zum römischen Kaiser erhoben worden ist.

Valerian (2): Publius Cornelius Licinius Valerianus, ältester Sohn von Gallienus, Enkel von Valerian, 256 n. Chr. zum Cäsar erhoben, 258 n. Chr. gestorben.

Vardan: Ein Offizier unter Fürst Suren.

Velen: König der Cardusier, Vasall von Shapur.

Verodes: Oberster Minister von Odenathus.

Viridius: Präfekt eines *Numerus* von sarazenischen Bogenschützen im Heer des *Dux Ripae*.

Widerich: Sohn von Fritigern, König der Boraner.

Xenophon: Attischer Soldat und Schriftsteller (ca. 430–350 v. Chr.), Autor der *Anabasis*.

Zenobia: Frau von Odenathus von Palmyra.

Rebell, Anführer, Bruder, König – Richard Löwenherz!

Ben Kane
LIONHEART - IM DIENSTE DES LÖWEN
Historischer Roman
Aus dem Englischen von Dietmar Schmidt
544 Seiten
ISBN 978-3-404-18449-1

1179: Heinrich II. Plantagenet herrscht über England und Teile Frankreichs. In seinem Haus aber herrscht Unruhe, sogar zur Rebellion kommt es. Ausgerechnet Ferdia, ein irischer Adliger, der als Geisel an den Hof kam, rettet seinem Sohn Richard das Leben. Zum Dank wird er Richards Knappe und darf ihn fortan begleiten. Sie ziehen in den Krieg, kämpfen hart und siegen, und Richard macht sich als Löwenherz einen Namen. Doch bald erkennt Ferdia: Sein Herr schwebt erneut in Gefahr, denn der Ruhm sorgt für Neider, auch in Richards eigener Familie ...

Auftakt einer neuen Reihe um Richard Löwenherz, erzählt aus der Sicht seines treuen Knappen.

Lübbe